明清小品丛刊

[明] 刘侗 于奕正 著

孙小力 校注

帝京景物略

上海古籍出版社

图书在版编目（CIP）数据

帝京景物略／（明）刘侗，（明）于奕正著；孙小力校注. —上海：上海古籍出版社，2001.7（2018.2重印）（明清小品丛刊）
ISBN 978－7－5325－2902－5

Ⅰ.帝…　Ⅱ.①刘…②于…③孙…　Ⅲ.小品文-作品集-中国-明代　Ⅳ.I264.8

中国版本图书馆CIP数据核字(2001)第26432号

明清小品丛刊

帝京景物略

〔明〕刘　侗　于奕正　著

孙小力　校注

上海世纪出版股份有限公司
上海古籍出版社　出版
（上海瑞金二路272号　邮政编码200020）
（1）网址：www.guji.com.cn
（2）E-mail：guji1@guji.com.cn
（3）易文网网址：www.ewen.co
上海世纪出版股份有限公司发行中心发行经销
苏州市越洋印刷有限公司印刷

开本850×1156　1/32　印张18.625　插页2　字数401,000
2001年7月第1版　2018年2月第11次印刷
印数：15,001－17,300
ISBN 978－7－5325－2902－5

G·207　定价：39.00元

出 版 说 明

　　中国古典散文,自先秦发源,中经汉魏六朝、唐宋,发展到明清,已经进入了其终结期。这一时期,尤其是晚明阶段,伴随着时代社会的发展,文坛也出现了新的变化。这一时期的散文园地,虽然没有再出现过像先秦诸子、唐宋八家那样的天才巨子,但也是作者众多、名家辈出;虽然没有再出现过《庄子》、《韩非子》一类以思理见胜的议论文,《左传》、《史记》一类以叙述见长的史传文,以及韩柳欧苏散文一类文质兼胜的作品,但也有新的开拓和发展,散文的题材更加丰富,形式更加自由,从对政治、历史和社会现实的关注,更多地转向对人生处世、生活情趣的关注,从而形成了又一个以文体为特征命名的发展时期,这就是文学史上习称的明清小品文。

　　小品的名称并不自明清始。"小品"一词,来自佛学,本指佛经的节本。《世说新语·文学》:"殷中军(浩)读小品,下二百签,皆是精微。"刘孝标注云:"释氏《辨空》,经有详者焉,有略者焉;详者为大品,略者为小品。"可见,"小品"本来是就"大品"相对而言,是篇幅上的区分,而不是题材或体裁的区分。小品一词,后来运用到文学领域,同样也没有严格的明确的定义,凡是短篇杂记一类文章,均可称之为小品。题材的包容和体裁的自由,可以说是小品文的主要特点。准确地说,"小品"是一种"文类",可以包括许多具体的文体。事实上,在明人的小品文集中,许多文体,如尺牍、游记、日记、序跋,乃至骈文、辞赋、小说等几乎所有的文体,都可以成为"小品"。明人王思任的《谑庵文饭小品》,就包括了几乎所有的散文、韵文的文体。尽管如此,从阅读和研究的习惯来说,小品文还是有比较宽泛的界定,通常所称的小品文,主要还是就文体而言,指篇幅短小、文辞简约、情趣盎然、韵味隽永的散文作品。

　　小品文作为一种文体的兴盛,在明清时期,主要在晚明阶段。而小品文的渊源,则仍可追溯到先秦时期。《论语》、《孟子》、《庄子》等书中一些精采的短章片断,可以看作是后世小品文的滥觞。六朝文人的一些书信、笔记之类,如《世说新语》中所记的人物言行,"简约玄淡,真致不穷"(胡应麟《少室山房类稿·读〈世说新语〉》),更是绝佳的小品之作。唐代小品文又有长足发展。柳宗元的"永州八记",堪称山水小品中的精品。晚唐时期,陆龟蒙、皮日休、罗隐等人的小品文,刺时讽世,尖锐深刻,在衰世的文坛上独树一帜,"正是一塌糊涂的泥塘里的光彩和锋芒"(鲁迅《小品文的危机》)。宋代文化得到空前的发展,出现了不少百科全书式的文化巨人,而其中代表宋代文化最高成就的苏轼,就是一位小品文的巨匠。苏轼自由不羁的性格,多方面的文化素养,使小品文这种文体在他手中运用自如,创作出大量清新俊逸之作,书画题跋这一体裁更是达到了极致。以致明人把他推为小品文的正宗,编有《苏长公小品》。宋代兴起的大量笔记,不少具有很高的文学价值,也为小品文的兴盛起了推波助澜的作用。

把小品文作为一种文体加以定名,并有大量作家以主要精力创作小品文,从而使小品文创作趋于繁荣,还得到晚明阶段。这一阶段,不仅有不少作家把自己的著作径以"小品"命名,如朱国祯的《涌幢小品》、陈继儒的《晚香堂小品》、王思任的《谑庵文饭小品》等;还出现了不少以"小品"为名的选本,如王纳谏编《苏长公小品》、华淑编《闲情小品》、陈天定编《古今小品》,陆云龙编《皇明十六家小品》等。而作为小品文达到鼎盛阶段标志的,还得推当时出现的许多具有很高文学成就的小品文作家,如以袁宗道、袁宏道、袁中道"三袁"和江盈科为代表的"公安派"作家,钟惺、谭元春为代表的"竟陵派"作家,以及同时或稍后的屠隆、汤显祖、张大复、陈继儒、李日华、吴从先、刘侗、张岱等,均有小品文著述传世。晚明小品文的主要特点在于独抒性灵,不拘格套,在艺术上极富创造性。晚明小品虽然在思想内涵和历史深度方面,无法与先秦两汉散文、唐宋散文等相比;但在反映时代思潮、探寻人生真谛方面,同样达到了时代的高度。

晚明小品文的兴盛,是与当时的社会现实、社会风尚和思潮的影响分不开的。晚明个性解放的思潮、市民意识的增强,是晚明小品文兴盛的重要原因。明亡之后,天翻地覆的巨变使社会思潮产生了新的变化,晚明的社会思潮和文学风尚得到了新的审视;同时,随着清王朝专制统治的加强和正统文学思潮的冲击,小品文的创作也趋于衰微。但仍有一部分作家仍然继承了晚明文学的传统,创作出既有晚明文学精神又具时代特色的小品文,如李渔的《闲情偶寄》、张潮的《幽梦影》、余怀的《板桥杂记》、冒襄的《影梅庵忆语》、沈复的《浮生六记》等,或以其潇洒的情趣,或以其真挚的情怀,为后人所激赏。

明清小品文不仅是中国古典散文终结期时的遗响,而且也是古典散文向现代散文转换中的重要一环,对后世产生了重要影响。"五四"新文学运动的不少散文作家都喜爱晚明小品,周作人在《中国新文学的源流》一书中甚至认为晚明文学运动与"五四"新文学运动有些相似之处。20世纪三十年代的中国文坛上,更曾掀起过一阵晚明小品的热潮。以林语堂为代表的作家大力提倡小品与幽默,强调自我,主张闲适,甚至认为"中国现代文学唯一之成功,小品文之成功也"(林语堂《人间世》发刊词)。在当时内忧外患的形势下,林语堂等人的观点无疑是不合时宜的,因而理所当然地受到了鲁迅先生的批评。但鲁迅先生对小品文本身以及晚明文学的代表袁宏道等并不持否定态度,而是认为"小品文大约在将来也可以存在于文坛,只是以'闲适'为主,却稍不够"(《一思而得》)。鲁迅先生是把战斗的小品比作"匕首"与"投枪",他晚年以主要精力创作杂文,正是重视小品文作用的表现。进入九十年代以后,随着思想的解放和物质生活的改善,文坛上又出现了一阵小品随笔热,明清小品的价值在尘封半个世纪之后重又为人们所发现,并开始得到实事求是的评估。为了使广大读者对明清小品有比较全面的认识,给广大读者提供较好的阅读文本,我们特出版了这套《明清小品丛刊》。

本丛刊精选明清具有较大影响和具有较高欣赏价值的小品文集。入选本丛刊者,系历史上曾单独成集者,不收今人选本。入选的小品文集一般根据通行本加以校勘,所据版本均在前言中予以注明。一般不出校记,重要异文则在注中注明。由于明清小品文作者多率性而作,又多引用前人诗文及典故,所论又多切合当时社会风尚,为给读者阅读提供参考和帮助,特对入选的小品文予以简注,对文中出现的人名、地名、典故、术语加以简明的注释,语词一般不注。明清小品文集的校注工作是一项尝试,疏误之处当在所不免,殷切地期待着读者的批评与指正。

上海古籍出版社

前　　言

　　在明清小品名著之中，《帝京景物略》以其内容广泛而著称。作者以城北内外、城东内外、城南内外、西城内外、西山上下、畿辅各地为先后顺序，采用客观描述的笔法，将明代北京以及周边各州、县的重要名胜古迹和富有情趣的风俗民情，尽数作了介绍。

　　北京名胜景观的记录，是本书的重点。书中详细介绍了当时北京各地的寺庙祠堂、山川风物、名胜古迹、园林景观，甚至河流桥梁，许多今天脍炙人口的历史古迹和山川名胜，诸如卢沟桥、白塔寺、天主堂、碧云寺、潭柘寺、鹫峰寺、卧佛寺、戒坛、十刹海、海淀、玉泉山、西山等等，我们都能从本书探寻到它们的渊源所自、本来状貌、风格特征和历史变迁。而且因为本书作者的写作态度比较严谨，所以作为明代北京的地方史料，一直受到重视，明代以后凡是记述北京历史风土景物的书籍，几乎无一例外地引用或参考过本书，就足以证明它的价值。

　　例如本书对于明代北京园林的记录，就是难得的史料。尽管明代中期以后，建园已成为各地城镇富裕居民追求的时尚,但是在北方,有心为自己的园林留下文字记录的人毕竟不多,至于留心叙述描绘当地众多园林的人士则更少。因此,本书为我们留下的明代北京园林资料,就显得弥足珍贵,我们可以从中了解明代北京人士的建园思想、园林风格,可以用来和江南园林相比较,从中获得许多有益的启示。比如说,北京园林自有北方园林的特点,与江南园林相比,它们较为粗放浑朴,不够精致,其极端者,即"荒荒如山斋"的"定国公园";它们不尚小巧,追求宏大,如将园内园外打成一片,以一亭、一轩、一台而周览四方的"英国公新园";它们不求景观建筑和景点景色的繁复多样,而于单调中求变化,在布局上出新意,如纯粹以柳取韵的"白石庄"。北京园林多为皇亲贵族所建,常常追求建筑的数量和奢华的气势,如"李皇亲新园"以"梅"争胜,似乎企图创立雅洁的风范,然而却将亭、池、门、窗甚至墙壁,都塑造成梅花形状,未免雕琢太过;此外,亭如鸥,台如凫,楼如船,桥如鱼龙,还有数百间的长廊,均显示了贵族园林灼人的气焰。凡此种种,都与崇尚清雅风范的江南园林有很大差异。

园林之外,有关寺庙祠堂的篇章占了全书一半以上的篇幅,因为明代历朝的太监和外戚,大多热衷于修建佛寺,尤其神宗之母孝定李太后,虔心事佛到了相当痴迷的程度,因此北京寺庙的数量十分可观。北京寺庙的种类也相当多样化,表现出京城文化不拘一格、广收博取的特点。其中既有保持纯粹宗教色彩的佛寺道观,也有一些主要是反映民间信仰的,如祭祀火德真君的火神庙、祭祀历代名医的药王庙、祭拜所谓真人的灵济宫、供奉萨真人和王灵官的显灵宫,以及崇奉关羽的关帝庙等等。至于帝王庙、朝天宫、悯忠寺和皇姑寺,则明显反映出京城寺观独有的帝王色彩。即使是同一宗教的寺庙，也常常因为教派或主创者的差异，呈现多样化的特点。比如同是佛教寺庙，双林寺由于创建者左吉古鲁来自西竺，就有浓厚的域外色彩；真觉寺因为专供西番板的达居住，就按印度式样建造；洪光寺建自朝鲜人郑同，遂有金刚山千佛绕毗卢之翻版；摩诃庵住持为诗僧琴僧，因而具有"高轩待吟，幽室隐读"的风格；崇国寺相传为元代脱脱丞相故宅改建，因此其中的塑像居然就是脱脱夫妇的化身。凡此种种，不一而足。

除了园林寺庙、山川景观之外，本书涉及的内容还有许多：《灯市》记录元宵夜五花八门的彩灯烟火，《高粱桥》介绍民间艺人的各种杂耍技巧，《春场》叙述当时北京一年四季的民俗节日以及活动，《太学石鼓》综述历代人士对于石鼓文的考辨，《天主堂》涉及基督教的常识以及耶稣会士带来的稀奇古怪的玩艺，《城隍庙市》几乎将明代五花八门的工艺名品以及知名工匠网罗殆尽，《汤泉》从遵化县的温汤引申至形形色色、遍及国境内外的著名温泉，至于《胡家村》，简直就是一篇专门的"蟋蟀经"。

尽管本书是以记录北京景观风物为主，但也不时穿插有对明末社会、政局的思考，表现出作者对于明代政治、经济、社会问题的敏感和关注。例如卷八《督亢陂》中，作者从眼前北方上谷之地"水流时断，林烟时见，禾黍时有"的荒凉，回想战国时督亢陂的富饶肥沃，感慨万千。他从当时南北经济发展不平衡的现状，思考起造成这一状况的原因："然而枣栗之民，粒食东南，东南之粒，能饱九边士，亦能荒三辅土。"南粮北输所造成的消极影响，是在某种程度上强化了北方人士的依赖心理，削弱了他们生产自强的动力，当时很少有人会这样想到。

再如卷八《李卓吾墓》,字里行间透露出作者对于伟大思想家李贽的仰慕与惋惜。篇末附有作者于奕正的挽诗,诗曰:"此翁千古在,疑佛又疑魔。……书焚焚不尽,老苦苦无多。潞水年年啸,长留君浩歌。"李贽那种似佛又似魔的人格魅力,给予作者深刻影响。因为关心政治、关注时事,刘侗、于奕正后来都参加了复社;因为崇尚李贽超凡脱俗的行为方式,于奕正也曾以那种骇世惊俗的言谈举止出现于友朋中间。

又如卷七《瓮山》篇,摘录当时民谣以反映明代社会的某些变化:"传者谓弘治时世臣富,正德时内臣富,嘉靖时商贾富,隆(庆)、万(历)时游侠富。然流寓盛,土著贫矣。"晚明的流民问题以及作者的困惑,于此可见一斑。此外,《火神庙》关于火灾,《三忠祠》《卢沟桥》关于治水,《首善书院》关于讲学和天启年间的党争,《李文正公祠》关于宦官乱政等等,都与社会时事紧密相关。

本书的文采也值得称道,竟陵派幽雅隽洁的文风,于本书表现得十分充分。尽管明末以后,褒奖竟陵派的人士很少,但是竟陵派抒情求真、描写求雅的文学主张及其实践,还是不容轻易否定的。清代乾隆年间的著名文人纪昀,在贬斥公安、竟陵为"伪体"、为"诡俊纤巧之词"的同时,也不能不承认本书"序致冷隽,亦时复可观",同时认为公安、竟陵之文,适合于小品点缀,"寸有所长,不容没也"(纪昀《帝京景物略》删节本序)。可见竟陵小品的魅力,是有目共睹的,尤其本书那些写景的部分,文笔洁净隽永,耐人寻味,不少篇章可以作为晚明小品文的典范来欣赏。

如《香山寺》写香山来青轩观景所见:"至乎轩,山意尽收,如臂右舒,曲抱过左。轩又尽望:望林抟抟,望塔芊芊,望刹脊脊。青望麦朝,黄望稻晚,晶望潦夏,绿望柳春。望九门双阙,如日月晕,如日月光。"对于山势形状的拟人化描摹,叠音词、颜色词的灵活运用,能够启发读者许多充满诗意的联想。

再如《定国公园》写园之"质朴":"园在德胜桥右,入门,古屋三楹,榜曰'太师圃'。自三字外,额无扁,柱无联,壁无诗片。西转而北,垂柳高槐,树不数枚,以岁久繁柯,阴遂满院。藕花一塘,隔岸数石,乱而卧。土墙生苔,如山脚,到涧边,不记在人家圃。"此段文字雅洁,与后来张岱《陶庵梦忆》中反映无锡王稚登园林风貌的《愚公谷》篇十分相似。(按:天启年间,张岱二叔张尔葆在北京与谭元春、于奕正、袁彭年等时常聚游酬唱,张岱受其影响,因而偏爱竟陵派诗文。)

又如《白石庄》写"柳":"庄所取韵皆柳,柳色时变,闲者惊之;声亦时变也,静者省之。春:黄浅而芽,绿浅而眉、深而眼;春老,絮而白。夏:丝迢迢以风,阴隆隆以日。秋:叶黄而落,而坠条当当,而霜柯鸣于树。"柳韵、柳色、柳形、柳声,以及观柳人因为柳的变化而引起的内心悸动,描摹得如此细腻到位而又如此简练,实属罕见。

本书其实是三个志同道合的朋友相互切磋、分工合作的成果。

主笔刘侗(1593—1636),字同人,号格庵,麻城(今属湖北)人。早在为诸生时,其才学即受督学葛公赞赏。谁知后来事情的发展,正应了一句老话:"祸兮福之所倚,福兮祸之所伏。"文采出众,反倒招惹了麻烦,礼部以此奏参,罪名就是"文奇",万历四十六年(1618)省试,刘侗与景陵(即竟陵,明代作"景陵")谭元春、黄冈何闳中同时被降低等次,而且因此遭人妒忌,一时"祸患缠身"(谭元春《与孟诞先》),无法在当地立足。崇祯初年,为了获得一个合适的应举考试环境,他毅然北上京师,相伴同行的,就是后来为《帝京景物略》查访搜集有关诗歌的周损。到京城后,刘侗捐资成为太学生,并在北京整整逗留了五年。在此期间,通过谭元春的介绍,又结识了本书另一作者于奕正,并成为好友。他们共同游玩名胜,踏勘古迹,访贤问老,搜集资料,为本书的撰写打下了坚实基础。崇祯六年(1633),刘侗考中顺天乡试举人,次年成为进士,授职吴县知县。这年秋天,由于奕正相伴南归,取道金陵,二人又在金陵滞留了整整一年,这一年的主要任务,就是撰写《帝京景物略》。崇祯八年冬天,《帝京景物略》终于结稿,并在金陵顺利出版。当时根据于奕正的计划,还想与刘侗合著《南京景物略》,如此既有"北京",又有"南京",方为完整。不料于奕正突然谢世,刘侗也没能到吴县走马上任,随后病逝于维扬客船之上,于是他们的计划就永远地成了梦想。除了《帝京景物略》之外,刘侗的著作还有《龙井崖诗》、《雉草》和《韬光三十二义》,谢世之后,由他的朋友孟登、谭元礼先后刊行于世。

刘侗为人正直,志向远大,所谓"上尊性命不易之理,次究著述千秋之业"(《谭元春集·答刘同人书》),既是他择友的标准,也是他自己的人生目标。他倾心于文学创作,诗文力求格调的新颖,所谓"幽古奇奥,无一字拾人残渖"(《光绪麻城县志·文苑传》)的风格,在《帝京景物略》里也有突出的表现。与其说这是因为受到了当时风行的竟陵派的影响,其实不如说刘侗本人就是典型的竟陵派,因为竟陵派领袖与刘侗并不是影响和被影响的关系,而是相互激励、相互促进的朋友,是共同支撑竟陵大旗的中坚人物。刘侗与竟陵派领袖谭元春是莫逆之交，他们一起因为文风奇特受到处分，他们经常有诗文唱和、书信往来。谭元春在北京时，和刘侗一起经常借住在于奕正的家园里，并且不止一次直接或间接地称赞刘侗。刘侗北上京师时，他有《送刘同人北学四十二句》诗，表述了对刘侗当时处境的同情，并寄予厚望，诗中说："去负一卷文，徒步作燕客。失意走踆踆，气平不可阨。楚场鬼遮烛，贫贱生戈戟。……太学数百人，睁眼看珠璧。雄文写磊磊，宗庙护手迹。"（《岳归堂新诗》卷一）他曾在回复刘侗的书信里表达仰慕之情，自称"仆甚心仪"，并赞赏刘侗"才大而品坚"（《答刘同人书》）；他还在给友人孟登的书信里，说"同人祸患缠身，才格益高古"（《与孟诞先》）。处境的相似，文风的相近，一致的追求，促使他们成为多年的知交。

刘侗的合作者于奕正（1597—1636），原名继鲁，字司直，宛平（今北京）人。明崇祯初年宛平县学生员。早年丧父，让财与兄弟，独居荒园之中。作为北京破落的世家子弟，于奕正有着迥异于常人的嗜好和性格。他无心理财营家，喜欢交友，好游名山，交游皆当时名人。谭元春、刘侗二人来京师，必客其园。当时四方来京师者，闻其名上门拜访，多留宿其家，高谈阔论，吟诗诵文，还乡后则向他人称道，于奕正亦乐此不疲，于是"天下益向往之"（顾与治《朴草序》）。于奕正状貌奇特，不修边幅，初次见面者，往往惊诧回避，但不久必然为其出众的言谈所倾倒。顾与治在为于奕正的诗集《朴草》撰序时，曾生动描述于奕正初次到他家作客时的场景："予坐客未识司直者，见其蓬鬓电目，面作松鳞，瘿处颔左，衣冠率略，顾瞻倨蹇，愕眙欲避之。已而道风披扬，绪论叠出，莫不倾倒叹服，徘徊不能去。"

　　于奕正是性情中人，常常不循常理行事。崇祯七年（1634）重阳日，刘侗中进士后离京南归，于奕正依依不舍，送至郊外河边。见秋色迷人，忽然游兴大发，于是同舟相伴而去，也没顾及向家人辞别。在金陵，曾遍游名胜，遂有《南京景物略》之构想。后来刘侗与他分道而行，于奕正只身独游，因此心情不能舒畅。崇祯九年（1636）四月闷闷不乐地返回金陵，随即病逝于刘侗所居客店，年仅四十。除了《景物略》，于奕正还有《天下金石志》、《朴草》等著作行于世。

　　刘侗于序文中称，他本人"北学而燕游者五年"，而于奕正是燕人，有"二十年燕山水间"摸爬滚打的经历，于是他们分工十分明确："奕正职搜讨，侗职摘辞。事有不典不经，侗不敢笔；辞有不达，奕正未尝辄许也。"可见《帝京景物略》虽是刘侗执笔，但资料的搜集、体例的确定，以及成文以后的修改，于奕正实在是发挥了巨大作用。于奕正对此也颇有感触，其《略例》中所谓"（是编）布体陈辞，不更蹑向人一步"，所谓"成斯编也良苦"等等，并非言不由衷的溢美之辞，确实是多年辛苦终成正果之后的感慨。

　　本书的另一位合作者是周损。周损，字远害，号迂收。博学，工诗文，与刘侗是同乡兼同学，曾共砚席十余年。刘侗赴京入太学，周损相伴而游。又共著《帝京景物略》，采选诗歌，皆出其手。当初周损搜集有关诗歌多达五千余首，最后从中挑选录用的，仅为五分之一，周损之勤勉与严谨，于此可见一斑。崇祯十二年（1639），周损考中举人，又于崇祯十六年癸未（1643）中了会试副榜（《光绪麻城县志·仕绩》谓周损中"癸酉会试副榜"，误。当为"癸未"），授饶州府推官。任职饶州期间，曾因马士英军队骚扰百姓并欲屠城一事，与上司交涉，并设缓兵之计，成功制止了杀戮之举。临终，勉励其子力学敦行，无一语涉及家事。因此颇受乡人好评。

《帝京景物略》的撰写前后经历了六年，"盖周咨于燕者五年，著于秣陵者经年，而成书"（方逢年叙）。崇祯八年（1635）冬天初版刊行之后，明末清初翻刻过数次。清乾隆三十一年（1766）夏天，纪昀又将原书删订出版，把大量附诗全部删除，"独留正文一百三十余篇"，并添了少许注释，作了部分改动，成为后来流行的版本。二十世纪五十年代，古典文学出版社曾根据纪昀删节本整理出版了排印本。

本书经过今人整理的、质量较好的版本，是北京出版社一九六三年出版的校点本，根据张次溪先生所藏明崇祯八年初刊本整理。此本校对严谨，"没有删节，个别刻印上的错失，则据清刻本校改"（见书前《出版说明》），较好地保存了原貌。但是，北京出版社一九六三年校点本并非没有值得改进的地方。首先，该校点本所依据的底本（即张次溪先生藏本），固然是初刊本，但印行并非是在明代，因此没能完整地保存原貌。原书某些在清代易于招惹麻烦的段落句子，不同程度地被删削篡改，证明张次溪先生藏本必定是清人对原版作过挖改以后的印本。例如，卷一《太学石鼓》强调明代礼教科举对于邻国、少数族的影响，说："其声教迄四海之外，琉球、交趾、啰啰、乌撒等，遣子入学，有举制科。归其国者，古莫比也。"这一段文字，该校点本中全不见踪影。又如，卷四《帝王庙》篇，就嘉靖年间撤去元世祖忽必烈与其大臣庙祀一事，援引礼科给事中陈棐与皇帝的对话："'胜国元以夷乱华，不宜庙祀，宜撤忽必烈及其臣木华黎等五人神主。'上曰：'元本胡夷，甚于五季。'"这一段文字在该校点本中亦付诸阙如。此外，类似的删改还有多处。可见底本的选择还需推敲。其次，该校点本虽曾利用清刻本作了校勘，但所有的校改均不作说明，读者也就无从知晓原书的本来面貌。最后，本书涉及历史人物很多，知识范围极广，但该校点本未作任何注释，不利于今人阅读。凡此种种，均需改进。

为了弥补上述种种的不足，此次整理以湖北图书馆藏明崇祯八年金陵弘道堂初刊本(上海古籍出版社《续修四库全书》据以影印)为底本，遇有问题，参校他本，凡不属明显错字误字的改动，均于注释中给予说明。书中的地名、人名、术语、典故，尽可能地给予简明注释；某些意思隐晦的、难懂的句子，还作了必要的疏通。需要说明的是，湖北图书馆的藏本亦非明代印本，其中某些遭清人忌讳的字句也作了删削，但相比北京出版社一九六三年校点本所据底本，则完善得多。

如果说《帝京景物略》是一部明代北京社会文化生活的百科全书，决非危言耸听。且不说书中形形色色的民间传闻、乡俗地名、园林建筑、器物名称、俗语掌故，要弄明白个究竟，往往颇费周折，仅仅是书中涉及到的人物，就在一千二百人以上，其中不少还是作者于明末结识的、名不见经传的布衣文人。也正因此，注释颇具难度。限于丛书的体例，引诗一律不注，因此有些考证成果未能体现出来，这是颇为遗憾的。本人能力有限，疏误实难避免，敬请读者指正，以利今后进一步完善。

孙小力　2000年11月

目　录

卷二　城 东 内 外

卷三　城 南 内 外

卷六　西　山　上

叙

　　燕不可无书而难为书①。本朝之制,敦尚节俭,非有汉唐宫室之广丽,别馆离苑,跨山弥谷,以数百千计也;非有原庙之幸②,汾阴之祠③,阁道周流,长途中宿,若九成④、华清之避暑也⑤;非有长杨较猎⑥,周阹禽兽,昆明、曲江之水嬉也⑦。地可垦辟九逵之外,以赡农萃氓隶。其可览观,则击壤之叟,祝釐之伦,相与夷嶻而堙谷,列植招提,灵圃仙台,远近落离。于是都人士游焉、觞焉、咏焉,曰:燕难为书,燕不可无书也。陈留之志风俗也⑧,襄阳之志耆旧也⑨,会稽之志典录也⑩,岳阳之志风土也⑪,雒中之志伽蓝也⑫,华阳之志人物也⑬,志焉尔。余门人刘生侗之志燕,异是。其言文,其旨隐,其取类广以僻,其篇幅无苟畦。其刻画也,景若里之新丰,鸡犬可识也⑭;物若偃师之偶⑮,歌舞调笑,人可与娱,可与怒也。粤古作者,未有是矣。爰有于子奕正采厥事,周子损采厥诗,以佐刘生之笔华墨渖。盖周谂于燕者五年,著于秣陵者经年⑯,而成书,曰《帝京景物略》。刘生以质于余,而后乃行之。余得读是书,綦详矣,"略"言之者何? 以余所闻于燕,医无闾之山⑰,昭余祈之薮⑱,崆峒之上⑲,广成子之石室存焉⑳;西山之大小翻^㉑,王次仲之所落其翼也^㉒;息壤之涌金马门^㉓,张世杰之生范阳村^㉔,谢枋得之饿悯忠寺^㉕,兴会所不至,斯不及焉。曰"略"也,谅哉!

赐进士第、中宪大夫、协理詹事府事少詹事兼翰林院侍读学士、管理纂修玉牒事务、前南京国子监祭酒^㉖、直起居注、纂修两朝实录、知制诰、经筵日讲官方逢年撰^㉗。

① 燕:指燕京,辽时设置。此沿用旧称,即今北京市。

② 原庙:正庙以外别立之庙。

③ 汾阴:汉代县名,位于汾水之南,故名,即今山西万荣县地。汉武帝于汾阴建有后土祠。

④ 九成:宫名。即隋仁寿宫,位于今陕西麟游县西。专供帝王避暑。

⑤ 华清:宫名。位于今陕西临潼骊山之上。唐太宗时修建,称温泉宫,唐玄宗改称华清,年年游赏。

⑥ 长杨:宫名。位于今陕西周至县东南。秦朝始建,汉代曾加以修饰,宫中有垂杨数亩,取名"射熊馆",专供狩猎取乐。

⑦ 昆明:池名。位于今陕西长安县西南,相传尧时已有此池,汉武帝令摹仿滇池,予以拓广并命名。 曲江:又名曲江池,汉武帝建宜春苑时修造,其水曲折,犹如钱塘江,故取钱塘江之别称命名。唐玄宗开元年间重加修整,为风景胜地,位于今陕西长安县东南。

⑧ 陈留:秦朝县名,汉为陈留郡治,晋封魏废帝为陈留王,治小黄,位于今河南开封东北。 志风俗:今存《陈留志》相传为晋人江敞所撰,主要记述陈留风俗。

⑨ 襄阳:郡名,三国魏设置,宋升为府,今属湖北。 志耆旧:晋人习凿齿撰有《襄阳耆旧传》。

⑩ 会稽:郡名,秦朝设置,治所在今江苏吴县,其地域大致包括今江苏东南及浙江西部。 志典录:晋人虞预撰有《会稽典录》。

⑪ 岳阳：指宋代岳州，今属湖南。　志风土：宋人范致明撰有《岳阳风土记》。

⑫ 雒中：指洛阳，北魏国都，今为河南洛阳市。　伽蓝：梵文"僧伽蓝摩"之略称，指僧众居住的园林，后多指佛寺。北魏杨衒之撰有《洛阳伽蓝记》。

⑬ 华阳：《尚书·禹贡》"华阳黑水惟梁州"之简称，指梁州诸地。晋代梁、益、宁三州，即巴蜀地区，属《禹贡》所述梁州之域。　志人物：晋人常璩撰有《华阳国志》，记述巴蜀、汉中地区历史、地理和风俗，以人物事迹为主。

⑭ "景若"二句：汉高祖初年，刘邦因其父思乡心切，遂按家乡丰县(今属江苏)街道里巷形式格局，改造秦朝骊邑，并迁来丰县百姓，故称新丰。唐废。故城位于今陕西临潼东北，称新丰镇。据《西京杂记》记载，汉高祖所建新丰，宗庙建筑、房屋街道，与丰县毫无差异，以至丰县百姓所携犬羊鸡鸭，置于新丰大道，也能找到各自家门。

⑮ 偃师：西周工匠名。据《列子·汤问》，周穆王时有巧匠偃师，所制木偶能歌善舞，千变万化，遂人心愿。

⑯ 秣陵：秦改金陵为秣陵，即今江苏南京市。

⑰ 医无闾：山名，一作"医巫闾"，又称广宁山，为阴山山脉分支，山产美石。位于今辽宁北镇县西。

⑱ 昭余祈：泽薮名，一作"昭余"，位于今山西祁县、平遥、介休一带。

⑲ 崆峒：山名，位于今河南临汝县西南。

⑳ 广成子：相传为黄帝时得道之人，居崆峒山上。或谓老子别号。《庄子·在宥》篇谓黄帝曾赴崆峒山，问道于广成子。

㉑ 西山：又名小清凉山，位于今北京城西，属太行山支脉。　大小翮：指大翮山和小翮山，二山相连，位于今北京延庆县西北。据说王次仲创书，秦始皇奇而召之，三征而不至，秦始皇大怒，令囚车押送赴京。王次仲化为大鸟，振翅飞逝，遗落二翮于此山，遂成大翮、小翮两峰

(参见《水经注·漯水》、唐张怀瓘《书断·八分》）。

㉒ 王次仲：相传为秦时人士，改造篆、籀之体，创为隶书。

㉓ 息壤：传说中一种永不停止生长的神奇土壤。《山海经·海内经》：“洪水滔天，鲧窃帝之息壤，以堙洪水。” 金马门：汉代宫门名。据《后汉书·马援传》，东门京为西汉武帝时人，精于相马之术，武帝曾令他摹仿大宛马铸造铜马，立于鲁班门外，遂更名鲁班门为金马门。后多借指京师官署。

㉔ 张世杰（？—1279）：范阳（郡治在今北京大兴县）人，南宋时官至沿江制置副使，驻兵崖山（位于广东新会以南大海之中），为元军所破，后试图恢复，于海上遇飓风，舟覆溺死。

㉕ 谢枋得（1226—1289）：字君直，号叠山，弋阳（今属江西）人。宋宝祐四年（1256）进士，官至江东提刑、信州知州。宋亡，隐居闽中。元至元二十六年（1289），被逼赴京，至大都，不食而死。门人私谥“文节”。有《叠山集》传世。 悯忠寺：位于北京城南，参见本书卷三。

㉖ 南京：明洪武年间于金陵建都城，明成祖永乐初年迁北京后，仍于金陵保留京师建制，称南京。即今江苏南京市。

㉗ 方逢年：字书田，号狮峦，遂安（今浙江淳安）人。明天启二年（1622）进士，崇祯间官至礼部尚书、东阁大学士。明亡，降于清，不久因暗通南明政权，被杀。

叙

都,应垣也。燕之应极,垣有三焉,极一而已矣①。日东出,躔十有二,极北居,指十有二,以柄天下之魁杓。天险设于坎,地势厚于坤,皇建而人民会归于极,有进矣。帝北宅南向,威夷福夏,玉食航焉。盖用西北之劲,制东南之饶,亦用东南之饶,制西北之劲。饶劲各驭,势长在我。若欲饶其所劲,劲其所饶,则不识先皇之远算矣。又进矣,燕云割而中华蹙②,岭可界也③,界之;河可界也④,界之;江可界也⑤,界之。岂无远猷,川濬阻修⑥,科堕从枝⑦,弓挠于觟尔。中宅天下,不若虎视天下;虎视天下,不若挈天下为瓶,而身抵其口。雒不如关⑧,关不如蓟⑨。守雒以天下,守关以关,守天下必以蓟。文皇帝得天子自守边之略⑩,于厥初封,都燕陵燕,前万世未破斯荒,后万世无穷斯利,捶勒九边⑪,橐笈四海⑫,岂偶哉!三百年来,率土臣民,罔不辐辏,红尘白日,无有闲人。目指所及,风高沙飞,土刚水硗,幽岩胜迹,非所经心,辄有小警,而怀都意轻矣。夫都燕,天人所合发也。阴阳异特,眷顾维宅,吾知之以天。流泉肵原,士丞民止,吾知之以人。此《帝京景物略》所为著也。考中原之山势⑬,江北主,江南宾。古圣先王,笃生必于江北。江北之山,归结泗凤⑭,蒂从山后,奥区莫过之。本同末异者,山也;本异末同者,水也。天下之水,东趋沧海,沧海所涯,号称天津,故山水之攸结,莫并我帝京者也。于焉神人萃,物爽冯,成周鼓文,汉代瑞像,胫翼谓何,气先符应⑮。他若潭云塔影,龙螺洞光,木石幻气精,熙游盛今古,虽留更仆,未可悉数已。侗北学而燕游者五年,侗之友于奕正,燕人也,二十年燕山水间,各不敢私所见闻,彰厥高深,用告同轨。奕正职搜讨,侗职摛辞。事有不典不经,侗不敢笔;辞有不达,奕正未尝辄许也。所未经过者,分往而必实之,出门各向,归相报也。所采古今诗歌,以雅、以南、以颂⑯,舍是无取焉,侗之友周损职之。三人挥汗属草,研冰而成书,其卷八,其目百三十有奇。崇祯八年乙亥⑰,冬至后二日,麻城刘侗撰。

① 极:北极星。　垣:星位。古代将众星分为上、中、下三垣。按,以星宿之分野区分九州之地,始于《周礼》保章氏。后世阐释及标准不一,或据中宫斗杓划分,或按二十八宿,或按金、木、水、火、土五星,多为荒诞之说。

② "燕云"一句:五代石敬瑭以幽、云、蓟、瀛、莫、涿、檀、顺、新、妫、儒、武、应、寰、朔、蔚等十六州割让给契丹,以此换得契丹兵力支援,建立后晋王朝。燕云,指燕云十六州,大约相当于今河北、山西北部地区。中华,古代华夏之君,多建都城于黄河南北,后世遂称黄河流域为中华;以后各朝疆域渐广,所有领土皆属中华。

③ 岭:指秦岭。

④ 河:指黄河。

⑤ 江:指长江。

⑥ 邍(yuán):平原。

⑦ 科堕:即"科楛",形容光秃秃的样子。语出汉扬雄《太玄·

穷》:"次四,土不和,木科楎。"

⑧ 雒:洛阳,今属河南。　关:关中,即今陕西。实指陕西长安。

⑨ 蓟:州名,唐始设置,一度改称渔阳郡,明朝属北京顺天府,即今河北蓟县。此指北京。

⑩ 文皇帝(1360—1424):即明成祖朱棣,朱元璋第四子,起兵推翻建文皇帝,迁都北京,年号永乐,公元1403—1424年在位。谥号简称"文"。

⑪ 九边:明代北方九处军事重镇。

⑫ 四海:意为天下。古人以为中国四周皆海,故称中国为海内,称外国为海外。

⑬ 中原:指黄河流域。

⑭ 泗:州名,元时属淮安路,明初属凤阳府,即今安徽泗县一带。朱元璋之父原住泗州,后举家迁往濠州。　凤:指凤阳府,明洪武初年设立,元时属安丰路濠州,为朱元璋家乡。今属安徽省。

⑮ "成周"四句:意为周朝石鼓、汉代佛像,为何皆仿佛长腿插翅,聚集于此,因为它们的精神本来就与这里地气相符。成周鼓文,指石鼓文,参见卷一《太学石鼓》。

⑯ 雅、南、颂:本指《诗经》之风、雅、颂,此指符合儒家圣典《诗经》原则精神的诗歌作品。

⑰ 崇祯八年:公元1635年。

略　　例

至尊内苑，非外臣见闻传闻所得梗概；四坛[①]、诸陵[②]，臣庶瞻望焉，罔敢至止。今略所记帝京景物，厥惟游趾攸经、坐谭攸析者。苍莽朝曛攸至也，近百里而瞻言之；丰碑孤冢攸存也，远千年而凭吊之。粤有僻刹荒荒，家园琐琐，游莫至，至莫传矣，略之。

长安[③]，都秦称也，都燕，非所称也。战国曰燕，金曰燕京，元曰大都，我明而袭古称，奚可哉！我明曰顺天[④]，迄八府而一称之[⑤]；曰北京，对南京而二称之。今约略古甸服内也，称曰帝京。

纪载有体尔，草则有疏，射则有策。今帝京名篇，而所记山水、园林、刹宇也。若指画经济，娓娓不休，谓其言有伦脊乎？编中如大学之典则[⑥]，首善书院之讲学[⑦]，三忠祠之运漕[⑧]，卢沟桥之河道[⑨]，嵇山馆之沿习[⑩]，偶谭及之，用志欣慨，盖不尽不详焉。

翼《顺天府志》而传者[⑪]，《燕史》（戚伯坚）[⑫]、《宛署杂记》（沈榜）[⑬]、《长安客话》（蒋仲舒）[⑭]、《长安可游记》（宋启明）等[⑮]。或杂失伦，或讹，或漏，或漫，或俚。兹编人徵其始末，事核其有无,博采约修,一新旧观。疑乃传疑,信乃传信,必也。成书有据,碑版今存,虽故老称说,尚慭置焉,况乎东野齐谐⑯,敢为怪邮哉!然而多僻多异,其钟孕洋溢弘远矣。

地从石晋割后,不隶中土六百余年⑰,而辽、金、元递都之,故奇迹异闻,事多三史。编中为表旧事,不尽删削,退夷进夏,深用怃然。

山之名、水之名、寺院家园之名,书土人所习呼,便游者询问也。城九门有赐名⑱,而土人或仍旧呼,则非王制。今悉遵门额,不曰海岱、顺城⑲。惟述金元时语,则仍其称。

西山巨刹,创者半中珰。金碧鳞鳞,区过六百,编所列梵宫,间存创者姓氏,志滥也。晏公一祠⑳,学圣尊儒,大书特书之。

书纪帝京,庙号祖讳,森然维列。故先辈巨公,或称名而冠以官,或称名而冠以籍。僧道隐逸,名不可稽也,俗称之。

昔称古人碑碣,山川眉目。兹地汉、唐、宋碑,存者一二,馀所骈列,辽、金、元物也,文字荒芜,仅志岁月,但存碑目,不录原文。存一元碑,夷语可姗故。

是编著作,在叙记间,篇有幅,幅有其首尾,或体致弗合,则亦舍弃旧闻。如报国寺㉑,述游所属目,以成其篇,而他碑记,即不可阑入。按记,英宗周后弟吉祥㉒,幼祝发,昼游市陌,夜宿报国寺伽蓝殿中。英宗忽夜梦伽蓝神来告,后弟今在某所,后梦亦同,即日求得之。然吉祥愿为僧,不可强。乃改报国寺曰大慈仁寺。今西之伽蓝殿,梦所告处也。

编所主者,地也。如汉前将军㉓,玉泉解池㉔,著异甚众,而述止北征一事,事在燕市也。他若文山鄱湖之助战㉕,忠肃武林之兆梦㉖,事不在燕,一无旁及。

闾里习俗,风气关之,语俚事琐,必备必详。盖今昔殊异,日渐淳浇,采风者深思焉。春场附以岁时㉗,弘仁桥附以酬香㉘,高梁桥附以熙游㉙,胡家村附以虫嬉㉚。

名公游纪,为光山泽,要其命笔,则一日偶然之玄对。岁月先后,致人人殊,虽甚鸿篇,不仍不载。

关庙、狄祠等㉛,不录本传,以国史炳然,无烦具述。他惟事隐轶、论淆讹者,务表章而辩白之。

园林寺院,有名称著而骈列以地,如净业寺、莲花庵之附水关㉜,李园、米园之附海淀者㉝。有名称隐而特标著之,如水关之太师圃、卧佛之水尽头者㉞。有昔著今废,犹为指称焉,如高梁桥之极乐寺、玉泉山之功德寺者㉟。

梵宇,亟称十刹海也㊱;园馆,亟称太师圃也;山林薮泽,亟称滴水岩、云水洞也㊲。人工崇饰,非所贵。奕正,燕人也,好游,而游详于燕。刘子,楚客也,好游,而燕中游者五年。是编,奕正撦事,疑者罔滥,信者罔遗。刘子属辞,怪匪撰空,夸匪溢实。

成斯编也良苦。景一未详,裹粮宿舂;事一未详,发箧细括;语一未详,逢襟捉问;字一未详,动色执争。历春徂冬,铢铢纳纳而帙成。

山川记止夷陵,刹宇记止衰盛,令节记止嬉游,园林记止木石,比事属辞,不置一褒,不置一讥。习其读者,不必其知之,言外得之。

志山水古欤,得《水经注》焉㊳。志梵刹古欤,得《洛阳伽蓝记》焉㊴。志熙游古欤,得《武林旧事》焉㊵。杨、周怀音瞻道㊶,其苦也易工。郦子轮周方域㊷,其博也易奥。是编,盛明拜手之扬言,畿郊千里之观听也。枯菀致异,广狭量殊,难矣,难矣。且其布体陈辞，不更蹵向人一步。

周二京㊸，汉两都㊹，非其盛也。我朝两京峙建㊺，方初方盛，猗欤胜矣。《帝京》编成，适与刘子薄游白下㊻，朝游夕述，不揆固陋，将续著《南京景物略》，已属草矣，博物吾友，尚其助予。

景物而追昔游，徵后至，则附以诗。编所得诗，五千有奇，本集十有七，碑刻十有一，钞传十有五，秘笥十有二。奕正与刘子，未暇选定，以属周子损。逸四千篇，存千篇有奇。其徵诗未至者，俟之。

前记志者，陈诗不备，采诗无择焉。天宁寺之在中州㊼，朝天宫之在金陵㊽，秘魔岩之在五台㊾，文山祠之在江右㊿，忠肃祠之在武林㉛，景异物殊，悉从删汰。

诗因时以次，例也。有因地者，先海淀，而李园，而米园。先瓮山㉜，而耶律墓㉝，而圆静寺㉞。三忠祠㉟，先祠，而通惠河㊱。报国寺，先松，而像，而阁。各有类凡，取便阅者。

燕土著，无论已。流寓，远者数世；客，久者数十年，读斯编也，耳目一惊，未也。吾耳及矣，趾未及，吾阙焉。趾及而事理疑，吾阙焉。若夫非吾阙之，而选胜选事，寡闻又多矣。以语周子，周子曰：未也。先辈之题其地也，匪石不传也，其集也，匪木不传也，传矣，而吾目周之，十有二耳。以语刘子，刘子曰：吾续之，吾续之，吾恶知后且续者之不倍今兹乎。

① 四坛：指天、地、日、月四坛，分别设于北京皇城周围。

② 诸陵：指明朝历代帝王陵墓，皆在今北京昌平天寿山。

③ 长安：自秦至唐，多建京都于长安（今陕西西安市西北），后人常以长安为帝都通名。

④ 顺天：明初设北平府，永乐元年(1403)建为北京，改北平府为顺天府。

⑤ 八府：指隶属北京之顺天、保定、河间、真定、顺德、广平、大名、永平八府。

⑥ 大学：即太学，见本书卷一《太学石鼓》。

⑦ 首善书院：位于北京城西。见本书卷四。

⑧ 三忠祠：位于北京城东。见本书卷二。

⑨ 卢沟桥：位于北京城南。见本书卷三。

⑩ 嵇山馆：即嵇山会馆，位于北京城西。见本书卷四。

⑪ 《顺天府志》：沈应文撰，六卷，分六纲三十七目。初刊于万历癸巳年(1593)。

⑫ 《燕史》：明戚伯坚撰。已佚。

⑬ 《宛署杂记》：二十卷，沈榜任宛平知县时修，万历壬辰年(1592)刊行。　沈榜：字子登，临湘(今属湖南)人。举人。历任内乡、东明、上元知县，万历十八年(1590)任宛平县令。后迁户部云南司主事。

⑭ 《长安客话》：八卷。　蒋仲舒：名一葵，字仲舒，号石原，武进(今江苏常州)人。万历年间在世，家有书斋名"尧山堂"。曾于万历三十四年(1606)辑刊《尧山堂八朝偶隽》，另撰有《尧山堂外纪》等。

⑮ 《长安可游记》：明宋启明撰。原书已佚，《日下旧闻考》摘引颇多。

⑯ 东野："齐东野语"的略称，本指齐国东部边境乡野之人的谈论，后喻指不足取信之言。《孟子·万章上》："此非君子之言，齐东野人之语也。"　齐谐：战国前一部记载奇闻异事的书。《庄子·逍遥游》："《齐谐》者，志怪者也。"

⑰ 石晋：指五代石敬瑭所建后晋政权，后人为区别于西晋、东晋，故称。　不隶中土六百余年：公元936年，石敬瑭以割让燕云十六州为代价，向契丹请来援兵，推翻后唐，建立后晋。历经辽、金、元三代，燕云十六州始终不属汉族政权管辖范围，直到明朝建立。按，"六百余年"

之说有误,实为"四百余年"。

⑱ 城九门:指明代永乐年间所建北京九个城门,即正南正阳门、南向东侧崇文门、南向西侧宣武门、东南朝阳门、东北东直门、西南阜成门、西北西直门、北向西侧德胜门、北向东侧安定门。

⑲ 海岱、顺城:沿袭元代旧称,指崇文门和宣武门。

⑳ 晏公:明正德年间宦官晏忠。晏忠曾于北京西山修建祭奠儒家圣贤之祠堂,参见本书卷六《晏公祠》。

㉑ 报国寺:位于北京城南。参见本书卷三。

㉒ 英宗(1427—1464):即朱祁镇,宣宗长子,母贵妃孙氏,宣德十年(1435)即位,以明年为正统元年。正统十四年(1449)率军亲征瓦剌,兵败被俘。后被放还。七年后重又登基,年号天顺。前后在位二十三年。庙号英宗,葬裕陵。 周后:英宗妃,明宪宗生母。天顺元年(1457)封为贵妃;宪宗即位,尊为皇太后;孝宗登基,尊为太皇太后,谥号简称"孝肃"。 吉祥:孝肃皇太后之弟。按,《明史·外戚传》载周吉祥事迹,所述与此相仿。

㉓ 汉前将军:指三国关羽。曹操曾表封关羽为汉寿亭侯,后于西蜀官拜前将军。

㉔ 玉泉:事见宋司马智《玉泉寺寿亭侯印记》:"(南宋)绍兴中,洞庭渔人获寿亭侯印,竞以为金,报于官,纳长沙库中,时有光焰。吏不敢留,移文公安,送还侯庙。"(《天府广纪·庙祠》引) 解池:盖指民间所传关羽显灵之异事,不详。下述"北征一事"见卷三《关帝庙》。

㉕ 文山:指文天祥。参见卷一《文丞相祠》。 鄱湖:即鄱阳湖,位于今江西北部。所谓"鄱湖之助战",盖指文天祥在鄱阳湖显圣之传说,不详。

㉖ 忠肃:指于谦。 武林:今浙江杭州。于谦旌功祠在杭州西湖,据说前往求解梦者众多,颇灵验。参见卷二《于少保祠》。

㉗ 春场:位于北京东直门外,见本书卷二。

㉘ 弘仁桥:位于北京城南,见本书卷三。

㉙ 高梁桥：位于北京城西，见本书卷五。

㉚ 胡家村：位于北京城南，见本书卷三。

㉛ 关庙：祭祀三国关羽的关公庙，见卷三《关帝庙》。　狄祠：祭祀唐代狄仁杰的祠庙，见卷八《狄梁公祠》。

㉜ 净业寺、莲花庵：位于北京城北，见本书卷一《水关》。　水关：又名积水潭，位于北京德胜门内，见本书卷一。

㉝ 李园：指武清侯李氏园，见本书卷五《海淀》。　米园：指米万钟勺园，见本书卷五《海淀》。　海淀：位于北京城西，见本书卷五。

㉞ 太师圃：即定国公园，位于水关，见本书卷一。　卧佛：寺名，位于北京西山上，见本书卷六。　水尽头：指北京西山之泉源，见本书卷六。

㉟ 极乐寺：位于北京城西高梁桥以西，见本书卷五。　玉泉山：位于北京西山，见本书卷七。　功德寺：位于北京西山下、玉泉山旁，见本书卷七。

㊱ 十刹海：位于北京地安门，见本书卷一。

㊲ 滴水岩：位于北京西山，见本书卷七。　云水洞：位于今河北房山县西北大房山上，见本书卷八。

㊳《水经注》：四十卷，北魏郦道元撰，描写我国北魏以前山川地理。举凡与山河有关之史迹人物、传说谣谚、名胜特产等皆为摭取，且采录许多汉魏碑刻。

㊴《洛阳伽蓝记》：五卷，北魏杨衒之撰。北魏崇尚佛教，都城洛阳广建佛寺，数量之多，号称天下第一。东魏孝静帝武定五年（547），杨衒之因事重过洛阳，见城中佛寺迭经战乱，多成灰烬，遂抚今追昔，掇拾旧闻，以记载佛寺为名，反映时事历史。书中具体描述洛阳城内外的佛寺园林，广泛涉及当时政治、人物、风俗、地理以及神话故事等。

㊵《武林旧事》：十卷，南宋周密撰。记载南宋都城杭州各类杂事，多耳闻目睹，颇为真确。

㊶ 杨：即杨衒之，北平（今河北遵化县）人，北魏末年历任奉朝请、

抚军府司马等职。撰《洛阳伽蓝记》。　周：即周密(1232—1298),字公谨,号草窗、弁阳啸翁、泗水潜夫等,先世济南(今属山东)人,其曾祖随高宗南渡,徙家湖州(今属浙江)。周密于南宋淳祐年间曾任义乌县令,宋亡不仕,流寓杭州,遂辑所见所闻为《武林旧事》。

㊷ 郦子：即郦道元(? —527),字善长,范阳涿县(今河北涿州市)人。北魏时官至御史中尉。后出任关右大使,遭雍州刺史萧宝夤杀害。博学,好游历,撰有《水经注》。

㊸ 周二京：西周都城镐京(今陕西西安)和东周都城洛邑(今河南洛阳)。

㊹ 汉两都：西汉都城长安(今陕西西安),东汉迁都洛阳(今属河南)。因长安在西,故称西京,称洛阳则为东京。

㊺ 两京：指南京(今属江苏)和北京(今北京市)。

㊻ 白下：唐初曾改称金陵(今江苏南京市)为白下,此沿用旧称。

㊼ 天宁寺：位于开封府禹州(今河南禹县)城内西北隅。又,扶沟、太康、鄢陵三县亦有天宁寺,俱为宋朝初建,明代重建。　中州：古豫州地处九州中央,故称中州。今河南属古豫州地,故中州亦指河南。

㊽ 朝天宫：道观名。五代杨吴建紫极宫于金陵(今江苏南京),宋改称天庆观,明洪武年间改今名。明初为朝贺习礼场所。

㊾ 秘魔岩：在五台山之西台以西四十余里,相传木叉和尚曾居此。　五台：山名,在今山西五台县东北,山有五台巍然,故名。山上著名佛寺甚多,为我国佛教四大名山之一。

㊿ 文山祠：即文天祥祠。文山位于庐陵(今江西吉安)东南,宋文天祥取以为号。　江右：指长江以西之地,大致相当于今江西省之域。据《明史·礼志》,明孝宗弘治年间始于庐陵祀文天祥。

51 忠肃祠：即于谦祠。于谦为武林(今浙江杭州)人,故杭州亦建有忠肃祠,后称其地为祠堂巷。

52 瓮山：位于北京阜成门外、西山之下,见本书卷七。

53 耶律墓：元耶律楚材之墓,位于瓮山下,见本书卷七《瓮山》。

㉔ 圆静寺：位于瓮山上,见本书卷七《瓮山》。

㉕ 三忠祠：见本书卷二。

㉖ 通惠河：位于北京城东崇文门外。

卷一　城北内外

太　学　石　鼓

都城东北艮隅，瞻其坊曰"崇教"①，步其街曰"成贤"，国子监在焉②。国初本北平府学③，永乐二年④，改国子监。左庙右学⑤，规制大备 。彝伦堂之松⑥，元许衡手植也⑦。庙门之石鼓，周宣王猎碣也⑧。维我太祖高皇帝⑨，先教学，致重儒均，为万世化本。稽古虞商在郊、夏周在国之制⑩，建太学南都之鸡鸣山⑪，去朝市十里。我成祖文皇帝⑫，建北太学，虽沿元址，其去朝市如之。不越都阓，而朝集市纷远矣，而峨峨辟雍之士⑬，敬业逊志矣。庙初设像，嘉靖九年，撤像以主焉⑭，启圣有专祠焉⑮，庑从祀，有陟有黜焉。——从大学士张孚敬等议也⑯。凡我列圣践阼，必躬行释菜礼⑰，皮弁执圭，再拜而献帛爵，毕，仍再拜，临彝伦堂，赐祭酒、司业等坐讲，赐敕戒谕焉。夫我朝之初，兴教国子，升坐、背诵、课试、点闸、假限之严，古莫比也。燕赐之恩，衣廪之给，服、器、庖、汛之需役，其重其详，古莫比也。住号⑱，坐班，积分及格⑲，历岁月，教成授官，内台谏，外藩臬，古莫比也。勋戚重臣，教习必繇太学，四拜而谒师儒，跪而听问，古莫比也。其所得士，德、功、节、学，不之胜书，每礼闱启试，国子生居十有七，古莫比也。其声教讫四海之外，琉球、交趾、啰啰、乌撒等⑳，遣子入学，有举制科,归其国者,古莫比也。盖是时,儒雍之秩,博、助、正、录㉑,无不参不座之晨。官、民、军功、恩生,退省号房㉒,无不灯不诵之夜。率性堂、积分簿㉓,无不岁不纪之资。薰濡器识,论乐鼓钟,文士备武,武士备文。故载道所、典籍库之板本无尘,明道堂之席恒燠,射圃之鼓,日有闻焉。计便例开,入监有纳粟、纳马,出监有减历、增历,差拨不敷,坐班数少,议增则铨壅,议减则雍虚。我皇上首幸辟雍,寻颁《孝经》小学,罢纳粟例,修举积分法㉔,禁逃班越历者,将太学六堂之士,会讲、复讲、背书、课业,月有期日,坐堂七百,积试八分,撒淬铲碌,忠良辈出。祖宗得人之烈,今斯盛哉。庙门内之石鼓也,其质石,其形鼓,其高二尺,广径一尺有奇,其数十,其文籀,其辞诵天子之田。初潜陈仓野中㉕,唐郑馀庆取置凤翔之夫子庙㉖,而亡其一。皇祐四年㉗,向传师得之民间㉘,十数乃合。宋大观二年㉙,自京兆移汴梁㉚,初置辟雍,后保和殿。嵌金其字阴,错错然。靖康二年㉛,金人辇至燕,剔取其金,置鼓王宣抚家,复移大兴府学㉜。元大德十一年㉝,虞集为大都教授㉞,得之泥草中,始移国学大成门内㉟,左右列矣。石鼓,自秦汉无传者。《郡邑志》云㊱:贞观中㊲,吏部侍郎苏勖纪其事曰㊳:"虞、褚、欧阳㊴,共称古妙。"盖显闻于唐初。自是,表章代有已。唐自虞、褚、欧阳外,则有苏勖、李嗣真、张怀瓘、窦泉、徐浩、杜甫、韦应物、韩愈㊵;宋则有薛尚功、杨文昺、欧阳修、梅询、苏轼、黄庭坚、张师正、王顺伯、王应麟、赵明诚、郑樵㊶;元则有杨桓、熊朋来、吾衍、潘迪、虞集、周伯温㊷。而我朝杨修撰慎㊸,以为鼓发闻已先,晋王羲之、唐章怀太子尝言之㊹。言鼓者,表厥攸始也,言人人殊。谓周宣王之鼓,韩愈、张怀瓘、窦泉也。谓文王之鼓,至宣王刻诗焉,韦应物也。谓秦氏之文，宋郑樵也。谓宣王而疑之，欧阳修也。谓宣王而信之，赵明诚也。谓成王之鼓㊺，程琳、董逌也㊻。谓宇文周作者㊼，马子卿也㊽。鼓文今剥漫，而可计数其方，要当六百五十七言。先所存无考。在宋治平中㊾，存字四百六十有五。元至元中㊿，存字三百八十有六。杨慎乃曰："正德中(51)，存字仅三十余。"据今拓本，则甲鼓字六十一，乙鼓字四十七，丙鼓字六十五，丁鼓字四十七，戊鼓字一十二，己鼓字四十一，庚鼓字八，壬鼓字三十八，癸鼓字六，共三百二十五字存，惟辛鼓字无存者。嘉兴李尚宝日华又曰(52)："东坡有手钩石鼓文(53)，篆籀全，音释备，远胜潘迪等所录，世有传者。"或曰：勒石而鼓之，何？曰：前此矣，今衡阳县合江亭石鼓书院(54)，有石鼓一焉，其大覆钟，其字禹篆(55)，其文禹禋祀文也。盖三代之铭制：文德于彝鼎，武功于钲鼓，征伐之勋，表于兵钺。田狩以阅武也。武王初集大统(56)，因伐兽陈天命，策命诸侯。故武成之记事也，以策；岐阳之记猎也，以鼓。

唐韩愈《石鼓歌》：

张生手持《石鼓文》，劝我试作《石鼓歌》。少陵无人谪仙死，才薄将能石鼓何。周纲陵迟四海沸，宣王愤起挥天戈。大开明堂受朝贺，诸侯剑珮鸣相磨。蒐于岐阳骋雄俊，万里禽兽皆遮罗。镌功勒成告万世，凿石作鼓隳嵯峨。从臣才艺咸第一，拣选撰刻留山阿。雨淋日炙野火烧，鬼物守护烦㧑呵。公从何处得纸本，毫发尽备无差讹。辞严义密读难晓，字体不类隶与蝌。年深岂免有缺画，快剑斫断生蛟鼍。鸾翱凤翥众仙下，珊瑚碧树交枝柯。金绳铁索锁纽壮，古鼎跃水龙腾梭。陋儒编诗不收入,二雅褊迫无委蛇。孔子西行不到秦,掎摭星宿遗羲娥。嗟予好古生苦晚,对此涕泪双滂沱。忆昔初蒙博士徵,其年始改称元和。故人从军在右辅,为我量度掘臼科。濯冠沐浴告祭酒,如此至宝存岂多。毡苞席裹可立致,十鼓只载数骆驼。荐诸太庙比郜鼎,光价岂止百倍过。圣恩若许留太学,诸生讲解得切磋。观经鸿都尚填咽,坐见举国来奔波。剜苔剔藓露节角,安置妥帖平不颇。大厦深檐与盖覆,经历久远期无他。中朝大官老于事,讵肯感激徒婥婀。牧童敲火牛砺角,谁复著手为摩挲。日销月铄就埋没,六年西顾空吟哦。羲之俗书趁姿媚,数纸尚可博白鹅。继周八代征战罢,无人收拾理则那。方今太平日无事,柄任儒术崇丘轲。安能以此上论列,愿借辩口如悬河。石鼓之歌止于此,呜呼吾意其蹉跎。

唐韦应物《石鼓歌》:

周宣王大猎兮岐之阳,刻石表功兮炜煌煌。石如鼓形数止十,风雨缺讹苔藓澁。今人濡纸脱其文,既击既扫白黑分。忽开满卷不可识,惊潜动蛰走云云。飞喘委蛇相纠错,乃是宣王之臣史籀作。一书遗此天地间,精意长存世溟漠。秦家祖龙还刻石,碣石之罘李斯迹。世人法古犹好传,持来比此殊悬隔。

宋苏轼《后石鼓歌》:

冬十二月岁辛丑,我初从政见鲁叟。旧闻石鼓今见之，文字郁律蛟蛇走。细观初以指画肚，欲读嗟如钳在口。韩公好古生已迟，我今况又百年后。强寻偏旁推点画，时得一二遗八九。我车既攻马亦同，其鱼维鲂贯之柳。古器纵横犹识鼎，众星错落仅名斗。模糊半已似瘢胝，诘曲犹能辨跟肘。娟娟缺月隐云雾，濯濯嘉禾秀稂莠。漂流百战偶然存，独立千载谁与友。上追轩颉相唯诺，下挹冰斯同彀毂。忆昔周宣歌鸿雁，当时史籀变蝌斗。厌乱人方思圣贤，中兴天为生耆耇。东征徐房阚虓虎，北伐犬戎随指嗾。象胥杂沓贡狼鹿，方召联翩赐圭卣。遂因鼜鼓思将帅，岂为考击烦矇瞍。何人作颂比崧高，万古斯文齐岣嵝。勋劳至大不矜伐，文武未远犹忠厚。欲寻年代无甲乙，岂有文字记谁某。自从周衰更七国，竟使秦人有九有。扫除诗书诵法律，投弃俎豆陈鞭杻。当年何人佐祖龙，上蔡公子牵黄狗。登山刻石颂功烈，后者无继前无偶。皆云皇帝巡四国，烹灭强暴救黔首。六经既以委灰尘，此鼓亦当随击掊。传闻九鼎沦泗上，欲使万夫沈水取。暴君纵欲穷人力，神物义不污秦垢。是时石鼓无处避，无乃天工令鬼守。兴亡百变物自闲，富贵一朝名不朽。细思物理坐叹息，人生安得如汝寿。

宋梅尧臣《石鼓诗为雷逸老因呈祭酒吴公》：

石鼓作自周宣王，宣王发愤蒐岐阳。我车我马攻既良，射夫其同弓矢张。舫舟又渔缚鲂鲂，何以贯之维柳杨。从官执笔言成章，书在鼓腰镌刻藏。历秦汉魏下及唐，无人着眼来形相。村童戏坐老死丧，世复一世如鸟

翔。唯闻元和韩侍郎，始得纸本歌且详。欲以毡衣归上
庠，天官媕阿驼肯将。传至我朝一鼓亡，九鼓缺剥文失
行。近人偶见安碓床，亡鼓作臼剜中央。心喜遗篆犹在
旁，以白易白庸何伤。以石补空恐舂粱，神物会合居一
方。雷氏有子胡而长，日模月仿志暮强。聚完辨舛经星
霜，四百六十飞凤凰。书成大轴绿锦装，偏斜曲直筋骨
藏。携之谒我巧趋跄，我无别识心傍徨。老向太学鬓已
苍。乐子好古亲缣缃。谁能千载师史仓，勤此冷澹何肝
肠。而今祭酒祺圣皇，五经新石新两廊。我欲效韩非痴
狂，载致出关无所障。至宝宜列孔子堂，固胜朽版堆屋
墙。然须雷生往度量，登车裹护令相当。诚非急务烦纪
纲，太平得有朝廷光。山水大字辇已尝，于此岂不同秕
糠。海隅异兽乘舟航，连日道路费刍粮。又与兹器殊柔
刚，感慨作诗聊激昂。愿因谏疏投皂囊，夜观奎壁正吐
芒。天有河鼓亦焜煌，持此负鼎干成汤。

元揭傒斯《石鼓》：

孔庙颓墙下，周宣石鼓眠。苔分敲火迹，雨洗篆蜗
涎。野老偷为臼，居人打卖钱。有形终易尽，流落漫堪
怜。

明山阴唐愚士《石鼓诗》：

郡学旧辟雍，中有岐阳鼓。古今所闻十，左右各惟
五。离离大星陨，兀兀坏云补。气若熔五金，文若断钗
股。孤峰割秋瘦，千葩擢春妩。森严列戈矛，尔雅冠章

甫。摧辀半折轴，败舫或遗舻。断苔明碎锦，古墨渍润础。思昔委秦郊，雷电惊草莽。未牛砺其角，凿白加以杵。幸今依黉宫，星日照廊庑。圭璧逊其仪，俎豆与之伍。脱非天意怜，或是神明祐。深檐白昼永，老屋祥鸾翥。晴连画戟阴，冷湿宫墙雨。诸生获讲解，髦士资训诂。启钥烦竖阍，拓本利商贾。韦辞表姬周，韩语怀李杜。纷纭欧苏作，诘屈郑吾谱。称评虽靡定，仿像讵非古。我生千载下，匏系三江浒。神徒驰周南，足不出城府。适从辽碣役，遂作幽燕旅。平生慕奇闻，一日获嘉睹。初临色愈庄，欲狎气斯沮。如亲至东都，揖让申与甫。如亲与田猎，搏攫兕与虎。羁愁破昏惽，喜气洗眉宇。时维躔寿星，岁甲在强圉。天寒号鸱枭，城荒茂禾黍。宗周本余怀，览古亦天与。摩挲重图训，蹢躅愧庠序。聊陈曹邻风，式继韩苏武。

茶陵李东阳《周石鼓歌》：

昔闻石鼓在太学，鼓形穹窿石荦嵒。髫年释褐随班行，未识研罩与扬榷。始官翰林岁分献，晚以代祀观尤数。我思古人不可见，健笔雄词两超卓。宣王谟列继成康，况有文章存古朴。是时风俗盖浑灏，其臣拜诵俱坚确。勒功太庙告中兴，讲武岐阳犹猎较。于时旋凯奏铙歌，于时颺言播声乐。灵祇地不爱图书，列石天然谢雕琢。垂垂股折屋漏痕，隐隐昏星露芒角。初如淮徐振师旅，壮士当场鸣剑槊。又如申甫端冠绅，傧相联阶舞干籥。年深岁长世运改，谁向鸿荒究绵邈。嬴刘以后无此文，直与混沌分清浊。骤看笔势寻风骨，细剔苔痕认斑驳。原抛野掷堕榛菅，冬经雪霜夏冰雹。疑瞻大鼎存铭识，似毁明堂露榱桷。当时十鼓一为臼，犹幸农家事春戳。爱惜应劳神护诃，搜寻不厌山硗确。暗中摸索亦可知，辨口尚烦泣楚璞。圣朝天子方好儒，森列戟门护重幄。闻之兴慕见兴敬，以手摩挲防击扑。我生学篆希前踪，下视俗书羞龊龊。家藏旧本出梨枣，楮墨轻虚不盈握。行年七十始研求，老臂支撑目昏眊。拾残补缺能几何，以一涓埃裨海岳。太原宋生生好奇，铁笔为予亲刻斫。吁嗟往者不复还，庶免方来尽漫剥。请从祭酒告诸生，诵此衣冠日薰濯。

信阳何景明《观石鼓歌》：

我来太学谒孔庙，下观戟门石鼓陈。之罘诅楚已埋没，此石照耀垂千春。苔昏藓涩读难下，虫雕鸟剥细不分。古画诘曲蛟龙隐，石气惨澹烟雾纷。周王功勋史籀笔，数石细落岐阳滨。中兴气象岂复睹，大篆意格谁曾闻。先秦文字稍近古，两汉摹拓多失真。六朝以来尚靡丽，钟王往往称通神。唐愈宋轼递歌叹，长篇险韵何悲辛。大观之间入汴国，君王好艺崇斯文。高驼巨舰远载致，金填玉嵌传相珍。靖康乘舆忽播荡，保和玩物随烟尘。神驱鬼守散复聚，至宝岂得空沉沦。文皇北来定燕鼎，不置太庙留成均。博士无烦上书请，书生颇得亲讲询。虚廊素壁安置稳，大厦长檐覆盖新。不随钟鼎怨磨灭，已与琬琰争嶙峋。平生博览爱古迹，世上墨本徒纷纭。此虽残阙岁已久，尚觉只字经千缗。璧池日月动华衮，奎阁星斗罗贞珉。呜呼孔庙在万世，此石与庙长无湮。

华州王维桢《石鼓残文歌》：

我闻宣王石鼓史籀笔，文辞简质字铦利。岁久剥落摹拓昏，读字不得读其意。我登汪君堂，见此倍惆怅。断断续续半形画，中兴有迹随凋丧。于乎文武成康忽焉没兮，小雅尽废鼎沦泥。东都天子讲田事，吉日堂堂闻鼓鼙。岐山之阳广且夷，马同车骤徒众驰。召从百辟修旧典，参伍齐足辉有仪。萧萧悠悠天风吹，一声振山山为披。汧水沔水鱼浟浟，天子之所网罗施。彻围从臣奏武成，爰请砮石勒斯铭。岂徒百辟匪舒敖，要令千载知功名。人言禽荒古有诫，彼美宣王罔攸解。猃狁内侵蛮夷侮，我武不扬我室坏。安得与君搜遗编，参订阙文裨完全。三代一字一事传，岂为区区点画论精研。

蒲州王家屏《观太学石鼓歌》：

我闻成周狩岐阳，宣王道得全全昌。群臣作诗刻永久，辞高二雅文三仓。十鼓累累至今在，鬼护神呵更显晦。自岐徙汴复入燕，遭逢珍重休明代。鸿都石经久矣讹，鼓文虽剥存者多。后圣门墙后贤柏，日月风雨为摩挲。白埋金琢等轻易，自然安顿森严地。今皇文治过成周，讲求折衷词臣事。辞章规矩韩愈才，八代推倒三代回。政愁岣嵝碑孤绝，为歌石鼓相追陪。

鄞县沈一贯《观太学石鼓歌》：

我吟《车攻》诗中语，感慨中兴周尚武。汤汤不禁沔水流，简众安车居可睹。西东王迹令人嗟，千载蹉跎传石鼓。雪压霜侵野火燎，牛羊抵触砺斤斧。穷荒一鼓更流迁，作白田家春禾黍。不知为雅复为风，删后十章归庙宇。肤泽半亡神骨居，剜剔不净苔藓古。世间小篆隶八分，如子如孙从厥祖。忆昔先王开明堂，蒐乘岐阳集缨组。献禽每复勒成功，日佳丙申吉庚午。一时胜事绝古今，子父燕然安足数。逄逄辟雍鼓所都，钟鼎盘彝此而五。方今中兴之明主，有臣壮猷叔与虎。南平鬼方北平虏，弓矢载橐列干羽，石鼓为我驱前部。

吉水刘应秋《太学石鼓歌》：

自昔耀文德，而以石鼓传。凿石作鼓何年事，鼓上之文成钦宣。有周天子作辟雍，虡业枞枞鼓逄逄。文治衰非武不振，宣王中兴歌车攻。嚣嚣徒，萧萧马，驾言徂狩岐之东。亦有成群色鸿雁，亦有不二心黑熊。刻石纪功成，建橐不用兵。此石托山阿，陵谷易嵯峨。鼎沦社遁石如昨，岂有神物相拥诃。太学诸生读能过，此石阅尔年蹉跎。二雅二南存仅此，与尔说经为尔歌。当年奏入明光殿，许令植鼓于灵鼍。桥门无数观听者，感激奋发情如何。我闻郜鼎荐太庙，义士或非笑。又闻琅琊会稽词，功德谁见之。何如石鼓振金铎，口舌教人无销铄。金石有磨文不磨，先王后王代有作。呜呼，先王后王代有作，斯文天地并寥廓。

东粤邓宗龄《观太学石鼓歌》：

朝从子佩入成均，戟门翼室观嶙峋。朴然古貌列两

壁,云是石鼓王者迹。古画诘曲几千秋,苔藓为衣云物
帻。鸟剥虫雕迹未湮,古今读之人太息。周道化离我心
伤,宣王烈烈恢皇纲。《吉日》《车攻》修训典,纵横辍铄岐
之阳。笼山络野布罘罔,风毛雨血神飞扬。九夏骈虞奏
六成,匠石作鼓史作铭。桓桓武武势维竞,君子有闻征无
声。石气绌缊含太始,鸾翔凤舞翩斯起。剜苔剥藓见前
朝,中兴此迹自明主。大吕元英岂足多,周彝商鼎差堪
拟。只今天子重大阅,石鼓石鼓宁磨灭。

华亭董其昌《石鼓歌》:

世间相传墨薮书,五十六种名目奇。中有岐阳石鼓
迹,籀文千载存风规。周道中兴震威武,五年巡狩修上
仪。朱芾赤舄随蒐狩,告朝还镂金石辞。状如天上落星
石,剖割混浊光陆离。雅颂之间格韵古,尊彝并列款识
施。千年枯石经虫瑑,百丈断崖蟠蛟螭。务光初翻倒薤
日,神禹手凿岣嵝时。数行剥落不成字,仲尼删后赏者
谁。嗟嗟秦人扫王迹,儒者六艺皆凌夷。隶文一起籀文
废,俗趋简便真难支。邹峄之罘俄歇灭,阳冰犹自尊相
斯。神呵鬼护石鼓在,三代典刑良可推。吾闻吏部希古
道,一代山斗称宗师。绮靡余习混雅正,眼看槌碎淮西
碑。以兹感慨叩石鼓,裸如三挝声谨悲。寄言同学鸿都
子,共挽文章八代衰。

南充黄辉《石鼓歌》:

成均桥门列者石,相传周宣田猎迹。蓊勃时时云气

生,倒薤依微破苔隙。仿佛娲皇五色堕,错落星辰尚堪摘。此石阅人人递喜,昌黎先生好尤癖。可怜光价绝鼎钟,霜草风沙无怜惜。元和到今复几岁,流落尤能脱白碣。金绳断钮玉柯进,蝉榻何繇见光泽。孔子删诗偶遗漏,不缘片碣谁搜索。或疑成后蒐岐阳,椒举之言具楚籍。车攻即类宣王诗,四牡东徂岂西适。周家蒐苗世有事,平岐峨碓定何择。大篆分明史籀手,诅楚卑卑其能役。况复李斯七日叹,弱骨今犹相碣峄。此书穆满当伯仲,争令支孽掩宗祐。宇文偏陋复安取,一笑竖儒揣量窄。甄丰奇字诚辱收,六体粗堪证今昔。位置何须争甲癸,参差枉自疑君帛。从教缺剥费摩挲,古意居然存耆硕。显晦随人亦有时,一出雍凉几为客。小雅终存王者气,夜夜精光炭相射。护持岂为耽奇字,想象中兴在明辟。方今太平无一事,风雅葳蕤孰捃摭。但令梦寐到成宣,只字犹堪动心魄。老生更访吉日碑,剔尽昆仑亦何益。呜呼石鼓歌成谁献闻,槐市阴阴土花碧。

遂安方逢年《石鼓》:

落落石鼓,曾孙之武。臣籀书之,诵者臣虎。十鼓九夏,孔所删者。车攻吉日,择其言雅。石鼓十章,归于原野。秦销其金,鼎乃泗沉。秦灰维扬,经乃壁藏。石鼓十章,遁于陈仓。其一鼓独,受杵以腹。神或使然,一还九族。使宋金焉,使夷致燕。金脱文存,以开帝先。辟雍皇只,陈甲至癸。乐雍论鼓,於皇多士。日佳壬申,古我成均。吉日癸巳,寿矣弗伦。天子万寿,鼓尔左右。

宛平于奕正《石鼓歌》：

　　於烁文武周道尊，粲然中兴曰静孙。骙骙翼翼武之服，蛮夷稽首獯犹奔。太平不令五戎堕，驾言蒐狩田车过，小犯大兕兽所同，以燕天子御宾佐。尔时陈诗纷简牍，佳篇已入尼山录。所不录者辞纵横，三百无传传以朴。完缺半满阅乾坤，自甲至癸数则存。君莫空悲失去字，残钩剩画宛精魂。我皇鉴定列璧水，汉唐宋儒皆欢喜。及今磨泐未尽刓，请从经外疏至理。

莫田郭天中《石鼓》：

　　鼓非石，霣者星。文非鼓，勒者铭。焚外书，删外经。经雅颂，书典刑。隶秦汉，径睒庭。篆龙鸟，蓝浃青。白谢杵，舂毂停。嵌辞金，波画零。我拜手，神之听。

① 崇教：坊名，位于北京城东北角。

② 国子监：明初称国子学，不久改国子监，为国家教育管理机构与最高学府。

③ 北平：明洪武元年(1368)改元大都路为北平府，永乐元年(1403)升为北京，即今北京市。

④ 永乐二年：公元 1404 年。

⑤ 庙：指孔庙。

⑥ 彝伦堂：明北京国子监正堂，即元代崇文阁。明北京国子监前身为元国子学。

⑦ 许衡(1209—1281)：元初大儒，字仲平，号鲁斋，怀州河内(今河南沁阳)人。早年讲习理学，元初官至集贤大学士兼国子祭酒。谥文正。有《鲁斋遗书》。

⑧ 周宣王：名静，厉王之子。召公、周公共立之为王，公元前827—前782年在位。　猎碣：古代天子狩猎时记事所用碣石。此指石鼓文，因石鼓文内容为记述秦国君王游猎之事，故名。按，石鼓文之年代历来争论颇多，今人唐兰先生认为它应该出现于战国中叶，即秦献公十一年(公元前374)所制，其文字是大篆之祖，和《诅楚文》、秦始皇刻石相近，属于籀文向小篆过渡时期书体。蒋元庆《石鼓发微》断为秦昭襄王之世所造，在公元前296—前288年之间。

⑨ 太祖(1328—1398)：即朱元璋，明开国皇帝，洪武元年(1368)即位，在位三十一年。庙号太祖，谥号简称高皇帝。葬孝陵。

⑩ 虞商在郊、夏周在国：意为太学之设置，虞舜和商代设于城郊，夏代与周朝置于国都。

⑪ 南都：明初建都南京(今江苏南京)，后明成祖迁都北京，南京仍予保留京师建制，故称。　鸡鸣山：原名鸡笼山，以貌似鸡笼得名，位于南京城北。南朝刘宋年间庐山隐士雷次宗应征于此山讲学，故明初在鸡鸣山下建太学。

⑫ 成祖(1360—1424)：即朱棣，朱元璋第四子。初封燕王，后起兵推翻其侄建文帝，自称帝，迁都北京。年号永乐，在位二十二年。庙号成祖，谥号简称文皇帝。葬长陵。

⑬ 辟雍：西周天子所设大学之名，此指国子监。

⑭ "庙初设像"三句：孔庙原设塑像，明嘉靖九年(1530)，按照大学士张孚敬建议，改塑像为木主。主，又称神主，为死者立的木制牌位。

⑮ 启圣：即启圣公，指孔子之父叔梁纥。叔梁纥诸人原先不设专祠，从祀于大成殿两庑。明嘉靖九年(1530)，张孚敬提议设立专祠。次年启圣祠建成，设于国子监内。题叔梁纥为启圣公，颜路(孔子弟子颜回之父)、曾皙(孔子弟子曾参之父，亦师从孔子)、孔鲤(孔子之子、子思之父)等俱称先贤，配享。

⑯ 张孚敬(1475—1539)：字茂恭，号罗峰，原名璁，字秉用，明嘉靖皇帝赐以今名，永嘉(今属浙江)人。正德十六年(1521)进士，嘉靖间得

皇帝宠幸,官至华盖殿大学士。谥文忠。

⑰ 释菜礼:用芹藻之类蔬菜祭祀先圣先师的一种礼节,多用于读书人初入学时。明代学官祭酒以下者,每月初一、十五亦行此礼。

⑱ 住号:住宿于号房。国子监诸生学习期间在国子监号房住宿,因故外出过夜,事先必须请假。

⑲ 积分及格:明代国子监分正义、崇志、广业、修道、诚心、率性六堂授学。凡通《四书》未通经者,于正义、崇志、广业三堂学习,一年半后,文理条畅者升入修道、诚心二堂。又学一年半,经史兼通、文理俱优者升入率性堂。升至率性堂即开始积分,每月一考,文理俱优者给一分,理优文劣者给半分,纰缪者无分。一年内积八分者为及格。

⑳ 琉球:即琉球群岛,日本西南部岛群。　交趾:大致包括今越南北部和中部。　啰啰:指彝族。　乌撒:今贵州威宁彝族回族苗族自治县一带。

㉑ 博:博士。助:助教。正:学正。录:学录。俱为国子监学官官职。

㉒ 号房:明国子监所设学生宿舍,以《千字文》顺序编号,故称。

㉓ 率性堂:见"积分及格"条注释。

㉔ "修举"句:据《明史·选举志》,崇祯二年(1629),下令重新施行积分法。

㉕ 陈仓:县名,秦朝设置,北周废除。故城位于今陕西宝鸡。

㉖ 郑馀庆:字居业。少工文,擢进士。唐德宗贞元年间由翰林学士官至丞相,宪宗元和元年(806),罢相为太子宾客,同年改任国子祭酒,后帅凤翔。　凤翔:唐代府名,今属陕西宝鸡市。　夫子庙:指孔庙。

㉗ 皇祐四年:公元1052年。

㉘ 向传师:开封(今属河南)人。北宋真宗时左仆射向敏中第四子。官至殿中丞。

㉙ 大观二年:公元1108年。

㉚ 京兆:本指首都,此泛指今陕西西安以及附近地区。　汴梁:

今河南开封。

　㉛ 靖康二年：公元 1127 年。

　㉜ 大兴府：金国设置，府治位于今北京大兴县西南。

　㉝ 大德十一年：公元 1307 年。

　㉞ 虞集(1272—1348)：字伯生，号道园，崇仁(今属江西)人。元大德初年以荐授大都路儒学教授，官至奎章阁侍书学士。元诗四大家之一，有《道园学古录》。　大都：元代京师，即今天北京。

　㉟ 大成门：位于太学孔庙之大成殿前。

　㊱《郡邑志》：指《元和郡县志》，为通代地理总志，全书四十卷，唐人李吉甫撰。

　㊲ 贞观：唐太宗年号，公元 627—649 年。

　㊳ 苏勖：字慎行，唐高祖武德年间为秦王咨议典签，迁魏王秦府司马，官至吏部侍郎。唐人窦臮《述书赋》："岐州雍城南有周宣王猎碣十枚，并作鼓形，上有篆文，今见打本。吏部侍郎苏勖叙记卷首云：'世咸言笔迹存者，李斯最古，不知史籀之迹，近在关中。'"按，"苏勖"原文误作"苏勉"，今据《元和郡县志》及窦臮《述书赋》改。

　㊴ 虞：虞世南(558—638)，唐初书法家。与欧阳询、褚遂良、薛稷并称唐初四大书家。　褚：褚遂良(596—659)，唐初书法家，书擅隶、楷、行书。　欧阳：欧阳询(557—641)，唐初书法家。书学"二王"(羲之、献之)及北齐刘珉，于平正中见险绝，自成面目，人称"欧体"。

　㊵ 李嗣真(? —696)：唐代书画家。有书法论著《书后品》传世。张怀瓘：唐代书家兼评论家。开元年间官至翰林院供奉。自称真、行书可比虞、褚，草书独步数百年间。　窦臮：唐代书家兼评论家。唐天宝年间官至检校户部员外郎。书学张芝、王羲之，草、隶皆精。有书法论著《述书赋》传世。　徐浩(703—782)：唐代书家。其书得父峤之传授，尤长于楷法。　杜甫(712—770)：唐代著名诗人，亦工书，擅长楷、隶、行草。　韦应物(737—790 后)：中唐诗人。　韩愈(768—824)：唐代文学家，亦工书，书迹有华岳、嵩山天封宫、洛阳福生寺塔下等处题名。

㊶ 薛尚功：字用敏,南宋绍兴年间以通直郎金定江军节度判官厅公事。精篆、籀,撰有《历代钟鼎彝器款识》、《钟鼎篆韵》。　杨文昺：事迹不详。　欧阳修(1007—1072)：北宋文学家。有《集古录》论及石鼓文,认为所谓"周宣王石鼓",尚有可疑,然同时又断言"非史籀不能作"。

梅询(964—1041)：字昌言,宣城(今属安徽)人。官至许州知州。　苏轼(1037—1101)：北宋文学家、书画家。其书初学"二王",中年后喜临颜真卿及杨凝式,晚年书风豪放。擅长行、楷。　黄庭坚(1045—1105)：北宋著名诗人、书法家。其楷、行、草书皆能入妙,为"宋四大书家"之一。

张师正：字不疑,北宋神宗熙宁年间任辰州帅。著有《括异志》、《倦游杂录》等。　王顺伯(1131—1204)：名厚之,字顺伯,号复斋,祖籍临川,徙居诸暨(今属浙江)。官至江东提刑。撰有《复斋金石录》。　王应麟(1223—1296)：字伯厚,号厚斋,鄞县(今属浙江)人。南宋末年官至礼部尚书。有《困学纪闻》等著述二十余种。　赵明诚(1081—1129)：字德父,诸城(今属山东)人。曾仿欧阳修《集古录》体例,撰《金石录》三十卷。其妻李清照作后序。　郑樵(1104—1162)：宋代学者。字渔仲。兴化军莆田(今属福建)人。官至枢密院编修。撰《通志》,其中《金石略》为历代金石文字考证。郑樵谓石鼓文形式与秦代斧子、秤砣上文字或相符合,且夏、商、周以前习惯铸刻文字于鼎彝,秦采用石鼓,故断为秦国文字。

㊷ 杨桓(1234—1299)：字武子,号辛权。兖州(今属山东)人。元初官至秘书少监。精篆、籀之学,著有《六书统》、《六书溯源》、《书学正韵》等。　熊朋来(1246—1323)：字与可,号天慵,丰城(今属江西)人。元初家居授徒,以荐先后任福州路学、吉安路学教授。　吾衍(1272—1311)：一作吾丘衍,字子行,号竹素、竹房、贞白等。精通六书,工篆、隶,有书学印学著作《学古编》传世。　潘迪：字履道,元城(今河北大名)人,官至集贤学士。据《金台纪闻》,潘迪于元大德年间任国子监司业时,曾按原文格式,以今文抄录石鼓文。　周伯温(1298—1369)：即周伯琦,字伯温,号玉雪坡,鄱阳(今属江西)人。元末官至江浙行省左丞、

南台侍御史。工书，尤精篆，著有《说文字原》、《六书正讹》等。

㊸ 杨慎(1488—1559)：字用修，号升庵。著述甚丰，有《升庵集》等传世。其《风雅逸篇·石鼓诗》曰："石鼓诗，周宣王猎碣也，于诗体属《小雅》。或以为周成王时诗，以《左传》'成有岐阳之蒐'证之，亦一说也。"

㊹ 王羲之：东晋书法家，后世尊为"书圣"。章怀太子：即李贤，唐高宗第六子。谥章怀。博学好古，曾召集众儒共注《后汉书》。

㊺ 成王：西周武王之子，名诵。武王病逝，代立为王。

㊻ 程琳(988—1056)：字天球，博野(今属河北)人。北宋仁宗皇祐年间官至同中书门下平章事。卒谥文简，赠中书令。按，据《日下旧闻考·石鼓考》，所谓石鼓为周成王时作，并非首倡于程琳，而是南宋程大昌。程大昌(1123—1195)字泰之，休宁(今属安徽)人，他曾著《雍录》详考石鼓文。　董逌：字彦远，东平(今属山东)人。北宋靖康末年官国子监祭酒，建炎元年(1127)率诸生至南京，劝赵构登基，授宗正少卿，官至徽猷阁待制。所撰《广川书跋》十卷，记载并考订历代铜器铭文、石刻、碑帖、书迹等。

㊼ 宇文周：指南北朝时北周君主宇文氏。

㊽ 马子卿：即马定国，字子卿，自号荠堂先生，茌平(今属山东)人。金章宗明昌(1190—1196)初年官至翰林学士。有《石鼓辨》一万余言。

㊾ 治平：北宋英宗年号，公元1064—1067年。

㊿ 至元：元世祖年号，公元1264—1294年。

(51) 正德：明武宗年号，公元1506—1521年。

(52) 李日华(1565—1635)：字君实，号竹懒、九疑。嘉兴(今属浙江)人。万历二十年进士，官至太仆少卿。工书画，精鉴赏。有《恬致堂集》、《六研斋笔记》等。

(53) 东坡：北宋文学家苏轼之号。

(54) 衡阳县：今湖南衡阳市。　合江亭：在衡阳北、石鼓山后，唐刺史齐映建。石鼓书院:唐李宽创建。

(55) 禹篆：大禹时候的文字,即夏代文字。

(56) 武王：周文王子,名发。起兵伐纣,建立周朝,在位十九年。谥武。

文丞相祠

今顺天府学①,因宋文丞相义尽之柴市②,祠丞相学宫中,曰“教忠坊”③。丞相,庐陵人。庐陵人祠丞相学宫外,曰“怀忠会馆”。教忠,长上志;怀忠,臣子志也。洪武九年④,北平按察使司副使刘崧⑤,始请建祠。永乐六年⑥,太常寺博士刘履节奉命正祀典⑦,始春秋祭于有司。祠二碑:一杨士奇⑧,一罗伦⑨。按公授命,至元壬午十二月初九日,风沙昼晦,宫中皆秉烛行;百官入,亦秉烛前导。世祖以问天师张⑩,悔之,赠公特进金紫光禄大夫、太保、中书平章政事、庐陵郡公,谥忠武。命王积翁书神主⑪,洒扫柴市,设坛祀。丞相孛罗行初奠礼⑫,旋风起,卷神主云中,云中雷哼哼,如怨声,昼逾晦。乃改前宋少保、右丞相、信国公,天乃霁。明日,欧阳夫人从东宫得令旨收公⑬。江南十义士,舁柩藁都城小南门外五里道旁,志其处。大德二年,继子升至都⑭,顺城门内⑮,见石桥织绫人妇,公旧婢绿荷也,为升语刘牢子。乃引到柩处,大小二僧塔。其大塔,小石碑,刻信公二字。柩塔南石址焉。至元二十年⑯,归葬庐陵。

吉水胡广《谒文丞相祠》:

丞相生异质，挺特真天人。劲气薄霄汉，国亡以躯殉。方当横奔日，尽瘁任艰辛。上书抗直言，屡欲斩贼臣。回翔沮虫蠹，素抱欲艰伸。大事已云徂，乃令秉轴钧。降表夜窃出，六宫竟蒙尘。嗟彼卖国者，致公何狡猊。万死出虎口，努力支苍旻。崎岖走岭海，颠沛念君亲。鞠旅以勤王，临危焉顾身。徒手格猛兽，胡马正铣铣。势穷猝被执，取义以成仁。甚贵景舆胜，岂惮弘范嗔。怅望零丁洋，欲济迷远津。天高怜戢翼，水涸悲纵鳞。羁縻讵遑恤，狂狴经三春。从容以就义，慷慨怒目瞋。辩论辞不屈，厉声若震霆。闻者皆吐舌，为公却逡巡。宋无不道君，而无可吊民。大命属更革，皇路哀沉湮。所学希圣贤，临死载书绅。天以公报宋，亦以全公纯。光明暴天下，万古终寡邻。道增名教重，志竟日月新。煌煌忠节传，有读必沾巾。圣明启隆运，褒典昭仪文。祠庙学宫傍，岁时肃尝禋。重为事君劝，永以敦彝伦。

丰城李裕《成化辛卯八月望日遣祀文信国因赋》：

宋祚日益微，胡元肆膻腥。公归在田野，奋出罔顾身。无乃扶纲常，忍视大厦倾。累陈备御策，宰执以迂称。皋亭时见留，间关度仪真。幸而脱虎口，饥食徐糁羹。乘舻潜入温，王室图复兴。君亲痛在念，崎岖奔沧溟。诸镇遍移檄，到处皆胡兵。岂无勤王者，势孤力弗胜。仓卒饭五坡，被执经北平。绝粒乃复苏，哀歌叹零丁。召见固不屈，三载拘幽图。人生异夷狄，所贵义与仁。慷慨论大节，从容以就刑。所学圣贤事，诚不愧所生。煌煌青汗竹，劲气凌苍冥。

长洲姚广孝《文丞相祠堂》：

> 凛凛宋忠臣，赫赫元世祖。礼遇各有道，声光照千古。旧祠燕城东，松柏森牖户。英灵贯日月，劲气鼓雷雨。有司奉朝命，维时荐芳醑。客来拜庭除，欲退复延仁。

石首杨溥《过文文山祠》：

> 丞相名何重，遗祠世共尊。乾坤柴市远，日月蕙楼存。一死销胡运，孤忠报宋恩。中原还正统，辛苦向谁论。

永丰曾棨《谒文丞相祠》：

> 国事艰危属秉钧，平生慷慨竟捐身。百年社稷归元主，万古祠堂表宋臣。已见高名垂宇宙，还瞻遗像肃簪绅。莫疑碧血生芳草，留得忠魂岁岁春。

石首韩守益《文丞相祠》：

> 烈烈孤忠一旅师，奈何兴废出天为。黑光荡日陈桥变，青气移星海岛悲。风翳西郊麟获日，霜枯上苑凤来时。六歌留得仪容在。柴市千年足惨思。

河津薛瑄《谒文山祠》：

> 朔气萧森岁向深，挥戈拭泪动哀吟。艰危已竭回天

力,慷慨犹存捧日心。海水寻常秋月冷,燕云千里暮星沉。悠悠往事都如梦,只有孤忠照古今。

常熟桑悦《谒文山先生祠》:

衣带留题誓始终,小楼数载履虚空。谁云到死方无悔,要识持危不是穷。异物化生真幻语,元神出现亦精忠。堂堂祠宇还柴市,宋室全收养士功。

无锡秦金《拜文山先生祠》:

文武才兼绝代雄,每从青史识孤忠。含生忍死心何壮,取义成仁道不穷。庙祀蔓延千载后,旅魂凄断六歌终。茫茫宋祚沦沧海,养士谁收第一功。

无锡邵宝《谒文信国祠》:

春色无端满地莎,伤心燕市偶经过。清风又读忠臣传,白日如闻正气歌。社稷一身惟死是,华夷千古有名多。瓣香未了生平拜,回首荒祠独奈何。

吴县王鏊《谒文丞相祠》:

义气横天白日阴,巍然遗像学宫深。千金欲得留侯士,三击难回豫让心。自昔奸谀谁不死,如今元社亦销沉。黄昏柴市风沙惨,回首行人泪不禁。

《重吊文丞相祠》:

汉朝冠盖尽胡元,穷海累臣抱独冤。请剑便须游下地,结缨何处是中原。青泥不化苌弘血,白浪空归伍相魂。斜日再过柴市路,风雷千古浩犹存。

兰溪章懋《谒文文山祠》:

教忠坊下拜祠亭,怀古令人仰德馨。百代衣冠知守死,一朝文物自钟灵。孔仁孟义公无愧,宋废明兴神可宁。往事是非昭简册,岂容踪迹共尘冥。

莆田黄仲昭《谒文丞相祠》:

故宫芳草泣铜人,沧海楼船是紫宸。赤手欲擎西坠日,丹心誓扫北来尘。山河万里双垂泪,庙宇千年独怆神。翘首燕山知几仞,至今高节共嶙峋。

长安林廷玉《谒文丞相祠》:

国破天骄万蚁屯,捐躯犹欲正乾坤。千年庙貌公生气,万古纲常客断魂。苔照白云封石篆,柏拖寒雨障祠门。陈词跽洒泛澜泪,天地酸心日月昏。

鹤洲周莹《谒文丞相庙》:

海上干戈百战中,孤舟夜夜泣英雄。八千里外胡尘合,三百年来宋历终。厓岭被俘真仓卒,燕山就义太从容。西风吹雨过柴市,独向祠前拂短松。

长洲文徵明《文信国祠》:

南北间关百战余,此身宗社许驰驱。可怜功业孤魂在，自决存亡大义俱。夷狄至愚犹叹服，皇天无意竟何如。平生心事堪谁诉，漫托他年半纸书。

地转天旋事事同，老臣临市自从容。誓将西岭填东海，忍着南冠向北风。千里勤王空赴难，百年养士独收功。成仁取义人人分，未用区区独吊公。

余姚赵锦《谒文文山先生祠》：

万折犹闻水必东，精灵疑在列星中。未论恢复当时事，须信纲常百代功。俎豆年年来帝遣，骖螭夜夜驾天风。新祠今古留柴市，何处黍离元故宫。

万安朱衡《谒文文山先生祠》：

数椽祠屋禁城东，孤柏亭亭想象中。柴市一腔酬主血，宋家十叶养贤功。冠裳昼影中原日，甲马宵鸣蓟北风。一自皇朝还正统，忠魂常傍大明宫。

茶陵谭希思《文丞相祠》：

黯黯黄尘白日昏，萧萧胡马扰中原。山河空洒孤臣泪，岭海难回二帝辕。左衽衣裳沦社稷，南征气节壮乾坤。飓风却恨天无意，销尽孤忠万古魂。

南海欧大任《谒文信国祠》：

忆昔南冠日，厓山恨未忘。魂沉柴市月，泪尽蓟门霜。白雁衔江草，黄龙逐海航。中原冠剑在，歌舞待巫阳。

钱塘葛寅亮《文山祠赞》：

当五坡被执，绝粒而复苏。公以为天未绝宋也，不听死吾。小楼三年，其意在赵氏之孤。盖宋绝于柴市之杀文山，非绝于厓海之溺秀夫。义尽仁至，谓一死竟公志者，未识公所隐图。是知其不可而为之者乎？是知其不可而为之者乎！

顺天金铉《谒文丞相祠》：

剥复自天运，臣道无中穷。君子切载舆，岂与氓蚩同。痛矣文山子，事去生其躬。诞芸香岁寒，不望以丰功。结束宋文章，巍巍葬兵戎。一部十七史，论语半部终。棘行若履坦，所在吟凄风。三年小楼上，息息宋运中。若遂黄冠去，仍来成旅攻。当时生祭者，何足语微衷。柴市风雷在，千年教臣忠。拜读正气歌，读罢神明通。

① 顺天府学：原为元末创建之报恩寺，尚未安置佛像。明军攻占大都，入城后严令保护孔庙，故住持僧人借孔子木主，置于佛殿。后不敢撤去，遂成府学(参见《春明梦余录》)。

② 文丞相：即文天祥(1236—1283)。字履善，一字宋瑞，号文山，庐陵(今江西吉安)人。宝祐四年(1256)进士第一，宋末任右丞相，出使元军议和，被拘。逃亡至温州，益王召至福州，进左丞相。以都督出江西，与元兵战。卫王立，加少保，封信国公。兵败被俘，押送大都(今北京)，不屈，被害。后谥忠烈。有《文山集》。　柴市：在北京东北隅，为卖柴集市。古时行刑地点多选热闹场所。后于此建报恩寺，即顺天府学旧基。

③ 教忠坊：位于北京城东北，安定门内，鼓楼以东。文天祥于此就义，故名。

④ 洪武九年：公元1376年。

⑤ 刘崧(1321—1381)：字子高，泰和(今属江西)人。原名楚，明初出仕后改今名。官至礼部侍郎，摄吏部尚书。谥恭介。撰有《北平八府志》、《槎翁诗文集》等。

⑥ 永乐六年：公元1408年。

⑦ 刘履节：庐陵(今江西吉安)人。洪武三十年(1397)进士，永乐中任太常寺博士。

⑧ 杨士奇(1365—1444)：名寓，以字行，号东里。泰和(今属江西)人。官至左春坊大学士、少师。诗文风格与当时杨荣、杨溥相近，人称"台阁体"，又号"三杨"。有《东里集》。

⑨ 罗伦(1431—1478)：字应魁，改字彝正，号一峰，永丰(今属江西)人。成化二年(1466)殿试第一，授修撰，谪福建市舶司提举，复官后改任南京翰林院修撰，不久称病还家。嘉靖初追谥文毅。有《一峰诗文集》。

⑩ 世祖(1215—1294)：即忽必烈，睿宗第四子，南宋景定初年即位，后定都燕京，改国号曰"元"。在位三十五年，病逝。庙号世祖。天师张：即张留孙(1248—1321)，字师汉，贵溪(今属江西)人。早年入龙虎山为道士。宋亡，从张宗演入大都，至元十五年(1278)授玄教宗师，大德中加号大宗师。武宗初年，升大真人，知集贤院事。

⑪ 王积翁(1229—1284)：字良存，一字良臣，福宁(今福建霞浦)人。宋末官至福建制置使，降元后历任福建宣抚使、户部尚书等。出使日本，为舟人所杀。

⑫ 孛罗：庐陵刘岳申《文丞相传》作"丞相博罗"。按《元史·宰相年表》，至元十九年(1282)及其前后，左、右丞相、平章政事皆无孛罗、博罗。疑实指博罗欢。博罗欢(1239—1300)，忙兀氏。至元八年(1271)任亲军都指挥使，十一年曾以中书右丞率军伐宋，十四年以中书右丞行省

北京,十八年以中书右丞行省甘肃,二十年拜御史大夫,官至江浙行省平章。

⑬　欧阳夫人:文天祥妻,卒于元大德九年(1305)。

⑭　升(1268—1313):即文升,字逊志,号学山,天祥弟文璧次子,过继予天祥。元皇庆初官至集贤直学士。谥文庄。

⑮　顺城门:或作顺承、顺成,北京城南门之一,偏西。后改称宣武门。

⑯　至元二十年:公元 1283 年。

水　关①

京城外之西堤、海淀②,天涯水也。皇城内之太液池③,天上水也。游,则莫便水关。志有之,曰积水潭④,曰海子,盖志名,而游人不之名。游人诗有之,曰北湖,盖诗人名,而土人不之名。土人曰净业寺⑤,曰德胜桥,水一方耳。土人曰莲花池,水一时耳。盖不该不备,不可以其名名。土人曰水关,是水所从入城之关也。玉河桥水亦关矣,而人不之名,是水所从出城之关也。或原焉,其委焉者举之。水一道入关,而方广即三四里,其深矣,鱼之;其浅矣,莲之、菱芡之;即不莲且菱也,水则自蒲苇之,水之才也。北水多卤,而关以入者甘,水鸟盛集焉。沿水而刹者、墅者、亭者,因水也,水亦因之。梵各钟磬,亭墅各声歌,而致乃在遥见遥闻,隔水相赏。立净业寺门,目存水南。坐太师圃、晾马厂、镜园、莲花庵、刘茂才园⑥,目存水北。东望之,方园也⑦,宜夕。西望之,漫园、湜园、杨园、王园也[8],望西山[9],宜朝。深深之太平庵、虾菜亭、莲花社[10],远远之金刚寺、兴德寺[11],或辞众眺,或谢群游矣。岁初伏日,御马监内监,旗帜鼓吹,导御马数百,洗水次。岁盛夏,莲始华,晏赏尽园亭,虽莲香所不至,亦席,亦歌声。岁中元夜,盂兰会,寺寺僧集,放灯莲花中,谓灯花,谓花灯。酒人水嬉,缚烟火,作凫、雁、龟、鱼,水火激射,至萎花焦叶。是夕,梵呗鼓铙,与宴歌弦管,沉沉昧旦。水,秋稍闲,然芦苇天,菱芡岁,诗社交于水亭。冬水坚冻,一人挽木小兜,驱如衢,曰冰床。雪后,集十余床,罏分尊合,月在雪,雪在冰。西湖春,秦淮夏,洞庭秋,东南人自谢未曾有也[12]。东岸有桥,曰海子桥,曰月桥,曰三座桥[13]。桥南北之稻田,倍于关东南之水面。

元马祖常《海子桥》:

朝马秋尘急,天潢晓镜舒。影圆云度鸟,波静藻依鱼。石栈通星汉,银河落水渠。无人洗寒露,为我媚芙蕖。

元卢亘《海子上即事》:

驰道尘香散玉珂,彤楼花暗弄云和。光风已转瀛洲草,细雨微添太液波。月榭管弦催曙发,水亭帘幕受寒多。少年易动伤春感,唤取青霞对酒歌。

元宋本《海子》:

渡桥西望似江乡,隔岸楼台罨画妆。十顷玻璃秋影碧,照人骑马入宫墙。

明永丰曾棨《海子桥》:

鲸海遥通一水长,沧波深处石为梁。平铺碧甃连驰道,倒泻银河入苑墙。晴绿乍添垂柳色,春流时泛落花香。微茫迥隔蓬莱岛,不放飞尘到建章。

太平谢铎《过北海子因忆宾之相约不果》:

鸟外青山昨雨过,马头西望翠嵯峨。烟光平堕寒云起,秋色空明水气多。歧路有情方坎坷,客心无赖益蹉跎。归来莫怪相期晚,不出从嗔奈尔何。

泗州郭钰《与王卢诸进士同游荷花池》:

遥遥去远浦,泛泛溯前川。落日山水秀,轻风鸥鹭翻。宾客恣欢笑,清吹杂哀弦。雅志无越度,幽怀可尽宣。

亳州朱宗吉《九日集莲花池》:

秋风吹燕台,木叶落我前。寒衣又砧杵,游子悲经年。偶闻节重九,携酒向湖天。渔歌操北音,水鸟闲自然。澄波白日下,蒲柳寒已烟。风色一何似,客归岂不贤。

公安袁宏道《游北城临水诸寺至德胜桥水轩》:

西山去城三十里,紫巚青逻见湖底。一泓寒水半庭莎,赚得白云到城里。茭叶浓浓遮雉朵,野客登堂如登舸。稻花水渍御池香,槐风阵阵宫云凉。一番热雨麂波沸,穿檐扑屋生荷气。乍时泼墨乍清澄,云容闪烁螭蛟戏。廉波斜带水条烟,北窗雨后蔓清圆。兑将数斗薏仁酒,赁取山光不用钱。

《暮春游北门临水诸寺至德胜桥水轩待月》:

一曲池台半畹花,远山如髻隔层纱。南人作客多亲水,北地无春不苦沙。熟马惯行溪柳路,山僧解点密云茶。满川澄月千条缕,踏踏苍波过几家。

《北安门水轩》:

秋容瑟瑟上菱芦,湖上青山镜里姝。碧瓦黄墙宫树里,涌金门外看西湖。

延平田一俊《莲花庵避暑》:

人天独步涤烦襟,钟磬偏能入客心。石洞泉鸣晴亦雨,松堂烟绕午常阴。寒弦细向风前听,冷簟翻疑月下侵。却怪当年饮河朔,不来此地避招寻。

新建邓以赞《莲花庵》:

雾起云低作夕阴,雨余荷气四边侵。一秋僻寺时休暇,半晌余钟夜浅深。湖上月生孤片影,草间虫老久高吟。年来漫习山僧味,始向尘中静此心。

东阿于慎行《雨行北安门外湖上》:

湖上窗栏如画舟,一天凉雨入宫秋。平桥芦荻萧萧冷,别浦鸥凫泛泛流。雾色近迷三苑树,烟光遥际五城楼。时清湛湛多浓露，十里芙蓉接御沟。

《莲花庵潭上夕饮》：

　　禅宫遥倚北楼开，楼下平湖落照来。金水环城全象汉，莲花涌寺宛成台。诸香各捧空王座，一叶能浮太乙杯。便是忘归归亦醉，夕阳清角莫相催。

吉水刘应秋《九日集净业寺湖上》：

　　芰荷池上远鸿飞，望处西山翠不微。白鹤仙人频换酒，青莲释子为开扉。坐依绿树悬萝影，闲看青涛映草扉。日暮笙歌双阙霭，太平天子正垂衣。

余姚孙如《游净业寺》：

　　禅堂入暮可曾关，马逐飞花向此间。钟界朝昏应自急，水流深阔正如闲。苍然野岸灯初过，迥尔疏林月始湾。风定湖光分半翠，不知是影是真山。

江宁顾起元《秋集净业寺湖上》：

　　昨夜微霜下玉河，垂杨几叶着澄波。风传清磬双林近，月冷疏砧万户多。青饭乍分天女供，红牙徐按雪儿歌。佳辰好友湖亭集，岂忍新秋酒漫过。

景陵钟惺《集净业寺水次，再过十方庵看荷花，因宿其中》：

　　如此匆匆际，禅栖肯再来。曾无三日隔，又见数花开。童负桃笙至，僧笼菜甲回。出门挤一宿，无复候人催。

每忆经行处，重游胜昔游。往来能渐熟，耳目自多幽。水气穷昏旦，林声阅夏秋。晚花不无意，客散独相留。

新昌戴九玄《集净业寺湖亭》：

湖月林风谁是主，叉鱼踏藕自留宾。频寻柳色城边路，独占秋光醉里身。败叶疑鸥浮渐远，老僧如鹤瘦堪亲。邻家亭子终年闭，不教芦花笑杀人。

湖上濠边秋色深，蓼花芦叶共萧森。平潭树逐波光动，隔岸林连夕照阴。鸥梦乍惊邻寺磬，鸿声欲度满城砧。凉风莫更翻荷露，客袂飕飕恐不禁。

公安袁中道《北湖观莲》：

如何尘十丈，有此芙蓉池。雨至绿先暗，风来红乱披。深溪藏浴鸟，卧树走歌儿。亦爱无花处，浮空雪浪奇。

曲周刘荣嗣《游净业寺》：

尘事溪边净，游思雨后浓。于君欢识面，久我想临风。树影移残席，荷香度远空。飞栖俱不系，暂此失樊笼。

溪过人人影，林开事事幽。萍光分酒绿，波色与云浮。礼设非因我，机空亦有鸥。如何相约久，今日始同游。

所快清吾友，寻同水一窝。鸟鸣相竞杂，酒政未妨苛。眼耳忽空阔，须眉总笑歌。归逢雷雨逼，其奈夕阳何。

小楼帘箔影，密共柳丝垂。若得舟行处，何当月上时。水明疑未夜，山远略如眉。便可投竿隐，毋忘渔父期。

《净业寺再送张仲锡》：

即奉王程亦有期，暂停华毂问涟漪。弟兄如水论心事，花叶同香迟别离。他日玉溪光里坐，可犹净业酒阑时。探荷莫厌蒹葭隔，露白霜严使我思。

《社集刘园赋得蝉噪林逾静》：

七月荒荒迳，斜阳漠漠阴。凉多群籁息，风定一蝉吟。聊为传无语，于焉寄有心。盘桓仍此地，忽讶入林深。

已与烦嚣隔，稍从汗漫游。都忘树间响，但觉坐来幽。野色声中变，云光意外秋。寂喧殊自领，对此倍悠悠。

《立春日米仲诏邀集漫园》：

结侣同幽赏，佳游不厌赊，看云来野岸，问柳到僧家。寒气通春信，回风逗雪花。心关石径草，青动几分芽。

丹阳贺世寿《漫园水次看洗马》：

凤吹鸾旗竞水涯,珠缨玉勒烂成霞。嘶云意似矜间
阖,历块姿将傲渥洼。银汉房星光上下,瑶台神骏影参
差。惊澜沫喷揉文鷇,浅岸蹄骄蹴落花。天厩承恩馀意
气,中官衔命亦光华。晚归紫翠前山乱,几队横穿柳陌
斜。

顺天米万钟《花朝前一日集刘伯世镜园》:

湖涯寒不去,花信未分明。土动青方苗,枝凝绿尚
轻。渐惊山影碎,濑曳岸容清。莫道春还寂,沙汀已雁
声。

《漫园初成》:

纪胜无劳出郭舆,卧游眺听日堪书。岚冲石发萦山
带,梵挟松弦韵木鱼。狎主风烟俱老大,惯亲鸥鸟独迁
疏。偶从图画新摹得,疑向江乡乍卜居。

三年放作北山农,时看狂云失乱峰。归沐栖虽仍落
落,乐饥流幸枕淙淙。鉴湖他日无须乞,彭泽清时好自
容。桃李笑非零露地,且依秋水醉芙蓉。

《立春漫园社集》:

岁开春反后,步向冻湖溪。试暖问遗雪,疑青寻隔
堤。淑新蒸柳润,霭暮合山齐。莫缓冰车戏,东风渐解
澌。

未春期社集,朋至候春齐。晚驾冰嬉左,昏攀阁眺迷。
藉灯生薄暖,度曲学莺啼。膏雨如留醉,浓阴覆席低。

麻城陈以闻《立春日米仲诏招集漫园》：

　　水阁山亲望，居然丘壑中。闲过多岁暮，重到与春逢。醉语停杯尽，郊容得候通。数星高点缀，已映禁城东。

　　此地无尘事，寒光接远空。柳如先草碧，花欲借灯红。冰渡争迎岸，雨丝细验风。霏霏归骑晚，心与御河东。

遂安方逢年《水关夜憩》：

　　月娟娟似迎，风谡谡其鸣。烟水以神荡，林泉之僻生。有濠濮间想，与鹭鸥辈盟。拙矣尘中客，悠然静者情。

《重游水关》：

　　马头尘飒然，望水遥则喜。古寺丛以罗，澄湖曲而沘。柳为水衙官，烟为水画史。散步道心生，劳人空率尔。

《米仲诏园》：

　　爽阁傍湖颜，流云入座闲。花关新月度，藤格古风删。字瘦思摹鹤，诗清每赋山。高斋饶韵事，揽涉不知还。

山阴丁乾学《净业寺》：

　　城下潴泉好，风来波亦生。荷骄尘外韵，蝉急静中声。疏柳丝丝弱，斜阳点点明。偶来竟日坐，衲子不知名。

桐城倪嘉善《饮北湖亭子》：

境旷夜犹望，城西山数岑。钟随风处远，水见月中阴。湖石支如骨，秋荷开向心。酒深歌渐少，炬火过前林。

如皋李之椿《辛未立春社集漫园》：

年光初入社，昨日尚残年。楼觉窗风可，冰含春气先。梅亭惊见蝶，柳岸醒将烟。生涩诗停酒，灯灯照管弦。

华亭释法止《秋暮集镜园》：

天迥使秋瑟，湖清与镜俱。波文来越练，水调按吴歈。藻败云全影，荷销雨不珠。虚疑农墅里，实喜帝城隅。

鄞县薛冈《饮净业寺堤上》：

堤至水俱至，游将影与同。波从寺门碧，莲似晚天红。蝉响行人里，鸥眠醉客中。坐来香阵阵，欲雨满林风。

长洲周光祚《过德胜桥净业寺看荷花》：

客久江南梦，朝寻城北游。芦穿湖绿黛，柳匝幕青油。拥寺千花艳,巡堤一鹭幽。为生车马色,从未试扁舟。

憩向无尘处,过桥得水庄。雨愁荷柄弱,风喜柳丝长。乍入暑全去,言归身满香。缓行堤不已,只此似吾乡。

京山郑友玄《北湖歌》:

四十里外城西山,青过城中照湖绿。湖水绿也到青山,水荷岸柳相连属。几家亭馆系无船,亦不河房栈高足。楼厅端正接街衢,肯留余地生委曲。一楼三层换三面,告我湖光山光续。一圃荒轩老数株,告我雕装正粗俗。将霁未霁北阙烟,登登望望通晴瞩。几亭酒罢几歌停,斜阳已与凄清触。

桐城方拱乾《雨夕过净业寺,看荷候月》:

遥知月意自花生,月后花先争蔽明。看到淋漓光不碍,坐来寂历艳无声。火非渔亦纷悬树,峰以烟能倒入城。久照澹然忘所恋,客残僧睡畅孤行。

《莲花庵水边》:

薄暄生雨后,水已具荷情。影入寺相乱,青惟柳可争。风翻鹭力劲,日接浪光平。小憩当尘积,江南画里行。

昌平韩四维《饮水关湖上》:

山光连市口,水气湿城腰。击鼓谁家月,临风数处箫。韵题分永夜,人物计今朝。喧醉无高简,难令秋寂寥。

风日闲过此,心情草木知。远山曾故旧,好友省言词。病理安棋局,年荒窄酒卮。烟波不尽望,长是苦吟时。

《再饮水关》:

　　日与尘尘逐,名园喜有招。人家烟在水,秋气夜闻箫。树蝉当山面,蒲深过柳腰。坐看酬酢少,明月已中宵。

平湖陆启浤《德胜桥水次》:

　　谁识此涵碧,喧城忽渺然。湖间虚失岸,柳外野疑田。荷老秋生气,云兴晚作天。非绿尘不到,自不与尘缘。

绛州韩霖《上巳前一日集漫园》:

　　门前车马路,入户即幽偏。丘壑石盘具,楼台灯里悬。山阑城郭入,水共御沟连。乐意通鱼鸟,幽情废管弦。看云惊月出,踏雪忆年前。林远无边地,霞生欲暮天。赏穷昏旦候,游静夏秋先。觞咏成良会,宁须令节传。

邛州刘道贞《辛未上巳前一日集漫园》:

　　辟地藏天水,开扉引镜湖。高人存野致,幽事贵王都。气借西山爽,流分太液隔。嚣情嫌钓艇,旷想在菰蒲。汗漫宜真逸，空明漏画图。曲房穿洞壑，高阁上虚无。柳覆才鸣鸟，烟移见浴凫。岸容生远意，峰态变斯须。位置窥经济，冥栖谢走趋。春将风日美，地与主宾娱。袖石惊神镂，檐灯散夜珠。不辞终夕醉，归路静无虞。

夏邑王承曾《净业寺湖上作》：

只有浓烟住，峨峨净绝尘。避人违水面，选地坐湖滨。莲远飞香冷，钟清送晓新。到来长夏静，览得尚余春。

会稽马兆霖《莲花庵》：

坦步看新水，荒林绿欲起。云云归一亭，光景摄遥紫。

凉州吴惟英《莲花庵》：

去年香里客，今复到荷堤。浅水兼天阔，新蒲与岸齐。钟传高阁远，柳覆小桥低。指点村烟起，归心促马蹄。

《冬日北湖冰船》：

寒凝湖面镜平开，小艇犹拖古树隈。不是路从银汉转，也疑人自玉壶来。铿铿一叶能多载，滑滑双桡亦屡催。无事战兢愁履薄，酒深月上放船回。

大兴韩弘达《秋日集漫园》：

秋气不可暮,园园散空朗。秋天四望佳,错互层楼上。楼影与湖光,摇若山俯仰。疑彼海蜃为,以供人天享。

华亭汪历贤《净业寺水亭对月》:

地惟闲此月,客始有孤亭。群动定无扰,纤尘静不形。水香含宿藻,村影注寒青。往在湖山曲,方兹未窅冥。

《初秋雨后范质公招集净业寺水亭看荷》:

轻阴犹尔护疏红,霁后湖光对忽空。新爽到衣还自柳,定香吹雨不因风。人经冉冉流波外,秋在亭亭送影中。欲息幽寻心每共,恰当佳月待桥东。

早花飒飒逐烟空,湖雨今朝不复红。鸥伴主宾神自简,香深语默静能通。镜看妆洗初如月,台想衣轻欲化风。肯信江南归梦远,盈盈犹见榜歌中。

《冰湖》:

我始识冰湖,湖光讵能尔。一堤上下天,一泓徒舆地。日月挂寒枝,影若新在纸。昔于湖南观,以月拟积水。欲见物尽浮,其极固静止。坚柔曷短长,春吾将过此。

蕲州王可象《漫园泛冰床》:

水有时凝释,因之别有船。一人驱在陆,千顷冷如天。远岸犹栖雪,疏林有冻烟。江南于此候,著酒阁中传。

麻城刘侗《醉后据冰床过后湖》：

立春冰未觉，尚可数人航。固结深冬力，熹微寒日光。坐观思解泮，中渡且康庄。醉里知前岸，偬偬语复长。

歙县汪逸《冰湖》：

一片空明两岸苍，望来犹道是波光。看人踏向中流去，不藉蒲帆与石梁。

短筏聊凭尺缆牵，各携尊罍到湖边。忍寒杂坐歌兼笑，人影层层镜里天。

吴桥范景文《净业寺湖亭》：

湖容大半入秋工，领略尤当在雨中。水气易阴仍近夜，荷香因静不关风。波间坐石听吞吐，云际看山想异同。对寺心如花不染，味来茶韵亦能空。

《湖上夜起》：

不独坐慵睡亦慵，起同鹤步破苔封。霜华渐湿晴为雨，天水相涵影似重。就月经行疑积雪，听涛移坐近寒松。炉香方炷心应寂，林外犹嫌度远钟。

长洲文震孟《登北湖壶天阁》：

佳辰聊复一登台，小阁疏窗曲曲开。百顷湖光还澹荡，重城山色更崔嵬。时名正可抛诗卷，世事惟应付酒杯。望望冥鸿吾有意，群飞鸥鸟莫相猜。

晋江黄景昉《同闵中畏李括苍集太平庵》：

> 与子逢休浣，良游兴未孤。地偏嬴艾柳，身已伴鸥凫。
> 野艇才容膝，新莲渐放须。老僧能好事，随意馔伊蒲。

> 不远城隅胜，风尘已觉宽。隔溪鸣布谷，新果荐文官。
> 铁瓦通泉古，冰壶濯梦寒。春衣仍可典，无畏酒杯干。

① 水关：水入北京城之关口，位于城西北德胜门以西。此指水关周围景致。"德胜门之西，城垣下有水窦焉。西山诸水从此流入都城，水口为石犀以当之，遏冲突、缓水势也。而庵其上，名曰镇水观音庵。其北即水入处，泠泠有海潮之音。其南则菡萏千顷，草树青葱，鸥凫上下，亭榭掩映，列刹相望，烟云水月，时出奇观，允都下第一胜区也。"（《长安客话》卷二）

② 海淀：参见卷五《海淀》。

③ 太液池：元代又名西华潭。其水源自玉泉山水及西北诸水，至地安门水门流入，汇为大池。位于今故宫博物院之西，分北海、中海和南海。

④ 积水潭：在北京城西北部，东西长二里有余，南北宽一里，西山诸泉从高梁桥流入北水关，汇聚于此。元人称为西海子，明人或沿用旧称；或因潭内莲多，名为莲花池；或因潭北有净业寺，称作净业湖。

⑤ 净业寺：位于积水潭北。《光绪顺天府志·寺观》："净业寺在德胜门西，寺西为智光寺基址。寺门临水岸，去水尺许。其湖或以寺名为净业湖，即积水潭也。潭之东即德胜门。"

⑥ 太师圃：即定国公园，见下。　晾马厂：御马监制造并晾晒马绳、马槽、马桩、桶、勺、刷子等工具的工场。　镜园：孝廉刘百世别墅，堂南庭阶宽广，眺望湖光如镜，故名。　莲花庵：位于兴德寺之西北，庵后有一高台，观景极佳。　刘茂才园：位于积水潭中最开阔处，主人于书室上建平台，专供观景。

⑦ 方园：又称方家园，位于太平庵之东。主人为万历末年吏部尚

书、大学士方从哲。

⑧ 漫园:位于积水潭东,米万钟构建,园中有三层楼阁。 湜园:位于积水潭西,太守苗君颖别墅。 杨园:在湜园稍南,杨侍御创建。 王园:不详。

⑨ 西山:位于今北京市西北。又名小清凉山。众山连接,为太行山支脉。其中著名的有潭柘山、翠微山、卢师山和香山等。

⑩ 太平庵:又称太平院,位于净业寺之西,小而雅洁。 虾菜亭:万历、天启年间工部员外郎戴九玄所建,位于莲花社之西,颇得幽深之致。 莲花社:在水关之西,有亭,与虾菜亭一篱之隔。

⑪ 金刚寺:见本卷《金刚寺》。 兴德寺:又名兴隆禅林,在金刚寺后。寺中有平台颇广,文人常于此把酒临风,眺湖观景。

⑫ “西湖春”四句:意为杭州西湖春景、南京秦淮河夏夜、洞庭湖秋色,虽然是东南人士引以为自豪的,但他们还是承认未曾见过北京水关冬景的美丽。

⑬ “曰海子桥”三句:海子桥在积水潭东,创建于元世祖至元年间。至元后用石重修,更名万宁。俗称越桥、月桥、三座桥、三转桥等。

定 国 公 园 ①

环北湖之园,定园始,故朴莫先定园者。实则有思致文理者为之。土垣不垩,土池不甃,堂不阁不亭,树不花不实,不配不行,是不亦文矣乎②。园在德胜桥右。入门,古屋三楹,榜曰“太师圃”,自三字外,额无扁,柱无联,壁无诗片。西转而北,垂柳高槐,树不数枚,以岁久繁柯,阴遂满院。藕花一塘,隔岸数石,乱而卧,土墙生苔,如山脚到涧边,不记在人家圃③。野塘北，又一堂临湖，芦苇侵庭除，为之短墙以拒之。左右各一室，室各二楹，荒荒如山斋。西过一台，湖于前，不可以不台也。老柳瞰湖而不让台，台遂不必尽望④。盖他园，花树故故为容，亭台意特特在湖者，不免佻达矣⑤。园左右多新亭馆，对湖乃寺。万历中⑥，有筑于园侧者，掘得元寺额，曰"石湖寺"焉。

丹阳贺世寿《集定国公园亭》：

> 郊市尘方急，行宜向水涯。弄音清浊鸟，含韵浅深花。断雨梧知冷，穿曦树故斜。邻僧能好客，扶策饷初瓜。

> 沧漪一曲水，好友坐幽偏。秀濯花沾雨，清疏柳着烟。晴澜明倒影，银浦写遥天。总觉无尘事，观鱼过槛前。

固陵余廷吉《游定园》：

> 一径浓阴合，行行似野扉。穿林榆影乱，隐几鸟声围。曲水函山定，翻荷向座辉。迟回应不厌，月堕醉方归。

凉州吴惟英《社集定国公园》：

> 城西喧未去，辄得此园林。柳碧午亭暗，荷香暑坐深。莺堤通比岸，雉堞隔高岑。荒落澄湖曲，尘飞了不侵。

山阴张学曾《社集太师圃》：

苑外湖光净,桥西野色分。花晨先着雨,亭午不飞云。同客俱乡思,征诗得酒群。清游余恋恋,车马散斜曛。

① 定国公园:位于城北,地疏旷而水景佳,明人称为北京滨湖众园之冠。定国公,明开国功臣徐达次子增寿,因助燕王朱棣起兵,为建文帝所杀。朱棣登基后,追封增寿为定国公,子孙袭爵,居北京。增寿五世孙光祚于嘉靖五年(1526)加官太师,故下文谓园中有屋题榜"太师圃"。明季"定国公"为增寿十一世孙允祯,允祯崇祯三年(1630)袭爵,明亡被杀。

② "环北湖"十句:谓积水潭周围众园,以"定园"创建最早,故风格最为素朴。墙用土垒,不粉刷;地是土地,不铺砖。稍筑堂屋,不建亭阁。植树不求花果,亦不讲究搭配和整齐,貌似随意为之,其实蕴有深意与情趣。北湖,即积水潭,明人亦称"海子套"。

③ "如山脚"三句:谓好似来到山脚涧边,野趣盎然,不觉得是在人家园圃之中。

④ "湖于前"四句:谓有湖在前,不可不筑台,以便登临眺望。然而有柳树遮挡,即使登台,未必能尽情眺览。言外之意是,此园构筑皆力求自然随意,即使有物妨碍观赏,亦不凭借人力以破坏自然。瞰湖而不让台,拟人写法,意为老柳占领望湖的最佳位置,与台相争而不肯谦让。

⑤ "盖他园"四句:谓他园栽花植树,着意剪裁布置,力求美观;建亭筑台,务必视野开阔,为了观湖。而与"定园"相比,未免显得轻薄。

⑥ 万历:明神宗年号,公元1573—1620年。

金　刚　寺①

金刚寺,即般若庵也。背湖水,面曲巷,盖舍弃光景,调心坊肆,庵者,泊然猛力,使人悲仰。旧有竹数丛,小屋一区,曲如径在村,寂若山藏寺。僧朴野,如自未入城市人。万历中,蜀僧省南大之[2],前立大殿,后立大阁,廊周室密,奂焉。工未竟,南殁,方僧争宇以讼,桐城诸绅,迎蕴璞住之[3]。蕴璞,同省南师雪浪者[4],雪浪具大辩才,讲经四十年,然不著一字。蕴璞居此八年,则著《金刚筏喻》、《心经钵柄》等书。蕴璞殁,方僧又讼焉。寺西庑,石刻《金刚经》[5],人书一分,署宰官名,代笔也。士大夫看莲北湖,来憩寺中,僧竟日迎送,接谭世事,折旋优娴,方内外无少差别。

长洲葛一龙《正月十六夜,过蕴璞于金刚寺》:

> 禅灯何昼夜,非续上元春。花外无明种,光中不坏身。三更般若地,一笑石头人。尘梦年年忆,相看面目真。

《二月十二日重过蕴璞》:

> 斜景荡阴翳,余寒生寂寥。曾同过月夜,今复对花朝。石上霜松立,篱根雪菜挑。懒因成禁足,送客到门遥。

昆山顾锡畴《过金刚寺》:

> 行行信偶然,北眺入朝烟。楼望九重阙,窗横千顷田。衣粮闲具足,缁素藉相肩。此夜灯边影,蘧然落佛前。

> 结夏禅林迥,无名可闭关。湖光依北郭,爽气借西山。日永诸天静,钟清初地闲。新辞魔眷属,定入夜云还。

华亭汪历贤《同徐九一金刚寺看月》：

> 每不尽此月，顾无吾两人。去村光益静，下雁影俱新。老树鸟知曙，寒湖香在邻。寺钟迟未定，僧客共闲身。

昌平韩四维《夏雨同文湛持诸公集金刚寺》：

> 禁烟何处礴城西，晚入钟声稳故栖。世路日烧千变化，空门雨色一端倪。似长夏梦松如发，渐易秋光草出泥。自是远公堪作友，平桥家在绿杨堤。

> 坐听高言风易寒，月台香尽破冰丸。君亲恩在空非界，师友心期戒有坛。树入水烟多晚合，山围城郭自长安。林鸦宿鸟喧难定，不碍声闻著野干。

桃源印司奇《金刚寺赠野竹》：

> 北湖静好未如山，般若庵时却自闲。不道芰茤惟去发，果空心事任开关。著香清福中无佛，应答圆机正是顽。客惯漫游僧惯扰，四朝绅祂几经删。

① 金刚寺：位于积水潭东南。元代创建，名般若庵。明万历中扩建装饰，以寺有石刻《金刚经》，故名。僧雪浪讲经其中，文人士绅多从之游。吴中姚希孟著《准提像赞》，刻于寺中。《燕都游览志》："金刚寺在积水潭之上，兴德寺东，寺有石勒《金刚经》。前小阁，后静室，纸窗棐几，殊有幽趣。后乃改创大殿高阁，左右翼楼数十楹，往昔清深幽远之致，尽化于沙砾间矣。"（《日下旧闻考》卷五十三引录）

② 僧省南：蜀（今四川）人。雪浪大师弟子，万历间在世。

③ 蕴璞：即释如愚，字蕴璞，江夏(今湖北武昌)人。少为诸生，出家后历居衡山、金陵碧峰寺等。有《四悉稿》、《石头庵集》等。

④ 雪浪(1545—1608)：即释洪恩，字雪浪，金陵(今江苏南京)人。俗姓黄。出家住宝华雪浪山，因以为号。万历间于江浙一带讲经说法，名声大噪。

⑤ 《金刚经》：佛经名。又称《金刚般若经》或《金刚般若波罗蜜经》。

英 国 公 新 园①

夫长廊曲池，假山复阁，不得志于山水者所作也，杖履弥勤，眼界则小矣②。崇祯癸酉岁深冬③，英国公乘冰床，渡北湖，过银锭桥之观音庵④，立地一望而大惊，急买庵地之半，园之，构一亭、一轩、一台耳。但坐一方，方望周毕⑤。其内一周⑥，二面海子，一面湖也，一面古木古寺，新园亭也。园亭对者，桥也。过桥人种种，入我望中，与我分望⑦。南海子而外，望云气五色，长周护者，万岁山也⑧。左之而绿云者，园林也。东过而春夏烟绿、秋冬云黄者，稻田也。北过烟树，亿万家甍，烟缕上而白云横。西接西山，层层弯弯，晓青暮紫，近如可攀。

江夏黄正色《春日过银锭桥》：

> 远水未成白，长条复新黄。鳞鳞鱼岸出，喈喈鸟林翔。寒去身犹褐，春将野可餴。客行冗似昨，又向一年芳。

① 英国公：即右副将军张辅(1375—1449)，明永乐初年率军攻克安南，封英国公，子孙世袭。下文所谓"英国公"，当为张辅七世孙维贤，或八世孙之极。维贤于万历二十六年(1598)袭封，崇祯三年(1630)十一月加太师。张维贤何时谢世，张之极何时袭爵，史无记载。按：英国公有宅园，人称"张园"，此园为崇祯年间新造，故名"新园"。

② "夫长廊"五句：意为修建园林，是为了弥补缺乏真山真水的遗憾，但与游赏自然山水比较，行走更多，眼界却仍然狭窄。

③ 崇祯癸酉：崇祯六年(1633)。

④ 银锭桥：位于净业寺东南。形似银锭，故名。《燕都游览志》："银锭桥在北安门海子三座桥之北，城中水际看西山第一绝胜处。" 观音庵：在银锭桥南湾，又称海潮观音寺。清乾隆二十六年改建，赐名汇通祠。

⑤ "但坐"二句：谓只需坐于一处，四周景物即饱览无余。

⑥ 其内一周：指坐于园中，直接可见之范围。并非指园内一周，其园实际面积仅占观音庵园地一半。

⑦ "过桥"三句：意为银锭桥上各类行人及其姿态映入园中人的眼中，而行人亦可以眺望分享四周景物。

⑧ 万岁山：指宫城后之煤山(崇祯皇帝于此自尽)。或谓指太液池中之琼华岛。

三　圣　庵①

德胜门东，水田数百亩，沺沟浍川上，堤柳行植，与畦中秧稻，分露同烟。春绿到夏，夏黄到秋，都人望有时，望绿浅深，为春事浅深；望黄浅深，又为秋事浅深。望际，闻歌有时：春插秧歌,声疾以欲;夏桔槔水歌,声哀以啴;秋合醋赛社之乐歌,声哗以嘻。然不有秋也,岁不辄闻也。有台而亭之,以极望,以迟所闻者。三圣庵,背水田庵焉。门前古木四,为近水也,柯如青铜亭亭。台,庵之西。台下亩,方广如庵,豆有棚,瓜有架,绿且黄也,外与稻杨同候。台上亭,曰"观稻",观不直稻也,畦陇之方方,林木之行行,梵宇之厂厂,雉堞之凸凸,皆观之。

夷陵雷思霈《三圣庵同王德懋太史》:

　　南客偏宜水,北田亦插禾。云光朝欲合,山色晚来多。群鸭蒲边戏,有人林外歌。视听殊未尽,无奈夜深何。

上海蔡文瀛《三圣庵》:

　　白月满天雾露长,禾光树影四周墙。风吹红雨纷花片,不辨其花辨得香。

　　① 三圣庵:位于瑞应寺(即龙华寺)西,庵北建有观稻亭,供北方人士领略南方水田劳作情况。"三圣庵在德胜街左巷,筑观稻亭,北为内官监地。南人于此艺水田,粳粳分塍,夏日桔槔声不减江南。"(《日下旧闻考》卷五十四引录孙国敉《燕都游览志》)

崇　国　寺

大隆善护国寺①,都人呼崇国寺者,寺初名也。都人好语

讹语，名初名。寺始至元②，皇庆修之③，延祐修之④，至正又
修之⑤。元故有南北二崇国寺⑥，此其北也。我宣德己酉⑦，
赐名隆善。成化壬辰⑧，加护国名。正德壬申⑨，敕西番大庆
法王领占班丹、大觉法王着肖藏卜等居此⑩，寺则大作。中殿
三，旁殿八，最后景命殿。殿旁塔二：曰佛舍利塔。成化七年
敕碑二，正德七年敕碑二，梵字碑二。梵字不知其工焉否也，
济济历历然，此必工矣。梵语乃不可识，剡可解以不识解，生
人齐遽。天顺二年碑二⑪：西天大辣麻桑渴巴辣行实碑其
一⑫，大国师智光功行碑其一⑬。元遗碑三：断碑一；至正十一
年重修崇国寺碑其一⑭，沙门雪䃂法桢撰⑮；至正十四年皇帝
敕谕碑其一。学中国字而手未忘乎笔，波画弱硬，其排置甚难
也，译为中国语而舌未伸于齿，期期支支，笑且读之。皇庆元
年崇教大师演公碑其一⑯，赵孟頫撰并书也⑰。断碑者，断为
七，环铁束而立之，至正二十四年，隆安选公传戒碑⑱，危素撰
并书也⑲。寺为脱脱丞相故宅⑳，今千佛殿旁立一老髯，幞头
朱衣，一老妪，凤冠朱裳者，脱脱夫妇也。后僧录司，司右姚少
师影堂㉑。少师佐成祖，为靖难首勋㉒，侑享太庙。嘉靖九
年㉓，以中允廖道南请㉔，罢侑享，移祀大兴隆寺，俄寺灾，移
此。今一像一主，主题"推忠报国协谋宣力文臣、特进荣禄大
夫、上柱国、荣国公姚广孝"。像精峭，满月面，目炯炯，露顶，
袈裟跌坐，有题偈，署独庵老人自题。独庵，少师号也。少师，
释名道衍，字斯道，吴之相城里人，葬房山县东北四十里㉕，地
名圣冈塔。成祖御制神道碑。盖少师生不冠而髡，不受赐第
而寺处，葬不墓而塔，故享不侑庙而亦寺矣。

　　附碑：

　　　　长生天气力里，大福荫护助里皇帝圣旨。军官每根

底,军人每根底,管城子达鲁花赤官人每根底,往来使臣
每根底,宣谕的圣旨。成吉思皇帝㉖,窝阔台皇帝㉗,薛禅
皇帝㉘,完泽笃皇帝㉙,曲律皇帝㉚,普颜笃皇帝㉛,格坚皇
帝㉜,忽都笃皇帝㉝,亦怜真班皇帝圣旨里㉞,和尚、也里
可温、先生每㉟,不拣甚么差发休当,告天祈福祝寿者说
来。如今依在先圣旨体例,不拣甚么差发休当,告天祈福
祝寿者么道。大都里有的南北两崇国寺、天寿寺、香河隆
安寺、三河延福寺、顺州龙云寺、遵化般若寺等寺院里住
持佛日普明净慧大师孤峰讲主学吉祥众和尚每根底为头
执把的圣旨与了也㊱。这的每寺院里房舍,使臣休安下
者。铺马只应休着者。税粮商税休纳者。但属寺家的水
土、园林、碾磨、店铺、解典库、浴堂、人口头匹,不拣甚么,
不拣是谁,休倚气力夺要者。这佛日普明净慧大师孤峰
讲主学吉祥为头和尚每,依着在先老讲主体例里行者。
别了的和尚每有呵,遣赴出寺者。更这学吉祥等和尚每,
倚有圣旨么道,无体例勾当休做者,若做呵,他每不惧那。
圣旨。至正十四年七月十四日㊲,上都有时分写来㊳。

附少师偈:

　　看破芭蕉拄杖子,等闲彻骨露风流。有时摇动龟毛
拂,直得虚空笑点头。

公安袁宗道《五日饮崇国寺僧房》:

　　老僧爱竹石,点缀似山家。密筱通风遝,流觞径水遐。
看鱼栽藕叶,禁鹿蓄萱花。一缕林烟歇,阇黎供露芽。

《夏日黄平倩邀饮崇国寺葡萄林》：

> 数亩葡萄林，浓条青若若。以藤为幡幢，以叶为帷幕。以蔓为宝网，以实为璎珞。蜩蝉递代响，虽聒胜俗乐。对泉坐良久，客衣增尚薄。同来四五朋，一笑破缠缴。依岸排绳床，禅玄入诙谑。煎葵带露烹，摘茶拣水瀹。石砌滴琤琤，铜铛鸣霍霍。拇陈分两曹，奋爪相掷搏。觥小罚已深，取钵代杯杓。三伏此中消，万卷束高阁。

桃源江盈科《崇国寺》：

> 吏散人稀晷刻长，乘闲时一过僧房。竹镂芝本为如意，草像兰芽号吉祥。番字写碑成蚓结，法幢飘影学龙翔。乐饥最是清斋供，宽得旬朝中酒肠。

公安袁宏道《二月十一日崇国寺踏月》：

> 寒色侵精蓝，光明见题额。踏月遍九衢，无此一方白。寺僧尽掩扉，避月如避客。空阶写虬枝，格老健如石。霜吹透体寒，天街断行迹。惜哉清冷光，长夜照沙碛。

《崇国寺同王章甫小修看月》：

> 凉月白霜阶，光腻平于砥。古木坐寒禽，写影空窗里。茶罏藏古云，一叶寒吹起。角灯抽紫焰，冻花老瓶水。滑坡映琉璃，一片冷光死。灰心半夜禅，寒狨伴行履。

《崇国寺葡萄园同黄平倩诸君剧饮》：

> 入门似出门，莎畦布平远。古根老巉石，凉阴厚深嶻。茫茫三夏云，有舒而无卷。分栋理孙枝，凿泉过小畎。树上酒提偏，波面流杯满。榴花当觞筹，但嚣花来缓。一呼百螺空，江河决平衍。流水成醯醢，须鬓沾苔藓。侍立尽醒颠，不辨杯与盏。翘首望裈中，天地困沉沔。未觉七贤达，异乎三子撰。

《再游崇国寺》：

> 入寺稀人识，僧雏尽老成。花犹香废苑，石莫话前生。壁上苔栖墨，廊间雨坏楹。春衣能几日，又复过清明。

> 只作幽探计，如来与证明。出门皆黛色，入寺有泉声。酒似溪光嫩，身如云影轻。闲官无别侣，头白旧方情。

吴县王鏊《姚少师像》：

> 下马摩挲读古碑，欲询往事少人知。独留满月龛中像，共识凌烟阁上姿。颊隐三毛还可似，功高六出本无奇。金陵战罢燕都定，仍是腥然老衲师。

---

① 大隆善护国寺：简称护国寺，原名崇国寺，始建于元。位于今北京市新街口南大街之东。《日下旧闻考·内城西城》："崇国寺在今四牌楼大街东、德胜门大街西。明宣德年赐名大隆善寺，成化间赐名大隆善护国寺，今其地称护国寺街。"

② 至元：元世祖年号，公元 1264—1294 年。

③ 皇庆：元仁宗年号，公元 1312—1313 年。

④ 延祐：元仁宗年号，公元 1314—1320 年。

⑤ 至正：元顺帝年号，公元 1341—1368 年。

⑥ 南崇国寺：在燕京（今北京市）。创建于金或金以前，当毁弃于元代。

⑦ 宣德己酉：宣德四年（1429）。

⑧ 成化壬辰：成化八年（1472）。

⑨ 正德壬申：正德七年（1512）。

⑩ 领占班丹：唐古特语，意为庄严权威。明武宗封领占班丹为大庆法王，给番僧度牒三千，听其自度。按，武宗好习番语，故武宗朝番僧得势（参见《明史·西域传》）。　着肖藏卜：梵语，意为守护僧。

⑪ 天顺二年：公元 1458 年。

⑫ 桑渴巴辣（1377—1446）：天竺（今印度）人。随智光大师来华，永乐帝命为番经厂教授。按，"巴辣"原本作"已辣"，据《补续高僧传》改。

⑬ 智光（？—1435）：字无隐，武定州（今山东惠民）人。俗姓王。年十五出家，两往西域，传天竺声明记论之旨。明成祖召至北京，令居崇国寺，尊为国师。仁宗封为大国师，赐金印冠服。宣宗建大觉寺，使居之养老，礼官僧众一百余人为其徒。

⑭ 至正十一年：公元 1351 年。按："至正"原本作"至元"，今据《日下旧闻考》卷五十三引录释法桢《大都崇国寺重建碑略》改正。

⑮ 法桢：号雪涧，元至正年间大竹林寺僧人。按，"法桢"原本作"法稹"，据《大都崇国寺重建碑略》改。

⑯ 皇庆元年：公元 1312 年。　演公（1237—1309）：即释定演，三河（今属河北）人。俗姓王。大都崇国寺住持，元世祖赐号佛性圆明大师。弟子数以万计。　崇教大师演公碑：原题《大元大崇国寺佛性圆明大师演公塔铭》，文载赵孟頫《松雪斋文集》卷九。

⑰ 赵孟頫（1254—1322）：字子昂，号松雪道人，湖州（今属浙江）

人。宋宗室,不及仕而宋亡。至元二十三年(1286)徵入朝,授兵部郎中,官至翰林学士承旨,请老归。追封魏国公,谥文敏。诗文书画,冠绝一时。有《松雪斋文集》。

⑱隆安选公(1175—1252):法名善选,世居香河(今属河北),俗姓刘。年十一,皈依佛门,以里中隆安寺真觉为师,博通华严妙旨;后从燕京永庆寺法藏大师研习清凉国师义疏,豁然开悟,自号空明。金亡,中书令耶律楚材请主悯忠寺,不久为崇国寺住持,赐号证慧禅师。

⑲危素(1303—1372):字太朴,号云林,金溪(今属江西)人。博学工书,至正二年(1342)荐为经筵检讨,与修宋辽金三史,元末官至翰林学士承旨。明初授翰林侍讲学士,不久谪居和州。有《云林集》。

⑳脱脱(1314—1355):字大用,中书右丞相马札儿台之子。元至正初年授中书右丞相,任宋辽金三史总裁官。后被鸩死。

㉑姚少师:指姚广孝,(1335—1418),幼名天禧,长洲(今江苏苏州)人。少入佛门。明初为北平庆寿寺住持,劝朱棣起兵。朱棣即位后,拜为太子少师,复其姓,赐今名。卒赠荣国公,谥恭靖。工诗善画,有《独庵集》、《逃虚子集》。

㉒靖难:平定叛乱。此指明燕王朱棣打着靖南旗号,起兵推翻建文帝之战役。

㉓嘉靖九年:公元1530年。

㉔廖道南:字鸣吾,蒲圻(今湖北赤壁市)人。正德十六年(1521)进士,官至侍讲学士。有《玄素子集》。

㉕房山县:今北京房山区。

㉖成吉思(1215—1294):名铁木真,姓奇渥温氏,蒙古部人。元开国之帝,号成吉思汗。征中原,平西辽,灭西夏,版图跨欧亚二洲。在位二十二年。庙号太祖。

㉗窝阔台(1186—1241):元太祖第三子,从太祖征战四方。公元1229年即位,联宋灭金,征服辽及高丽,远征欧洲。在位十三年。庙号太宗。

㉘ 薛禅：元世祖忽必烈的蒙语尊称。元世祖生平见本卷《文丞相祠》。

㉙ 完泽笃(1266—1307)：元成宗的蒙语庙号。世祖之孙，名铁穆耳。继世祖即位，在位十三年。庙号成宗。

㉚ 曲律(1281—1311)：元武宗的蒙语庙号。成宗兄之长子，名海山。继成宗后登基，在位四年。庙号武宗。

㉛ 普颜笃(1285—1320)：元仁宗的蒙语庙号。武宗弟，名爱育黎拔力八达。继武宗后登基，在位九年。庙号仁宗。

㉜ 格坚(1303—1323)：元英宗的蒙语庙号。仁宗之子，名硕德八刺。嗣仁宗立，在位三年。庙号英宗。

㉝ 忽都笃(1300—1329)：元明宗的蒙语称号。武宗长子，名和世㻛。封周王。泰定帝崩，即位于和宁(在今蒙古国境内)之北。在位一年，暴卒。庙号明宗。

㉞ 亦怜真班(1326—1332)：元宁宗之名，《元史》作懿璘质班，为明宗第二子。继文宗后即位，太后秉政。在位一月病逝，年仅七岁。庙号宁宗。

㉟ 和尚：元代指佛教僧侣。　也里可温：元代对天主教徒的称呼。　先生：元代称道士。

㊱ 大都：元朝首都。位于今北京市。忽必烈初以开平为上都，以辽之燕京为中都。后于中都东北兴建新都，改称大都。　香河：今属河北，位于北京和天津之间。　三河：今属河北，位于北京和天津之间。顺州：今为北京市顺义区。　遵化：今属河北。

㊲ 至正十四年：公元 1354 年。

㊳ 上都：位于开平(今内蒙古正蓝旗东)。

古　墨　斋

古墨斋①，在宛平县署②。万历初，河南内乡李公荫令宛平③,发地,得柱础六,微有字迹,洗视之,唐李北海云麾将军碑也④。字画轻逸而正得老,如颜鲁公体⑤,至迟重而正得媚。观此碑,悟古人笔法脱换,与子瞻先后学二人书以意参互处。碑存百八十余字,碑首存"唐故云"三字。公因筑小室,砌碑壁间,曰古墨斋,旁置花柳以韵之。

盱眙李言恭《云麾将军断碑歌》:

苍颉史籀不可起,蝌蚪鸟迹今已矣。书苑千载尊钟王,乃有北海接其轨。秀劲首推云麾碑,当年落笔风雨随。何人击断成柱础,神物终为造化私。岁岁委置荆蓁里,瓦砾冰霜竟谁视。数字模糊苔藓封,双螭断缺斤斧毁。吾党好古有李侯,忽焉搜致如琳璆。一朝置向高斋壁,拂拭光芒动斗牛。李侯邀我把酒看,白日高堂气自寒。人生屈伸亦犹此,屈于不知伸知已。

亳州朱宗吉《云麾将军断碑歌》:

有唐行押谁第一,北海书坛标赤帜。当时一纸论千金,况复流传久散逸。娑罗岳麓俱称奇,神逸更数云麾碑。一时绢素蛟龙走,千载碑阴魑魅悲。异物从来人鬼怒,亦有人鬼为之主。九渊尚获隋侯珠,双龙乍出丰城土。四壁琴堂森古光,呼相观者如堵墙。新亭丹臒勒文字,绝胜沉埋道路旁。此碑遇合有时哉,一朝脱去千年苔。李公摩挲李公字,复何人斯置斯地。

① 古墨斋:明万历六年(1578),宛平县令李荫得唐李邕书碑而建,斋亭匾额为王世懋所书。清杨宾《大瓢偶笔·论李邕书》:"李泰和所书

《云麾将军碑》有二：一为《左武卫李思训》,今陕西'蒲城本',欹侧轻佻,纯乎用纸。其一则《范阳李秀碑》,沉著质朴,与'蒲城本'不同。本在良乡,不知何时学博士研为六柱础,弃瓦砾中。万历六年,闽生邵正魁、董凤元等见之,以语宛平令南阳李荫,从良乡辇至署,作亭甃之。属王世懋颜之曰'古墨斋',岭南黎民表为作记。后迁少京兆署,石门吴总宪涵为少尹时,蔓草中求得二础,复移砌署中。文信国祠壁其四础,相传万历末为少尹王惟俭携之大梁。"

②　宛平县：当时为顺天府治所。今属北京市。

③　李荫：字袭美,或作干美,内乡(今属河南)人。嘉靖十三年(1534)举人,授阳谷知县,万历三年(1575)任宛平县令,后任刑部广西司主事。工诗,与李攀龙交好。有《比部集》、《吏隐轩诗话》。

④　李北海(678—747)：即李邕,字泰和,扬州江都(今属江苏)人。官至北海太守。尤善以行楷写碑,李阳冰称之为"书中仙手"。云麾将军碑：即《云麾将军李秀碑》,又称《范阳李秀碑》,天宝元年(742)立,明万历初年发现,已残。

⑤　颜鲁公(709—785)：即颜真卿。字清臣,京兆万年(今陕西西安)人。曾任平原太守,官至吏部尚书、太子太师,封鲁郡公。以篆书笔意写楷书,世称"颜体"。

龙　华　寺①

　　成化三年,锦衣卫指挥佥事万贵②,自创寺成,疏请寺额于朝,宪宗赐额曰龙华寺③,部覆报可。成化八年,沙门道深碑记焉④;万历某年,修撰朱之蕃碑又记焉⑤。寺小构,像亦备威仪尔。其缘起奇,其所致天下古德又奇。万历之初中,遍融大师自蜀⑥、达观大师自吴⑦、憨山大师自金陵⑧、月川大师自五台⑨、云栖大师自武林⑩，锡先后止焉。寺之规，必择方外贤者主方丈事。佛二六时之香灯，僧日中之粥饭，晨昏之钟鼓，二时之课诵，皆修洁，不间不爽也。寺门稻田千亩，南客秋思其乡者，数来过，闻稻香。

铜梁张佳胤《宿龙华寺》：

> 尘未满燕京，龙华境界清。三春风一枕，孤月梵千声。花密时时雨，钟疏夜夜更。抽簪如可得，白发了平生。

东阿于慎行《夏日同张洪阳憩龙华寺》：

> 同过湖上寺，伏日坐清凉。水影交宫阙，松声和讲堂。雨归莲叶静，风起稻花香。小借支公榻，于于午梦长。

《秋日龙华寺小坐》：

> 苑西桥北古祇林，满院松槐昼郁森。山色平连三殿影，湖光曲抱半城阴。垂垂望处先秋稻，急急风中入暮砧。宴坐不知清昼永，一函经过伴高吟。

慈溪冯有经《龙华寺》：

> 湖际先朝寺，幽栖省物情。磬声松下静，鸟语竹间清。菰米羞香饭，园葵荐露羹。重来知几日，虚负老僧盟。

吉水刘应秋《避暑龙华寺》：

无地堪逃暑，清斋试掩扉。庭空双鸟过，日落一僧归。偶病药为茗，加餐蕨正肥。浮名今老大，久矣叹尘鞿。

独有幽栖处，片云方昼阴。青山娱病望，虚竹动秋吟。五柳饥惭色，百桑远澹心。我兼鱼共鸟，谁别是浮沉。

孟津王铎《龙华寺》：

乘雾经萧寺，年光马上过。教僧逃绂冕，报国忏诗歌。志远嫌家累，闲来觉事多。人天俱分内，久此欲如何。

京山王应翼《龙华寺》：

湖波远远湿朝暾，细写秋光上寺门。花木欲深香色聚，稻苗全覆绿云屯。壁残瓢笠逃尘劫，殿古镫幢屈世尊。物外老僧邀客坐，将迎半日竟无言。

渭南南师仲《龙华寺》：

国初风物寺初年，创置无端声闻天。仰见君臣真率意，远来尊宿苦辛禅。一湖浪白风生柳，千亩云黄香过莲。着我晨昏钟鼓内，经年客梦澹于烟。

应天释钦义《晓发德胜桥，过龙华寺》：

鸡鸣戒晨色，密林行未杲。城雾分岚烟，花露坠渠潦。登登德胜桥，已瞰龙华道。萦河闻迅流，远坂步香稻。蘋蘩丛幽深,菰蒲濯清浩。杖履落桐花,襟裾动芳草。西山亲入眼,朝云含将抱。观物知迁化,郁郁悲徒老。

桐城方拱乾《过龙华寺》:

旷眼才新到碧漪,瀰烟笼阙互争奇。水于北地品为贵,春到南人梦易知。僧语淡淡都是偈,柳情宛转欲成丝。闲游顿尔羁怀豁,久住宁忘再到期。

《龙华寺前雨望》:

烟市丛青余古寺,稻塍流水半荷花。送来雨脚层层过,望去峰头的的斜。短磬忽惊依树鸟,孤罾罩住酒人家。桑麻久负南中约,此夜怀新梦亦赊。

① 龙华寺:位于北京城北德胜门东,明成化三年(1467)建,万历五年(1577)重修,清康熙五十二年(1713)奉敕改名瑞应寺。

② 万贵(? —1475):诸城(今属山东)人。明宪宗万贵妃之父,官至锦衣卫指挥使。

③ 明宪宗(1447—1487):即朱见深,英宗长子,母贵妃周氏。继英宗后登基,在位二十三年。庙号宪宗,葬茂陵。

④ 道深:明正统、成化年间僧人。世为播州(今贵州遵义)人,永乐十九年(1421)随播州宣慰使进贡来北京。从大国师智光受戒,学西天梵书字义。仁宗特赐高僧。宣德初曾随智光国师进宫为宣宗讲经。

⑤ 朱之蕃:字元介,号兰嵎,茌平(今属山东)人,著籍金陵。万历二十三年(1595)状元,官至吏部右侍郎。卒赠尚书。擅长书画。曾出使朝鲜,撰有《奉使稿》、《纪胜诗》。

⑥ 遍融大师(1506—1584):即释真圆,字大方,别号遍融,营山(今

属四川)人。俗姓鲜氏。年近三十皈依佛门。初居洪州,复居匡山狮子岩。前后四次入京师,历住龙华寺、柏林寺、十刹海等。慈圣太后建千佛丛林,请居之。谢世后全身瘗德胜门外。

⑦ 达观(1543—1603):即释真可,字达观,晚号紫柏老人,吴江(今属江苏)人。俗姓沈。年十七,于苏州虎丘寺出家。曾浪游庐山、五台等地,居京师多年。以妖书案牵连入狱而卒。

⑧ 憨山(1546—1623):即释德清,字澄印,号憨山,全椒(今属安徽)人。俗姓蔡。年十二出家于金陵长干寺,后住五台山、东海牢山、曹溪等地,诵经演法,名动一时。以私造寺院罪遣戍雷阳,神宗死后赦归,卒于曹溪。工诗文,思维敏捷,万历间士大夫多尊之为导师。

⑨ 月川(1547—1617):即释镇澄,字空印,号月川,宛平(今北京市)人。俗姓李。年十五出家,后于五台修行。万历中召入京师,馆于千佛、慈因二寺,讲大乘诸经。有佛经注解多种。

⑩ 云栖(1535—1615):即释袾宏,字佛慧,别号莲池,仁和(今浙江杭州)人。俗姓沈。少为诸生,出家后曾孤身云游四方。入京说法,耸动一时。著有《竹窗随笔》、《山房杂录》等二十余种。武林:今浙江杭州。

十　刹　海

京师梵宇,莫十刹海若者①。其供佛,不以金像广博、丹碧宇嵾嵾也;以课诵礼拜号称,以钟磬无远声,香灯无远烟光,必肃必忱,警人见闻,发人佛心。其供僧,不以精凿致恭、竹木致幽、童侍致容也;以单无偬僧,院无喧众,休恣不过伏腊,参静不过板,粥饭不过中。其洁除于龙华寺之前,方五十亩,室三十余间,比如号舍,木扉砖牖,佛殿亦分一僧舍,不更广也。其创作者,三藏师②。师,陕人也,幼事遍融大师③。终身一衲,终身未尝寝,多立少坐,危坐即其休卧时。主十刹海二十年,终未饭长住一颗,日出乞食,归立钟板侧。其乞也,持珠,佩一瓢,未饭仰之,既饭覆之。翁姬孺子,见其瓢仰,曰:"师未饭。"争饭之。不入人家,饭门外去。今一瓢、一数珠,犹挂庵中也。绅衿敬问,师直突语,如村师训教村童,不少回避。一宦眷作礼问,师喝曰:"女子,夫朝贵人,念佛家中也得,何得出见僧人!那畔无家法在,者畔无佛法在,将回檀施去。"万历甲寅④,师示寂,荼毗竟,一中贵言:"苦行和尚,乃无舍利?"忽爆一粒,著其掌上。神宗时⑤,帑施日出,师定规,止晨粥午饭。典作白言:"米麦幸多,方便为十方念佛子,作朝时饭。"师曰:"米多不饱,米少不散。"后神宗升遐,帑施不出,方僧他寺散略尽,而此十方给仍前也。京师梵宇,莫十刹海若者。

吴县释修懿《十刹海》:

> 十刹海非刹,凝然古德风。市居岩壑里,门向水田东。耆宿推三藏,师资事遍融。乞随瓢偃仰,立俨岳衡嵩。听法俱高衲,执巾无侍童。直言等贵贱,醒语破愚蒙。僧不骄恩帑,佛宁藉像工。平平数椽屋,密密六时功。哀悯西山寺,游观额大雄。

① 十刹海:位于龙华寺西,东向。明万历中张、刘二太监捐宅改建。清顺治中修,康熙年间重修(参见明河《补续高僧传·三藏师传》、《日下旧闻考·内城北城》)。

② 三藏师(?—1602):即释本融,号三藏,郿县(今陕西眉县)人。曾求师于少林等地。万历十五年(1587)到北京,先住龙华寺山门,移居

积善寺廊房,最后住十刹海。终身苦行,为世人仰慕。

③ 遍融大师:见本卷《龙华寺》。

④ 万历甲寅:即万历四十二年(1614)。按,此处有误,据《补续高僧传》,三藏于万历壬寅年(1602)谢世。

⑤ 神宗(1563—1620):即朱翊钧,穆宗第三子,母贵妃李氏。隆庆六年即位,年仅十岁。在位四十八年。庙号神宗,葬定陵。

千 佛 寺①

孝定皇太后②,建千佛寺于万历九年。殿供毗卢舍那佛③,座绕千莲,莲生千佛,分面合依,金光千朵。时朝鲜国王贡到尊天二十四身、阿罗汉一十八身,诏供寺中④。其像铜也,而光如漆,非漆也。尊天二十四像,穆肃慈猛,相具神足,衣冠法故,范镂质良。所执持器,乘海脱失,筑氏补之,非其国制也,厥工逊焉。阿罗汉一十八像,梵相,非东土形模,而与天人示现威仪又别。而十八表异,非一意一手为之,努即怒色,瞑即定神,披卷若诵,听物若审也。时西蜀遍融和尚⑤,以诬受讯,讯次,师称华严佛号一声,刑具断裂,飞掷屋端,讯者惊沮,诬乃得白。乃延请住寺,法席大振。寺在德胜门北八步口。寺南一里,有小千佛寺焉⑥。

固始余廷吉《游千佛寺》:

> 城北天开选佛场,松涛声合梵音长。千层瓣涌毗卢座,万里函来舍利光。紫极有祥香出内,黄昏无爽课随堂。蒲团一息何年得,暂过僧房世虑忘。

蕲水官抚辰《千佛寺》：

春鸟声声佛，莲华朵朵灯。瞻听惟畏爱，久此即高僧。

① 千佛寺：位于京城西北、德胜门北，明万历九年(1581)由孝定皇太后等出资，御马太监杨用督造建成。《燕都游览志》："杨守鲁《千佛寺碑记》略：西蜀僧遍融自庐山来游京师，御马太监杨君用以其名荐之司礼监冯公保，随贸地于都城乾隅，御用监太监赵君明扬宅也，将建梵刹，迎遍融主佛事。闻于圣母皇太后，捐膏沐资，潞王公主亦佐钱若干缗。即委杨君董其役，辛巳秋落成。"(《日下旧闻考》卷五十四引)

② 孝定皇太后(1545—1614)：穆宗贵妃，神宗生母，姓李，漷县(今北京通州区)人。神宗即位后，上尊号慈圣皇太后。谥号简称孝定。性严明。好佛，京师内外多建佛刹，耗资颇巨。

③ 毗卢舍那佛：即密宗大日如来佛。"毗卢舍那"意为太阳，故又称光明佛。

④ "时朝鲜"三句：谓寺中尊天、阿罗汉皆朝鲜所贡。按，清人纳兰性德于此有异议，其《渌水亭杂识》曰："千佛寺建于明万历初，中有长沙杨守鲁、安阳乔应春二碑，皆镇阳林潮书。潮以鸿胪寺主簿直文华殿中书。应春碑称诸天阿罗汉皆太监杨用所铸，刘同人《帝京景物略》乃谓为朝鲜国王所贡，当以碑为实也。"

⑤ 遍融和尚：见本卷《龙华寺》。

⑥ 小千佛寺：位于城北，元成宗元贞二年(1296)创建，称千佛寺。明宣德中于旧址重建，正统中更名吉祥寺，然百姓仍沿用旧称。孝定皇太后另建千佛寺后，人们遂称此寺为小千佛寺，以示区别。

火 神 庙

北城日中坊火德真君庙①，唐贞观中址，元至正六年修也②。我万历三十三年③,改增碧瓦重阁焉。前殿曰"隆恩",后阁曰"万岁景灵阁",左右"辅圣"、"弼灵"等六殿。殿后水亭,望北湖。建庙北而滨湖焉,以水济而胜厌也。先是,皇极殿灾,乾清宫又灾,哕鸾殿又灾,上命道录司左玄义吕元节主祝事④,月给帑五十清醮也。殿墀二碑:一右春坊朱之蕃撰⑤,一礼部侍郎翁正春撰⑥。天启六年五月初六日巳刻⑦,北安门内侍忽闻粗细乐⑧,先后过者三,众惊而迹其声,自庙出。开殿审视,忽火如球,滚而上于空。众方仰瞩,西南震声发矣。望其光气,乱丝者,海潮头者,五色者,黑灵芝者,起冲天,王恭厂灾也⑨。东自阜成门,北至刑部街,亘四里,阔十三里,宇坍地塌,木石人禽,自天雨而下。屋以千数,人以百数,燔臭灰眯,号声弥满。死者皆裸,有失手足头目,于里外得之者,物或移故处而他置之。时崇文门火神庙,神亦焰焰欲起,势若下殿出。祝跪而抱曰:"外边天旱,不可走动。"神举足还住而震发。

公安袁宗道《赠火神庙道士》:

> 事火道人事,翻来水上居。鹤窥烹石处,鱼呷洗丹余。世业五禽戏,家藏八叠书。南陵虽有命,噀酒自能除。

邢台黄元功《集李炼师水竹轩》:

> 地静烟云满,开轩水上栖。泥封丹灶湿,竹护药苗齐。火德时为帝,冰心日有跻。冯虚千古梦,能为指阶梯。

公安袁中道《火神庙小饮看水》:

作客寻春易,游燕遇水难。柳花浓没地,鸥貌静随湍。歌舞几成醉,尘沙不入澜。石桥明树里,谁信在长安。

不敢望浮舟,聊欣漱静流。唅鱼摇碧瓦,浴鹭荡朱楼。即以观澜至,当为待月留。明朝尘照影,数息且悠游。

① 日中坊:在京城西北隅。 火德真君:即火神。火神祭祀,所指不一,指喾帝时的祝融和尧帝时的阏伯较为多见,人们以之配祭火星(参见《汉书·五行志》)。火德真君庙:俗称火神庙,位于北安门湖滨,西接药王庙。唐贞观年间创建,元至正年间重修,明万历中饰以金碧琉璃瓦,清乾隆二十四年(1759)重修。

② 至正六年:公元 1346 年。

③ 万历三十三年:公元 1605 年。

④ 道录司:掌管全国道教事务。 左玄义:官职为从八品。吕元节:明万历中道录司左玄义。

⑤ 朱之蕃:见本卷《龙华寺》。

⑥ 翁正春:字兆震,侯官(今福建闽侯)人。万历二十年(1592)廷对第一,授翰林院修撰,官至礼部尚书,协掌詹事府事。天启中触怒魏忠贤,告病还乡。

⑦ 天启六年:公元 1626 年。

⑧ 北安门:北京皇城之北门。

⑨ 王恭厂:制造火药的兵工厂,隶属于工部,位于城西南宣武门内。

英 国 公 家 园

英国公赐第之堂①,曲折东入,一高楼,南临街,北临深树,望去绿不已。有亭立杂树中，海棠族而居。亭北临水，桥之。水从西南入，其取道柔，周别一亭而止。亭旁二石，奇质，元内府国镇也，上刻元年月，下刻元玺。当赐第时，二石与俱矣。亭北三榆，质又奇，木性渐升也，谁搁令下，既下斯流耳，谁掖复上，左柯返右，右柯返左，各三四返，遂相攫挐，捺捺撇撇，如蝌蚪文，如钟鼎篆，人形况意喻之，终无绪理。亭后，竹之族也，蕃衍硕大，子母祖孙，观榆屈诘之意。用是亭亭条条，观竹森寒。又观花畦以豁，物之盛者，屡移人情也。畦则池，池则台，台则堂，堂旁则阁，东则囿。台之望，古柴市，今文庙也。堂之楸、朴老，不好，奇矣，不损其古。阁之梧桐，又老矣，翠化而俱苍，直干化而俱高严。东囿方方，蔬畦也。其取道直，可射。

亳州薛蕙《英国公山亭宴集》：

> 东第君王赐，西园宾客来。将军元好士，公子复怜才。舞袖飞花旋，移尊影竹开。坐须明月上，不畏夕阳催。

吴县蒋山卿《英国公山林宴集》：

> 甲第连云起，名园对日开。洞牵青薜荔，石坐绿莓苔。屡舞动花气，和歌有鸟来。主人能爱客，数命鼓催杯。

① 英国公：见本卷《英国公新园》。

大　隆　福　寺

大隆福寺①，恭仁康定景皇帝立也②。三世佛、三大士，处

殿二层三层。左殿藏经,右殿转轮,中经毗卢殿,至第五层,乃
大法堂。白石台栏,周围殿堂,上下阶陛,旋绕窗槛,践不藉
地,曙不因天,盖取用南内翔凤等殿石栏干也。殿中藻井,制
本西来,八部天龙,一华藏界具。景泰四年,寺成,皇帝择日临
幸,已凤驾除道,国子监监生杨浩疏言③,不可事夷狄之鬼。
礼部仪制司郎中章纶疏言④,不可临非圣之地。皇帝览疏,即
日罢幸,敕都民观。缁素集次。忽一西番回回蹒跚舞上殿,斧
二僧,伤旁四人。执得,下法司,鞫所繇,曰:"轮藏殿中,三四
缠头像,眉棱鼻梁,是我国人,嗟同类苦辛,恨僧匠讥诮,因仇
杀之。"狱上,回回抵罪。考西竺转轮藏法,人诵经檀施,德福
满一藏,为转一轮。一贫女不能诵经,又不能施,内愧自悲,因
置一钱轮上,轮为转转不休。今寺众哗而推轮,轮转,呀呀如
鼓吹初作。

从化黎民表《隆福寺》:

　　绀宇开驰道,天人此给孤。宫罗裁宝胜,粉壁俨椒
涂。有乳飞区别,无心感菀枯。石栏辞禁地,轮藏转嵩
呼。法自拜时竟,凉生病者躯。出门如堕劫,车马共尘
途。

吴县蔡羽《九日隆福寺》:

　　寻秋隆福寺,丹碧拥黄花。闲并都门日,酒为贫士
家。銮回思往事,轮转和群哗。桥口东西路,斜阳望翠
华。

顺天释性柔《过隆福寺》:

金碧先朝寺,香镫出内家。松杉留古籁,栏楯落天花。爽入西山影,晴飞北阙霞。翠华行复驻,望望暮云遮。

① 大隆福寺:在东城大市街之西北,初建于明景泰四年(1453),清雍正元年(1723)重修。据《明景帝实录》,此寺始建于景泰三年六月,动用民工万人,太监陈祥、陈谨与工部左侍郎赵荣监造,次年三月建成。

② 景皇帝(1428—1457):即朱祁钰,宣宗次子,英宗弟,母贤妃吴氏,封郕王。英宗北征先也,于土木被俘,郕王遂登基,尊英宗为上皇。后上皇还京师,复辟。在位七年。追谥恭仁康定景皇帝。

③ 杨浩:济宁(今属山东)人。以乡举入国学,授职河东盐运判官,未行,正值大隆福寺建成,景帝尅期参拜,杨浩上疏谏止,声誉鹊起。官至右副都御史,巡抚延绥。

④ 章纶(1413—1483):字大经,乐清(今属浙江)人。正统四年(1439)进士,官至礼部右侍郎。性耿直,不为当道者所喜。谥恭毅。有《拙斋集》、《困志集》。

满　　井①

出安定门外,循古壕而东五里,见古井,井面五尺,无收有干,干石三尺。井高于地,泉高于井,四时不落,百亩一润,所谓滥泉也。泉名则劳,劳则不幽,不幽则不蠲洁。而满井旁,藤老薛,草深烟,中藏小亭,昼不见日。春初柳黄时,麦田以井故,鬣毿毿且秀。游人泉而茗者,罍而歌者,村妆而蹇者,道相属,其初春首游也。

公安袁宏道《游满井》：

> 出东门子城，古道三五折。破石躅荒丘，云是故元
碣。烧柳发柔条，卧槎吐红节。石沟注涓水，寒鉴写空
洁。燕女竞游骖，罗袜带香雪。梅花堆鬓髻，波影动文
缬。青山酣远客，新鸟困啼舌。红尘来频频，可消奔竞
热。

《再游满井》：

> 怪我频来去，无樽亦啸歌。店荒酤酒浊，僧近施茶
多。竹里分黄阙，波间语翠娥。溪光最胜处，高柳荫长
坡。

莆田林尧俞《满井》：

> 寒泉凝碧甃，一酌冷人心。素绠无妨短，银床半欲
沉。畦汀鱼藻入，林影鸟巢深。偶值堤边叟，悠然似汉
阴。

顺德黄儒炳《游满井》：

> 秋郊迢递野云阴，随地泉源出古今。侧岸盘挐藤独
胃，回塘空碧水相侵。石床煮茗闲中况，花坞班荆郭外
心。暂豁公余尘半日，风柯鸟语俨山林。

江都郑元勋《满井》：

> 天气苍黄水气微，一痕村甸集朝晖。忽惊草树亭依

井,偶定风沙昼启扉。雨过也流花片片,春深有数蝶飞
飞。蓊田麦陇争相绿,绿似江南未若肥。

① 满井：以井水常涌出地面而得名。明蒋一葵《长安客话》："出
安定门循古濠而东三里许,有古井一,径五尺余。飞泉突出,冬夏不竭。
好事者凿石栏以束之。水常浮起,散漫四溢。井旁苍藤丰草,掩映小
亭。都人探为奇胜。"

卷二 城东内外

于少保祠①

崇文门内东半里②,有祠曰忠节,祀少保兵部尚书于公谦也。公一臂一肩,定正统己巳之变③。其被刑西市也,为天顺元年④。九年复官,为成化二年⑤。又二十三年,赐谥肃愍,为弘治三年⑥。又一百一年,改谥忠肃,为万历十八年⑦。凡百有三十三年而论定。祠三楹,祀公塑像,岁春秋,遣太常寺官致祭。按谦,二祖列宗之社稷臣也。人臣以功名为富贵资,常事而作为非常,社稷之臣,以不变处变。夫英宗之出狩而复辟也,以社稷;景帝之立也⑧,亦以社稷,祖宗在上,臣无二心。可曰功在景泰者,为英宗谋则未忠;功在天顺者⑨,为景帝谋则未忠哉。变摄让自然之情形,为夺取反侧之状,而捷居功,徐有贞、石亨、张轨、曹吉祥所为⑩,自求口实者也。北狩之际⑪,侍讲徐珵妄言占象,倡议南迁,公痛哭曰:"京师天下根本,宗庙、社稷、山陵在焉,足今日动,明日事去矣。"乃决战守,一切出公处分,也先乃沮⑫。乃迎归大驾,惟公功。英庙知之,宪庙不能忘之⑬,即徐、石、张、曹可得泯之乎?复辟之先,向议南迁者徐珵,更名有贞,复以占象主夺门议,而曰:"不杀于谦,今日之事无名。"情谓不名以夺,则无功,不杀公,不得实其名夺,一语本色,不觉状公冤矣。李学士贤之言曰⑭:"天

位,陛下固有,景帝不起,群臣表请复位,何至以夺为功?"上为
悚然。西北边棘,恭顺侯吴瑾曰⑮:"于谦不死,虏不至此。"上
为悚然。无何,曹、石矜功,后先以逆抵法。于斯时,公忠且
冤,徘徊于英庙胸中也久。宪庙初立,遣官祭焉。曰:"先帝已
知其枉,朕心实怜其忠也。"景、顺间人⑯,好捃拾新旧衅瑕,为
坚功赏,奚有善处骨肉大臣如公,从容言君臣大义兄弟至情,
当遣奉迎者欤!英庙复辟后二日,自为廷臣言:"弟弟好矣,吃
粥矣。"上喜见眉色,而亨等默然,以此仰见宫中孔乐孔怀⑰,
则是未尝夺也。高岱言⑱:"公失在景帝易储⑲,不以死争。"李
梦阳曰⑳:"此留侯不能得之汉高㉑,公能乎哉!"是未尽然。方
易储加官,而公疏再辞,隐约以示风,社稷臣其道,岂效偾事一
言,慷慨自为地者?景帝不豫,公以学士商辂等草疏㉒,请立
元良。其略曰:"天下者,太祖、太宗之天下㉓,传之于宣宗㉔。
陛下,宣宗之子;宪宗,宣宗之孙;则是未尝易也。"英庙、宪庙
既心知公,社稷无疆,贞邪无朽,则是未尝死也。公被刑日,阴
霾翳天,行路嗟叹。夫人流山海关,梦公曰:"吾形殊而魂不
乱,独目无光明,借汝眼光,见形于皇帝。"翌日,夫人丧其明。
会奉天门灾,英庙临视,公形见火光中。上悯然念其冤,乃诏
贷夫人归。又梦公还目光,目复明也。公遗骸,都督陈逵密属
瘗藏㉖。继子冕请葬钱塘祖茔㉕,既得旨,奉柩,徙倚市中,见
鬻画者,视之,公像也,因奉以归。后大司马王一鹗梦公来㉗,
诵一诗,中云:"空山青泪凭谁诉,万里忠魂独自归。"适傅孟春
抚浙㉘,疏请改谥,王乃更谥忠肃。公墓祠在杭之湖上,曰旌
功。四方祈梦,至者踵接,而答如响。

　　襄阳郑继之《于少保祠》:

　　　　太傅立朝初,谠论多了了。英皇巡朔方,虏骑日傲

扰。黄云厄塞垣,仙仗迷周道。法驾一蒙尘,恣意索金宝。京城既摇动,纷纷议和好。公时赞戎机,决策守隍堡。耀兵扼居庸,铁马不能捣。坐令虏计穷,食尽师遂老。翠华果南归,社稷功非小。功高杀其身,实为青蝇娆。神衷启后圣,殊锡达幽渺。反复靖康事,公业弥皦皦。庙食帝城东,巍峨天人表。

① 于少保祠:即于谦祠,又称忠节祠。在崇文门内东单西裱背巷,原为于谦宅第。于谦(1398—1457),字廷益,号节庵,钱塘(今浙江杭州)人。永乐十九年进士。正统末英宗征也先被俘,侍讲徐珵主张迁都,于谦时为兵部尚书,力主坚守,率军击退也先。景帝论功加少保,总督军务。景帝病,英宗复位,以涉嫌迎立襄王子,处死。弘治初赠太傅,谥肃愍,万历中改谥忠肃。有《于忠肃集》。

② 崇文门:北京城南门之一,偏东。

③ 正统己巳:正统十四年(1449)。此年英宗率军北征,兵败被俘,史称"土木之变"。

④ 天顺元年:公元1457年。

⑤ 成化二年:公元1466年。

⑥ 弘治三年:公元1490年。

⑦ 万历十八年:公元1590年。

⑧ 景帝:即景泰帝。见卷一《大隆福寺》。

⑨ 天顺:明英宗复位后之年号。公元1457—1464年。

⑩ 徐有贞:原名珵,字元玉,号天全,吴县(今属江苏)人。宣德八年(1433)进士,正统中任侍讲时改今名。官至华盖殿大学士,封武功伯。与石亨等诬杀于谦,后遭石亨等排挤,斥为民。石亨败后释归。善画山水。有《武功集》。 石亨:渭南(今属陕西)人。嗣世职为宽河卫指挥金事,官至镇朔大将军,封武清侯,总帅京军团营。与曹吉祥迎英宗复辟,进爵忠国公。后以从子石彪罪牵连下狱而死。 张轨(1393—

1458)：祥符(今河南开封)人。河间王张玉之子,永乐中授锦衣卫指挥
金事,升都指挥金事,以迎英宗复辟功封太平侯。　曹吉祥(？—
1461)：滦州(今河北滦县)人。宦官。以迎英宗复辟功升司礼太监,总
督三大营。石亨败,吉祥与其子钦亦被诛。

⑪　北狩：指明英宗正统十四年(1449)北征也先,于土木兵败被俘。

⑫　也先：明代瓦剌部丞相脱懽之子,称太师淮王。正统中率军南
侵,于土木俘获明英宗。后杀可汗脱脱不花,自立为可汗,终被阿剌知
院攻杀。

⑬　宪庙：即明宪宗。

⑭　李贤(1408—1466)：字原德,河南邓州(今属河南)人。宣德八
年(1433)进士,英宗复位后任翰林学士,入直文渊阁,进尚书。宪宗即
位后进少保、华盖殿大学士。谥文达。奉敕编《明一统志》,著有《古穰
集》等。

⑮　吴瑾(1413—1461)：字廷璋,蒙古人。左都督吴允诚之孙,嗣爵
恭顺侯。天顺中曹钦反,率军力战而死。赠凉国公,谥忠壮。

⑯　景、顺：景泰与天顺。公元1450—1464年。

⑰　孔乐孔怀：指兄弟情谊。语出《诗经·小雅·常棣》：“凡今之
人,莫如兄弟。死丧之威,兄弟孔怀。”

⑱　高岱：字伯宗,号鹿坡居士,京山(今属湖北)人。嘉靖二十九
年(1550)进士,官刑部郎中,忤严嵩而出为长史。工于撰文。有《鸿猷
录》、《西曹集》等。

⑲　景帝易储：明景帝称帝之初,尊英宗为上皇,并立英宗长子为
皇太子。即位三年之后,则以己子代立为皇太子。

⑳　李梦阳(1473—1530)：字天赐,更字献吉,号空同子,庆阳(今属
甘肃)人。弘治六年(1493)进士,官至江西提学副使。为文学派别“前
七子”领袖。

㉑　留侯：指汉初张良。　汉高：汉高祖刘邦。西汉初年,刘邦曾试
图废太子而立赵王如意,留侯张良虽为刘邦心腹谋臣,也无法使他改变

主意。

㉒ 商辂(1414—1486)：字弘载，号素庵，淳安(今属浙江)人。正统间乡试、会试、殿试皆第一，授修撰，官至谨身殿大学士。赠太傅，谥文毅。有《蔗山笔麈》、《商文毅公集》。

㉓ 太祖：明太祖朱元璋。　太宗：明成祖朱棣。

㉔ 宣宗(1398—1435)：即朱瞻基，仁宗长子，母诚孝昭皇后。继仁宗后登基，在位十年。庙号宣宗，葬景陵。

㉕ 陈逵：六合(今属江苏)人。世为军职，其父廷秀官至忠义左卫同知，逵袭父职。于谦被杀，独逵收尸葬之，人多称颂。

㉖ 冕：即于冕，字景瞻，钱塘(今浙江杭州)人。于谦之子。以荫授副千户，官至应天府尹。

㉗ 王一鹗：字子荐，号春陵，曲周(今属河北)人。嘉靖三十二年(1553)进士，官至太子少保、兵部尚书。有《春陵集》。

㉘ 傅孟春(1529—?)：字仁泉，高安(今属江西)人。嘉靖四十四年(1565)进士，官至刑部侍郎。

吏 部 古 藤

吴文定公手所植藤①，在吏部右堂。质本蔓生，而出土便已干直。其引蔓也，无犇委之意，纵送千尺，折旋一区，方严好古，如植者之所为人。方夏而花，贯珠络璎，每一飉一串，下垂碧叶阴中，端端向人。蕊则豆花，色则茄花，紫光一庭中，穆穆闲闲，藤不追琢而体裁，花若简淡而隽永，又如王文恪之称公文也②。公植藤时，维弘治六年③，距今几二百年矣，望公逾高以遐，而藤逾深芜。莆田方公兴邦有《古藤记》④，刻石藤下。

又仁和郎公瑛⑤、秀水李公日华所记礼部仪制司⑥，有优钵罗花焉，金莲花也，开必自四月八日，至冬而实，如鬼莲蓬，脱去其衣，中金色佛一尊者，核也。花不知何人植之，而奇以其花。今其种不存，亦不更传。然唐岑嘉州有"优钵罗花歌"⑦，则是花东渡久矣。吏部司厅亦藤，无奇者，重以其人。文定诸所服用砚石、一竹冠、一竹杖，人间传宝之。士尚介、尚玄者，或记、或铭之。

吴县徐显卿《题吴文定公朱藤》：

少宰含香侍孝宗，当年退食倍从容。五朝遗迹朱藤老，千载高风紫蔓重。春至让荣官道柳，岁寒同秀禁庭松。自怜才薄心如水，瘩痲明良似可从。

众芳争发照燕台，得似名卿手自栽。仲甫不茹柔蔓影，山公闲引落花杯。颇谙经岁风霜厉，惭荷清朝雨露培。忽忆东山春事好，蔷薇花满竹篱隈。

遂宁吕大器《诠署古藤花》：

藤古何年植，葳蕤自见奇。累珠穿紫翠，老干足丰姿。既有凌霄质，宁嫌首夏时。千官长共目，蹊下料无私。

彭泽相知不，濂溪亦赏耶。谁为嘉树植，长傍巨源衙。蒂固何辞缀，枝拳不肯奢。自能成绪理，孤月影参差。

繁花看不屑，但上九霄开。坐可谭风月，根仍殖草莱。应经坡老手，想为宪之栽。古格非绳束，幽光照后来。

慈溪冯元飏《观政吏部同诸进士观古藤》：

> 如何夭矫者，耐此雪霜侵。岁月评人久，清通托体深。因材皆帝力，不变是臣心。莫漫轻孤植，居然表一林。

① 吴文定公(1435—1504)：即吴宽，字原博，号匏庵，长洲(今江苏苏州)人。成化八年(1472)状元，官至礼部尚书。卒后赠太子太保，谥文定。博学工书，诗文亦佳。有《匏翁家藏集》。

② 王文恪(1450—1524)：即王鏊，字济之，吴县(今属江苏)人。成化十年(1474)乡试、次年会试皆第一，授编修。官至户部尚书兼文渊阁大学士。有《震泽集》等。•

③ 弘治六年：公元1493年。

④ 方兴邦：字懋翼，莆田(今属福建)人。嘉靖十九年(1540)进士，任广西参议。有《崳村集》。

⑤ 郎瑛：字仁宝，号藻泉，仁和(今浙江杭州)人。嘉靖年间在世。博学，好艺术。有《七修类稿》。

⑥ 李日华：见卷一《太学石鼓》。

⑦ 岑嘉州：指唐代诗人岑参。

泡　子　河①

京城贵水泉而尊称之。里也，海之矣；顷也，湖之矣；亩也，河之矣。崇文门东城角，洼然一水，泡子河也。积潦耳，盖不可河而河名。东西亦堤岸，岸亦园亭，堤亦林木，水亦芦荻，芦荻下上亦鱼鸟。南之岸,方家园、张家园、房家园。以房园最,园水多也。北之岸,张家园、傅家东西园。以东园最,园水多,园月多也②。路回而石桥,横乎桥而北面焉。中吕公堂③,西杨氏泌园④,东玉皇阁⑤。水曲通,林交加,夏秋之际,尘亦罕至。岁中元鬼节,放灯亦如水关。北去贡院里许,春秋试者士,祷于吕公,公告以梦,梦隐显不一,而委细毕应。祠后有物,白气竟丈,夜游水面,人或见之,则倒入水,作鼓桨声,或曰水挂也。

昌平韩四维《雨中饮泡子河》:

> 不识雨馀径,肩舆渡小刀。芳林青隐榭,新水绿平桥。云气难为醉,歌声拟作潮。得闲无竟日,人静鸟嚣嚣。

> 往有水乡盟,兼旬一共行。荒云溪径小,芜树寺门清。有队石蹲踞,知名花笑迎。语深酒茗寂,坐听鸟更更。

平湖陆启浤《泡子河》:

> 不远市尘外,泓然别有天。石桥将尽岸,春雨过平川。双阙晴分影,千楼夕起烟。因河名泡子,悟得海无边。

长洲文彭《夜过吕公祠》:

> 祠下水盈盈,秋如此夜清。爽从云阙冷,月向酒杯倾。问梦平生足,闲游屡约成。一宵眠自适,明日事还生。

长洲文肇祉《读书吕公祠》：

望望江南在，芳祠绿树遮。苔花侵画壁，池影动檐牙。众鸟相谨杂，一林过日斜。晚凉桥上坐，月色到蒹葭。

吴县葛一龙《秋夜同武仲宿吕公堂》：

草木自烟霏，居廛半水周。帝城偏一角，仙路入高秋。月晒地霜起，风翻天汉流。如期同襆被，清极梦难游。

华亭汪历贤《访瞿起周于吕公堂》：

疏杨不尽覆寒陂，道阻伊人在水湄。汀月有情来似梦，霜钟无意与成诗。立多幽鸟知相得，望处闲僧听所之。余目属依君指次，夕阳双影过桥时。

麻城刘侗《夏日于司直招饮傅氏濯园》：

隔水寂闻弦，游人各偶然。绿香榆柳夏，青动芰荷天。鸟去鸣深处，鱼来立影边。三旬尘作务，得句在君前。

大兴韩弘达《宿傅氏濯园》：

荷径入松关，溪流作雨潺。鸟声低带水，树影密成山。闲石无人拜，荒苔苦客删。夜深歌正切，邻饮莫先还。

同安蔡复一《闰六月望立秋，集张园玩月，时积雨新霁》：

素练随风展，鲛珠片片虚。金精秋欲盛，水气雨之馀。照叶全窥鸟，翻波半起鱼。荷香风断续，杯影亦萧疏。

积雨夕光暗，月随行阻修。九分犹是夏，一满始登秋。
全领素娥笑，新从白帝游。徘徊今夜永，渺渺独予愁。

益都冯可宾《题杨氏泌园》：

帝里开林水，城隅岛屿分。层楼虚日月，复径隐烟云。
酒气流中散，棋声岸静闻。微风动荷叶，珠露侧纷纷。

① 泡子河：在京城东南隅，当时文人士子好游于此。"泡子河在崇文门之东城角，前有长溪，后有广淀，高堞环其东，天台峙其北，两岸多高槐垂柳，空水澄鲜，林木明秀，不独秋冬之际难为怀也。北有吕公祠，以乞梦有验，岁大比，诸士子争往焉。河上诸招提，苦无广大者。水滨之颓园废圃，多置不葺。城内自德胜河外，惟此二三里间无车尘市器。"（《日下旧闻考》卷四十五引孙国敉《燕都游览志》）

② "南之岸"九句：此所述泡子河沿岸园圃，明季多已荒废，仅存其名而已。

③ 吕公堂：又名永安宫、吕公祠，祭拜吕公之所，位于泡子河东。吕公，唐人吕岩，字洞宾，相传为"八仙"之一，扶乩作书，颇灵验。

④ 杨氏泌园：《燕都游览志》称"杨氏"为"杨舍人"，称其园为"杨舍人园"。

⑤ 玉皇阁：又名太清宫，明万历中建，有国子监司业顾起元碑。

成　国　公　园①

园有三堂，堂皆荫，高柳老榆也。左堂盘松数十科，盘者瘦以矜，干直以壮，性非盘也。右堂池三四亩，堂后一槐，四五百岁矣，身大于屋半间，顶嵯峨若山，花角荣落，迟不及寒暑之候。下叶已兔目鼠耳，上枝未萌也。绿周上，阴老下矣。其质量重远，所灌输然也。数石经横其下，枝轮脉错，若欲状槐之根。树旁有台，台东有阁，榆柳夹而营之，中可以射。繇园出者，其意苍然。园曰适景，都人呼十景园也。

茶陵李东阳《成国公槐树歌》：

东平王家足乔木，中有老槐寒逾绿。拔地能穿十丈云，盘空却荫三重屋。忆昔前王初宅时，高门驷马相追随。五朝恩露簪缨重，四世威名草木知。世间植物因人瑞，培养深根乃天意。向月长留宿凤窠，排霜故作蟠虬势。舞袖飞花绕北堂，屯阴列戟森成行。碧窗雨过看新霁，纱帽风低坐晚凉。古来匠石须廊庙，堂中丝竹应同调。冯异空传大树名，王公岂待三槐兆。木天老朽旧通家，树犹如此人咨嗟。公家树老公颜少，长共河山阅岁华。

公安袁宏道《适景园小集》：

一门复一门，墙屏多于地。侯家事整严，树亦分行次。盆芳种种清，金蛾及茉莉。苍藤蔽檐楣，楚楚干云势。竹子千馀竿，丛梢减青翠。寒士依朱门，索然无伟气。鹤翎片片黄，丹旗榜银字。绨锦裹文石，翻作青山崇。兑酒向东篱，颓然索清醉。

吉水刘应秋《夏日集成国公山亭》：

高台亭子禁城东，少得浮埃多得空。榆柳周遭阴洞色,门涂直射远畴风。荒烟莫辨郊原际,夕阳归明宫殿中。阁后古槐何岳岳,老看山水几雌雄。

宜兴吴彦良《重九适景园登高》:

行吟秋老处,槐古阅今人。荒径亭初址,新畦竹又筠。果成虫鼠岁,霜满雁雕辰。酒盏悲黄叶,婆娑乍觉春。

凉州吴惟英《九日社集成国公园》:

社于秋社日,风雅集王畿。高展随黄菊,枯吟望白衣。庭空木叶下,岫远薄云归。为恐茱萸笑,龙山愿不违。

《适景园老树》:

从来幽砌畔,独树老婆娑。蚀干风霜久,蟠根岁月多。闲云依旧伴,熟鸟镇常过。每至生瞻敬,于嗟先辈歌。

杭州阮泰元《适景园看杏花》:

春明胜集午桥庄,红杏株株间绿杨。嫩草平铺纹卷浪,层台宛转势成航。艳迷蜂蝶群相乱,老醉榆槐影亦狂。飐飐傲傲娇不已,斜风斜日一林芳。

① 成国公园:在京城东南石大人胡同以西。园名适景,俗称十景花园。后归武清侯李氏。成国公,朱能(1370—1406)字士弘,怀远(今属

安徽)人。嗣父职为燕山护卫副千户,从明成祖南征,屡建军功。永乐初封成国公,兼太子太傅。谥武烈。明季成国公为朱能九世孙朱纯臣(？—1644),纯臣于万历三十九年(1611)三月袭封,崇祯十七年三月投降清兵,被杀。

宜　　园①

堂室则异宜已,幽曲不宜宴张,宏敞不宜著书。垣径也亦异宜,蔽翳不宜信步,晶旷不宜坐愁。冉驸马宜园②,在石大人胡同③,其堂三楹,阶墀朗朗,老树森立,堂后有台,而堂与树,交蔽其望。台前有池,仰泉于树杪堂溜也,积潦则水津津,晴定则土。客来,高会张乐,竟日卜夜去。视右一扉而扃,或启焉,则垣故故复,径故故迂回。入垣一方,假山一座满之,如器承餐,如巾纱中所影顶髻。山前一石,数百万碎石结成也。风所结,霣为石;卤所结,硐为石;波所结,浮为石;火所结,灰为石;石复凝石,其劫代先后,思之杳杳。园创自正德中咸宁侯仇鸾④,后归成国公朱⑤,今庚归冉。石有名曰"万年聚",不知何主人时所命名也。

凉州吴惟英《九日集宜园》:

> 不须登戏马,池馆足徜徉。知否明年健,过从九日觞。风遗竹径响,雨着菊篱香。阁晚移灯看,毋归漏未长。

《再集宜园》:

客约邹枚侣，名园许共攀。早花须着眼，春酒更开颜。鸟语藏深树，云光断远山。分题期刻烛，有句倩谁删。

山阴张学曾《九日集宜园》：

小扉幽径复，游赏幸追随。石自万年聚，花知九日期。都人方瞿瞿，园蝶已窥窥。尚约移尊就，霜风莫便吹。

① 宜园：位于京城东南石大人胡同。

② 冉驸马（？—1644）：即冉兴让，万历二十七年（1599）娶神宗之女寿宁公主。崇祯末年洛阳被攻破，曾以驸马都尉身份前往抚慰皇室成员。李自成攻陷北京，死。

③ 石大人胡同：位于今东四西大街。因天顺年间忠国公石亨在此建府邸而得名（石亨生平参见本卷《于少保祠》）。

④ 正德：明武宗年号。公元1506—1521年。　仇鸾：镇原（今属甘肃）人。咸宁侯仇钺之孙，嗣侯爵。嘉靖间出镇大同，勾结严嵩，与俺答通市。罢官，怏怏而死。

⑤ 成国公朱：见本卷《成国公园》。

灯　市①

张灯之始也，汉祀太乙，自昏至明。僧史谓西域腊月晦日，名大神变，烧灯表佛，汉明因之②，然腊月也。梁简文有

《列灯赋》③，陈后主有《山灯诗》④，亦复未知岁灯何时，月灯何夕也。张灯之始上元，初唐也，睿宗景云二年正月望日⑤，胡人婆陀请燃千灯，帝御安福门纵观。上元三夜灯之始，盛唐也，玄宗正月十五前后二夜⑥，金吾弛禁，开市燃灯，永为式。上元五夜灯之始，北宋也，乾德五年⑦，太祖诏曰⑧："朝廷无事，年谷屡登，上元可增十七、十八两夜。"上元六夜灯之始，南宋也，理宗淳祐三年⑨，请预放元宵，自十三日起，巷陌桥道，皆编竹张灯。而上元十夜灯，则始我朝，太祖初建南都，盛为彩楼，招徕天下富商，放灯十日。今北都灯市，起初八，至十三而盛，迄十七乃罢也。灯市者，朝逮夕，市；而夕逮朝，灯也。市在东华门，东亘二里。市之日，省直之商旅，夷蛮闽貊之珍异，三代八朝之骨董，五等四民之服用物，皆集。衢三行，市四列，所称九市开场，货随队分，人不得顾，车不能旋，阗城溢郭，旁流百廛也。市楼南北相向，朱扉，绣栋，素壁，绿绮疏，其设氍毹帘幕者，勋家、戚家、宦家、豪右家眷属也。向夕而灯张，灯则烧珠，料丝则夹画、堆墨等，纱则五色，明角及纸及麦秸，通草则百花、鸟兽、虫鱼及走马等。乐作，乐则鼓吹、杂耍、弦索，鼓吹则橘律阳、撼东山、海青、十番，杂耍则队舞、细舞、筒子、斤斗、蹬坛、蹬梯，弦索则套数、小曲、数落、打碟子，其器则胡拨四、土儿密失、义儿机⑩等。烟火施放。烟火则以架以盒，架高且丈，盒层至五，其所藏械：寿带、葡萄架、珍珠帘、长明塔等。于斯时也，丝竹肉声，不辨拍煞，光影五色，照人无研媸，烟冒尘笼，月不得明，露不得下。永乐七年⑪，令元宵节赐百官假十日。今市十日，赐百官假五日。内臣自秉笔篆近侍，朝臣自阁部正，外臣自计吏，不得过市，犹古罚帘幕盖帷意。其他，例得与吏士军民等过市。楼而檐齐，衢而肩踵接也。市楼价高，岁则丰，民乐。楼一楹，日一夕，赁至数百缗者。童子捶鼓，傍夕向晓，曰太平鼓。二童子引索略地，如白光轮，一童子跳光中，曰跳白索。

妇女相率宵行,以消疾病,曰走百病,又曰走桥。金元时,三日放偷,偷至,笑遣之,虽窃至妻女不加罪,夷俗哉。

临朐冯琦《观灯篇》:

帝握千秋历,天开万国欢。莺花周正月,灯火汉长安。长安正月旋玑正,万户阳春布天令。新岁风光属上元,中原物力方全盛。五都万宝集燕台,航海梯山入贡回。白环银瓮殊方至,翡翠明珠万里来。薄暮千门凝瑞霭,当天片月流光彩。十二楼台天不夜,三千世界春如海。万岁山前望翠华,九光灯里簇明霞。六宫尽罢鱼龙戏,千炬争开菡萏花。六宫千炬纷相似,星桥直接银河起。赤帝真乘火德符,玉皇端拱红云里。灯烟散入五侯家,炊金馔玉斗骄奢。桂烬兰膏九微火,珠帘绣幌七香车。长安少年喜宾客,驰骛东城复南陌。百万纵博输不辞,十千沽酒贫何惜。夜深纵酒复征歌,归路曾无醉尉诃。六街明月吹笙管,十里香风散绮罗。绮罗笙管春加绣,穷檐蔀屋寒如旧。谁家朝突静无烟,谁家夜色明于昼。夜夜都城望月新,年年郡国告灾频。顾将圣主光明烛,并照冰天桂海人。

仪真倪启祚《灯市篇》:

律转太簇春之序,北京十日灯市聚。五剧三条结阵来,众口喧腾祝晴曙。廊市开廛腾税息,一椽一屋税者密。湖罗福绢花新样,宣成窑铸薰旧色。地摊棚卓廊两边,珠宝犀玉客鳞集。故衣断残踹卖苦,贵至无菇贱无直。万钱一楼半日夜,咸内侯伯相邀过。轿高于车快于马,仍以千金装马驼。金银钱豆无吝惜,追陪左右人肩摩。廷尉庭中豪客满,馳官门下盗雄多。复有少年轻薄儿,秃袖窄袜随所之。等闲游戏无一事,前吻后哨如有期。东市东曲尘络绎,妖童冶女阗街立。儿孩跃跃鼓太平,挝鼓喧阗无剩隙。俄见日出西山暮,不待月明争点烛。楼上楼下眼光亲,帘箔层层作幽曲。帘帘炬蜡曜几里,香烟出楼若霞绮。各家宅眷各家郎,互遮互看疏帘里。处处歌筵调部律,雕桐宝瑟和笙笛。队伍杂耍南北腔,东楼巧妙西无敌。檀香板、鹍筋弦,女姹儿娇小可怜。教坊教得新杂剧,新箱特地团新年。花炮轰轰金叶丝,金菊葡萄满树梨。好事多方构奇制,高作浮屠灯百枝。此时见灯不见市,嘈嘈失听声音碎。狂客使酒呼酒频,醉奴狼藉当垆睡。得意元宵人几时,明月阴晴知未知。流品不分贯籍合,灯市元宵醉莫辞。

新昌戴九玄《灯市》:

好逐风光东市去,还看月色禁城来。年华最胜惟灯节,帝力于人得酒杯。高阁连云罗绮艳,娇歌入夜管弦催。绣筵金盏知无分,瘦马行吟日几回。

黄梅石昆玉《灯市》:

灯市百货蕴,穹窿象山谷。波斯细举名,最下亦珠玉。满城恣意观,履舄时交触。侧肩趁友朋,转盼遗童仆。楼上楼下人,徙倚自相瞩。佻佻白面郎,囊里金如粟。访古探瑰奇,十仅偿其六。为君话所从,原出巨家椟。向购此场中，而今在此鬻。伫看市道间，何事无翻覆。

京山郑友玄《灯市》：

图书兼错珍，灵蠢非一致。车马兼丝肉，俚韵非一器。音影浩浩中，行思各有寄。自是王城大，欢场藏事事。因知旷士怀，尘中空听视。不然归路遥，明月发我愧。

黄冈王廷陈《燕京元夕曲》：

大道朱楼锦绣围，歌中万户绕春辉。楼前火树嶙峋照，化作红云片片飞。

香车一一渡星桥，翠袖双双引玉箫。但讶游人争辟易，不知夫婿汉嫖姚。

万柳千花巧自妆，春风吹散绮罗香。谁教月色模糊甚，恼杀幽并游冶郎。

公安袁宏道《灯市》：

一簇香飞紫珞尘，六街花粉蔽蹄轮。请看楼下呼号者，即是当年楼上人。

丹阳贺世寿《灯市》：

冰条未破玉河流，春气先蒸市上楼。锦簇花围喧笑语，几门都尉几通侯。

吴桥范景文《灯市》：

赐醵长安乐事存，千官放假荷君恩。红云遥望深深处，高驾鳌山乐至尊。

华亭汪历贤《灯市竹枝辞》：

丰颐广颡出侯门，熊白方甘狐白温。闻赐灯棚添彩索，千灯焰焰晓犹存。

长安灯市昼连宵，游女争呈马上腰。蹋蹋灯光莫归去，前门钉子玉河桥。

嘉兴谭贞默《灯市》：

灯幻银花火幻灯，火花飞趁夜薄薄。更清月冷迟年少，铙鼓殷阗赛跳绳。

麻城刘侗《灯市竹枝词》：

貂装駃马象装车，不是勋家是戚家。笑上衔楼帘尽卷，游人团定候琵琶。

田家歌舞魏家浆，海淀园林恭顺香。桃李莫分先后种，恩波一片是春光。

灯楼弦管欲温人，楼下金珠饱杀春。老米青煤明日客，片时和哄可怜身。

鳌山一搭岁千金，蠲免争传此玉音。平买市灯归内里，明明照见市民心。

长洲杨补《灯市竹枝词》：

风定晴酣午气煎。今朝真个踏灯天。平添什物三分价,撒尽官儿新俸钱。

皮弦声里识椒房,内语咿哑喝道忙。楼上眼光楼下落,下头人说上头强。

须知各省计偕来,外职京官杂秀才。五日假恩中旨出,阁门只有相公开。

犊裈磨着侍中珰,簇簇灯光背月光。多少侯家花半臂,挝筝打碟舞郎当。

顺天刘效祖《灯市词》:

侯伯皇亲尽夜欢,锦衣走马绣鞲鞍。千金已自悬灯火,更向谁家席上看。

谁家闺女路傍啼,向人说住大街西。才随老老桥边过,看放花儿忽失迷。

临淮赵符庚《灯市词》:

乡里儿女十八春,描眉画额点红唇。灯前忽遇城中女,笑指明妆不可人。

元夜谁家灯最多,五侯七贵席嵯峨。千金不惯招他客,独据中堂醉绮罗。

山阴王应遴《长安灯市》:

千官休沐逐良期,不见牙牌挂阿谁。闻说昔年三学士,召来殿上撰灯词。

珍馔高擎出大官,狐裘貂帽跨金鞍。公侯自享天来福,啧啧游人驻足看。

星球莲炬半空悬，火喷梨花罩酒筵。莫道米珠薪桂地，谁人肯惜买灯钱。

跳索迷藏拽伴游，太平鼓打闹街头。铜钱搜出爹娘袖，要买花灯滚地球。

哥窑倭漆载盈车，估客胡儿莫自夸。宝玩圣明原不好，故令结市在东华。

海盐徐颖《长安灯市词》：

东掖门东灯市开，千官万姓此尘灰。悔不多钱买身贵，鞍笼喝道下驴来。

俸禄新关足酒杯，官员五日假恩开。小珰帽上珠无价，自说承恩赐得来。

吴县王稚登《十三日看灯市》：

瑞气与人烟，纷纷侠少年。花过楼外看，灯出市中悬。弦管筵难辨，呼号肆不怜。可知爱惜月，趁未十分圆。

孟津王铎《灯市同傅佑君、许朗庵饮》：

春城真不夜，来醉酒人家。月照千门雪，星开万井花。龙围喷火急，鳌路戴山斜。别有金张约，笙歌簇宝华。

莱阳宋玫《灯夜》：

队拥银红簇，姗姗月不匀。澹浓皆在夜，衣履已多春。

耳目藏千事,性情归一人。暗尘随火住,桥畔是天津。

公安袁彭年《灯市喜逢谭梁生兄弟》:

　　良友天涯未易寻,相闻各自附知音。却因鼎沸笙歌地,忽对弦中山水心。璧琬陈来民力见,花灯暗处主忧深。时有旨禁花炮。偶游默悟乘除理,春入冰凌可自今。

慈溪冯元飚《壬戌灯市》:

　　曾传官里奏云门,今夕还看花事繁。城月欲随旌旆暗,边声遥带鼓吹喧。时有虏警。庙堂自肃金吾禁,衢壤犹倾柏叶尊。驴背冲寒游未罢,几回低首忆开元。

内江范文光《灯市》:

　　争说看灯市里忙,行来片片锦珠光。长安白昼迷人眼,不见灯场见市场。

江都梁于涘《灯市》:

　　霜华月彩琉璃瓦,千影万影灯光下。自出自游各女郎,丛丛自唤街前马。笼灯喝道金吾来,踏踵挨肩谁走开。半隐街灯频换曲,傲傲不肯下楼台。

　① 灯市:故址位于今北京东城区灯市口大街。

　② 汉明:东汉明帝刘庄,光武帝第四子,公元58—75年在位。

　③ 梁简文(503—551):即萧纲,字世缵,南兰陵(今江苏常州西北)人。梁武帝第三子,继武帝后登基。在位二年,被侯景害死。好学工

文,诗风轻艳,时称"宫体"。

④ 陈后主(553—604):即陈叔宝,字元秀。南朝陈宣帝长子,继宣帝后登基,公元583—589年在位。陈亡,被俘至长安,卒于洛阳。

⑤ 睿宗:即李旦,唐高宗第八子。公元710—712年在位,后传位太子李隆基,自为太上皇。 景云二年:公元711年。

⑥ 玄宗(685—762):即李隆基,唐睿宗第三子。继睿宗后登基,在位四十四年。

⑦ 乾德五年:公元967年。

⑧ 太祖(927—976):即赵匡胤,宋代开国皇帝。南北征战,统一中原,结束五代五十余年混乱局面。

⑨ 理宗:即赵昀,宋太祖十世孙,史弥远称诏立之。弥远卒,始亲政。公元1225—1264年在位。淳祐三年:公元1243年。按,祐,原本作"佑",径改。

⑩ 胡拨四:或作"和必斯",蒙古语,乐器名。土儿密失:或译为"都哩默色",蒙古语"土儿"意为式样,"密失"意为器械。乂儿机:或译作"察尔奇",满洲语,意为扎板。

⑪ 永乐七年:公元1409年。

曲 水 园

驸马万公曲水家园①,新宁远伯之故园也②。燕不饶水与竹,而园饶之。水以汲灌,善渟焉,澄且鲜。府第东入,石墙一遭,径迢迢皆竹。竹尽而西,迢迢皆水。曲廊与水而曲,东则亭,西则台,水其中央。滨水又廊,廊一再曲,临水又台,台与室间,松化石攸在也。木而化欤? 闻松、柏、槐、柳、榆、枫,焉闻化矣,木尚半焉,化石,非其化也,木归土而结石也。松千岁为茯苓,茯苓,土之属也;又千岁为琥珀,又千岁为瑿,琥珀与瑿,石之属也。夫石亦有形似,不可以化言之,洞壑中,有禽若、兽若者矣,可谓之物化乎? 古丈夫、仙佛若者矣,人天化乎? 楼若、城若、塔若者矣,人所构造以化乎? 然石形也松,曰松化石,形性乃见,肤而鳞,质而干,根拳曲而株婆娑,匪松实化之,不至此。

凉州吴惟英《冬日万仲晦曲水园看菊》:

> 年来花事约全乖,看菊何期今暂偕。曲水一方临瘦影,秋容强半拥闲阶。客能冒雨怜如昨,色即经霜尚自佳。怪底有松还化石,肯将土木委形骸。

① 驸马万公(? —1644):即万炜,万历十三年(1585)娶神宗同母妹瑞安公主,崇祯时官至太傅,管宗人府印。曾以亲臣侍经筵。李自成攻陷北京,死。

② 新宁远伯:据《明史·功臣世表》,宁远伯任礼,正统三年(1438)四月封,世袭。礼子寿,成化元年(1465)五月袭封,四年(1468)十一月以罪戍边,革爵。万历七年(1579)别封李成梁为宁远伯,故此称"新宁远伯"。李成梁万历三十四年(1606)谢世,其子如松先卒,崇祯十年(1637)曾孙尊祖袭封,其时《帝京景物略》已经成书。

东 岳 庙①

庙在朝阳门外二里,元延祐中建②,以祀东岳天齐仁圣

帝③。殿宇廓然,而士女瞻礼者,月朔望日晨至,左右门无闲
阈,座前拜席为燠,化楮钱炉,火相及,无暂熄。帝像巍巍然,
有帝王之度,其侍从像,乃若忧深思远者,相传元昭文馆学士
艺元手制也④。元,宝坻人,初为黄冠,师事青州杞道录⑤,得
其塑土范金抟换像法。抟换者,漫帛土偶上而髹之,已而去其
土,髹帛俨成像云。始元欲作侍臣像,久之未措手,适阅秘书
图画,见唐魏徵像,矍然曰:“得之矣,非若此,莫称为相臣。”遽
走庙中为之,即日成。今礼像者,仰瞻周视,一一叹异焉。元
仁宗尝敕元,非有旨,不许为人造他神像也。殿前丰碑三:赵
孟𫖯楷书一,孟𫖯弟世延楷书一⑥,虞集隶书一。正统中⑦,益
拓其宇,两庑设地狱七十二司。后设帝妃行宫,宫中侍者十
百,或身乳保领儿婴以嬉,或治具,妃将膳,奉匜栉为妃装,纤
纤缝裳,司妃之六服也。宫二浴盆,受水数十石,道士赞洗目,
无目诸疾,入者辄洗。帝妃前悬一金钱,道士赞中者得子,入
者辄投以钱,不中不止,中者喜,益不止,罄所携以出。三月廿
八日帝诞辰,都人陈鼓乐、旌帜、楼阁、亭彩,导仁圣帝游。帝
之游所经,妇女满楼,士商满坊肆,行者满路,骈观之。帝游聿
归,导者取醉松林,晚乃归。

① 东岳庙:原称仁寿寺,位于朝阳门外。元道教大宗师张留孙买
地大都齐化门(后称朝阳门)外,拟建宫祀东岳大帝,未成。其徒吴全节
始完工,赐名仁寿宫。泰定年间鲁国大长公主出资上万,更为寝宫,又
赐名昭德殿。庙中神像出自金元燕京著名艺人刘銮之手,两旁侍臣仿
唐代开国功臣塑造,赫赫有生气(参见《天府广纪》卷三十八)。

② 延祐:元仁宗年号,公元 1314—1320 年。

③ 东岳天齐仁圣帝:泰山神之封号。元世祖至元二十八年

(1291)，五岳、四渎、四海各加封号，为东岳所加为"天齐大生仁圣帝"。据《明史·礼志》，每年三月二十八日，朝廷遣官于东岳庙祭祀。

④ 艺元：即刘元，字秉元，蓟州宝坻(今属天津市)人。曾为道士，师从青州杞道录，所学非一，尤长于塑像。元世祖至元中召塑佛像，又从西域尼波罗人阿尼哥学塑西天梵像，遂成绝艺。延祐中官至昭文馆大学士、秘书卿(参见《辍耕录·精塑佛像》)。按，或谓刘侗所言有误，金元艺人刘銮与昭文馆学士刘元(即艺元)并非一人(参见《日下旧闻考》卷四十二)。邓云乡《燕京乡土记》谓元大都东岳庙有二，一在朝外，即本篇所述之庙；一在城内，其神像为刘元塑造，然庙早已不存，可能毁于永乐中修建北京城时。

⑤ 杞道录：生平不详。按，原文"杞"作"把"，今据《辍耕录·精塑佛像》条改正。

⑥ 世延(1260—1336)：即赵世延，字子敬，号迁轩，雍古部人，徙居成都。大德六年(1302)任南台治书，延祐中官翰林承旨，文宗时官至奎章阁大学士，中书平章。卒谥文忠。按，此处有误，"世延"并非赵孟頫弟。

⑦ 正统：明英宗年号，公元 1436—1449 年。

春　　场①

东直门外五里②，为春场。场内春亭，万历癸巳③，府尹谢杰建也④。故事，先春一日，大京兆迎春，旗帜前导，次田家乐，次勾芒神亭⑤，次春牛台，次县正佐、耆老、学师儒，府上下衙皆骑，丞尹舆。官皆衣朱簪花迎春，自场入于府。是日，塑小春牛芒神，以京兆生舁入朝，进皇上春，进中宫春，进皇子

春。毕,百官朝服贺。立春候,府县官吏具公服,礼勾芒,各以
彩仗鞭牛者三,劝耕也。退,各以彩仗赠贻所知。按造牛芒
法,日短至,辰日,取土水木于岁德之方。木以桑柘,身尾高下
之度,以岁八节四季,日十有二时,踏用府门之扇,左右以岁阴
阳,牛口张合,尾左右缴。芒立左右,亦以岁阴阳,以岁干支纳
音之五行。三者色,为头身腹色,日三者色,为角、耳、尾,为膝
胫,为蹄色,以日支孟仲季为笼之索,柳鞭之结子之麻苧丝。
牛鼻中木,曰拘脊子,桑柘为之,以正月中宫色为其色也。芒
神服色,以日支受克者为之,克所克者,其系色也,岁孟仲季,
其老壮少也。春立旦前后五日中者,是农忙也,过前,农早忙,
过后,农晚闲也。而神并乎牛,前后乎牛分之,以时之卯后八
曰燠,亥后四曰寒,为罨耳之提且戴,以日纳音,为髻平梳之顶
耳前后,为鞋袴行缠之悬著有无也。田家乐者,二荆笼,上着
纸泥鬼判头也。又五六长竿,竿头缚胖如瓜状,见僧则捶,使
避匿,不令见牛芒也。又牛台上,花绣衣帽,扮四直功曹立,而
儿童瓦石击之者,乐工四人也。考汉《郊祀志》:迎春,祭青帝
勾芒⑥,青车旗服,歌青阳,舞云翘,立青幡,百官衣皆青,郡国
县官,下至令史,服青帻。今者朱衣。唐制,立春日,郎官御史
长贰以上,赐春罗幡胜,宰臣亲王近臣,赐金银幡胜,入贺,带
归私弟;民间剪彩为春幡簪首⑦。今惟元旦日,小民以鬓穿乌
金纸,画彩为闹蛾,簪之。

　　正月元旦,五鼓时,不卧而嚏,嚏则急起,或不及衣,
曰卧嚏者病也。不卧而语言,或户外呼,则不应,曰呼者
鬼也。夙兴盥漱,啖黍糕,曰年年糕。家长少毕拜,姻友
投笺互拜,曰拜年也。烧香东岳庙⑧,赛放炮杖,纸且寸。

东之琉璃厂店⑨,西之白塔寺⑩,卖琉璃瓶,盛朱鱼,转侧其影,小大俄忽。别有衔而嘘吸者,大声咪咪,小声唪唪,曰倒披气。旦至三日,男女于白塔寺绕塔。旦至晦日,家家竿标楼阁,松柏枝荫之,夜灯之,曰天灯。是月也,女妇闲,手五丸,且掷且拾且承,曰抓子儿。丸用象木银砾为之,竞以轻捷。八日至十八日,集东华门外⑪,曰灯市。贵贱相遝,贫富相易贸,人物齐矣。妇女着白绫衫,队而宵行,谓无腰腿诸疾,曰走桥⑫。至城各门,手暗触钉,谓男子祥,曰摸钉儿⑬。击太平鼓无昏晓,跳百索无稚壮⑭,戴面具耍大头和尚,聚观无男女。有以诗隐物,幌于寺观壁者,曰商灯。立想而漫射之,无灵蠢。十一日至十六日,乡村人缚秫秸作棚,周悬杂灯,地广二亩,门径曲黠,藏三四里,入者误不得径,即久迷不出,曰黄河九曲灯也。十三日,家以小盏一百八枚,夜灯之,遍散井灶门户砧石,曰散灯也。其聚如萤,散如星,富者灯四夕,贫者灯一夕止,又甚贫者无灯。小儿共以绳系一儿腰,牵焉,相距寻丈,送于不意中,拳之以去,曰打鬼。不得为系者儿所执,执者,哄然共捉代系,曰替鬼。更系更击,更执更代,终日击,不为代,则佻巧矣。又绳以为城,二儿帕蒙以摸,一儿执敲城中,辄敲一声,而辄易其地以误之,为摸者得,则蒙执敲儿,曰摸虾儿。望前后夜,妇女束草人,纸粉面,首帕衫裙,号称姑娘,两童女掖之,祀以马粪,打鼓,歌马粪芗歌,三祝,神则跃跃,拜不已者,休,倒不起,乃咎也。男子冲而仆。十九日集白云观⑮,曰耍燕九⑯,弹射走马焉。廿五日大啖饼饵,曰填仓。

二月二日曰龙抬头⑰,煎元旦祭馀饼,熏床炕,曰熏虫儿,谓引龙,虫不出也。燕少蜈蚣,而蝎其为毒倍焉。
少蚊,而蝇其为扰倍焉。蚤虱之属,臭虫又倍焉。所苦尤
在编户,虽预熏之,实未之有除也。小儿以木二寸,制如
枣核,置地而棒之,一击令起,随一击令远,以近为负,曰
打枚枚,古所称击壤者耶?其谣云:"杨柳儿活,抽陀螺。
杨柳儿青,放空钟⑱。杨柳儿死,踢毽子。杨柳发芽儿,
打枚儿。"空钟者,刳木中空,旁口,荡以沥青,卓地如仰
钟,而柄其上之平。别一绳绕其柄,别一竹尺有孔,度其
绳而抵格空钟,绳勒右却,竹勒左却。一勒,空钟袅而疾
转,大者声钟,小亦蛄蛴飞声,一钟声歇时乃已。制径寸
至八九寸。其放之,一人至三人。陀螺者,木制如小空
钟,中实而无柄,绕以鞭之绳而无竹尺。卓于地,急掣其
鞭,一掣,陀螺则转,无声也,视其缓而鞭之,转转无复住。
转之疾,正如卓立地上,顶光旋旋,影不动也。

　　三月清明日,男女扫墓,担提尊榼,轿马后挂楮锭,
粲粲然满道也。拜者、酹者、哭者、为墓除草添土者,焚
楮锭次,以纸钱置坟头。望中无纸钱,则孤坟矣。哭罢,
不归也,趋芳树,择园圃,列坐尽醉,有歌者。哭笑无端,
哀往而乐回也。是日簪柳,游高梁桥⑲,曰踏青。多四方
客未归者,祭扫日感念出游。廿八日,东岳仁圣帝诞,倾
城趋齐化门⑳,鼓乐旗幢为祝,观者夹路。是月,小儿以
钱泥夹穿而干之,剔钱,泥片片钱状,字幕备具,曰泥钱。
画为方城,儿置一泥钱城中,曰卯;儿拈一泥钱远掷之,曰
撒。出城则负,中则胜,不中而指权相及,亦胜,指不及而
犹城中,则撒者为卯。其胜负也以泥钱。别有挑用苇,绷
用指者,与撒略同。有撒用泥丸者,与钱略同,而其画城

廓远。

四月一日至十八日，倾城趋马驹桥㉑，幡乐之盛，一如岳庙，碧霞元君诞也㉒。立夏日，启冰㉓，赐文武大臣，编珉得卖买，手二铜盏叠之，其声磕磕，曰冰盏。冰着湿乃消，畏阴雨天，以绵衣盖护，燠乃不消。八日，舍豆儿㉔，曰结缘，十八日，亦舍。先是拈豆念佛，一豆，佛号一声，有念豆至石者。至日熟豆，人遍舍之，其人亦一念佛，啖一豆也。凡妇不见答于夫姑婉若者，婢妾摈于主及姥者，则自咎曰：身前世不舍豆儿，不结得人缘也。是日，耍戒坛，游香山、玉泉，茶酒棚、妓棚，周山湾涧曲。闻初说戒者，先令僧了愿如是，今不说戒百年，而年则一了愿。是月，榆初钱，面和糖蒸食之，曰榆钱糕。

五月一日至五日，家家妍饰小闺女，簪以榴花，曰女儿节。五日之午前，群入天坛，曰避毒也。过午出，走马坛之墙下。无江城系丝投角黍俗，而亦为角黍，无竞渡俗，亦竞游耍。南则耍金鱼池㉕，西耍高粱桥，东松林，北满井㉖，为地不同，饮酿熙游也同。太医院官，旗物鼓吹，赴南海子，捉虾蟆，取蟾酥也㉗。其法，针枣叶，刺蟾之眉间，浆射叶上，以蔽人目，不令伤也。渍酒以菖蒲，插门以艾，涂耳鼻以雄黄，曰避虫毒。家各悬五雷符。簪佩各小纸符，簪或五毒，五瑞花草。项各彩系，垂金锡，若钱者，若锁者，曰端午索。十三日，进刀马于关帝庙㉘，刀以铁，其重以八十斤，纸马高二丈，鞍鞯绣文，辔衔金色，旗鼓头踏导之。

六月六日，晒銮驾㉙，民间亦晒其衣物，老儒破书，贫女敝缊，反覆勤日光，晡乃收。三伏日洗象㉚，锦衣卫官

以旗鼓迎象出顺承门,浴响闸[31]。象次第入于河也,则苍
山之颓也,额耳昂回,鼻舒纠吸嘘出水面,矫矫有蛟龙之
势。象奴挽索据脊,时时出没其髻。观者两岸各万众,面
首如鳞次贝编焉。然浴之不能须臾,象奴辄调御令起,云
浴久则相雌雄,相雌雄则狂。

七月七日之午,丢巧针,妇女曝盎水日中,顷之,水膜
生面,绣针投之则浮。则看水底针影,有成云物、花头、鸟
兽影者,有成鞋及剪刀、水茄影者,谓乞得巧。其影粗如
槌,细如丝,直如轴蜡,此拙徵矣。妇或叹,女有泣者。十
五日,诸寺建盂兰盆会,夜于水次放灯,曰放河灯。最胜
水关[32],次泡子河也[33]。上坟如清明时,或制小袋以往,祭
甫讫,辄于墓次掏促织,满袋则喜,秋竿肩之以归。是月
始斗促织,壮夫士人亦为之。斗有场,场有主者,其养之
又有师,斗盆筒罐,无家不贮焉。立秋日相戒不饮生水,
曰呷秋头水,生暑痱子。

八月十五日祭月,其祭果饼必圆;分瓜必牙错瓣刻
之,如莲华。纸肆市月光纸,缋满月像,跌坐莲华者,月光
遍照菩萨也。华下月轮桂殿,有兔杵而人立,捣药臼中。
纸小者三寸,大者丈,致工者金碧缤纷。家设月光位,於
月所出方,向月供而拜,则焚月光纸,彻所供,散家之人必
遍。月饼月果,咸属馈相报,饼有径二尺者。女归宁,是
日必返其夫家,曰团圆节也。

九月九日,载酒具、茶罏、食榼,曰登高。香山诸山,
高山也;法藏寺[34],高塔也;显灵宫、报国寺[35],高阁也。释
不登。赁园亭,闾坊曲,为娱耳。面饼种枣栗其面,星星
然,曰花糕。糕肆标纸彩旗,曰花糕旗。父母家必迎女来

食花糕，或不得迎，母则诟，女则怨诧，小妹则泣，望其姊姨，亦曰女儿节。

十月一日，纸肆裁纸五色，作男女衣，长尺有咫，曰寒衣。有疏印缄，识其姓字辈行，如寄书然，家家修具夜奠，呼而焚之其门，曰送寒衣。新丧，白纸为之，曰新鬼不敢衣彩也。送白衣者哭，女声十九，男声十一。是月，羊始市，儿取羊后胫之膝之轮骨，曰贝石，置一而一掷之。置者不动，掷之不过，置者乃掷，置者若动，掷之而过，胜负以生。其骨轮四面两端，凹曰真，凸曰诡，勾曰骚，轮曰背，立曰顶骨律。其顶，岐亦曰真，平亦曰诡。盖真胜诡负而骚背闲，顶平再胜，顶岐三胜也。其胜负也以贝石。

十一月冬至日，百官贺冬毕，吉服三日，具红笺互拜，朱衣交于衢，一如元旦。民间不尔，惟妇制履舄，上其舅姑。日冬至，画素梅一枝，为瓣八十有一，日染一瓣，瓣尽而九九出，则春深矣，曰九九消寒图。有直作圈九丛，丛九圈者，刻而市之，附以九九之歌，述其寒燠之候。歌曰："一九二九，相唤不出手。三九二十七，篱头吹觱篥。四九三十六，夜眠如露宿。五九四十五，家家堆盐虎。六九五十四，口中呬暖气。七九六十三，行人把衣单。八九七十二，猫狗寻阴地。九九八十一，穷汉受罪毕，才要伸脚睡，蚊虫蟙蚤出。"

十二月一日至岁除夜，小民为疾苦者，奉香一尺，宵行衢中，诵元君号，自述香愿，其声乌乌恻恻，曰号佛。行过井，过寺庙，则跪且拜而诵，香尽尺乃归。八日，先期凿冰方尺，至日纳冰窖中，鉴深二丈，冰以入，则固之，封如阜。内冰启冰，中涓为政。凡蘋婆果入春而市者，附藏

焉。附乎冰者,启之,如初摘于树,离乎冰,则化如泥。其
窖在安定门及崇文门外㊲。是日,家效庵寺,豆果杂米为
粥,供而朝食,曰腊八粥。廿四日,以糖剂饼、黍糕、枣栗、
胡桃、炒豆祀灶君,以糟草秣灶君马,谓灶君翌日朝天去,
白家间一岁事。祝曰:好多说,不好少说。记称灶,老妇
之祭,今男子祭,禁不令妇女见之。祀馀糖果,禁幼女不
令得啖,曰啖灶馀,则食肥腻时,口圈黑也。廿五日,五更
焚香楮,接玉皇,曰玉皇下查人间也。竟此日,无妇妪詈
声。三十日,五更又焚香楮送迎,送玉皇上界矣,迎新灶
君下界矣。插芝麻秸于门檐窗台,曰藏鬼秸中,不令出
也。门窗贴红纸葫芦,曰收瘟鬼。夜以松柏枝杂柴燎院
中,曰烧松盆,炬岁也。悬先亡影像,祀以狮仙斗糖、麻花
馓枝,染五色苇架竹罩陈之;家长幼毕拜,已,各自拜,曰
辞岁。已,聚坐食饮,曰守岁。是月,小儿及贱闲人,以二
石球置前,先一人踢一令远,一人随踢其一,再踢而及之,
而中之,为胜。一踢即着焉,即过焉,与再踢不及者,同为
负也。再踢而过焉,则让先一人随踢之。其法初为趾踵
苦寒设,今遂用赌,如博然,有司申禁之,不止也。

凡岁时不雨,家贴龙王神马于门,磁瓶插柳枝,挂门
之旁,小儿塑泥龙,张纸旗,击鼓金,焚香各龙王庙。群歌
曰:"青龙头,白龙尾,声作以。小孩求雨天欢喜。麦子麦
子焦黄,起动起动龙王,大下小下,初一下到十八,声作巴。
摩诃萨。"初雨,小儿群喜而歌曰:"风来了,雨来了,禾场
背了谷声作古。来了。"雨久,以白纸作妇人首,剪红绿纸
衣之,以苕帚苗缚小帚,令携之,竿悬檐际,曰扫晴娘。日
月蚀,寺观击钟鼓,家击盆盎铜镜,救日月,声嘈嘈屯屯满

城中。蚀之刻,不饮不食,曰生噎食病。幼儿见新月,曰月芽儿,即拜笃笃,祝,乃歌曰:"月,月,月,拜三拜,休教儿生疥。"小儿遗溺者,夜向参星叩首,曰:"参儿,辰儿,可怜溺床人儿。"见流火,则啐之,曰贼星。夜不以小儿女衣置星月下,曰:"女怕花星照,儿怕贼星照。"亦不置洗濯馀水,为夜游神饮马也,曰"不当价"。如吴语云罪过。初闻雷,则抖衣,曰蚤虱不生。见霓曰杠,戒莫指,谓生指顶疮,曰恶指也。初雪,戒不入口,曰毒。再雪,则以炖茶。积雪,以塑于庭。燕旧有风鸢戏,俗曰毫儿。今己禁。风则剖秫秸二寸,错互贴方纸,其两端纸各红绿,中孔,以细竹横安秫竿上,迎风张而疾趋,则转如轮,红绿浑浑如晕,曰风车。

萧山来立模《迎春曲六章》(章六句):

　　春有牛,其耳湿湿。京师之野,万民悦怿。乃立皋门,无反无侧。

　　春有杖,其朱孔扬。自天子所,以伐远扬。丰年穰穰,千万斯箱。

　　有神勾芒,尔牧来思。髦彼两髦,带则有馀。我黍与与,振古如兹。

　　有优功曹,衣裳楚楚。有篇斯石,屈此群丑。无小无大,厥声载路。

　　有田家乐,丞然罩罩。田祖有神,载色载笑。勿以为笑,有相之道。

　　有尹有师,其仪不忒。惠此京师,雨旸时若,赫赫师尹,遍为尔德。

信阳周复元《迎春曲》：

　　淑气晴光万户开，芊绵草色先蓬莱。林皋百鸟声相和，宫阙五彩云相回。东风猎猎赤旗止，金甲神人逐队起。群公吉服迎勾芒，乡人傩衣驱祟鬼。豹虎竿头御河柳，游丝荡漾莺求友。春胜春蛾闹五侯，恩光暗入谁先有。

桃源江盈科《都门早春》：

　　东风渐次布青阳，龙过抬头蛰不藏。水出御河凝鸭绿，柳摇金屋变鹅黄。中官走马珠为勒，艳女寻花锦作装。自笑宦闲无一事，经旬携酒为春忙。

　　春色辉辉遍九衢，物华人事眼中殊。鱼从冰里融来活，鸟向枝头暖处呼。走马燕丘游客聚，戴花绕塔女郎趋。争传满井风光好，无数青丝络玉壶。

　　旧镐新丰总不胜，京华乐事巧层层。五方装束随人出，到处楼台任意登。堕珥遗簪游女醉，呼鸡斗狗市儿能。金吾道说新年例，鱼钥通宵下未曾。

　　无家无夕不传觞，玉烛银灯彻夜央。按节管弦娇鸟语，踏春儿女密蜂房。深闺抓子闲家计，平地空钟趁艳阳。总为君王休物力，饥寒从未到街坊。

《元旦作》：

　　东风剪剪拂人低，巧撰春联户户齐。投刺依然驱瘦马，趋朝慎自听晨鸡。囊贫有客才赊酒，蟹熟从邻旋乞醯。邸舍萧条林壑似，古槐枝上鹁鸪啼。

《京师元宵》：

　　元夜京华暖气融，华灯闪闪万家同。穿珠缀玉星攒月，剪绮裁罗碧间红。戚里香车尘拔地，侯家烟火焰连空。都人盛说先宣德，许看鳌山近禁中。

长洲杨补《长安迎年鼓曲》：

　　团鼓团鼓春月净，索络连钱铁轮柄。粲粲儿女手腕轻，一槌两槌臂为政。意中有曲无知之，抖肩掂踵不自持。窗风檐雨急春暮，历乱老鹳弹枯枝。声先声后闻嚓杀，金气入声秋戛戛。九衢烟雾六街泥，点破羁魂马蹄聒。耳热心寒避不得，坐忆江梅旧消息。城西山雪城里白，儿女鼓声帝也力。

江陵张居正《元夕行》：

　　今夕何夕春灯明，燕京女儿踏月行。灯摇珠彩张华屋，月散瑶光满禁城。禁城迢迢通戚里，九衢万户灯光里。花怯春寒带火开，马冲香雾连云起。弦管纷纷夹道旁，游人何处不相将。花边露洗雕鞍湿，陌上风回珠翠香。花边陌上烟云满，月落城头人未返。共道金吾此夜宽，但愁玉漏春宵短。御沟杨柳拂铜驼，柳外楼台杂笑歌。五陵豪贵应难拟，一夜欢娱奈乐何。年光宛转不相待，过眼繁华空自爱。君不见，燕台向时歌舞人，歌舞不闻明月在。

长洲文肇祉《元夕篇》：

　　长安今夕是元夕,皇都佳丽无殊昔。昔时曾到蓬莱宫,龙光凤炬光千尺。千尺光凝结彩楼,鳌山重叠云烟收。烟收明月正当头,仙籁燃灯复道周。遥瞻天子六龙驭,五色云车拥高处。高处离宫别馆开,翠盖鸾舆绣帏御。出向天街紫陌长,王侯第宅斗新妆。新妆初罢踏明月,蕙火兰烟满路旁。路旁许史金张宅,银烛高烧邀上客。上客调成鹦鹉篇,鸣金伐鼓开华席。欢歌未已夜将阑,星斗横斜禁漏残。传呼行辟候朝者,联镳玉佩声珊珊。

亳州薛蕙《元夕篇》:

　　皇都佳丽地,春日艳阳年。共爱元宵好,争歌明月篇。元宵明月满蓬莱,春色先从上苑来。千门宛转银屏隔,万户参差金锁开。千门万户连双阙,彩女新妆踏明月。映牖窥窗态转多,含娇凝睇情无歇。正逢春日爱芳菲,复值春宵缝舞衣。灯光斜照珊瑚枕,香气空薰云母扉。此时天子盛遨游,离宫别馆足风流。才开凤岛开灯架,更起鳌山结彩楼。彩楼岩嶭鳌山侧,复道交衢对南陌。万烛翻疑白日光,千灯却乱春星色。春星暗霭迷烟雾,仙籁分明见天路。空里翻翻翠盖飞,云中冉冉鸾舆度。翠盖鸾舆千万骑,伐鼓枞金动天地。御杖层层锦绣围,广场队队鱼龙戏。就中别有王侯客,三三五五长安陌。夜夜经过许史家,朝朝游戏金张宅。金张许史斗骄奢,金灯玉带剪金沙。鸳鸯比翼玫瑰树,翡翠双栖菡萏花。龙膏凤炬列千行,蕙火兰烟百合香。月华照耀琉璃障,雾影氤氲玳瑁梁。可怜豪侈谁能似,可怜行乐心无已。曲罢频移歌舞筵，醉后重游灯火市。月市星衢游未遍，东城南陌时相见。妖童绣勒五花马，倡女银车九华扇。妖童倡女繁华子，双去双来帝城里。粉色偏从月下明，衣香故向风前起。调笑行歌欢未阑，浮影流光夜遽残。朝来试过狭邪路，堕靥飘花那忍看。

吴江周用《走百病行》：

都城灯市春头盛，大家小家同节令。姨姨老老领小姑，撺掇梳妆走百病。俗言此夜鬼穴空，百病尽归尘土中。不然今年且多病，臂枯眼暗偏头风。踏穿街头双绣履，胜饮医方二钟水。谁家老妇不出门，折足蹒跚曲房里。今年走健如去年，更乞明年天有缘。蕲州艾叶一寸火，只向他人肉上燃。

蕲州张宿《走百病》：

白绫衫照月光珠，走过桥来百病无。再过前门钉触手，一行直得一年娱。

蒙阴公鼐《都城元宵曲》：

灯市东头近狭邪，锦屏珠箔玉人家。歌郎莫唱迎春曲，倭堕傍边插杏花。

白帕裁衫玉满头，短鬟鬙髻学苏州。又传新样江南曲，纵是愁人不解愁。

黄陂蔡士吉《元宵曲》：

郎莫看灯去走桥，白绫衫氅撒娇娇。走来儿怕双纤趾,不走儿愁一捻腰。

姨儿妗子此门谁,问着前门佯不知。笼手触门心暗喜,郎边不说得钉儿。

昆山周伦《天灯》:

入云朱表挂春灯,月月星星破晦冥。游径有人笼短蜡,照书曾说聚多萤。郊原磷熮何年色,庵寺琉璃此夜心。漏断六街人迹静,北窗犹伴读遗经。

长洲吴宽《戊寅燕九日》:

京师胜日称燕九,少年尽向城西走。白云观前作大会,射箭击球人马吼。古祠北与学宫依,箫鼓不来牲醴稀。如何义士文履善,不及道人丘处机。

歙县潘之恒《白云观纪所见》:

燕市重逢燕九,春游载选春朝。寒城旭日初丽,暖阁微阳欲骄。公子高擎锦幨,侍中齐插金貂。书传海外青鸟,箭落风前皂雕。翟茀烟尘聚合,马蹄冰雪全消。张罗释兔求雉,投博呼卢得枭。剑说荆卿匕首,舞怜蛮女纤腰。闹蛾人胜争帖,怖鸽天花乱飘。台上试听箫史,峰头方驾王乔。宝幢星斗斜挂,仙乐云璈碎敲。高辅少年任侠,倡楼大道相邀。寄言洛社豪举,莫笑春光不饶。

华亭宋懋澄《清明曲》:

人记鬼记清明字,楮锭酒榼倾城出。生人情,游人致,坟头纸片儿孙泪。儿孙泪罢花前醉,花不开,鬼当馁。

麻城刘侗《杨柳活》:

> 杨柳活,杨柳多。小孩小女闲不过,丝线结鞭鞭陀罗。鞭陀罗,陀罗起。陀罗起,鞭不已。鞭不已,陀罗死。

《杨柳青》:

> 杨柳青,儿手空钟不暂停。空钟空钟,舒而远听,如蛞蝼起,未触于屏。箫垂笛横,丝弦合并。大人为政,小儿无此耐烦性。

《倒拔器》:

> 倒拔器,如瓯落阶瓶倒水。匀匀呼吸吹薄纸,吸少呼多脱瓶底。藏爹钱瞒爹眼里,迷糊琉璃厂甸子。儿迷糊,倒拔器。爹着汗,嬷着泪。

宁波余有丁《帝京午日歌》:

> 都人重五女儿节,酒蒲角黍榴花辰。金锁当胸符当髻,衫裙簪朵盈盈新。长安街道人人趋,三条九陌无断尘。赤日中天万户动,棕藤清道骑官从。高肩大轿风奔驰,五侯七贵相迎送。陌上相望不相知,络绎追寻海子湄。隐隐朱楼围翠幰,深深金谷驻襜帷。买笑追欢日不足,喧过通衢喧水曲。蹋归百草毒可禳,系出五丝命可续。结缕仍将艾叶悬,祓祥却把兰汤浴。我来戚里列侯家,眩恍疑乘天汉槎。画壁丹楼池砌白,朱鱼翠鸟绮疏

斜。竟日淹留天欲暮，纷纷轩驷红尘度。公子王孙合沓归，摩肩击毂忘来路。人生行乐须及时，汨罗之人非所为。

孝感程正揆《燕京五日走马歌》：

大风拟拨黄尘起，绿柳平堤驰骒骍。尾项提顿镶勒鸣，健儿骑过长安市。手挽咪嗽鹰相奇，银翎铁翮黄金嘴。韩卢宋鹊猛且健，一弓三矢腰挂鞬。日光尘影往返轻，鼻头出火风生耳。寒气谡谡观者栗，据鞍下上若注水。下马顾盼息不喘，醉拥胡姬花钿委。声声拍板唱吴骚，不愿金屋见天子。燕赵之士多悲歌，如尔行藏良有以。因忆当年屠狗人，今兹不出焉已矣。

景陵钟惺《夏冰》：

清泠不必论，所贵在虚明。大火同时事，重阴隔岁情。启藏王政备，怨伏帝心平。冬夏中何物，风霜外有情。水应无此静，雪固让其贞。祭韭诚为重，浮瓜只益轻。一寒谁所护，六月俨初成。似与暑相得，翻嫌秋早生。

新昌戴九玄《长安不可住》：

长安不可住，五月剧炎暑。日与青蝇居，夜与蚤虱处。

长安不可住，蝎虎多于蝎。养鸡食蝎虎，不教蝎速没。

漳州黄道周《京师物繁苍蝇为最爰伸樊棘别成小言》：

何来邃集此，相扇尔繁徒。赤豆分馀鬼，皂衣散短儒。寒香驱不诚，炙热合群呼。终日烦搔洗，依呵只路隅。

诎解四方语，偏知有丑情。慑于看琐琐，逢彼动营营。不复顾人面，何须通姓名。针头腥气在，狗苟自昆兄。

称文白乌氏，守义玄驹家。楚服尔何有，英声卿自嘉。寻膻从入幕，选鼻坐高衙。拔剑无须怒，幽阴蝎虎叉。

山阴徐渭《宣武门河看洗象》：

帝京初伏候，出象浴城湍。决荡粗泥落，吹喷细雪残。鼻卷荷出水，牙娇藕穿澜。起没漩涡口，崔嵬鳌岸端。巴蛇吞未下，滟石浸还干。逐队旋蹄易，呼群拭背难。秫刍厮养役，湔刷羽林官。并是生殊域，同来饲一阑。不争传力大，共荷主恩宽。

福州王继皋《六月九日宣武门外看洗象十韵》：

舞兽蒙恩泽，炎蒸汤沐施。金吾开卫伏，玉殿辍朝仪。旗鼓壕池涨，喧阗男女窥。沉浮山起伏，嘘吸雨纷丝。垂首欣先浴，前踪恋久嬉。惊波鱼杳杳，远影燕迟迟。两岸人如壁，连镳官共随。齿妨泥内石，身避水中坻。薄瀚驯人意，潜涵伏火时。载归毛骨竦，跪上万年卮。

应天孙国籹《宣武门看洗象次王元直韵》：

> 龙城奇捷奏，象阙大醣施。暂辍虞廷舞，行驱汉殿仪。步惊城堞远，影向急湍窥。吸浪云初卷，喷波雨忽丝。涡藏鱼塍疾，树隐雁臣迟。鼓吹荷风贴，旌麾柳浪移。鼻观群体具，胎领六年私。作籁时嘘荻，防濡屡就坻。齿延焚玉日，皮保偃戈时。沫彼遗蔘秽，何应佐酒卮。

信阳何景明《七夕》：

> 楚客羁魂惊巧夕，燕京风俗斗穿针。楼台送暑催秋扇，关塞迎寒起暮砧。海内弟兄风雨梦，天涯儿女岁时心。乘槎莫问支机石，河汉年年此夜阴。

新昌戴九玄《七月十五夜观河灯》：

> 枝枝燃绿水，朵朵出红莲。波漾明还灭，风吹断复连。光分鲛室遍，照合贝宫偏。浊水通禅观，尼珠满地圆。

> 金蛇攒百道，银树烂千花。进白纷疑月，飞红蔚散霞。鱼龙藏岸曲，乌鹊躁枝斜。夜半烟光息，河流漾浅沙。

长洲顾偓《祠灶》：

> 灯灯祀灶神，夜市在比邻。通俗筵多供，盛盆馔独贫。无伤愚奏口，乏鼓送飞轮。烛破他乡蜡，香生寒岁春。雪花云路杳，草豆马蹄频。老妇能巫媚，侨居莫我嗔。

上元谢承举《送神辞》：

赤乌堕城尘土昏，人家火急催宵飧。庖夫膳吏递走速，涓尘拥彗当厨门。张筵布簋举灯烛，送神上天朝帝阍。黄饴红饧粲铺案，青刍紫椒光堆盆。空濛烟云下车马，优偬雾霭飘兰荪。使者已饱马已饲，我欲留神神不滞。星旗云辔去如风，九万天衢片时至。绀裟赤舄趋掖庭，稽首帝前备陈事。切须公语毋隐容，迪者降休逆者祟。公厅纷纭争务繁，私家细琐犹多类。一年一度送神行，记得人间二十四。吁嗟乎！今年畿甸事更多，愿神开口如悬河。拟俗：十二月二十四夜，司命君上天，白人间事也。

《迎神词》：

三十六天高几重，珠宫贝阙金芙蓉。清都上位玉帝子，陛罗将辅排群龙。呼雷叱霆宝幢拥，蹑云驭气金舆从。魁罡赫赫豹骈下，冰雪锋矛随万马。赤脚巨门口吐虹，披发天游面涂赭。八万浮尘一霎过，来察诸方不平者。二十五日年尽时，帝来人间人不知。寻常窃掠乃末技，纤毫斗秤真小儿。区区琐琐何足较，置之国法性可移。盗权奸手掩日月，僭极雄心欺鼎彝。渠魁当歼协从宥，未睹灵威降神疠。年年此日枉帝来，渠尚骄张当白昼。方山丈人有一言，便欲留神仗神奏。吁嗟乎！近来比屋兴咨嗟，请帝先过民牧衙。拟俗：十二月二十五日，迎玉帝降人间，察善恶也。

《祠神词》：

岁寒庭前灯火光，焚椒爇火生馨香。男吹笙竽女击鼓，欢喜请神神上堂。赤髹大盂捧鲴脯，花磁小罂斟酒浆。献供三宿更三祭，上元小儒宣奠章。维神在人有定分，神若有灵神可问。北里金珠敌累朝，西邻垅亩连十郡。梁冀跋扈汉鼎危，王恺纵横晋纲紊。若人则那神不临，恋恋寒微顾如愤。三十六年辱眼青，追随去住同忘形。殷勤相守感不鄙，固如金石深镌铭。痴愚自负文章士，步月梯云取青紫。星斗胸中十万编，烟云笔下三千纸。暂从秋水看芙蓉，耻向春风学桃李。满城风雪遭岁除，仪物粗疏聊以祀。吁嗟乎！久而不衰情既真，与神白头为交亲。拟俗：谓除夕祭穷鬼也。

宜城丘瑜《长安除夕》：

柏酒辛盘此夜情，虚堂无梦亦三更。帝城团鼓迎年急，邻院松盆炬岁明。腊节坐销杯正永，春光入望斗初横。呼嵩只切天鸡唱，肃肃千官响佩声。

坐忆家筵此献酬，辞年守岁夜深收。天涯一别虚莱彩，京国多惭拥散裘。偶望街灯生客绪，况兼风角动边愁。阳春到枕知同候，归梦梅花裹水头。

长洲汪邦柱《京师庚午除夕》：

柏叶那堪苦里煨，爇炉不暖为心灰。春光五日冰方壮，归思三更梦未来。守岁家筵多旅客，太平街鼓半儿孩。玉河堤柳犹僵在，寒对微香暖阁梅。

① 春场：位于东直门外。明制，顺天府尹迎春，自春场入府。按，春场实位于东直门外一里许，此谓"五里"，误（参见《日下旧闻考》卷八十八）。

② 东直门：北京城东门之一，偏北。

③ 万历癸巳：万历二十一年（1593）。

④ 谢杰：字汉甫，长乐（今属福建）人。万历二年（1574）进士，官至南户部尚书。曾出使琉球。有《天灵山人集》、《使琉球录》等。

⑤ 勾芒神：一作句芒，相传为木德之帝。人称木神或春神。《山海经·海外东经》："东方句芒，鸟身人面，乘两龙。"

⑥ 青帝：指太昊伏羲，五天帝之一，为东方天神（参见《楚辞·惜诵》王逸注）。

⑦ 剪彩为春幡簪首：正月，青年男女用彩纸剪成花、草、虫之类，插戴头上。俗称"闹嚷嚷"、"闹蛾儿"。

⑧ 东岳庙：参见本卷《东岳庙》。

⑨ 琉璃厂店：位于北京正阳门（正南城门）之外。厂地狭长，南北窄，东西长约二里。后以聚集众多书店、古玩铺而著名。

⑩ 白塔寺：参见本书卷四。

⑪ 东华门：北京宫城（紫禁城）东门。

⑫ 走桥：相传此时走桥可以避厄、消百病和长寿（参见清朱彝尊《日下旧闻》）。

⑬ 摸钉儿：俗传以为妇女此时至城门触摸门锁或铜钉，能生儿子。

⑭ 跳百索：一种类似跳长绳的游戏。两小孩相对，手持丈余长绳不住摇摆，群儿依次跳跃，若被绊，掌绳者以绳击打以示罚（参见明沈榜《宛署杂记》）。

⑮ 白云观：参见本书卷三。

⑯ 耍燕九：北京正月灯市，照例于十八日收灯，城中游冶顿寂。次日，士女尽数出城，至西郊白云观，联袂嬉游，席地布饮，称作"耍燕九"。"燕九"又作"烟九"，意为火树星桥消歇后的日子。或作"淹九"，

意为灯市消歇,有所淹留;或作"阉九",谓全真道人邱元清此日受阉(参见明沈德符《万历野获编》)。

⑰ 龙抬头:北京人称二月二日为龙抬头,此日人们用灰自门外蜿蜒布入厨房,旋绕水缸,称作引龙回(参见明沈榜《宛署杂记》)。

⑱ 空钟:又名空竹。江南则称扯铃或叉铃。

⑲ 高梁桥:参见本书卷五。

⑳ 齐化门:北京城东门之一,偏南。后称朝阳门。

㉑ 马驹桥:即弘仁桥,见卷三《弘仁桥》。

㉒ 碧霞元君:相传为东岳泰山神之女。据说四月十八日元君降临人间,妇女倾城前往弘仁桥元君庙进香,乞神保佑生子(参见本书卷三《弘仁桥》及沈榜《宛署杂记》)。

㉓ 启冰:至冰窖取冰。当时京城自暑伏日至立秋日,各衙门可凭工部所发冰票取冰。冰窖多置于京城西北,深藏地下,地面又加土覆盖,仿佛累累土丘。

㉔ 舍豆儿:施舍盐豆儿。四月八日为佛诞辰,邀请路人吃豆,以此结缘。

㉕ 金鱼池:位于崇文门外西南。参见卷三《金鱼池》。

㉖ 满井:参见本书卷一。

㉗ 取蟾酥:太医院例以端阳日派人至南海子捕蛤蟆挤取蟾酥,用以合药制紫金锭(参见明蒋一葵《长安客话》)。

㉘ 关帝庙:参见本书卷三。

㉙ 晒銮驾:指内府国史馆于此日曝晒各朝实录及帝王文集等,以利长期保存。

㉚ 洗象:象房位于宣武门西城墙北,每年初伏,于宣武门外护城河洗象。

㉛ 响闸:位于宣武门外桥西。

㉜ 水关:参见本书卷一。

㉝ 泡子河:参见本书卷二。

㉞ 法藏寺：见卷三《法藏寺》。

㉟ 显灵宫：在城西，参见本书卷四。报国寺：在城南，参见本书卷三。

㊱ 安定门：北京城北门之一，偏东。　崇文门：北京城南门之一，偏东。

三　忠　祠

出崇文门三里①，曰大通桥②。运河数千里，闸七十二，抵桥下闸，不复通矣。大通云者，著有成也。水从昌平白浮村之神山泉③，过双塔榆河④，会一亩、玉泉诸水⑤，入城，汇积水潭，繇玉河中出。桥下闸而滩之，淜淜沌沌，撄怒则鸣。过滩贸然，汍汍活活，水乃疾行。疾者去之，缓以洄者取之，吱吱轧轧，林间之桔槔也。倚高城，临运河，一二园亭而东之。三忠祠祀三忠：汉武侯、宋鄂王、信国也⑥。祠后濯缨亭，亭即河之岸，拨船千艘，亭槛艘樯，日与摩拂。河故元通惠河⑦，都水监郭守敬浚者⑧，即金辽故河也。我成化正德中，再疏之，再未就。嘉靖丁亥⑨，御史吴仲请修⑩，修三月，告成功，上舟观之，廛居夹岸二十里，柳垂垂蘸河，漕舟上下达。大学士张璁等联句以闻⑪，上喜，给光禄馔，又分御膳赐焉。万历中岁运，二月徂五月，冻粮至，去年粮也；夏徂秋，逮乎冬而至，本年分粮也。十年来，饷用急，漕政渐修，闸河一线，无守冻船。每花信麦秋时，亭阴闲闲，岸草静好。出都门，半取水道，送行人，闲者别张家湾⑫，忙者置酒此祠亭，去住各荒率，亭所阅，少闲人。对岸鹿园⑬，金章宗故园也⑭，今曰蓝靛厂⑮。下流十里小圣窝，龙湫也。崇祯壬申四月二十一日[16]，大通桥下，有声如雷，有白物如犬，拥波而驰，至小圣窝而伏。

庆阳李梦阳《三忠祠》：

忆昔汉孔明，龙起答三顾。志决竟星陨，呕血为军务。鄂国与信国，屹屹两砥柱。杀身不救国，冤愤水东注。往事勒钟鼎，新庙傍官路。惨惨冠剑并，凛凛生魂聚。翠旗晚明灭，往往鬼神驻。怀叹各不申，翻然向烟雾。我征久奔迫，过此感伤屡。时来肃展谒，系马门前树。香台野蕨生，罗幔虫蚁蛀。烈士为吞声，清风激顽懦。

信阳何景明《三忠祠》：

三忠祠在帝城东，桧柏阴阳沙院风。朝暮衣冠频下马，春秋香火一开宫。中原涕泪江山远，异代精灵庙宇同。汉业崩摧如宋业，古今南北恨无穷。

东郡钱楷《三忠词》：

武侯瘁荆益，鄂王班大梁。信国死燕市，庙貌各一方。都人告时贤，三忠祀一堂。攘攘此送迎，谁钦俎豆光。生平自念恨，得不为彷徨。叹息告都人，忠邪要久长。一时论听乱，千古岂茫茫。

顺天张国锐《三忠祠》：

三臣事业归何处，两代精灵入寂寥。各有孤忠回末运，更留大节壮皇朝。云阴殿阁多松桧，花暗河津半蓼萧。秋水年年频欲长,悠然今古恨难消。

永嘉张璁《侍上泛通惠河同官联句》:

秋雨城南许放舟,(一清)天恩载泳向中流。飞帆卷雨
移乘马,(璁)轻浪翻风已破鸥。国赋云来宽帝顾,(銮)廛
居栉比称皇州。极知景运从今远,(一清)万岁千秋此胜
游。(璁)

日斜兴尽此回舟,(一清)光景留连喜溯流。残柳压堤
闲宿鹭,(璁)轻帆破浪未妨鸥。羞将浅薄陪陶谢,(銮)莫
叹流亡满邑州。若得青羊似淮蔡,(一清)君臣明日更同
游。(璁)

双樯为栋合维舟,(璁)上下推移趁稳流。两岸棹歌随
鼓吹,(一清)一篙波影起凫鸥。年来远思生南国,(銮)日暮
闲心动北州。本是遥遥湖海客,(璁)尘踪刚得此熙游。
(一清)

落日秋风好放舟,已过三闸顺安流。(璁)恩沾赐宴
流琼液,老愧忘机问白鸥。(一清)远饷飈来归水国,上游
从此重神州。(銮)观风不是耽盘乐,莫迓年年两度游。
(璁)

蒲圻廖道南《通惠河泛舟分韵得竹字》:

灵河之水从天来,虹光云影相昭回。金鳌蜿蜒环朔
镇,玉龙夭矫盘燕台。燕台朔镇何年始,宇宙流形同此
水。神禹玄勋肇冀州,随山刊木流源委。召公分符启建
封,东观齐鲁西秦雍。井田疆理世绵邈,仰止突兀空云
峰。汉郡秦藩几千载,河山带砺依然在。可怜光景属金

辽，源泉浩汗趋瀛海。元臣守敬乃创谋，铁牛石兽纷蝴蝶。七闸三津富潴蓄，风帆雾舫联漕舟。皇明统天逐胡虏，天为真人辟兹土。玄菟黑齿俱来臣，绝域梯航舞干羽。国家财赋资江南，车牛推挽嗟何堪。直从淮徐达江汉，奔涛叠浪回流潭。尚书宋礼刘大夏，后先相望力不暇。恭襄赞画通神明，或为长堤或钜坝。顾兹湮塞岁已深，沧桑变易愁人心。宪庙留情议修复，中遭阻格滋陆沉。飚逝星流物华暮，烟水迷茫落秋树。谁人独抱济川忧，指点遗踪在何处。皇皇巨灵日驱驰，天吴九首何谗泥。有开必先自今日，乾枢坤纽中推移。圣人继统御龙极，励精庶政昭玄德。轸念苍生宵旰怀，转输只恐疲供亿。东吴御史曰吴公，上言论河心朴忠。天子葵之秉独断，内庭外府佥谋同。乃命华山何水部，章程畚锸缤纷聚。经营不日告成功，百万舳舻集河浒。大通桥东汤沐园，乃开宪府缭周垣。亭台花木倏幽密，柏屏罗径延松门。时维己丑夏五月，祥云袅袅瞻双阙。偶泛楼船共燕游，幽悰旅况真超越。薰风徐来鸣管弦，绿荷芳草含晴烟。曲水觞流不知醉，浴凫飞鹭争盘旋。吁嗟古人不可作，古人先忧还后乐。矧逢海内告灾沴，敢谓无心忘民瘼。民之瘼矣君所悲，祁寒暑雨多怨咨。下焉医民上医国，岂独汉有吴公祠。谁云大道终难复，河水清清洗心目。请看河上吴公柳，他年堪比莱公竹。

华亭徐阶《夏日吴侍御邀游通惠河》：

颇忆三江远，源流意若何，水深秋气切，竹密雨声多。熟果当尊落，飞尘旋堞过。柳阴催系缆，细听桔榾歌。

落日舟仍放，微风坐不辞。林归云气没，花影夕阴移。野典匆忙得，清游醉梦疑。只应骢马客，坚约后来期。

广东伦以训《通惠河泛舟》：

步屟沿东郊，草青没河涘。我梦江南春，得此风日美。驻烟停午阴，流云泛清泚。轻舠信回风，聊以吾缨洗。

益都陈经《通惠河泛舟》：

神禹疏九河，四海异奔赴。兹惟故道存，朝宗复东注。我皇宅下土，襟带绵世祚。岁久川原堙，乱流入径渡。庙堂思远犹，臣工戒漕务。水若效川灵，榜人理舟具。东南千万艘，飞挽遵旧路。远积万世赖，攸同四方聚。嗟予匪济川，览兹良叹誉。畴能树奇勋，江东吴侍御。

张兖《五日游通惠河》：

鹓班初散紫宸朝，鹭渚新逢柱史招。出郭喜看燕甸草，承流惊见浙江潮。云开缇幕郎官醉，风度青帘暑力消。记取大通桥上月，分明歌吹起层霄。

刘曰乾《泛通惠河》：

放舟河曲，舣舟河次。临河登览，悠然深思。灵源浚发，馀润远被。危岸无崩，长荚省费。供储舟子，唱筹庚吏。昔苦飞挽，今践委积。事固有待，肤公有自。吴下群才，台端抗议。假一日劳，垂百世利。倩笔迁史，河渠再志。

南海欧大任《三月晦日游大通桥濯缨亭》：

良辰指孟陬，傲驾轮两两。仓庚岂后时，鹢鴂已成响。晴晖幂东照，绪风款西飔。郊原霭葱茜，皋薄积苍莽。同官凤无期，偶然欣共往。攀林搴翠深，临流濯缨爽。烟波始击汰，舴艋及新漾。西望桔槔亭，尽多汉阴想。津树引花源，河隄写濠上。终当谢尘塂。归钦问吾党。

公安袁宗道《夏日高户部循卿招饮大通桥》：

一望皆林塘，孤亭临水际。连蜷四五人，一揖易巾屐。主人陈尊垒，花下趋人吏。两行檀压酒，百巡车行载。长艘潏河来，人衣沾草翠。潭影见轩窗，游鱼呷亭字。散坐捐烦苛，纵谈忘忌避。水风醒心脾，百罚不成醉。舟行穷幽奥，目境转奇邃。临涯逼悬流，万雷击山坠。对面不闻语，但见口开闭。冰柱万条直，雪岩千片碎。侧身奔石间，趾酸心病悸。归卧北窗下，枕边闻水气。

公安袁宏道《夏初黄无净邀同项玄池诸友及家伯修泛舟大通桥》：

京师百戏都，所少唯舟筏。御水落漕渠，淙淙流一

发。凡目未经先,虽少亦奇绝。何况集棠舟,游遨似吴
越。菱蒲得水长,凫鹭避沙热。朱碧好亭子,稀疏出林
樾。双航无定质,随波作周折。遇树即停帆,因风或舟
楫。闸水高十仞,百斛量琳屑。骏马下危坡,疾雷震空
碣。西门亦有水,宽丈深寸尺。计较今昔游,居然分胜
劣。朝日照来骑,归途见微月。

临川丘兆麟《新秋同陈虞部集金园移舟漕河》:

　　一舟初试水,数里已离城。日晚休群动,天秋入太
清。鱼知听岸曲,鹊欲赴河盟。共指青蘋末,风于此处
生。

① 崇文门:京城南门之一,偏东。

② 大通桥:明正统三年(1438)建成,位于北京外城东便门之外。
桥跨通惠河,"通惠"又名"大通",故以名桥。

③ 昌平:今属北京市。

④ 双塔:位于昌平西北。　　榆河:上承双塔河水,南流经顺义、
通州。

⑤ 一亩:又名一亩泉河。源出河北满城,泉自地下涌出,方圆一
亩,故名。　玉泉:即玉河。

⑥ 汉武侯:指三国诸葛亮,蜀汉后主建兴年间被封为武乡侯。
宋鄂王:指南宋岳飞,宋嘉定中被追封为鄂王。　信国:指文天祥,宋末
被封为信国公。

⑦ 通惠河:元初郭守敬规划开凿。自昌平截引神山泉、玉泉等,
入大都城汇为积水潭(什刹海),东至通州入白河。全长一百六十余里。

⑧ 郭守敬(1231—1316):字若思,邢台(今属河北)人。精于水利、
历数,荐授诸路河渠提举,历任河渠使、都水监、工部郎中等,官至太史

令。元世祖至元中主持开挖通惠河，有利漕运。

⑨　嘉靖丁亥：嘉靖六年(1527)。

⑩　吴仲(1482—1568)：字亚夫，号剑泉，武进(今属江苏)人。正德十二年(1517)进士，官至南京太仆寺少卿。力主疏浚通惠河，竣工后节省运费无数，故河上建有吴公祠。

⑪张璁：即张孚敬，见卷一《太学石鼓》。

⑫　张家湾：以元时万户张瑄督海运至此而得名。位于通州南，卢沟和白河于此汇合，为南北水陆交汇处，商贾云集。

⑬　鹿园：位于大通桥东，方圆十余里。金章宗时创建，后渐荒废，明朝时惟见古树偃仰，与高冢混杂。(参见明蒋一葵《长安客话》)

⑭　金章宗：即完颜璟，继金世宗后登基，在位十九年。庙号章宗。章宗承接世宗之治，国内一度保持平安昌盛。

⑮　蓝靛厂：当为直属工部的染料工场，建于金章宗鹿园故址。

⑯　崇祯壬申：崇祯五年(1632)。

蒯　文　通　坟

人鬼而千年不泯，不必其天神地祇也，不必仙佛果位中也，犹之人或久而名氏，不必其人，诗文传者，不必其诗其文也，或数存焉，其精神亦有然矣。蒯文通坟①，在广渠门外北八里庄南坡上②。古埠高四尺，而蒯时出没其坟，高冠广衫，道人装，一童子携纱灯随之。坟百步外一井，蒯向井汲，乃返。昼阴晦日见，鬼之能也。见或立半空中，非鬼之能矣。万历初，丘太守瓒坟其侧③，遂不复见尔，地脉哉！丘先欲发视，坚不可，乃止也。寻梦蒯幞头朱衣来言："生身一先辈人，尺寸地不见让耶?"丘悔之,今其子孙微矣。读蒯彻传,说武信、淮阴④,殆任数者;及对汉高⑤,殆任质者;性情糜至,殆有道者。传又云,蒯说韩不用,佯狂燕市。盖殁而葬此。蒯所著《隽永》八十一篇,不传矣,而坟传。

顺天金铉《过蒯文通墓》:

> 舌亦有时宜,宜秦不宜汉。君若在七雄,纵横岂其诞。赤帝子谁乎,大声与为难。我亦知君才,足能倒治乱。燕令可以生,楚猴可以冠。其如火德成,操刀难一断。千载气未舒,局促争人畔。

莱阳左懋泰《蒯文通墓》:

> 广渠门外三尺土,蓬蒿满地生风雨。冢中有人非鬼神,瓶缿陆陆衣冠古。古人古事安可论,韩侯昔驻齐东门。投手措足关天地,面背易向亡易存。但假为王帝何怒,蹑附何语怒者瘏。兔死有狐狗遽烹,北军左袒亦狼顾。韩不负汉未央宫,蒯不负韩燕市路。狂能庄语动天子,知有道者非任数。有神有骨千年存,显现竟不须云雾。君非不狂非不死,若有凭藉隐其故。后生欺死曰无能,梦语明明醒弗惧。曷往广武观战场,何人坏得狂生墓。

① 蒯文通:即蒯彻,秦汉时以善辩著名。武信君用其策,降燕、赵三十余城;韩信用其计,平定齐地。后劝韩信叛汉,信不听,佯狂为巫。汉高祖欲烹之,以辩豁免。后史家避汉武帝讳,改"彻"为"通"。

② 广渠门:北京外城东门,嘉靖中修建。

③ 丘瓒：惠安(今属福建)人，留守中卫籍。嘉靖二十六年(1547)进士，累官户部郎中。

④ 武信：即武臣，秦末陈(今河南东南、安徽北部)人，随陈胜起义。后自号武信君，用蒯彻计，得赵地，自立为赵王，被邯郸人所杀。淮阴：即韩信，淮阴(今江苏淮阴东南)人，有韬略，秦末先从项羽，后附刘邦，为汉初三杰之一。先后受封为齐王、楚王、淮阴侯。后被斩杀。

⑤ 汉高：汉高祖刘邦。

将　　台

洪武元年闰七月①，左丞相徐达师至通州②，距城三十里，筑台驻军。翌日天雾，设伏战，擒其梁王孛罗等③。元主闻报，夜开建德门④，北如上都。达兵遂至燕京，攻齐化门入⑤，执其监国帖木儿不花等⑥。今州西土埠，高半里，广方半里者，所筑台也。或曰：唐薛仁贵征辽驻军台也⑦。达因之。后成祖靖难而南，驻跸焉。嘉靖中，都门一道人，称言遇中山王将台边，授贾力法，以授人也。其法：用意蓄气，周其身，处处运之。挺直立，彻顶踵，无懈骨。卷肱，掌指稍诎，两足齐，踵相去数寸，立定。两手从上，如按物难下状，几至地，转腕从下，托物难上也。过其顶，两手植，则又攀物难下，而至肩际。转腕，掌向外，微拳之，则卷肱立如初。乃卷两肱，开向后者三，欲令气不匿膺间也。却舒右肱，拦物之欲右者以左，逮乎左，左之爪相向已，如将及之。则左手撑而极左，右手拉而却右，左射引满，引满，右肱卷如初矣。则舒左肱拦，右手撑，左手拉且满，以右法，左右互者，各三之，则卷两肱立如初。左手下拊左外踝，踝掌竞劲相切也。则以右手腕，推植物使左倾，倾矣，顾曳之，使右倚肩际，如是者三之。则右手下，以左法，左推曳之，以右法者三，则卷两肱立如初。平肱，掇重者举之，势极则扳，盖至乳旁而拳矣。握固，腹左右间，不附腹也，高下视脐之轮。则劈右拳，扼右肩傍一强物，至左足外踵，转腕托上，托尽而肱且右植，则扳而下，至右肩际，拳之。反拳，据右腰眼，左右互者各三之，徐张后两拳而前，交叉指上举，势极则转腕。举者，掌下，十指端上也。转者，掌上，十指端下也。又掌上拱，首项负筐，腋以下皆卓焉。就其势，倒而左，几左足外地，以前势起，倒而右，左右互者各三之。凡人倒左者，左膝微诎也。倒右者，右膝微诎也。不诎者，法也。乃取盐汤壮温者，濯右手，掌背指濡之，平直右肱，横挥之而燥，则濯左左挥，左燥复右，互者各三之。计挥且数十矣，自是两肱不复卷矣。乃蹬右足数十，左仍其数。蹬以其踵，或抵之，踏以其趾，或绊之也。则屹立，敛足，举前举踵，顿地数十。已而两足蹲立，相去以尺，乃挥右拳，前击数十，左如之，乃仰卧，复卷肱如立时然，作振脊欲起者数十，而工竣焉。凡用势左右，必以其脊俱。凡蓄气，必迄其工。凡工，日二三，必微饮后及食后一时行之。时则以拳遍自捶，毋使气有所不悉。时揸五指头，捣户壁几案，久而作木石拊声焉。坐，屈肘上之，屈拳前之。卧，必侧面，上手拳而枕席。坐卧各因其左右，其拳皆握固。

榆林王宣《过徐中山将台》：

　　层台曾此翠华临，丛草犹滋雨露深。八阵龙蛇营朔漠，六军貔虎簇云林。彭城系马兴衰迹，沛邑歌风战守心。馀勇贾人人不识,中山英爽在高阴。

① 洪武元年:公元 1368 年。

② 徐达(1332—1385):字天德,濠州(今安徽凤阳)人。元末从郭子兴起义,后归朱元璋,从征四方。官至中书右丞相,封魏国公。追封中山王,谥武宁。参见卷一《定国公园》。 通州:今属北京。

③ 孛罗(? —1368):至正十七年(1357)由西台中丞入为中书参政,分省山东,官至知枢密院事。与徐达军战于通州,被俘后处死。按,《元史》作卜颜帖木儿。

④ 建德门:元大都北城门之一,今德胜门外小关。按《元史》作健德门。

⑤ 齐化门:元大都东城门之一,后称朝阳门。

⑥ 帖木儿不花(1286—1368):元世祖忽必烈孙,嗣镇南王。天历中改封宣让王,镇庐州。至正中还京师,进封淮王。明军攻大都,诏令监国。城破,死。

⑦ 薛仁贵:唐代将领。贞观中应募,随唐太宗征辽,武功盖世。后拜大将军,封平阳郡公。唐高宗永淳初年谢世,卒年七十。

黄 金 台

黄金台名,后人拟名也。其地,后人拟地也。《史记》:昭王为郭隗改筑宫而师事之①。《新序》《通鉴》皆言筑宫②,不言筑台。后汉孔文举谓昭王筑台以延隗③。梁任昉谓台在幽州燕王故城中④,土人或呼贤士台、招贤台。有台名,无黄金名。李善引《上谷郡图经》曰⑤:"黄金台,在易水东南十八里⑥,燕昭王置千金其上,延天下士。"《水经注》云:"固安县有黄金台遗址⑦,《图经》云然,始有黄金台名。"今易州、易水边二黄金台,都城朝阳门外东南又一黄金台⑧。三黄金台,岿然皆土阜。

元刘因《黄金台》:

　　燕山不改色,易水无新声。谁知数尺台,中有万古情。区区后世人,犹爱黄金名。黄金亦何物,能令贤重轻。德辉照九仞,凤鸟才一鸣。伊谁腐鼠弃,坐见饥鸢争。周道日东渐,二老皆西行。养民以致贤,王业自此成。黄金与山平,不救兵纵横。落日下荒台,山水有馀清。

元陈孚《黄金台》:

　　巍坡十二青云梯,老树偃伏犹穿圭。长裙已翳星辰去,残阳空挂卢沟西。召南六百年宗社,一日黄金重天下。精缠宝气夜不收,又见残霞明朔野。

元贡师泰《黄金台》:

　　昭王锐志移青社,筑土悬金奉贤者。四方剑佩集强燕,千里风尘驰骏马。郭君自举先群豪,乐生独步超凡曹。酬恩一雪霸国耻,建功并倚云天高。君臣意气千年少,落日荒凉没秋草。黄金买贵满长安,惆怅英雄布衣老。

安福邹缉《黄金台晚望》:

　　高台百尺倚都城,斜日苍茫弄晚晴。千里山川回望迥，万家楼阁入空明。黄金尚想招贤意，白发难胜慨古情。看尽翩翩归鸟没，古原秋草暮云平。

新淦金幼孜《秋上黄金台》：

迢递高台近日边，偶来登览尚依然。万家禾黍秋风外，十里旌旗落照前。远郭砧声生杳杳，平原车骑去翩翩。黄金漫说能招士，千载犹传郭隗贤。

永丰曾棨《黄金台》：

昭王此处有高台，落日城边霁景开。尚想百金求骏骨，终知千里得龙媒。树连平野烟光合，鸟带遥空暮色回。总谓招贤从隗始，只今惟数乐生才。

莆田林环《暮过黄金台》：

高台曾此置黄金，人去台空碧草深。落日未穷千里望，青山遥映半城阴。雁将秋色来平野，鸦带寒光过远林。昭代贤才登用尽，不须怀古动长吟。

钱塘王洪《黄金台怀古》：

山色微茫映古台，平原千里夕阳开。谁知碧草遗基在，曾见黄金国士来。树绕河流天外去，鸟翻云影日边回。清时自重非熊叟，不独奇谋得俊才。

金溪王英《登黄金台》：

独上高台望古城，暮天风景尚含情。数峰残照云将

掩，几树闲花鸟自鸣。玉帛已看今日会，黄金宜记旧时
名。顾歌周雅思皇咏，多士衣冠盛镐京。

无锡王绂《经黄金台》：

　　黄金此地曾延士，极目平川夕照斜。水绕易城流霸
业，田连督亢属农家。苍茫暝色烟中树，缥缈晴光雨外
霞。千古荒台遗旧址，西风残柳集寒鸦。

金州蒋冕《驱马黄金台》：

　　客从江南来，驱马黄金台。伤哉台下青青草，一夜西
风变枯槁。壮士悲歌易水旁，防身有剑飞秋霜。此心誓
扫豺狼迹，草间狐兔谁能觅。

泗州郭武《过黄金台》：

　　荒台空寂寞，曾此贮黄金。父老逢人说，君王待士
深。登临一回首，感激百年心。归去重城晚，萋萋草色
阴。

漷县岳正《燕台怀古》：

　　督亢陂荒蔓草深，广陵宫废故城平。秋风易水人何
在，午夜卢沟月自明。召伯封疆经几换，荆卿事业尚虚
名。黄金不置高台上，似怪年来士价轻。

顺德张泰《金台古意》：

　　燕昭昔好士，高筑黄金台。卑身事郭隗，贤路从兹

开。岂不得辛衍,乐毅乃雄才。感激东破齐,呼吸成风雷。信义倾诸侯,其如惠王猜。奔赵失神骏,委师任驽驷。兵颓火牛下,宿耻除复来。荒哉筑台意,长使后人哀。

河东何东序《黄金台》:

最忆燕昭日,寒将易水回。贤王不复起,此地尚高台。百尺凌霄汉,千秋蔓草莱。宾门如有待,翘馆讵无才。白璧常倾士,黄金故作媒。悬知鱼水际,一德颂休哉。

古唐刘乾《登黄金台歌》:

黄金台上西日明,黄金台下磷火青。白虹直贯荆轲墓,芳草浑生郭隗营。燕山黛紫馀王气,易水喑呜流恨声。七雄已销暮烟合,半戟时出春田耕。酒醒风起台上下,来为我吹歌不平。

仪封王廷相《黄金台》:

兴邦良有激,好贤轻千金。破齐如反掌,图报一何深。二城乃不下,畴测平生心。白璧易为毁,喟然伤古今。

武进唐顺之《金台行》:

七雄割据势欲均,得士者富失士贫。燕昭信义争日月,不惜千金买骏骨。郭隗谈笑发深谋,剧辛邹衍竞驰突。士中乐毅年数奇,按剑魏邦人岂知。一朝遇主同心腹,君王亲为推车毂。指挥燕兵百馀万,蹴踏齐城七十六。六合于今无并吞,寂寞古台空复存。

临朐冯琦《燕台怀古》:

骏骨何年事,黄金上此台。燕陵空北望,易水自东来。百里贤人聚,千秋伯业开。如何别壮士,独奏羽声哀。

池阳方新《黄金台》:

朝涉白涧水,暮登黄金台。缅仰古遗烈,怒焉伤中怀。所怀者谁子,乐毅名世材。旬月下强齐,莒墨讵不摧。志惟存仁义,缓征致其来。出令戒钞掠,表庐恤民灾。庶几王者师,一举平九垓。胡为后王愚,听谗生疑猜。大功弗克就,至今有馀哀。

江宁焦竑《黄金台怀古》:

昭王遗迹半蒿莱,尚有凌空百尺台。骏马已随云灭没,霸图惟与水潆洄。天长草树层霄接,地迥风烟大漠开。致士无能思诏始,黄金惭负入燕才。

遂安方逢年《黄金台》:

苍苍日下寒云平,荒荒古台依帝京。黄金待士若招士,士与黄金同重轻。招即来,挥即弃,亡城七十存城二。拥膝比者何人欤,澹泊生平死尽瘁。古之往来别有在,去就意深茫如海。台高难量管乐心,古人莫以今人待。

公安袁中道《金台》：

萧条几户冷炊烟，冻浦流冰索索然。十载筑台亲礼士，如何止得一人贤。

嘉善曹勋《金台行》：

西趋咸阳东碣石，三寸纵横走七国。得士须得天下士，矜重耻言价五百。高台日照黄金色，龙云相期飞无翼。死骏犹当胜生驽，忍使神驹长伏枥。但能相皮不相骨，千金未敢轻一掷。官街十字车轮炙，飞鸿不落红尘弋。稷下空谭秦逐客，易水风寒歌不得，黄金台高空冀北。

金坛张明弼《燕台怀古》：

貂敝风高客奈何，燕昭往矣故安河。天连大漠寒云远，地接平沙衰草多。骏马有魂依郭隗，酒徒无曲和荆轲。于今最贱纵横士，莫倚荒台发浩歌。

归安茅元仪《黄金台行》：

寒台古树蒙茸老，秋烟一缕萦秋鸟。黄金千载磨为尘，两生姓名磨不了。燕山崔，易水渺，黄金台蔓荒荒草。昭王自是小诸侯，不见群公歌天保。

桐城方文《黄金台》：

督亢陂过易水旁，荒台争说是昭王。不知芳草谁为

主,但见高丘未敢忘。入塞孤鸿连朔气,临河游子展清
商。只今燕市多名马,贳酒何人典骦骊。

① "昭王"句：战国燕昭王即位时,燕已被齐攻破,昭王礼贤下士,
以招贤者。为郭隗筑黄金台,尊以为师,以示诚意,于是贤士云集,遂伐
齐。

② 《新序》：西汉刘向所撰,杂录战国、秦、汉间事。　《通鉴》:北
宋司马光所撰《资治通鉴》。

③ 孔文举：即孔融,字文举,孔子后裔。汉末任北海相。为曹操
所忌,被诛。有《孔北海集》。

④ 任昉：字彦升,南朝齐时任太常博士,梁武帝时官新安太守。
博学,藏书万余卷。有《文章缘起》、《述异记》。

⑤ 李善：唐代学者。高宗时任宗贤馆直学士,官至泾城令。博通
古今,为《文选》作注,考订精细,援引繁富。

⑥ 易水：易水有三,皆发源于河北易县。

⑦ 固安县：今属河北。

⑧ 朝阳门：北京东城门之一,即元代齐化门。

卷三　城南内外

关　帝　庙①

关庙自古今,遍华夷。其祠于京畿也,鼓钟接闻,又岁有增焉,又月有增焉。而独著正阳门庙者②,以门于宸居,近左宗庙、右社稷之间,朝廷岁一命祀。万国朝者退必谒,辐辏者至必祈禑也。祀典:岁五月十三日,祭汉前将军关某③,先十日,太常寺题,遣本寺堂上官行礼。凡国有大灾,祭告之。万历四十二年十月十一日④,司礼监太监李恩赍捧九旒冠、玉带、龙袍、金牌,牌书敕封三界伏魔大帝神威远震天尊关圣帝君,于正阳门祠,建醮三日,颁知天下。然太常祭祀,则仍旧称。史官焦竑曰⑤:"称汉前将军,侯志也。"天启四年七月⑥,礼部覆题得旨,祭始称帝。先是成祖北征本雅失理⑦,经阔滦海⑧,至斡难河⑨,击败阿鲁台⑩,勒名擒胡山。军前每见沙濛雾霭中,有神,前我军驱,其巾袍刀仗,貌色髯影,果然关公也,独所跨马白。凯还,燕市先传,车驾北发日,一居民所畜白马,晨出立庭中,不动不食,晡则喘汗,定乃食,回蹄则止。事闻,乃敕崇祀。祠有修撰焦竑碑,庶吉士董其昌书之。碑辞曰:"桓桓关侯,天挺神武。流连草昧,归心汉绪。逸群绝伦,为帝御侮。勇摧七将,气吞群旅。报曹讵鑿⑪,晋吴非忤⑫。炳炳丹心,天高日午。郁郁遗魂,骇霆怒雨。蒸哉文皇⑬,幽燕启

土。侯呵护之，如栋斯础，晻霭阴风，弓刀楚楚。伏腊朝昏，有
来士女。卜以筳茅，如答枹鼓。子孝臣忠，弟友兄序。匪耳提
之，凛面相语。义举长信，奸媒遄沮。侯其冥冥，有纷獢房。
侯甲皑皑，亦赭其马。乘风奋扬，天兵鬼斧。永祚皇图，为百
神主。牲牷既副，既歌且舞。孔盖祗临，霓幢纷下。敬勒铭
辞，浩然终古。"祠签，跪而揭报而顿首谢者，恒数人，旁跪而代
者，恒数人，挨挤而俟者，恒数十人，日无虚刻。签语答一如其
来事，各惕然去，休咎后无爽者。

广东全天叙《正阳门关祠》：

草昧云龙合，神霄铁马骧。壮心悬日月，独力荷伦
常。赫怒空群丑，行师庶一匡。英雄青简泪，车骑白云
乡。神器何来沸，炎精憺不芒。太阿迷倒柄，冠履错恒
方。冀北黄巾噪，关东赤斾央。老瞒耽虎视，孙竖剧鸱
张。卓绍都劲敌，荆徐百战场。靦颜尸爵禄，狡志启封
强。膏血腥分土，戈铤混八荒。红尘飞檄箭，白日扫欃
枪。逐野游麟定，中原览凤翔。寒烟嘘燧火，远略树楼
桑。竞逐平原鹿，谁怜毁室鲂。髯侯决圣主，赤手挽天
潢。丰沛从龙种，云逵齿雁行。深心忧国懵，大义报刘
长。语用金兰契，情同鱼水忘。尊王探左氏，愤乱结中
肠。杖策徇京洛，搴旗略洒阳。时欣乘骥附，勇克捷鹰
扬。却敌千军废，盟心百炼刚。运谟歼鬼蜮，裂眦瘥天
狼。恋主心逾石，辞曹语益庄。下邳聊玩寄，官渡亦佢
儴。立绩酬隆礼，披衷暴太阳。无辞就桀尹，终学报韩
良。大业荆南创，英风夏口飏。济师收四郡，荡寇领全
襄。拒肃阴谋伐，从诗亮节张。笑谈浑褫魄，樽俎竟豗

防。絷缚金虢怒,俘囚白马戎。刺颜遄顿辔,诛华漫停箸。敦悦称名将,难危念国殇。精忠一剑在,火德万夫望。

沈一中《谒关公祠》:

汉末苦强弩,义士刳心血。间气有独钟,肝肠铸为铁。当时三尺剑,光芒射寒月。荆襄倏埋照,社屋一朝折。身从赤帝殉,神往千秋烈。或参神鬼谋,或壮山河骨。至今天地间,春秋凛昭揭。俯首怀天人,风吹满腔热。

赵钦汤《谒关王庙》:

凛烈贞元气,时危属异人。从龙嘘赤伏,跃马践黄巾。北陆盟皇胄,南阳协帝臣。煌煌扶汉谊,万古镇常新。

萧山来立相《谒关公祠》:

汉祚虽移义未移,建安还识旧威仪。异胞兄弟同心处,百折君臣一体时。鼎立肯容分正统,春秋志在震华夷。大明门下朝宗者,日在悬知肝胆私。

英雄何必问功成,自有孤忠薄太清。真主独知归帝胄,伪降无计出樊城。亭侯已谢生前号,壮缪空悲死后名。日月双悬天地在,字云应不愧长生。

彭梦祖《题关公祠》:

汉日西山巅,战鼓喧烽烟。赤帝尚有裔,三尺相周旋。美髯飘飘赤兔骜,桃园结盟对天地。神州不改汉山河,白日在空明此志。单刀欲截江长流,五关猛将失其头。楼船北指华夏震,四海计日仍归刘。皇穹厌汉乃如此,白衣蔽江鼓声死。阴风惨憺长空裂,当阳之事堪切齿。我公赫赫雷在天,虽亡未亡千百年。戈戟森森乍明灭,处处拯人无危颠。慷慨无洒玉泉涕,万方尸祝同蒸祀。煌煌帝阊庙貌尊,填门拜祷岁复岁。吁嗟乎,古来如公几丈夫,愿公辟天关,提昆吾,东净海氛四击胡。刲牲伐鼓向公娱,公兮为我驻须臾。

荆州曹国榘《恭谒关圣》:

鱼为龙兮君失臣,汉运已尽生将军。奸雄得志公愤怒,直与天命争三分。三分土宇势难一,公身亦随汉运失。汉业乃因气数迁,公心天地移不得。呜呼,公之辛苦不欲见汉倾,岂与韩彭同功名!

鄞县水佳胤《谒关帝祠》:

汉季挺至人,忠怀邈云际。寸心照天常,矢死从皇裔。中山重一发,猎散留狂狲。奋势收江南,西蜀承汉系。义师下襄樊,七军淹水溢。老瞒落心胆,敢复僭言帝。旷古鲜王俦,高风师百世。

山阴王思任《恭谒正阳门关帝庙有纪》:

筵筹鹊珥挤黄昏,七尺英风帝觊存。只把人中提万国,大明先谒正阳门。

江宁凌世韶《谒关帝庙》：

　　草泽嘘炎振大纲，燕山朓朓秋茫茫。云中高倚青龙影，天上孤悬赤日光。忠孝有人犹是汉，鼓钟无地不尊王。博观九土生玄慨，长托麟书别圣狂。

　　① 关帝庙：据《明史·礼志》，正阳门关帝庙建于永乐年间，每年五月十三日，遣太常寺官祭祀。

　　② 正阳门：北京城正南门。位于今天安门南，元代称丽正门。

　　③ 关某：指三国关羽。刘备西定益州(今四川)后，命关羽督荆州(今湖北襄阳一带)事，拜前将军。

　　④ 万历四十二年：公元1614年。

　　⑤ 焦竑(1541—1620)：字弱侯，号澹园，江宁(今江苏南京)人。万历十七年(1589)状元，官至福宁州同知。南明时追谥文端。博学多才，有《焦氏笔乘》等著作近二十种。

　　⑥ 天启四年：公元1624年。

　　⑦ 木雅失理(？—1413)：元皇室后裔，永乐六年(1408)为鞑靼部可汗，十一年被瓦剌部马哈木等所杀。

　　⑧ 阔滦海：后称呼伦湖，位于今内蒙古海拉尔市以西。

　　⑨ 斡难河：又称鄂嫩河，黑龙江之源，为蒙古发祥地。位于今蒙古国境内。

　　⑩ 阿鲁台(？—1434)：明永乐初年为鞑靼部知院，杀可汗鬼力赤，迎立本雅失理为可汗。本雅失理死后，与明议和，封和宁王。后为瓦剌部脱懽所杀。

　　⑪ 曹：指曹操。

　　⑫ 吴：指三国之吴国。

　　⑬ 文皇：指明成祖朱棣。

药　王　庙

天坛之北药王庙，武清侯李诚铭立也①。庙祀伏羲、神农、黄帝②，而秦汉来名医侍。伏羲，尝草治砭，以制民疾。厥像：蛇身麟首，渠肩达掖，豀目珠衡，骏毫翁鬣，龙唇龟齿，叶掩体，手玉图，文八卦。神农，磨蜃、鞭茇，察色，嗅尝草木而正名之，病正四百，药正三百六十有五，爰著《本草》，过数乃乱。厥像：弘身牛颐，龙颜，大唇，手药草。黄帝，咨于岐雷而《内经》作③，著之玉版。厥像：附函、挺朵、修髯、花瘤、衮冕服。左次，孙思邈④，曾医龙子，出《千金方》于龙藏者。右次，韦慈藏⑤，左将一丸，右蹲黑犬，人称药王也。侧十名医：三皇时之岐伯、雷公，秦之扁鹊⑥、汉之淳于意、张仲景⑦，魏之华陀⑧，晋之王叔和、皇甫谧、葛洪⑨，唐之李景和⑩，盖儒道服不一矣。药者、勿药者，药效、罔效者，月朔望，焚楮香，祈报弭焉。男女彭彭然，晨夙兴，午馀罢。左墀碑文书丹，俱恭顺侯吴惟英也⑪。天坛临溪，溪当门，门瞻之，黄垣一周，树头屯屯，方殿猗猗，圜丘苍苍，瞻乎坛，而妇人孺子，有扬步漫指，龃笑错立族谈者，人或闵然，为作怖畏。西天庆寺⑫，宣德十年僧达庵建⑬。西慈源寺⑭，成化二年指挥朱善建⑮。东关庙一楹，俗传吴将姚彬盗公马而获⑯，强不屈，庙塑缚彬像，臂弩出于缚。公戎巾服，作色，左顾彬。彬反面，色不屈。侍将七，怒色，视听指归乎彬。捶者瞋彬，色作努，缚彬者仰公而色然受命。马回望公，其色喷沫。人曰隋像也，呼姚彬关王庙云。

莱阳左懋泰《药王庙》：

> 俨然药王祠，结甃依皇穹。男女趋朔望，石碣思鸿濛。
> 披图者羲皇，炎帝嗅蒙茸。轩辕内经作，三圣相折衷。后
> 贤左右之，坐以列西东。一事有本末，资生宁终穷。若金
> 石草木，虻蛭施其躬。岐雷生相踵，今古无疲癃。

① 李诚铭(？—1638)：一作铭诚，漷县(今北京通州南)人。武清
侯李伟之孙，万历三十七年(1609)袭伯爵，万历四十五年(1617)进侯爵。
天启七年(1627)，李诚铭为魏忠贤建生祠于药王庙，加太子太师。崇祯
皇帝即位，定逆案，后幸获免。

② 伏羲：又称羲皇、太昊氏，传说中的上古帝王，教民渔猎，创造
八卦等。 神农：又称炎帝，传为上古帝王，尝百草，知药性，作方书而
治病。 黄帝：又称轩辕氏、有熊氏，相传代神农氏而为天子，宫室器
用、衣服货币、文字乐律等等，皆其首创。

③ 岐：岐伯，黄帝之臣，主管搜寻药草治病。 雷：雷公，皇帝之
臣。据说黄帝咨询岐伯而作《内经》后，又令雷公等研究经络气脉。

④ 孙思邈：唐初著名医学家，阴阳卜算医药无不精通，著有《千金
药方》等。

⑤ 韦慈藏：唐中宗时任光禄卿，精通医术，以方药著名。

⑥ 扁鹊：战国著名医学家，有《难经》。

⑦ 淳于意：又称仓公，自幼喜好医学方术，为汉初名医。 张仲景：
名机，字仲景，东汉末名医。著有中医学经典《伤寒论》、《金匮玉函要略》。

⑧ 华陀：汉末名医，精方药、针灸，善外科手术，又创五禽戏以健
身。为曹操所杀，医术遂不传。

⑨ 王叔和：晋太医令，通经史，研精方脉，著有《脉经》、《脉决》、《脉
赋》等。 皇甫谧(215—282)：晋高士，有志著述，撰《高士传》、《甲乙
经》等。 葛洪(？—341)：晋道家学者，自号抱朴子，好神仙导养之

法,通炼丹术,又精医学。著《抱朴子》、《金匮药方》、《肘后备急方》等。

⑩ 李景和：未详。

⑪ 吴惟英：字国华,蒙古人。袭恭顺侯爵。崇祯中京师大疫病死。喜金石文字,工诗,有《墨响斋集》。

⑫ 天庆寺：原为辽之永泰寺,金大安年间毁于战乱。元世祖至元九年(1272)重建,改名天庆。明宣德十年(1435)僧达庵主持重修。位于药王庙之西。寺中僧舍有李龙眠画罗汉十六轴。寺后有高阁,可望天坛。

⑬ 宣德十年：公元1435年。　僧达庵：法名德誌。

⑭ 慈源寺：位于药王庙之西、金鱼池之东。

⑮ 成化二年：公元1466年。按,据《天府广记》,成化二年右指挥朱善主持重修的还有天庆寺。

⑯ 姚彬：相传为汉末黄巾军将领,后投奔关羽。《日下旧闻考》卷五十八引清赵吉士《寄园寄所寄录》："慈源寺东数百武有关王庙,相传即元崇恩万寿宫。殿中塑像甚古,作姚彬被缚状,殆元时旧塑。……寺僧云：彬初为黄巾贼将,貌类关公。其母病,思食马肉,彬知公所骑赤兔最良,因投麾下,窃赤兔以逃。关吏察其音不类河东,执以归公。彬慷慨请死,临刑忽大哭。公问之,则以与母永诀故尔。乃释之。"

金　鱼　池

金故有鱼藻池①,旧志云：池上有殿,榜以"瑶池"。殿之址,今不可寻。池泓然也,居人界而塘之,柳垂覆之,岁种金鱼以为业。鱼之种,深赤曰金,莹白曰银,雪质墨章,赤质黄章,曰玳瑁。其鱼金,贵乎其银周之,其鱼银,贵乎其金周之,而别以管若箍。管者,鬣下而尾上,周其身者也。箍者,不及鬣,周其尾者也。鱼有异种者,白而朱其额曰鹤珠,朱而白其脊曰银鞍,朱脊而白点七曰七星,白脊而朱画八曰八卦。有虾种者,银目、金目、双环、四尾之属。种故善变,饲以渠小虫,鱼则白,白则黄,黄则赤,无生而赤者。鱼病二:曰虱,曰瘟。瘦而白点,生虱也,法以粪浸新砖投之。鳞张如脱者,瘟也,法以新蓝布擦之。鱼死三:吞肥皂水得一死,橄榄粗得二死,核桃皮水得三死。天将雨,鱼拍拍出水面,水底蒸如热汤也。岁谷雨后,鱼则市。大者,归他池若沼;小者,归盆若盎。若琉璃瓶,可得旦夕游活耳。岁盛夏,游人携罍饮此,投饼饵,唼呷有声,其大者衔饵竟去。按,金鱼,古未闻,《鼠璞》曰②,惟杭六和寺池有之③。故杜工部诗④:“沿桥待金鲫,竟日为迟留。”苏子瞻曰⑤:“我识南屏金鲫鱼。”今亦贵鲫不售鲤,盖鱼寿莫如鲤,金鲤则夭,且抟身而鸿,且投饵不应,且游迟迟,不数掷出波间也。池阴一带,园亭多于人家,南抵天坛,一望空阔。岁午日,走马于此。关西胡侍曰⑥:“端午走马,金元蹢柳遗意也。”蹢柳,今名射柳。

景陵谭元礼《晚晴步金鱼池》:

　　帘开我为晚晴出,万叶沉绿浅深一。滴滴跃跃洗池塘,朱鱼拨剌表文质。接餐生水水气鲜,霞非赤日碧非莲。儿童拍手晚光内,如我如鱼急风烟。士女相呼看金鲫,欢尽趣竭饼饵掷。不携一樽淡然观,薄暮奕奕有此客。

京山王应翼《金鱼池观鱼歌》:

　　清旷中边疏碧沼,畛之域之岐巨小。素湍平静不潜鳞,柳匝烟垂敷荇藻。扬髻唾影复唾香,喁喁唅唅接昏晓。争投饼饵溅苔花,贪者竞攫廉者掉。乱采云霞红欲然,孔乐所求游屐少。依夕言归波与恬，鱼亦下休朱光葆。

① 鱼藻池：俗称金鱼池，位于崇文门外西南。

② 《鼠璞》：南宋末年戴埴撰。皆为考辨，辨经史疑义，考名物典故。

③ 六和寺：在浙江杭州，北宋太宗时改名开化寺。此沿用旧名。

④ 杜工部：即唐代诗人杜甫。

⑤ 苏子瞻：即北宋文学家苏轼。

⑥ 胡侍（1492—1553）：字奉之，号濛溪，咸宁（今属陕西长安）人。正德十二年（1517）进士，嘉靖间官鸿胪少卿，以上书议礼遭贬，官至潞州同知。后斥为民。有《墅谈》、《真珠船》等。

明　因　寺①

僧之律，不得俗家居。独而团瓢，众而丛林，有时过都市，视都市寺院，顾犹俗家无愈也。正阳门外②，三里河东之明因寺③，乃行僧乐居之。万历二十九年④，紫柏大师自五台来⑤，夜梦十六僧，请挂瓶钵。亭午，有负巨轴售者，轴十六，贯休所画罗汉也⑥。轴轴展视，面面若旧曾识，夜请挂瓶钵者僧俱是也。师叹异购之，各系以赞，传寺中。今绢素敝，墨如蜕痕，缋黄如现身烟云中。非承日光展视，则苍苍无所见。乃日下视久，眩眩目睛劳，目前见黑矣，无能竟阅十六轴者。寺先是有李伯时渡海尊者卷⑦，不知何年何人脱赚去，存者赝本，而僧不知。天启二年⑧，董宗伯其昌过此，书佛成道记，笔秀劲似李北海⑨。宗伯三十年前，见紫柏此寺中，索书成道记，寻前诺也。今拓石矣,置寮左壁⑩。寺僧雪崖以讲宗,仰崖以讲经,著都门。而僧乾峰念佛三十年,都人无知者。崇祯四年正月十六⑪,乾峰曰:灯夕也,邀湖州章孝廉日炌茗饮⑫。饮次,叹浮生者再,呼童子歌中峰《皮袋子歌》⑬。歌竟立化,年七十,僧腊五十。

湖州朱国桢《过明因寺》:

坐寻静处入僧家,僧老家贫不具茶。红点石榴垂向客,白残粉壁乱粘蜗。丰碑叹想前朝盛,往迹纵横数字斜。过问无人闲十日,新闻启事又争差。

武进吴亮《明因寺赠觉上人》:

门前十丈见尘浮,门内谁知衲子休。劫劫余残灰不热,宗宗破尽拂还留。深藏朝市钟相近,才过城阛月便幽。每至为瞻尊者像,海天佛日梦悠悠。

湖州支如玉《明因寺闲坐》:

坐久生闲思,为怜蜡炬明。暗销身内润,高立世间名。月下萤虚照,风前叶乱鸣。还将萧飒意,永夜听钟声。

① 明因寺:原称三圣寺,万历初年慈圣皇太后改建并更名。位于三里河东明因寺街。

② 正阳门:位于今天安门南,元时称丽正门。

③ 三里河:位于北京城南、正阳门以东,元代名文明河,为城隍水之支流,接通惠河为漕储运道。

④ 万历二十九年：公元 1601 年。

⑤ 紫柏：即达观大师，见卷一《龙华寺》。

⑥ 贯休（832—913）：五代著名僧人，号禅月大师。工诗能书，尤精绘画，以画罗汉为最出色。

⑦ 李伯时（1049—1106）：即李公麟，字伯时，号龙眠居士，北宋神宗初年进士，官至朝奉郎。工书画，尤善山水佛像，其白描人物画为宋代第一。

⑧ 天启二年：公元 1622 年。

⑨ 李北海：即李邕，见卷一《古墨斋》。

⑩ "今拓石矣"二句：此处有误。《日下旧闻考》卷五十八引《散怀录》："（明因寺）殿后右庑有董尚书其昌所书《释迦如来成道记》，自称香光居士记，凡十二版，嵌于南北壁，各六版。天启四年刻石。《帝京景物略》谓在僧寮左壁，非也。"

⑪ 崇祯四年：公元 1631 年。

⑫ 章日炌：湖州（今属浙江）人。此称"孝廉"，当为举人。

⑬ 中峰（1263—1323）：即释明本，号中峰、幻庵、幻住等，钱塘（今浙江杭州）人。俗姓孙。元代高僧，住杭州天目山。能诗善书，与赵孟頫夫妇交好。主张实参生死大事，谓"当念顿空生死无常，不存一点佛法知解"。著作甚多，后人辑为《天目中峰和尚广录》、《天目明本禅师杂录》。

李皇亲新园①

三里河之故道，已陆作乂②，然时雨则渟潦，泱泱然河也。武清侯李公疏之，入其园，园遂以水胜。以舟游，周廊过亭，村暖隍修,巨浸而孤浮③。入门而堂,其东梅花亭,非梅之以岭以林而中亭也,砌亭朵朵,其为瓣五,曰梅也。镂为门为窗,绘为壁,鏊为地,范为器具,皆形以梅。亭三重,曰梅之重瓣也,盖米太仆之漫园有之④。亭四望,其影入于北渠,渠一目皆水也。亭如鸥,台如凫,楼如船,桥如鱼龙。历二水关,长廊数百间,鼓枻而入,东指双杨而趋诣,饭店也。西望偃如者,酒肆也。鼓而又西,典铺、饼炸铺也。园也,渔市城村致矣⑤,园今土木未竟尔。计必绕亭遍梅,廊遍桃、柳、荷蕖、芙蓉,夕又遍灯,步者、泛者,其声影差差相涉也。计必听游人各解典,具酒,且食,醉卧汀渚,日暮未归焉。

凉州吴惟英《游李武清新园泛舟》:

> 海淀微嫌道路长,背城特地又新庄。登舟我欲偕元礼,选石君宜学赞皇。环榭依台浑是水,绕花沿柳半为廊。莫愁酒尽双杨下,村店青帘带夕阳。

① 李皇亲:李伟(1510—1583),字世奇,漷县(今北京通州南)人。明神宗生母慈圣皇太后之父,封武清侯,谥恭简。此指其孙李诚铭,参见本卷《药王庙》。又,城西海淀有"李皇亲园",此为后建于城南者,故名"新园"。参见卷五《海淀》。

② "三里河"二句:谓河道久涸,已成陆地。意为云梦泽中有土丘,若积水排去,可用作耕地。作乂,语出《尚书·禹贡》"云土梦作乂"。

③ "以舟游"四句:意为乘舟游其园,沿着游廊,绕过亭阁,远望村庄隐约、城隍长长,园内汪洋大水,小舟犹如孤叶一片,漂浮其中。暖,昏暗不明。隍,无水的城壕。

④ 米太仆(1570—1628):指米万钟,字仲诏,号友石,关中(今属陕西)人,徙居北京。万历二十三年(1595)进士,天启中以忤魏忠贤削籍,

崇祯中官至太仆寺少卿,好收藏,善书画,与董其昌并称"南董北米"。有《篆隶订讹》、《澄澹堂集》。 漫园:在积水潭东。

⑤ "园也"二句:谓名为园林,却成集市景致。

法　藏　寺①

北地高以风,故能塔不能空。天宁寺②,隋塔也。妙应寺③,辽塔也。慈寿寺④,明塔也。远可以望,近或礼之,无人登焉者。他岌岌,支提塔耳。法藏寺弥陀塔,独空可登。塔十丈,窗面面,级盘盘,人蚁上而窥观,窗窗方望,九门之堞全焉。窗置一佛,佛设一灯,凡窗八,凡级七,凡五十八佛,凡五十八灯。岁上元夜,塔遍灯,僧遍绕,奏乐乐佛,金光明空,乐作天上矣。寺旧名弥陀,金大定中立⑤。景泰二年⑥,太监裴善静修之,更曰法藏。有祭酒胡濙⑦、沙门道孚二碑⑧。道孚,戒坛第一代戒师,世人称鹅头祖师也。

信阳何景明《九日同张缮部刘符台游法藏寺》:

> 东林地僻无人到,九日天清有伴寻。在野兴深增感慨,望乡心远慰登临。丛篁雨飒春墙碧,老桧霜留古殿阴。共酌昏钟驱马出,独聆风鹤送馀音。

《登塔》:

> 古塔层城畔,秋毫万里看。登高携赋客,落日眺长安。天地玄相抱,江山郁自盘。谁能绝顶上,不避北

风寒。

塔廊徐暗转，不觉此身高。月牖通天汉，风檐散海涛。望馀秋色远，登罢客心豪。去雁休回首，冥冥一羽毛。

盱眙李言恭《春日憩法藏寺》：

驱车方出郭，便觉好怀开。柳色沉山阁，花光照讲台。不妨僧入定，但共客行杯。三月春馀几，还能载酒来。

顺天刘效祖《法藏寺观塔》：

几年不出城南路，偶为幽寻过梵宫。四壁烟霞空白日，满堂钟磬动秋风。浮图影落青林外，舍利光生晦夜中。阡垅纷如闲步瞑，九霄铃铎认西东。

顺天毛锐《法藏寺塔》：

虚塔凭高立，天风吹寂寥。院花开昨日，碑字认前朝。风影坛光动，铃声海夜潮。诸天来肃肃，星宿动寒霄。

京山王应翼《法藏寺观塔灯》：

七层窣堵七围照，烨烨朗朗分悬燎。霜露安敢蚀辉光，诸佛诸魔向灯笑。初疑天上火轮旋，又疑大内鳌山耀。村林闪闪烟气中，一下一高焰影绕。我随僧众礼光明，雁惊风急铃铿铿。

① 法藏寺：金大定年间创建，称弥陀寺。又名地藏寺，俗称法塔寺。明景泰初太监裴善静重修，更名法藏。位于外城东南隅霍家桥。

② 天宁寺：见本卷《天宁寺》。

③ 妙应寺：参见本书卷四《白塔寺》。

④ 慈寿寺：见卷五《慈寿寺》。

⑤ 大定：金世宗年号，公元1161—1189年。

⑥ 景泰二年：公元1451年。

⑦ 胡濙（1375—1463）：字源洁，号洁庵，武进（今属江苏）人。建文二年（1400）进士，官至礼部尚书，加少傅，兼太子太师。谥忠安。有《芝轩集》。

⑧ 道孚（1402—1456）：字信庵，自号知幻子，江浦（今属江苏）人。俗姓刘。七岁出家，苦心受戒。宣德元年召至京师，不久出游江浙、五台。英宗闻名召见，因其额头凸起，尊称"凤头和尚"。撰有《定制戒本》、《戒牒》等。

隆　安　寺

隆安寺①，天顺间废寺也。僧何年去，殿何年欹，炉何年不烟，龛何年不灯，尘面佛何年金不浴。比邻人登座闲谭，脱帽，除履袜，看童子踏佛肩，探雀雏去。行人系马金刚臂上，枕罗汉以卧。如是者百年。万历己酉②，僧翠林自蜀来，闵叹弥日。乃制巨铁索，与韦驮共锁项③，曝烈日中。而韦驮汗出于面，珠珠下滴。金钱大集，殿佛得更新。殿后堂三楹，曰净土社。堂列龛五十三，结僧念佛，六时观想，六时称号。其称号也，为哀曼声，一字数转，千号半百刻，渊渊悠悠，如大江海波也。林曰:称佛名号,声促则观想不备,声舒则有昏杂心者。首座端听,乃可识之,戒尺及其顶。堂广纵五丈,砖方以尺,火道旋其下,鑪窗外四端,日焰煤三百斤,堂温始满。温周昼夜而冷定,又新煤矣,以燠念佛者,曰地炕也。岁元旦,设果饵享佛,盘千数,费各一金,此千金已,曰千盘会也。林殁乃罢。其后一阁,则崇祯元年僧大为立者④。都城诸寺僧律,隆安为犹肃。

凉州吴惟英《过隆安寺》:

> 城阴连梵宇,钟磬自相闻。僧懒茶烟共,客频乡语分。昨星存晓树,遗塔过春云。略说闲闲是,乘曛又市氛。

① 隆安寺:创建于明景泰五年(1454),天顺中废弃,万历中蜀僧翠林重建。位于外城内、崇文门以东。

② 万历己酉:万历三十七年(1609)。

③ 韦驮:佛教金刚神,护法驱邪,貌似童子。其塑像常立于寺门口。

④ 崇祯元年:公元1628年。

报 国 寺①

送客出广宁门者②,率置酒报国寺二偃松下。初入天王殿,殿墀数株已偃盖,既瞻二松,所目偃盖松,犹病其翘楚。翘楚者,奇情未逮,年齿未促逼也。左之偃,不过檐甍。右之偃,不俯栏石。影无远移,遥枝相及,鳞鳞蹲石,针针乱棘。骇叹久。松理出,盖藤胫而蔓枝,旁引数丈,势不得更前,急却而折,纤者亦轮转,然无意臻上也,被于地则已耳。人朱柱支其肘,乃得踽蹒行影中。僧视客颜定,导之上毗卢阁。望三殿日光,四坛雨色,意气始得扬。每日霁树开,风定尘短,指卢沟,舆骑载负者,井井。下阁,礼观音,僧前通曰:窑变也。像可尺,宝冠绿帔,瞑而右倚,偃左膝,膝承左手,手梵字轮,植右膝,膝植右肘,右腕支颐焉。右倚不端坐者,晏坐也。右肘微鸿者,肘屈植也。准颊微偏右者,支颐也。维化身自定故,岂意匠所能识,所敢捆指。礼罢,送客,别意满胸,奇情满胸。

景陵谭元春《天监七章为报国寺二松赋》:

　　天监明德,京我燕疆。我疆奕奕,我松孔彰。天谓我松,勿苟苍苍。勿合抱斯大,勿干霄斯长。

　　不雷不电,厥根孔固。不雨不露,厥枝孔茂。不照伊日,不临伊月。曾不受命,祗异维则。

　　鼍则首之,蟊则尾之。鬼则否之,神则唯之。有西方圣,端之委之。二水同心,交涛接阴。

　　一往十折,有枝峰结。数盘一樛,有条栈抽。莫知尔萌,莫知尔投。彼君子兮,莫知其縣。

　　有虫惑止,多岐维误。有鸮迷止,鸣俦以顾。彼君子兮,莫知其故。

　　眷眷帝京,往渡桑乾。彼送者兮,执礜忘言。彼君子兮,视听不迁。

　　桑乾不远,马鸣晖短。彼送者兮,不遑执礜。彼君子兮，双松之下。

新野马之骏《报国寺松歌》：

徂徕一粒遗朝露，倒插横挐不知数。虬蟠直作盆盎观，皴折似遭鬼神怒。门前车马日奔腾，门内烟霜如未曾。静眼阅将九朝物，苍皮留供百年僧。乃知凡物不能久，必有神奇相与守。纵经宿雨上莓苔，岂向斜晖竟榆柳。别有两株高撼风，萧疏瘦削羞将同。天昏合院舞虬浪，夜报大夫参木公。

秀水仲嘉《报国寺松歌》：

报国寺中之古松，枝叶非盖皮非龙。根行厚地几百载，谁抑斯结卑蒙茸。肩随有二各奇绝，秋月照我青溶溶。道人坐踏僧窦白，风雨不整头鬅松。臂肘四横挥烟雾，何物颠顶撄其锋。高风过头影不觉，如纸平皴万山峰。霜鳞雪脂带苔藓，针叶短短无春冬。铺阶过槛三丈地，上视薄日阴一重。我闻徂徕松之族，谱以岁月为深浓。驱使旁枝相逮及，数百年约为将逢。松兮燕京大都历多劫，京城万载今雍容。

麻城刘侗《报国寺松歌》：

报国寺松高于人引臂，旁行远作摩空意。何年识得空理圆，东撑西拄皆空也无异。时时掣臂却复舒，两松欲语相颔如将至。日月照影舞态粗，风雨不休鼓声恚。别立两松嵯峨十丈高，自恨格卑胆薄未狂肆。踉跄松边趋不前，一一诗人绝诗思。仰视周视但一惊，迟而又久生爱畏。我家楚山达松旨，枝干以根为义类。上穷苍天下毕黄泉厥初志，或触顽石折而横行地。枝上学之状其悖，不然空际何引避。小枝交叉此因耳，因听梵音结梵字。

宛平于奕正《报国寺松歌》：

　　帝辟鸿蒙已奏庸，乃留大力生双松。一枝各具一国土，岂但屈曲学山峰。纵之横之势屡变，左涛右影遥相恋。不藉风雨自能立，亦不日月不雷电。神物之生岂无为，奕奕王气缭绕之。拜手我松识天意，我松益茂丕我基。惟兹受命独也正，不必岩阿遂幽性。天人肃肃松光中，谁钦守者西方圣。

长洲杨补《报国寺松》：

　　老岩挺干铁作根，往往独表千峰尊。此枝故缩百仞势，横行怒走而长吞。岂以高深失岩谷，放倒高空侧坤轴。馨交矗戟神与连，百物以之为所天。一枝一叶妍凄别，如岳峰峰晴雨偏。如梵轮轮日月净，松兮尔岂无听命。

凉州吴惟英《报国寺松》：

　　生平爱敬松，见松亦无数。报国寺两株，不同凡松树。大谷天台伯仲间，霜皮剥蚀凝苔斑。岁岁春云堆不起，夜夜钟声送不还。各横数丈去数武，枝下到影自摩抚。森森已觉失朝昏，谡谡犹疑动风雨。雨相浣濯风相呼,朝昏既久年代无。昔时韦偃岂未见,乃不绘此双松图。

湖州李令皙《报国寺双松歌》:

　　侏儒侏儒双松只,横开倒下失树理。盘跚拜起左右阶,六尺其兄五尺弟。交阴一步院生凉,天风不来争吐香。傲傲屡舞日月下,性情笃老无低昂。托根仰露如不胜,慈仁垂接怒亦腾。松无恒态信所触,枝叶去影能几层。难松难竹燕之陌,能自树尔地何择。

德清李夏器《报国寺松》:

　　始知神物不独自,共趋郁葱效特异。两株颏倚相斗奇,偏袒右肩膝着地。落落野心呼不起,天风吹云作天字。笔画起落抱元气,竦肃严毅若凝思。馀株落落亦惊众,深恐逢人拟形似。几陈寒涛天语乱,草木寂侍执端视。悄然坐我霜雪中,不晓其意依晨钟。

公安袁彭年《过报国寺观二松》:

　　巍巍王畿,乔木惟盟。众松竞秀,二松则名。

　　郁曲其气,磅礴于枝。如藤斯蔓,如翼斯垂。神则附之,鸟则迷之。彼乔百尺兮,匪松之奇。

　　二松相谓,生我丰芑。吾叶臣妾,吾枝孙子。周荫于外,益固其里。我迟迟莫去兮,想松之始。

　　维条如级,莫趾升之。维枝可扪,莫手承之。维我列圣,实式凭之。

谡谡听之，盘桓抚之。我松匪玩，莫敢伍之。凡厥庶民，尚其俯之。

曰将军号，曰大夫封。我松奕奕，不苟与同。渎视诸侯，岳视三公。我松奕奕，岳渎在中。

匪经霜茂，匪滋露久。我松悠悠，与国偕寿。汉柏则长，孔桧不朽。我松悠悠，柏桧之后。

江都梁于涘《报国寺松》：

绕殿古松十三株，有二疴瘘中人躯。绿影到地苔藓及，倩多朱柱为挽扶。如两秃顶西来胡，胡旋舞进金钵盂。如两毒龙降伏久，头角则俯扬其须。摩挲摩挲不忍去，短松短松谁能图。

邛州刘道贞《观报国寺松歌》：

入京先闻报国松，想当高入云雾中。欲图欲赞自仿佛，仿佛不得其孤踪。醉曳苍烟入古寺，闻泉瀑声挟雨意。幽情古韵失高深，恰如刘歆好兄弟。又如老僧相对坐，出定入定随风作。忽然风冷月落时，说法声希松子堕。俗人比曰双虬龙，虬龙那得此空濛！蟠直俯仰各不测，其意不受古人封。何以伴之宜老皓，欹坐掀髯读黄老。童子煎茶秋雨宵，孤鹤啼烟碧空晓，故山亦有松一围，根据丈石枝蔽之。其格可以三双松，临风我思故所知。

海盐徐颖《夏卧报国寺松下》：

赤云卷火照古瓦，嗑嗑卖冰凿城下。天风动影落双松,松下清秋门外夏。老僧饥驱晨出门,我来饱卧无晨昏。半空白日结青雨,碧苔着处皆针痕。天台山中黄海侧,古铁俱闻划空碧。余家西湖九里青,株株高作岩蔸形。此形亦落画工手,将无骨力先精神。茫茫天地求不得,耳目往往埋荆棘。

歙县黄成象《报国寺古松行》:

看遍黄山松,奇谓无过之。盘山蔸万树,树树参天枝。天风浩浩,大不可抱。引年则高,小者自老。偃者岩岩端者峰,日月以之为盘龙。别松入燕尘扰扰,有双松只黄山同。倒身拜拜如有睹,上不窥檐下阶舞。眠枝卧干懒不彻,谙尽幽燕古风雨。黄山万树何足论,报国双松天地存。松乎高巍非所屑,不知其岁知其尊。

萧山来方炜《报国寺松》:

造化钟精灵,在物必有归。睹兹报国松,想古徂徕非。古松偃若盖,今见张如帷。旁侧表情性,岂曰高见奇。佛天摩其顶,上世此留遗。千刹得二松,至理不尽斯。神气所生植,圣人能成之。俯仰欣浩荡,煌煌中兴时。

景陵龚奭《礼窑变观音》:

因缘非所作,自在具威仪。烟火观空幻,琉璃入妙思。不知身异器,但觉性原磁。礼拜窑开际,当其晏坐时。

景陵谭元礼《窑变观音赞》：

何以悟世，惟音可观。滞彼形器，见身无端。陶人为陶，水火土佐。烟销窑开，有观音坐。是观音来，匪窑也变。世化若烟，空借色现。有冠峩如，有衣褶如。有目湿如，厥情汲如。像法住世，世惊以奇。我作平想，香凝风吹。

麻城刘侗《窑变观音赞》：

人之为软，无乎造作。人莫之为，而巧莫过。观音火观，现琉璃身。非异非祥，非他鬼神。观音观人，光著观者。人观观音，目光内写。晏坐右袒，侧右如听。肘植右膝，意存微瞑。左手承如，承梵字轮。右手垂如，垂甘露痕。不瓶不枝，以将婴儿。亦不念珠，念在兹其。其左膝偃，仰其掌趺。若现立像，踹当莲华。我谛观已，随众悲仰。有众观音，变入众想。

吴县王鏊《登毗卢阁》：

俱忙不遂废闲游，天上回瞻十二楼。百战昔悲燕赵地，万年今作帝王州。朝烟笼定春明梦，晓树层深水墨稠。东指云间吴会远，归心极目有尘浮。

慈溪姚涞《登报国寺毗卢阁》：

冯虚渺无际，浩荡空人心。宫阙霭疑雾，郊原晴有阴。远峰时对立，危堞欲平临。弥望成佳丽，三都亦浪吟。

信阳何景明《同冯光禄登慈仁寺阁》：

今度慈仁寺阁游，翠烟冬日抱重楼。冥冥绣栱盘空界，袅袅丹梯接帝州。立傍星辰天北极，坐看云雾海东流。也知光禄高情兴，自合题诗在上头。

《慈仁寺送良伯》：

入寺松阴散鹤群，出城冬旭袅烟氛。丛篁僻地犹风叶，独雁荒台倍朔云。不奈旅魂江北断，更看仙侣日边分。燕山楼阁晴无数，朝暮钟声送客闻。

成都杨慎《夏登毗卢阁》：

赫曦改东陆，鲜飔转南薰。炎歊深城府，清冷忆江濆。隐几倦文竹，细书厌香芸。眷言承朋侣，肃此尘外群。仙梯驾虹出，梵阁排霞分。攀楹低白日，对槛俯朱云。圆方鹄举见，参差鸾歌闻。意树鸣天籁，禅枝绕烟芬。斜景敛平霭，飞雨洒高雯。金罍引清酌，玉麈生凉氛。兴谣吐云藻，摇笔挥风斤。香留荀令榻，书染羊欣裙。奇赏真四美，同咏惭五君。

长安田登《报国寺和张子醇同年韵》：

风满禅林坐日长，院深市远似山房。草舍梅雨传新绿，人醉松阴话晚凉。碧篆古今僧历杳，红尘迎送宦途忙。客心无数闲能觉，不为骊歌唤断肠。

松溪程文德《重至报国寺》：

报国何年寺，入门多古松。西山丹碧外，北阙郁葱中。相送无虚日，乐归知几公。旧游今下榻，卧任月升东。

武进唐顺之《登毗卢阁》：

高阁迥临飞鸟上，丹梯千仞愁攀登。窗邀佛日金绳下，地逼宸居玉殿层。一老击钟时放梵，几人面壁坐传灯。同行更说前朝事，绣蟒银鱼有故僧。

长洲文彭《登报国寺佛阁》：

送客出都门，阗阗车马喧。言寻静者室，因得给孤园。暂与尘嚣远，闲将贝叶翻。偶从高阁望，寒色满平原。

莆田郑善夫《上毗卢阁》：

阁迥临虚旷，秋高入渺茫。燕歌动易水，骏骨望昭王。鼓起城喧急，草衰边日黄。寒深松不觉，叶欲尽垂杨。

武昌吴国伦《登毗卢阁》：

香台缥缈百轮盘，燕代山河入倚栏。仙梵忽从天上落，贝经疑在斗边看。晴光隐见千岩碧，秋气萧森万木丹。直北烟尘殊未息，何当高枕法云端。

吴县归有光《报国寺赠宇上人》：

慈宫崇象教,构此绝华炫。深岩闷香火,危峻瞰郊甸。郁郁虬松枝,低低列广殿。当年帝舅亲,削发住兹院。说经老龙听,出手五狮现。曾闻长老言,天雨曼陀遍。吾识宇上人,头陀今突弁。心知浑缁素,警悟在论赞。导我画廊行,指示西方变。晨起供我茗,钟时给我饭。我老欲归去,世事当已倦。不惜别两松,山中倘相见。

吴县徐学谟《九日毗卢阁眺望》:

望望平林夕照斜,登秋得阁亦高遐。西山青入千峰色,朔漠寒来九塞沙。宦海浮沉孤素影,他乡怀抱把黄花。十年钟梵经行地,老觉风尘改鬓华。

凌绝丹梯寻仞孤,诸天香界浑虚无。西陵树隐浮烟外,南国台荒大海隅。渐老风尘随燕雀,相思兄弟隔茱萸。禅门镇日忘喧寂,醉里婆娑旧酒徒。

祥符高叔嗣《毗卢阁同伍畴中西望》:

客来阁西望,阁对西山平。向夕风檐切,冯虚云物行。杨花弥野甸,雨色动春城。去住一交手,经年同旅情。

《寓居慈仁寺游览》:

终日闷幽馨,青松绕殿遮。到来长春草,行坐落天花。阁上王城尽,门前官路斜。微身随处是,何敢叹无家。

同州马自强《报国寺送王子崇之浚川》：

　　双树参差望，无尘到客襟。微凉生小院，落日下层阴。去住同羁旅，迟留且梵林。向来松阅我，十载未闲心。

鄞县屠隆《与冯开之登毗卢阁言别》：

　　关山万里毗卢阁，坐傍空王览蓟丘。双阙晴临千树出，高城寒抱大河流。西风浩荡开秋色，落日苍茫生暮愁。奈何登高复送远，令人对酒不能酬。

南海欧大任《登毗卢阁》：

　　风铃霜鬖照舻棱，秋晓凭虚眼倍明。四塞河山环殿阙，诸天楼阁俯苍瀛。摩松似涌云中出，观日疑从岳顶行。高静下听生闵叹，如蝇如沸市中声。

东阿于慎行《夏日登毗卢阁》：

　　铃铎高鸣松际楼，梯梯难上亦难休。窗平星斗诸天近，壁冷烟云五月秋。西北群山横大漠，东南一水系皇州。凭栏不禁悲歌发，半为离怀半为游。

漳州张燮《报国寺同孟旋长蘅小酌》：

　　并马投初地，登临最后重。法云柔劲草，慧日短长松。高阁山边鸟，回廊院后钟。村醪难取醉，促坐转从容。

新野马之骏《报国寺阁秋望》：

铃铎萧然定午风,地高渐觉语虚空。青螺略髻层云上,丹雄平腰一气中。寒谷岂真燕地异,甘泉想即汉郊同。密飞疏缀千林色,归路何繇远望通。

麻城陈以闻《报国寺松下饯健吾同王左海米友石刘半舫》:

共缘折柳出,因作看松还。京国千年色,同官半日闲。木犹存古法,盘不为人攀。立久冰霜后,春来亦破颜。

新旧争丛茂,纠纷不可删。意孤欣有偶,客对信谁闲。问岁霜皮叠,因风涛韵潺。徘徊聊共影,何似忆深山。

吴江沈孟《社集报国寺松下看画松》:

西塘有佳气,不系青芙蓉。修坰开梵林,郁郁藏微钟。木德一何丽,古质凤所宗。凿空逸惊绝,思理连遥峰。车马日夜急,微吟据双松。松风若奔峭,五月阴寒浓。笔墨往遇之,作远山重重。

信阳张如芝《报国寺松下偶憩》:

可知盘蹲亦崔嵬,低照游人岁月催。马骄车轮忙底事,霜钟风鼓不胜哀。森森夏日深无暑,瑟瑟秋涛上有苔。相对萝醒阴一枕,松边僧梵散经台。

上方寂历自无尘,况复松风隔比邻。体势四垂天作幕,文章斑驳石为茵。晨钟报市茫茫急,午梦乘涛栩栩亲。此息浮生着何处,片阴双树有闲身。

①　报国寺：位于宣武门外大约二里、广宁门内。元世祖忽必烈中统年间(1260—1264)修建，明成化中重修，改名大报国慈仁寺，宪宗于此为皇太后祝釐。前殿奇松，离奇飞舞；寺后高阁，可眺西山翠色。阁下窑变观音，仅高尺许，楚楚动人。

②　广宁门：北京外城城门之一，位于京城西南。明嘉靖中建。

长　椿　寺①

万历中，归空和尚自伏牛入京②。和尚平生苦行，为迷参学，为悟调心欤？而人所知者，在其能一再七不食，日饮水数升，持之至五年，众遂号之曰水斋也。水斋名明阳③，自孩幼，好抟颡天地，出家慈氏寺。后三十年行脚，不袜不席。曾跪行至五台，足膝血流不知痛。为参古松，燃一指以供文殊。再礼普陀④，参大智，燃一指以供观音。后礼峨眉⑤，印通天，燃一指以供普贤⑥。至北京时，誉者众，孝定皇太后闻而创寺居焉。神宗赐额曰“长椿”，并赐紫衣金顶凡三。吉水邹都宪南皋问⑦：“十指今七，那三指何处？”和尚曰：“十指依然。”又曰：“老宿遍参，所得何事？”曰：“是慈氏寺明阳。”崇祯甲戌岁九月朔⑧，和尚端坐，宣偈四句而寂焉。寺有渗金多宝佛塔，高一丈五尺，《妙法莲华经·宝塔品》中所说自地涌出者像也。金色光不可视，而梵相毕具，势态各极，视之，又不可算，不可思。寺有僧性柔⑨，能言和尚始末，可竟日听。

吉水邹元标《长椿寺》：

实无一事金门客，时过长椿佛子堂。可为渊明心不杂,清尊特许对罏香。

《水斋复归长椿》:

　　尚馀七指杖能拿,乱走胡行今到家。为问其三何处在,依然合十更无差。

太原张慎言《过长椿寺》:

　　直尔风尘地,青山练若春。比丘非苦行,官长自闲身。彭泽篱迎酒,远公钟送人。相邀过此日,何为逐蹄轮。

华亭徐本高《过长椿寺赠水斋上人》:

　　凉秋新月影生苔,古柏苍苍有径开。清梵数依祇树起,天花如共妙香来。三千遍界身能定,七十余年心未灰。我自朝衣缁欲染,堂前童侍莫相猜。

江夏黄正色《题长椿寺壁》:

　　性习非辛苦,栾栾如有营。指端亲见佛,行地偶知名。塔涌金千色,堂开钟一声。夜听称号切,客悔此中生。

顺天米万钟《长椿寺礼多宝塔偈》:

　　我读法华经,至现宝塔品。知世尊神力,敢作虚幻观。长椿水上座,受莂神宗朝。戒珠照苦行,炼作金刚身。感召首山铜,斤百千万亿。和合金与火,铸成窣堵

波。级级凡十三，创获未曾有。更以黄金汁，镂窆堵波
身。多宝佛中央，绕三千诸佛。十八阿罗汉，及八部天
龙。头手足异形，戈戟铎异执。缨胄甲异制，各载以狮
象。豹尾交螭头，鳞次于瓴甋。种种灵花现，优昙钵曼
陀。出入轮相间，一一肖初级。高乃至丈六，始为金轮
盘。金铎将金铃，炜煌烛云际。檐檐鸣悬铎，声光相射
摇。各具佛因缘，眉发毫悉具。惟水能生金，乃有布金
者。满金半亦金，各极金分量。虚空以为鑪，愿力以为
炭。智慧以为镂，镂无可镂故。成金窆堵波，巩固我皇
图。我来观塔时，亲闻塔说法。

《长椿真田多宝金塔》：

　　不知涌地抑飞空，但觉人间意匠穷。光色各开新满
月，威仪备见古初风。老归莫问僧难易，圣代能容教异
同。拜塔旋旋瞻面面，支离五体答皇功。

江都郑元勋《长椿寺访水斋僧》：

　　门外阗阗门内禅，松垣莎径肃诸天。闻钟每报朝开
讲，下楗深居日似年。斋以水名俱不滓，月从指见十能
圆。因缘世上黄金重，铸作浮图示大千。

　　① 长椿寺：明万历四十年（1612）孝定皇太后建。位于京城西南宣
武门外。
　　② 伏牛：山名。位于河南省西南部，属秦岭东段。
　　③ 水斋（1559—1634）：即释明旸，一作明旸，号归空，中山郡（今属
广东）人。俗姓鹿。周岁即皈依佛门，嗣法本郡慈氏寺太和座下。三十

余年遍游普陀、峨眉、少林、五台，最后来京师，人号水斋大师(参见《天府广纪》卷三十八引录明米万钟《水斋禅师传》)。

④ 普陀：山名，又称普陀岛，位于浙江省东北部海中。为佛教圣地，与五台、九华、峨眉合称佛教四大名山。

⑤ 峨眉：山名，佛教胜地，又称光明山。有山峰相对如蛾眉，故名。位于今四川省峨眉山市南。

⑥ 普贤：菩萨名。与文殊并称，为释迦牟尼之二胁士。寺院塑像立于释迦身旁乘白象者，即普贤。

⑦ 邹都宪南皋：即邹元标(1551—1624)，字尔瞻，别号南皋，吉水(今江西)人。万历五年(1577)进士，官至刑部右侍郎。有《愿学集》等。

⑧ 崇祯甲戌：崇祯七年(1634)。

⑨ 僧性柔：明季北京长椿寺僧人。工诗，本书卷一、卷五曾收其诗。

悯　忠　寺

悯忠寺者①，悯战亡将卒，以蜡封骼胔，为无所知，复借资冥冥，慰其死忠魂魄也。唐史称，贞观十八年②，太宗以张亮、李世勣为行军大总管③，诏亲征高丽④。十九年七月，攻安市城不下⑤，诏班师。十月，帝还至营州⑥，诏战亡士卒遗骸集柳城，帝自为文祭之，临哭尽哀。抵幽州⑦，复作佛寺，以资冥福，赐名"悯忠寺"。有高阁著闻，故志称"悯忠阁"也。谚云：悯忠寺阁，去天一握。自贞观至今，九百八十七年，寺非复旧。高阁者，其趾竟无，止三断碑，砌今殿壁间。一碑上半断裂，可读者，其下段字，有净光宝塔颂，有至德二载十月十五日建⑧，有参军张不矜撰⑨，参军苏灵芝书⑩。苏灵芝者，李北海自镌名也。文书石，不书丹，故从左读。有御史大夫史思明名⑪。夫然，寺尝塔矣。一碑下半断裂，可读者，其上段字，有燕京大悯忠寺观音地宫舍利函记，有金大安十年沙门善制撰⑫。一碑也全，而剥其字殆尽，不可读。其年月处又剥，字惟有重藏舍利函记，采师伦书⑬，则塔且舍利矣。寺经我明正统七年重修⑭，改额"崇福"，有翰林院待诏陈赟碑⑮。万历三十五年又修⑯，有谕德公鼐碑⑰。至万历四十六年，镇江大会和尚⑱，开律堂寺中，依式说戒，受者数百人，注菩萨忏，未竟而卒。于斯时，寺几可复兴之，而中废，注未竟者，亦不复传。其在今无阁，无塔，无舍利，寺直仅存。然而战亡将卒，其悯之及其身后且千年，无如贞观东征将卒者。

华亭袁凯《登悯忠阁》：

> 唐家高阁古城隈，远客登临宿雾开。诸帝园陵俱寂寞，三韩魂魄尚归来。西山云气空中度，东海潮音地底回。闻说关河有戎马，故园南望思悲哉。

① 悯忠寺：初建于唐，称悯忠，明正统年间改名崇福寺。位于外城之西隅。

② 贞观十八年：公元 644 年。

③ 太宗：唐太宗李世民。　张亮：从唐太宗平定天下，战功卓著，官至刑部尚书。后被诛。　李世勣：即李勣。李勣，字懋功。本姓徐，唐初追随高祖，赐姓李。官至尚书左仆射，进司空。曾率兵征伐突厥、高丽。

④ 高丽：高丽王朝。后为李氏王朝所灭，改称朝鲜。

⑤ 安市城：位于今辽宁盖州东北。

⑥ 营州：州治在柳城(今辽宁朝阳市)。

⑦ 幽州：州治在今北京大兴县。

⑧ 至德二载：唐肃宗至德二年(757)。

⑨ 张不矜：史思明部下,当时官职为范阳府功曹参军兼节度掌书记。

⑩ 苏灵芝：儒生,曾为易州刺史。当时官职为承奉郎守经略军胄曹参军。工书,以行书擅长,有王羲之、献之笔法(参见《宣和书谱》卷十、《日下旧闻考》卷六十)。按,此谓苏灵芝即李北海(邕),误。

⑪ 史思明(?—761)：唐突厥族人,以战功官至平卢兵马使,为安禄山亲信。随安禄山叛乱,后降唐,任范阳长史、河北节度使。复叛,自称大圣燕王,为其子朝义所杀。

⑫ 金大安十年："金"字有误,当为辽道宗大安十年(1094)。沙门善：佛教僧人,当时官职为主燕京观内左右街都僧录崇禄大夫、检校大师、行鸿胪卿,赐号聪辨大师。

⑬ 采师伦：虽无善书之名,犹存唐著名书家薛稷笔法(参见清朱彝尊《日下旧闻》卷六十)。

⑭ 正统七年：公元1442年。

⑮ 陈赟(1392—1466)：字惟成,号蒙轩,余姚(今属浙江)人。以荐任杭州儒学训导,官至太常少卿。博学,熟悉时事掌故,曾参与修纂《宣宗实录》。

⑯ 万历三十五年：公元1607年。

⑰ 公鼐：字孝与,蒙阴(今属山东)人。万历二十九年进士,官至礼部右侍郎,协理詹事府事。耿介敢言,屡屡指斥时政,托疾还乡,旋即免官。谥文介。有《问次斋集》。

⑱ 镇江：据《法源寺志稿》载明方从哲撰、张邦纪书《明万历重修崇福禅寺碑》,万历末住持为释明玉,疑即镇江。

草　桥①

右安门外南十里草桥②，方十里，皆泉也。会桥下，伏流
十里，道玉河以出，四十里达于潞③。故李唐万福寺，寺废而
桥存，泉不减而荇荷盛。天启间，建碧霞元君庙其北④。岁四
月，游人集酿且博，旬日乃罢。土以泉，故宜花，居人遂花为
业。都人卖花担，每辰千百，散入都门。入春而梅，九英、绿萼、
红白绵。而山茶，宝珠、玉茗。而水仙，金钱、重胎。而探春，白玉、紫
香。中春而桃李，而海棠，上西府，次贴梗，次垂丝，赝者木瓜。辨之以其
叶，木瓜花先叶，海棠叶先花。而丁香，紫繁于白，白香于紫。春老而牡
丹，栽之法，分之法，接之法，浇之法，医之法，一如博州、雒下⑤，近有藤花而牡丹
叶者，曰高丽牡丹。而芍药，而李枝，北种或盆而南，南人嚼其梗，味正似
杏，乃接以杏，此种遂南。入夏，榴花外，皆草花。花备五色者：蜀
葵、莺粟、凤仙。三色者：鸡冠。二色者：玉簪。一色者：十姊
妹、乌斯菊、望江南。秋花耐秋者：红白蓼。江乡花也，此地高几以
丈。不耐秋者：木槿、朝鲜夕萎。金钱。午后仅开，向夕早落。耐秋不
耐霜日者：秋海棠。一名断肠，或曰思妇泪所凝也。木樨，南种也，最
少。菊，北种也，最繁。种菊之法，自春徂夏，辛苦过农事。菊
善病，菊虎类多于蜋螣贼蠹，癞头者菊蚁，瘠枝者黑蚰，伤根者蚯蚓，贼
叶者象干虫。菊蚁以鳖甲置傍，引出弃之，黑蚰以麻裹箸头捋出之，蚯蚓以石灰
水灌河水解之，象干虫磨铁线穴搜之。圃人废晨昏者半岁，而终岁衣
食焉。凡花无根茎花叶俱香者，夏荷秋菊也。凡花历三时者，
长春也，紫薇也，夹竹桃也。香历花开谢者，玫瑰也。非花而
花之者，无花果也。草桥惟冬花支尽三季之种，坏土窖藏之，

蕴火坑烜之，十月中旬，牡丹已进御矣。元旦进椿芽、黄瓜。
所费一花几半万钱，一芽、一瓜，几半千钱。其法自汉已有之。
汉世大官园冬种葱韭菜茹，覆以屋庑，昼夜爇煴，菜得温气皆
生。召信臣为少府⑥，谓物不时，不宜供奉，奏罢之。盖水腹
坚，生气蛰，蛰者伏其毒，贾火气以怒之，木挟骄而生，不受风
雨，非膳食所宜齐。今紫姹红妖，目交鼻取，其中人精微，于滋
味正等矣。草桥去丰台十里⑦，中多亭馆，亭馆多于水频圃
中。而元廉希宪之万柳堂⑧，赵参谋之匏瓜亭⑨，栗院使之玩
芳亭⑩，要在弥望间，无址无基，莫名其处。

公安袁宏道《游草桥别墅》：

　　郊居绝胜午桥庄，南客行来眼亦忙。马上乍逢蒲苇
地，梦中移入水烟乡。疏林透户凉风出，翠叶平池急雨
香。危石幽篁相对冷，一庭清影话潇湘。

新野马之骏《草桥秋集》：

　　春期经屡负，秋爽得同寻。出郭村非远，穿林径即
深。岸芦蒙水白，堤柳上桥阴。岂必藏丘壑，溪流已会
心。

　　蓊郁林围屋，纡回井带场。四时占雨法，一卷种花
方。侧树繁阴合，迎溪残雨香。一官能困我，耕凿已山
乡。

武进管绍宁《集草桥庄》：

　　官闲更喜调相同，把手郊园兴未穷。一曲水环鱼藻
绿，几肩花过石桥红。柳阴落日帘斜出，荷气微风香暗

通。池上客逢藜火夜,霜星应曜尾箕中。

昌平韩四维《草桥春渡》:

　　山色晴分柳,春云马亦骄。蝶知寻气早,鸥引野心
迢。踏月清归寺,携诗瘦渡桥。樽空村贳少,坐惜饮
虚蕉。

蒙阴公肃《游草桥》:

　　参差三月游难约,才共班荆见落花。黄鸟云云春欲
老,青山望望外为家。城隅旧寺生新草,溪上晴云堕湿
沙。胜国馆亭何处问,平林一带只昏鸦。

嘉兴金孺瞻《秋日游草桥》:

　　蝶衰蜂少草虫辰,老圃如农赛社神。除却菊花俱入
窖,人间秋矣地中春。

　　① 草桥:在右安门外南十里,桥跨凉水河。此为当年宋、辽界河,
相传北宋杨六郎(名延昭)曾在此建草桥,故以为名。明时草桥为众水
汇聚处,沿河十里居民皆栽花为业。
　　② 右安门:北京外城南城门之一,偏西。外城建于明嘉靖年间,
仅有南城。
　　③ 潞:潞河,即白河,北运河上游。
　　④ 碧霞元君庙:参见本卷《弘仁桥》。
　　⑤ 博州:今山东聊城市。　雒下:今河南洛阳。
　　⑥ 召信臣:西汉时人。任南阳太守时,为民兴利,教化大行,人称
召父。迁河南太守,治行第一。元帝竟宁(前33)时征为少府,列于九

卿。卒于官。

⑦　丰台：位于右安门外，为京师种花处。相传金时为拜郊台。

⑧　廉希宪(1231—1280)：字善甫，号野云，畏吾儿人。以父官拜廉访使，遂以廉为姓。历任京兆、四川宣抚使、中书平章、左丞、北京行省平章等。谥文正。其别墅为万柳堂，位于北京西南郊，为风景绝胜地。当时名花数万，号称京城第一。

⑨　赵参谋：即赵鼎，字禹卿，先世为汲县(今河南卫辉)人，北宋末靖康之乱，徙居于燕。荫父职为员外郎，擢断事府参谋。　　匏瓜亭：位于北京东郊，为赵参谋别墅，刘因曾赋诗赞美。

⑩　玩芳亭：元代栗院使别墅，位于城东。其中奇花异草繁多，文人骚客来游，多有题咏。

胡　家　村

永定门外五里①，禾黍巍巍然被野者，胡家村。禾黍中，荒寺数出，坟兆万接，所产促织，矜鸣善斗，殊胜他产。秋七八月，游闲人提竹筒、过笼、铜丝罩，诣丛草处，缺墙颓屋处，砖甓土石堆磊处，侧听徐行，若有遗亡，迹声所缕发而穴斯得。乃捴以尖草，不出，灌以筒水，跃出矣，视其跃状而佳，逐且捕之。捕得，色辨、形辨之，辨审，养之。养得其性若气，试之，试而才，然后以斗。《促织经》曰②：虫生于草土者，身软；砖石者，体刚；浅草瘠土者，性和；砖石、深坑及地阳向者，性劣。若是者穴辨。凡促织，青为上，黄次之，赤次之，黑又次之，白为下，号红麻头、白麻头、青项金翅、金丝额、银丝额，上也。黄麻头，次也。紫金、黑色又次也。若是者色辨。首项肥，腿胫长，背身阔，上也，不及斯次,反斯下也,其号之油利挞、蟹壳青、枣核形、土蜂形、金琵琶、红沙、青沙、绀色为一等,长翼、梅花翅、土狗形、螳螂形、飞铃为一等,皂鸡、蝴蝶形、香狮子为一等。若是者形辨。养有饲焉,有浴焉,有病用医焉。鳗鱼、稻撮虫、水蜘蛛、匾担虫、沟红虫、蟹白、栗黄、米饭,食养也。榨小青虫汁而糖调之以浴,随净甜水以涤,水养也。虫病而治之,水畔红虫主积食,蚊带血者主冷,蛆蜕厕上曰棒槌虫,主热,粉青小青虾主木后,自然铜浸水点者主斗损,茶姜点者主牙损,童便调蚯蚓粪点者主咬伤,竹蝶主气弱,蜂主身瘢,医养也。如是,促织性良气全矣。中则有材焉者,间试而亟蓄其锐,以待斗。初斗,虫主者各内虫乎比笼,身等,色等,合而内乎斗盆。虫胜,主胜,虫负,主负。胜者,翘然长鸣,以报其主。然必无负而伪鸣,与未斗而已负走者。其收辨,其养素,其试审也。虫斗口者,勇也。斗间者,智也。斗间者,俄而斗口,敌虫弱也。斗口者,俄而斗间,敌虫强也。考促织,《尔雅》曰③:螒,天鸡。李巡曰④:酸鸡。郭璞曰⑤:莎鸡,一曰樗鸡。《方言》曰⑥:虸蚼,一曰蜻蚗。《尔雅翼》曰⑦:蟋蟀生野中,好吟于土石砖甓下,斗则矜鸣,其声如织,故幽州谓之促织也。促织感秋而生,其音商,其性胜,秋尽则尽。今都人能种之,留其鸣深冬。其法,土于盆,养之,虫生子土中。入冬以其土置暖炕,日水洒绵覆之,伏五六日,土蠕蠕动,又伏七八日,子出白如蛆然。置子蔬叶,仍洒覆之,足翅成,渐以黑,匝月则鸣,鸣细于秋,入春反僵也。凡都人斗促织之俗,不直闾巷小儿也,贵游至旷厥事,豪右以销其货,士荒其业,今亦渐衰止。惟娇姹儿女,斗嬉未休。然嬉之虫,又不直促织。有虫黑色,锐前而丰后,须尾皆岐,以跃飞,以翼鸣,其声蹬稜稜,秋虫也。暗即鸣,鸣竟刻,明即止。瓶以琉璃,饲以青蒿,状其声名之,曰金钟儿。有虫,便腹青色,以股跃,以短翼鸣,其声聒聒,夏虫也,络纬是也。昼而曝,斯鸣矣,夕而热,斯鸣矣,秸笼悬之,饵以瓜之饷,以其声名之,

曰聒聒儿。其先聒聒生者，曰叫蚂蚱，以比于聒聒，腹太似，恨
骞；翅太似，恨长；鸣太似，恨细。有螂蟟者，蜩也。马螂蟟者，
蝉也。名以听者之所为情，寂寥然也。鸣盖呼其候焉。三伏
鸣者，声躁以急，如曰伏天、伏天。入秋而凉，鸣则凄短，如曰
秋凉、秋凉，取者以胶首竿承焉。惊而飞也，鸣则攸然。其粘
也，鸣切切，如曰吱吱。入乎手而握之，鸣悲有求，如曰施施。
促织之别种三：肥大倍焉者，色泽如油，其声呦呦呦，曰油胡
卢。其首大者，声梆梆，曰梆子头。锐喙者，声笃笃，曰老米
嘴。三者不能斗而能声，摈于养者，童或收之，食促织之馀草
具。蚂蚱之种三：俱不鸣，青翼而黄身，跃近而飞远，飞则见其
袭羽，或红焉，或黄焉，曰蚂蚱。其青而长身者，曰匾蜓，嬉者
股系而提之，使飞不止，以观其袭羽。其扁身长胫，昂首出目
者，刀郎，螳螂也，性怒无所畏让，嬉者亦股系而触之，以观其
怒也。蜻蜓之类三：大而青者，曰老青。红而黄者，曰黄儿。
赤者，曰红儿。好击水而飞飞，童圈竹结采线网，曰绞。循水
次，群逐而扑之，名呼以祝，曰栖栖。扑着，曰绞着。得一，曰
一朵，以色玩如花也。别有鳖身象鼻而贝色，大如朱樱，曰椿
象。生椿，其臭椿也，不可触。有若半赤豆而草麻点者，曰瓢
儿，生蔬畦，捉之，则溺腥黄，污不可脱，而童手之不已也。有
金光而绿色，甲坚而须劲以动，曰金牛儿。黑色白点，曰春牛
儿。无所可娱也，系而毙之则已。有玄身而两截，形刚而性
媚，掐其后，首则前顿，声嚗嚗然，仰置之，弹而上，还复其故
处，不能遂覆而走也，曰叩头虫，一曰捣碓虫焉。

　　莆田黄希英《斗蟋蟀》：

　　　　促织声切切，荒阶草稠稠。穴居墙有坐，仰食露先

秋。苦斗将谁为，微躯不自谋。残灯孤杼夜，为尔忆关楼。

歙县闵景贤《观斗蟋蟀歌》：

燕市斗场挨户户，正酒色天好决赌。燕俗，谓阴雨为酒色天。各提斗盆绣花缕，摩挲入手澄泥古。高下参差列两庑，似为秋虫判疆土。昨夜寻声向秋圃，金翅麻头合虫谱。蹲踞盆中势虓虎，未许他虫跳梁侮。作势登场势逾怒，双须立似旌旗竖。积怒不动目相拒，一阵一阵骤风雨。战胜长鸣鸣以股，主人夺采盆安堵。保抱小虫歌大武，指盆笑谓将军府。嘤嘤趯趯何比数，饮之食之气则鼓。有雄杰然起行伍，心有主人目无虏，斗场四塞主寰宇。

马平秦聘璁《斗蟋蟀歌》：

使气及虫羽，燕赵少年场。两雄而一器，臂怒首低昂。其勇各已养，作势分列行。杀机盆盎中，策力群相当。上下屡禁制，东西纷跳梁。胜负鸣者分，主人色仓皇。虫生死斗耳，主何为短长。

① 永定门：北京外城之正南门。

②《促织经》：即《蟋蟀经》，南宋贾似道撰，明周履靖增补。

③《尔雅》：《十三经》之一，为词语、名物、术语解释之汇编。盖出于秦汉间经师之手。

④ 李巡：东汉末年人。灵帝时任中常侍。曾为《尔雅》作注。

⑤ 郭璞(276—324)：西晋学者。历官著作佐郎、记室参军，后被

杀。通阴阳卜算之术。好古文奇字,曾释《尔雅》、《方言》、《山海经》等。

⑥《方言》:汉扬雄撰。仿《尔雅》体例,汇集古今各地同义词语,分别注明通行区域。

⑦《尔雅翼》:宋罗愿撰,详细解释考订有关草、木、鸟、兽、虫、鱼等名物。

韦　公　寺

京师七奇树,韦公寺三焉①。天坛拗榆钱也②,榆春钱,天坛榆之钱以秋。显灵宫折枝柏也③,雷披一枝,屏于雷中,折而不殊,二百年葱葱。报国寺矬松也,干数尺,枝横数丈,如浅水荇,如蛀架藤。卧佛寺古娑罗也④,下根尽出,累癭露筋,上叶砌之,雨日不下。与韦公寺内之海棠也,蘋婆也,寺后五里之柰子而七也。寺在左安门外二里⑤,武宗朝常侍韦霦建⑥。赀竭不能竟,诏水衡佐焉⑦,赐额弘善寺。寺东行一折,有堂,堂三折,有亭,亭后假山,亭前深溪。溪里许,芦荻满中,可舟尔,而无舟。寺无香火田地,以果实岁。树周匝层列,可千万数。寺南观音阁,蘋婆一株,高五六丈。花时鲜红新绿,五六丈皆花叶光。实时早秋,果着日色,焰焰于春花时。实成而叶渴矣,但见垂累紫白,丸丸五六丈也。寺内二西府海棠,树二寻,左右列,游者左右目其盛,年年次第之,花不敢懈。寺后五里柰子树,岁柰花开,柰旁人家,担负几案酒殽具,以待游者,赁卖旬日,卒岁为业。树旁枝低亚,入树中,旷然容数十席。花阴暗日,花光明之,看花日暮,多就宿韦公寺者。海棠、蘋婆、奈子,色二红白。花淡蕊浓,跗长多态,海棠红于蘋婆,蘋婆红于奈子也。崇祯己巳冬之警[8],我师驻寺,海棠蘋婆以存,奈子树,虏薪之[9]。

应天陈凤《夏日雨霁游韦氏庄》:

结轸出郊坰,官曹幸休假。探奇历修坂,选胜得华榭。埃氛净初雨,清和邅长夏。尊峰层云上,幽居茂林下。回塘长菰蒲,列果间桑柘。花坞草葱蒨,萝薜石岵岈。檐际鸟鸣呼,涧道水奔泻。主人金貂贵,意匠殚营架。未穷赏心趣,忽已随物化。把景兴昔感,良游乐今暇。淹留日将夕,更返尘中驾。

济南李攀龙《韦氏池亭同元美子与子相赋》:

贳酒新丰解佩刀,相逢意气为君豪。孤亭昼敞杉松色,乱石青含薜荔高。自向风尘偏胜迹,岂今湖海傲吾曹。从他桂树山中发,招隐何劳更反骚。

《春日韦氏园亭同元美赋二首》:

春坞花冥冥,斜阳倒玉瓶。风尘犹傲吏,天地此空亭。共醉蓟云白,相看燕草青。我来吟泽畔,不是独为醒。

藉草到流水,看花延落晖。客中过寒食,马上改春衣。移席青山出,开樽白鸟飞。天涯有朋好,能使宦情微。

太仓王世贞《春日同于鳞茂秦集韦氏水亭分韵得重字》:

偶成春服始,挟侣问幽踪。芳草近寒食,空林闻午钟。惊波双鸟出,迷路一僧逢。欲竟名园赏,停杯感慨重。

《韦园同于鳞子与子相各赋三首》:

千树飞花覆客杯,百年晴日此池台。钩帘蛱蝶携香去,浴渚凫鹥散锦来。醉后看人成偃蹇,归时促骑故徘徊。长安北望黄尘里,击剑高歌未乏才。

历历垂杨青几围,娟娟宿鹭白双飞。坐惊远岫停杯出,行惜残花插帽归。四海未妨吾辈在,孤亭仅与世人违。谁为忽唱江南乐,回首烟霞未拂衣。

蓟苑春归处处幽,陆沉吾党任遨游。长楸碧带千峰雨,密荇青藏百道流。西望风云双凤阙,北来天地一渔舟。科头箕踞寻常事,细酌高吟且未休。

《暮春同茂秦子与顺甫正叔游韦园分韵得村字二首》:

习习东风幽鸟翻,偶成春服试春原。高低绿槿斜分户,远近清流细绕村。地入渔樵身暂许,客逢湖海道偏尊。谁为一叩荆卿筑,醉里悲歌动蓟门。

韦园三月绿阴繁,席帽胡床山寺门。螭首云扶双菡萏,龙鳞日绣孤松根。苍鹰决翼暝烟破,白鸥掠鱼春水浑。建章传钥听转迫,犹指梨花寻别村。

麻城刘天和《游韦公寺》:

高柳拂依依,笼阴过夕晖。游鱼牵絮去,水鸟带萍飞。山远青分绿,荷生密半稀。年年林果熟,不问麦秋饥。

临清谢榛《春日同李于鳞王元美集韦氏水亭》：

　　都门联辔出，此地访烟萝。共酌清尊酒，还成《白苎歌》。春云花外度，幽鸟水边多。更拟池亭上，田田采芰荷。

　　我来凭水槛，坐久夕阳斜。聊复祛尘事，相将揽物华。河山百战地，桑柘几人家。总有明春约，还看何处花。

铜梁张佳胤《春游韦园》：

　　客计风尘薄，幽怀水槛偏。停杯听鸟树，系矢伺鱼渊。阁敞山全入，花高塔拟悬。悠然韦杜曲，尺五欲瞻天。

长洲文彭《韦园秋集》：

　　帝京尘土上过头，远向城南水次游。静夜微霜初堕叶，芳原爽气满清秋。轻风吹酒开凉宇，落叶催寒出御沟。直拟韦园作韦曲，凤城亦自有沧州。

应天郑宣化《夏日集韦公寺》：

　　长日韦公寺，千章夏木垂。藤阴鱼沫聚，荷韵酒香宜。偶命郊坰驾，因酬凤昔期。高天来暮色，骑马别莲池。

　　落日荷亭上，移尊亭影斜。征歌风度曲，催酒醉抛花。石绣青苍合，池纹红紫遮。留连浑未极，萝月满归车。

　　暝色纷林樾，残尊喧未休。婆娑筵错落，浣濯意淹留。鱼钥层城待，萤灯隔草浮。暑期寻醉约，莫便入清秋。

临武曾朝节《游韦庄》：

　　村寺连林圃，苔文一径斑。照花溪宛转，啄果鸟间关。馔鲤尊前网，归鸦日傍山。醉闲如昨日，客迓市僧还。

《柰子树》：

　　看柰中荒野，樛枝面四垂。绿阴全覆日，白朵正开时。促坐身相肘，清歌外不知。幽芳尊玩赏，不为土人姿。

临朐冯琦《饮韦公寺》：

　　细草双堤路，孤亭一水前。林深朝宿鸟，波浅陆生莲。苔紫雨晴色，树红花果妍。酒醒无所事，折折步溪边。

《再游韦庄》：

　　钟磬水边寺，春春花事繁。风纹摇荇带，雨色上苔痕。无隙绿成幄，难穷溪绕门。去年此院静，今见竹将孙。

　　独往宜兹地，况偕心所欢。秋归山径易，尘到水亭难。细草不忍展，低枝频着冠。野云生坐侧，衣袂自知寒。

盱眙李言恭《春日集韦园》：

> 韦寺招寻春酒余，太行云气满郊墟。流花上有秦人宅，醉竹中停长者车。自取青山当几席，喜从畿甸得樵渔。风尘明日长安陌，相对青尊可暂虚。

> 路转长溪十里斜，满村春水浸蒹葭。池边曲槛围芳草，树底轻舟载落花。楼阁昼涵沧海气，衣冠晴带紫宸霞。开尊况有高阳辈，何必风流说习家。

> 蒹葭堤畔好停车，坐石投竿岂为鱼。山影半藏垂柳外，鸟声偏在落花初。傍人飞鹭自来去，隔水浮烟任卷舒。不道天涯羁薄宦，还能与客混樵渔。

> 幽径藤萝昼亦寒，黄尘不上竹皮冠。数家杨柳阴低户，到处桃花护曲栏。白日忙随芳草暮，青山偶共故人看。淹留自笑于时几，叹息闲人坐钓竿。

公安袁宏道《暮春同王以明丘长孺苏潜夫游韦氏庄得宽字》：

> 几叶荚蒲水，微风亦起澜。如何寻丈地，绰有江湖宽。种果栽花易，招鸥引鹭难。辋川如具体，画里试思看。

> 树历高云老，门临细水寒。乱中时有整，幽处偶然宽。芦笋芽将苗，槟榔蕊渐残。游鳞真可喜，梦不到渔竿。

径路微微折，亭轩倍倍宽。经营百事善，物力屡朝看。果税分时敛，茶坊凑水安。袈裟幸自乐，何苦恋绅冠。

会稽陶望龄《夏日过韦园》：

赤日来郊坰，每与劳人期。清风避城市，当为静者私。瘦马出郭门，草香旋生蹄。幽寻无广途，蓦此田间蹊。团团十里阴，中藏古招提。前林在何许，已觉林蝉嘶。顾影私自言，息尔良在兹。禅居亦已雄，馀青吐朱扉。深柯藏静风，露叶留晚滋。芳条欣可攀，岂必来花时。

中林众鸟国，啁哳靡不闻。亦如适都市，颇尽殊方云。交鸣复交翔，意已无人群。客来鸟何知，去亦匪所欣。孤游时见欺，故复相嚣纷。平生寂默意，欲与禽鸟分。人生各栖宿，此义聊可殷。

清池不濡轨，千里在一曲。蒲苇散轻飔，时见幽鹭浴。垂杨发如葆，绕寺分可束。数树影文绮，欣然若新沐。伊予江海客，偶化鸥凫族。临流无盥漱，端坐意已足。

夷陵雷思霈《饮奈子树下》：

一株奈树相传古，不记何年植此土。交枝拂地仍拂云，细叶凄风复凄雨。花开花落如红雪，城中看花人不绝。夜来犹宿韦公祠，晨朝复过花言别。

太仓王衡《韦公寺》：

一路碧萋萋，游人宛转迷。城当片野直，风定梵音齐。红药春分圃，青蔬雨到畦。江南真在眼，枝上子规啼。

分得公余日，壶觞各有随。夕阳穿树下，蹊路绕泉迟。吏散竹深处，马嘶花落时。城阴摇暮柳，心感隔年期。

江夏郭正域《韦公寺郊行》：

匹马入林坰，雉飞麦陇青。槐阴浓似盖，萝带结为屏。愁里三春尽，尊前双眼醒。更怜幽石砌，击汰出云汀。

江宁顾起元《韦园》：

路转城闉接，溪沿野岸长。树阴围寺古，池气抱亭苍。生水鱼频跃，宿云鸟正藏。三春看又尽，步步惜芬芳。

新霁朝看定，山僧早启扉。松针刺雾上，柳絮扑天飞。绿尽争红色，亭全借水晖。坐观云物变，倏忽似还非。

花醉日冥冥，春风吹未醒。细沙蒸水白，高柳动天青。曲沼起鱼泡，虚廊随鸟翎。偶然无客至，正昼殿门扃。

漳州张燮《偕闻子将方孟旋钟伯敬游韦园》：

春郊树绕众芳繁，花信风催第几番。溪影株株杯影片，草增寸寸藓增痕。网罗禁处鱼浮泳，歌管喧时鸟静蹲。莫谓水边人共远,同游各趣不堪论。

景陵钟惺《春日集韦氏郊园》:

城中诸所见,到此已皆非。时至花难后,烟深柳肯稀。禽鱼太无事,水石自为机。游兴今方起,残春未可归。

闲时诚不易,抑亦在其人。地有何常主,花非无故春。琴尊皆胜友,山水况佳辰。物候参差好,重来想更新。

亳州朱宗吉《韦园》:

池上蒹葭春雨馀,东风吹叶未全舒。因游过寺钟无谓,餍果栽花圃不如。野服自应裁薜荔,清时聊得混樵渔。会心何必江湖远,林水悠然称隐居。

花开十里锦为村,主客樊然办一樽。红白渐飞僧不问,雨晴无节鸟犹言。君能击筑歌燕市,我正移家向蓟门。愁里看春春又暮,可堪旨径落英繁。

新野马之骏《九月八日集韦公寺》:

篱落荒能朴,庭除爽自闲。碧疏辞叶树,青削映波山。砌冷虫多口,天空鹜独还。黄花虚采撷,犹未破秋颜。

步壑身相倚,凭高眼倍清。寒芜传雨貌,折荻战秋声。槛外非乡国,杯前此弟兄。鹿门思昨岁,迁代若为情。

公安袁中道《韦公寺》:

城南韦寺曲,乔木宛山庄。径水生多影,松花时一香。附萝如绘壁,卧石自成床。猎猎风初至,纷纷下海棠。

乌程潘曾纮《韦公寺》:

春去左安门外得,笼灰过春七千刻。一坪草色浮乡心,低低切切答乡音。蹄音彻地尘不起,新绿香娇夺红紫。香来细阵林无风,林梢头绿下头红。老僧叹声杂禅语,石表苔深古寒暑。东南民力三百年,年年凿此春山烟。

遂安方逢年《游韦公寺》:

烟锁荒祠绕曲湾,离城寂历俨深山。堕红千片鸟惊别,净绿一庭僧掩关。云以倦游时入定,石从悟法久辞顽。东风渐软萦诗思,只任柔条舞翠鬟。

嘉鱼熊开元《宿韦公寺》:

日长移近夕,北地易秋天。钟磬声尘远,楂梨气候先。入烟随岸步,听水就窗眠。夜起观僧定,庭空月到全。

景陵王鸣玉《韦公寺》:

左安门外澹如汀,畏客频邀过水亭。一片尘羞溪面照,十分酒入客脾醒。荷含秋意多相向,蝉作乡音乍可听。花合灯分钟定夕,今宵旅梦各星星。

固陵余廷吉《游韦公寺》：

　　云气出郊村，花梢遍雨痕。竹深庭户暗，溪曲往来繁。客已欣林寂，僧犹厌鸟喧。燕城歌吹海，消得此黄昏。

武进陈组绶《城南韦寺海棠》：

　　沙风别是养花天，云翠星红十丈圆。清伴月魂香缕细，艳倾春老午妆妍。玎珰步幛知藏鸟，璎珞铢衫欲赠仙。飞梦若逢伊解语，护寒索赋满吴笺。

　　① 韦公寺：正德中太监韦霦修建，俗称韦公庄。后改名宏善寺。位于左安门外以东。
　　② 天坛：今位于北京崇文区内。
　　③ 显灵宫折枝柏：参见卷四《显灵宫》。
　　④ 卧佛寺古娑罗：参见卷六《卧佛寺》。
　　⑤ 左安门：北京外城南城门之一，偏东。
　　⑥ 韦霦：弘治、正德年间太监，为刘瑾亲信。嘉靖初年被诛。
　　⑦ 水衡：此指工部。
　　⑧ 崇祯己巳：崇祯二年（1629）。此年冬十月，清军入侵。十一月，京师戒严。
　　⑨ 虏薪之："薪"字前原本空缺一字，一本作"敌"字，当为"虏"字，径补。

弘　仁　桥①

　　地气萃止，神人以灵，西北地，无少隆下，而气坚瑕，视水

避趋,其水环者,避坚也。乘其轮,句于矩,郁乎冲冲已。出左
安门东行四十里②,石桥五丈,曰弘仁桥。桥下水,从琉璃河
一支西来③,余百里,过桥,水东北去,不足百里,入于运河,为
一支。桥东头元君庙,西向临桥,若梯阶之。桥左右水,若特
意环之,避其霤中。按稗史:元君者,汉时仁圣帝前有石琢金
童玉女④。至五代,殿圮,石像仆。至唐,童溺尽,女沦于池。
至宋真宗封泰山还,次御帐,涤手池内,一石人浮出水面,出而
涤之,玉女也。命有司建小祠安奉,号为圣帝之女,封天仙玉
女碧霞元君。后祠日加广,香火自邹、鲁、齐、秦,以至晋、冀。
而祠在北京者,称泰山顶上天仙圣母。麦庄桥北⑤,曰西顶;
草桥,曰中顶;东直门外⑥,曰东顶;安定门外⑦,曰北顶。盛则
莫弘仁桥若,岂其地气耶！夫亿万姓所皈礼,以俗教神道焉,
君相有司不禁也。岁四月十八日,元君诞辰,都士女进香。先
期,香首鸣金号众,众率之,如师,如长令,如诸父兄。月一日
至十八日,尘风汗气,四十里一道相属也。舆者,骑者,步者,
步以拜者,张旗幢、鸣鼓金者。舆者,贵家、豪右家。骑者,游
侠儿、小家妇女。步者,婆人子,酬愿祈愿也。拜者,顶元君
像,负楮锭,步一拜,三日至。其衣短后,丝裋,光乍袜履,五
步、十步至二十步拜者,一日至。群从游闲,数唱吹弹以乐之。
旗幢鼓金者,绣旗丹旂各百十,青黄皂绣盖各百十,骑鼓吹,步
伐鼓鸣金者,称是。人首金字小牌,肩令字小旗,异木制小宫
殿,曰元君驾,他金银色服用具,称是。后建二丈皂旗,点七
星,前建三丈绣幢,绣元君号。又夸儇者,为台阁,铁杆数丈,
曲折成势,饰楼阁崖木云烟形,层置四五儿婴,扮如剧演。其
法,环铁约儿腰,平承儿尻,衣彩掩其外,杆暗从衣物错乱中
传。下所见云梢烟缕处,空坐一儿,或儿跨像马,蹬空飘飘,道

旁动色危叹，而儿坐实无少苦。人复长竿掇饼饵，频频啖之。路远，日风暄拂，儿则熟眠。别有面粉墨，僧尼容，乞丐相，遢伎态，憨无赖状，间少年所为喧哄嬉游也。桥旁列肆，搏面角之，曰麻胡。饧和炒米圆之，曰欢喜团。秸编盔冠幞额，曰草帽。纸泥面具，曰鬼脸、鬼鼻。串染鬃髯，曰鬼须。香客归途，衣有一寸尘，头有草帽，面有鬼脸，有鼻，有须，袖有麻胡，有欢喜团。入郭门，轩轩自喜。道拥观者，啧啧喜。入门，翁妪妻子女，旋旋喜绕之。然或醉则喧，争道则殴，迷则失男女，翌日，烦有司审听焉。

鄞县屠隆《泰山夫人》：

　　元君宫接马驹桥，香火遥分岱岳高。龙凤旗翻翠羽盖，山河影动赤鹳袍。何人得见三花树，此地曾无千岁桃。金鼓声微幡盖远，月明应自度云璈。

同安蔡复一《进香曲》：

　　燕姬上马巧安排，窄窄弓弓两瓣鞋。约伴同参玉女去，发心自愿舍金钗。

麻城李中孚《进香曲》：

　　空行闪闪立楼台，前队朱旗后队催。涌出一枝华藏界，化人如自日边来。

　① 弘仁桥：旧名马驹桥，又称压浑桥，为木制，水涨即冲去。明英宗时耗资数万，改为石桥，长二十五丈，九孔，于天顺七年（1463）建成，易名为弘仁。

② 左安门：北京外城南门之一，偏东。

③ 琉璃河：又名刘李河，古名圣水，唐称石子河。源出今北京房山区西北，南流至河北新城县，入白沟河。

④ 仁圣帝：指东岳泰山神，参见卷二《东岳庙》。

⑤ 麦庄桥：位于京城西北。

⑥ 东直门：北京城东门之一，偏北。

⑦ 安定门：北京城北门之一，偏东。

南　海　子

城南二十里，有囿，曰南海子①。方一百六十里。海中殿，瓦为之。曰幄殿者，猎而幄焉尔，不可以数至而宿处也。殿旁晾鹰台，鹰扑逐以汗，而劳之，犯霜雨露以濡，而煦之也。台临三海子，水泱泱，雨而潦，则旁四淫，筑七十二桥以渡，元旧也。我朝垣焉。四达为门，庶类蕃殖，鹿、獐、雉、兔，禁民无取，设海户千人守视。永乐中，岁猎以时，讲武也。天顺二年②，上出猎，亲御弓矢，勋臣、戚臣、武臣，应诏驰射，献禽，赐酒馔，颁禽从官，罢还。正德十二年③，上出猎。隆庆二年三月④，上幸南海子。先是，左右盛称海子，大学士徐阶等奏止⑤，不听。驾至，榛莽沮洳，宫幄不治，上悔之，遽命还跸矣。海子西北隅，岁清明日，蚁亿万集，叠而成丘，中一丘，高丈，旁三四丘，高各数尺，竟日而散去。今土人每清明节往群观之，曰"蚂蚁坟"。传是辽将伐金，全军没此，骨不归矣，魂无主者，故化为虫沙，感于节序，其有焉。岁五日，中侍例同太医院官来捕蛤蟆。嘉靖中,御用监奉御来定,五日方捕,至羊房南大柳下⑥,坐柳根午食。顾旁一髑髅,来濡肉蒜盘,内髑髅口,戏问:"辣否?"髑髅曰:"辣。"来惊,去肉,辣音不已。骤驰而归,辣辣音追之。数日,来卒。海子西墙,有沙岗委蛇,岁岁增长,今高三四丈,长十数里矣。远色如银,近纹若波,土人曰"沙龙"。

信阳何景明《驾幸南海子》:

　　铙音发桂畤,春狩践兰区。水尽缇城合,山回帐殿孤。公卿随八骏,虎旅备三驱。如闻后车载,倘遇渭川夫。

金陵陈沂《幸南海子》:

　　春旗出太液,夜骑入长杨。赤羽惊风落,雕弓抱月张。横驱视沙塞,纵发拟河湟。未寝征胡议,谁为谏猎章。

亳州薛蕙《驾幸南海子》:

　　诏幸芙蓉苑,传言羽猎行。三驱偕上将,四较出神兵。列戟围熊馆,分弓射虎城。风云日暮起,偏绕汉家营。

黄冈王廷陈《驾幸南海子》:

　　南郊初礼帝,上苑复夸胡。虎兕先声伏,车徒翼辇趋。网罗张一面,部曲用三驱。侍从群臣在,应知谏猎无。

江陵张居正《游南海子》：

　　芳郊秘苑五云中，犹识先皇御宿宫。碧树依微含雨露，朱甍窈窕郁烟虹。空山想见朱旗绕。阙道虚疑玉辇通。此日从臣俱寂寞，上林谁复叹才雄。

新昌戴九玄《南海子》：

　　城南海子四十里，大狩禽物此中是。树木环植周以垣，日获雉兔奉至尊。内官监守但坐看，四垣崩圮禽物散。树木斫卖雉兔空，白日劫盗藏其中。

嘉定李元弘《南海子沙龙》：

　　日肥月长沙龙山，鳞风斑雨形其间。鬣扬间为出脊肋，奋插无所施人力。蜿蜒委委数百寻，日光闪闪星黄金。马前拔蹄人没踝，一步一步声琤琤。头尾北向帝京聚，聚非因风泖非雨。地气凝结龙阜钟，岳不在高在所主。

①　南海子：又称南苑，元代为下马飞放泊，明永乐中加以拓展，蓄养禽兽，又设二十四园以栽花木，专供皇帝游猎玩赏。

②　天顺二年：公元 1458 年。

③　正德十二年：公元 1517 年。

④　隆庆二年：公元 1568 年。

⑤　徐阶（1503—1583）：字子升，号少湖、存斋，华亭（今上海）人。嘉靖二年（1523）进士，官至礼部尚书，东阁大学士。谥文忠。有《世经堂集》、《少湖文集》。

⑥　羊房：位于京城东南郊。

聚 燕 台

采育东南二十里①,有埠,高丈,广三四十尺,曰聚燕台。岁秋社,燕辞巢日,京畿城村燕,必各将其成雏数千百,聚此台,呢喃竟二日,然后乃能去之,为话将别,为语约所群归也。闻燕归有国矣,又曰藏焉,伏气穴土及树中空。然明中春来复葺乳其旧巢者,定故燕尔,盖主人曾以彩线约足而识之。

嘉定李元弘《聚燕台》:

> 燕来各有巢,盖归云有国。秋风吹荒台,社散燕来即。嘈杂万声中,去住两心逼。曰余巢此都,岁见雏蕃息。巢也无盛衰,居者易兴革。画藻去年如,故人觅不得。昨过棘篱边,故人瘁颜色。旧德胜新巢,移共汝恻恻。岂无新鲜泥,爱惜旧心力。

① 采育:即采育营,位于今北京大兴县东南,属北京市。明初为上林苑,后更名蕃育署,俗称采育营。

白 云 观

白云观,元太极宫故墟。出西便门①,下上古隍间一里,麦青青及门楹者,观也。中塑白皙皱皱无须眉者,长春丘真人像也[②]。观右有皁,藏真人蜕。像,假也;蜕者,亦假也,真人其存欤? 真人名处机,字通密,金皇统戊辰正月十九日生[③]。有日者相之,曰神仙宗伯。年十九,辞亲居昆嵛[④]。二十,谒重阳王真人[⑤],请为弟子。道成,而成吉思皇帝自乃蛮国手诏致聘[⑥]。诏文云:"朕居北野,嗜欲莫生,每一衣一食,与牛竖马圉,共弊同享,谋素和,恩素畜。是以南连赵宋,北接回纥[⑦],东夏西夷,悉称臣佐。念我单于国,千载百世,未之有也。访闻丘师先生,体真履规,怀古君子之肃风,抱真上人之雅操,朕仰怀无已,避位侧身,选差近侍官刘仲禄,备轻骑素车,谨邀先生,不以沙漠悠远为念。"真人庚辰正月[⑧],乃北至燕。令从官曷剌驰奏[⑨]:"登州栖霞县志道丘处机[⑩],近奉宣旨远召,海上居民,心皆恍惚。处机自念,同时四人出家,三人得道,惟处机虚名,憔悴枯槁。比到燕京,听得车驾遥远,风尘颎洞,天气苍黄,老弱不堪,伏望圣裁。龙儿年三月日奏。"十月,曷剌回,复敕师前。壬午四月[⑪],达行在所。雪山之阳,设座黄幄东,与讲钧礼而不名,延问至道。真人大略答以节欲保躬,天道恶杀,治尚无为之理。命史书策,赐号神仙,爵大宗师。赐金印章,曰神仙符命,掌管天下道教。夜醮焚简,五鹤翔焉。寻乞还,诏居大都太极宫,改从真人号,曰长春。真人每晨起,呼果下骝,其徒数十,徜徉山水间,日暮返。年八十时,北山口崩,太液池竭,真人曰:"其在我乎?"七月九日,留诵而逝。逝之明年,其徒尹清和[⑫],始以师入龛,葬于处顺堂之后。今都人正月十九,致浆祠下,游冶纷沓,走马蒲博,谓之燕九节。又曰宴丘。相传是日,真人必来,或化冠绅,或化游士冶女,或化乞丐。故羽士十百,结围松下,冀幸一遇之。西十余里,为唐太宗哀忠墓。西南五六里,为萧太后运粮河[13],泯然湮灭,无问者。

莆田陈音《重九白云观》:

> 长春宫殿锁寒烟,驻马斜阳古树边。白鹤不归人影外,黄花仍发酒杯前。龙山岘石参军帽,蓝水寒山子美篇。聚散几回时序别,令人对此一茫然。

太仓王世贞《游白云观遇钟丫髻》:

> 行散到古院,倏然遇真师。落日澹眉宇,清霜疏鬓丝。饭温初煮石,丹冷旧封泥。嗒坐浑无语,蝉声秋树枝。

内江赵贞吉《白云观》:

> 一丘长枕白云边,孤塔高悬紫陌前。到此心澄思出世,当年丹熟可曾仙。花泥几度供铺席,榆影更番佐数钱。谁道灯残燕九节,不教游罢早春天。

肥乡张懋忠《白云观》:

> 沿堤细路接西清,河北仙凡此会盟。坞月幽人寒抱膝,岭云仙史夜吹笙。天连帝座蝉应蜕,火合羲爻药待成。误我黄粱初入梦,侍臣方奏泰阶平。

固始余廷吉《游白云观》:

> 金台空往迹,玉律谷寒开。蕙帐白云动,芝房紫气

回。年年仙化现,处处道流来。走马儿方健,花茵坐举杯。

黄陂蔡士吉《游白云观》:

春灯市罢散千红,驰射当年太极宫。蛛带日光飞野马,兔丝古木蔓游龙。运余故役隍为陆,战罢哀忠陇有封。共道真人来隐迹,茫茫海峤想高踪。

① 西便门:北京西南、外城西侧之北门。

② 丘真人(1148—1227):即丘处机,字密通,号长春子,登州栖霞(今属山东)人。全真教"七真"之一。

③ 皇统戊辰:金皇统八年(1148)。

④ 昆嵛:山名,位于今山东烟台牟平东南。按,昆嵛,原本作昆仑,误。《元史·丘处机传》曰:"(丘处机)年十九,为全真学于宁海之昆嵛山。"

⑤ 重阳王真人:即王嚞,金咸阳(今属陕西)人,号重阳子。创全真道。

⑥ 乃蛮国:"乃蛮"又译为"乃满"、"耐满"等,突厥语族的一部,辽、金时于阿尔泰山一带游牧,后被蒙古军队所灭。

⑦ 回纥:国名,本突厥别部,隋大业年间独立,称回纥,后取代突厥,占有今蒙古国和内蒙古所有区域。唐时改称回鹘,迁徙并散居于今新疆南部。后依附蒙古,称畏吾儿。

⑧ 庚辰:元至元十七年(1280)。

⑨ 曷剌:兀速儿吉氏,延祐初累官辽阳行省左丞,延祐三年(1316)召为大司农。卒年六十三。追谥安穆。

⑩ 登州:州治位于今山东蓬莱。　栖霞县:今属山东烟台市,为县级市。

⑪ 壬午：至元十九年(1282)。

⑫ 尹清和(1169—1251)：即尹志平，字太和，丘处机高弟，随丘处机赴元太祖之召，继处机掌全真教事。封为妙道广化真人。

⑬ 萧太后：辽圣宗之母。公元982年，辽圣宗登基，年方十二，萧太后临朝听政，并率军伐宋，深入内地。

观 音 寺①

杭州上天竺观音大士古像②，晋天福年③，僧道翊见瑞光发涧，得奇木以刻也。后汉乾祐年④，僧从勋自洛阳奉佛舍利，安大士顶。妙相既备，昼而白光。宋建炎四年⑤，兀尢入临安⑥，高宗逊于海⑦，兀尢问知像缘，遂与玉帛图籍，尽航而北。僧智完率徒以从。至燕，舍都城西南五里之玉河乡，建寺奉之，此观音寺也。我天顺壬午⑧，土人权五修之⑨。成化丁酉⑩，僧德显又修之⑪。因得石土中，金大定十七年刻⑫，载天会七年梁王徙像⑬，甚悉。今寺所奉，乃又非晋像，岂天兴初，曾颠沛于兵，抑至正末，复崎岖而北也⑭？寺有成化二十三年学士程敏政碑⑮。至今游杭天竺者，僧仍指大士，曰晋像，不知徙此已四百八十二年矣。

① 观音寺：金世宗大定年间建于燕京西南之玉河乡。明天顺中乡人权五延请释恩祥重修，成化中释德显续修并竣工。

② 上天竺：指上天竺寺。天竺山位于浙江杭州灵隐山飞来峰之南，山分上中下三竺，天竺寺因而有三。上天竺寺在北高峰麓，五代吴越建。

③ 天福：五代后晋年号，公元 936—944 年。

④ 乾祐：公元 948—950 年。按，原本作"乾佑"，径改。

⑤ 建炎四年：公元 1130 年。建炎三、四年间，金兀术大军直逼杭州，宋高宗曾避难于浙东沿海各地。

⑥ 兀术(？—1148)：女真族，姓完颜，名宗弼。金兵侵宋，屡为前锋。官至太师都元帅。　临安：今浙江杭州。

⑦ 高宗(1107—1187)：即赵构，宋徽宗第九子。初封康王。徽、钦二帝被金兵俘虏后，赵构于南京(今河南商丘)登基，后避至东南，建都临安。为南宋第一任皇帝。

⑧ 天顺壬午：天顺六年(1462)。

⑨ 权五：顺天府(今北京市)玉河乡人。按，据《日下旧闻考》卷九十五引程敏政《重修观音寺记》，明天顺中重建观音寺，发起人为乡人权五与释恩祥，尚未竣工而恩祥逝世，故成化中恩祥弟子德显又出资建造。

⑩ 成化丁酉：成化十三年(1477)。

⑪ 僧德显：号性天，僧录右觉义瑞庵大师释恩祥之弟子。

⑫ 大定十七年：公元 1177 年。

⑬ 天会七年：公元 1129 年。　　梁王：即兀术。

⑭ "岂天兴初"四句：意为当时观音寺所奉佛像并非晋像，难道是因为天兴间蒙古军南侵，金国灭亡时丢失了？ 或者是因为元代末年，蒙古人北撤时带走了？ 天兴，金哀宗年号，公元 1232—1234 年。至正，元末顺帝年号，公元 1341—1368 年。按，金宣宗于公元 1214 年迁都开封，次年燕京即被蒙古军攻占。作者谓晋像或许于天兴初年"颠沛于兵"，盖误以为金国灭亡与燕京失陷是在同时。

⑮ 成化二十三年：公元 1487 年。　程敏政(1445—？)：字克勤，休宁(今属安徽)人。十岁以神童荐至翰林院读书，成化二年(1466)进士，官至礼部右侍郎。撰《新安文献志》、《明文衡》、《宋遗民录》等。

天 宁 寺①

释迦舍利珠②，八斛四斗，其三之一，住人间也。阿育王置塔八万四千③，东震旦得塔十九④，其粒不可得计也。康僧会恳佛⑤，七日得七。昙荣恳之⑥，自三粒至三百粒。隋文帝遇阿罗汉⑦，授舍利一裹，与法师昙迁数之⑧，数多数少莫能定。乃七宝函，致雍、岐等三十州⑨，州各一塔。天宁寺塔，其一也。塔高十三寻，四周缀铎以万计，风定风作，音无断际。寺僧云：音敛则光见，或岁一见，或数岁见。嘉靖庚戌⑩，三月廿八夕，娄东王司寇世贞宿寺中，微雨籁籁，塔铎忽敛，他声作于下，籽籽然，类蚕鼓翼者，视相轮表，青白光晶溁，大于五斗瓮，上下闪炊，间一射人衣，亦青白色，可炊黍时，乃定。则铎声发，他籽籽声息也。塔倒影⑪，在大士殿。日方中，阖殿中门，日入门罅，塔全影倒现石上。昔人云：影从罅入，空中物则旁碍，碍则影束，影束则倒。段成式云⑫：海水倒翻故尔。然是舍利珠影也。珠光上聚，摄入塔影，影入隙光，光则倒受。倒者，光中塔影，非此塔影也。今悬镜中像，过傍镜，其物正倒也。阳燧倒影者，日光倒入也。又光从上来，层十三具，光一再传，物体则小也。佛光，日也，舍利珠光，月也，光色青白，每见，以夜及晦及雨也。佛光恒在，人目体阴，避光日中，见影门隙。今穿竹至丈，承目指空，方昼见星也。塔前一幢，隋开皇中立。书体遒美。杨升庵云⑬：最似欧、褚笔法⑭。寺在唐开元名天王寺，正统始名天宁⑮。或曰：京师，古幽州也，隋所建塔藏舍利者,幽之弘业也。幽今无弘业,天宁之先,又不为弘业,意者志轶之。志轶之,安知弘业不为天宁也?

庆阳李梦阳《天宁寺观塔碑》:

> 旧瞻天宁塔,今览天宁寺。兹塔多鬼怪,光芒夜夜至。不知何时殿,结构今颓弃。剔藓读其碑,识是隋文季。蝌蚪半剥落,蛟龙犹奰屃。我来值时暮,揽逝发潜唱。修陆控赵代,长山卫燕冀。苍然野眺合,一洒杨朱泪。

信阳何景明《天宁寺塔》:

> 七级芙蓉起,千年舍利藏。地形标海岳,人代阅隋唐。境现三天象,珠含四日光。白毫空万里,处处有迷方。

闽县林爜《天宁寺塔》:

> 寺古传因塔,庄严礼上方。高标出云汉,浩劫记隋唐。缥缈闻清梵,虚空散妙香。直疑多宝涌,时现佛珠光。

华亭范惟一《春日过天宁寺》:

> 出城殊未远,入寺已萧然。听览诸根净,慈严一塔悬。林花飞绕客,幽鸟语应禅。不敢求光现,心知与俗缘。

太仓王世贞《过天宁寺望塔》:

浮图隋宝额,舍利汉金人。龟捧云跌篆,龙蟠海藏鳞。蹑空依日月,飞界隔风尘。缥缈遥疑幻,峻嶒近复真。云标象外矗,玉树望中新。万劫留真相,诸天护法轮。空怜证圣眼,犹是滞凡身。倘有摩尼在,春风一问津。

《夜宿见塔光》:

飞光耸岁峣,回风万铎嚣。神光发宝树,定力转金标。熠耀浑难拟,熹微迥不消。晦惊春月上,昏忆曙星摇。法雁珠频吐,神龙烛乍飘。一灯披幻劫,万界出沈寥。自失迷津晚,俄然觉路遥。不须求指示,净域本非遥。

临清谢榛《天宁寺对雨同殷正夫李于鳞赋》:

诸天忽风雨,萧飒动僧扉。殿冷鸽逾静,钵空龙未归。晓留轩冕客,秋到薜萝衣。后夜怀支遁,遥听钟磬微。

兴化宗臣《午日同李于鳞游天宁寺》:

得尔逃名者,今辰又梵林。山遥杨柳细,路险薜萝深。古塔已堆砾,荒林曾布金。谭经群鸟下,听法一龙吟。舍利光难灭,菩提迹岂沉。空虚能悟性,清净不依心。云竹窥禅相,风篁度呗音。蝶来看果结,酒至对蒲斟。世事形骸苦,浮生日月侵。慈航如可渡,同为解朝簪。

《天宁寺同于鳞子与元美饯别公实》：

> 孤臣辞上国，匹马自祇园。树影僧窥日，钟声客到门。江湖难寓目，天地亦销魂。行念中心约，相思且勿论。

蒲州王家屏《再游天宁寺》：

> 野寺青山近，何嫌出郭频。塔高云不碍，树老雾相亲。茗啜松花细，经翻贝叶新。尽能偕吏隐，尤自喜僧贫。

沔阳陈文烛《同方侍御游天宁寺》：

> 为惜招提近，扶醒信短筇。回风争万铎，落日过孤松。禅语时时得，秋山处处供。尚怜方侍御，犹有皂囊封。

南乐魏允中《登天宁寺阁》：

> 命驾偶有适，结庐无兹美。窈窕黄金龛，玲珑白玉几。窗中列山川，树杪分城市。法雨晓来空，梵天清若洗。散发倚层轩，横目尽千里。汉阙浮云端，辽烽落日里。茅屋断苍烟，桑田滔流水。慈渡在何方，世界莽如此。旷望消人忧，引杯殊未已。

信阳周复元《天宁寺塔》：

> 畿甸茫茫万顷平，疏林高出一枝撑。晓看红日来沧

海,暮指银河上太清。窗扃流云随变幻,楼台倒影射虚
明。苔封隐隐隋唐字,愁杀风尘傍帝城。

秀水仲嘉《春日过天宁寺》:

> 就近踏春色,天宁塔院森。振风千万铎,穿日十三
> 寻。舍利声光异,隋唐岁月深。午中看倒影,疑信满人
> 心。

① 天宁寺:始建于北魏孝文帝时,名光林寺。隋改称弘业寺,唐
改名天王寺,金称大万安寺,明宣德年间改天宁寺,正统中又改称万寿
戒坛。位于今北京天宁寺桥以西。

② 释迦:释迦牟尼,佛教创始者。

③ 阿育王:古印度摩揭陀国孔雀王朝国王,公元前三世纪在世。
初奉婆罗门教,登基后改奉佛教,为大护法。于佛教典籍整理及佛法传
播,出力尤多。相传其统领之国,共八万四千,遂令诸国各建一寺一塔,
共称阿育王塔。

④ 东震旦:东方之震旦。"震旦"为古印度语的音译,指中国。

⑤ 康僧会:康居(古国名,地处西域)人,世居天竺(古印度),双亲
辞世后出家。三国吴赤乌年间(238—251)到建业(今江苏南京)设像传
教。

⑥ 昙荣(555—639):唐初高僧。早年为书生,年十九出家。相传
其年近八十,于延寿寺得刺史家传舍利三粒,与信徒供养并通夜苦求,
次日钵内出现舍利四百余粒(见道宣《续高僧传·释昙迁传》)。

⑦ 隋文帝(541—604):即杨坚,原仕北周,官至相国,袭封隋国公。
废北周,自称帝,统一全国。在位二十四年。　　阿罗汉:佛教语,又称
罗汉。释迦牟尼弟子中称阿罗汉者有十六人,后增至十八、一百零八,
直至五百。

⑧ 昙迁(542—607)：隋代高僧。相传隋文帝早年未发达时,天竺僧人赠与一包舍利。登基多年后方忆及此事,仁寿元年(601)与昙迁计数,莫得其准。昙迁认为,如来法身无法用数量计算,舍利即如来法身遗质,故变化莫测。隋文帝遂请高僧三十人于三十州各建一庙,各大州皆立宝塔,凡一百余(见道宣《续高僧传·释昙迁传》)。

⑨ 雍、岐：雍州州治位于今陕西长安,岐州州治在陕西凤翔南。

⑩ 嘉靖庚戌：嘉靖二十九年(1550)。

⑪ 塔倒影：《天府广纪》卷三十八："(天宁寺)内有塔高十三层,每每现光,其影入殿之门窗隙内,一塔散为数十塔,影皆倒也。"

⑫ 段成式(?—863)：唐代文人。字柯古,邹平(今属山东)人。官至太常少卿。所撰《酉阳杂俎》一书,广泛记述古代中外神话传说、传奇故事。

⑬ 杨升庵：即杨慎,见卷一《太学石鼓》。

⑭ 欧、褚：唐代书法家欧阳询、褚遂良。

⑮ 正统：明英宗年号,公元 1436—1449 年。

卢　沟　桥

卢沟桥跨卢沟水①,金明昌初建②,我正统九年修之③。桥二百步,石栏列柱头,狮母乳,顾抱负赘,态色相得,数之辄不尽。俗曰：鲁公输班神勒也④。桥北而村,数百家,己巳岁⑤,虏焚掠略尽。村头墩堡,循河婉婉,望去如堞。考卢沟水,出太原天池⑥,伏流至马邑⑦,从雷山阳,发为浑泉,是曰桑乾水。雁门云中水皆会⑧,经太行⑨,经宛平东南⑩,至看丹口⑪。支为二：其东支,通州注白河⑫。其南支,霸州会易水⑬，又南经丁字沽⑭，注运河。是水过怀来⑮，委委两山间，磬折回射，不得自左右，惟所束之，乃亦挟其愸怒，迤宛平而西四十里。石景山东⑯，地衍土疏，惟触斯受，水雷奔云泄，意左趋左，意右趋右。永乐十年七月⑰，河溃岸八百二十丈，修焉。洪熙元年七月⑱，溃狼窝口百丈⑲，修焉。宣德三年六月⑳，溃百丈，修焉。正统元年七月㉑，溃小屯厂，修焉。正德元年二月㉒，溃岸六百丈，修焉。盖河至无状，而意所欲食，前可知也。淫为淤者，其所舍也。其所咀啮，有堤廓如，然趾窃危立。成化十七年㉓，允霸州知州蒋恺请㉔，从三角淀抵小直沽㉕，修筑堤岸。而宪宗朝，卢沟无患也。其积津盛势，久噎不泄，河不自得止，则务支之。不可支也，诱之。不可诱也，归之。嘉靖十年㉖，命工部郎中陆时雍修卢沟河㉗，以支流导入于海。三十四年，命修卢沟河，从柳林通鸡鹅房㉘，导入草大河。四十一年，命工部尚书雷礼修卢沟河㉙，先浚大河，令岔河水，归故道，从丽庄园入直沽㉚，下海。凡三易治，而世宗朝㉛，卢沟无患也。俗言卢沟数溃，罔决圮于桥，桥有神焉。万历三十五年㉜，阴霖积旬，水滥发，居民奔桥上数千人，见前水头过桥且丈，数千人喧号，当无活理。未至桥，水光洞冥间，有巨神人，向水头按令下伏，从桥孔中去。

宋范成大《卢沟》：

　　草草舆梁枕水坻，匆匆小驻濯涟漪。河边服匿多生口，长记轺车放雁时。

元陈孚《卢沟》：

　　长桥湾湾饮海鲸，河水不溅冰峥嵘。远鸡数声灯火杳，残蟾犹映长庚横。道上征车铎声急，霜花如钱马鬣湿。忽惊沙际金影摇，白鸥飞下黄芦立。

吉水胡广《卢沟桥》：

　　断云斜月色苍苍，照见桑乾河水黄。茆屋居人闲入梦，石桥行旅戒余光。未收远市红犹火，极望平川白已霜。曾侍六龙桥上驻，萧萧旌旆马鸣长。

　　残星残月晓苍苍，溪着秋涛树着黄。山寺钟开惊鸟梵，石梁舟散照鱼光。丹枫几点心存日，清篷一枝声在霜。老臣头白疏封事，边净河驯闲岁长。

安福邹缉《卢沟桥》：

　　河桥残月晓苍苍，远见浑河一道黄。树入平郊分澹霭，天空断岸隐微光。北趋禁阙神京近，南去征车客路长。多少行人此来往，马蹄踏尽五更霜。

建安杨荣《卢沟桥北上》：

　　河声流月漏声残，咫尺西山雾里看。远树依稀云影澹，疏星寥落曙光寒。石桥马迹霜初滑，茆屋鸡鸣夜可阑。北上已看双阙近，五云深处是金銮。

新淦金幼孜《卢沟桥》：

　　卢沟夭矫出桑乾，月照河流下石滩。茆屋鸡声斜汉曙，沙汀雁叫早霜寒。水光漠漠山烟白，野色摇摇塞草残。千古长桥枕南北，忆曾题柱倚阑干。

永丰曾棨《晓过卢沟桥》：

渺渺平沙接远堤，一川斜月石梁西。光连古戍迷鸿影，寒逐晴霜入马蹄。云澹渐看银汉没，烟空微觉玉绳低。经过曾此陪仙跸，两度停骖听晓鸡。

莆田林环《卢沟桥》：

疏星寥落晓寒凄，月色沙光入望迷。野戍连云寒见雁，人家隔水远闻鸡。波间素淼三秋净，天际清横万木低。马上迟迟残梦断，钟声遥在禁城西。

泰和梁潜《卢沟桥北上》：

迢递桑乾河水平，东方欲曙月斜明。芦花钓舫渔初去，茅屋人家鸡正鸣。咫尺严城通御气，依微紫禁动钟声。石梁如砥霜华重，曾扈銮舆拂曙行。

钱塘王洪《卢沟桥南发》：

河上人家尚掩扉，河中孤月荡寒辉。清霜古店闻鸡早，落叶空林见客稀。飞雁数声秋影没，远山一带曙光微。壮游记得东南道，匹马高吟此日归。

无锡王绂《扈从过卢沟桥》：

扈跸重来促晓装，鸡声残月树苍苍。数峰云影横空阔，一带波光入渺茫。人语悄传孤戍火，马蹄寒踏满桥霜。望中风景俱堪思，况复楼台是帝乡。

邓州李贤《晓过卢沟桥》：

> 金鸡唱彻扶桑晓，残月娟娟挂林杪。长河斜抱凤池西，流彩遥连碧波杳。横桥远亘如游龙，明珠影落长河中。桂魄千层琥珀莹，蟾光万顷玻璃同。霜叶飘飘缀马鬣，沙河闪烁黄金屑。芦荻声脆风力寒，烟霏才上银河灭。往年几暇曾一临，碧波渺渺芦花深。千官振辔发归骑，月华犹在西山岑。

蒙阴公鼐《渡卢沟入西山南境》：

> 尘拥卢沟道，山看日近斜。下汀辞塞雁，立岸忍秋花。绀宇分编户，青帘半酒家。东南通物力，粒食任荒沙。

《过卢沟》：

> 山夹浑泉土气寒，居庸直北趋桑乾。轻看一线卢沟水，未到燕门桥上看。

宛平于奕正《过卢沟桥申甫旧营》：

> 浑浑滚滚卢沟水，三年磷火愁行李。哭声中有一将军，如云负国羞知己。五日招兵十日行，袄祥无袴扎新营。天为帝城祛万丐，元戎司命徒空名。硝黄铅子给不齐，曹郎一笑三军啼。步步向前搏徒手，黄沙为高日为低。乌合未几鸟散翔，将军慷慨卢沟旁。易言兵亦易言死，犹胜纷纷脱妻子。

桐城方以智《过卢沟桥》：

> 河道出桑乾,桥头薄日寒。榆关春色迥,辽海暮云
> 残。征雁回双阙,归鞭控一鞍。惊沙过独鹿,回首远长
> 安。

① 卢沟桥：又作芦沟桥。初为木制,金大定二十九年(1189)改建为石桥,明昌三年(1192)竣工,取名广利。位于北京城外西南。卢沟,即桑乾河,欲称黑水河,又名无定河,清康熙中改名永定河。《长安客话》："卢沟水东南分为二派,东经通州高丽庄入白河,南经固安,至武清小直沽入海。每当晴空月正,野旷天低,曙色苍苍,波光淼淼,为京师八景之一,曰'卢沟晓月'。"

② 明昌：金章宗年号,公元 1190—1196 年。

③ 正统九年：公元 1444 年。

④ 公输班：古代著名工匠。春秋鲁国人,又称鲁班。被尊为木匠祖师。

⑤ 己巳：明崇祯二年(1629)。此年冬,清军入侵,兵临北京城下。

⑥ 太原：府名,为山西布政使治所。今属山西。 天池：位于今山西宁武县西南管涔山上。

⑦ 马邑：县名。故址位于今山西朔州市东北。

⑧ 雁门：山名,又名句注山。在今山西代县西北,雁门水源出此山。 云中：山名。位于今山西忻州市西北,云中水源自于此。

⑨ 太行：山名。绵延山西、河北、河南之大山脉。

⑩ 宛平：县名,当时为顺天府治。今属北京。

⑪ 看丹口：或作眷丹口、燕丹口,元时称东麻谷。距顺天府四十里。

⑫ 通州：今属北京市。 白河：源出冀北山地,下流注入北运河。位于北京东。

⑬ 霸州：今属河北。　易水：源出河北易县，有北、中、南三支，汇合后流入南拒马河。

⑭ 丁字沽：位于今天津市，大清河入运河处。

⑮ 怀来：卫名。今为河北省怀来县，位于北京市西。

⑯ 石景山：又名石径山，位于今北京市西。

⑰ 永乐十年：公元 1412 年。

⑱ 洪熙元年：公元 1425 年。

⑲ 狼窝口：又称狼窝海口，位于今河北昌黎县南。

⑳ 宣德三年：公元 1428 年。

㉑ 正统元年：公元 1436 年。

㉒ 正德元年：公元 1506 年。

㉓ 成化十七年：公元 1481 年。

㉔ 蒋恺：字舜相，乐清（今属浙江）人。父早丧，侍母以孝闻。景泰中以选贡入太学，任霸州知州，廉平谨慎，民刻石立祠以祀之。

㉕ 三角淀：位于今天津市武清县。古时占地方圆二百余里，水面极大。今已淤成平陆。　小直沽：即天津之海河。

㉖ 嘉靖十年：公元 1531 年。

㉗ 陆时雍：字幼淳，归安（今浙江湖州）人。嘉靖二年（1523）进士，官至江西提学副使。有《平川遗稿》、《南游漫稿》。

㉘ 柳林：位于今北京通州区南。元以后为帝王游猎之地。

㉙ 雷礼（1505—1581）：字必进，丰城（今属江西）人。嘉靖十一年（1532）进士，官至工部尚书。通晓朝典，有《明大政记》、《明六朝索引》等。

㉚ 直沽：位于今天津市武清县，卫河、白河、丁字沽合流之处。

㉛ 世宗（1506—1567）：即嘉靖皇帝朱厚熜，宪宗孙，公元 1521—1566 年在位。庙号世宗，葬永陵。

㉜ 万历三十五年：公元 1607 年。

卷四　西城内

首善书院①

天下所脉系,在于天患民病,杂然至日,人确乎有固志耳。立司牧,立准理,立学教,所以为固也,仍听立书院讲学焉。故讲学以赞治朝之听,详辟雍之教,喻孝弟忠爱之性,涣奸利朋比之群,綦详于成业授谕。而都门二百余年,未之有举,一举又辄废者,何也? 人曰:伪尔迁尔。夫势所不要,伪将何效,时所不情,迁是以名,况伪为善,犹胜真为恶,迁为法,犹胜直为奸矣。谓天下不以人守,人不以心固,心不以学明,乌可哉! 都门讲学,始首善书院。首善书院,始天启二年十一月,阅月二十,至天启四年六月,罢讲。罢逐主讲者:都察院都御史吉水邹先生元标②、副都御史三原冯先生从吾③。两先生万历初各以建言予杖去,里居讲学四十年,泰昌初徵入京,寻总副台宪④。公暇,辄会讲城隍庙百子堂,自绅衿氓隶,听者数百人。始议建书院宣武门内城下⑤,御史周公宗建董之⑥。讲堂三楹,后堂三楹供先圣,陈经史典律。院碑一,大学士叶公向高文⑦,礼部尚书董公其昌书也。讲有期,日必竟,其详莫之胜举也。略所闻于邹先生者,天启辛酉十二月十八日⑧,先生升座曰:"都城二百六十余年,今见此会,诸友莫得看是偶然,古人有一日不悟一月,一年不悟十年者。"次日,举岁寒松柏句,人各解说。先生曰:"为人要办一副松柏底骨,若骨是桃李,饶会敖耐,终然雕谢,诸友各各谛审,人身中如何是撼不摇,吹不折,火不焚,水不溺,古今不动的?"会讲日,有言刑部行刑者。先生曰:"愚四十年来,于人生死关系处,断不敢规避,不敢依徇,不忍任一时见识,以儿戏人命。"一友问:"和尚是异端,无父无君否?"先生曰:"且置一边勿论,世间不孝不弟,欺君误国,往往是有发人,但自点勘所谓异端之情、无父无君之实者。"先生曰:"世人相见诉穷,便是贪欲影幌,这穷字,断送多少豪杰,试看先辈赫赫者,大段穷人,如何他便耐得,今人便不耐? 此处不可不思。"先生曰:"不随人口吻,不随人脚跟者,是真正英雄,若只言满天下,履历一生,未便数着。"先生曰:"语有之,不杀不足为道,不穷不足为道,予曰不谤不足为道。"所闻于冯先生者,先生曰:"观政诸友,时下理学第一义,取大明律详熟阅之⑨,理学喻君子,未遽防小人。昔有多人采啖野梨,一人独否,诸人云:梨无主,何伤? 曰:梨无主,心无主耶? 此可与学问人说耳! 律有擅食田园瓜果条,此禁一设,人有畏惧,便有羞恶,可谓刑书非理学乎?"一友问夷虏交讧,中外震动,先生聚徒讲学,人以为迂。先生曰:"向者,将溃士窜,坐失封疆,正繇平日不明理学,于忠君亲上,死忠死孝之义愦愦耳! 古今谭边备者,举弱宋为鉴,幸当时理学大明,故张、韩、刘、岳辈⑩,能杀身成仁,文天祥为宋人生色也⑪。"昔吾友陶石篑赴京⑫,客曰:"在仕途且勿讲学。"石篑笑应曰:"仕途更急,紧要学使用著。"所闻于诸先生者,益都钟先生羽正曰⑬:"《诗》登岸继以伐密,明德继以伐崇⑭,则文王之武功⑮,皆登岸明德中出也。孰谓今日,但宜讲兵,不宜讲学者!"桐城方先生大镇曰⑯:"洛蜀角争⑰,我见为祟耳! 周谓无欲、程谓大公者⑱,无我也,和衷之道也。"又曰:"欧罗阳云⑲,学孔子,当自孟子始。一语,有功万世。"无锡高先生攀龙曰⑳:"天下治乱根本,惟主上一心,所以培植之,系于主上之讲学。讲学之功,又系于冲龄之数年,经筵日讲,第一切要事也。近亦颇成故事,咫尺暌隔,启沃未有实效,不可泄泄然矣。"虞城杨先生东明曰㉑:"讲学只在毋欺本心。故违本心,犹自执为不欺,讲学何谓!"又曰:"圣人门户,有教无类,无类则门户不立。"安邑曹先生于汴曰㉒:"宦途不可多着一念,只从实做去。"南昌刘先生洪谟曰㉓:"受朝廷一官,是代天行道,亦代天行法。今不仰体天意,一事至,即奇货居之,徇嘱托,开莫夜,所谓逆天也。"讲未几,崔、魏盛㉔,党祸深,御史倪文焕等㉕,诋为伪学,斥逐,请碎其碑。有疏曰:"聚不三不四之人,说不痛不痒之话,作不深不浅之揖,啖不冷不热之饼。"乃碎碑,暴其碎于门外,乃毁先圣主,焚弃经史典律于堂中。院且拆矣,会今上改元㉖,倪等伏法,院遂以存。后礼部尚书徐公光启㉗,率西洋人汤如望等㉘,借院修历,暂署曰历局。时亦有议复书院、立先圣主、设经史典律、起所碎碑、讲学者。

慈溪冯元飚《首善书院感旧之作》:

维贞皇帝神授符,赫然浃月追黄虞。君臣羞道桓文事,诏出明光征大儒。有臣元标首应诏,谁并进者臣从吾。一时诸儒相继入,王道荡荡民所趋。贞皇虽逝嗣皇少,譬之日出时未晡。聪明要自天所植,鬼子未向人揶揄。诸儒谓可睹上治,一往霍霍开荒芜。请为天子建书院,揭以首善天之衢。汉唐宋代何足数,升堂入室泗与洙。当使乱臣贼子惧,如陆有轨水有桴。岂无赝鼎相错列，能蹂是路亦吾徒。越岁壬戌策进士，臣飏蒙与诸臣俱。二十为学志方壮，晨起盥漱遵修途。少焉诸儒次第入，鸣钟击鼓声淳于。衣冠肃对寂未语，森若披古贤圣图。儒者宁尽阔世务，忧天往往多讦谟。有时抵掌说忠孝，秋风萧飒吹眉须。乃知名教自足乐，照耀万古焉可诬。鬼子见此气沮丧，蝇声相逐纷胡卢。谗之天子语横甚，曰宋之败蹂程朱。曰今多事豺虎乱，褒衣博带何其迂。辅臣向高为此惧，手自伏疏震青蒲。谁为此言告陛下，当付之吏法当诛。天子宽仁置勿问，忍见白日舞妖狐。呜呼诸儒死不恨，鲁尼邹孟诚何辜！长夜惨澹鬼子啸，天地反覆无事无。乙丙之际不可说，故老欲哭徒嗟吁。丁卯八月圣人出，谗者栗栗忧头颅。汤网吞舟幸不死，又闻奉书东降奴。臣飏再入问书院，门外细草闲啼乌。圣人岂不重经术，时危未暇陈苍瑚。窃见京师富梵舍，口语以呗拜以膜。亦有高阁祀天主，谭兵治历喧俎壶。独使书院屏弗事，臣飏敢复惜微躯。卿云缦缦天子都，诸儒灵爽应未徂。大道经天终有孚，幸甚为念臣区区。

① 首善书院：明天启二年(1622)建，邹元标、冯从吾等为北京士人讲学场所。位于宣武门内东城墙下。

② 邹元标：见卷三《长椿寺》。

③ 冯从吾(1556—1627)：字仲好，号少墟，长安(今陕西西安)人。万历十七年(1589)进士，改庶吉士，授御史，官至工部尚书。谥恭定。立志弘扬濂洛之学，人称少墟先生。有《元儒考略》、《西台疏草》、《冯少墟集》等。

④ "两先生"四句：万历初年，首辅张居正之父谢世，居正夺情留任，不回乡守丧。邹元标上疏指责，廷杖八十，谪戍。居正殁，起为吏科给事中，又以指摘时政贬谪，遂谢病归，里居讲学。光宗登基，始还朝。御史冯从吾于万历二十年(1592)上书指摘时政，皇帝大怒，欲施廷杖，阁臣力救得免，罢官归。亦于光宗登基后还朝。泰昌，明光宗年号，公元 1621 年。

⑤ 宣武门：北京城南门之一，偏西。原称顺城门。

⑥ 周宗建(1582—1626)：字季侯，号来玉，吴江(今属江苏)人。万历四十一年(1613)进士，官至御史。天启间屡次上疏弹劾宦官魏忠贤等，下狱死。追赠太仆寺卿，谥忠毅。

⑦ 叶向高(1559—1627)：字进卿，号台山，福清(今属福建)人。万历十一年(1583)进士，官至吏部尚书兼东阁大学士。光宗召为首辅。天启间魏忠贤擅政，辞官。谥文忠。有《叶台山全集》。

⑧ 天启辛酉：天启元年(1621)。

⑨ 大明律：明洪武年间由朱元璋授意制定的法律条文。

⑩ 张、韩、刘、岳：指南宋名将张俊(1086—1154)、韩世忠(1089—1151)、刘锜(1078—1162)、岳飞(1103—1141)，皆以抗金著名，故后人予以并称。

⑪ 文天祥：见卷一《文丞相祠》。

⑫ 陶石篑(1562—1608)：即陶望龄，字望周，号石篑，会稽(今绍兴)人。万历十七年(1589)会试第一，授编修，官至国子监祭酒。谥文简。有《水天阁集》、《歇庵集》。

⑬ 钟羽正：字叔濂，益都(今山东青州市)人。万历八年(1580)进士，官至工部尚书。有《崇雅堂集》。

⑭ "《诗》登岸"二句：意为《诗经》所述周文王武力征伐，皆以文教德治为先。语出《诗经·大雅·皇矣》。密、崇，俱为小国名，周初不肯依附于西周。

⑮ 文王：指西周文王。

⑯ 方大镇：字君静,桐城(今属安徽)人。万历十七年(1589)进士,官至大理寺少卿。有《田居乙记》、《方大理集》等。

⑰ 洛蜀角争：指北宋哲宗年间以程颐为首的洛党与苏轼为首的蜀党之间的争论。程颐是河南洛阳人,故称"洛党";苏轼为四川眉山人,则称"蜀党"。

⑱ 周：指周敦颐(1017—1073),北宋理学大师,世称濂溪先生。程：指程颢(1032—1085),与弟颐同受学于周敦颐,时称明道先生,亦为北宋理学开创者。

⑲ 欧罗阳：不详。

⑳ 高攀龙(1562—1626)：初字云从,改字存之,号景逸,无锡(今属江苏)人。万历十七年(1589)进士,授行人,以针砭时弊而贬谪家居近三十年。天启间官至左都御史,忤魏忠贤,罢归。阉党欲问罪,投水自尽。追谥忠宪。曾与顾宪成主讲无锡东林书院,世称"高顾"。有《高子遗书》。

㉑ 杨东明(1548—1624)：字起修,号晋安,虞城(今属河南)人。万历八年(1580)进士,官至刑部侍郎。有《青琐荩言》。

㉒ 曹于汴(1558—1634)：字自梁,号贞予,安邑(今属山西运城市)人。万历二十年(1592)进士,官至左都御史。有《仰节堂集》。

㉓ 刘洪谟：字惟后,南昌(今属江西)人,进贤(今属江西)籍。万历二十三年(1595)进士,授建德知县,官至太仆少卿。天启间不满魏忠贤之所为,上疏乞休。归乡后里居讲学,撰《大学续衍义》。著书凡五十种。

㉔ 崔：指崔呈秀,蓟州(今天津蓟县)人。万历四十一年(1613)进士,天启初巡按淮扬。依附魏忠贤门下,乞为养子,为阉党"五虎"之首。官至兵部尚书,兼左都御史。崇祯帝登基后,自缢死。 魏：指魏忠贤,肃宁(今属河北)人。少无赖,苦于赌徒逼债,于万历中自宫,为太监,改姓名李进忠(后乃复姓)。与皇长孙乳母客氏私通,得皇长孙(熹宗)欢心。熹宗即位,擢为司礼秉笔太监,掌东厂事。遂结党营私,祸害人间。

崇祯帝即位,缢死,诏磔其尸。

㉕ 倪文焕:江都(今属江苏)人。万历四十七年(1619)进士,天启间授御史,入魏忠贤幕府,排挤善类,滥杀无辜。为忠贤建生祠,官至太常卿。魏忠贤败,处死。

㉖ 今上:指崇祯皇帝。

㉗ 徐光启(1562—1633):字子先,号玄扈,上海人。万历三十二年(1604)进士,崇祯初以礼部尚书入阁参机务,从传教士利玛窦学天文、算法、火器。信奉天主教旨,教名保录。卒赠太保,谥文定。有《徐文定公集》,译著颇多。

㉘ 汤如望(1591—1666):一作若望,字道未,德国耶稣会士,生于科隆。明天启二年(1622)与金尼阁神甫来华,颇得崇祯皇帝信任。清康熙初年被参劾,康熙三年(1664)入狱,次年释放,又一年谢世。明末曾与意大利耶稣会士罗雅各合作编成《崇祯历书》。

天　主　堂①

堂在宣武门内东城隅,大西洋奉耶稣教者利玛窦②,自欧罗巴国航海九万里入中国③,神宗命给廪,赐第此邸。邸左建天主堂,堂制狭长,上如覆幔,傍绮疏,藻绘诡异,其国藻也。供耶稣像其上④,画像也,望之如塑,貌三十许人。左手把浑天图,右叉指若方论说次,指所说者。须眉竖者如怒,扬者如喜,耳隆其轮,鼻隆其准,目容有瞩,口容有声,中国画缋事所不及。所具香灯盖帏,修洁异状。右圣母堂,母貌少女,手一儿,耶稣也。衣非缝制,自顶被体,供具如左。按《耶稣释略》曰⑤:耶稣,译言救世者,尊主陡斯⑥,降生后之名也。陡斯造天地万物，无始终形际，因人始亚当⑦，以阿袜言⑧，不奉陡斯，陡斯降世，拔诸罪过人。汉哀帝二年庚申⑨，诞于如德亚国童女玛利亚身⑩，而以耶稣称，居世三十三年。般雀比剌多以国法死之⑪。死三日生，生三日升去。死者，明人也。复生而升者，明天也。其教，耶稣曰契利斯督，法王曰俾斯玻，传法者曰撒责而铎德，如利玛窦等。奉教者曰契利斯当。如丘良厚等⑫。祭陡斯以七日，曰米撒，于耶稣降生升天等日，曰大米撒。刻有《天学实义》等书行世⑬。其国俗工奇器，若简平仪，仪有天盘，有地盘，有极线，有赤道线，有黄道圈，本名范天图，为测验根本。龙尾车，下水可用以上，取义龙尾，象水之龙尾上升也。其物有六：曰轴、曰墙、曰围、曰枢、曰轮、曰架。潦以出水，旱以入，力资风水，功与人牛等。沙漏，鹅卵状，实沙其中，颠倒漏之，沙尽则时尽，沙之铢两准于时也，以候时。远镜，状如尺许竹笋，抽而出，出五尺许，节节玻璃，眼光过此，则视小大，视远近。候钟，应时自击有节。天琴铁丝弦，随所按，音调如谱。之属。玛窦亡，其友庞迪峨、龙华民辈代主其教⑭。教法，友而不师。师，耶稣也。中国有学焉者，奉其阨格勒西亚七式。

福清叶向高《赠西国诸子》：

　　天地信无垠，小智安足拟！爰有西方人，来自八万里。言慕中华风，深契吾儒理。著书多格言，结交皆贤士。淑诡良不矜，熙攘乃所鄙。圣化被九埏，殊方表同轨。拘儒徒管窥，达观自一视。我亦与之游，泠然得深旨。

温陵李贽《赠利西泰》：

　　逍遥下北溟，迤逦向南征。刹刹标名姓，山山记水程。回头十万里，举目九重城。观国之光未，中天日正明。

嘉兴李日华《赠利玛窦》：

云海荡落日，君犹此外家。西程九万里，东泛八年槎。蠲洁尊天主，精微别岁差。昭昭奇器数，元本浩无涯。

同安池显方《赠远西艾思及》：

尊天天子贵，绝徼亦来庭。邹衍之馀说，张骞所未经。五洲穷足力，七政佐心灵。何必曾闻见，成言在窅冥。

① 天主堂：位于宣武门内北顺城街、宣武门大街南端。利玛窦建于万历二十八年（1600），清顺治年间修，乾隆四十年（1775）毁于火，次年重建。

② 耶稣教：中国人对于基督教（新教）的另一称呼。利玛窦（1552—1610）；字西泰，意大利人。罗马耶稣会士。万历十年（1582）来华，居留北京多年。致力于在士大夫阶层传教，结识诸多当时著名人物，并负责管理所有在华耶稣会士。编撰《天主实义》、《畸人十规》、《万国舆图》、《几何原本》等十余种书籍。

③ 欧罗巴：明人对欧洲的称谓。

④ 耶稣：即基督，基督教所信奉的救世主。

⑤ 《耶稣释略》：疑指葡萄牙传教士罗如望（1566—1623）所撰《天主圣像略说》，万历三十七年（1609）刊行。

⑥ 陡斯：即宙斯，希腊神话中的主神，主宰所有神仙和人类，掌管云雨雷电，安排降祸赐福。

⑦ 亚当：《圣经》故事中人类始祖。相传上帝以泥土造亚当，又用

亚当肋骨造其妻夏娃,同置伊甸园中。后因二人偷吃禁果,被逐出园。

⑧ 阿袜:即夏娃。

⑨ 汉哀帝二年庚申:指西汉哀帝元寿二年,即公元前 1 年。

⑩ 如德亚国:明人认为即汉代所谓大秦。《明史·外国传》七:"万历时,大西洋人至京师,言天主耶稣生于如德亚,即古大秦国也。其国自开辟以来六千年。" 玛利亚:一作马利亚。《圣经》中耶稣之母。相传为童贞女,圣灵感孕而生耶稣。天主教、东正教尊为童贞圣母。

⑪ 般雀比剌多:又译作"彼拉多",相传为执行大祭司之令,将耶稣钉于十字架之人。

⑫ 丘良厚(1584—1640):字永修,澳门人。父母皆基督教徒,故幼年即入教。在传教会为教授教义人十年,后任辅佐教师。曾偕罗如望神甫居南昌、建昌数年,后赴北京,直至谢世。文人学士皆乐闻其说教,与大学士叶向高交好。

⑬ 《天学实义》:又名《天主实义》,利玛窦著。两卷八篇。宣传天主之神奇创造力,批判佛、道及宋儒学说。万历二十三年(1595)初刊于南昌,明季于北京、杭州等地重刊多次,或有徐光启序文。

⑭ 庞迪峨(1571—1618):一作庞迪我,字顺阳,西班牙耶稣会士。万历二十七年(1599)抵澳门,次年随利玛窦到北京。曾奉明朝政府委派修改历法。万历四十四年(1616)被逐,死于澳门。 龙华民(1559—1654):字精华,意大利耶稣会士。万历二十五年(1597)来华,万历三十七年(1609)奉利玛窦之约到北京,被指定为继任者。明末多赴山东济南传教。入清后依附清廷,死于北京。著有《论中国宗教的若干问题》等。

石　镫　庵①

庵旧名吉祥,万历丙午②,西吴僧真程自云栖来③,葺之而居。发古甃下，得石幢一，式如灯台，旁镌《般若心经》一部④，唐广德二年少府裴监施⑤，朝请郎赵偓书。适黄仪部汝亨过其地⑥，以庵甫治而镫适出，遂手书额，自是称石镫庵焉。程居此无华饰，朝梵夕呗，二十余年无懈日，日无懈声。绅衿缁素，月八日就此放生，笼禽雀，盆鱼虾，筐螺蚌，罗堂前。僧作梵语数千相向，纵羽空飞，孽者落屋上，移时乃去。水之类，投皇城金水河中，网罟笱饵所希至。人谓庵"小云栖"云。

嘉兴谭贞默《石镫庵放生》：

> 杀业横空日，殷然此放生。禽鱼能听法，豺虎自销兵。树伴高僧老，镫传片石明。群贤尊白法，偃息卫都城。时辽阳陷，士绅就庵建水陆荐之。

麻城刘侗《石镫庵放生》：

> 知味应知痛，将无观我生。岂望鱼鸟报，难远见闻情。飞稳如人意，鸣悲作佛声。老僧相为切，汲汲晚堂羹。

长洲葛一龙《九月十四夜看月南上人庵》：

> 白月临初地，空涵一水寒。圆时先隔夜，近处即长安。蓼影牵风弱，茶烟触露溥。栖栖者谁子，亦共懒僧看。

① 石镫庵：位于京城西南隅。元泰定中建，名吉祥寺。明万历三十四年（1606）重建，改名石镫庵。天启六年（1626）王恭厂火灾时，庵亦成灰烬。

② 万历丙午：万历三十四年（1606）。

③ 云栖：寺名。位于浙江杭州五云山西。吴越建，后废弃。明隆庆年间，莲池大师袾宏于云栖故址重新结庵。

④《般若心经》：全称为《般若波罗蜜多心经》，又名《心经》。佛教典籍中般若经类经典之作。经文短小，便于持诵，故流行广泛。

⑤ 广德二年：公元764年。按：所谓石镫庵始建于唐裴少府，并非定论。《日下旧闻考》卷四十九："石镫庵，《燕都游览志》作唐代宗时成纪郡夫人所造，《长安可游记》作广德二年少府裴监所施。两说互异。"

⑥ 黄汝亨（1558—1626）：字贞父，号寓庸，仁和（今浙江杭州）人。万历二十六年（1598）进士，授进贤知县，官至江西布政司参议，谢病归。有《寓林集》、《寓庸子游记》等。

李 文 正 公 祠①

祠近皇城迤西，孝宗赐第也，第久析为民居。嘉靖乙酉②，麻城耿公定向首议赎还③，为公祠，祀公像。传双履，履二寸许，绊系之。一粗纻小衫，公举奇童时，着以见景帝者。耿为具箧，撰文镂箧盖。衣已半敝。履朱，斓然熟桃痕，履系乃不知色。今守祠者，人敛数钱，则出示之。按公当国，正逆瑾擅政时④，刘公健、谢公迁致政去⑤，人以独留长短公。或以阴用救正，与狄梁公比⑥。而公实未尝委曲自存也，且瑾辈固未易委曲为救正者。违少从多，适来嫚侮，于否剥何赖，伺其且败而一击，亦市贾智焉。惟公朴忠忍节，大服之，识又夺之，气又夺之。诸所力救：荷较者尚宝卿崔浚，给事中方奎，御史姚祥、张彧，主事张伟⑦；逮者都御史杨一清⑧。诸所力争大狱者:有投匿名书罪瑾,群臣悉逮诏狱,以公言得释;平江伯陈熊湿米事觉⑨,瑾欲置之死,乃兴大狱,以公言得释。盖事事执争,气未尝少下之。公所为执不可者,在孝庙时⑩,有细必争。中官李广⑪,炼药被宠,公疏引唐柳泌、宋郭京为鉴⑫。有为李广乞祠额者,公执言不可。在武庙时⑬,有大必争。四川镇守太监罗籥,以既革巡抚,请得便宜行事,瑾主之力。公谓兵马钱粮,祖制无归一人者,执言不可。瑾异谋卒败,于此折其首谋。后张永发瑾奸状⑭,太监温祥持永疏至阁⑮,公曰:"天下望此久矣。"遂拟旨伏法。盖公始终在位,而卒诛夷瑾。公先世茶陵人。父淳⑯,金吾卫军馀,为武清渡子⑰,有叟来言,汝有善念,当为择瘗亲地,指一山曰:"有白狐卧处是。"李夕往,见卧白狐,因折树枝有声,狐惊,耸身三立去,即其穴瘗。明日,叟来,曰:"俟狐自起尔,今惊去,当中衰,然汝子三公矣。"果生公,四岁能大书。景帝召见,命书龙、凤、龟、麟十余字。书奏,上喜,抱置膝上,赐珍果宝锸。六岁、八岁两召,试《尚书·益稷篇》,命肄京庠。十九岁举进士,历事三朝,官大学士。一日朝退,沉思休致,袍带未及解,有道士服紫玉环来见,指公所服带,并自指曰:"何如我环,其能弃却入山?"公曰:"久服无味,入山须之岁月耳。"道士笑,出庭中,微吟,踏剑飞去,时正德七年也⑱。上欲调边军入卫,公疏谏不听,遂乞休,卒年七十。著有《怀麓堂集》百卷。公名东阳,字宾之,号西涯,赠太师,谥文正,墓在畏吾村⑲。万历中,邻人取土,几露前和⑳,宛平方公从哲封树之㉑,坎掩而已。公子兆先夭㉒,世荫皆佺。殁甫百年而中衰,如叟言。

会稽马兆霖《李文正公祠》:

卜居帝城西,委巷一轩小。日听车马声,弥使孤情悄。偶出坦荒步,破间隐丛筱。人情归寂寞,古树家寒鸟。题额空崚嶒,故相声名表。大业在纶扉,意曲行则矫。凶竖祸绅缨,护持向幽杳。史氏或烦言,私衷谅独晓。我生百年后,读史心皎皎。回望烟树中,宫阙正缥缈。

江都顾尔迈《李文正公祠》：

有明相业指几屈,世许三杨首赫赫。英庙复辟美政多,文达于时号良弼。再传孝庙明圣君,刘谢无愧居调燮。十八年鼎湖龙升,想望太平不可得。厥时耳目寄奄寺,八党未萌瑾先茁。刘谢知其未易争,拂衣洁身而去国。西涯同事何独留,人咸长短公喷喷。孰知公也大人造,大识大忠大气节。诸所力救匪一斑,小臣累累系旋释。杨公一清陈公熊,都御史及平江伯。瑾皆以事罗织之,将兴大狱此朝夕。公力持之得免焉,瑾乃衔公俟公隙。恬然泰然公处之,靡细靡巨不争执。蜀几以中官典兵,中怀异心人叵测。公举祖制言谆谆,逆瑾异怀斯首折。兹公立朝之巨者,细行不可更仆悉。公之没世百年来,读公遗事见伟迹。顾瞻庙貌拜祠下,今所为祠昔赐宅。祠丁索钱出锦函,纻衫一领履两只。履长二寸色尽落,衫亦半朽不三尺。闻公昔举神童年,服之抱置景庙膝。余生之晚仰止深,为公将言为时嘿。端衣载拜弗忍去,斜阳半紫丛草碧。

① 李文正公(1447—1516)：即李东阳,字宾之,号西涯,茶陵(今属湖南)人。天顺八年(1464)进士,官至吏部尚书兼华盖殿学士。谥文

正。工书善诗文,为茶陵诗派领袖。有《怀麓堂集》。

② 嘉靖乙酉:嘉靖四年(1525)。

③ 耿定向(1524—1596):字在伦,号楚侗,黄安(今湖北红安)人。嘉靖三十五年(1556)进士,万历间官至户部尚书。谥恭简。其学源自王守仁,以教诲后生为己任,人称天台先生。有《天台文集》。

④ 逆瑾:即刘瑾,兴平(今属陕西)人。本姓谈,幼年自宫,投奔一刘姓宦官,遂冒其姓。得武宗欢心,总督团营,掌司礼监。遂胡作非为,欲谋不轨。被磔于市。

⑤ 刘健(1433—1526):字希贤,号晦庵,洛阳(今属河南)人。天顺四年(1460)进士,官至文渊阁大学士,代徐溥为首辅。武宗时刘瑾得宠弄权,致仕归,不久削职为民。刘瑾诛,复官。谥文靖。有《晦庵集》。谢迁(1449—1531):字于乔,号木斋,余姚(今属浙江)人。成化十一年(1475)状元,官至兵部尚书兼东阁大学士。武宗即位,加少傅。不满于刘瑾,与刘健同致仕。嘉靖中复起用,入相仅数月。谥文正。有《归田稿》。

⑥ 狄梁公(607—700):即狄仁杰,字怀英,太原(今属山西)人。武则天执政时,以不畏权势著称。曾荐举张柬之等数十人,后皆为名臣。唐睿宗时追封梁国公。

⑦ "荷较者"四句:荷较,颈部戴枷示众,即所谓枷法。当时枷重至一百五十斤,往往戴枷不数日即死。姚祥:归善(今广东惠阳)人,成化十七年(1481)进士。 张彧:元氏(今属河北)人,弘治六年(1493)进士。 安奎,赵州(今河北赵县)人,弘治九年(1496)进士。 张玮:苏州(今属江苏)人,成化二十三年(1487)进士。按,崔璿、方奎、张伟,《明史》作"崔璿"、"安奎"、"张玮"。据《明史·李东阳传》,尚宝卿崔璿、副使姚祥、郎中张玮以违制乘肩舆罪,从者妄索驿马罪,给事中安奎、御史张彧以核算边饷不当罪,皆戴重枷,几死。李东阳力救,崔璿等谪戍,安奎、张彧释为民,均免于一死。

⑧ 杨一清(1454—1530):字应宁,号邃庵、石淙,安宁(今属云南)

人,徙居巴陵(今湖南岳阳)。成化八年(1472)进士,正德初总制三镇军务,进右都御史。刘瑾诬杨一清冒破边费,逮下锦衣狱,李东阳等力救得解。与张永设计除刘瑾。嘉靖初官至太子太师、特进左柱国、华盖殿大学士。后免职,愤愤而卒。追谥文襄。

⑨ 陈熊(? —1511):上元(今江苏南京)人。平江伯陈锐子。弘治十六年(1503)袭平江伯,正德四年(1509)以忤刘瑾削爵,戍海南。瑾败复爵。按《明史·陈瑄传》,陈熊正德三年出督漕运,刘瑾索金钱,陈熊不应。后"坐事,逮下诏狱,谪戍海南卫,夺诰券"。所谓"湿米事",当指陈熊督运漕粮受潮,刘瑾借机报复。

⑩ 孝庙:指明孝宗,见卷二《吏部古藤》。

⑪ 李广:明孝宗时太监,颇得宠。弘治十一年(1498),怂恿孝宗于万岁山建毓秀亭,后风水师谓李广建亭犯忌,太皇太后怒,惧而自杀。

⑫ 柳泌(? —820):唐代道士。原名杨仁力,宪宗元和中征入禁宫,授台州刺史,赐金紫。驱民入天台采所谓灵药,一无所获。宪宗服泌药,日益烦躁,遂为宦官所杀。穆宗即位,杖死。　郭京:北宋靖康时为龙卫兵,或谓能以六甲法抵御金兵,朝廷遂命为成忠郎,赐以金帛募兵。所召皆市井之徒,遇金兵则溃,郭京南逃。

⑬ 武庙:明武宗,见卷三《韦公寺》。

⑭ 张永(1465—1528):字守庵,新城(今河北高碑店市)人。正德初掌管神机营,与刘瑾一党,为"八虎"之一。后不满刘瑾行事,上奏诛瑾。嘉靖中掌御用监,提督团营。

⑮ 温祥:明武宗时为司礼太监。

⑯ 李淳(1417—1486):字行素,号憩庵,茶陵(今属湖南)人。金吾左卫军人允兴子。布衣终身,好诗,工书。封翰林院侍讲学士。

⑰ 武清:县名,明代属顺天府,今属天津市。

⑱ 正德七年:公元1512年。

⑲ 畏吾村:当时属宛平县香山乡。

⑳ 前和:棺材前头的挡板。

㉑ 方从哲(？—1628)：字中涵，先世德清(今属浙江)人，锦衣卫籍，徙家京师。万历十一年(1583)进士，官至礼部尚书，中极殿大学士。谥文端。万历末任首辅七年，无所匡正，天启间遭廷臣弹劾，还家。

㉒ 公子兆先(1475—1501)：即李兆先，字徵伯，李东阳长子，幼年即善歌诗，以荫为国子生。按，李东阳有三子，长子兆先二十七岁病逝，次子十岁而殇，三子未满周岁而夭。

双　塔　寺①

西长安街双砖塔，若长少而肩随立者，其长，九级而右；其少，七级而左。九级者，额曰特赠光天普照佛日圆明海云佑圣国师之塔②。七级者，额曰佛日圆照大禅师可庵之灵塔③。或乃曰："地，元之旧狱，夜多冤苦鬼声，塔以镇之。"又曰："地，唐悯忠寺之坟院，二师者，悯忠寺一二代祖。"非矣。双塔地，元庆寿寺也，海云、可庵，元僧也。寺今僧室中有碑矣，燕京编修所次二官王万庆撰④。略云：海云，名印简，山西之宁远人。七岁入学，授《孝经》之首章，遽问开者何宗？明者何义？父异之，以见传戒颜公，祝发。明年，礼中观沼公，受戒，修童子行。一日披中和五条衣，升座为同列演说，见者叱之，师曰："佛言三世诸佛所说之法，吾今四十九年，不加一字，童子所说，非妄有加。"年十一，纳具足戒，已能开众讲义⑤，济众凶岁。金宣宗闻之，赐号通玄广慧大师⑥。宁远城陷，师与中观皆执。元成吉思帝遣使语太师国王曰："卿言老长老、小长老，是告天之人，可好存济。"自是天下称小长老焉。一夕，梦神速其行，乃来燕。夜宿松铺岩下，击火大悟，年二十也。至景州[⑦]，参本无玄禅师，玄曰："孟八郎又恁么去也？"时中和老人章公，住燕京之庆寿寺，梦僧杖而入门，踞狮子座。是日师至，中和以向上键锤，差别机智，一一勘验，曰：已到大安乐地。年三十，合罕帝遣阿先脱兀怜赐以"称心自在行"之诏[⑧]。每言于大官人忽都护[⑨]：孔子者，生民圣人，宜世封以祀。复言颜子、孟子后，及习周、孔学者，皆宜免差役，勤服其业。从之。诏试僧道，不通经者，还编户。往见厦里丞相曰[⑩]："山僧年三十六，一字不识。"丞相曰："一字不识，何名为僧？"曰："方今大官人，识字也无？"因言僧以悟为第一，岂与聘士同科？丞相以闻。所著语录，曰《杂毒海》。前后得其法乳者十四人，可庵朗公继主庆寿寺事焉。今寺尚有海云、可庵二像，衣皆团龙鱼袋。海云像，门弟子刘秉忠赞之[⑪]。按今射所，亦庆寿寺址也。文皇初欲为姚少师建第[⑫]，少师固辞，居庆寿，后更大兴隆名。旧有石刻金章宗"飞渡桥"、"飞虹桥"六大字，嘉靖十七年寺灾[⑬]，石刻亦毁。二十九年，锦衣卫都督陆炳请改大兴隆寺址为射所[⑭]，寻以金鼓声彻大内，拟改建玄明宫，其射所别于大慈恩寺址[⑮]。在海子桥，今废为厂。炳言慈恩亦近禁城，请移民兵教场安定门外[⑯]，移射所民兵教场，而兴隆故地，于以演象良便。得旨允行。今人并称射所、演象所云。

武进唐顺之《寓双塔寺林东城罗念庵误于郭外相寻不遇有作奉答》：

　　漫向金门学隐沦，独游花苑散余氛。诸天只在人间世，并马谁寻郭外云。白日飞轮当户永，绿窗急管隔墙分。化城本是迷时路，莫讶幽栖似避群。

《双塔寺》：

白马西随汉使回，支提对峙古燕台。摩空日月金轮转，分界河山宝树开。法雁影从天外合，烛龙光并夜深来。海云杂毒同归化，击火相观总劫灰。

黄冈王廷陈《双塔寺》：

双雁何年落殿阴，长留寒影向青岑。珠茎缀露分仙掌，花铎含飔杂御砧。双阙星河秋色曙，千家烟雨夕阳沉。飞凫欲下吹笙侣，天外遥依识凤林。

武昌吴国伦《双塔寺》：

石塔参差御苑西，凌空双雁识招提。梵铃风起声相激，仙掌云分势欲齐。似引飞凫朝帝阙，岂烦鸣马护禅栖。长安落日驰车骑，何处逢人路不迷。

长乐谢杰《双塔寺》：

帝城西望郁崔嵬，雁影联翩般若台。灵凤乍扶双仗出，巨鳌遥驾二山来。摩空法界参差现，转日慈轮次第开。圆寂自应通觉海，海中杂毒并难猜。

濠梁朱宗吉《同王敬美诸公双塔寺访盛仲交》：

借得空王地，还容二仲寻。一竿沧海梦，十载故人心。僧课朝钟后，窗闲塔影临。怪来无暑气，移席薜萝深。

吴县王稚登《冬夜同陈秀才双塔寺门步月》：

> 上书人不问，岁暮叹飘零。塔古芙蓉黑，城阴睥睨青。月过驰道看，水绕御沟听。莫谓元方小，堪当一德星。

元赵孟頫《庆寿僧舍即事》：

> 白雨映青松，萧飒洒半阁。稍觉暑气销，微凉度疏箔。客居秋寺古，心迹俱寂寞。夕虫响阶砌，孤萤炯丛薄。展转怀故乡，时闻风鸣铎。

永丰曾棨《游庆寿寺》：

> 岧峣古刹倚城阴，昼静禅扉出梵音。风度花随泥处着，雨余山碧望中深。老僧习见容频叩，永日过从澹客心。为喜官闲居止近，退朝时得共幽寻。

长洲皇甫濂《过庆寿寺废址》：

> 当日招提废，曾悲白马鸣。金沙芳草没，祇苑落花平。境隐飞泉去，云迷锡杖行。如来自不灭，淹望独为情。

武进周金《除日习仪兴隆寺同李侍御登天宁阁》：

> 帝城杰阁定何年，浩劫浮踪此尚传。百尺丹梯临古树，半天霜磬入人烟。虚心问俗惭无补，抗志埋轮羡独贤。并祝华嵩登赏处，清光疑在五云边。

香山黄佐《郊祀斋居大兴隆寺》：

　　大驾迎天早练时，端门灯起禁钟迟。春回御气通黄道，夜静神飚列翠旗。龙骑肃分千陛戟，鹤群寒并一禅枝。泰坛却忆追趋地，云捧珠宫月满墀。

《秋夜大兴隆寺看月》：

　　玉壶酒对秋色满，金地坐看明月高。北戍不随胡马暗，南巡应照圣躬劳。山河有影着蓬鬓，风露无声生缊袍。忽忆越江垂钓叟，流光千顷一轻舠。

武进薛应旗《隆兴寺遇包元达》：

　　羡子通朝籍，犹依净土居。纡途违俗辙，长日掩僧庐。十载仍知旧，三秋屡别余。重逢吾自笑，毳褐亦萧疏。

　　① 双塔寺：位于西长安街。初名庆寿寺，创建于金章宗时。或谓元世祖至元中建。明正统十三年(1448)以太监王振建议重修，耗资巨万，壮丽为京城诸寺之最，改名大兴隆寺。嘉靖中寺毁，后改建为射所，称讲武堂。又为演象所(参见《天府广纪》卷三十八、《日下旧闻考》卷四十三)。

　　② 海云(1202—1257)：即释印简，号海云，岚谷宁远(今山西岚县)人，俗姓宋。金宣宗时赐号通玄广慧大师，蒙元赐号寂照英悟大师。历任诸大刹住持，度弟子千余人。

　　③ 可庵：海云弟子，继海云为双塔寺住持。

　　④ 王万庆：元初名儒。元太宗时耶律楚材建议征召，进讲东宫，任燕京编修所副长官。元世祖时提举诸路学校。

⑤　"年十一"三句：此处有误。海云年十一纳具足戒,升座讲演经文则始于三年之后,从中观禅师寓居岚州广惠寺时。(参见《日下旧闻考》卷四十三引录双塔寺壁所嵌《大蒙古国燕京大庆寿寺西堂海云大禅师碑记略》)

⑥　广慧大师：原本作"广惠大师"。此据《日下旧闻考》卷四十三引录双塔寺壁所嵌碑文改正。

⑦　景州：今河北遵化市。

⑧　合罕帝：指元太宗窝阔台,见卷一《崇国寺》。

⑨　忽都护：或即元太宗时大臣忽睹虎。据《中书令耶律公神道碑》,元太宗甲午年(1234),曾下诏普查户口,"以大臣忽睹虎领之"。

⑩　厦里丞相："厦里"为满洲语,意为"斜眼"。

⑪　刘秉忠(1216—1274)：原名侃,字仲晦,号藏春散人,邢台(今属河北)人。初为僧,名子聪。元世祖时参领中书省事,甚得宠。谥文贞,后改文正。有《藏春集》。

⑫　文皇：即明成祖,见卷首刘侗序。　姚少师：即姚广孝,见卷一《崇国寺》。

⑬　嘉靖十七年：公元1538年。

⑭　陆炳(1510—1560)：字文孚,先世平湖(今属浙江)人。母为嘉靖皇帝乳母,炳从入宫。授锦衣卫副千户,遇险救帝,得宠,官至太保左都督。为人正直。谥武惠。

⑮　大慈恩寺：此谓寺址在海子桥,《日下旧闻考·城市》则谓慈恩寺即兴隆寺之别名。

⑯　安定门：北京城北门之一,偏东。

城隍庙市①

京师市各时日:朝前市者,大明门之左右②,日日市,古居贾是也。灯市者，东华门外③，岁灯节，十日市，古赐酺是也。内市者，东华门内，月三日市，今移灯市张矣，犹称内市也。穷汉市者，正阳桥④，日昃市，古贩夫贩妇之夕市是也。城隍庙市，月朔望，念五日，东弼教坊，西逮庙墀庑，列肆三里。图籍之曰古今，彝鼎之曰商周，匜镜之曰秦汉，书画之曰唐宋，珠宝、象、玉、珍错、绫锦之曰滇、粤、闽、楚、吴、越者集。夫我列圣，物异弗贵，器奇弗作，然而物力蕴藉，匠作质良，古未有，后不磨，当代已稀重购。故簪、佩、钩、环之靡者、害者，市无传也。其坛庙服用之器具则传。器首宣庙之铜，宣铜，炉其首⑤，炉之制有辨焉，色有辨焉，款有辨焉。制所取，宜书室，登几案、入赏鉴，则莫若彝乳炉之口径三寸者。其制百摺，彝炉、乳炉、戟耳、鱼耳、蜓蚰耳、熏冠、象鼻、兽面、石榴足、橘囊、香奁、花素、方圆鼎等，上也。角端象头禺、判官耳、鸡腿脚扁炉、翻环、六棱、四方、直脚炉、漏空桶炉、竹节、分裆、索耳等，下也。铸耳者，宣炉多仿宋窑，中有身耳逼近，施错无余地者，乃别铸耳，磨治钉入，分寸始合也。钉耳多伪，宣炉铸耳不称者，拣去更铸，十不一存，故伪者但能钉耳也。色种种：仿宋烧斑者，初年色也。尚沿永乐炉制⑥。蜡茶本色，中年色也。中年愈工，谓烧斑色掩其铜质之精，乃尚本色，用番硇浸擦熏洗为之。本色愈淡者，末年色也。末年愈显铜质，着色愈淡。后人评宣炉色五等：栗色、茄皮色、棠梨色、褐色，而藏经纸色为最。鎏金色者次本色，为掩铜质也。鎏腹以下，曰涌祥云。鎏口以下，曰覆祥云。鸡皮色者，覆手色，火气久而成也。迹如鸡皮，拂之实无迹。本色之厄二：嘉、隆前有烧斑厄⑦，时尚烧斑，有取本色真炉，重加烧斑者。近有磨新厄。过求铜质之露，取本色炉磨治一新，至有岁一再磨者。款亦制辨色辨之。阴印阳文，真书大明宣德年制，字完整，地明润，与炉色等旧，非经雕凿熏造者。后有伪造者，有旧炉伪款者，有真炉真款而钉嵌者。伪造者，有北铸，嘉靖初之学道，近之施家。施不如学道远甚，间用宣铜别器改铸。然宣别器，铜原次于炉，且小冶单铸，气寒俭无精华。有苏铸，有南铸⑧。苏蔡家，南甘家。甘不如蔡远甚，蔡惟鱼耳一种可方学道。旧炉伪款者，有永乐之烧斑彝，耳多宽索，腹多分档。景泰、成化间之狮头彝等⑨。厚赤金作云鸟片帖铸之，原款用药烧景泰年制等字，二者价逊宣炉，后人伪凿宣款，以重其价。真炉真款而钉嵌者，宜呈样炉，宜他器款也。当年监造者，每种成，不敢铸款，呈上准用，方依款铸，其制质特精。流传至后，谓有款易售，取宣别器款色配者，凿空嵌入，其缝合在款隔边际，但从覆手审视，觉有微痕。宣炉惟色不可为伪，其色黯然，奇光在里，望之如一柔物，可揉掐然。迫视如肤肉内色，蕴火爇之，彩烂善变。伪者外光夺目，内质理疏，槁然矣。传宣庙时，内佛殿灾，金银铜像浑而液，因用铸器，非也。宣庙欲铸炉，问工：铜何法炼而佳？工奏：炼至六，则现殊光宝色，异恒铜矣。上曰：炼十二。炼十二已，条之，置铁钢筛格，赤炭溶之，其清者先滴，则以铸，存格上者，以作他器。故宣他器，先不极量于铜，后不致养于火，其入赏鉴亚之。次窑器，古曰柴、汝、官、哥、均、定⑩，在我朝，则永、宣、成、弘、正、嘉、隆、万官窑⑪。首成窑，次宣，次永，次嘉，其正、弘、隆、万，间有佳者。其时，饶土入地未恶，其土骨紫白料法，沏药水法，底足火法，花青画彩法，雅既入古，致又尽今，故悬日无多，而购市重直，传世永宝焉。永窑之压手杯⑫，传用可久，价直甚高。坦口折腰，沙足滑底，外深青花，内双狮球，球内篆书永乐年制，细如粒米。鸳鸯心次之，花心次之。近者仿之以蠢厚，约略形似耳。宣窑之祭红杯盘，浑身者，红鱼者，百果者，发古未有。末西红宝石，涂沏内烧出，沏上宝红凸起紫黑者，火候失也。青花茶靶杯，画龙松梅。酒靶杯，画人物海兽。朱砂小壶、大碗，色红鲜，白锁口。竹节卤壶、小壶、匾罐，皆罩盖者。炉、瓶、盘、碟，敞口花尊、蜜渍桶罐，多五彩者。白坛盏，心有坛字。暗花白茶盏，瓮肚，釜底，绵足，里有龙凤暗花，底有大明宣德年制暗款。坐墩等。有漏花填彩，有实花填彩，皆深青地，有蓝地填彩，有白地青花，有冰裂纹。各有精者，而以花款，青

色，渱光，品次之。他则水注，五彩桃注，石榴注，彩色双瓜注，双鸳注，鹅注。笔洗，鱼藻洗、葵斑洗、磬口洗、螭洗。两台灯檠，雀食罐，蟋蟀盆等。成窑之草虫可口、子母鸡劝杯，人物莲子酒盏、草虫小盏，青花酒盏、薄才如纸。葡萄靶杯、五色，敞口匾肚。齐箸小碟、香合、小罐。皆五彩者。成杯，茶贵于酒，采贵于青。其最者斗鸡可口，谓之鸡缸。神庙、光宗⑬，尚前窑器，成杯一双，值十万钱矣。成宣靶杯，俱非所贵。嘉窑，泡杯其最。低小磬口者。花三友者，泡杯之最。水藻次之，灵芝又次之。适用曰坛盏，大中小三号。内字曰茶，为坛盏最。酒枣汤次之，姜汤又次之，姜汤不恒有。盏色正白，如玉斯美。渱嫩则近青，渱不净则近黄。其青花五彩，二窑制器悉备焉。有三色鱼匾盏，磬口、馒心、圆足。红铅小花合子等。大如钱，有青花，有红花。盖永尚厚，成尚薄，宣青尚淡，嘉青尚浓。成宣用青之漂，去其沉脚，嘉青全用浓者。成青未若宣青，苏渤泥青也。宣彩未若成彩，浅深入画也。嘉、万之回青，特为幽菁。鲜红土尽绝，色止矾红，而回青盛作。隆窑之春宫，不入鉴藏，是其别已。其同者，汁水莹厚如堆脂，汁纹鸡橘也。质料腻实，不易茅蓑也。官窑土骨坯，干经年，重用车碾，薄上渱水，候干，数次而厚入骨，最坚。出火口足渱漏者，谓之骨，则碾去，上渱更烧之，故鸡皮橘皮纹起，久用不茅，身不蓑焉。其发棕眼蟹爪纹者，渱中小疵，反以验火候之到，亦如宣炉冷热충补，他铸无及者。磨弄岁深，火色退净也。今市所争购，多当年不中御用者。其有龙纹五爪，不落民间，或碾去一爪而亦市之。次漆器，古犀毗、剔红、戗金、攒犀、螺钿市时时有，而国朝可传则剔红、填漆、倭漆三者。剔红，宋多金银为素，国朝锡木为胎，永乐中果园厂制⑭，合盘匣不一，合有蔗段、蒸饼、河西、三撞、两撞等式。蔗段人物为上，蒸饼花草为次，盘有圆、方、长、八角、绦环、四角、牡丹瓣等式，匣有长方、四方、二撞、三撞四式。其法，朱漆三十六次，镂以细锦，底漆黑光，针刻大明永乐年制字。以比元作者，张成、杨茂⑮。剑环香草之

式,似为过之。宣庙青宫时⑯,剔红等制,原经裁定,立后,厂器终不逮前。工屡被罪,因私购内藏盘合,款而进之,磨去永乐针书细款,刀刻宣德大字,浓金填掩之。故宣款皆永器也。间存永乐原款,则希有矣。填漆,款亦如之。填漆刻成花鸟,彩填稠漆,磨平如画,久愈新也。其合制贵小,深者,五色灵芝边,浅者,回文戗金边。其古色苍然莹然,其器传绝少,故数倍贵于剔红,故伪者亦多剔红。倭漆,国初至者,工与宋倭器等。胎轻漆滑,铅钤口,金银片,漆中金屑,砂砂粒粒,无少浑暗。有圆三五七九子合,有方四六九子匣,其小合匣,重止三分,有三撞合,有粉扇笔等匣,有木铫,有角盥,以方长可贮印者贵,香合次之,大可容梳具为最,然不恒有。中国尽其技者,称蒋制倭漆与潘铸倭铜⑰,然倭用碎金入漆,磨漆金现,其颗屑圆棱,故分明也。蒋用飞金片点,褊薄模糊耳。正统中,杨埙之描漆⑱,汪家之彩漆⑲,设色如画,用粉入漆,久乃如雪,或曰真珠粉也。隆庆中,方信川之堆漆螺钿⑳,黄平沙之剔红㉑,人物精采,刀法圆滑。云南雕法虽细,用漆不坚,刀不藏锋,棱不磨熟矣。伪剔红者,用矾朱,或灰,团起,外朱漆二层,曰罩红也。次纸墨,纸不如旧,墨不如新。宣纸至薄能坚,至厚能腻,笺色古光,文藻精细。有贡笺,有绵料,式如榜纸,大小方幅,可揭至三四张,边有宣德五年造素馨纸印㉒。后则有白笺,坚厚如板,两面砑光如玉。有洒金笺,有洒金五色粉笺,有金花五色笺,有五色大帘纸,有磁青纸。坚韧如段素,可用书泥金。宣纸,陈清款为第一㉓,外则有薛涛蜀笺㉔,镜面高丽笺㉕,松江谭笺㉖,新安仿宋藏经笺等㉗,皆市。墨欲黑,古墨色光如漆,浓不湮沁,淡不脱神,今其法不可得。国朝御用内墨,则宣庙之龙凤大定,光素大定,青填、金填大明宣德年制字,别有朱蓝紫绿等定。外则国初之查文通、龙忠迪、碧天龙气、水晶宫二种。方正、牛舌墨。苏眉阳,卧蚕小墨㉘。嘉、万之罗小华、小道士等。汪中山、太极十种,玄香太守四种,客卿四种,松滋侯四种。

邵青丘、墨上自印小像。青丘子格之、方于鲁、青麟髓等,其子封曰羲仓篆。程君房、玄元灵气等。方程墨各有谱。汪仲嘉、梅花图。吴左干、玄渊、髻珠二种。丁南羽父子,一两可染三万笔[②]。今之潘嘉客、紫极龙光。潘方凯、开天容。吴名望、紫金霜。吴去尘。不可磨、未曾有等[③]。而市品价尤重者,始方罗,中方程,今两吴也。罗尚珠宝,增墨之光,亦减墨之黑,罗不如方。宜墨亦太多香料。程尚胶轻,宜南不宜北,程不如方。两吴质轻烟细,易松以桐,佐桐以脂,烟百两,油三石,今五石矣。远烟独草,今茜染四剖矣。胶用鹿麛,熟而县之经年矣。夫焰头蚀烟则白,角以时解,胶则凝释,若遂能县之侧毂,使轮旋而受烟,法古干漆,取代胶泥,徐铉、李廷珪[③①],何至殊异哉。有内府扇曰宫扇,带曰宫带,香曰宫串。外夷贡者,有乌斯藏佛[③②],有西洋耶稣像,有番帧,有倭扇,有葛巴剌碗[③③]。数珠则有顶骨禄,有番烧,有腻红,有龙充,有鳅角。段帛,有蜀锦,有普鲁,有猩猩毡,有多罗绒,有西洋布,有琐附,有左机等[③④]。市之日族族,行而观者六,贸迁者三,谒乎庙者一。庙建自永乐初,正统中重修。洪武初,神有封号,曰鉴察司民城隍显佑公。今称都城隍之神。岁春秋,祀于有司。二门列十三省城隍,冠笏立侍。庙有石刻北平府三字,字径尺,半埋土中。

庐陵周忱《谒北京城隍庙》:

　　市喧昧爽贯城闉,命祠峨峨榱桷新。石刻肃题灵应事,香烟暖接往来人。经年树暗深廊昼,长日风飔古砌尘。粉署政闲来伏几,俨将心术对神明。

晋江黄景昉《城隍庙市》:

　　黄金百如意,但向燕市趋。燕市何所有?燕市何所无。大寮青琅玕,中使锦氍毹。呵声填道路,竞过波斯胡。波斯坐上头,呼使碧眼奴。木客来秦地,鲛人出海隅。兼复善拂拭,手爪自然殊。十榻十毡围,问君何所需?买琴得蛇蚹,买剑得鹿卢。双玉谓之珏,五珏谓之区。钗头金凤子,饰以明月珠。仙家高鞯鞲,石室富珊瑚。珊瑚何离离,枝叶自相扶。金膏差大国,水晶如小邾。是日政三五,顷城争此途。如在玉山行,不觉白日晡。好物好售主,大家各欢娱。譬彼燕市中,荆卿遇狗屠。一客独憔悴,似复是吾徒。探囊无一物,手但捋髭须。终日空摩挲,为彼所揶揄。归来自怨怒,自悔身为儒。

歙县汪逸《城隍庙市》:

都城命市名非一,上庙为期月有三。日出日中人毕赴,迁无迁有物相贪。秋卿署口分廛肆,晓漏声余见负担。傲贾傍檐陈法器,侍臣归路解朝簪。奔驰络绎车联骑,位置参差北与南。衢巷气蒸纷鹜走,殿庭香绕吻鸥含。官虽屏从犹遮扇,客匪祈神亦住骖。廊庑肯容存隙地,工商求售厌空谭。看多异巧睛为眩,听各乡音耳讵谙。璞玉满前题作鼠,纂组通体不知蚕。明珠尽属蛟宫攫,秘典如从禹穴探。易得金钱仍易掷,难逢彝鼎亦难参。高呼牌帽来中使,叠坐鞍鞯觐美男。行丐酡颜疑魑魅,募僧黄面比瞿昙。摩肩径窄恒如仆,触鼻尘污似若甘。每到日斜思减值,正愁钥下怅收函。应输禁院门门肃,谓内市。曾是灯楼夜夜酣。谓灯市。袖可几缗徒目饱,囊羞仆笑腐儒惭。

吴江沈孟《城隍庙市观宣炉歌》：

曾读汉唐食货志，谓今国朝逊此事。初入帝京大观
光，皇城西头张庙市。未到庙市一里余，杂陈宝玉古图
书。公卿却舆台省步，摩肩接踵皆华裾。阿监飞龙内厩
马，高出人头俯屋瓦。锦衣褧帽出西华，二十四衙齐放
假。亦有波斯僧喇嘛，西先生老鼻如瓜。挤挤挨挨稠人
里，华与邻交市一家。初来穷儒再三叹，也随人口论清
玩。周鼎商彝且莫论，中有宣炉璀以璨。此炉曰自章皇
时，金铜火合相淋漓。嗟乎精铜入土子归母，地中谁知相
牝牡。传世以火暖为胎，道异古鼎人疑猜。宣铜款色今
共宝，累累真赝非难考。如见真人有云气，疑义漫天去若
扫。徘徊只自愧囊空，波斯眼碧予眼红。穷儒文章不易
出，那能传世如金铜。

歙县闵景贤《宣铜炉歌》：

风火十二金德极，赤龙碎折阳乌翼。须臾流出金之
英，首山铜枯比不得。宣皇运意商周前，古色不敢争光
鲜。一代工倕拨腊巧，维彝维鼎随方圆。篆烟隐约黄云
里，二百年来声价起。制式曾无摹博山，纪功何用沈汾
水。宫铸殊非北铸方，金涂银凿无低昂。款耳分毫辨真
赝，有人嗜古倾其装。吁嗟乎，湛然此炉盛时色，更有宣
漆宣窑宣纸墨，稽首臣民恭拂拭。

晋江黄居中《宣铜炉歌》：

博山香重成云螭，款识乃出章皇时。古文斑驳光陆

离,绝胜周鼎与商彝。青烟朱火郁纷披,质重为金象厪
屧。长安丁缓巧运机,被中帐角用非宜。异禽怪兽亦何
施,五方香床世所嗤。千古兴亡合鉴之,太平天子正垂
衣。韵事元不废万几,雕镂缀贴妙工倕。睡鸭蟠龙未足
奇,二百年来神护持。诸君休作耳目怡,自熏知见闻月
氏。真鼎还从柳下知,微参鼻观何有疑。

莆田张士昌《观宣炉歌》:

　　烟凝四座散名香,香然炉暖炉含光。借问此炉铸何
良?云此之制自宣皇。今也流传人所尚,不知匠者何人
创。商彝周鼎无多让,江铸宋烧敢相抗。吁嗟乎此炉不
可状,南铸北铸徒多样。曰除兽面象鼻与分裆,戟耳鱼耳
斯为上。近来苏铸巧益精,终然北铸称良匠。炉所以者
质不同,自宣铸后更无两。赝者宁非名手造,至妙难于向
人道。彝鼎青绿陈设宜,宜火宜香宣炉好。

吴县林云凤《宣铜炉歌》:

　　猗欤那欤宣铜炉,腻光肉色粉模糊。大明款识宛如
刻,熟视知非后所摹。忆昔宣皇正南面,流乌一夜来宫
殿。像器腾光五微妙,玉石俱焚金亦变。尽熔金质入铜
中,浑然莫分金与铜。百炼因之范成器,遂令昭代称神
工。即今此炉世已少,光采晶莹成至宝。夏鼎周鼎及商
彝,雕文博山勿复道。

桐城倪天枢《宣磁谣》:

　　天街九月叶已霜,燕市百物方归藏。有客有客行傍

徨，盆碗满眼争辉光。灿然者磁识宣皇，当年盛时陶器良。饶土凝雪骨薄刚，如水渺光火则降。曰棕曰橘文理彰，图写吾皇金玉相。物土来送西戎羌，中华盛有回青妆。官民窑造用斯藏，父老传器今称觞，二百历年近相望。呜呼，宣庙恢恢持大纲，如器规万于圆方。

嘉鱼金声《观宣庙填漆器歌》：

欧罗巴镜远有窥，窥月轮里隆洼奇。世人目慑其光景，日月平受山河影。宣庙填漆器如然，初形以雕后色填。堆填纷挐但一片，砻磨施之色形见。月华星采日晕殊，亦将混合亦分区。人工化工二俱有，百年收藏长在手。奴驱倭漆兄剔红，请为宣皇记考工。

桐城高友荆《燕市漆器歌》：

国家气运之初盛，物力人功如相竞。九牧贡金夏鼎成，百工考度周官命。圣治民俗上下风，海久无波岁屡丰。不宝远物远人至，不贵异物用物充。我朝四传际兹日，永宣之间号殷实。诸方职贡来京师，有物沉沉其名漆。漆生于木木不藏，注也流泉浊也浆。施丹湛黑肤理切，意匠起止秋茫茫。巧匠运刷如笔工，刀错异治辉光同。品题第一号填漆，再次玻罗次剔红。海外传来有奇器，其国见闻出人意。纤轻不应造有胎，把玩叹之为再四。制器于今百有年，传来燕市犹鲜妍。填漆剔红及倭漆，卖买时至十万钱。吁嗟乎，人工之至工于天。奚车不足述，倕弓不足肩。吾何辞乎矢诗，维歌先皇润泽之绵绵！

① 城隍庙市：位于京城西部。明孙国敉《燕都游览志》："庙市者，以市于城西之都城隍庙而名也。西至庙，东至刑部街止，亘三里许。其市肆大略与灯市同，第每月以初一、十五、二十五开市，较多灯市一日耳。"

② 大明门：北京皇城正南门。

③ 东华门：北京宫城（紫禁城）之东门。

④ 正阳桥：京城正南正阳门外石桥，并排三座。

⑤ "器首"三句：意为明代铜器以宣德炉最为著名。宣德炉，宣德二年(1427)由宫廷督造，为各种用以祭祀陈设的铜器，以各式香炉为主。其造型成为后世铜器典范。

⑥ 永乐：明成祖年号，公元 1403—1424 年。

⑦ 嘉、隆：嘉靖、隆庆，公元 1522—1572 年。

⑧ 北铸、苏铸、南铸：明万历、天启年间，以铸炉著称者为三家，北京施家所造称"北铸"，苏州蔡家所造称"苏铸"，金陵甘文堂所造称"南铸"。

⑨ 景泰：景帝年号，公元 1450—1456 年。　成化：宪宗年号，公元 1465—1487 年。

⑩ 柴：柴窑，后周柴世宗时所烧陶器。有"青如天，明如镜，薄如纸，声如磬"之美誉。　汝：汝窑，宋代汝州(今属河南)窑所烧青瓷器。当时以定州白瓷器有芒，故于汝州建青瓷窑。　官：官窑，北宋政和年间(1111—1118)，官府于京师建窑所烧瓷器。后南宋置窑于修内司，所烧青瓷器亦称官窑。　哥：哥窑，宋处州(今浙江丽水)人章生一在龙泉窑所烧瓷器。当时章生一、生二兄弟均在龙泉(今属浙江)烧瓷，生一瓷器质佳，人称哥窑。　均：宋均州(今河南禹州)窑，以五色窑变瓷器著称。　定：宋定州(今属河北)窑所烧瓷器，北宋宣和、政和年间产品尤佳。

⑪ 宣：宣德(1426—1435)。　成：成化(1465—1487)。　弘：弘治(1488—1505)。　正：正德(1506—1521)。　嘉：嘉靖(1522—1566)。

隆：隆庆(1567—1572)。 万：万历(1573—1620)。

⑫ 压手杯：据清人朱琰《陶说》，"坦口折腰，手把之，其口正压手，故名"。

⑬ 神庙：指明神宗，见卷一《十刹海》。 光宗(1582—1620)：即朱常洛，神宗长子，万历四十八年(1620)八月即位，九月病逝，在位仅一月。后改万历四十八年八月后为泰昌元年。庙号光宗，葬庆陵。

⑭ 果园厂：位于皇城西北，明永乐至宣德年间所设工场，专门制作漆器果盘、果盒。

⑮ 张成、杨茂：元代嘉兴(今属浙江)漆器名家。其剔红漆器当时由庆元(今浙江宁波)传入日本。今北京故宫博物院藏有张成栀子花纹剔红圆盘、杨茂观瀑图剔红八方盒。

⑯ 青宫：太子宫。此指为太子之时。

⑰ 蒋制：苏州(今属江苏)著名匠师蒋回回所制描金漆器。 潘铸：不详。

⑱ 杨埙：北京人，军籍工匠。以制作描金漆器闻名，明正统至天顺年间在世。天顺中曾为都指挥袁彬喊冤，触怒指挥使门达，险遭斩首，帝命禁锢。

⑲ 汪家：不详。

⑳ 方信川：新安(今安徽徽州、歙县一带)著名漆器匠师。

㉑ 黄平沙：即黄成，号大成，新安人。隆庆间著名漆器匠师。撰有中国古代唯一漆器论著《髹饰录》，天启二年(1622)刊行。

㉒ 宣德五年：公元 1430 年。

㉓ 陈清：生平不详。

㉔ 薛涛：唐代乐妓，工诗，时称女校书。曾居蜀地浣花溪，自制深红小笺写诗，人称薛涛笺。后世仿制，历代不衰。纸幅较小，精致华美，色彩多样，宜题短诗。

㉕ 高丽笺：又称"三韩纸"，以绵茧制造，色白如绫，坚韧如帛，书画皆宜。自唐代起，岁贡于中国，直至清朝。

㉖ 谭笺：亦作"谈笺"，明季松江府(今属上海)谈仲和所造。纸质坚韧滑爽，可与宋纸媲美。相传其造纸有秘法，其祖工部右侍郎谈伦从宫廷获得。

㉗ 新安：今安徽徽州、歙县一带。

㉘ 查文通、龙忠迪：皆明初造墨名家。　方正：明嘉靖以前人士。清张仁熙《雪堂墨品》谓其牛舌墨镌有"极品清烟"四字，与罗小华"小道士"墨等价。　苏眉阳：不详。

㉙ 罗小华(1522—1566)：即罗龙文，字含章，号小华，歙县(今属安徽)人。官中书舍人。家豪富，喜结交宾客，为严嵩座上客。后与严嵩子世蕃一同处死。工书，富收藏，精鉴赏，嘉靖中尤以制墨闻名。　汪中山：休宁(今属安徽)人，嘉靖间首创将装饰性名品汇集为成套"集锦墨"。　邵青丘：休宁(今属安徽)人，明嘉靖前造墨名家，其"瓜"墨有"青门遗"三字。　邵格之：邵青丘之子，嘉靖中制墨名家。　方于鲁(1573—1620)：初名大滶，后以字行，改字建元，歙县(今属安徽)人。得程君房墨法，制墨颇有创新，名重万历间。后与程君房争名，结为深仇。亦工诗，得汪道昆褒奖。有《方氏墨谱》、《方建元诗集》。　程君房：即程大约，字幼博，号君房，歙县(今属安徽)人。太学生，后任鸿胪寺序班。善制墨，其墨曾通过太监呈送万历皇帝。后以杀人罪入狱，不堪宿敌方于鲁羞辱，绝食而死。其"玄元灵气"阿胶墨，甚薄，重仅一钱余。有《程氏墨苑》、《程幼博集》。　汪仲嘉：万历后期造墨名家，其"公孙合造李法"墨，上镌"百年如石，一点如漆"字样。　吴左干：即吴羽，一名廷羽，字左干，歙县(今属安徽)人。早年师从丁云鹏，学画佛像。后作山水花鸟，气韵生动。曾借丁云鹏为方于鲁画《墨谱》，极为精巧。丁南羽：即丁云鹏，字南羽，号圣华居士，休宁(今属安徽)人。世代行医，其父兼善书画，云鹏尽得其传，尤以画名。善画白描人物、山水佛像。亦工诗，有《丁南羽集》。

㉚ 潘嘉客：即潘一驹，字嘉客，歙县(今属安徽)人。明季为广东通判，弃归，以诗文自娱。书法遒劲，制墨超越古人。　潘方凯：歙县

（今属安徽）人，方于鲁之后制墨名家，其"开天容"墨，万历后期制造。
吴名望：即吴玄象，明天启间造墨名家，其名品为紫雪墨，有数种。
吴去尘：明天启、崇祯中以制墨闻名，大抵效仿邵格之制墨，然形式不
同，物料绝胜，博古新样品目多至六十余种。

㉛ 徐铉（916—991）：五代末年、北宋初年文字学家，初仕南唐，宋
初官至散骑常侍。曾校订《说文解字》。工书，好珍藏佳墨。　李廷珪：
五代时造墨名家。先世姓奚，易县（今属河北）人。其父奚超唐末徙居
歙县（今属安徽），始以造墨闻名，南唐后主赐姓李。李氏所制墨，坚硬
如玉，与"澄心堂纸"、"龙尾砚"并称文房三宝。

㉜ 乌斯藏：一作乌思藏，元、明时对于西藏前、后藏的称谓。（参
见《明史·西域传》）

㉝ 葛巴剌：蒙古语，意为天灵盖。

㉞ 普罗：藏语音译词，亦译作"氆氇"，藏族等西北少数族人手工
生产的一种羊毛织物。　多罗绒：亦作"哆啰哾"，一种宽幅毛织品，和
兰（荷兰）制造。　西洋布：暹罗、满剌加（马来亚）等国所贡。　琐附：
又作"琐服"，据《明史·外国传》，满剌加、和兰等国皆产此纺织品。
左机：不详。

鹫　峰　寺①

　　城隍庙之南，齐檐小构者，鹫峰寺。以旃檀像应化集此，
缁素瞻礼无虚日，寺遂以名。像高五尺许，寒暑晨昏不一色，
大抵近沉碧。万历中，慈圣太后始傅以金②。相传为旃檀香木，似木
耳，扣之磬然者石，濡者土，坚者金，轻者髹漆，柔可受爪者乃
木。鹄立上视，后瞻若仰，前瞻若俯，衣纹水波，骨法见其表，

左手舒而植，右手舒而垂，肘掌皆微弓，指微张而肤合，三十二相中鹅王掌也。勇猛、慈悲、精进、自在，各以意求之，皆备，调御丈夫哉。按《瑞像记》云③：释迦如来初为太子，诞七日，母摩耶弃世④，生忉利天⑤。佛既成道，思念母恩，遂升忉利，为母说法。优阗国王欲见无从⑥，乃刻旃檀为像，目捷连尊者⑦，以神力摄三十二匠升忉利天，谛观相好，三返乃成。及佛返人间，王率臣庶，自往迎佛。此像腾步空中，向佛稽首。佛为摩顶受记曰：我灭度千年，汝从震旦⑧，利人天。像颣是飞历西土一千二百八十五年，龟兹六十八年⑨，凉州一十四年⑩，长安一十七年，江左一百七十三年⑪，淮安三百一十七年⑫，复至江南二十一年，北至汴京一百七十七年⑬，北至燕京十二年，北至上京二十年⑭，南还燕京内殿五十四年。燕宫火，迎还圣安寺一十九年⑮，元世祖迎入仁智殿十五年，迁于万安寺一百四十余年⑯，以上元学士程钜夫记⑰。复居庆寿寺一百二十余年⑱。嘉靖戊戌⑲，庆寿寺灾，奉迎鹫峰寺，迄天启丁卯⑳，共居八十八年。计优阗造像，当周穆王辛卯㉑，至我熹宗丁卯㉒，凡二千六百一十余年。以上蜀僧绍乾续记㉓。万历己未㉔，寺僧济舟，在殿诵经次，一士人礼拜墀下。僧睹仪观有异，乃迎上殿，士固不可，僧固迎不已。士自通曰："城隍也，殿有戒神呵护，我小神，敢轻入？"语罢不见。

江夏郭正域《浴佛日礼旃檀佛》：

　　城西古佛自祇陀，衣作伽黎髻作螺。此日九龙飞海水，何年双足度恒河。七层帝网明无尽，亿劫金轮转不磨。为问法身来应化，天官人世果如何？

宛平于奕正《礼旃檀像》：

像佛立荒刹，相传来优阗。尽开辟所有，无有居其
先。草草阅孔、李，落落数大千。历周汉唐宋，如云复如
烟。我睹衣波如，睹发则鬈然。厥目若营营，厥手宛有
牵。凝注不暂舍，神光相与旋。以此悟穷劫，见闻同静
专。

长洲杨补《礼旃檀像》：

土木与金石，像法以不亏。何来此旃檀，投五勤威
仪。譬彼儿幼孤，忆其父须眉。一日见遗像，得不哀绕
之。大哉优阗王，岂为眷属私。若以震旦故，立像使民
知。日月有晦冥，孔李时在兹。呜呼二三子，汲汲同一
时。稽首我载拜，念念纷于丝。消息明星前，木尔旃檀
枝。

华亭汪历贤《礼旃檀像》：

人未离佛时，佛已留此像。不知何因缘，示以劫无
量。曰来自优填，殆居周秦上。凝然立天地，栗哉冰雪
壮。藻荇留天衣，思理不可况。目上而耳下，光灵彻悲
仰。我初兴兹识，尽诸去来想。

吴县葛一龙《礼旃檀像》：

未礼心心见，光容等一慈。住持从得地，迁次已知
疲。照月乃初镜，饰金非故缁。学人谁可语，孔李亦同
时。

① 鹫峰寺：位于城内西隅。唐代始建，原名淤泥寺。后人见寺内有唐人石刻《心经》，知唐代寺僧号鹫峰，故改称今名。《燕都游览志》："鹫峰寺在城西墙畔，寺颇湫隘，然供有旃檀佛其中。像为旃檀木，衣无缝天衣，目上视，手左昂右俯，相好端严，迥异常造。历代以来，每随建都之地而供养之。"

② 慈圣太后：即孝定皇太后，见卷一《千佛寺》。

③《瑞像记》：指明万历间释绍乾所撰《瑞像来源记》。

④ 摩耶：音译摩诃摩耶之略称，释迦牟尼生母。相传为古印度天臂城善觉王之女、迦毗罗卫国净饭王王后。

⑤ 忉利天：即所谓三十三天。佛教认为在须弥山顶中央为帝释天，四方各有八天，共三十三天。

⑥ 优阗：或译作邬陀衍那，拘睒弥国王名。相传释迦牟尼一夏九旬升忉利天为母说法，优阗王思慕之，遂以牛头栴檀造如来像，高五尺。如来自天宫还，刻檀之像立而迎之。

⑦ 目捷连尊者：亦作目犍连、目连，释迦牟尼十大弟子之一。称神通第一。

⑧ 震旦：指中国。

⑨ 龟兹：古西域国名。位于今新疆库车县一带。

⑩ 凉州：治所在今甘肃武威。

⑪ 江左：长江下游之江东地区，今江苏一带。

⑫ 淮安：今江苏淮阴一带。

⑬ 汴京：今河南开封。

⑭ 上京：又称上都，元代与大都并称两都。位于今内蒙古正蓝旗东。

⑮ 圣安寺：明正统年间改名普济寺。

⑯ 万安寺：全名为大圣寿万安寺，即白塔寺。见后。

⑰ 程钜夫(1249—1318)：原名文海，避元武宗讳，以字行，号雪楼、远斋，南城(今属江西)人。元世祖至元十六年(1279)授翰林应奉，官至

翰林承旨。谥文宪。有《雪楼集》。

⑱ 庆寿寺：即双塔寺。见前。

⑲ 嘉靖戊戌：嘉靖十七年（1538）。

⑳ 天启丁卯：天启七年（1627）。

㉑ 周穆王辛卯：公元前 990 年。

㉒ 熹宗丁卯：即天启七年丁卯。

㉓ 僧绍乾：蜀人，明万历间僧人。其《瑞像来源记》虽据元程钜夫《旃檀佛像记》撰述，然舛讹甚多（参见《日下旧闻考·皇城》）。

㉔ 万历己未：万历四十七年（1619）。

灵　济　宫①

皇城西，古木深林，春峨峨，夏幽幽，秋冬岑岑柯柯，无风风声，日无日色，中有碧瓦黄甃，时脊时角者，灵济宫。永乐十五年，文皇帝有疾，梦二真人授药，疾顿瘳，乃敕建宫祀，封玉阙真人、金阙真人，封其配曰仙妃②。十六年，改封真君。成化二十二年③，改封上帝。像机胎，木体被衣，首机其项，手机髑肘，足机髋膝，撼之动巍巍，取福州原像也④。岁元旦、日短至及真人诞辰，遣太常寺堂上官行礼。朔望，宫道士行礼。岁四孟，更服，祭告，冕衮服，平时冠巾袍裖，私祖袜系履綦服，服各以其时。福州先有灵济宫，自永乐十五年例，每六年，遣博士，赍袍服往祭告。万历四年⑤，奏罢，命本省藩司祭告，具袍服。其北京灵济宫，礼如初。万历二十二年，大学士王锡爵病⑥，上特发帑五十两，命灵济宫道官白昭忻建醮三日夜，锡爵上疏谢，病寻愈。相传二真人，徐姓，知证、知谔名⑦，五代时义祖徐温子也⑧。按《南唐书》⑨:徐知证,义祖第五子,仕吴,历州刺史,至节度使。烈祖姓李,名昪,吴丞相徐温养子,晋天福二年称帝,国号唐。子璟嗣,璟子煜降宋。封徐氏与李氏同⑩。知证初封江王,改魏王,元宗嗣位⑪,内宴王,起舞拜跪为寿,王亦叔父自处,无所让,卒年四十二。知谔,义祖第六子,初封饶王,进梁王,镇润州⑫,兼中书令。奇珍异物,所蓄不可计,尝曰:"人年七十为修,吾生王家,穷极欢乐,一日可世人二日,年三十五其死乎?"至期卒,如其言。二王皆不至闽及燕,亦不闻雅意道术,其殁也,则为明神。

铅山费宏《过灵济宫》:

　　匹马春行困驰逐,巍然仙宫惊在目。檐牙高啄总涂金,殿址重铺皆砌玉。雕墙画壁拥周遭,栀茜为泥间青绿。诸天相去仅尺五,世界依稀藏一粟。龟趺屹屹载穹碑,揩眼含辛三四读。乃云二阙在清都,能与苍生造冥福。谁知无益只劳民,敲骨推髓心剜肉。神输鬼运未应难,即使为之当夜哭。忆昔鸠工庀材日,健卒赪肩车折轴。是时秦晋正苦饥,不雨经时巫可暴。爷娘食子夫食妻,米石宁论钱一斛。地下真应有劫灰,人间忍见生妖木。星摇石语皆缘此,下土狂夫谓神酷。谁能因鬼见上帝,移椽往覆逃亡屋。百金可惜台可无,薄己忧民除秘祝。归来偶读汉文纪,稽首吾君继芳躅。

庆阳李梦阳《冬日灵济宫十六韵》:

　　贝阙昆仑外,浮生此路疑。蓬莱移旧国,尘世出瑶池。蕞尔双仙迹,飞腾后晋时。论功竟恍惚,谶兆且透迤。怂恿精灵托，呼嘘霹雳随。先皇亲议号，继圣必修辞。爵陟王侯上，尊同帝者师。龙襦分内锦，宫女准昭仪。雨露宫城切，星辰天仗移。琳琅摇绣栱，松柏荫丹墀。瓶内金花踊，龛前紫凤垂。晴还日月秘，暝则鬼神悲。玉鼎推龙虎，瑶编述姹儿。汉惟栾大显，秦竟羡门欺。五帝非无术，千龄今见谁？累朝盟誓册，玉柜少人知。

太仓王世贞《正月十四日夜茂秦于鳞子与子相集灵济宫》：

欲暝天全白，将窥月渐升。龙衔员峤烛，星灿紫微灯。绮色深三殿，钟声散五陵。醉须携兴往，春事日相仍。

临清谢榛《秋夜灵济宫同薛朱二进士赋》：

晚来骑马过仙坛，宝笈灵文试一看。月度三花瑶殿静，风吹独鹤玉阶寒。漫闻天籁知秋远，共酌霞觞坐夜阑。会待他年游汗漫，武夷相约访还丹。

慈溪范钦《雪中茂秦过灵济宫》：

天街飞雪急，春在此中关。红有桃能片，香逢兰自闲。醉成诗率易，客久兴阑珊。暝色开煤阁，仍将寒意还。

铜梁张佳胤《秋夕灵济宫访刘惟南》：

桂影瑶坛静,秋风石殿凉。偶闲游正急,日短静能长。霜菊花无数,云铙夜未央。蓬莱重可约,只恐赋河梁。

世事何堪问,黄冠日日闲。钟声邻万户,秋色远千山。老向歌留意,仙因酒在颜。无端筵散去,忽觉又人间。

丰城熊士选《和何仲默游灵济宫》:

乍识花源路,潇然世外居。玉坛秋雨冷,紫阁昼阴虚。餐玉传奇诀,钞方简异书。却怜城市客,羁束未能疏。

拂马依垂柳,城隅拥道居。露霏琪树密,云锁玉窗虚。逸度缑山曲,清风太乙书。仙源不可问,宦迹本来疏。

麻城梅国桢《游灵济宫》:

步步随花转,仙源此处通。鬟兼松影绿,酒与药栏红。野致尘声远,羁愁醉梦空。故园春草色,低首意无穷。

《再游灵济宫》:

名理延清昼,玄都禁苑西。千门一柳暗,岐径杂花迷。地可招松鹤,乡难问碧鸡。啼莺同客意,歌板逐高低。

《同徐文长诸子灵济宫夜坐》:

六月燕山生晚凉，一尊移就法宫傍。烟归禁树迷乌鹊，云彻楼台起凤凰。孤月似摇仙掌动，银河不厌酒人狂。朱门深处应相问，何许歌声梦里长。

南海欧大任《金元宾邀饮灵济宫》：

同作华阳客，过从惬旅情。市朝多大隐，喧寂各浮生。坛石留云湿，山钟度雪清。问君携手约，金液几时成。

顺天刘效祖《灵济宫访胡茂承》：

秋杪琳宫寂，风来何院琴。天飞无数叶，仙乐偶然音。白发江湖梦，青山岁月心。不须言久视，曾见古人今。

江宁顾起元《灵济宫》：

星幢霞旆宵缤纷，十二楼生一彩云。鸾鹤有班高渐下，步虚声引玉宸君。

蒙阴公鼐《灵济道院》：

千门雨后烟，片月可尊前。疑向蓬壶近，遥临贝阙悬。竹吟风影碎，梧引露华鲜。咫尺重玄路，同游各惘然。

桃源江盈科《灵济宫》：

香火前朝事，回思叹逝波。机容瞻拜少，云笈网丝多。古壁留虫篆,高林挂鸟窠。圣明疏祷祀,羽士岁蹉跎。

应天孙国敉《集灵济宫》：

道人致超忽,揖客过其家。后阁铃声下,东廊柏径斜。语多玄竟夜,酒有药如霞。别谓随闲至,官身约易差。

信阳周复元《灵济宫访康子秀》：

千里灵湫旧国王,达能知短祀能长。南州元是蒸尝地,北阙遥分珠贝光。客有吹箫来陇右,人谁骑鹤上维扬。星冠几度花开谢,日日云无白凤翔。

① 灵济宫：位于城西,俗称灵清宫。永乐十五年(1417)创建,成化十六年(1480)拓建装饰。明代中期以前凡大朝会,百官于此习仪。嘉靖中曾为讲学之地,学徒云集至千人。

② "永乐"七句：据《明成祖实录》,"(永乐十五年三月),建洪恩灵济宫于北京,祀徐知证及其弟知谔。初,其父温事吴杨行密,及温养子徐知诰代杨氏有国,封知证为江王、知谔为饶王。尝帅兵入闽靖群盗,闽人德之,为立生祠于闽县之鳌峰,果著灵应,宋高宗敕赐祠额'灵济宫'。国朝灵应尤著,上闻之,遣人以事祷之辄应;间有疾或医药未效,祷于神则奇效。至是命立庙北京皇城之西,赐名'洪恩灵济宫'"。

③ 成化二十二年：公元1486年。

④ 福州原像：指福州(今属福建)灵济宫陈列之像。

⑤ 万历四年：公元1576年。

⑥ 王锡爵(1534—1610)：字元驭,号荆石,太仓(今属江苏)人。嘉靖四十一年(1562)会试第一,授编修,官至吏部尚书兼文渊阁大学士,

万历间曾任首辅。谥文肃。有《王文肃集》。

⑦ 徐知证：五代吴国大丞相徐温第五子，仕吴，官至节度使。入南唐，封魏王。　徐知谔：徐温第六子，仕吴，官至金陵尹，入南唐后封梁王，镇守润州。谥怀。

⑧ 徐温：五代吴国时人，少为盗，以建吴国有功，授右衙指挥使。弑吴王杨渥，立其弟隆演，后专政，累拜大丞相，封东海郡王。谥忠武。后徐温养子李昇篡位，上尊号为义祖。

⑨ 《南唐书》：纪传体五代时南唐史书。有二，一为北宋马令撰，一为南宋陆游撰。

⑩ 烈祖：即李昇，南唐开国之主。少孤，杨行密收为养子，杨氏诸子不能容，行密乞请徐温，乃冒姓徐，名知诰。仕吴，官至参知政事，镇守金陵。篡位称帝，在位七年卒。庙号烈祖。　李璟（916—961）：南唐中主。李昇之子，继李昇后登基，在位十九年。割地降周，去帝号，称国主。后徙都洪州，以太子煜留守金陵。庙号元宗。　李煜（937—978）：南唐后主。李璟第六子，在位十六年。降宋后，封违命侯，被毒死。

⑪ 元宗：指李璟。

⑫ 润州：今江苏镇江。

显　灵　宫①

永乐中，道士周思得行灵官法②，知祸福先，文皇帝数试之，无爽也。至招弭被除，神鬼示魅，逆时雨，祛钗兵，远罪疾，维影响，乃命祀王灵官神于宫城西。世传灵官藤像，文皇获之东海，崇礼朝夕，对如宾客，所征必载。及金河川③，舁不可动，就礼而秘问之。曰："上帝有界，止此也。"成化初，灵应愈

著,敕所司拓其宇,曰大德显灵宫,大建弥罗阁,以祀上帝。嘉
靖初,复于阁左,建昊极通明殿,以祀净德王、宝月光后④。东
辅萨君⑤,殿曰昭德;西弼王帅⑥,殿曰保真。西殿二柏有异,
枝去干委地,其擘若手,枝干肤连处,望止丝发,视他柏无恙,
交枝接叶乃倍焉。观者手约枝叶,乃得入,观日所穿射,深深
澹澹,如夜月纷纷。都人云:王帅,盖萨君弟子,乃像对相望
也。百年前,夜雨霹雳,晓见柏垂当门为屏,知神意隐蔽,遂仍
弗殊,而柏不更枯。

信阳何景明《过显灵宫》:

> 不到玄宫久,桃源更此行。行知瑶水近,坐望赤霄
> 平。洞草秋先长,坛云昼自生。双双玉箫发,风引度仙
> 城。

《九日显灵宫宴集》:

> 九日无风雨,宾朋更远来。菊花催酩酊,仙侣得追
> 陪。眺迥山河出,登高殿阁开。携游有诸妙,词赋岂吾
> 才。

仁和江晖《访显灵宫》:

> 玄宫辟弘敞,朱日尽登临。苔入帘春色,香屯槛昼
> 阴。花天仍赤玉,芝蕊自丹金。药就垆无火,烟光尚出
> 林。

涿州顿锐《显灵宫》:

> 星月浮璇阙,云雷绕绛宫。虬轩开颢气,鹤驭下罡

风。道演濠梁叟,经传河上公。鼎封龙虎伏,万境寂寥中。

鄞县余寅《夏日集显灵道院》:

天宇开澄碧,隆隆切紫清。就阴频改席,迫景疾飞觥。梅雨当歌断,兰风动袂生。醉闻坛醮乐,不是管弦声。

盱眙李言恭《春日同殷无美诸公集显灵宫》:

居然留洞壑,不见是长安。山水元成癖,风尘转自叹。何当依薜荔,相与解衣冠。入座月华满,拂衣花露寒。云中朝绛节,树杪出瑶坛。藤像来东海,金河谏北銮。柏垂师弟教,殿告帝天安。白石已堪煮,青霞兼可餐。雨余芳草长,林晚落英残。正值三春莫,何妨十日欢。放歌频岸帻,眺远一凭栏。白雪俱孤调,玄都亦大观。故人夸绣虎,羽客候骖鸾。烛为良宵刻,琴随流水弹。星河浮槛外,风雨出毫端。共尽高阳酒,何须问夜阑。

临朐冯琦《九日登显灵阁》:

咫尺琳宫谒上玄,秋空极目正苍然。画图不散犹龙气,风俗仍传戏马年。禁里楼台三殿迥,城头云树数峰悬。相看各自霜欺鬓,醉偶朱颜望偶烟。

复阁崚嶒倚绛霄,相传殿宇自先朝。金书玉笈无消息,菊蕊萸枝对寂寥。天近百灵环帝座,秋高万籁奏仙韶。下看人世劳何事，九陌飞尘久不销。

《登玉皇阁》：

　　洞霄高阁接长空，湖北峰西指顾中。供奉久为香案吏，追随同上玉虚宫。珠帘四下朝将雨，蜡屐双乘秋好风。望里神州惟一气，不知何处问鸿濛。

顺天王嘉谟《显灵宫》：

　　琳宫星澹晓光残，楼观巍临太乙坛。台自凌云如动影，茎犹承露不盈盘。窗闻玉女箫还起，座展天书夜欲寒。何问黄冠能住世，达怀高肃使人难。

公安袁宏道《显灵宫夜归》：

　　云头黯淡色如铁，扑衣打面旱沙热。六街泼墨气腾腾，几点风灯鬼明灭。铃铎当当辨古寺，走入衲僧蚕纸被。堕瓦抛椽雨阁眉，雷公腕脱车轮碎。长风卷地天吹折，一星透出层云额。马蹄依旧逆冲飚，灶火不光天路窄。电光熠熠谱华缯，细如姬发粗如绳。云山花鸟各呈态，天女飞丝绣不成。人言闪电是天笑，天翁何事频欢叫。嫦娥归魄织女藏，顽墨昏盲有何好。北安门外水沉路，溜点在檐雨在树。果然隔辙分晴阴，雨师似亦相回护。归来门巷无灯烛，叱奴鞭婢旋煮粥。墨花一泻满吴笺，残雨疏疏滴檐竹。

安陆何宇度《显灵道院》：

云璈霜磬照行杯,满座人因御李来。言至五千留已足,期将八百去应回。空坛月色连清昼,古殿松声起暮哀。莫讶明时风雨节,龙雷长在步虚台。

南乐魏允中《显灵宫同刘顾二子饮》:

自公何所往,灵境偶然同。车马柏阴下,威仪香殿中。阁深朝秉烛,符秘字成龙。忽似春三月,桃花双树红。

江宁顾起元《显灵宫沈道士馆》:

闲居深想象,远念出风尘。自郁青霜意,谁禁白发春。趣儿成野服,避客解朝绅。岂为疲徵逐,非关狎隐沦。寝痾游有待,屏迹契无邻。紫殿怀明主,丹丘候羽人。匡时久不任,适已近知真。栝柏抟阴古,蒲桃抱蔓新。玄虚通上德,偃仰悟前身。安问松乔辈,骖鸾驾赤麟。

慈溪冯有经《春尽过显灵宫》:

长杨夹路水流渠,高阁烟光落槛疏。歌鸟报晴云彻净,架藤满紫蝶来初。风回氅佩飞潭麝,香扑真文走蠹鱼。有药驻颜难驻日,一春抄得酒方书。

亳州朱宗吉《冬日游显灵道院》:

钟磬泠然千树里,琳宫白日敞朱扉。雪依丹灶梅犹放,云傍玄台冻不飞。偶共群公探玉简,故将双屐破苔衣。醉余严柝重城起,柏子跹跹月下归。

《李惟寅邀同梅客生诸公集显灵宫》：

> 先帝祈灵太乙祠，重来空忆翠华旗。殿中香火仪犹具，海上仙人事转疑。客与方书闲指画，老来诗律旧心思。调高身健渐时辈，高阁凭观眼故迟。

① 显灵宫：位于北京皇城西。《光绪顺天府志·寺观》："显灵宫，明建，崇奉萨真人及王灵官也。在四眼井，其旧门亦在兵马司胡同。宫建于明永乐中，初名天将庙……宣德中改为火德观……成化初又改'观'为'宫'，加'显灵'二字。"

② 周思得(1359—1451)：字养素，号素庵野人，钱塘(今浙江杭州)人。少读道书，永乐中召至京师，授履和养素崇教弘道高士，管道录司事，兼大德观住持。赠通灵真人。　灵官：指王灵官，道家相传为玉枢火府天将，曾师从萨真人学习符法，明加封号隆恩真君。

③ 金河川：指北京金水河。

④ 净德王、宝月光后：出自《太上元始天尊说宝月光皇后圣母孔雀明王尊经》等道经中的神灵称号，系因袭佛教传说而创造。

⑤ 萨君：相传姓萨名坚，西蜀人。北宋徽宗时曾师从林灵素等学法，颇灵验。明加封号为崇恩真君。

⑥ 王帅：即王灵官。

万 松 老 人 塔 ①

万松老人②，金元间僧也。兼备儒释，机辩无际，自称万松野老，人称之曰万松老人。居燕京从容庵③。漆水移剌楚

材④,一见老人,遂绝迹屏家,废餐寝,参学三年。老人以湛然
目之,后以所评唱《天童颂古》三卷,寄楚材于西域阿里马
城⑤,曰《从容录》。自言着语出眼,临机不让也。楚材序而传
至今。老人寂后,无知塔处者。今乾石桥之北⑥,有砖甓七
级,高丈五尺,不尖而平,年年草荣其顶,群号之曰砖塔,无问
塔中僧者。不知何年,人倚塔造屋,外望如塔穿屋出,居者犹
闷塔占其堂奥地也。又不知何年,居者为酒食店,豕肩挂塔
檐,酒瓮环塔砌,刀砧钝,就塔砖砺,醉人倚而拍拍,歌呼漫骂,
二百年不见香灯矣。万历三十四年⑦,僧乐庵讶塔处店中,入
而周视,有石额五字焉,曰"万松老人塔",僧礼拜号恸,募赀赎
而居守之。虽塔穿屋如故,然豗肩、酒瓮、刀砧远矣。

罗山刘梦谦《万松老人塔》:

> 居然遗塔在,扰攘阅朝昏。草蔓萦萦合,松声谡谡
> 存。传灯过佛祖,留字到儿孙。不读《从容录》,安知老宿
> 尊。

① 万松老人塔:"在西四牌楼南大街之西,其北则砖塔寺胡同也。
塔在民居中,原额无存。本朝乾隆十八年奉敕修九级,仍旧制。塔尖则
加合者也。"(《日下旧闻考》卷五十)

② 万松老人(1166—1246):即释行秀,号万松野老,河内(今河南
沁阳)人,俗姓蔡。住燕京报恩寺,耶律楚材曾从之学道。

③ 从容庵:万松老人创建。

④ 移剌楚材:即耶律楚材,见卷七《玉泉山》注。

⑤ 阿里马城:一作阿里玛图,属窝阔台汗国。位于天山山脉以
西、伊犁河南岸。

⑥ 乾石桥:在京城西南、宣武门内。

⑦ 万历三十四年：公元 1606 年。

嵇山会馆唐大士像

都中之古像二：优阗王造旃檀像①，自周，二千六百一十余年至今。尉迟敬德造观音像②，自唐贞观，一千一十二年至今。观音古铜身，三尺，不以髹塑，不以金涂饰，妙相慈颜端若，而丈夫概具，磊磊然也。下刻大唐贞观十四年③，尉迟敬德监造字。旧供宣武门外晋阳庵④，庵废，内侍朱移像受水塘，创古佛庵供之。庵今又废，像复移置嵇山会馆也⑤。尝考会馆之设于都中，古未有也，始嘉、隆间⑥。盖都中流寓土土著，游闲厮士绅，爰隶城坊而五之。台五差，卫五缉，兵马五司，所听治详焉。惟是四方日至，不可以户编而数凡之也。用建会馆，士绅是主，凡入出都门者，藉有稽，游有业，困有归也。不至作奸，作奸未形，责让先及，不至抵罪，抵于罪，则藉得之耳，无迟于捕。会馆且遍，古法寖失，半据于胥史游闲，三奸萃焉。居间曰撒纤，指称曰撞太岁，勒胁曰拿讹头。继自今，内城馆者，绅是主，外城馆者，公车岁贡士是寓。其各申饬乡藉，以密五城之治，斯亦古者友宗主数，两系邦国意欤？

江夏郭正域《晋阳庵礼唐佛》：

> 古佛城东寺，迁流年岁深。译文几典籍，梵宇半郊岑。净结功成意，慈留帝者心。销兵光日月，趺坐像犹今。

仁和卓明卿《过晋阳庵礼唐像》：

> 远矣沙尘地，藏休古佛幽。一灯朝彻夜，满月岁中
> 秋。碑碣因缘具，旃檀侣伴留。贞观遗事在，不直此传
> 流。

① 优阗王：见本卷《鹫峰寺》。

② 尉迟敬德：名恭，以字行。隋末归唐，随秦王李世民，屡建战
功，为右府参军。封鄂国公。谥忠武。

③ 贞观十四年：公元 640 年。

④ 宣武门：北京城南门之一，偏西。原名顺城门。　晋阳庵：在
宣武门外二里左右。

⑤ 稽山会馆：后称浙绍会馆，在北城虎坊桥东。

⑥ 嘉、隆间：嘉靖、隆庆年间，公元 1522—1572 年。

帝　王　庙

　　世宗肃皇帝之九年，命建历代帝王庙，如留都①。越岁庙
成，上亲诣致祭。厥后岁春秋，遣大臣祭。庙在阜成门内②，
大市街之西，故保安寺址也。庙设主不像。庙五室：中三皇伏
羲、神农、黄帝座。左帝少昊、帝颛顼、帝喾、帝尧、帝舜座③。
右禹王、汤王、武王座④。又东汉高祖、光武⑤。又西唐太宗、
宋太祖，凡十有五帝。庑从祀臣四坛：东一坛九臣，风后、力
牧、皋陶、夔、龙、伯夷、伯益、伊尹、傅说⑥。二坛十臣，周公
旦、召公奭、太公望、召虎、方叔、张良、萧何、曹参、陈平、周

勃⑦。西一坛八臣，邓禹、冯异、诸葛亮、房玄龄、杜如晦、李靖、李晟、郭子仪⑧。二坛五臣，曹彬、潘美、韩世忠、岳飞、张浚⑨。凡三十有二臣。庙初，元世祖犹列，十年九月，翰林院修撰姚涞奏言⑩："元世祖虐浮犬戎⑪，狡深刘石⑫，贪剧契丹⑬，暴过女直⑭。"部议："太祖睿断有确。"不从。二十四年二月，礼科给事中陈棐奏言⑮，胜国元以夷乱华，不宜庙祀，宜撤忽必烈及其臣木华黎等五人神主⑯。上曰："元本胡夷，甚于五季！"遂罢元世祖祀。相传南京帝王庙成，太祖亲祀，见元世祖像，面痕如泪，上笑曰："尔失天下，失尔漠北所本无，我取天下，取我中原所本有，复何憾！"泪则止。今世宗从群臣议撤主，南京亦撤其像祀矣。其帝王陵寝，诏地方官春秋祀，如太祖制⑰。

① "世宗"三句：谓明世宗于嘉靖九年(1530)下令，效仿南京，建历代帝王庙。据《万历野获编·京师帝王庙》，明太祖于洪武六年(1373)始建帝王庙于金陵，永乐皇帝迁都北京后，未遑设帝王庙。嘉靖十年(1531)于保安寺故址修建，次年夏竣工。庙在阜成门大街北。

② 阜成门：北京城西门之一，偏南。原称平则门。

③ 少昊、颛顼、喾、尧、舜：即传说中的上古五帝。

④ 禹王、汤王、武王：即夏、商、周三代的首任天子。

⑤ 光武：东汉第一任皇帝光武帝刘秀。

⑥ 风后：相传为黄帝相。　力牧：或作力黑，相传为黄帝臣。皋陶：相传为舜之臣，专掌刑狱之事。　夔：舜之臣，为乐官。　龙：舜之臣，为谏官。　伯夷：舜之臣，为典礼官。　伯益：舜时东夷部落首领，曾助大禹治水。　伊尹：商汤臣，佐汤伐夏桀，后为宰相。　傅说：商之宰相。

⑦ 周公旦：周文王子，佐武王伐纣，建立周朝。后成王年幼，摄政

平乱。　召公奭:周武王臣,后与周公共佐成王。　太公望:即姜太公,周文王、武王皆尊之为师,佐武王灭商,封于齐,为齐国始祖。　召虎:召公奭后裔,周宣王时领兵征讨淮夷。　方叔:周宣王时卿士,曾受命南征北伐。　张良(?—前189):汉高祖谋士,封为留侯。　萧何(?—前193):汉高祖丞相,汉之律令制度,多其制定。　曹参(?—前190):佐刘邦灭项羽,封平阳侯。汉惠帝时继萧何为相。　陈平(?—前178):汉高祖时封曲逆侯,惠帝时为丞相,后与周勃合力诛灭诸吕,迎立文帝,安定汉廷。　周勃(?—前169):西汉惠帝时为太尉,安汉有功。

⑧ 邓禹(2—58):汉光武帝刘秀谋臣,拜为大司徒,东汉初论功第一,封高密侯。　冯异(?—前34):汉光武帝时为偏将军。　诸葛亮(181—234):三国时蜀国丞相,封武乡侯。　房玄龄(578—648):随唐太宗征伐,后任中书令。　杜如晦(585—630):佐秦王李世民,为兵曹参军,后官至尚书仆射,与房玄龄共掌朝政。　李靖(571—649):唐初从李世民征战,后又北伐安边,以功封卫国公。　李晟(727—793):唐德宗时击败叛军,收复京师,官至太尉兼中书令,封西平郡王。　郭子仪(697—781):唐玄宗时朔方节度使,平安史之乱。后又破吐蕃,官至太尉、中书令。封汾阳郡王,号“尚父”。

⑨ 曹彬(931—999):历仕后汉、后周,后从宋太祖伐江南,官至枢密使、忠武军节度使。谥武惠。　潘美(925—991):随宋太祖南征北战,官至检校太师,加同平章事。　韩世忠(1089—1151):从宋高宗南渡,擢浙江制置使,数破金军,后官枢密使,以上疏诋斥秦桧贬官。后追封蕲王,谥忠武。　岳飞(1103—1142):起于行伍,官至少保兼河南北诸路招讨使,屡次大败金兵,被秦桧所害。追谥武穆,追封鄂王。　张浚(1097—1164):北宋徽宗时进士,南宋高宗时知枢密院事,力主抗金。孝宗时督师江淮间,封魏国公,后遭主和派排挤去职。谥忠献。

⑩ 姚涞(?—1537):字维东,号明山,慈溪(今属浙江)人。嘉靖二年(1523)状元。官至翰林侍讲学士。有《明山文集》。

⑪ 犬戎:古戎族一分支,商、周时居于西部。周幽王时,申侯引犬

戎入宗周攻杀幽王,平王迁都洛邑,西周亡。

⑫ 刘石:刘渊和石勒。刘渊(?—310),匈奴族人,世袭匈奴左部帅,西晋末年起兵反晋,称大单于,后称汉帝。其侄刘曜即位,改国号为赵,史称前赵。石勒(274—333),羯族人,投李渊为大将,后自称赵王,灭前赵,史称后赵。

⑬ 契丹:古代少数民族名。唐末耶律阿保机统一各部,建契丹国,自称皇帝。后改国号为辽。

⑭ 女直:古代少数民族名,满族祖先。五代时始称女真,后属于辽,因避辽主耶律宗真讳而改称女直。后女直完颜部首领阿骨打统一各部,建立金王朝。

⑮ 陈棐:字文冈,鄢陵(今属河南)人。嘉靖十四年(1535)进士,历任礼科、户科给事中,官至右佥都御史,巡抚甘肃。有《文冈先生集》。

⑯ 木华黎(1170—1223):早年跟从元太祖征战,太祖即位后,封中国国王,主持攻金事宜。卒后追谥忠武。

⑰ 太祖:明太祖朱元璋,见卷一《太学石鼓》。

白　塔　寺①

凡塔级级笋立,白塔巍然蹲也。三异相,二异色。下廉以栏,为莲九品相。中丘以圜,为佛顶光相。上盖以雷,为尊胜幢相。其白,垩色,非石也,今垩有剥而白无减。铜盖上顶,一小铜塔也。盖铜色青绿矣,顶灿然黄黄。塔自辽寿昌二年②,相传藏法宝种种,有光静夜,疑是塔然。至元八年③,世祖发视之④,舍利二十粒,青泥小塔二千,石函铜瓶,香水盈满,前二龙王,跪而守护。案上,《无垢净光陀罗尼》五部⑤,轴以水晶。金石珠琢异果十种,列为供,瓶底一钱,钱文"至元通宝"
四字也。世祖惊异,乃加崇饰,铜网石栏焉。元初,有童谣曰:
"塔儿红,北人来作主人翁。塔儿白,南人作主北人客。"谣载
《草木子·古今谚》⑥。世祖时,塔色焰赤,及我太祖兵起淮阳⑦,塔
白如故。天顺元年⑧,赐额妙应寺,更造百八灯龛也。塔上有
树生之,花时亦花,高不甚辨,久久落熟烂果,其核杏也。岁元
旦,士女绕塔,履屟相蹑,至灯市盛乃歇。或言辽主于燕京五
方,方镇以塔,塔五色,兵燹后惟白塔灵异特存。今四色中,黑
塔、青塔废,其寺在,人呼黑塔寺、青塔寺云⑨。

江夏郭正域《白塔寺》:

> 鸽影旋浮图,飘飘不可呼。银轮如现在,白马可来
> 无。日霁云山晓,霜标水月孤。杳然人世隔,花雨半皇
> 都。

临川汤显祖《同胡仲合白塔寺小饮》:

> 黄金台畔客,一醉几年曾。曲槛过鸣雨,斜阳到塔
> 棱。蟾流开夕帐,虫语暗秋灯。亦自风尘好,孤踪去未
> 能。

太仓王衡《步月至妙应寺登毗卢阁》:

> 昨日风花天,何意得今夕。有月且复醉,暇问今与
> 昔。相将陟虚台,游氛四垂辟。市里渺浮浮,湖山静历
> 历。亦有松桧枝,团影荡石壁。如彼河汉间,疏云澹以
> 织。童子初试灯,灯灯受华色。辰物洵明融,膏火若为
> 力。掩室远哗声,宛此一庭白。独坐光悄然,树末风

策策。

慈溪叶维荣《夏日白塔寺访钦上人》：

> 一室浮图下，凉风日洒然。树从朱夏密，乌近白光旋。老衲禅通律，都城寺半廛。也知容客醉，数乞石床眠。

顺天王嘉谟《雪中妙应寺塔下作》：

> 玉毫光际绝阶梯，密雪层云望不迷。函满香泥天外馥，檐垂翠树坐中低。轻寒至顶鸟应觉，斜日传阴级自齐。舍利如如能照夜，归依真自爱幽栖。

山阴丁乾学《白塔》：

> 帝城西去霭烟笼，仰见招提入汉隆。果坠望知阴是杏，函开传说护为龙。铜幢点点三冬雪，清铎摇摇半夜风。灯火罢归香气绕，一僧上下月明中。

① 白塔寺：位于北京阜成门内。《天府广纪》卷三十八："辽白塔寺建于辽道宗寿昌二年，塔制如幢，色白如银。至元八年，加铜网石栏。天顺二年，改名妙应寺。"按，元至正年间亦曾修建，并更名大圣寿万安寺。

② 寿昌二年：公元1096年。

③ 至元八年：公元1271年。

④ 世祖：元世祖忽必烈。

⑤《无垢净光陀罗尼》：佛经名，或称《无垢净光大陀罗尼经》，一卷，唐弥陀山等译。

⑥《草木子》：明初叶子奇撰。杂记天文、地理、人事、物品，其中元代掌故尤为后人重视。

⑦ 淮阳：古郡名，安徽凤阳一带。

⑧ 天顺元年：公元1457年。

⑨ 黑塔寺：位于朝天宫之西，明正统二年(1437)成国公朱勇、修武伯沈清重修，英宗赐名"弘庆寺"。　青塔寺：元延祐年间创建，明天顺、成化年间重修，隆庆、万历中又修。寺中原有青塔，故名。位于阜成门内，白塔寺西一里许。

朝　天　宫①

太祖高皇帝于冶城旧址②，建朝天宫，奉上帝，时维洪武十有七年③。宣宗章皇帝仿南京式，建宫皇城西北，靓深亢爽，百物咸具。建三清殿，以奉上清、太清、玉清。建通明殿，以奉上帝。建普济、景德、总制、宝藏、佑圣、靖应、崇真、文昌、玄应九殿，以奉诸神。东西建具服殿，以备临幸。于是两京两朝天宫。宫成于宣德八年闰八月戊午④，是夕，景星见西北方。西北方，天门也。御制诗文，勒碑纪事。诗曰："巍巍太极至道宗，元始一气开鸿濛。上玄清都九天重，勾陈环御紫微宫。帝居玉清天之中，主宰气机权化工。妙运阖辟无终穷，仁存发育万汇同。居高视听明且聪，俯矜下土氓蚩蚩。简命有德兼君师，有克敷仁训以治。惠溥中夏暨四夷，恒申锡之祥与祺。国家受命式九围，三圣昭事肃以祗。薄海内外跻雍熙，骈见叠出承蕃厘。予嗣大宝御兆民，好生惓惓体帝仁。靡间遐

迩视惟均,秉恪夙夜坚忧恂。一心绥怀副高旻,都城乾位宫宇
新。精洁祀事居明神,既落厥夕瑞应臻。景星煌煌烛天门,惟
天至仁锡嘉祥。予谅菲薄曷克当,所笃虔志祈穹苍。七庙在
天绥明灵,圣母万寿长乐康。巩固社稷宁家邦,时和岁稔民物
亨。二仪奠位七政明,一统八表皆升平。"爰诏正旦、冬至、圣
节,百官习仪宫中。先是,习仪庆寿寺、灵济宫也⑤。宪宗纯
皇帝承太祖、宣宗朝天之心,于成化十七年六月重修⑥,御制
诗文,勒碑纪事。诗曰:"元气鸿濛帝所居,三清景界神所都。
星辰环拱天之枢,风雷鼓荡天之隅。龟蛇蟠结昭灵符,文昌道
化弥玄虚。诸祖通明如可呼,诸真妙应无时无。矜怜万姓本
来愚,长养万物同洪垆。眷兹玄教匪妄传,古今崇事殊精虔。
琳宫玉宇在在然,金身宝像霞光连。麒麟不断焚龙涎,胆瓶高
插瑶葩鲜。春祈秋报清镫前,朝瞻夕礼幡幢边。禁城西北名
朝天,重檐巨栋三千间。创自我祖宣皇时,朕今承继载新之。
辉煌不减先成规,神祇下上鸾凤随。百官预于兹肄仪,羽士日
于兹祝釐。祝我祖庙明灵绥,祝我慈闱乐耆颐。祝我皇图民
物熙,千秋万载无穷期。"天启六年六月廿夜⑦,朝天宫灾,有
异状,无火而延,十三殿齐火,不以次第及,烬不移刻,无所存
遗。后天师府,旁近道房民屋,不熯不焦,冈所殃累。天师府
有赵孟頫张天师像赞碑,大道歌碑,虞集黄篆大醮碑。宫之
址;元旧也。府设道箓司,主天下之道教。

长洲吴宽《游朝天宫》:

　　扑衣尘雾入门消,修竹奇松步屡遥。紫府新开延日
月,碧岑高筑傍云霄。城头过鹤招还下,海上来槎坐欲
漂。为忆景星酬帝力,手摩石刻是前朝。

庆阳李梦阳《雪后朝天宫》：

马上城中见雪山，白云苍雾满燕关。蓬莱咫尺无人
到，松柏黄昏有鹤还。当日翠华游物外，百年金殿锁人
间。浮尘扰扰江湖远，怅望岩栖不可攀。

茶陵张治《万寿节朝天宫习仪》：

曲槛通丹室，长松锁翠烟。楼台凌绝巘，钟磬发诸
天。瑞荚生尧日，绯桃入汉年。君王有明德，万寿应高
玄。

看佩移宵烛，闻钟候晓鸡。鼓严千队肃，嵩祝万声
齐。凤吹随金仗，龙宫隐玉题。回看天北极，香案五云
西。

华州王维桢《冬日过朝天宫道院》：

岁暮桃花开未稀，洞中仙子迹非微。朝来谒帝回金
节，雪里迎宾重羽衣。地胜真疑凌海人，书成不欲换鹅
归。晚钟飒飒三天静，院满纷如夜有晖。

慈溪袁炜《冬日过朝天宫》：

萧瑟严宫万木稀，下方垆定冻烟微。风将云磬随行
佩，松漏冰花著羽衣。北市无喧知地迥，西山渐染觉春
归。老年数欲寻玄理，不但朝仪叩此扉。

太仓王世贞《雪后朝天宫习仪》：

玄宫雪后静芳埃，环佩千门曙色来。仙仗不随青帝

改,瑶城还逐化人来。龙鳞映日团团合,凤鹜惊风片片
回。闻道汉祠先奏瑞,岂应梁苑复论才。

延平田一俊《朝天宫习仪遇雪》:

　　星垂殿阁月垂枝,又是千官拜舞时。凤阙未瞻周黼
扆,龙宫先试汉威仪。垆烟袅袅分中禁,冠佩锵锵俨法
墀。班彻共趋墀左右,载赓宣庙宪皇诗。

历城殷士儋《冬日朝天宫习仪》:

　　玄界侵寒星在天,朝簪清晓露华沾。鸳鸾共试仪曹
典,云物先书太史占。乐作依稀传大内,威如咫尺俪宸
严。蓝袍忆昔叨趋侍,生涩冠裾一岁淹。

同州马自强《朝天宫习仪》:

　　夙向虚无境,有严鹓鹭班。戴星旋北极,呼岁俨嵩
山。佩委珠宫里,心悬银汉间。何时瞻御座,真得睹龙
颜。

蒲州王家屏《冬至朝天宫习仪》:

　　琳宫凤夜覆同云,明日阳春寒尚群。班拥千貂观肃
穆,香凝一缕试清芬。朔风碧瓦迟生白,西郭青山渐不
分。莫道天行今北陆,心随葭管已欣欣。

顺天王嘉谟《雪中朝天宫习仪》:

　　钟定鼓严漏箭回,通明楼阁已重开。寒云半著宫衣

重,密雪纷随御仗来。三殿仙书香欲湿,一年葭琯气先
催。真人太史占同岁,瑞玉新篇出上裁。

江夏郭正域《宿朝天宫》:

明月欲午寒星稀,云璈一曲声依微。酌酌自携千日
酒,綦綦起着五更衣。冠佩恋人愁不了,鹤猿怨客久忘
归。旦日朝天骑马去,风尘思此掩玄扉。

临川汤显祖《朝天宫真人夜话》:

气成龙虎万灵朝,太乙高烟午夜烧。醮罢星河循剑
履,梦惊湖海得笙箫。琴心且试斋中诀,宝盻还驰世上
妖。不为尽询蓬峤事,止将灵气属燕昭。

桃源江盈科《朝天宫习仪》:

千官珂佩集玄宫,月璧星珠澹晓空。曙色渐生仙掌
白,花枝欲绽上阳红。凤韶为览辉光下,鸿唱其严咫尺
中。安得重瞳亲御极,万方欢忭仰尧风。

江宁顾起元《朝天宫》:

黄金仙阙绛河开,白玉丹台碧落回。树杪鹤从辽海
集,池边龙自葛陂来。甘泉已奏扬雄赋,汾水还歌汉主
才。何俟求仙遣方士,人间此地已蓬莱。

大名成基命《冬至朝天宫习仪》:

内仗宵移敞碧坛,嵩呼声肃晚生寒。灰芦应律钦周

政,绵蕞成仪习汉宫。烟拟御垆香篆篆,响移宫漏佩珊珊。近臣未识天颜喜,极目彤云捧露盘。

孟津王铎《朝天宫习仪》:

> 层楼复殿此玄关,金碧琉璃上界闲。豫祝万年同象舞,遥瞻双阙列鹓班。天风澹澹如箫鼓,宫漏迟迟引佩环。斋沐明朝齐献寿,九霄深处喜龙颜。

① 朝天宫:元时为天师府,明宣德中仿南京朝天宫改建,成化十七年(1481)重修,天启中毁。位于皇城西北、阜成门内,当年与白塔寺紧邻。《日下旧闻考》卷五十二:"朝天宫本元代旧址,盛于明嘉靖时,斋醮之及无虚日……毁于天启年间。今阜成门东北虽有宫门口、东廊下、西廊下之名,其实周回数里大半为民居矣。西廊下有关帝庙,乃土人因其余址而葺之者。"

② 冶城:位于今江苏南京西,本为吴冶铸之所,故名。

③ 洪武十有七年:公元 1384 年。

④ 宣德八年:公元 1433 年。

⑤ 庆寿寺:即双塔寺。灵济宫:参见本卷《灵济宫》。

⑥ 成化十七年:公元 1481 年。

⑦ 天启六年:公元 1626 年。

卷五　西城外

高　梁　桥①

　　水从玉泉来,三十里至桥下,荇尾靡波,鱼头接流。夹岸高柳,丝丝到水。绿树绀宇,酒旗亭台,广亩小池,荫爽交匝。岁清明,桃柳当候,岸草遍矣。都人踏青高梁桥,舆者则骞,骑者则驰,蹇驱徒步,既有挈携,至则棚席幕青,毡地藉草,骄妓勤优,和剧争巧。厥有扒竿、筋斗、唎喇、筒子、马弹解数、烟火水嬉。扒竿者,立竿三丈,裸而缘其顶,舒臂按竿,通体空立移时也。受竿以腹,而项手足张,轮转移时也。衔竿,身平横空,如地之伏,手不握,足无垂也。背竿,髁夹之,则合其掌,拜起于空者数也。盖倒身忽下,如飞鸟堕。筋斗者,拳据地,俯而翻,反据,仰翻,翻一再折,至三折也。置圈地上,可指而仆尔,翻则穿一以至乎三,身仅容而圈不动也。叠案焉,去于地七尺,无所据而空翻,从一至三,若旋风之离于地,已则手两圈而舞于空,比卓于地,项膝互挂之,以示其翻空时,身手足尚余闲也。唎喇者,掐拨数唱,谐杂以诨焉,鸣哀如诉也。筒子者,三筒在案,诸物械藏,示以空空,发藏满案,有鸽飞,有猴跃焉。已复藏于空,捷耳,非幻也。解数者,马之解二十有四,弹之解二十有四。马之解,人马并而驰,方驰,忽跃而上,立焉,倒卓焉,髻悬,跃而左右焉,掷鞭忽下,拾而登焉,镫而腹藏焉,鞦而尾赘焉,观者岌岌,愁将落而践也。弹之解,丸空二三,及其坠而随弹之,叠碎也,置丸童顶,弹之碎矣,童不知也。踵丸,反身弹之,移踵则碎,人见其碎,不见其移也。两人相弹,丸适中,遇而碎,非遇,是俱伤也。烟火者,鱼、鳖、凫、鹥形焉,燃而没且出于溪,屡出则爆,中乃其儿雏,众散,亦没且出,烟焰满溪也。是日,游人以万计,簇地三四里。浴佛、重午游也②,亦如之。

公安袁宗道《暮春游高梁桥即事》:

> 弱柳晴无烟,空翠开清潭。长堤三十里,波影随行骖。雕弓簇小竖,茜衫逐冶男。西山如螺髻,万黛滴僧蓝。姬歌度细缕,酒气生烟岚。凫母出窥人,茭蒲绿蓝鬖。时闻流莺语,的的似江南。

华亭董其昌《四月八日集高梁桥》:

> 人天皈佛日,风土纪皇都。水坐疑修禊,觞行或赐醵。花茵调怒马,珠弹起栖凫。谁识逃虚者,高明混酒徒。

公安袁宏道《浴佛日游高梁桥》:

> 节是祇园会,谨同曲水池。妖童歌串乱,天女鬘花随。是树皆停盖,无波不泛卮。鱼龙与角抵,乐事看君为。

《暮春复游高梁桥》:

> 东风织溪面,细纬叠春罗。长波将人影,直直入宫

河。一万树垂杨,无枝不系珂。阉贵马嘶风,挟弹睫前
过。精蓝如兜率,朱碧鲜且多。微沙障西山,罗縠中青
娥。随荫即开席,酒倾若洪波。归路及严更,门尉稍谯
呵。宪令禁肩篮,醉卒控疲骒。

《游高梁桥》:

花时晴色酿芳原,出郭犹如出槛猿。雾质风稍新柳
缕,皴皮瘦骨老藤根。红云尾变知鱼热,碧颣纹繁觉水
温。耳听碧流心翠岭,闲谈恰已到山门。

江宁顾起元《高梁桥》:

路转柳桥曲,河连杏渚长。半天分树色,匝地起花
香。望入朱楼隐,行宜翠幰张。何期帝城畔,咫尺到沧
浪。

红树人家满,春风载酒时。扬鞭梢露叶,欹帽拂天
丝。吹沫鱼儿小,抟花燕子痴。青郊多景色,偏喜日迟
迟。

步屧绿杨郊,东风雪乍消。眼因僧寺豁,心逐酒帘
飘。十里藏莺树,一湾走马桥。谁能在朝市,偃仰过花
朝。

《高梁桥》:

初夏风吹麦穗寒,柳花才放杏花残。高梁桥水鳞鳞
碧,直似江南雨后看。

莆田林尧俞《夏日集高梁桥禅寺》:

　　行行西出郭，暑气入林消。饮马初逢涧，听莺忽度桥。趁阴移野酌，过午见归樵。酒渴思清磬，山僧适见招。

　　一径随流水，夭翘到寺门。故碑前代碣，新主旧名园。山雨来花气，松风送鸟言。淹留未遽返，暝色下高原。

公安袁中道《高粱桥》：

　　觅寺何辞远，逢僧不厌多。一泓春水疾，十里柳风和。香雾迷车骑，花枝拂绮罗。半年尘土色，涤浣此清波。

宜城丘瑜《高粱桥》：

　　香风十里帝城阿，吹向春郊声态多。呖呖莺犹生短笛，飞飞蝶似试轻罗。天垂柳色云情绿，水入花光藻影酡。到处酒茵围藉草，正愁车马乱笙歌。

　　不信春无一事忙，填阛儿女只新妆。高栽罗髻云过尺，远试尊罍水各方。柳叶将眉分野绿，花枝着眼掠人香。烟光如此无君醉，虚负东风到野棠。

　　芳林鸟语带烟柔，浅水新蒲乱绿畴。蹀躞鞯鞍嘶草坞，翩翩细袂转花球。艳开野席骄三妇，香送青盘出五侯。步屟不妨堤去远，闲怀试一傍沙鸥。

华亭汪历贤《高粱桥》：

　　郊外身闲心亦宽，燕将出子杏将残。千条浓碧春之季，一水吹光暮则寒。乍识远山俱可径，政怜疏雨不成看。女如云对花如雪，老此他乡客未难。

京山王应翼《高粱桥》：

湾堤春暖柳丝齐，莺撒柔声马撒蹄。几道艳光红紫过，落花香被绣裙携。

槐暗桑秋叫杜鹃，林中绿惹一身烟。春寻趁未春归候，寻到西山深处还。

长洲邵弥《游高梁桥》：

彼美都人士，出郭清明游。高梁桥西畔，柳软莎亦柔。各携朱累坐，饮啖弹箜篌。又入水边寺，又登柳边楼。谁家高舆过，随从皆骅骝。回策妙如潆，锦鞯紫绒鞦。谁家侠少年，使酒睨公侯。箕踞古道边，闪闪白双眸。我踏芳芷去，独为清溪留。坐看花影水，远人而亲鸥。

山阴柳人曾《春日高梁桥》：

东风遍绿宫墙柳，柳外游人各群友。伏阙难陈方朔书，当垆且醉胡姬酒。城上乌飞晓报钟，如雷车马九衢通。日临双阙辉光动，雷接千烟下上浓。卿云瑞日照畿甸，半照琳宫半梵殿。年少肩摩西向郊，眼纱影里佳人面。燕赵佳人本自多，吴妆越钏耀轻罗。北地胭脂妍两靥，南都石黛澹双蛾。买花满头髻红紫，戴入杏花杨柳里。装让林花花让人，莫看桥头看桥水。平头奴子控青骢，大袖长巾身满风。弱女护裙遮小袜，妖童揽裤出轻红。车车马马高梁路，日色不明尘作雾。主第侯家灯火繁，锦衣扶醉无仪度。暮鼓鼕鼕竞向城，蹇驴难避殿诃声。寒空月作怜人色，故入书帷不放明。

吴县葛一龙《清明日高梁桥看柳》：

　　喧喧出尘路，春向郭西寻。千树舞千态，一丝牵一心。带黄初照日，虽绿未成阴。小酌聊相命，风光醉客深。

平湖陆启浤《高梁桥》：

　　不知杨柳绿，一片满高梁。沙岸迷城势，山光入水乡。远心随野去，望影得春香。独往清明后，无人喧夕阳。

歙县汪逸《人日集高梁桥试春》：

　　佳时直得半城虚，桥影将携几客初。暖气已催冰暗解，东风如择柳先嘘。清尊野地相哗处，红袖长堤送目馀。七日春逢天色好，游人诵入史登书。

麻城李中孚《高梁桥看走马》：

　　桃花珠勒撒花装，柳折尘生百鸟藏。为祝健儿身手好，燕支夜月贺兰霜。

内江范文光《高梁桥》：

　　城边一水结群游，柳外平桥度紫骝。无限春风都费尽，不应希有是清流。

华亭朱灏《游高梁桥》：

　　轻縠织晴缬，丹楼开烟晨。晨风岸摇光，柳拂无生

尘。鸟怀茂林倦,流清难隐鳞。西嶂青一方,遥堤围酣
春。

晋江黄景昉《宿高梁桥》:

　　白露光秋迥自伤,漫游强半在高梁。因骑秃马寻僧
舍,为送归鸦上女墙。雨过云山如黛染,天深草木已清
凉。无聊此夜宜狂醉,恐有愁人欲梦乡。

桐城姚文烈《春游高梁桥》:

　　春光非雨色,岸岸柳垂垂。游女纷车马,都人竞鼓
旗。装红桥下影,尘白道旁枝。节序关心目,归欤适所
宜。

　　① 高梁桥:高梁河为玉河上游,元至元中建高梁闸,上覆石桥,即
高梁桥。在北京西直门西半里。《长安客话》:"桥跨高梁河,故名。兹
水源发西山,汇为西湖,东为小渠,由此入大内,称玉河。"
　　② 浴佛:农历四月八日为释迦牟尼诞生日,佛教徒于此日举行浴
礼,用水灌佛像。诸寺设会,香汤浴佛之外,有各种游乐节目。

极 乐 寺①

　　高梁桥水,来西山涧中②,去此入玉河。辞山而平,未到
城而净,轻风感之,作青罗纹纸痕。两水夹一堤,柳四行夹水。
松之老也秃,梅之老也秃,柳之老也,逾细叶而长丝。高梁堤

上柳,高十丈,拂堤下水,尚可余四五尺。岸北数十里,大抵皆别业、僧寺,低昂疏簇,绿树渐远,青青漠漠,间以水田,界界如云脚下空。距桥可三里,为极乐寺址。寺,天启初年犹未毁也,门外古柳,殿前古松,寺左国花堂牡丹。西山入座,涧水入厨。神庙四十年间③,士大夫多暇,数游寺,轮蹄无虚日,堂轩无虚处。袁中郎、黄思立云:小似钱塘西湖然。

新野马之骏《游极乐寺》:

> 振衣来郭外,喧寂自兹分。稍取入林路,遂逢归岭云。空原存烧色,浅草涩波文。作意秋声好,凭高若有闻。
>
> 非因幽赏惬,安得旅情降。纤径寺藏围,登楼山满窗。啼蛩难禁乱,归鸟间为双。所贵神无累,清酤傍佛幢。
>
> 人欢好风日,地复免尘沙。南客爱临水,北僧难具茶。石斑留晓露,村侧接余霞。捐撮看春事,农樵各有家。

临川丘兆麟《游高梁桥极乐诸寺》:

> 寺观参差出,出溪掩映间。塔尖全蔽日,林隙稍窥山。俗与僧租胜,朝从野贷闲。盛游资好友,尽日得开颜。

太仓王衡《寓极乐寺》:

> 湾湾绿水带城阴,白日青莲双树林。万叠云山千里梦,六时钟磬五更心。寒灯贝叶翻香蠹,春日檐花坐语禽。随意竹床葵菜好,经帘不卷法堂深。

江宁顾起元《极乐寺》:

> 迟日郊原景物繁,翛然人坐给孤园。松垂佛殿云从

入,花落经床鸟自翻。静倚鸣琴消白昼,闲因挥尘狎清言。红尘冉冉长溪外,厌听高城暝柝喧。

京山王应翼《极乐寺》:

　　於以连镳拂柳行,豫游真喜值春晴。携来新茗如浮蚁,穿入垂杨有坐莺。近水佛含花鸟气,到门僧了木鱼声。谁探幽僻调清梵,一路清溪宛宛明。

蕲水官抚辰《极乐寺》:

　　古泉无宿水,古柳无强枝。游望渺攸属,金碧生其姿。门柳不更圉,径泉不更池。色然堂国花,曰僧律所持。游人有时去,鱼鸟闲知之。

① 极乐寺:"寺去高粱桥西可三里,路径甚佳,马行绿荫中,若张盖然。殿前剔牙松数株,松身鲜翠嫩黄,斑剥若鱼鳞,大可七八围许,盖奇物也。"(《长安客话》)

② 西山:位于北京之西,又名小清凉山,为太行山支脉。众山连接,有佛寺上百座。

③ 神庙:明神宗。

白　石　庄①

白石桥北②,万驸马庄焉③,曰白石庄。庄所取韵皆柳,柳色时变,闲者惊之。声亦时变也,静者省之④。春,黄浅而芽,

绿浅而眉,深而眼。春老,絮而白。夏,丝迢迢以风,阴隆隆以
日。秋,叶黄而落,而坠条当当,而霜柯鸣于树。柳溪之中,门
临轩对,一松虬,一亭小,立柳中。亭后,台三累,竹一湾,曰爽
阁,柳环之。台后,池而荷,桥荷之上,亭桥之西,柳又环之。
一往竹篱内,堂三楹。松亦虬。海棠花时,朱丝亦竟丈,老槐
虽孤,其齿尊,其势出林表。后堂北,老松五,其与槐引年⑤。
松后一往为土山,步芍药牡丹圃良久,南登郁冈亭,俯瞰月池,
又柳也。

曲周刘荣嗣《游白石庄》:

　　野圃宜秋色,苍苍况夕曛。松青新沐雨,槐古直搔
云。竹牖池光合,石楼山翠分。风前歌管细,吹向月中
闻。

凉州吴惟英《白石庄看牡丹》:

　　尊酒邀清赏,名园迥不群。雨枝苔上绿,风朵锦回
文。入幕香初骇,移灯影乍纷。留春坚客住,丝竹说殷
勤。

漳州张燮《游白石庄》:

　　乘闲西出郭,高柳覆沧漪。径辟山窥槛,亭空竹作
篱。丰年庚氏玉,爽气习家池。鱼过断萍匿,风先弱线
披。酒深催韵急,坐满接言迟。奢矣花兼石,繁哉竹与
丝。溪惊鹭不下,峰晚雾将垂。略订辞花出,来当未谢
时。

山阴张学曾《白石园看牡丹》:

为爱药栏胜,旬中一再来。分香妆阁照,择圃几瓶栽。朵朵初方蕊,垂垂今正开。怜春如此候,展转不能回。

《爽阁》:

疏雨偶然过,青山晚近人。全凭高阁爽,共仰月华新。树转尊前影,花愁暗处春。客喧无一醒,灯火觉相亲。

杭州阮泰元《白石庄》:

径辟龙孙长碧鲜,高台迥出蔚蓝天。虽多老干俱槐后,略种名花佐柳妍。山缺恰当高树补,池深雅得芰荷先。主人爽一如亭阁,不用笙歌促酒筵。

顺天王嘉谟《白石桥》:

纷衍石桥路,西山野望初。中流白鹭起,两岸绿杨疏。泉贮团仙籁,钟鸣隐佛庐。所嗟尘市远,不得更踟蹰。

《冬日白石桥柴老家醉中作》:

白石桥头路,苍然松树林。清霜飘败叶,丹黄满幽岑。高山粲然开,迢遥果幽寻。最有野人共我趣,一尊宛转留人住。白酒初熟满村香,大雪才消天未暮。被肘老拾遗,拙辞醉渊明。家去却迷路近远,山行惟觉身欹倾。北风冽冽催酒力,古道枯枯澹客情。客去难为主人意,上马已辞下复醉。茅店荒鸡时一鸣，归途恋恋依空翠。

① 白石庄：位于阜成门外，其主人当即文中所谓“万驸马”。

② 白石桥：位于阜成门外西北。

③ 万驸马(？—1644)：即万炜，万历十三年(1585)为驸马，妻瑞安公主为穆宗之女、神宗同母妹。官至太傅，管宗人府印。明亡，被杀。

④ “庄所取韵”五句：谓白石庄之所以富有韵致，皆在于柳。柳叶柳枝，其色随时令变换而变化，人闻知柳叶变色必心惊，因为容易引起光阴流逝的感伤；风拂柳树有声，亦随季节变化而不同，唯有静心细致的人才能领会。

⑤ 引年：古礼择取年老而贤明者加以尊养。此谓五棵老松和老槐一起被精心养护。

惠安伯园①

都城牡丹时，无不往观惠安园者。园在嘉兴观西二里②，其堂室一大宅，其后牡丹数百亩，一圃也，馀时荡然藁畦耳。花之候，晖晖如，目不可极，步不胜也。客多乘竹兜，周行塍间，递而览观，日移晡乃竟。蜂蝶群亦乱相失，有迷归径，暮宿花中者。花名品杂族，有标识之，而色蕊数变。间着芍药一分，以后先之。

公安袁宏道《惠安伯园亭看牡丹》：

古树暗房栊，登楼只辨红。分畦将匝地，合焰欲焚空。蝶醉轻绡日，莺梢暖絮风。主人营一世，身老众香中。

《惠安园亭看白芍药》：

> 仙葩亦自喜楼居，嫩紫妖红总不如。潋滟水翻晴雪后，兜罗云没晓峰初。夸多屡向交游述，递远频登好事书。是我眼悭叹未有，主人兀只比葵蔬。

《惠安伯园芍药开至数十万本，聊述以纪其盛，兼赠主人》：

> 看罢南徐紫锦堆，红亭碧榭又催开。旋心缬子纷难识，唤取维扬旧谱来。
>
> 雪色玲珑照地华，飞觥走兕疾如车。等闲倒却春三瓮，未了东轩一角花。
>
> 百千新艳一时开，那遣花妖不下来。好与扶筇枝上去，花头处处有楼台。
>
> 花勋难树亦难酬，炙雪浇风老未休。给与扫花十万户，灵芳国里古诸侯。

嘉兴谭贞默《张宛亭招集惠安园看芍药》：

> 才远湫嚣见石苔，西山爽气接衣来。豪家台榭饶花信，都士交游直酒杯。烟暖蝶迷香十亩，日舒莺媚锦千堆。升平物象优勋旧，莫作楼头王粲哀。

① 惠安伯：张昇(1379—1441)字叔晖，永城(今属河南)人。京卫指挥使张骐(一作张麒)子，仁宗昭皇后之兄。正统五年(1440)封惠安

伯,予世袭。此指其七世孙庆臻(？—1644),万历三十七年(1609)袭封,崇祯初提督京营,后掌都督府。明亡,阖家自焚死。按,以下袁宏道诗题中"惠安伯"指张昇六世孙元善,嘉靖三十四年(1555)袭封,万历三十七年去世。

②　嘉兴观:在阜成门稍北而西,观中有小阁,绝高。

真　觉　寺①

　　成祖文皇帝时②,西番板的达来贡金佛五躯③,金刚宝座规式,诏封大国师,赐金印,建寺居之。寺赐名真觉。成化九年④,诏寺准中印度式,建宝座,累石台五丈,藏级于壁,左右蜗旋而上,顶平为台。列塔五,各二丈,塔刻梵像、梵字、梵宝、梵华。中塔刻两足迹。他迹,陷下廊摹耳;此隆起,纹螺若相抵蹲,是縅趾着迹涌,步着莲生。灯灯焰就,月满露升,法界藏身,斯不诬焉。按《西域记》⑤:五塔因缘,拘尸那揭罗国⑥,即中印土。娑罗林精舍⑦,有塔,是金刚神躃地处⑧。次侧一塔,是停棺七日处。次侧一塔,是阿泥楼陀上天告母⑨,母降哭佛处。次一塔,是佛涅槃般那处。次侧一塔,是佛为大迦叶波现双足处。又按《僧祇律》⑩,亦五塔因缘,云塔,有舍利者,支提,无舍利者。凡人起塔于佛生处,得道处,转法轮处,佛泥洹处,菩萨像、辟支像、佛像、佛脚迹处,得安华盖供养⑪。上者,供养佛塔,下者,供养支提也。寺因缘者,寺因山水,缘贤圣熏修也。塔前有成化御制碑,曰:"寺址土沃而广,泉流而清,寺外石桥,望去绕绕,长堤高柳,夏绕翠云,秋晚春初,绕金色界。"

仁和张瀚《晚春集真觉寺》：

> 郭外春犹在，花边坐落晖。柳深莺细细，桑密鸤飞飞。一水金光动，千林红紫微。徘徊香满地，约马缓将归。

金坛王樵《登真觉寺浮图》：

> 古寺不知年，松竹无近趣。老僧摘春芽，龙钟坐高树。客影碌碌然，步步追春天。石阁三层上，金刚五座连。御家赐出西番样，白日摇光动仙掌。故见双趺隐法身，随人结想如来像。

临武曾朝节《真觉寺》：

> 塔黄山翠色，交入客清樽。晓日登峰树，秋光匝水村。法轮空界出，人语半天喧。高柳堤无尽，终朝立寺门。

> 两足尊遗教，五枝耸太虚。因缘人境外，悲仰佛天初。金铎喧番像，香花护宝书。绕旋馀览眺，星月柳边疏。

安陆何宇度《真觉寺塔》：

> 五塔森森立，秋原望不迷。彤云双阙迥，绿树万行齐。堤远传蜩急，天空去雁低。长安此净域，山水满城西。

亳州朱宗吉《真觉寺》：

> 隔水寻幽地，春光处处逢。一灯悬古殿，双树出疏钟。塔灿层台迥，林阴曲径重。望来殊不尽，多半暮云容。

固始余廷吉《游真觉寺》：

> 古刹僧俱寂，闲房花木秋。湖云风过竹，萝月影移松。万铎天然籁，三回定后钟。将灯旋五塔，林鸟向人冲。

顺天释性柔《礼真觉寺塔》：

> 稽首五梵塔，具五大因缘。因缘中印土，五微妙光旋。板的达西来，愿力弘人天。建彼世界法，于此世界边。梵宝及梵华，梵字半满全。中现双佛足，踵趾轮相圆。如大地涌出，如半空中悬。如亲诣佛国，依恋我佛然。我皇缔造心，同我佛心传。我拜我心净，西山朝暮烟。

① 真觉寺：位于极乐寺西。《析津日记》："真觉寺塔制规制特奇。寺有姚夔碑记，称永乐中国师五明班迪达召见于武英殿，帝与语，悦之，为造寺。石台则成化九年所建也。"

② 成祖文皇帝：见卷首刘侗序。

③ 板的达：藏传佛教大师。"板的达"为梵语，或译作"班迪达"，意为"才能"。

④ 成化九年：公元 1473 年。

⑤《西域记》：指《西域志》，晋释道安撰。

⑥ 拘尸那揭罗国：或作拘尸那，意为角城、茅城。为释迦牟尼入灭处。

⑦ 娑罗林：位于拘尸那城阿利罗跋提河边。相传释迦牟尼在娑罗林中入灭。

⑧ 金刚神：又名执金刚神、金刚力士等，为执金刚杵护佛法之神祇。

⑨ 阿泥楼陀：或作阿尼律陀，相传为释迦牟尼叔父甘露饭王之子，跟随释迦出家，为十大弟子之一。得天眼，能见天上地下六道众生。人称"天眼第一"。

⑩《僧祇律》：《摩诃僧祇律》之略称，意为"大众律"，印度大众部所传戒律。东晋佛陀跋陀罗与法显合译，四十卷。

⑪ 华盖：以花饰成之伞盖。

万　寿　寺

　　慈圣宣文皇太后所立万寿寺①，在西直门外七里、广源闸之西②。万历五年时③，物力有余，民已悦豫，太监冯保④奉命大作。虽大作，役不逾时，公私若无闻知。中大延寿殿，五楹，旁罗汉殿，各九楹。后藏经阁，高广如中殿。左右韦驮、达摩殿，各三楹，如中傍殿。方丈后，辇石出土为山，所取土处，为三池。山上，三大士殿各一。三池共一亭，僧云：万历十六年，上幸寺，尚食此亭也。山后圃百亩，圃蔬弥望，种莳采掇，晨数十僧。寺成，赐名万寿。万寿者，文武吏士、商旅井陌，燕私之诵声，四十八年如一日也。寺之碑，大学士张居正奉诏撰，其词曰："惟君建极,敛福锡民,民有疾苦,如在其身。巍巍大雄,转轮弘教,毗卢光明,大千仰照。佛力浩衍,君亦如然,共以悲智,济彼颠连。琅函贝叶,藏之天府,以翊皇度,自我列祖。沿及我皇,跻民极乐,祗奉慈命,复轸民瘼。毋烦将作,乃发帑储,鸠工庀材,龙宫蔚如。翼翼峨峨,有截其所,仰侔神造,俯瞰净土。凡斯巨丽,前武之绳,聿追来孝,旋观厥成。景命有仆,永锡纯嘏,既相烈考,亦佑文母。慈保天子,亿万斯年,本支百世,蛰蛰绵绵。"先是,文皇帝铸大铜钟,侈弇齐适,舒而远闻。内外书《华严》八十一卷⑤,铣于间,书《金刚般若》三十二分⑥,字则铸欤,点画波捺楚楚,如碾如刻,复如书楷,其笔法,必沈度、宋克也⑦。向藏汉经厂⑧,于是敕悬寺,日供六僧击之。每击,八十一卷,三十二分,字字皆声。是一击,竟华严一转,般若一转矣。内典云:人间钟鸣未歇际,地狱众生刑具暂脱此间也。天启年中,钟不复击,置地上,古色沉绿,端然远山。

公安袁宏道《万寿寺观文皇旧钟》:

先皇举手移天彀,无冠少师鬖发秃。已将周孔一齐州,更假释梵庇冥族。锤沙画蜡十许年,冶出洪钟二千斛。光如寒涧腻如肌,贝叶灵文满胸腹。字画生动笔简古,矫若游龙与翔鹄。外书佛母万真言,内写杂花八十轴。金刚般若七千字,几叶钟唇填不足。南山伐尽觅悬椎,诸葛庙前刘古木。震开善法忉利宫,撼穷铁网莲花狱。鼎湖龙去几春秋,二百二回宫树绿。蒸云炙日卧九朝,监寺优官谁敢触。大材无用且沉声,吷蚓啼虫满山谷。今皇好古录断沟,琬琰天球充黄屋。十龙不惜出禁

林,万牛回首移山麓。沧海老霆行旧令,雒阳遗考开新
目。西山但觉神奸潜,易水不闻金人哭。道旁观者肩相
摩,车骑数月犹驰逐。翠色苍寒欲映人,当时良匠岂天
竺。万事粗疏谁不然,今人不堪为隶仆。兴悲运慈又一
朝,万鬼如闻离械梏。几时谏鼓似钟悬,尽拔苍生出沟
渎。

同安池显方《万寿寺钟》:

洪钟金质五行备,象蹲螭盘蒲牢恚。原为晨昏唤梦
人,但有声闻无字义。文皇转轮大愿力,上承祖位扶佛
日。华严法门深似海,铸钟中边如镌刻。经之所余补诸
咒,端楷分明非篆籀。万灵呵护不轻鸣,忽然鲸吼震宇
宙。先皇神武倦征战,所过群黎日迁善。尽洗黄尘忏宿
怨,神道设教开方便。字画无相化音声,钦哉一声一部
经。胡为八万四千塔,阿育犹须神鬼成。

景陵胡恒《万寿寺钟》:

先皇愿力超人天,熔金铸钟蛟龙缠。一击渊渊震大
千,十万八千灵文全。我踏春烟春寺前,中官指入桃花
烟。拜手摩挲魂悄然,满字半字弥中边。金火结成笔墨
缘,神工非冶亦非镌。九牧贡金大地然,持比贝叶孰脆
坚。心心有佛薪火传,万寿寺钟日月悬。

吴县沈孟《万寿寺文皇御钟》:

文皇功成已大赉,销兵作钟声四塞。老矣少师尚缁

衣,不书太常铭鼎鼐。此钟身被莲花篇,皇以铸之超人天。峰如阃中若空谷,斋心一默三百年。钟唇叶叶秋崖覆,说尽经文但一叩。高枕山光得玉音,委身风雨生铜锈。钟乎一起鸣盛时,若有修者闻而思。不然声海八十一,近在城西人不知。

南昌樊良枢《万寿寺观华严钟》:

香阁慈云卷万峰,秋声演梵发华钟。鲸鱼击水霜前应,雊雉依林日未春。不向景阳空黛色,却随清漏湿芙蓉。无边海藏华严字,蝌蚪灵文拟是龙。

番禺林养栋《观万寿寺钟》:

制自三朝远,声从万斛来。龙文掀宝藏,雷震下高台。轰日中天起,惊山应律回。怖闻生爱恋,心籁寂然开。

莆田林尧俞《万寿寺》:

十里广源路,一林开士家。洪钟来禁苑,清梵散春花。洞窈观云入,萝生著石斜。寺成全帝力,民共拜烟霞。

宣城吴伯与《过万寿寺》:

嵯峨天阙逼,直直阁阴层。轮转千尊佛,堂齐万寿僧。全经钟作谱,细楷字如蝇。坐对云堂语,清传日午灯。

漳州张燮《万寿寺》：

> 大千荫盖法云回，万寿同声万姓垓。深院鼓传雷泋
> 至，隔林钟报海潮来。峦危近寺斜窥洞，树古穿篱别有
> 台。千叶莲华轮许大，祝釐遥对尚方开。

① 慈圣宣文皇太后：即慈圣太后，见卷四《鹫峰寺》。 万寿寺：
位于真觉寺西，自正殿、后殿宇、佛阁，凡六层。《长安客话》："寺在广源
闸西数十武，为今上代修僧梵处。璇宫琼宇，极其闳丽。在山亭在佛阁
后，可结跏坐。（万历）十六年，上曾于此尚食，不敢启视。寺有方钟楼，
前临大道，楼仅容钟。钟铸自文皇，径长丈二。内外刻佛号、《弥陀》、
《法华》诸品经，蒲牢刻《楞严咒》。铜质精好，字画整隽，相传为沈度笔，
少师姚文荣公监造。数百年朱翠斑隐隐欲起，即置商周鼎彝间，未多让
也。近年自宫中移此，昼夜撞击，声闻数十里。"
② 西直门：北京城西门之一，偏北。原称彰仪门。 广源闸：元
世祖至元二十六年(1289)建，位于西直门西七里。
③ 万历五年：公元 1577 年。
④ 冯保：字永亭，号双林，深州（今属河北）人。嘉靖中任司礼秉
笔太监，隆庆初年提督东厂兼掌御马监事。万历初既掌司礼，又督东
厂，势极盛。得宠于慈圣太后，督管神宗甚严。神宗掌权后，谪为奉御，
南京安置，并抄其家。
⑤ 《华严》：佛经名，全称为《大方广佛华严经》。有三种译本，分
别为六十卷、八十卷、四十卷。八十卷本又称《八十华严》、《唐华严》，唐
实又难陀翻译。
⑥ 《金刚般若》：即《金刚经》，全称为《金刚般若波罗蜜经》。
⑦ 沈度(1357—1434)：字民则，号自乐，华亭（今上海松江）人。永
乐中官至侍讲学士。博涉经史，尤善书，朝廷金版玉册，多出其手。
宋克(1327—1387)：字仲温，号南宫生，长洲（今江苏苏州）人。元末明初

以善书闻名。明初官凤翔同知。

　　⑧ 汉经厂：贮存汉译佛经之地。明时又有番经厂，位于汉经厂旁。后于二厂之地建崇祝、法渊、智珠等寺。位于京城西北。

西域双林寺

　　万历四年①，西竺南印土僧左吉古鲁②，东入中国，初息天宁寺③。后过阜成门外二里沟④，见一松盘覆，趺坐其下，默持陀罗尼咒⑤，匝月，不食不动。僧耳环，手钵，红氌衣，苍紫面而虬鬓，古达摩相也⑥。毕长侍奏之⑦，赐织金禅衣，赐日斋万僧，赐酥燃灯，赐松地居焉，赐寺名"西域双林寺"。闻禅二：性宗，相宗。学二：见地，行地。经二：论部，律部。法二：摄义，折义。摄受义者，示现哀悯，折服义者，示现忿怒，二义，一义也。忍与不忍为根，慈亦大慈之贼，其为梵相狞异，正尔低眉垂手矣。寺殿所供，折法中三大士，西番变相也。相皆裸而趺，有冠，有裳，有金璎珞，犼、象、狮各出其座下。中金色，勇猛丈夫也，五佛冠。上二，交而杵铃。下二，趺而坐。左右各蓝色，三目，彩眉，耳旁二面，顶累二首，乃髻。首三项腰，各周以髑髅，而带以蛇。左喙鼻耳角，牛也。三十二臂，一十六足，中二手交，把髑髅半额，而铲取其脑。其三十手所执械：号者，旗幡鼓铃焉；御者，牌金火轮焉；缚者，绳；击者，槌杵；杀者，刀、叉、枪、剑、铁、钺、弓矢焉。其所执残身头手足肉骨，血淋淋皆新。其有陈者，髑髅也。足左踏皆若凤，右踏皆若马。各有人金冠合掌，腰腹承之，其一人两手拍捧而悲也。右，魔王鬼神像也。其耳环，一十八臂而四足，手二交而托，十四仰而托，托皆葛巴剌碗⑧。左之碗，盛菩萨，右盛虎、狮、象、驼、犀、海马、三色焉，葛巴剌碗者，解顶颅骨而金络，瓣棱尖如莲房也。足踏人四色，前仰后伏之。殿壁所遍绘，亦十方如来，示现忿怒尊者像也。有鞯人革，其面爪趾宛然者。有倒络人首而为缨，蹬髑髅口而为镫者。有载人面首，若猎而狐兔雉累者。有尸三刃穿，有载三首贯者。有方啖人半身，而披发垂于吻者。其计令瞻而众怖，思而猛省欤？忿怒变像，乌斯藏每贡之，曰马哈剌佛。寺后一土山，山前一塔，旁皆朱樱。实时，火齐鞑鞨⑨，的的灼灼，绕塔怀山。寺东，兴教寺，成化二十一年建⑩，以居大兴法王结干领占者⑪。西，昭应宫，元至元建也，龟蛇兆焉。正德八年修⑫，蛇复驯出，赤质黑章，金文烂然，大学士费宏碑文记之⑬。西又二里，三虎桥，亦曰神虎桥。桥四石虎，万历中，其一虎夜逸，晓得之田间，北去桥一里，不更返也。

临武曾朝节《双林寺》：

系马今双树，香台正晓钟。叩关寻碧洞，到塔抚青松。梵像慈何怒，凡情悟在恭。怛怀舒望眼，天际翠千重。

泰和萧士玮《西域双林寺》：

慈像居然战斗场，佛魔同异亦荒唐。啖尝不破虚空观，踏践能乘勇猛方。火色朱樱双树外，涛声翠柏一灯傍。如斯降伏如斯住，悲仰无量钟磬长。

① 万历四年：公元 1576 年。

② 左吉古鲁：藏传佛教大师。"左吉古鲁"为唐古特语，或译作"足克戬古尔"，意为首饰和帐房。

③ 天宁寺：参见卷三《天宁寺》。

④ 阜成门：北京城西门之一，偏南。原称平则门。

⑤ 陀罗尼咒：四种陀罗尼之一，即真言教所谓陀罗尼。相传为佛菩萨从禅定所发之秘密语句。

⑥ 达摩：菩提达摩之简称。菩提达摩，天竺（古印度）人，本名菩提多罗。南北朝梁普通元年（520）来华，梁武帝迎至金陵。后渡江赴魏，居嵩山少林寺，面壁九年而化。后世称为天竺禅宗第二十八祖、中华禅宗初祖。

⑦ 毕长侍：当为万历时之太监。

⑧ 葛巴剌：蒙古语，意为"天灵盖"。

⑨ 火齐鞑鞨：喻指色彩如宝石般的赤红。火齐，一种玫瑰色的宝珠，产于日南（今云南、两广一带）。鞑鞨，一种粒大色红的宝石，产于鞑鞨（古代东北少数族），故名。

⑩ 成化二十一年：公元 1485 年。

⑪ 结干领占：唐古特语，或译作"嘉勒干凌戬"。

⑫ 正德八年：公元 1513 年。

⑬ 费宏（1468—1535）：字子充，号鹅湖，铅山（今属江西）人。成化二十三年（1487）进士第一，授修撰。官至户部尚书，加少保，入辅政。谥文宪。嘉靖间有《费文宪公集》。

利 玛 窦 坟

万历辛巳①，欧罗巴国利玛窦②，入中国。始到肇庆③，刘司宪某④，待以宾礼。持其贡，表达阙庭。所贡耶苏像、万国图、自鸣钟、铁丝琴等⑤，上启视嘉叹。命冯宗伯琦叩所学⑥，惟严事天主，谨事国法，勤事器算耳。玛窦紫髯碧眼，面色如朝华。既入中国，袭衣冠，译语言，躬揖拜，皆习。越庚戌⑦，玛窦卒，诏以陪臣礼葬阜成门外二里，嘉兴观之右⑧。其坎封也，异中国，封下方而上圜，方若台圮，圜若断木。后虚堂六角，所供纵横十字文。后垣不雕篆而旋纹。脊纹，螭之岐其尾。肩纹，蝶之矫其须。旁纹，象之卷其鼻也。垣之四隅，石也，杵若塔若焉。祔左而葬者，其友邓玉函⑨。函善其国医，言其国剂草木，不以质咀，而蒸取其露，所论治及人精微。每尝中国草根，测知叶形花色、茎实香味，将遍尝而露取之，以验成书。未成也，卒于崇祯三年四月二日⑩。按西宾之学也，远二氏⑪，近儒，中国称之曰西儒。尝得见其徒而审说之，大要近墨尔。尊天，谓无鬼神也。非命，无祸祥也。称天主而父，传教者也。器械精，攻守悉也。墨也，墨乃近禹⑫。今其徒，晷以识日，日以识务，昼分不足，夜分取之，古之人爱日惜寸分，其然欤？墓前堂二重，祀其国之圣贤。堂前晷石，有铭焉，曰："美日寸影，勿尔空过，所见万品，与时并流。"

景陵谭元春《过利西泰墓》：

　　来从绝域老长安，分得城西土一棺。斫地呼天心自苦，挟山超海事非难。私将礼乐攻人短，别有聪明用物残。行尽松楸中国大，不教奇骨任荒寒。

① 万历辛巳：万历九年（1581）。

② 欧罗巴国：指欧罗巴州（欧洲）中的国家。利玛窦：参见卷四

《天主堂》。

　　③ 肇庆：位于今广东中部偏西。

　　④ 刘司宪某：指刘继文，灵璧（今属安徽）人。嘉靖四十一年
(1562)进士，授万安知县，历任礼部主事、浙江参政、四川布政、广西巡
抚等。后于肇庆总制两广，与利玛窦交。官至户部侍郎。卒于家。

　　⑤ 耶苏：即耶稣。　万国图：即《万国全图》，又称《万国舆图》，利
玛窦万历十二年(1584)在广东肇庆制作，描绘五大洲及各国地理位置。
《明史·外国传》："意大里亚，居大西洋中，自古不通中国。万历时，其
国人利玛窦至京师，为《万国全图》。"

　　⑥ 冯宗伯琦：即冯琦，字用韫，号琢庵，临朐(今属山东)人。万历
五年(1577)进士，官至礼部尚书。谥文敏。有《北海集》、《宗伯集》等。

　　⑦ 庚戌：万历三十八年(1610)。

　　⑧ 嘉兴观之右：即嘉兴观之西。嘉兴观在阜城门稍北而西。

　　⑨ 邓玉函(1576—1630)：字涵璞，德国耶稣会教士。明天启元年
(1621)来华，先到澳门，后赴杭州、北京等地传教。于北京主持修正历
法。死于北京。

　　⑩ 崇祯三年：公元 1630 年。

　　⑪ 二氏：指道、佛二教。

　　⑫ 禹：指夏代大禹。

慈　慧　寺①

　　万历己丑②，黄南充辉③，是入词林，其词翰见天下。时其
友楚僧愚庵④，自蜀弘法北上，曰："京城内外巨刹，四事之奉
甲东土，而释子问法至者，无弛担所。"乃募建寺，檀施半出宫

中。壬寅寺成⑤,赐名慈慧。安像,安藏,安十方僧单、十方僧供,而愚庵饮水戢蕉其中,若客然。陶祭酒望龄乃撰寺碑⑥,南充乃书。寺周匝列大树。墙百堵,乱砌石,曰虎皮墙,随其奇角,块块罍罍,龙鳞虎斑。寺后有阁,供旃檀佛,南充手定坯范,铸成,居然瑞像也。蜘蛛塔碑、甘井碑、金刚塔碑,皆南充书。蜘蛛塔者,南充诵金刚经次,一蜘蛛缘案上,正中立,向佛而伏。驱之,盘跚复来,就前位伏。南充曰:"听经来者。"为诵经终卷,为说情想因缘竟,蜘蛛寂然矣。举之而轻,视之,遗蜕耳。以沙门法,龛之,塔之,碑之。

夷陵雷思霈《慈慧寺留别魏肖生水部魏叔伯太史》:

> 去去影将别,携携到竹林。绕阶窥塔宇,补衲听僧砧。井凿虚空出,堂开古佛临。迟回车马侧,日落帝城阴。

新野马之骏《郊行至慈慧寺》:

> 愁每过闲昼,兹行趣不稀。鸟廉容果熟,蝶懒看花飞。近郭烟逾厚,逢林日暂违。桔槔群力尽,天意忍终违。

> 路以曾游习,情随独往新。园庐僧八口,灯火佛三身。茶静候当午,豆花香彻旬。尔时眠食事,不觉有旁人。

丹阳贺世寿《陪董思白王而弘刘胤平过慈慧寺》:

> 儒释俱尊宿,人天狎主盟。未论餐法味,只觉远凡情。灯傍莲千叶,寒飞磬一声。坐来心地静,麈尾自

纵横。

华亭董其昌《慈慧寺次贺中泠韵》：

　　神皋方丈室，初地结新盟。花雨翻空界，松涛杂梵声。小参如筏语，宴坐闭关情。楼阁重延眺，千峰积翠横。

漳州王志道《慈慧寺次韵》：

　　先朝花雨地，此日重寻盟。一刹老僧定，三过学士情。食时香钵供，参礼法螺声。羡尔蒲团上，掩经看月横。

怀宁刘若宰《慈慧寺次韵》：

　　一发须多愧，逢僧未敢盟。津梁劳长者，饭食饱尘情。佛默经何语，钟寒寺有声。幸容余弟子，一座独当横。

公安袁彭年《辛未榜后同池直夫谭友夏游慈慧寺》：

　　五岳遽能平，相携一笑生。出郊无数武，登阁见遐情。篱围乡中梦，瓶盂定里声。老僧神炯炯，往事说来惊。

　　是我童游处，四朝云物更。精蓝仍傍雉，讲席已疑兵。冢寄要离暂，魂依智颉诚。英雄佛弟子，人外结深情。愚庵窃瘗熊尚书于寺左。

麻城李中孚《慈慧寺》：

力力蹄轮苦，来穷入世因。梵音惊俗耳，松响发比邻。机息鸟衔供，悲生钟报晨。先人曾履迹，留照委馀身。

① 慈慧寺：位于阜成门以西二里，万历间由蜀僧愚庵创建。

② 万历己丑：万历十七年(1589)。

③ 黄辉(1554—?)：字平倩，一字昭素，号慎轩，南充(今属四川)人。万历十七年(1589)进士。官至少詹事。擅诗文。有《贻春堂集》。

④ 僧愚庵：即释真贵，号愚庵，蜀人。曾与黄辉鼓动袁宏道编纂《西方合论》。

⑤ 壬寅：万历三十年(1602)。

⑥ 陶望龄：见卷三《韦公寺》。

摩　诃　庵①

近市焉，非庵所也，近名焉，非僧事也，远之而后可。有游者，为招寻计矣。庵近不欲市，远不欲山。僧高不至圣，卑不至伧。郊外庵，韵中僧，聊可娱耳。阜成门外八里之摩诃庵，嘉靖丙午建也②，高轩待吟，幽室隐读，柳花、榆钱、松子飞落时，满院中。诗僧非幻，琴僧无弦，与客耦俱。万历中，宇内无事，士大夫朝参公座，优旷阔疏，为与非幻吟，为听无弦琴。住斯庵也，浃日浃辰，盖不胜记。留诗庵中，久久成帙焉。庵有楼，以望西山。天启中，魏珰过庵下③，偶指楼曰："去之。"即日毁。自是，人相戒不过。僧日畏不测，渐逃死，庵则渐废。

东法藏庵，无弦别院也。西大乘庵，与摩诃庵，盛相妒，衰相后先。

梁溪童佩《摩诃庵》：

> 入门幽事满，春殿说无生。未下空王拜，先劳小朗迎。阶前闲树色，花外落钟声。却愧初来客，袈裟识姓名。

东阿于慎行《暮春游摩诃庵听无弦上人弹琴因饮南园》：

> 暂过西郊寺，情知隐者贤。百花春夜雨，一饭讲堂烟。韵事乐酬酢，清时容醉眠。琴诗听即好，为以静人传。

> 别有幽园胜，偶来人自幽。僧茶陪客酒，藉坐节林游。雨色先惊幌，钟声远过楼。仆催归路晚，晚更一宵留。

《再游摩诃庵因赠静堂禅师》：

> 又忆同游地，黄花时节过。人行荒院怯，虫语竹房多。一岁春秋色，前期晴雨讹。闲难冗去易，候月照婆娑。

《入都再游摩诃禅林》：

> 别问归无恙，旋来叩法堂。壁题存姓字，阶树阅行藏。觉路人天迥，春辉香火长。尔时京雒客，曾识雨花香。

《无弦上人移住法藏庵因听弹琴赋赠》：

> 东篱别时径，卜筑又成林。幡借西邻影，钟依前日琴。何新非佛土，不定亦禅心。一笑松阴里，琤琤客履深。

临朐冯琦《同于宫谕饮摩诃庵南园步至钓鱼台夜眺还宿法藏庵纪事》：

> 如是招提境，殊无衢陌尘。雨过林尚滴，香杂苑犹春。水竹私歌鸟，凉风为酒人。莫频移坐榻，深惜此花茵。
>
> 苍苍望不断，小径亦何深。未尽尘中务，难为郭外心。如云千树色，有日半山阴。渐与祇林远，钟边无磬音。
>
> 共此鱼梁约，壶筋夜自携。野云来坐冷，林月向人低。烟带远山合，天将草树齐。薄霜晞易得，有路更前溪。

《游摩诃庵赠静堂上人》：

> 落日坐良久，庭看绿草滋。静须琴入谱，饮待客成诗。风乍松杉住，烟仍薜荔垂。老僧心未歇，向我订前期。

无锡高攀龙《摩诃庵》：

> 都城多所事，郊外意已豁。西山岂不高，西堤岂不洁？去去数十程，毋乃转烦热。修林无尘风，虚堂无氛

月。湛湛止水心,端居见超越。百营良有极,庶以善自悦。

安陆何宇度《游摩诃庵》:

西山今且望,庵隐当山游。食自中官供,幡从内苑留。高松低拂殿,理石乱成丘。车马迷尘鞅,穿林始觉秋。

太仓王衡《摩诃庵赠无弦非幻二上人》:

客到惊僧定,始知阶草深。远山清榻梦,空塔过城阴。坐对难酬韵,床横未语琴。劝君还此住,门外正车音。

萝长春成幄,吾来信有年。花前尝茗客,钟后乞斋缘。风雨芭蕉纸,晨昏柏树禅。幽居殊自好,长住磬声边。

顺天王嘉谟《摩诃庵闻僧诵经有作》:

上国招提七十五,中间兰若真难数。兹地经行名宿多,旃檀香幢光四庑。闲看西郭尘悠悠,梵唱凄凉高树秋。月上僧钟度阁,尘中老未此中游。一宿西庵便惆怅,梦后心头十年状。生身婚嫁少水鱼,悲壮潜蛟泣春涨。

夷陵雷思霈《摩诃庵访罗玉简》:

春草西郊遍,幽栖静者心。山烟旋佛顶,塔势耸云篲。桃片纷成雨,松声鼓作琴。远思莲社客,晴日几登临。

不为寻玄度,何缘入化城。径迂祇树隐,畦隔石桥横。老衲三春曝,荒亭一鸟鸣。看花惟看绿,处处踏莎行。

南乐魏允中《午日过摩诃庵访无弦上人》:

都门儿女节,有客入祇林。万物隆隆理,一城扰扰心。水声行处是,山色望中深。花事仍随俗,葵榴供素琴。

江夏释如愚《摩诃庵同廓然话旧》:

别来三十载,俱老壮时人。庭树欺檐短,阶禽畏客新。榻留云卧迹,房扫旧题尘。庵隐君昆季,孤游念我身。

武昌孟登《摩诃庵》:

到来幽事满,春为韵人青。诗有律非幻,琴无弦可听。花期耽已阁,树影午方亭。只此畿郊近,尘飞总不经。

昌平韩四维《再过摩诃庵》:

自是当年旧石庵,云门又拜老瞿昙。弥天佛法花千树,无字《楞严》语一函。人立水光惊白首,亭穿山影亦青岚。嗟余再过心空地,坐看钟声影自惭。

慈溪冯尔葵《宿摩诃庵》：

> 夜语梦回后，龛灯到晓堂。衲依僧共老，钟和鼓生忙。阶药年深变，檐松定际香。客怀惭鹿鹿，坐得数时忘。

鄞县薛冈《早春游摩诃庵》：

> 幽僧开小院，残雪在诸峰。易老客中岁，难闲郊外踪。行林看嫩草，绕屋肃高松。此意惟君与，同听日暮钟。

① 摩诃庵："慈寿寺旁有庵曰摩诃，庵不甚大，洁净乃胜他庵。殿前后多古松古桧古柏，壁间多名公题咏。四隅各有高楼，叠石为之。登楼一望，川原如织，西山逼面而来，苍翠秀爽之色似欲与人衣袂接。意兴勃勃，业已飞香山碧云间矣。"（《长安客话》）

② 嘉靖丙午：嘉靖二十五年（1546）。

③ 魏珰：指魏忠贤，见卷四《首善书院》。

钓　鱼　台①

近都邑而一流泉，古今园亭之矣。一园亭主，易一园亭名，泉流不易也。园亭有名，里井人俗传之，传其初者。主人有名，荐绅先生雅传之，传其著者。泉流则自传。偶一日园亭主，慎善主之，名听土人，游听游者。出阜成门南十里，花园村，古花园。其后村，今平畴也。金王郁钓鱼台②，台其处。

郁前玉渊潭,今池也。有泉涌地出,古今人因之。郁台焉,钓
焉,钓鱼台以名。元丁氏亭焉③,因玉渊以名其亭。马文友亭
焉④,酌焉,醉斯舞焉。饮山亭,婆娑亭,以自名。今不台,亦
不亭矣。堤柳四垂,水四面,一渚中央,渚置一榭,水置一舟,
沙汀鸟闲,曲房人邃,藤花一架,水紫一方,自万历初,为李皇
亲墅⑤。

宁都董越《游钓鱼台》:

　　草堂掩掩路逶迤,客到殊无林鸟知。科斗池塘春水
满,牛羊町疃夕阳迟。莎深绿晕苔侵壁,药蔓红欹槿护
篱。先后闲游多岁月,细看窗牖尽馀诗。

公安袁宏道《重九日登钓鱼台》:

　　卧柳侵官道,长堤接古墟。宫斜十里粉,画壁一枝
芦。白果将垂砌,红蕉半掩庐。僧贫茶具废,兴发酒瓯
虚。怪鸟鸣空院,寒花伴野蔬。阶前云没岫,床下水平
渠。净业莲花社,乡思柳浪居。道玄唯有发,中散竟无
书。去矣云中鹄,知之濠上鱼。

临朐冯琦《钓鱼台》:

　　翳然林水处,便自远人寰。麦陇凫双没,藤轩蝶四
环。高低春涧柳,深浅夕阳山。坐忆垂竿叟,高踪未可
攀。

　　是处堪垂钓,谁家长闭关。榭多偏近水,云薄更宜
山。鸟语扶疏里,人踪杳霭间。日斜仍策马,太息野鸥
闲。

临武曾朝节《游钓鱼台》：

> 古迹台亭处，荒泉新一亭。迂随幽径碧，虚合远山青。堤柳先周匝，汀鸥亦隐冥。旅情虚弄钓，欸乃向来听。
>
> 高台谁钓客，今古叹居游。酒入荷香细，歌深树影稠。亭空万里色，池浸一天浮。更道东林胜，沿溪步步幽。
>
> 爱此园林僻，清凉足共栖。稻田溪上下，松岭殿东西。水日明台榭，山云拥路溪。定知尘市外，相与忆招提。

顺天王嘉谟《钓鱼台》：

> 寻幽眺远慰苍颜，古木颓然落日殿。白发未多容我拔，青山无远望身闲。荒寒倚策门三径，薄暮持竿水一湾。渔父何人徒仰止，几年尘鞿笑间关。
>
> 秋满西山午不开，空池潦水静青苔。纷纭乱叶迷平野，萧瑟风条隐古台。讵有鱼龙惊寂寞，频看雁鹜远徘徊。中原极目情慷慨，钓罢分鱼易酒杯。

① 钓鱼台："平则门(即阜成门)外迤南十里花园村，有泉从地涌出，汇为池，其水至冬不竭。金时，金人王郁隐此，作台池上，假钓为乐。至今人呼其地为钓鱼台。"(《长安客话》)

② 王郁：字飞伯，大兴(今属北京)人。博学好古，纵情诗酒。金哀宗正大年间举进士不第，遂西游洛阳，穷山水之乐，与李汾、元好问等往来最久。后游京师，不知所终。

③ 丁氏：元时大都本郡人士。

④ 马文友亭：指娑婆亭,元人马文友之别墅,位于彰义门(即西直门)内。

⑤ 李皇亲：指神宗生母孝定李太后的直系亲属。参见卷一《千佛寺》"孝定皇太后"条注释、卷三《李皇亲新园》。

皇 姑 寺

皇姑寺①,英宗睿皇帝复辟建也。正统八年②,驾出紫荆关③,亲征也先④。陕西吕尼,迎驾谏行,曰:"不利。"上怒,叱武士交捶,尼跌坐以逝。及蒙尘房营,数数见尼,娓娓有所说,时时授上饼饵。驾返,居南宫,数数见尼,娓娓有所说。复辟后,诏封皇姑,建寺,赐额曰:顺天保明寺。或曰:隐也,如云明保天顺焉⑤。后殿祀姑肉身,跌坐愁容,一媪也。万历初年,像未饰以金,顶犹热尔。姑著绣帽,制自宫中。殿悬天顺手敕三道,廊绘己巳北征之图。今寺尼皆发,裹巾,缁方袍,男子揖。

山阴王应遴《皇姑寺》:

> 番番行柏若层台,古径苔多侵草莱。秋入佛灯疏雨歇,香垂尊胜梵音开。老尼肃客衣冠阔,往事怀忠梦寐回。静磬严钟尘界外,等闲啼鸟不曾来。

南海梁稷《皇姑寺》:

> 静入云房村路缘,客来惟有磬相传。两阶肃立参天

柏,四座端开涌地莲。劫火未灰香篆结,风幡不动法灯燃。何须更讯寒岩木,十载曾听阿母禅。

山阴王骥德《皇姑寺》:

先皇曾北伐,切语叩前旌。定入龙飞后,神随御辇行。法原无怖畏,国自报功名。弘愿儿孙福,烧香过此生。

① 皇姑寺:在阜成门外西山,明天顺中建,名为顺天保明寺。俗称皇姑寺。清康熙中改建,易名显应寺。

② 正统八年:公元1443年。

③ 紫荆关:位于河北易县西紫荆岭上,山谷崎岖,为北京西南军事重地。

④ 也先:瓦剌部(元代称斡亦剌部)丞相脱懽之子,为淮王。率军兼并蒙古各部,东取女真,西控哈密。正统十四年(1449)大举入侵,至土木,败明师,擒英宗。杀可汗脱脱不花,自立为可汗。后被阿剌知院攻杀。

⑤ 天顺:英宗复辟后年号,1457—1464年。

慈　寿　寺

万历丙子①,慈圣皇太后为穆考荐冥祉②,神宗祈胤嗣,卜地阜成门外八里,建寺焉。寺成,赐名慈寿,敕大学士张居正撰碑。时瑞莲产于慈宁新宫,命阁臣申时行、许国、王锡爵赋之③,碑勒寺左。寺坏圬丹漆,与梵色界诸天,与龙鬼神诸部,争幻丽,特许中外臣庶,畏爱仰瞻。有永安寿塔,塔十三级,崔巍云中。四壁金刚,振臂拳臂,瞪睒据踏,如有气呇呇,如吒吒有声。天宁寺隋塔摹也④。中延寿殿,后宁安阁,阁扁慈圣手书。后殿奉九莲菩萨,七宝冠帔,坐一金凤,九首。太后梦中,菩萨数现,授太后经,曰九莲经,觉而记忆,无所遗忘,乃人经大藏,乃审厥象,范金祀之。寺有僧自言,梦或告曰:太后,菩萨后身也。

东阿于慎行《慈寿寺观新造浮图》:

> 凤首莲华九品标,十三层塔表岩峣。德先胎教人天母,道□坤宁海岳朝。势挟珠林雄禁苑,影分银汉挂烟霄。群生福果缘慈佑,辇尽黄金此地销。

临朐冯琦《登慈寿寺阁》:

> 慈寿人间诵,非惟仗法筵。楼标香象伏,塔影玉龙悬。咫尺九陵树,摩挲万井烟。满衣香不散,知是近诸天。

南充黄辉《秋日过慈寿寺》:

> 仁慈霭墟烟,西爽遥来属。松门昼不扃,野径纡晴绿。秋声下蒲团,月影数竿竹。茶烟暝归禽,钟响散樵谷。开士无一言,客谭自相宿。

仁和卓明卿《慈寿寺》:

> 梵刹凌青汉,幡幢拥碧莲。法王开宝地,慈后布金

年。画壁光常寂,神灯影倒悬。臣民瞻大士,圣寿与绵延。

兰溪姜应甲《登慈寿寺阁》:

风叶下层塔,因传铃铎声。祝延犹圣母,徽嗣望西京。夜讽九莲竟,秋观六谷成。太平五十载,民诵厥初生。

景陵钟惺《二月十五日出郭集慈寿寺》:

若是南方地,莺花事欲阑。今年暄最晚,只作早春看。新水分冰半,孤烟出树难。堤杨黄可必,池草碧无端。务寡客谭永,道高僧步安。游期从此数,节物为人宽。

山阴王思任《游京西慈寿寺》:

圣母黄金铸佛台,神皋八里绝纤埃。如何塔样传无缝,是看湘南树影来。

① 万历丙子:万历四年(1576)。
② 慈圣皇太后:即孝定皇太后,穆宗贵妃,见卷一《千佛寺》。穆考:指明穆宗朱载垕(1537—1572),嘉靖皇帝第三子,母杜康妃。嘉靖四十五年(1566)十二月即位,以明年为隆庆元年,在位六年,病逝。庙号穆宗,葬昭陵。
③ 申时行(1535—1614):字汝默,号瑶泉,晚号休休居士,长洲(今江苏苏州)人。嘉靖四十一年(1562)进士第一,授修撰,官至吏部尚书,为首辅。有《赐闲堂集》。　许国(1527—1596):字维桢,歙县(今属安

徽)人。嘉靖四十四年(1565)进士,官至礼部尚书兼东阁大学士。谥文穆。有《文穆公集》。 王锡爵:见卷四《灵济宫》。

④ 天宁寺隋塔:参见卷三《天宁寺》。

海 淀①

水所聚曰淀。高梁桥西北十里,平地出泉焉,滮滮四去,深深草木泽之,洞洞磬折以参伍,为十余奠潴。北曰北海淀,南曰南海淀。或曰:巴沟水也。水田龟坼,沟塍册册,远树绿以青青,远风无闻而有色。巴沟自青龙桥②,东南入于淀。淀南五里,丹棱沜③。沜南,陂者六,达白石桥④,与高梁水并。沜而西,广可舟矣,武清侯李皇亲园之⑤。方十里,正中,挹海堂。堂北亭,置"清雅"二字,明肃太后手书也⑥。亭一望牡丹,石间之,芍药间之,濒于水则已。飞桥而汀,桥下金鲫,长者五尺,锦片片花影中,惊则火流,饵则霞起。汀而北,一望又荷蕖,望尽而山,剑铓螺蠡,巧诡于山,假山也。维假山,则又自然真山也。山水之际,高楼斯起,楼之上斯台,平看香山,俯看玉泉,两高斯亲,崝若承睫。园中水程十数里,舟莫或不达,屿石百座,槛莫或不周。灵璧、太湖、锦川百计⑦,乔木千计,竹万计,花亿万计,阴莫或不接。园东西相直,米太仆勺园⑧,百亩耳,望之等深,步焉则等远。入路,柳数行,乱石数垛。路而南,陂焉。陂上,桥高于屋,桥上,望园一方,皆水也。水皆莲,莲皆以白。堂楼亭榭,数可八九,进可得四,覆者皆柳也。肃者皆松,列者皆槐,笋者皆石及竹。水之,使不得径也。栈而阁道之，使不得舟也。堂室无通户，左右无兼径，阶必以渠，取道必渠之外廓。其取道也，板而槛，七之。树根槎枒，二之。砌上下折，一之。客从桥上指，了了也。下桥而北，园始门焉。入门，客懵然矣。意所畅，穷目。目所畅，穷趾。朝光在树，疑中疑夕，东西迷也。最后一堂，忽启北窗，稻畦千顷，急视，幸日乃未曛。福清叶公台山[9]，过海淀，曰："李园壮丽，米园曲折。米园不俗，李园不酸。"西园之北，有桥，曰娄兜桥，一曰西勾。

顺天王嘉谟《海淀偶题》：

燕市尘尘影，无人惊日斜。半程西郭地，一水隔山家。荒竹抽高笋，野桃报晚花。丹青多殿阁，只此似京华。

植杖林垌外，栖迟不自期。十年更地主，一日偶山陲。湖阔雁凫静，风过香气随。未衰诗酒业，闲赏称清时。

寂寞无人径，门开庭亦闲。高原临瓮牖，平楚接柴关。野旷秋依树，湖清月在山。悠然群熟鸟，朝去夕俱还。

朝来迎晓立，昨夕未成诗。楼幔寒初卷，琴尊日不辞。泉香生草色，云暖发花枝。不必逢渔父，沧浪果在兹。

《海淀西勾桥上作》：

微风何澹澹，杨柳荫重围。遥遥石梁前，春水荡清晖。渊鏊寂无声，独行望霏微。寒芳自可藉，蜩鸠新成

翠。东南齐美树,其下花芳菲。都市无吾事,寄赏幸不
违。颇步丰林间,宿雨随人飞。长歌振岐路,捐佩向
村归。

《海淀娄兜桥上观鱼信步西行境益清胜》:

渊渊溪水中,青蒲叶靡靡。翳然林木间,幽怀果子
美。香草光波澜,山梁雊文雉。拔蒲自濡足,蒲根芳且
旨。可以佐糇粮,吾何事未耜。寻幽复远涉,济胜矜自
喜。夕阳忽西流,平湖白烟起。慷慨成一诗,行歌出山
市。

《海淀三圣祠前作》:

新祠岐路带前途,十里草生春不孤。忆我有乡迷处
所,坐看雨气出西湖。

《海淀望西山》:

西山吾夙好,水竹幸为邻。晴日苍烟在,青苔古树
新。雀勤雊尚鷇,灯报客愁人。岩壑朝将往,丹棱沜可
津。

《海淀暮雨》:

阁望漠未已,云横山足高。晚花湿平楚,低燕满蓬
蒿。不寐愁今夜,无人自浊醪。幽忧具灯火,久久思林
皋。

景陵钟惺《四月三日杨修龄侍御游宴海淀园》:

燕地三四月,江南二月时。物色淹春寒,此时方妍
凄。岂曰桃李后,遂无莺花期。所以临眺事,首夏正攸
宜。郭外自多胜,城居岂得知。泉石虽云借,尽日君有
兹。一座四方人,趣不甚参差。能使孤衷士,酬对亦不
疲。则知不草草,于物有调剂。流峙周结构,为君娱客
资。物力苟据胜,山水亦听之。舟席致则代,苔石凡屡
移。清泛随孤光,动植沐晨曦。吁嗟绮丽地,情理生幽
奇。

孟津王铎《游海淀李园》:

鹳鸣高树巅,西山远逾霁。烟霞久板荡,我辈来位
置。转攀石路骇,高亭币弘闳。穿洞米乳滑,阴崖苔齿
细。瘿松随艇动,鼓吹风凌厉。层岩侧镜中,鸿别燕独
至。波光漾空绿,稍穷蟠曲势。邛须遵大路,流云恋衣
袂。

曲周刘荣嗣《海淀李戚畹园》:

偶出晨新雨,轻阴到夕阳。浮青森石丈,深碧尚花
王。对嶙峰俱配,分溪径屡防。槛斜幽取复,荷浅近能
香。泛涉疲迂路,小休便断梁。狎人鱼竞出,巢树鸟深
藏。绳不容松直,篱惟让竹强。平情疏杂卉,刻意及雕
墙。楼阁相为影,烟岚互有光。奇贪游未已,馀醉一
登航。

新野马之骏《集李戚畹园》:

辟地纤藏渚,牵舟曲绕堤。晴林涵尽侧,阴叶吐难

齐。丝竹听知润,楼台互觉低。水嬉非北事,何遽习凫
鹥。

清朝烦物力,迟日罄盘桓。但作娱人想,惟宜略主
看。例称花似恕,群散鸟才安。自是初游好,偏言续赏
难。

吴桥范景文《集李戚畹园》:

侯门矜壮丽,别墅也雕薨。所有水边竹,为存林下
风。苔花增石绣,柳影衬鱼红。山泽非无胜,终然让此
工。

人巧为山水,要令情性俱。色声香互发,红紫绿平
敷。密每望难竟,疏教画可图。善谀坐上客,几处胜西
湖。

嘉兴谭贞默《海淀李园看牡丹》:

十里红尘远,光生碧浪池。石奇争坐客,花熳妒群
姬。分槛成诗静,飞筹到酒迟。觞馀齐水榭,御字想威
仪。

公安袁中道《海淀李戚畹园》:

百尺飞桥宛转栏,闻香照影且盘桓。蹊边忽遇三侯
石,杖底惊逢八节滩。野鹤止同家鹜狎,国花长作圃蔬
看。雨馀山翠浓如滴,玄对还宜上露坛。

雁翎栝覆虎纹墙,夹道雕栏织画梁。锦石三千呈翡
翠,珠楼十二绕鸳鸯。林端御水如留去,雾里西山半影

藏。但喜追随同沈谢,何知池馆是金张。

沛县阎尔梅《游李戚畹海淀园》:

池阔风凉柳系船,巧堆亭榭欲迷仙。牡丹一种馀千树,海石双蹲数百拳。天子留心增府库,侯家随意损金钱。知他独爱园林富,不问山中有辋川。

福清叶向高《过米仲诏勺园》:

幽筑藕花间,荆扉日日闲。竹多宜作径,松老恰成关。堤绕青岚护,廊回碧水环。高楼明月夜,莞尔对西山。

山阴王思任《米仲诏招集勺园》:

勺园一勺五湖波,湿尽山云滴露多。家在濠中人在濮,舟藏壑里路藏河。鹭鹚晚食分残獭,菱芡新妆妒旧荷。已见寓公诸品具,只饶春雨寄苍蒉。

公安袁中道《七夕集米仲诏勺园》:

闻说园林胜,虽忙也爱游。到门惟见水,入室尽疑舟。萦纡凌香雪,尊罍映绮流。藕花犹自好,露下不知秋。

庐陵刘铎《九日勺园》:

盘盘磴路转幽居,户牖玲珑竹映除。采菊穿篱霜拂袂,登高舒啸气凌虚。天开景物罗诗社,地敞风烟护酒垆。望望高原秋正远，白云天际失吾庐。

贵州陈良楚《九日勺园》：

　　节序惊心客思遐，授衣重此对黄花。大都海国皆皇甸，一勺园居自米家。御苑晴看疏柳映，香山寒带暮云斜。天高向夕空台迥，掇掇茱萸暮正霞。

蒙阴公鼐《勺园》：

　　客意多生结构间，主人真自悟清闲。亭台到处皆临水，屋宇虽多不碍山。敁海淀因番覆胜，用丹棱使往来环。再三游赏仍迷惑，园记虽成数改删。

　　十尺丹楼映绿萝，桥经路纬织如梭。花边溪静人依鹭，墙外舟回竹动波。俗套尽除松树壁，家儿解唱柳枝歌。怜余学圃垂垂老，只爱山椒与水涡。

萧山来斯行《九日集勺园》：

　　九日事非禊，群游少长咸。引流看委曲，垒石诧巉岩。春在叶犹驻，荒留草不芟。幽深难拟似，客记语俱凡。

　　① 海淀：位于北京西北。后来清畅春园、圆明园、颐和园即建于此。《长安客话》："水所聚曰淀。高梁桥西北十里，平地有泉，滮洒四出，淙泪草木之间，潴为小溪，凡数十处。北为北海淀，南为南海淀。远树参差，高下攒簇，间以水田，町塍相接，盖神皋之佳丽，郊居之选胜也。"

　　② 青龙桥：位于京城西门外以北。

③ 丹棱沜：清初于此建畅春园。

④ 白石桥：在阜成门外西北。

⑤ 李皇亲园：指武清侯李伟庄园，参见卷三《李皇亲新园》。据《长安客话》、《燕都游览志》等记载，此园又名清华园，位于北京西北。方圆十里，花卉极多，五六月仿佛花海，尤其牡丹多珍品。水中起高楼，楼上又筑一台，俯瞰玉泉诸山。神宗于楼之中央题"青天白日"四字，于东西书"光华"、"乾坤"相对，字各长二尺有余。

⑥ 明肃太后：指神宗生母孝定皇太后，太后于万历十年(1582)加尊号曰"明肃"。

⑦ 灵璧、太湖、锦川：指安徽宿州灵璧石、江浙太湖石和辽东锦州的锦川石(或谓产于蜀地)，均为园林佳石。

⑧ 米太仆：指米万钟。　勺园：园名取"海淀一勺"之意，又名"风烟里"。园中景点取名"色空天"、"太乙叶"、"松坨"、"翠葆榭"、"林于潆"等等，为当时士人游览品题之胜地。位于清华园之东。

⑨ 叶台山：即叶向高，见卷四《首善书院》。

黑　龙　潭

黑龙潭，入金山口①，北八里。未入金山，有甃垣方门中，绿树幽晻，望暧暧然，新黄甓者，景帝寝庙也。世宗谒陵毕，过此，特谒景帝，易黄甓焉。庙初碧瓦也。又北二里，一丘一碑，碑曰："天下大师之墓。"仁和郎瑛曰②："建文君墓也③。"通纪称建文自滇还京，迎入南内，号曰老佛，卒葬西山。又北，小山累累，小冈层层，依冈而亦碧殿，亦丹垣者，龙王庙也。庙前为潭，干四丈，水二尺，文石轮轮，弱荇缕缕，空鸟云云，水有光无色,内物悉形,外物悉影。土人传黑龙潜中,曰黑龙潭也。夫龙而潭浅居耶?万历初,上谒陵还,眷顾山形,观其清泉,驻跸潭上。二十六年夏四月④,旱太甚,遣正一嗣教张真人国祥⑤,兆潭而祷於龙,致雨泽如期,加护国敕号,碑勒之。嗣是旱祷辄应,辄复纪勒。今数丰碑,各碧瓦小亭,覆潭庙周隅。悲夫,龙出云为风雨矣,而潭浅居耶?又北十五里,曰大觉寺⑥,宣德三年建⑦。寺故名灵泉佛寺,宣宗赐今名,数临幸焉,而今圮。金章宗西山八院,寺其清水院也。清水者,今绕圮阁出,一道流泉是。

兰溪唐龙《黑龙潭》:

> 徘徊云物态,肃此黑龙隈。鱼戴日深浅,人将影去来。禾香先报雨,蕈怒欲生雷。圣世勤农事,年年祀典陪。

睢阳袁枢《黑龙潭》:

> 祠潭清见底、窈窕历朝封。鱼荇新开锦,苔莓老上松。轻阴穿雨足,薄日影山峰。猎猎腥风起,钟铙噪毒龙。

胶州张若骐《黑龙潭》:

> 菀彼金山北,潭有黑龙名。龙黑隐不见,潭空一以清。老农为客言,身见龙形声。炎焊浴鳞甲,拍潭四纵横。吼吟挟雷电,電子下砰砰。绕矫须臾间,雨足禾苗生。

金坛于嵙《黑龙潭》:

浅潭一曲黑龙窝,只共湖光不共波。缕起白云才蔽翳,丝纷甘雨足滂沱。玉泉幻入禅中钵,金水微通天上河。岁岁为勤民祭赛,碑亭林立诏书多。

顺天王嘉谟《北山大觉寺》:

石磴何年驻跸临,松槐气色尚严深。晴云十丈屯寒翠,飞瀑半空喧昼阴。清水不流陈粉泽,灵泉习听晓钟音。盘珊圮阁看碑碣,故苑风光无可寻。

① 金山:又名瓮山,在北京城以西。

② 郎瑛:字仁宝,号藻泉,仁和(今浙江杭州)人。布衣终身,嘉靖间在世。好学博古,有《七修类稿》。

③ 建文君(1377—1402):即朱允炆,太祖朱元璋孙,懿文太子第二子,母妃吕氏。洪武三十一年(1398)即位,以明年为建文元年。建文四年(1402),燕王朱棣军攻陷京城,宫中火起,自焚而死。或谓由地道逃亡。清乾隆初年追谥恭闵惠皇帝。

④ 二十六年:万历二十六年(1598)。

⑤ 张国祥:汉张道陵之后裔,世居贵溪龙虎山。隆庆中任上清观提点,万历五年(1577)封龙虎山正一嗣教真人,掌金印。参见《明史·方伎传》。

⑥ 大觉寺:位于北京西北旸台山山麓,辽时兴建。原名清水院,因半山有泉水下注,至寺后汇为龙潭,故名。明宣宗改建后更名大觉。

⑦ 宣德三年:公元1428年。

·

温　泉

西堂村而北,曰画眉山。产石,墨色,浮质而腻理,入金宫为眉石,亦曰黛石也。山北十里,平畴良苗,温泉出焉。泉如汤未至沸时,甃而为池,以待浴者。泉虽温乎,其出,能藻,能虫鱼,禾黍早成,早於他之秋再旬。林后凋,草色久驻,晚於他之秋再旬。资泉之民,无苦疡蹒。泉前数武,有碧霞殿,单楹板扉。泉而东六十里,大汤山[①],又一温泉。再东三里,小汤山[②],又一温泉。

顺天毛锐《温泉》:

> 泉到兹泉异,温然熟水窝。影峰生暖地,入亩早秋禾。一六合时变,蛇龙怒性多。蒸蒸来浴者,垢净定如何。

① 大汤山:位于北京市北。山有三峰,形如笔架。
② 小汤山:在大汤山东,仅怪石一丘。山南温泉颇有名,清康熙时在此凿方池,乾隆于此建有行宫。

法 云 寺

过金山口二十里,一石山,髼鬙然,审视,叠千百石小峰为之,如笋张箨。石根土被千年雨溜洗去,骨棱棱不相掩藉。小峰屏簇,一尊峰刺入空际者,妙高峰。峰下法云寺。寺有双泉,鸣於左右,寺门内甃为方塘。殿倚石,石根两泉源出:西泉,出经茶灶,绕中霤;东泉,出经饭灶,绕外垣;汇於方塘,所谓香水已。金章宗设六院游览,此其一院。草际断碑,"香水院"三字存焉。塘之红莲花,相传已久,而偃松阴数亩,久过之。二银杏,大数十围,久又过之。计寺为院时,松已森森,银杏已蟠蟠矣。章宗云,春水秋山,无日不往也。

公安袁中道《法云寺》:

　　直北西山曲,峰峦似剑铓。近皴飞雨点,高岭入星光。西水浸茶灶,东泉绕饭堂。双流鸣玉雪,滚滚赴黄梁。

华亭释宝律《法云寺》:

　　山回不见寺,仄径有人迎。峰黛皆过画,花幽莫辨名。避炎秋树合,催雨暖云生。独喜无尘事,流观泯泯清。

《法云寺雨后作》:

　　乱云穿日远犹雷,衲破当风暝色催。阁道泛清丛树在,涧门翻白卷涛来。僧分饱蕈坚相坐,童摘初瓜湿未回。去为新晴留为暮,无心偶一宿山隈。

卷六　西山上

香　山　寺

京师天下之观，香山寺①，当其首游也。一日作者心，当二百年游人目，为难耳。丽不欲若第宅，纤不欲若园亭，僻不欲若庵隐，香山寺正得广博敦穆。岗岭三周，丛木万屯，经涂九轨，观阁五云，游人望而趋趋，有丹青开于空际，钟磬飞而远闻也。入寺门，廓廓落落然，风树从容，泉流有云。寺旧名甘露，以泉名也。泉上石桥，桥下方池，朱鱼千头，投饵是肥，头头迎客，履音以期。级石上殿，殿五重，崇广略等，而高下致殊，山高下也。斜廊平楣，两两翼垂，左之而阁而轩。至乎轩，山意尽收，如臂右舒，曲抱过左。轩又尽望：望林抟抟，望塔芊芊，望刹脊脊。青望麦朝，黄望稻晚，晶望潦夏，绿望柳春。望九门双阙，如日月晕，如日月光。世宗幸寺，曰：西山一带，香山独有翠色。神宗题轩曰来青。来青轩而右上②，转而北者，无量殿，其石径廉以闼，其木松。转而右西者，流憩亭，其石径渐渐，其木也，不可名种。山多迹，葛稚川井也③，曰丹井。金章宗之台、之松、之泉也，曰祭星台，曰护驾松，曰梦感泉。仙所弈也，曰棋盘石。石所形也，曰蟾蜍石。山所名也，曰香炉石。或曰：香山，杏花香，香山也。香山士女，时节群游，而杏花天，十里一红白，游人鼻无他馥，经蕊红飞白之旬。寺始金大定④,我明正统中⑤,太监范弘拓之⑥,费钜七十余万。今寺有弘墓,墓中衣冠尔,盖弘从幸土木,未归矣。

盐山王翱《香山寺》:

> 兰若费幽寻,香山碧树深。客将舒远啸,松已发长吟。涓滴泉归内,庄严峰向陵。祝厘新色泽,畿辅正三登。

淳安徐贯《游香山偶成》:

> 一派峰峦侵碧汉,独尊梵宇出红尘。岭松月挂上方晓,山杏花飞下界春。趋淀湖泉争入望,切云陵树与为邻。我来不尽登临兴,又逐东风观紫宸。

茶陵李东阳《香山诸寺》:

> 半岭香台石径斜,诸空缥缈送天花。新开塔寺雄西郭,旧赐经幢出内家。避暑亭前泉带雨,回龙殿下水明霞。太平天子无巡幸,头白山僧诵法华。

吴县王鏊《游香山》:

> 百二河山势自西,青芙蓉直与天齐。九重瑞望楼城霭,十里香过花柳堤。陋洗辽金元殆尽,气凌韩赵魏皆低。要当尽览全燕胜,一杖同君绝顶跻。

余姚王守仁《香山》:

> 寻山到山寺,得意却忘山。岩树坐来静,壁萝春自

闲。楼台星斗上,钟磬翠微间。顿息尘襄思,青溪踏月
还。

《春游香山寺宿林宗师房次韵》:

　　幽壑来寻物外情,石门遥指白云生。林间伐木时闻
响,谷口逢僧不问名。天望倒涵湖月晓,烟梯高接纬阶
平。松堂静夜浑无寐,到枕风泉处处声。

余姚徐爱《陪阳明先生游香山夜宿林宗师房次韵》:

　　春寻郭外得幽情,杨柳迎风绿意生。良快山堂无世
虑,却嫌寺主盛诗名。林深风细钟音定,月正烟微野色
平。有鹤摩云来暂息,嘹然临去一留声。

泗州郭钰《香山道中》:

　　山深春寂寞,花落自缤纷。涧水趋桥去,泠泠清可
闻。雨过新苔滑,日睨疏林曛。冉冉一僧归,踏开松下
云。

庆阳李梦阳《香山寺》:

　　万山突而止,两崖南北抱。凿翠置殿榭,级石上穹
昊。高卑各称妙,曲尽结构巧。有泉如线缕,盘转出松
杪。嗜奇忘登顿,缘危肆探讨。险绝逼牛斗,萧飒若风
岛。夜宿来青轩,天色碧可扫。湖沙静莽莽,海月白皓
皓。想当邦邑初,此地只蒿草。绮丽伊谁凿,岩壑门相
袤。但看全盛时,民力为兹槁。

长洲文徵明《登香山》：

　　指点风烟欲上迷，却闻钟梵得招提。青松四面云藏屋，翠壁千寻石作梯。满地落花林遍绿，倚栏斜日鸟归栖。去来不用行吟苦，多少苍苔没旧题。

济南李攀龙《香山寺》：

　　往时占紫气，马上看香炉。不是寻幽到，其如发兴孤。回标临北极，秀色揽西湖。树杪诸天出，阶前众壑趋。花台骞地起，风铎蔽檐呼。月抱蟾蜍石，星摇舍利珠。玉毫浸瀑水，金相涌浮屠。妙偈传从竺，高僧至自湖。法轮皆帝力，下界复神都。行幸当年事，人王握大符。

太仓王世贞《香山》：

　　闻钟寻古刹，高入白云层。北极诸天拥，中原一气凭。摄衣凌恍惚，飞磴插崚嶒。不谢菩提树，常明慧远灯。双星垂井动，片石抱蟾升。怒鼍摇风桧，残鳞折雨藤。劫灰曾铁马，迷路有金绳。忽忆宸游事，千林色倍增。

《宿香山寺》：

　　白云深锁上方幽，蹑屐无劳问惠休。竹里布金千月至，松间鸣玉片泉流。谈经石听蟾蜍转，卓锡天回象罔愁。坐久忽惊心地净，向来西竺在南州。

莆田周宣《重游香山寺》：

薜萝深处见僧家,莫落莫开自岁华。怪石台高蜗篆古,老松枝偃鹤巢斜。三还丹熟龙窥井,十笏房清天雨花。笑我疏狂饶野况,山门几度试春茶。

武昌吴国伦《香山寺》:

不尽登临兴,其如摇落何。香台凌缥缈,绀殿郁嵯峨。古壁璇题蚀,先朝翠辇过。云深龙藏杳,地迥鹫峰罗。塔势飞金掌,林声散玉珂。山腰垂列磴,树杪出盘涡。北极开天府,西湖引御河。檐巢窥法鸟,堂狎听经鹅。宝座珊瑚盖,祇园雨露柯。披烟探舍利,拂石诵维摩。日落仍闻梵,风高独放歌。明朝入城郭,何处了诸魔。

《登香山流憩亭有怀于鳞子与》:

丹梯百折上青冥,槛散诸天青翠屏。雨塔空花迷下界,千山雪色照孤亭。金台北控凌承露,宝地西环共列星。日莫振衣人不见,飘飘仙梵共谁听。

临清谢榛《香山寺》:

曾识京西路,名山帝梵家。殿凭千顶树,地矗半天霞。邻寺钟声密,前村塔影斜。红云看不彻,漠漠杏林花。

麻城丘齐云《暮行香山道中》:

出郭寻萧寺,偏缘芳草行。溪深云落雨,山远树为城。一径一花色,无时无鸟声。不知湖上月,飞向马头明。

太仓王世懋《香山寺频婆花下》：

嘉果传经品，何年植帝乡。葡萄非汉种，蓍葡是天香。积素骄春色，含脂破月光。坐深花阵过，数片入飞觞。

绥德马汝骥《再至香山》：

劳生退不获，耽山游独屡。灵奇天巧成，壮丽人工聚。磴石千盘陟，峰云九条驻。青来细草披，翠合葛藤互。梵落炎尽捐，怀哉钟日暮。

祥符高叔嗣《宿香山僧房》：

遽愁春草歇，驱马春山中。夜宿香深处，闲谭梦复同。风生近谷满，月照前湖空。明日西行去，回望此寺东。

无锡俞宪《香山寺繇来青轩历诸佛阁再憩山下》：

直上轩凭望，还寻涧壑幽。独行无指顾，尽意数淹留。花密藏溪路，峰危现石楼。回看钟磬处，香雾半沉浮。

无锡安绍芳《香山寺》：

西岭藏香阁，到门生暮烟。断崖寒积翠，细草伏流泉。台指祈星处，松传护驾年。石幢苔半绣，难读古人篇。

大同栗应宏《香山寺》：

树杪敞招提，空香处处迷。曹溪一水曲，瞿舍五灯齐。夕钵藏龙影，春沙印马蹄。郊游清世盛，尊榼日攀跻。

咸宁许宗鲁《来青轩》：

路转青林内，轩开碧汉傍。谷烟当昼晦，峰影度云凉。借石扶松盖，迂泉过竹房。萧然屏几静，岚气湿衣裳。

无锡顾可久《游香山寺》：

飞磴登初到，深林度几重。楼台逼层汉，缥缈接高峰。白下巢云鹤，青连覆殿松。翠华临幸日，轩上设行宫。

常熟陈瓒《香山寺》：

层山曲曲抱禅宫，转逐山光自不同。碧殿深回青霭里，飞轩迥出白云中。清音递槛来双涧，秋色迎檐郁万枫。何处烟霞非妙湛，可须支遁更谭空。

山阴徐渭《来青轩》：

画栋将云绕，修檐傍汉开。亭非邀翠入，山自送青来。远色虚难写，遐观纵未回。共言春景丽，不见使人猜。

丹阳邹佐卿《入香山寺》：

　　曲径松云上，丹丹楼阁辉。指僧方据槛，望客已开扉。钟向天边落，泉从石窦飞。满山黄叶急，声影着人衣。

《来青轩》：

　　轩小能来月，深秋落叶纷。乱禽喧暮色，数雁入高云。山翠窗窗得，钟声寺寺闻。泠然对寒影，酌尽不成醺。

上元姚汝循《晚至香山寺》：

　　一杖入苍烟，危梯隐复连。山门交古木，屋角下流泉。客至杏花里，钟来鸟道边。禅房在松柏，风雨足安眠。

安陆何宇度《香山寺》：

　　古柏高榆路欲迷，千年名刹帝城西。望穷平楚天垂尽，居傍群峰云与齐。曲磴宛从山上下，危楼半倚树高低。登临却喜佳辰近，僧舍黄花开满畦。

余姚沈应文《香山寺》：

　　晴岚千仞拥深遐，碧涧逶迤一道斜。梓树曲封官监宅，松花静落梵僧家。山堂旧辟栖金相，辇路新除望翠华。银榜中朝亲赐额，半天楼阁护云霞。

东阿于慎行《游香山寺》：

凤慕香山胜，振衣度石林。烟岚开上界，台殿倚层岑。地尽群峰合，天回四壁阴。松关傍曀日，杏阁仰扪参。树结菩提色，泉飞梵呗音。归云朱拱宿，闲鸟翠屏吟。塔涌名多宝，田开号布金。西湖寒雨断，北阙暮烟深。客饭伊蒲供，僧房薜荔侵。禅心无去住，游迹任浮沉。

临朐冯琦《香山寺》：

香山晓苍苍，居然有幽意。一径杳回合，双壁互葱翠。虽矜丹碧容，未掩云林致。冯轩眺湖山，一一见所历。千峰青可扫，凉飚飒然至。披襟对山灵，真心归释帝。兹游如可屡，无问人间事。

临朐冯惟敏《香山寺》：

昔我经游处，於今只八年。山林还委曲，僧寺太萧然。宾客鲜车马，王公多墓田。泉流非故道，静夜响涓涓。

偃息蟾蜍石，寻思往岁诗。浮名前此遁，薄禄竟难辞。九坛登临遍，三乘觉悟迟。老僧曾共语，今指塔新支。

《上妙高台》：

东谷日初上，西方境自偏。岩牙危结阁，石眼密通泉。开殿云烟入，推窗薜荔悬。钟铙何太近，应为接诸天。

盱眙李言恭《香山寺》：

春草自萋萋，残烟散马蹄。杏花流水畔，僧舍夕阳西。为访三生社，还怜二仲携。巍峨槐夹道，能许一枝栖。

《宿来青轩》：

地敞千林月，门屯万壑霞。花间翻贝叶，树杪见人家。路逐溪流转，山依石磴斜。半空聊借榻，竟夜鸟纷拏。

内乡李荫《香山寺》：

风霜积古涧，松柏深香山。鹤背游人舞，云分衲子闲。都来惟翠色，向下看尘寰。顾借轩亭夕，翻经独掩关。

三河曹子登《香山寺》：

不看云晴处，招提得便寻。山空青霭暮，径僻绿萝阴。过石生泉啸，停钟即鸟吟。众喧来一静，半日客闲心。

浚县王在晋《宿香山寺》：

古刹云端现，铃音树杪悬。宿霞时炼石，暗谷夜浮泉。竹意当轩足，岚光入枕眠。瀑花侵客坐，萝月伴僧禅。静定窗深草，勤耕杏有田。山芋供茗洁，野菜和羹鲜。钟鼓阐黎饭，香灯贝叶篇。业凡归净界，胜果证诸天。鱼鸟人俱适，去来住不牵。可知尘网隔，一宿已超然。

江夏郭正域《香山寺》：

寺入香山古道斜，丹楼一半绿云遮。深廊小院流春水，万壑千崖种杏花。墙外珠林疑鹿苑，路旁石磴转羊车。四天天上知何处，咫尺轮王帝子家。

华亭冯时可《香山寺》：

青青环拥佛灯幽，作礼旋登钟未休。径绕金绳曾御道，光笼绀殿隐经楼。塔铃松鼓中天奏，杏雨槐云下界流。坐久觉无尘色染，西方原自在南州。

新淦朱孟震《雪游香山寺》：

踏迹上云岑，风湾雪浅深。烟村时听犬，冰树不栖禽。绿暗阁难辨，黄昏钟未音。佛灯明数点，指定复前寻。

夷陵雷思霈《来青轩》：

石磴几千级，瀜勃夹长柏。奔泉冷山骨，卧听知水脉。夕阳空翠生，身身变衣色。殷其怒丰隆，四顾肤云黑。惊起老蛟精，倒卷浑河泻。须臾天开霁，亭槛俯石壁。乍闻深涧涛，吼山山欲擘。峰饶林木青，溪借沙路白。我家万山中，终日对山碧。别来已四载，见此欣有得。尘上污缁衣，城中车马客。

应天朱之蕃《来青轩》：

　　香过十里杏花西，礼罢空王到上栖。恐坏云根开地窄，爱看山色放墙低。驯鱼左右桥边绕，好鸟晨昏钟后啼。徙倚词臣迟侍从，来青瞻仰御书题。

仁和黄汝亨《香山寺来青轩》：

　　秋林无日不黄花，驻绿森云爽有加。磴入寒空高翠巘，坐来秀色落晴霞。石泉淅淅将风叶，山径跰跰冷岁华。独向轩亭闲一望，群峰低处已尘沙。

慈溪叶维荣《香山寺》：

　　泉流不知市，窈窕去香林。绝构通山鼠，空廊住野禽。易愆寻胜约，难动入山心。日暮寒云底，缘惟一宿深。

温陵许獬《游香山寺》：

　　层峦看不尽，折折上香山。有翠霭天色，来青喜圣颜。宿云亭隐约，淘石水斓斑。日莫烟岚合，茫然客未还。

太仓王衡《香山寺门》：

　　浓阴静若夜，清流澹无言。不知山寺到，乍见风幡翻。

《来青轩》：

　　遥青草木光，空青天地冥。凭栏三尺外，与尔共青青。

《来青轩月》：

　　云扶月华上，森沉翠微冷。霏霏高低林，月中无静影。

《祭星台》：

　　空坛落星辰，腾沙郁皇野。不知何王碑，隔坡问牧者。

《别香山》：

　　相去几何里，香山红寺青。冥冥月中磬，况隔晚云听。

《香山归途欲雨竟晴》：

　　人言鹧鸪声，模糊若含雨。啼破千林烟，来我杖头舞。

顺天张国锐《晚投香山》：

　　窥壑双林峻，穿云第几重。古泉惊倒仄，老树望从容。瞑色迷僧榻，苔文乱鸟踪。奇多看不彻，昏黑尚扶筇。

宣城吴伯与《来青轩》：

尽将亭阁立高虚，色相双开万壑馀。鸟半衔云归树
垒，峰长扶月上僧庐。杯流波面移天影，灯续花光到御
书。未必灰心伴禅夜，只疑尘市梦全疏。

山阴丁乾学《香山》：

望望青山石径通，藤萝披尽出珠宫。千峰烟雾来衣
润，万里关河入掌穷。雨过鸟飞云气里，钟鸣人在夕阳
中。登高瞻阙重回首，天外寥寥有远鸿。

漳州张燮《香山寺》：

绿遍山门爽气横，鸟鸣无数一钟鸣。客多徒御游仓
卒，僧尽朝昏趋送迎。几度六龙曾少驻，何人驱马此闲
行。杖头指点登峰去，幽径繁阴夹道清。

《来青轩》：

径转平台出，轩开宝地临。佛光朝辇道，御墨寿禅林。
花雨晴疑湿，松涛晓更深。六时莲漏滴，如意许重寻。

池阳方新《香山寺》：

香山一径矗云隈，古刹高临绝巘开。万里河山回玉
塞，九重风露薄金台。翻经石鼎峰犹供，护驾松门鹤未
回。西日过亭束晚照，下方处处满尘灰。

亳州朱宗吉《香山寺》：

径深林曲折，轩出正峰回。花锁藏经阁，云封演法

台。湖光凭槛望，山色卷帘来。莫畏星辰近，僧厨自作醅。

慈溪冯有经《来青轩》：

三百湖山寺，清光此独偏。九陵通紫气，双阙映青莲。路豁披云尽，堂虚得月先。六龙曾驻跸，瑞色尚澄鲜。

莆田林尧俞《登香山来青轩》：

迢递入松门，轻阴夹路繁。钟鸣上界寺，花辨隔溪村。云气生高栋，山光度短垣。闲忙俱此地，鸟语杂风喧。

公安袁宏道《来青轩》：

真人天眼自超伦，翠色香山此语真。八十老僧牢记取，一时三遍语游人。

吴桥范景文《香山寺》：

峰势矫然飞欲去，绀殿巧得山意助。碧云斗丽不斗清，此中诸胜全能据。红霞片片落空岩，忆是銮舆驻跸处。翠色挟雨送来青，耳中恍惚闻天语。看山眼亦需圣人，御墨流鲜鸾凤翥。老僧旧事说不休，个个游人看榜署。

兴化吴甡《春日香山寺同曹元之沈云升围棋》：

春日香山春草萋，来青轩俯碧云低。觅将胜地呼朋往，赋得新诗厌壁题。阶药蕊翻初胃蝶，山松花放别成蹊。围棋古木苍崖下，疑与松云共一栖。

新野马之骏《香山寺》：

割翠开双户，流丹驾百层。路高行渐涩，云锁石难崩。池影鱼游树，岩声鼠窜藤。涧风排雾出，海日带霞升。果落频惊客，鸟驯时触僧。西方支许社，端不怅无朋。

《香山寺》：

日饱登临致，翻愁应接劳。重游知寺熟，独往踞峰高。柿叶留晴露，松阴涨夕涛。晚参钟韵歇，展转愧方袍。

盘磴昏方至，看山晚益佳。谷晴云满户，阴密树缘崖。客梦前林磬，樵归独径柴。终思归白法，送老一青鞋。

孝感傅淑训《香山》：

棋盘石无人弈，护驾松有鸟栖。下界钟声古寺，上方月影前溪。

平甸方方似绣，高峰两两如门。牛羊十里五里，鸡犬前村后村。

丹井泉曾入梦，香炉石尚萦烟。紫陌皇州望里，晨钟夕磬森然。

《来青轩》：

一带寺分翠色，四山香共青来。清雅都亭在望，郁秀轩窗自开。郁秀、清雅、望都亭诸扁，皆神宗御书。

闽县董应举《送杨德秀下香山》：

十日不了香山寺，有客来分半榻云。泉响高从松顶落，钟声冷在月中闻。未寒秋色愁衰老，早放黄花为送君。此去都门何所见，孤鸿天畔入斜曛。

吴县姚希孟《来青轩》：

虚槛云岚上，诸峰断复连。围成螺髻顶，散作郁蓝天。空翠山藏骨，冥濛树拂烟。品题入圣藻，青色自年年。

孟津王铎《暮登香山寺》：

历尽丹梯古寺门，钟声万壑报黄昏。崖悬鸟度窗中树，路暝僧归月下村。南指崆峒藏石髓，北来天寿隐云根。入山才悟浮尘恶，梦后禅灯客共论。

《来青轩》：

诸陵王气压金微，倚剑高轩望九围。青嶂自来亲客枕，苍岚不散湿僧衣。桑乾河冻飞流折，黍谷山深远树稀。愁怨鹤猿空自语，少林茅屋几时归。

景陵谭元春《来青轩》：

翠到兹山欲尽收,几多风物自相游。虎蹲宸翰峰峰雪,龙变王言岁岁秋。有气泉岩如应答,无声酒茗不沉浮。心高目下须臾际,雁掠荒云去未休。

嘉兴谭贞默《来青轩次友夏韵》:

朝曦入坐雨痕收,林柿岩花悉佐游。才倚石栏容易昼,久尘都市不知秋。客来鸟报王言重,钟定鱼闻佛号浮。曲磴奇松商略尽,宿云留去未应休。

吴县释修懿《来青轩晓望》:

星澹诸峰晓,青依昨日来。松萝亲上界,钟磬散层台。香阁佛深坐,竹房僧未开。岚光留不住,林鸟几声催。

武进管绍宁《香山》:

磴磴飞盘栈碧虹,低凭落日到禅宫。钟边欲立诸天外,叶际如行秋雨中。高鸟云心人共肃,空潭鱼气佛先通。初知大地成金界,踏遍莲华又几峰。

怀宁刘若宰《香山道中》:

山如劈面且平芜,山鸟关人影欲呼。士女艳都忙二月,烟峦寒亦画三吴。探奇见订闻深浅,览胜情争具有无。乍可心闲身健爽,乱峰欹树独先驱。

上虞倪元璐《游香山》:

仰天大叫想天闻,山只三分兴十分。春到寒潭开古雪,僧寻好穴葬新云。光荣鸟苃名花署,趹扈风挽野蝶群。醉去偶然题碧落,被人读作绛州文。

也为寻春费百文,好春只合与山分。柳丝娇织烟如锦,槐火狂烧石有纹。来入幕风桓氏客,不残花雨岳家军。松呼泉咽皆天乐,世上爱居闻不闻?

景陵胡恒《宿香山晓过来青轩恭览宸翰》:

僧语深廊欲启扉,泉声飒似雨初飞。梦残未就花间续,月在犹于松际微。深夜游人浮白散,虚堂拂曙远青归。诸峰不敢分来爽,畏与先皇御墨违。

狄道杨行恕《香山》:

翠阁云来倚,丹梯天可攀。轩留临御墨,径锁入禅关。孤月林初静,空山梦亦闲。自惭霜鬓白,春羡柿斑斑。

平湖陆启浤《宿香山寺来青轩》:

山势易成寂,夜气相与停。月光临众崿,山视皎若平。静览有虚色,冥听宜一声。始至犹自怿,屡坐忘所生。就寐得馀醒,隐隐遵空明。万籁既以化,嗒焉昭我形。信矣古人旨,深入移其情。

《来青轩早眺》:

山容变无端,曦阳吐殊状。渺末辞宿林,秀气开全嶂。岩位渐以高，振发犹未量。望随松影深，盎盎春露漾。万象迎晖来，概意适所望。

广昌何三省《香山寺》：

鼓钟今几代，应运得幽尊。泉洗金元秽，山昭日月恩。胜应称乐土，奥特备雄藩。曾驻先皇跸，僧将胜事论。

《来青轩》：

磴道盘纡第几湾，空青缕缕在跻攀。山欣圣藻奔群槛，柳浴春烟乍隐关。特立仍看元气宿，孤峦能使众峰环。寺僧惯客如逢故，留赏应知意独闲。

长洲徐汧《来青轩夜眺》：

都将幽意此中并，阅尽游人无损情。客亦云来青里宿，山题翠向夜边明。钟声离树移时尽，村语随灯以次生。下下高高惟所际，景光不接获孤清。

会稽马兆霖《来青轩》：

帝之所余赏，一轩兀其空。不为山水藏，浩浩承天风。金绳垂西影，下界阴濛濛。枯林泛声光，萧萧惟暮红。我先我后者，至此徘徊同。

桐城方拱乾《香山入杏花深处》：

谁言花事未，红已雨成村。望欲晚依寺，心怜春闭门。入深坐自蔽,歌度瓣俱喧。莫遽分筇去,纷衣乱蝶痕。

孝感程良孺《香山寺》:

　　仄径停车步远攀,香炉峰积古今斑。苍藤鳞甲盘千折,白石锋棱涧屡湾。茵湿绣红新佛地,亭传青翠喜天颜。凭轩一望浮尘道,中有山僧杖钵还。

昆明唐泰《香山寺》:

　　松阴六月午偏长,阶下流泉院院香。莫讶招提如大内,始堪斋沐祝君王。

兴国曹景参《来青轩》:

　　幽栖北折有高台,辇路频经御跸开。一带翠青知帝力,百年清雅出天栽。树当檐敞能周致,云以墙低不碍来。鸟道霏霏看欲尽,笼葱双阙五城隈。

麻城周应昕《登来青轩》:

　　寺首西山胜,丹楼还即看。佛香炉化石,仙弈局存盘。一簇来青翠,诸峰最虬蟠。僧言每驻跸,于此拜千官。

武进恽向《住香山寺》:

　　深林寄幽僻,夜气独清无。破壁龙蛇语,空山鸟雀呼。井花香自汲,林月梦同孤。万象森如许,名心枯未枯。

一带空青气，当轩晏坐时。妙香徐入酒，远览独成诗。翠湿春檐竹，花堆青井泥。深深愁见客，久静失威仪。

风动夜逾静，山明月上来。婆娑松影落，寂历道心开。梵切浮生事，钟催梦往回。岚光助人性，半倦坐莓苔。

孝感程正揆《香山道中》：

行道浑忘北，看山况是西。十年游里债，三日马前携。来嶂青无尽，飞烟岚与齐。碧云望不见，知为乱峰迷。

遂宁吕大器《来青轩》：

秋色渺无处，翻於兹处知。乱山来未已，青翠自当时。

昌平韩四维《香山》：

天风高爽帻萧萧，寺熟车骑径若条。狭小诸山兄父事，孤称一面雨云朝。溪光带紫鱼如绘，御墨留青鸟亦骄。日浦烟村望近夕，闲身此夜梦尘销。

麻城刘侗《香山寺来青轩》：

十里香红一道泉，约同闲伴入春烟。鸟呼耕凿民畿甸，钟报晨昏僧祝延。独翠封山谟万壑，来青经野敕诸天。郊能丹碧人能暇,休养熙游不偶然。

公安袁祈年《来青轩》:

杖笠穿云上绝巅,群峰拱揖拜庭前。岂知骇绿惊红
里,偏有回鸾翥凤悬。淳化曾留飞白在,贞观久取御屏
传。恭瞻天藻思先帝,鸟语柯音总未喧。

宛平于奕正《来青轩》:

四山秋色重王言,青翠巍巍捧一轩。叶渐有声霜待
老,僧能无语梵应尊。眼明寥廓峰峰下,心入冥濛物物
存。几树荒云迷去雁,吹来孤影坐中翻。

仁和陈绍英《香山寺》:

古木千云上,流泉绕碧苔。宝华飞鸟革,翠壁跃龙
媒。人欲凌空去,山经驻跸回。苍苍看不倦,端的送青
来。

吴县叶仑《秋游香山寺》:

秋老香山路,高深霜叶迟。日窥林内暝,泉涤石中
奇。不识峰回合,虚疑阁峻危。来青僧指谓,御墨赐
淋漓。

蕲水黄耳鼎《香山寺》:

尘里西山约,经旬得共看。远林红漠漠,平楚绿漫
漫。寺择峰俱簇,游当春半阑。一钟声未尽,便已客

心宽。

江都郑元勋《登香山来青轩》：

红香青冷界，幽不避游踪。有例看山榼，无闲报客钟。鱼浮人影外，鸟起马蹄中。二百余年柏，频观驻六龙。

会稽周鼎瀚《夜宿来青轩即事》：

戏问青何所，僧遥指与客。我从青处来，冉冉见金碧。

有诗劳思索，无砚托幽寄。多事是游人，山僧不识字。

门外冶游子，雕鞍翠袖妾。寺僧拜马前，袖有仪曹牒。

夏邑王承曾《香山来青轩》：

诸有趋天末，大象以森罗。崖树势且尽，殿阁俯龙驼。开轩远色上，御墨青峨峨。铁锁苔绣垂，石路迟吟哦。海月生万号，山风时乃过。

武进陈组绶《来青轩》：

轩构柏云擎，云岩入御评。泉归峡千雨，鸟离巢一鸣。烟放长堤迥，岑周叠嶂争。山阴落山下，天自坐中晴。

华亭翁元益《香山晓起》：

鸟语提清梦，山栖悔晚游。草肥多饮露，烟静不关秋。声失都门沸，心真云壑幽。经年尘攘攘，俱为晓钟收。

岩栖已十日，明发似更新。渐觉山平旦，犹看月助人。鸟虫樵径露，钟鼓法堂辰。东望朝光赤，濛濛又客尘。

麻城周之茂《香山寺》：

到处烟岚秀可餐，山僧指点向云端。仙盘棋合无心著，御笔书应拱立看。老树引年三代色，危岩亏日四时寒。登临不尽寻幽意，归去无愁石路难。

沛县阎尔梅《游香山寺》：

泉分瀑布注春溪，满路松阴杖可携。牲玉未登名岳祀，图书先有圣人题。啸闻天半疑鸾凤，仙住云中化犬鸡。雾隔长安三十里，苍茫惟见野尘栖。

宛平王崇简《寻香山静室》：

石路春无暇，频年过此门。灯天悬水末，杖壑响云根。乱定游将盛，僧闲峰亦尊。未须归暝色，听鸟一晨昏。

桐城姚孙榘《来青轩》：

圣主曾留墨，高轩不断青。云疑峰色乱，雨畏鸟声灵。众讨争奇胜，孤吟入窅冥。故人来恰好，筇杖莫须停。

嘉善钱栴《宿香山寺》：

　　空山惟一梦，岫懒出烟低。瀑鼓天然漏，鹤鸣何处鸡。峰晴随月醒，峦湿倚云迷。昨夜前溪老，相期枕绝巇。

　　① 香山寺：位于西山之南。山上有二大石，状似香炉，故以名山。寺初创于金国，本名永安，又名甘露，后以山名。（参见《大明一统名胜志·直隶名胜志》、《光绪顺天府志·寺观》）

　　② 来青轩：万历初年，明神宗游香山，栖息于此，放眼眺望，喜见翠色飞动，遂题匾曰"来青"。（参见《大明一统名胜志·直隶名胜志》）

　　③ 葛稚川：即葛洪（284—364），字稚川，自号抱朴子，东晋道教大师。精炼丹术，通医学。有《抱朴子》、《金匮药方》等。

　　④ 大定：金世宗完颜雍年号，1161—1189年。

　　⑤ 正统：明英宗年号，1436—1449年。

　　⑥ 范弘（？—1449）：交趾（治所在今越南河内）人。初名安，永乐中选为宦者，读书练字，官至司礼太监，受免死诏。英宗称之为蓬莱吉士。从英宗北征，殁于土木。

碧　云　寺①

　　天巧不受人分，人工不受天分，云山一簇，惟缺略荒寒，结茆数椽，宜耳。东西佛土，有满月莲华境界，备诸庄严，比丘僧尼，优婆男女，发愿愿生，而碧云寺僧，不事往生也，住是界中矣。然西山林泉之致，到此失厥高深。寺从列槐深径，崔巍数百石级，烂其三门。入门，回廊纳陛，围绣步玉。目营营，不舍廊，足滑滑，不支阶。降升甀六，赞绕厢六，稽首殿三。网拱丹丹，琐闳青青，四阖八牖，庑承廊巡。甍不屑雕，而縩之以金，黿画金上，日月飞光，其有晕霭。壁不屑画，而隆洼之以塑。桥孔洞阴，诸天鬼神，其有窟宅矣。殿后，端正一阁，金色四合，黛漆时施。僧秋盆桂周乎阁，炉香交桂，镫光交月，香光围满，人在月轮，钟磬吉祥，捧号缤纷。左侧有泉，屋之，纳以方池，吐以螭唇，并泉为洞，砌方丈耳，洞其名。洞前而亭，对者亦亭，肃如主宾。填荷池，伐竹苑所落成也。螭唇施泉，既给僧厨，回向殿前，方池朱鱼，红酺绿沉，饵之则争。泉去乎寺，乃声呦呦，越涧而奔焉。寺二元碑：一至顺二年立②，一元统三年立③。白石黑章，碑俚不文，而石文也以存。碧云，庵于元耶阿利吉④，寺于正德十一年⑤，饰于天启三年⑥，土之人亦曰于公寺云⑦。

盐山王翱《游碧云寺》：

　　出郭避尘嚣，宁辞尘路遥。山中有古寺，径此上层霄。露晓竹方滴，春残花未飘。拂岩书所见，不负碧山招。

长洲文徵明《碧云寺》：

　　翠殿朱扉翔紫清，璇题金榜日晶晶。青莲宛转开天界，玉阙分明作化城。双涧循除鸣佩玦，三花拂槛映幡旌。贵人一去无消息，野老依稀识姓名。

华州王维桢《宿碧云寺》：

秋深处处逢摇落，入寺苍然影未稀。斜日乌归寒共宿，上方僧定夜相依。为看金碧思人事，却隔云霞望帝畿。万磬声中皆雨泽，不知烟火几家扉。

太仓王世贞《碧云寺》：

峭壁琳宫转，丛篁白日移。斫云探地脉，喷雪注天池。祇树开千腊，昙花供六时。伏鱼惊午衬，眠犊起春耔。色界烟霞满，空门岁月私。苔阴侵飐飐，鸟影散罘罳。入观香时发，诠真听不疑。悟来珠炯炯，无复叩摩尼。

《碧云寺泉》：

苍龙戢其首，日夜漱寒玉。助尔松风声，借之竹色绿。时从斋厨下，泠然注空谷。自爱穿云多，焉知出山独。一酌聆斯言，徘徊怆心曲。

《宿碧云寺》：

幽人夜无寐，初月衔山阁。不见月出光，但见松影落。

济南李攀龙《碧云寺》：

飞塔标龙藏，长桥挂虎溪。五王开壮丽，一梵树菩提。净土黄金布，香台碧汉齐。经过初地变，徙倚上方迷。杖底笼清磬，崖间散御题。屡疑穷绀宇，复道出丹梯。天乐蓬莱近，祇林日月低。水流僧舍下，云起佛堂西。深愧雕虫技,难同怖鸽栖。慈灯悬广劫,处处得摩尼。

《碧云寺禅房》:

佛土秋逾净,花台夜复香。一灯醒梦幻,孤磬散清凉。月上梵轮满,湖开天镜光。新诗分妙偈,病客对空王。

太仓王世懋《游碧云寺》:

布金闻北地,功德冠招提。绝壑悬相抱,飞泉巧自移。云根穿卓锡,虹影落罘罳。灵鹫标层构,文螭护赐碑。鸽驯多宝塔,鱼老放生池。法雨疑晴堕,香花欲昼垂。天应愁罔象,月似避摩尼。酌醴杨枝润,函经贝叶披。人天依梵净,佛日度春迟。妙境身西竺,清心首大悲。兴来成再宿,尘界一相遗。

绥德马汝骥《碧云寺行》:

西山台殿数百十,侈丽无过碧云寺。创构土木元自谁,山川是昔主人异。忆昔先朝垂暮年,中官十辈恃权势。长安夺宅盈九衢,复置祠园开此地。斩削峰峦蟒嵲平,穿池出泉千丈清。黄金作堂玉作阙,蛟龙屈曲飞檐楹。三梁直讶虹霓起,万户回看星月生。后有香炉前宝塔,石鳞翁仲双峥嵘。阴洞凿空岚翠裂,水亭幽敞失炎热。竹紫松苍南土产,北移几岁森蟠结。锦幡彩胜扬云霄,法鼓斋钟振岩穴。内苑轮俥工巧在,江湖花石官频采。重泉铜铁岂不固,横遭夷伐为银海。雍门流涕亦奚求,石椁伤心曾可待。千亿宁知劫火消,须臾果见桑田改。护敕丰碑迭倾覆,佳城窈窕通虚谷。他日素车谁竟下,风扬番使灵祇恧。石经山庙玄明宫,榛棘荒凉但樵牧。

《碧云寺洞中闻歌》:

瑶宫既弘敞,石洞亦幽阴。旨酒始曲水,清歌忽振林。梁轻尘一动,穴虚风再吟。林表远花色,山中夜树音。和传白雪寡,听入玄云深。是夕梦天乐,珊珊步高吟。

武进唐顺之《游西山碧云寺》:

索居滞文翰,久与游赏阂。出沐乘凉飚,寻幽心所悦。涉涧闻潺湲,攀峦仰巇嵲。邈哉神皋曲,居然灵境别。浴室荡汤泉,冰井荫阴穴。跻险意暝眩,逃迥影绝轶。风林嬉猿猕,雨峰挂虹蜺。宵看朝旭升,昼见昏星列。蔀丰光乍熹,崖悬曜光晰。景会万象昭,迹暧百虑绝。岩栖庶可希,于兹谢尘辙。

临清谢榛《碧云寺》:

群山开巨刹,策杖独经过。石洞深冰雪,岩泉古薜萝。观空尘虑尽,垂老胜缘多。安得身闲早,相从此涧阿。

鄞县张邦奇《和人宿碧云寺之作》:

谷口树连寺,深林天色微。溪晴群马渡,岩暝一僧归。鸟语喧将宿,星芒动欲稀。梦醒钟磬后,风雨是邪非。

德州程珤《碧云寺》:

绀园闻绝巘,石磴接天门。洞古连宾馆,亭幽傍水源。过峰云冉冉,拣树鸟翻翻。竟日惟孤赏,曾无人语喧。

无锡安绍芳《碧云寺》:

宝地浮空一径盘,藤萝曲曲隐阑干。泉飞满寺春流急,月落虚堂夜影寒。松有结枝巢鹳鹤,洞无名树号旃檀。携将笔墨为游纪,独上峰头自写看。

歙县许国《游碧云寺》:

几年陪禁直,今日复山行。暂乞官身假,稍令尘眼明。回峰时见寺,深树不闻莺。楩步一钟动,归心于此生。

坐爱桃花水,依依祇树林。烟云消客思,泉石慰禅心。帝苑余春色,人家半夕阴。漠然天地际,月上远山沉。

永嘉康从理《碧云卓锡泉》:

卓锡何年水,泠泠喷石龙。湿云深度壑,飞雪冷穿松。今古无停息,清虚可鉴容。不留功德地,东向亦朝宗。

长乐谢杰《陵回重过碧云寺》:

　　五祚祠官遣,重经萧寺过。山俱夸殿阁,林各古藤萝。云在有时碧,碑存尽雨莎。僧闲钟磬后,宣罢视厘歌。

应天姚汝循《碧云寺》:

　　策马随流水,穿林到碧云。金银开法界,紫翠旭朝曛。峰自香炉转,泉非裂帛分。闲怀渺众虑,鱼鸟与人群。

新安张一桂《游碧云寺》:

　　绝磴人从树杪行,疏钟风度隔林声。多闲地主能留客,无事山僧不到城。半隐松梢香阁出,暗穿竹径石泉清。他年拟践荷衣约,预向禅房记姓名。

　　携伴寻春到碧岑,春深风日半晴阴。池清尽见鱼争饵,山静频宜鸟递吟。远岫孤云堪极目,空坛细草是知心。登临未遍归途晚,欲别仍期访道林。

临朐冯惟敏《碧云寺》:

　　石洞香云满,山门待客开。欲从真界住,不共吏人来。花坞分泉汲,松屏近户栽。忘机吾意得,鱼鸟欲惊回。

安陆何宇度《碧云寺》:

寺里流泉寺外峰，碧云四合削芙蓉。佛天夜散松梧雨，帝里秋闻殿阁钟。僧饭香分中贵廪，宝幢字簇内廷封。石阶云陛游人避，争道频年驻六龙。

池阳方新《碧云寺》：

山山摇落碧云寒，有客惊秋独倚栏。风静泉声闻远屿，月明松影步空坛。丹辉碧霭诸天近，磬切钟疏五夜阑。回首尘沙生客悔，明朝车马又长安。

东阿于慎行《游碧云寺》：

灵峰环御苑，宝地敞仙筵。磴道湖边出，重关木杪悬。危岩深吐月，曲洞细生烟。壁荫捎云竹，阶流喷玉泉。松风闻梵夜，梅雨散花天。净土风尘绝，空山伏腊偏。十年初地境，百万尚方钱。响屧苔痕积，璇题鸟迹镌。无生应证法，有漏未称缘。浩劫何繇问，踟蹰翠嶂前。

临朐冯琦《碧云寺》：

朝望山间云，暮就山间宿。佛界何庄严，入门风肃肃。古殿倚岩岫，磴道盘容曲。峰头过新雨，石发净如沐。泉声下石溜，历历飞寒玉。良游殊未竟，星河低以属。

长洲文肇祉《碧云寺》：

入山萝薜昼沉沉，下马行过古洞阴。独倚石桥看急涧，坐观庭宇俯乔林。环墙山色浮烟霭，绕砌泉声和磬音。虚榻借栖清梦醒,闲窗卧抱白云深。梵钟催落堂前月,老衲时弹膝上琴。棐几香残闲睡鸭,佛堂斋供有来禽。岩花满地飞红雪,径竹千竿倚翠岑。何日拂衣重过此,长依清境洗尘心。

太仓王在晋《夜宿碧云寺》:

山居昼寂寞,况值夜钟深。稠树风为鼓,鸣泉水自琴。添衣堪露下,坐月竟蛩吟。愁客乡关意,空禅莫使侵。

禅寺孤栖旅,空山听乱蛙。掇香翻贝叶,烧棘熟胡麻。半夜僧钟定,三更客梦涯。意闲心自足,老大竟何嗟。

盱眙李言恭《碧云寺》:

古寺野云平,青尊竹畔行。寒泉绕殿出,微雨隔溪鸣。地静僧俱定,林深鸟不惊。日移山后影,前望暮烟生。

鄞县屠隆《碧云寺》:

皇居郊坰外,紫殿接春林。啼鸟亲人语,流泉绕树阴。云开天路肃,花落洞门深。偶得寻幽事,因知物外心。

□□杨汝元《碧云寺》:

何年卓锡寄退踪,岩壑回看紫翠重。地僻故应无暑

到,林深长自有云封。千山夜雨增飞瀑,半壁朝阴翳古
松。已觉人天坐超忽,况余清籁度疏钟。

华亭冯时可《碧云寺》:

　　诸峰回合竞巉岏,暇日凭栏指掌看。危石立云双笋
秀,飞泉散雪四时寒。鱼衔午衬游知乐,鸟啄春花语似
欢。几欲禅栖淹岁月,终驱尘马入长安。

亳州朱宗吉《碧云寺》:

　　路转林藏寺,晨光未启关。寒云生远树,清磬出空
山。闲客探奇入,游僧乞食还。茗香烟霭霭,丹碧岂人
间。

应天朱之蕃《碧云寺》:

　　飞泉百叠绕经坛,汇注龙池白玉栏。立石似闻僧语
悟,跃鳞曾待圣人看。前村断霭收残照,一榻深春尚晓
寒。车马喧阗非我事,青鞋花径足盘桓。

慈溪叶维荣《再宿碧云寺》:

　　月带霜痕梵殿清,坐临缥缈一身轻。吞山白雾连天
色,出硖飞流乱树声。石洞方圆无韵致,竹泉声影称修
名。欲归且作须臾立,鱼鸟于人倍有情。

信阳周复元《宿碧云寺》:

　　泉从天上落,寺拟画中成。活水无风皱,长桥堕月

明。青山醒客眼,碧树老莺声。促骑看回路,北岩无限情。

仁和黄汝亨《宿碧云寺》:

> 石径余清霭,秋高林未稀。孤亭霜叶下,半榻暮云归。桂影楼边馥,泉声竹里飞。安禅吾亦适,虚白坐相依。

江夏郭正域《碧云寺》:

> 万叠千盘皆古刹,风幡雨铎满西山。池边施食游鱼出,楼下鸣钟夕鸟还。岭日不禁烟混漾,林花未敌叶朱殷。无人遂此辞尘去,一宿禅关也是闲。

慈溪冯有经《碧云寺》:

> 日近龙宫丽,诸天云物浮。凿山迂复磴,激涧引回流。竹影分亭晚,松声送谷秋。虚襟澹无着,去寺更淹留。

温陵许狮《游碧云寺》:

> 微雨青槐道,风裾度石梁。泉清鱼动日,柏密鸟争凉。古洞盘云朵,野花和露芳。名园谁得似,草木发山香。

慈溪杨守勤《饮碧云寺》:

> 月落空林冷,言僧已入定。客子独豪吟,大击云

堂磬。

云堂中夜坐，月向后山沉。钟与僧俱定，此时无鸟音。

群动俱息已，香闻如薝蔔。乃察憧鼻声，乃观昧爽色。

丹阳贺世寿《碧云寺》：

云回磴折敞琳宫，泉泻僧厨曲曲通。拨剌文鱼霞作片，扶疏宝树月初弓。不嫌凌夺荒寒趣，自喜庄严水石工。更是泠泠随梦去，疑风疑雨下遥空。

景陵钟惺《碧云寺早起》：

人语翠微闻启门，离离残照湿初暾。行经绝涧数花落，坐见半山孤鸟翻。月去寒潭林影换，云依闲砌草头温。与君莫厌频移榻，晨爽秋阴非一村。

新野马之骏《碧云寺》：

金地停车问，香台结伴登。井厨泉自落，栋宇石俱层。题竹沾新粉，搴荷折脆棱。含情追往岁，名署壁间曾。

宣城吴伯与《碧云寺》：

斫云飞刹到来殊，指点烟踪片屐扶。千腊溪藤高石座，一丝晴雨注僧厨。鱼当洗钵香时出，鸟是闻钟静后呼。格外放潭深对酒，虚空一字系还无。

兴化吴牲《碧云寺》：

对山如对僧，幽澹乃本色。金碧为庄严，无乃山之厄。人言碧云佳，佳处未曾得。松涛静逾冷，竹翠秋如滴。而我坐空亭，泠泠似幽客。起酌碧云泉，长啸秋云碧。

上虞倪元璐《宿碧云寺》：

大峰如杵细如芒，看即图书枕即床。毳石雏花巡佛案，瘦云肥雨裹禅房。翻经背写游山记，引衲头钞酿酒方。曾道逢僧闲半日，到来三日为他忙。

公安袁中道《碧云寺》：

宝磴山全琢，璇题日并悬。金铃长护果，石白远邮泉。鸭脚葵分雪，渔竿竹袅烟。市廛如火炙，古洞冷方眠。

漳州张燮《碧云寺》：

远钟近磬客新闻，惊见林端丹碧文。花点竹间疑带雨，泉倾石罅远流云。亭台错落诸天出，龙象庄严四野分。长是游鱼亲听法，相忘人影自群群。

景陵谭元春《碧云寺丽甚题之》：

幸佐幽人丽，层层金碧通。惊心多事日，识气不贪中。鬼下牛蛇壁，松高鸟雀风。眼光非乱射，散作万山红。

《碧云寺施朱鱼歌》：

碧云池上金鲫生，不网不罟邀天成。饥来未敢食蝼蠕，时有高僧梵咒声。一生弘慈仰来客，出入池上此心迫。如袖饼饵慰婴孩，来亦不忘投不掷。饵上饵下浮片片，大鱼小鱼唼水面。明知人有佛天心，忽闻人语翻不见。池定饵消我徘徊，明朝自有给孤来。

公安袁祈年《碧云寺》：

金碧烁人睛，白昼唐述盈。秦畤与汉祠，自然让峥嵘。莹石琢为术，下履声硁硁。辉煌到幽涧，不敢自深泓。书生惊物力，默坐想边城。

孝感傅淑训《碧云寺》：

佛供盘松偃柏，僧居闹杏秾桃。富矣游人游具，茶珰酒盏诗瓢。

洞岩倒立石笋，涧水西来落花。朝云迷处僧舍，暮山影里人家。

嘉兴谭贞默《到碧云》：

纤雨纤风刷市尘，葱匀山色蹇驴人。蓦开宝界流新眼，消得重重妙丽身。

《碧云感怀》：

若个金钱施，真成碧绣丛。泉葩生焰采，山莴特玲珑。楔篆垂天藻，琼镂出鬼工。庄严皈净域，穷耗轸区中。珉碣文方赤，黔辽虬积红。惊心对鱼影，莫奏腐儒功。

豫章胡汝焕《碧云寺》：

古刹倚岩峣，丹青到九霄。峰多悬日少，天近隔尘遥。鱼鸟知钟磬，松榆阅羽旄。和霜炊叶紫，慵得入林樵。

莆田林尧俞《宿碧云寺》：

驻马忆曾到，重来今十年。鱼闲犹在藻，僧老别安禅。曲水通山窦，疏棂染竹烟。夜深清磬发，随意石床眠。

南昌樊良枢《夜宿碧云寺听泉》：

名刹夜灯幽，澄怀卧亦游。寒凄众窦籁，清咽万林秋。句得若循涧，梦听如枕流。非缘僧栈引，泉意自来周。

水流每在曲，声色使人耽。雾桧晴无歇，涛松静不谙。醒知听夜尽，梦即到江南。孤枕身何处，寒山佛一龛。

脉脉去淙淙，僧厨课水舂。芙蓉悲永漏，柿叶下疏钟。细响悄吟涧，危流高应松。不知非夜雨，慵卧误游踪。

武进管绍宁《碧云寺卓锡泉》:

无穷浅碧浣霜苔,引到深源路几回。鹤已苍崖衔锡去,龙犹赤水喷珠来。清添露粳香初滑,寒上秋钟湿不开。未许山僧斟酌意,远分一曲与流杯。

长洲徐汧《夜坐卓锡泉》:

灭烛听流泉,其声默然善。微躬昏暝内,至清一以练。物灵随我裁,乘除在闻见。淙淙终古心,孰者为之禅。天地节其勤,赴壑不欲先。夜泉非昼余,于中安生卷。耳亦无竭时,钟声寂深殿。

景陵胡恒《碧云寺》:

红绿无人采,西郊惟此春。地移众香国,僧现宰官身。新旧从山主,高深役甸民。识将金碧气,矜语未来人。

怀宁刘若宰《宿碧云寺》:

夜色犹贪山上头,留因爱酒学僧休。秋绵梦短多霜觉,宿叶听微亦雾游。语隔清棍思共被,身亲流水悟轻舟。朝饥晚醉都闲掷,但荷山缘策再修。

遂宁吕大器《碧云寺》:

寒山幽草自萧疏,客到香台钟定初。幕幕石苔新旧径,淙淙流水浅深渠。锦生萍叶鱼群出,翠滴松林鸟各居。白社有盟曾未去，独行深院转踟蹰。

孝感程良孺《碧云寺》：

烟弥风幻肃山灵，阴壑晴云总一青。鹫苑光为金色界，龙湫声作雨霖铃。晚霞散际檐楹合，老树吟时钟磬停。百磴欲穷幽僻径，松寮半启半仍扃。

昌平韩四维《碧云寺》：

纡道晴开望际遐，冗身一宿梵王家。溪先待客烟笼马，径未胎尘草藉芽。可卧林兼天上月，不停池队水中霞。春明宝气销梨梦，孤塔寒云拥杏花。

揭阳郭之奇《碧云寺》：

偶借轩窗向夕闲，飞尘远处静云还。坐看日落归山色，欲引风清放月颜。夜半一灯僧榻暗，秋过九月客途殷。断溪残树长堤影，却忆瞿瞿钟磬间。

武昌孟登《碧云寺》：

埋荷斩竹彩双亭，殿佛山灵唯唯听。地遍金钱僧尚说，碑高寻丈客无铭。隧穿深欲穷泉壤，髹画光宁让日星。海子未收冤骨在，何人为请此中停。

上元姜承宗《碧云寺》：

林影差差秋霭平，碧云殿阁照分明。磴开驰道村烟密，路夹疏槐晚日晴。车马自多钟磬静，管弦时接鸟虫声。也随人事间衰盛,叹息山灵无定评。

沛县阎尔梅《碧云寺》:

金碧垂空日影寒,遥闻钟磬正传餐。山亭风札存先帝,学士鸿文表内官。活水分穿僧阁响,高峰群抱法幢安。肖然原是神京护,垅下何人土木殚。

孝感程正揆《碧云寺看月》:

燕市月,在碧云,光欲竭。上有龙湫之清泉,下流月光洗山骨。空山无响松未涛,山月为我开天窟。酒杯溶溶,啸歌发发。飒然林木凉风鸣,云烟在胸酒在发。

常熟宗发《碧云寺》:

径除荒落店,涧尽刻镂桥。见说先皇幸,无兹土木妖。丰碑云迈古,华表欲干霄。彼美盆双柏,何惭恩四朝。

吴桥范景文《碧云寺》:

山削秀芙蓉,积翠明天际。披烟陟极巅,以云为邮递。碧屯灵境开,人意生静慧。岚气杂旃檀,风定袅袅细。香积玉一泓,涧疏鸣泉逝。照出净明心,秋澄而月霁。霞光簇莲台,宝妆青螺髻。金碧错琉璃,石绣花文砌。葱蒨天生成,人工加点缀。法王依帝城,自应如此丽。稽首叹庄严,人间真福地。

桐城姚孙榘《自碧云之福田道中作》:

秋当雨过爽能添,坐入林深翠欲沾。碧水依苔容石激,丹枫借日敌霜严。僧钟远近清相和,寺径盘旋仄不嫌。极目迷茫天一色,中峰雾定晚烟恬。

南海梁稹《碧云寺》:

庋石刊山梵宇成,绀台碧甃蔽云坪。谁将竹下灵泉韵,听作中涓宰树声。

华亭朱灏《碧云寺》:

浓黛泽山面,峭巘剪长天。松语鸟方息,觊窦晴犹烟。懒云卧磴席,古槎露危年。照落上丹碧,凹峡张月弦。空翠醒雾梦,葛萝老扳缘。西眷冈作龙,幽秘栖石廛。

① 碧云寺:位于香山东麓。元耶阿利吉舍宅为寺,明正德中大太监于经加以增拓,故俗称于公寺。天启三年(1623)宦官魏忠贤重修。风景秀美,明神宗、清康熙皆曾为其景点题名。

② 至顺二年:公元 1331 年。

③ 元统三年:公元 1335 年。

④ 耶阿利吉:或译为"耶律阿勒"、"耶律阿利吉"。相传为耶律楚材后裔。

⑤ 正德十一年:公元 1516 年。

⑥ 天启三年:公元 1623 年。

⑦ 于公:即于经,武宗朝太监,常侍帝蹴鞠玩乐,甚得宠。曾于通湾等处开设皇店,岁报上银八万两,侵吞颇多。嘉靖初籍没其资产,处死。

洪 光 寺

寺香山之最上，洪光寺[①]，犹夫山夫寺耳。所繇径也奇，径以外不见径也。柏左右茸之，空其间三尺，俾作径。柏有直者干矣，奇在枝横，干不尽修也。枝旁修，干不尽壮也。枝股壮，干有叶，缀焉尔。叶掌掌片片，枝又枝，交生之，干柱焉，枝栏焉，叶屏障焉。人行径中，上丁丁雨者，柏子也。下跄跄碎者，柏枯也。耳鼻所引受，目指所及，柏声光香触也。径而上，百步一折。每尽一折，坐磴手柏息焉。从枝叶隙中，指相语：上指玉华寺[②]，再上指玉皇阁[③]，下指碧云寺，再下指弘法寺[④]。凡折且息，十有八而径尽。至寺门，香山乃在其下。寺建自郑长侍同[⑤]。长侍生高丽，其国王李裪，遣入中国，得侍宣宗。后复使高丽，至金刚山见千佛绕毗卢之式[⑥]，归结圆殿，供毗卢，表里千佛，面背相向也。自为碑文，自书之。

长洲文徵明《从香山至洪光寺》：

> 偃月池边大刹鲜，不知赐额自何年。折从十八森森柏，礼遍三千绕绕禅。岁久松枯巢鹤徙，春深苔静壁蜗缘。谁言好景惟僧住，尽落游人眼界前。

应天陈沂《同文待诏登西山洪光寺》：

> 九盘石磴上招提，路出岩峣见古题。极目风烟双树迥，回头楼阁万峰低。闲花开落青春暮，细水从容白日

西。竹木渐多尘渐远,幽并端自足山溪。

丹阳邬佐卿《洪光寺》:

　　绿暗深深入,林端梵宇开。晴岚飞鹳鹤,秋色绣莓
苔。磴转山容变,云移塔影来。迟回不得住,舍此复尘
埃。

顺天刘余泽《洪光寺寻莲池旧迹》:

　　石磴攀跻意未阑,流泉泻影溅衣寒。龛藏金粟三千
界,山拥青峦十八盘。地古松萝枝殆尽,春深涧壑雪初
残。逢僧欲订莲花社,转忆沧桑几度看。

慈溪冯有经《上洪光玉华诸寺》:

　　秋山过雨湿苔垂,释杖褰裳度石危。古寺入云人迹
少,幽林通径老僧知。身衰自觉投闲定,地僻无嫌曳步
迟。历历诸天行欲遍,不须回首问归期。

仁和黄汝亨《洪光寺》:

　　齿齿步丛薄,香林又一峰。蜿蜒岩九曲,屏障柏千
重。宝篆函金粟,圆光聚绀容。杳然人径外,隔寺冷闻
钟。

丹阳贺世寿《洪光寺》:

　　游筇集处静还喧,别选孤清绝巘尊。草木萦纡斜抱
寺,千峰窈窕正当轩。钟生幽谷日中午,花到深岩春太

繁。遍历精蓝惟此胜,莫移半榻且高言。

景陵谭元春《蹑香山上洪光寺寻径》:

登登物物是森森,携有泉源到树音。松柏午天皆暮色,诱人风雨晚秋心。

吴县徐渢《行洪光寺径》:

一径一幽步,详缓不敢越。恐失初辟心,精神与纤折。杉松气无冗,恭敬各就列。郁然野人藩,有迹无蹄辙。游情勿强齐,高下随所阅。同侣或殊获,各自深浅说。不尽者一径,幽事勿令结。行行止止间,山灵知本末。

昌平韩四维《洪光寺》:

浅着春衫折紫棱,松门不到浪花层。云飞野草长杨路,日观高岩大智灯。欲静鹭拳归向佛,暂来鹤笑住非朋。自从柏径深深步,销瘦烟霞骨可憎。

孝感傅淑训《洪光寺》:

蜿蜒回环磴磴,嶙峋瘦削峰峰。梵呗匝空千佛,涛声夹道万松。

孝感程正揆《同倪何二子登洪光寺卧松风下》:

何年鬼斧开天壁,嶅岈危动风雨夕。巨鳌无力斗五丁,大地凿空漏一隙。上有千佛飞锡来侨居,又有万松夜

沸蛟宫脊。白云芳草足趾生，杂沓群峰低百尺。我来欲
叱山神起，口吸青霞，齿漱白石。洪光是枕，来青是席。
手扪星辰倒银汉，一啸空谷金石掷。鼻端魟魟含太清，客
心千古同云碧。二子笑指东方白。

顺天王嘉谟《玉华寺》：

  层峰开净域，十丈控丹梯。坐瞰平湖浅，中分万岭
低。斜阳传塔影，飞瀑乱莺啼。自觉诸天近，香花聚路
溪。

武进陈组绶《洪光寺柏径》：

  贴壁能除路，虬横树树巅。澹闻香晕翠，清见露回
鲜。半磴游人远，九盘高寺连。晓僧扶杖入，枯绝亦翛
然。

常熟宗发《洪光寺》：

  石磴回盘柏径通，精蓝迥出万山丛。惜春鸟语花飞
过，亭午僧钟客到逢。竹栈引泉侵夜梦，林樵荷月具晨
供。经旬忘却燕尘道，日与云居第几重。

 ① 洪光寺：位于香山，香山寺西北山上。明宣德中太监郑同创
建，仿其高丽国毗卢殿之制，作圆殿供毗卢。寺门内松径作盘状，最为
幽胜，人称"十八盘"。

 ② 玉华寺：在洪光寺以东上方。寺之北门内有石洞出泉，涓涓不
绝，故或称玉华泉寺。

 ③ 玉皇阁：位于碧云寺以北、普觉寺南之木兰陀。

④ 弘法寺：清乾隆时已荡然无存。

⑤ 郑同：朝鲜人。宣德年间来华，为宦官。成化中仍任职宫中。

⑥ 金刚山：位于朝鲜太白山脉北段，最高峰海拔一千六百余米，为朝鲜著名风景区。其中有新罗时代创建的古寺名胜。

卧 佛 寺

香山之山，碧云之泉，灌灌于游人。北五里，曰游卧佛寺，看娑萝树也。山转凹，寺当山之矩，泉声不传，石影不逮。行老柏中数百步，有门瓮然，白石塔其上，寺门也。寺内即娑萝树，大三围，皮鳞鳞，枝槎槎，癭累累，根挐挐，花九房峨峨，叶七开蓬蓬，实三棱陀陀，叩之丁丁然。周遭殿墀，数百年不见日月，西域种也。初入中国，崟山、天台①，与此而三。游者匝树则返矣，不知泉也。右转而西，泉呦呦来石渠，出地已五六里，寺僧分泉入花畦，泉不更出。寺长住，花供之，不知泉也，又不知石。泉注于池，池前四五古杨，散阴云云。池后一片石，凝然沉碧，木石动定，影交池中。石上观音阁，如屋复台层。阁后复壁，斧刃侧削，高十仞，广百堵。循壁西去，三四里皆泉皆石也。寺，唐名兜率，后名昭孝，名洪庆，今曰永安。以后殿香木佛，又后铜佛，俱卧，遂目卧佛云。寺西广慧庵②，东五花阁③。更西南弘法寺，寺内外槐皆龙爪。更南张公兆，张公一女二子，女，文皇帝妃④。子，封彭城、惠安二伯，其封也，以军功。

金坛王樵《卧佛寺》：

别院对回廊，修门锁花木。开榭山无人，虚堂自芬馥。清风无已时，疾徐在深竹。我就绳床眠，为待烹茶熟。前山未须往，但留佳处宿。

江阴邓钦文《卧佛寺》：

古佛何年卧，空山日月低。寺钟寒不歇，溪路碎无迷。虫彩飞椿象，禽音窜竹鸡。殿墀瞻老宿，香树种来西。

盱眙李言恭《卧佛寺》：

二佛卧何日，娑罗初种朝。游人摩顶踵，近寺接根苗。寂寂劫先觉，荒荒年后凋。山泉相与古，不去入尘嚣。

《卧佛寺牡丹》：

不道空无色，花光照酒杯。只疑天女散，绝胜雒阳栽。香与青莲合，阴随贝叶来。佛今眠未起，说法为谁开。

浚县王在晋《游卧佛寺》：

佛说卧非卧，是名卧佛因。坐无功朽骨，像亦表天真。欲豁前尘目，全舒自在身。法轮垂手转，花甲枕肱新。匪梦何言觉，忘情岂有颦。乾坤呼吸老，世事展翻频。万态双眸外，千秋一息臻。浑沦窥妙悟，混沌足元神。嗟尔浮沉辈，蘧然未寤人。

应天姚汝循《卧佛寺》：

斜日叩山扉，茶烟袅袅微。簇云将作雨，飞霭忽沾衣。古树标前代，鸣泉喧息机。涅槃瞻瑞像，愈觉世间非。

顺天刘效祖《永安寺卧佛》：

双树何人植，如来偃在床。三年开觉路，万劫委慈航。示寂形应苦，调心梦转长。檀施烦问讯，岂是困津梁。

仁和黄汝亨《卧佛寺》：

亦为青山好，无时不卧游。高阴琪树午，清响梵林秋。寂寞全栖石，虚空半枕流。我来亲授记，长日卧高丘。

公安袁中道《卧佛寺》：

山深双佛榻，铃塔影斜阳。万畛花为国，千围树是王。觅泉源更远，寻石径偏荒。数里新篁路，将无似楚乡。

丹阳贺世寿《逢闪仲畏太史同游卧佛寺》：

秋容一径中，含吐状无穷。霞散初肥柿，霜轻未醉枫。自然幽意惬，偶得素交同。窈窕幽栖里，山泉处处通。

吴县姚希孟《卧佛寺听泉》：

谁将石齿齿，漱出玉潺潺。乱泻松涛急，分敲竹韵闲。云深渐静夜，月落响空山。一枕犹堪梦，飞琼接佩环。

景陵胡恒《卧佛》：

不是津梁倦，荒山眼界空。一龛红湿外，三昧黑甜中。有愿香华满，无声器钵同。先皇施大被，曾为覆春风。

吴县释修懿《卧佛寺》：

卧佛兹山久，应知亦爱山。鸟窥幢影乱，铃语塔风闲。客恋娑罗好，僧愁兰若艰。静喧同此意，谁见月先弯。

凉州吴惟英《卧佛寺》：

山门云破塔高悬，碎路行来久不前。佛卧似经千劫老，客游曾记十年前。柿光点点分红日，竹韵芒芒合翠烟。西麓试探泉尽处，坐听石隙泻涓涓。

公安袁祈年《娑罗树》：

异种来震旦，千纪战风霜。惊电莫能照，山鬼安敢藏。孙枝分他岭，亦可称树王。干肤如彝鼎，凡木无足方。惟优昙钵罗，殊胜为相当。呼老衲扣之，语焉而不详。惟言童至今,庵蔼不异常。僧腊逾八十,头白如树苍。语罢各叹息,晨风破烟翔。

嘉兴谭贞默《娑罗树歌》:

穷山庆谷能奇树,树性无过五土赋。此种流传印土国,七叶九华人莫识,梵名却唤娑罗勒。岂亦其材无可用,致教日月失晨昃。报国古寺两怪松,侏儒其质婆娑容。娑罗作宾松作主,吾将揖让成会同。佛为皇灵护西东,卧治娑罗坐理松。不尔神物飞作龙,安得老死游其中。

宛平于奕正《娑罗树歌》:

不知老树年何庚,西山一簇娑罗名。大叶小叶青如剪,千螺万螺绕根生。阶前数亩数百载,日影不向其中行。耳中惟闻雨大作,出树乃见天空晴。人间谁欲为知旧,汉柏是弟秦松兄。谭子昂首为余说,嵾山曾见蔽日月。

景陵谭元春《广慧庵同谭梁生袁田祖雨宿于司直旧斋》:

山泉处处虚,细雨欲何如。滑有明朝路,安惟旧日居。榻多僧出乞,砚在客来书。静守禅灯暗,知无火照墟。

江宁倪有淳《初夏再过广慧庵》:

频年曾此住,山气入门幽。不改僧钟磬,多经客去留。绿方迷径草，红欲到盆榴。熟乌惊飞去，惭余是再游。

吴县释修懿《广慧庵坐月》：

> 为暑趋山寺，山空月似秋。苍苍诸嶂合，皎皎一庭幽。树响通悬谷，花香来近丘。静听松露下，宿鸟几惊投。

太仓王世懋《弘法寺夜卧》：

> 禅榻一灯卧，疏钟万井哀。月痕松影落，窗色鸟声回。乡梦醒还续，羁愁老自催。吾知三径好，不敢赋归来。

① 嵾山：即湖北武当山。　天台：位于浙江天台县北。
② 广慧庵：清乾隆时已毁，仅存明万历中庶吉士胡尚英碑。
③ 五花阁：在普觉寺东北山坡上。清初亦废弃。
④ 张公：即张麒，永城（今属河南）人。洪武二十年（1387）以女为燕世子妃，授兵马副指挥。后擢京卫指挥使。仁宗即位，其女册封皇后。以女贵追封彭城伯，谥恭靖。其子昶、昇，皆从成祖起兵，昶官至中军都督府左都督，封彭城伯，子孙世袭；昇官至左都督，掌都督府事，封惠安伯，亦予世袭。按，此谓张麒之女为"文皇帝妃"，误，实为文皇帝皇太子妃、仁宗皇后。

水　尽　头①

观音石阁而西②，皆溪，溪皆泉之委；皆石，石皆壁之余。

其南岸皆竹,竹皆溪周而石倚之。燕故难竹,至此林林亩亩,竹丈始枝,笋丈犹箨,竹粉生于节,笋梢出于林,根鞭出于篱,孙大于母。过隆教寺而又西③,闻泉声,泉流长而声短焉,下流平也。花者,渠泉而役乎花,竹者,渠泉而役乎竹,不暇声也。花竹未役,泉犹石泉矣。石罅乱流,众声溅溅,人踏石过,水珠溅衣,小鱼折折石缝间,闻跫音则伏。于苴于沙,杂花水藻,山僧园叟,不能名之。草至不可族。客乃斗以花,采采百步耳,互出,半不同者。然春之花,尚不敌其秋之柿叶,叶紫紫,实丹丹,风日流美,晓树满星,夕野皆火。香山曰杏,仰山曰梨④,寿安山曰柿也⑤。西上圆通寺,望太和庵前,山中人指指水尽头儿,泉所源也。至则磊磊中,两石角如坎,泉盖从中出。鸟树声壮,泉喑喑,不可骤闻。坐久,始别,曰:彼鸟声,彼树声,此泉声也。又西上,广泉废寺⑥,北半里,五华寺⑦。然而游者瞻卧佛辄返,曰卧佛无泉。

长洲文徵明《卧佛寺观石洞寻源至五花阁》:

　　道傍飞涧玉淙淙,下马寻源到上方。怒沫洒空经雨急,泆流何处出烟长。有时激石闻琴筑,便欲沿洄泛羽觞。还约夜凉明月上,五花阁下听沧浪。

常熟陈瓒《从卧佛寺缘涧至水源》:

　　一泉分碧绕精蓝,云壑逶迤振策探。崖转细流生乱石,风回清响下苍岚。行当密树迷深径,觅到幽源恰傍庵。老矣何心犹世味,泠然孤榻梦应酣。

长洲文肇祉《登五花阁》:

薜萝深处一虹流，碎石疏花曲磴幽。游客集林仍自僻，茆堂踞壑即如楼。凭栏远指千峰雨，高阁虚疑五月秋。欲住此山繙释部，只愁车马未应休。

上虞倪元璐《秋入水源》：

山将枯去晚烟肥，茅屋人家红叶飞。我说是秋都不信，此间春却未曾归。

京山王应翼《水源看红叶》：

霜受有深浅，果叶亦异姿。浓澹入遥空，薄霞生余枝。微照何能及，爱此山风吹。鳞鳞红相触，自然有参差。我作春容观，反尔忘其衰。其情领冬气，乃以色终之。高岭及幽壑，升降目所私。不见横斜影，山山相蔽亏。

蕲水黄耳鼎《游卧佛寺寻山泉发源处》：

古佛卧不坐，古泉山不谷。其道良有然，思之已幽曲。所以石壁间，蹂径往且复。鳞鳞柿辉光，实叶丹相属。秋成顾不劳，鸟残人踏蹴。每泉分一枝，为竹万竿绿。破寺疑无僧，乃见僧来肃。泉起佛坐边，允矣根因夙。

景陵谭元春《入水源》：

岚交四野雨初归，湿满幽崖日抱晖。寺寺秋深深不得，蜻蜓蝴蝶暖中飞。

《太和庵前听泉》：

　　石选何方好，波澜过接时。应须高下坐，徐看吐吞奇。鱼出声中立，花开影外吹。不知流此去，响到几人知。

宛平于奕正《太和庵前听泉》：

　　踞石坐高下，泉流石亦往。入松失其涛，静边见天象。携来一片心，到此而惝恍。

《广泉废寺》：

　　何代山藏寺，松杉今古阴。佛荒迷半髻，钟断覆全音。偶与闲人步，殊关创者心。辞泉寻径去，叹息出高林。

吴县释修懿《水源》：

　　乱石参差出，泉光碎不全。源应逢此地，声始沸何年。吹壁寒秋雪，翻涛响暮烟。稽留来听者，几坐几回眠。

《五花寺》：

　　五花何代寺，一月两回过。避麝腥归草，生凉气在萝。供茶僧太老，题碣字皆磨。风送诸山暝，移筇发浩歌。

《广泉废寺》：

破寺住余晖，萧萧鸟乱飞。殿荒藤作壁，佛老薛为衣。云遏钟声杳，苔封屐齿稀。伫看兴废事，惆怅暮山归。

嘉兴谭贞默《水源》：

寻入太和庵，忽见水穷际。石角相扶持，开辟无根蒂。黄叶栖树间，鸟鸣时一坠。飞觞过泉峡，杂坐互倾递。余饮不逾合，漱泉以当醉。鹿鹿鞿鞅人，遇此发清慧。

山阴张学曾《游卧佛寺至水源》：

秋色照衣上，晴旭明林端。塔指高峰白，溪心落叶丹。僧贫知寺僻，客少为山寒。绝壁天光薄，分泉地脉宽。柿林影鞑鞨，竹圃声琅玕。挥杖穿丛薛，持觞就迤湍。招游三竺似，静日小年般。石磬因风远，绳床对月残。醉归仍缓步，歌咏有余欢。

顺天毛锐《入水源》：

入山幽不已，岩想初古霹。有径盘青螺，无土柔片席。卧难择石危，我困泉亦急。僧于险处庵，依石依松立。出地水迟疑，相观坐环曲。

《太和庵崔开予见过》：

秋山肃霜容，秋庵夜气洁。来我所怀人，茗酒深怡悦。冻萤映窗飞，鸟啼晓将彻。濛濛雾片时，乃见山分别。数星枫树红，一段柏径折。溪声出有踪，石际非霜雪。夜语寐未成,朝光复难辍。

嘉定李元弘《水源赠僧》:

　　僧慵烟灶与泉通,寺熟归云膭膭同。得水竹光争日好,矜秋柿粉饱霜红。老安丘壑神明肃,静对人天瓶钵空。羡尔今年生计稳,西成消息在林中。

《广泉废寺》:

　　不知山有径,白日气森森。殿挂幡幢索,铃摇梵呗音。所嗟僧易去,亦叹佛无心。作礼悄然去,归云已在林。

　　① 水尽头:又名水源头。位于香山卧佛寺以西。
　　② 观音石阁:又称观音堂,在普觉寺西。建于大盘石上,阁前有方池,阁东为山庙。
　　③ 隆教寺:在观音阁西半里。有明碑二,一为成化六年(1470)敕谕碑,一为成化二十二年(1486)立、大学士万安撰《隆教寺重建碑》。
　　④ 仰山:见卷七《仰山》。
　　⑤ 寿安山:又名五华山。亦属北京西山。
　　⑥ 圆通寺、太和庵、广泉寺:清初皆废弃不存。
　　⑦ 五华寺:位于寿安山之北,元英宗时建造,明正统、成化中改建,易名广惠寺。有嘉靖十一年(1532)礼部正直郎倪让碑。

中　峰　庵

中西山而领焉,莫高中峰庵①。峰意左顾,其左支,张而左,左涧水从之。晏公祠、翠岩寺、永寿庵宅山阴②,门水阳。
其右支,逐而亦左,右涧水舍之。弘教寺宅山阳③,门水阴。
两涧右会而桥,桥边而门,门冠塔三尺,弘教寺门也。入中峰
左右嶂,率是门也。游者,难岭上之永寿庵,而乐翠岩之麓,今
去去,不欲入矣。翠岩先有老梧桐数株,游人诗多成其下,择
梧叶书之。寺有僧,怪客不携金钱,劚桐卖琴肆中。又一夕,
火其精舍,以绝读书者。自是僧榻厨间,客来,坐佛殿也。竟
过翠岩,则入晏公祠。出乎祠,坡数十步,蹑危磴十百者三,中
峰庵矣。庵地尽石,无土,阶磴墀径,尽可枕藉卧,不生一尘,
实无尘也。不以风拚,不以雨盥濯。松满院,响谡谡然。左右
故涧,涧洄,石曾当疾流,堕者,偃者,横直卧者,泐者,背相负
者,未止辄止者,方转未毕转者,犹怒。松鼠出入石根中,净滑
诡曲,不可扑矣。涧南上弘教寺,废寺也,三木欢喜佛,蹲右配
殿中。游者往往稽其重腹下,曰宜男也。

临朐冯琦《中峰庵》:

> 中峰何高高,孤寒起寥廓。寺楼相隐见,石径相参
错。振衣立爽垲,举杯向广莫。不知山路尽,但见天宇
谿。对面蓟门峦,青紫点危削。远树若草科,西湖岂盈
勺。万象各自为,片云随所泊。洞龙雨工罢,霭霭归旧
壑。

应天姚汝循《中峰庵望都城》:

> 孤亭倚绝壁,晴望见皇都。天阙疑飞动,人烟乍有
无。霱长五色现,势有万山扶。卜世知何限,辰居仰圣
谟。

安陆何宇度《中峰庵》：

　　西山山尽寺，此地更深深。鸟道几千折，云梯屡百寻。星红花草簇，黛白石苔侵。过雨松花湿，幽香上客襟。

慈溪冯有经《中峰庵》：

　　路转中峰尽，森森白石幽。风林开鸟入，云石伴藤留。老衲莽辞客，闲人直漫游。寂无尘得至，清梦亦应休。

公安袁中道《住中峰庵》：

　　宛宛中峰路，森森松柏林。当风眠谷口，背日坐山阴。仰视星辰大，俯看云物深。晚烟侵骨冷，未可薄衣衾。

宛平于奕正《中峰庵雨后看涧水》：

　　涧石怒且裂，未雨备雨变。六月涨易生，水令石不见。飞飞自峡来，一道横斜练。石令水忽立，声光奋雷电。笠屐濡欲寒，斜阳独坐羡。

长洲徐汧《上中峰庵》：

　　太过荒深未易庵，佛尘殿草老僧堪。峰峰有路樵为事，径径俱幽云所函。士女不来香火冷，牛羊又下客心耽。千山暝合光谁照，知是将灯入夜龛。

山阴张学曾《宿中峰庵》：

> 山月悄如睡，和烟晕一围。不知秋在树，但觉冷生衣。叶带藤花落，鸟穿云影归。游疲心未足，梦绕四山飞。

江都梁于涘《中峰庵》：

> 白石峰头青点苔，石庵无土更无埃。芒蹊能带尘多少，夜雨增泉洗下来。

> 树生石隙叶归流，有数闲僧居上头。涧水岩枯麋野菜，不同人世岁成收。

宛平王崇简《从香山过岭访于司直中峰庵闻其归而止》：

> 松风沉沉夕磬中，一峰两峰青濛濛。过峰始闻君出寺，云气去来山径空。石泉大小声强弱，泉语不明石影愕。思君去即我来时，耳目心情照岩壑。

桐城方拱乾《中峰庵遇雨》：

> 直入欲无寺，青天夹径松。上楼初到雨，归路及过钟。荒令殿容古，晚蒸空色浓。湿筇应不妒，溪韵与之从。

安定胡应麟《翠岩寺》：

> 乱峰深一杖，露水半身衣。雨藓封墙址，烟萝冒石扉。暮钟山鸟下，夜径水萤飞。满院桐阴合，高泉声

正微。

乌程沈圣岐《翠岩寺》:

　　春寒淅淅禁啼莺,无数飞花别我情。记得前年旧游日,翠岩山雨上峰晴。

嘉善钱栴《翠岩寺秋夜》:

　　月暗作风色,梧桐抱夜警。灯寒花未能,砌弱蛩声猛。香循旧云窝,鸦影落寒井。无限无赖心,到秋不能静。漏深钟意穷,布被幽光逞。

闽县董应举《自西岭抵通光塔下行至弘教寺水亭》:

　　无山不可眺,况是菊花秋。认塔缘崖入,随云到寺游。亭虚松徙荫,叶积水潜流。坐觉诸天寂,行歌殊未休。

长洲王稚登《弘教寺》:

　　树里山门破,萧然绝四邻。老松多结子,僻路不逢人。只此畿中壄,何无市上尘。春花秋尽果,未便寺僧贫。

　　① 中峰庵:中峰在香山之后,居诸峰之中,故曰中峰。庵在山上,绝高。庵两旁有亭。

　　② 晏公祠:见本卷《晏公祠》。　翠岩寺、永寿庵:俱在中峰庵之东、香山之北。

③ 弘教寺：位于中峰庵之西、香山之南。明正德中太监晏忠修建。后毁弃，清初在此遗址修建法海寺、法华寺。

晏　公　祠①

二氏②，野祀也。儒，国家典祀也。天子亲幸，行释奠礼，直省郡州县卫，莫或不庙。诏天下守臣，春秋，天下儒臣，朝夕，天下生徒，诵晨昏，骏奔走，固不屑与寒林空谷，争锡鹤飞栖地矣③。寒林空谷，固亦不可无一。趋中峰庵者，不得越晏公祠。祠，正德中晏长侍忠所立也。过涧，石桥，过桥，石门，曰道统门。石殿三楹，像皆石。上像，三皇、五帝、三王。左像，周、召、孔、孟诸圣贤④。右像，周、程、张、朱诸大儒⑤。壁五石龛，一龛标一经名，维以藏其经。殿外一石亭，亭壁列钟簴、干戚、钱镈、弁裳之属，一如五经，以便治是经者。左龙马，马毛旋，五十五数具，一如河图⑥。右雒龟，龟甲四十五数具，一如雒书⑦。东堂三楹，壁列忠臣龙逢以下⑧，孝子曾、闵以下⑨，右图而左书其行事，以告观者。凡石像石壁所形勒，浑然茂朴，中国古初制也。非汉以后，西域像法，务金色为好，务变相为幻也。堂后，累石为洞，洞壁标先儒格言及咏道诗，几性理之半，以待游者观感省发。祠今居守者，一僧也，仍于其私室设彼教像，诵彼教文字焉。逾岭而北三里，三教堂⑩，守者亦僧也。析其堂木植瓦石，尽卖以去，三像露处久之。香山寺僧过，载释迦归，已而玉皇阁道士，亦载去老君像。逾年，惠安伯乃过⑪，惊宣圣野处⑫，乃迎供山庄。而野僧道，先是私窃自夸也,曷往观乎黉宫矣。

兰溪姜应甲《晏公祠》:

> 空山石祠堂,落穆跨深壑。肖像古圣贤,高下坐渊漠。
> 殿墀列龟龙,如出自河雒。煌煌先儒语,所为忠孝作。性
> 理二百卷,壁壁见大略。历览感我心,人传晏公凿。厥志
> 在尼山,高邈得所托。愧哉彼檀施,衃血涂丹腹。

① 晏公祠:位于中峰庵之东。正德年间太监晏忠所建,故名。

② 二氏:指道、释二教。

③ 争锡鹤飞栖地:喻指争地盘。相传梁武帝时,宝志和尚爱舒州潜山奇绝,白鹤道人亦有此念,帝遂命二人各以物作为标识。道人以鹤栖息处为记,宝志以锡杖植立处为记。后各得其所。

④ 周、召、孔、孟:指周公旦、召公奭、孔子和孟子。

⑤ 周、程、张、朱:指宋代理学大家周敦颐、程颐、程颢、张载、朱熹。

⑥ 河图:又称龙图,相传为龙马从黄河中负出,供圣人作为治国准则。其具体内容,众说纷纭。

⑦ 洛书:又称龟书,相传大龟从洛水中负出。性质同河图。《周易·系辞上》:"河出图,洛出书,圣人则之。"

⑧ 龙逢:指关龙逢,夏代贤臣。相传夏桀无道,龙逢直言进谏,夏桀因而杀之。后世作为忠臣楷模。

⑨ 曾、闵:曾参与闵损的合称。曾、闵皆为孔子弟子,以奉行孝道著称。

⑩ 三教堂:同时供奉儒、释、道三教神灵之祠庙。

⑪ 惠安伯:参见本卷《卧佛寺》。

⑫ 宣圣:指孔子。北宋真宗时加谥曰"至圣文宣王",历代因袭(或文字稍有增加)。

卢　师　山

　　石子凿凿，故桑乾河道也，曰卢师山①。有寺，曰卢师寺。正统十一年②，更名清凉，今佛无殿已。一梵相，坐风露中，左右迦叶、阿难③，风露中侍，乔朴非中土威仪，又端好无风露色。僧曰：唐天宝制焉。过寺半里者，秘魔崖④，是卢师晏坐处⑤。相传隋仁寿中⑥，师从江南棹一船来，祝曰：船止则止。船至崖下止，师遂崖居。居数岁，二童子来，曰大青、小青，愿侍不去。岁大旱，所司征祷雨者，童子白师，乘师愿，愿施雨，雨一方也。遂乘云气去，俄雨大注，知大青、小青，是乃龙矣。龙归，投潭中，潭广丈，巨石覆之，深黝不可测。二龙有时出，云气仍随之。崖下塑二童子侍师像。崖上一柏，产石面，长尺，不凋不荣，是卢师手植。今临崖轩三楹，俯深涧，树声逢逢，尚棹船水声也。东证果寺⑦，寺旁有亭，望浑河⑧。下善应寺⑨，殿佛不结跌，高几危坐，仪如中土。两庑塑罗汉五百，穿崖踏海，游戏极态，摹吴伟画卷也⑩。吴号小仙，受知宣庙，东北昌化寺壁⑪，其手迹。

　　永丰曾棨《游卢师寺》：

　　　　久怀清凉游，今此得深访。岩壑相翳霭，阑槛俯虚旷。异花出洞飞，古柏凝池上。欲识双青龙，变化亦何状。

　　安福李时勉《卢师山龙潭》：

湫中龙何许,睇自东南峰。傍崖下陡绝,缘径披蒙茸。屡险屡复想,始与前山通。窦坎覆清泉,神物潜其中。林谷为森爽,烟雾为冥濛。时乘云物去,灵雨下晴空。既雨既湫处,年谷亦以丰。明祀大小青,卢师与无穷。

泗州郭武《雨中宿清凉寺》:

远来禅境宿,深在湿云层。险路无人迹,空堂有佛镫。共听青嶂雨,对坐白头僧。话久何曾睡,闻钟客又兴。

《游秘魔崖》:

清磬烟萝出,禅房绝顶间。路如青嶂险,潭每白云还。金钵龙双隐,崖船柏独闲。浑河挂杖下,知隔几重山。

吴县蒋山卿《清凉寺龙潭》:

潭水清如许,龙藏深未知。珠明护灯夜,云暗听经时。法雨空中霂,尘灰劫后移。还将驯扰力,指钵问吾师。

会稽陶允嘉《秘魔崖》:

秘魔和尚道金仙,扁舟一叶随风颠。誓言舟至即我缘,果然止止桑河边。藏舟于窣茅其巅,天寒夜抱扑渥眠。金钵咒水怪蜿蜒,有二青童合掌前。愿为弟子朝夕禅,朝禅夕禅已三年。涤涤惨惨魃走川,下土嗷嗷朝使宣。畴若予民为解悬,青童招云辞法筵。云上雨下弥平田,雷雨农庶声喧阗。雨止翻身入深渊,自言龙子今上天。农先四民输金钱,楼殿出崖影翩翩。至今掌有真人踪,崇碑纪实我歌传。谁云此歌然不然!

慈溪冯有经《秘魔崖》:

危崖仄倚寺,连牖一孤森。柏老不增减,龙驯无古今。流云冲涧入,好月正空临。幽秘言寻处,岑岑楝树阴。

顺天孙承泽《自中峰庵至秘魔崖》:

几湾青岭亦峻嶒,指点霜红一杖登。古壑有龙云不定,故河无水砾为征。细搜秋色烦来客,未认荒碑问主僧。日暮千林烟气合,隔溪隐隐透寒灯。

德州卢世㴶《秘魔崖柏树歌》:

龙潭云护光不定,寒涛浙浙寒星映。我拜卢师徒二龙,龙意仁柔风雨劲。师持柏子种高崖,一粒退藏天地性。不枯不荣方尺身,无雨旱亦无垢净。自师至我二千年,其间草木几衰盛。我行其下心眼明,卢师微笑青龙迎。

安福黄文焕《秘魔崖柏树》:

铁立几何年,排空奋厥武。遥哉芽蘖时,立意乃千古。

踞险屹当关,单生绝众辅。施根石棱间,傲岸不受土。欸见苍虬升,危岩意气颣。年年不媚春,得夏叶乃吐。开干讵肯多,撑立俨臂股。所司各有为,幽异静可数。磨刮星辰光,镇持风雨舞。顿驱深谷芳,吹满万山树。

信阳何景明《夜归昌化寺》:

日落归山刹,松风处处声。幽深不易到,昏黑更多惊。壑断寻溪入,峰回截岭行。兹游藉朋好,奇绝冠平生。

《赠权僧过昌化寺》:

问尔湖边寺,微钟翠嶂西。千岩一径转,落日乱藤迷。数见谭天竺,相从过虎溪。山中送客罢,独礼白云低。

绥德马汝骥《宿善应寺》:

登顿青崖云,归依金刹月。晴窗合长蔓,凉殿开深樾。山静钟不流,天空香自发。斋心入杳冥,道性行超越。一宿磬声里,玄津通有筏。

① 卢师山:唐时称卢思台,位于今北京市西翠微山后。
② 正统十一年:公元1446年。
③ 迦叶:摩诃迦叶,释迦传授正法眼藏,禅宗奉为西土二十八祖之始祖。阿难:释迦十大弟子之一。
④ 秘魔崖:位于卢师山山半腰,又名避魔岩。
⑤ 卢师:相传为隋代僧人,能驯服大、小青龙。

⑥ 仁寿：隋文帝年号，公元601—604年。

⑦ 证果寺：在秘魔崖上，明成化中建。

⑧ 浑河：即桑乾河。

⑨ 善应寺：明时寺中有四株松树，以形相奇特著称。寺门列天兵十，状极诡异，庑下有五百罗汉塑像。（参见《日下旧闻考》引《余文敏集》）

⑩ 吴伟(1459—1508)：字次翁，号小仙、士英、鲁天等，江夏(今湖北武昌)人。善画，宪宗召授锦衣卫镇抚，待诏仁智殿。孝宗授锦衣百户，赐印曰"画状元"。后告病归金陵。以擅长人物画著称。

⑪ 昌化寺：位于香山雪峰寺以西。寺内殿壁绘阿罗汉五百尊穿崖渡海、游戏神通，相传为吴伟手迹。（参见《日下旧闻考》引《燕山纪游》）

平　坡　寺①

秘魔崖而西，行碎石中一里，息龙泉庵而上②，平坡寺也。寺为仁宗敕建，曰大圆通寺。制宏丽，宫阙以为规。今圮坏，而僧说宏丽当年，指故物道新，指旧阶圮道丹碧，客叹息，如将见之。后殿，藤胎大士七尺，清古具丈夫相，像广不可围，轻可举也。宪宗驾幸寺，见金刚面正黑，上笑曰：似火里金刚。一夕火起，金刚毁焉。寺上一里，宝珠洞③。洞石黑，白点糁之，珠名以此。僧乃说，夜有珠光照岩也。上洞，登攀绝苦，然蔽山大小石，苔绣其上，如古锦，如番帧，虽肩息据木，而瞻眺不休。山初名翠微④，以山半得地，差平可寺，曰平坡矣。

长洲姚广孝《题平坡寺》：

平坡杳杳挹西湖，径断樵行败叶铺。泉落石河深愈急，云归沙树远疑无。夜堂风静纾帷幔，晓井霜寒响辘轳。但得余生辞世网，卷衣来此日跼跰。

金溪王英《平坡寺》：

京都壮且丽，西北多名山。而此翠微独，高出霄汉间。上有金仙居，连峰起巉岏。去郭三十里，耻未得跻攀。圣恩赐休暇，三日有余闲。策马出西城，遥遥诣层峦。我友五六人，意气浮云端。欲登峰万仞，俯视八极宽。

泰和王直《大圆通寺》：

梵宫何巍巍，下马陟峻坂。山僧肃前道，焚香启重楗。高栋高切云，飞甍抗崇巘。金碧表奇丽，突兀给孤苑。地虽占幽敻，谁能申缱绻。嗟哉学佛徒，冥寂究微婉。自非与物遗，徒谓去城远。

庆阳李梦阳《平坡寺》：

西山万佛寺，兰若舒锦绣。平坡凭风迥，突出众山右。宫阁因岩坳，面势巧相就。百里见琉璃，巇嵲戴云构。朋游探绝迹，杪秋历群岫。得此目力展，恍疑出氛圃。雄压香山丽，阔掩望湖秀。落木响岩局，寒岚染衣袖。延缅古今并，伫立悲慨凑。盛衰虑反始，逆想蓬蒿茂。

信阳何景明《平坡寺》：

晚眺平坡上，苍茫万壑前。一僧行树杪，诸客到寒天。险骇将崩石，清怜乍坼泉。翠华公主塔，缥缈碧山巅。

泗州郭武《宿平坡僧寺》：

上方台殿倚层霄，秋净山空爽气交。风约磬声云外尽，霜催橡子月中敲。半檐清露摇蛛网，一点寒灯照鹤巢。幽思忽生心自省，不知尘屐可能抛。

金坛王樵《平坡寺》：

绝磴曲能上，山烟到渐微。问途时误往，望寺不知归。独在市嚣外，闲无醒梦违。黄村来见处，空絮满霏霏。

德州程琏《圆通寺》：

共立千岩上，幽观万壑间。龙飞珠尚洞，刹巨俗俱攀。竹色缘池静，柏阴过岭闲。山头泉活活，坡下入人寰。

慈溪冯有经《大圆通寺》：

步步层峰上，回看万岭攒。石盘人径入，台趾佛云安。莲像留唐代，苔碑识汉官。卢沟虹影落，天阙凤形蟠。月陟清霄切，秋穷白露寒。藓痕千涧碧，柿点一林丹。极目沧溟阔，归怀畿甸宽。云居境超越，随意足盘桓。

凉州吴惟英《圆通寺》：

> 木杪悬金刹，沙穷有径通。云峰呈野态，霜树敛山容。拂槛秋声急，浮尊夜色浓。倦来敧枕处，梦寐杂残钟。

山阴王应遴《宿平坡寺》：

> 山空径叶深，来宿翠微岭。苍烟笼数星，澹月落孤境。树根蛩鸣长，云间鹊巢冷。梵静磬声中，天汉横白影。

《宝珠洞》：

> 洞自何年辟，星星崖壑临。归云晴作雨，危石昼长阴。堂众远闻梵，寺僧闲老心。得将辞世网，为寄泽中吟。

蒙阴公光国《平坡寺》：

> 古刹半山隐，山前已入看。殿台开乱石，栋柏立危峦。阴密行无暑，烟浓朝未餐。嘈嘈鸟不断，云树与盘桓。

《宝珠洞》：

> 玄窟何人凿，攀萝折折寻。三芝开宝地，五药遍珠林。岩滴冰霜乳，云迁远近岑。珠光时夜发，照见柏森森。

江夏郭正域《宝珠洞》：

　　树杪宝珠洞，山腰第几层。人踪穿古径，楼角缀枯藤。
远水近堪掬，前峰卑可凭。佛灯明灭处，莫有鸟窠僧。

金坛罗鹿龄《龙泉庵》：

　　石㠘山疑断，云端有路悬。瀑流分万壑，香径上诸天。
迹少苔完好，峰多樵各偏。高风难瘦影，杖履亦泠然。

盱眙李言恭《龙泉庵》：

　　四倚石亭槛，山间路几盘。空堂垂薜荔，古树长香檀。
云气暑尤湿，泉声听已寒。风尘归骑促，怅怅下蒲团。

　　① 平坡寺："平坡"为旧称，以半山有平原而得名，明仁宗改建后
称大圆通寺。"翠微山在城西三十余里，上有圆通寺，盖旧平坡寺也。
姚少师尝言：平坡最幽胜，学佛者所宜居。山半有平地，故名。洪熙初
始改今名。"（《天府广纪》卷三十五）
　　② 龙泉庵：又名龙王堂。位于宝珠洞山之西。
　　③ 宝珠洞：又名黄珠洞。
　　④ 翠微山：位于北京市西。原名平陂山，又称平坡山，盖因山势
耸拔，山上却有平原颇广，故名。明宣德年间有翠微公主葬于此山，改
今名。

嘉　禧　寺

阜成门外二十五里，有嘉禧寺焉①。土沃水肥，址高林

深,到寺如到一城。有门铁叶,其钉乳乳,入门如入一垒。门者数十人,蓄犬数百,狂夫阑入,獒焉,无能搏者。一道榆柳中,地无日影。至里,朱碧一片,别为山门。殿像座供,备物丰泽,而方丈特壮丽,无寮不松阴,无户不朱帘也。方丈悬神宗御书联,笔法用颜真卿②。僧云:初年笔也。贴梗海棠高于槐,牡丹多于薤,芍药蕃于草。危墙三重,墙中阱获,内以蒺藜。崇祯己巳冬③,敌薄都城④,来攻寺,不克而去。先是万历末年,一人如班役者,传三四绅弁来游,投刺,字各大如拳,肃而出迓。舆者三四,从骑数十,所携食櫑三四抬,揖让入座。语次,怒咤一声,食櫑尽发,器械在手,堂尽执,门尽守,绅者提而反接僧肘,疾出所藏,满量,举手别而去。自是住持不狎近客也。缘寺非仰檀施为者,亦非如他僧列肆载擔,混缁素,事商贾事,其一切资地力,所为本富,计诚得也。寺西二里,金万寿王冢⑤,一穹碑子子田畔。东三里,福田寺⑥,富与嘉禧略等。

慈溪冯有经《嘉禧寺山楼》:

高楼切天浮,古木森在下。缘埤暮霭留,俯槛朝光泻。峰峰开丹碧,四十二兰若。方林烂桃李,踞石老松槚。人语旷不喧,啼鸟无冬夏。桑乾一线青,蓬宫数点赭。扪天一长啸,局促何为者。

《雨过嘉禧寺》:

坐爱空山过雨时,日疏云静为归迟。调弓柳外看教射,布局槐阴对覆棋。泉脉有香增酒品,山花带色入骰奇。市朝只听钟声冷,供具天人总未知。

蒙阴公光国《嘉禧寺楼眺望》：

> 偶经西郭外，驻马此淹留。策杖僧归寺，寻诗客倚楼。久看山色换，静听水声幽。塔涌高低势，溪明远近浮。茶烟环竹柏，幡影乱松楸。草壮桑乾暗，钟勤寺院稠。天风吹尽日，岚气素如秋。樵子歌丹垩，农夫刈古丘。登临慵未遍，坐望自能周。

绥德马汝骥《出游福田寺》：

> 城喧坐不怿，野寂行能侣。宝刹云散炎，赤崖日停暑。名香蔼蔼闻，仙梵微微伫。西眺郁龙盘，北瞻俄凤举。松泉琴近鸣，萝洞钟遥阻。举似山中僧，茫然无一语。

歙县潘之恒《过福田寺》：

> 古树苍藤涧道斜，澄溪返景拂明霞。秋深近郭分村落，雨足西成多草花。僧踞客难容半日，寺严岐不止三叉。谁云咫尺清凉地，马首红尘几度遮。

① 嘉禧寺：位于西直门外杏子口以西。"自杏子口度小岭，折而西为嘉禧寺，松桧夹径里许，方入寺门。"(《日下旧闻考》引《游业》)

② 颜真卿：著名唐代书法家。明神宗早年学书，临仿颜体。

③ 崇祯己巳：崇祯二年(1629)。

④ 敌薄都城：原本被涂黑，据他本添。

⑤ 金万寿王：事迹不详。

⑥ 福田寺：位于西直门外杏子口西三里左右。清初毁弃，仅存二

碑,东碑为明大学士叶向高撰文,天启四年(1624)立;西碑惟列修建人姓名。

罕　　山

出阜成门三十六里者,罕山,志称韩家山,汉循吏韩延寿家焉①。罕,韩音讹也。俗呼黑山汇,黑,罕又讹也。山黄壤,一平岗耳,不石,亦不水泉。山阳二寺:曰灵福,曰延寿②。灵福以二松著,北之松,不善林,而善偃蹇盘�,惟长年无徒,颓然自特异也。延寿,太监刚铁墓前寺也。铁从长陵靖难,把百斤铁枪,好先登陷阵,枪今存寺中。铁本名炳,长陵每呼以铁③,刚铁遂名。铁墓无石表,无石翁仲④,惟石墩六。僧云:长陵赐铁坐凡六,故六墩也。一碑,无文字,惟"皇明司礼监太监刚炳之墓"十一字。铁后,凡掌司礼者,祀寺左堂。韩延寿墓,在山之南,砖甃,埠高以丈,非汉砖也。后吊古者甃之。志云,有故碑剥落。今剥落碑复不存。

山阴王思任《还罕山》:

> 昔我居山寺,气象颇饰洁。妙香生清心,四时听鸟舌。是时寺作家,不知谁主客。今我来山寺,天昏惨不悦。荒云堕崩风,短篱补垣缺。空庭阒无僧,旧犬亦逃绝。上堂参老佛,剩磬如泉咽。下阶揖老松,寒涛诉凄切。徙倚又暮钟,霜雁俱横绝。

山阴丁乾学《黑山灵福寺》:

出郭十余里,山来有梵林。松高天上色,僧定世间心。
石壁作云态,危巢哀鸟吟。览听殊未足,钟磬夜深深。

《晚观灵福寺下庄》:

山空无暑气,寺外晚婆娑。归牧牛羊散,乘凉村妇多。
儿眠芳草下,犬吠月明坡。安止畿民宅,年时雨泽和。

《黑山同履中幻林二衲》:

松篁谡谡古丘中,久约寻秋事未终。扶杖僧同霜草
色,披襟人尽夕阳风。坐更石石俱苔绣,望指林林有叶
红。更欲高乘数峰去,一声暮磬出禅宫。

① 韩延寿:字长公,燕人。西汉昭帝时擢为谏大夫,历任淮阳、颍
州、东郡太守等,广谋纳谏,尚礼聘贤,深得民心。后为人所劾,处死,吏
民莫不伤悲。

② 灵福寺、延寿寺:位于罕山南面,皆太监刚铁墓前寺。灵福寺
为明太监李德修建。此二寺入清后改建为三义庙,又称护国寺。刚铁
所用铁枪,乾隆时尚存枪杆(参见《日下旧闻考·郊西》)。

③ 长陵:指明成祖,见卷首刘侗序。

④ 石翁仲:相传秦时有巨人名翁仲,当时摹仿其形象铸造铜人,
取名翁仲。后又用以指称墓道石像。

石　景　山①

山而石其骨者,皆有峰岩壁穴也。每踞山有声,应杖及

履,琅然而弦,其下峰壁也。磕然而钟,其下岩洞也。即事涤凿,实罕人功,无有全乎人事者也。积土曰岳,潴水曰海,穿顽石曰洞天,迩身而远思,为寄焉而已。出阜成门而西二十五里,曰石景山。山故石耳,无景也。土人伐石,岁给都人,石田是耕,不避坚厚,久久,岩若、洞若焉。万历中,董常侍建元君庙②,栖羽士,而石景山以著。山最上,金阁寺③。寺最远眺望,望苍黄一道,如带南缀者,浑河也。浑河,古桑乾水,从保安旧城④,过沿河口⑤,过石港口⑥,达卢沟。浑河,如云浊河也。卢沟,如云黑沟也。浊且黑,一水也。水雷殷而云涌,亦曰小黄河。河迅岸危,石不得趾,而桥之以板。行板者,委身空中,无傍籍,踏踏闪闪,无详步,而目下见水,水势慑目。桥则蜿蜒,强者欲趋,苦前,怯者欲蹲,苦后。万历戊子九月十六日⑦,驾还自寿宫⑧,驻跸功德寺⑨。明日,幸石景山,观浑河。上先登板桥,诸臣翼而趋。中流顾问辅臣:"水从何来?"申时行对曰⑩:"从大漠,经居庸⑪,下天津,则朝宗于海矣。"上曰:"观此水,则黄河可知。"因敕河臣,亟修堤岸,毋妨漕计。诸臣顿首谢。

长洲申时行《从驾幸浑河召问黄河水势因敕河臣堤防爰命赋诗以纪》:

寿宫福地开嵯峨,高秋风日回熙和。万壑千峰时望幸,九游七萃纷来过。羽骑初旋大峪岭,銮舆载指桑乾河。桑乾之水何湍激,触石萦崖迸沙碛。浊涨沮洳九百里,惊涛喷薄三千尺。下濑骤如风雨声,回波忽变烟霞色。天子临观欲受图,青旌翠盖争先驱。牛马两崖望河伯,鱼龙千队朝天吴。重瞳一顾三太息,何物汹涌如斯夫。吾观此水仅衣带，犹然衍溢为民害。况复黄河天上来，百折狂澜趋渤澥。异时平陆翻洪波，泛滥不止如人何。美玉长荄愁不属，金钱岁费何其多。忆昔尧时忧洚水，胼胝赖有崇伯子。龙门载辟伊阙宁，至今微禹其鱼矣。乃知经理须得人，畴能视溺真緜己。微臣稽首颂吾皇，微予咨尔符陶唐。欲笑秦王称德水，还轻汉武筑宣房。噫嘻真主一言雷霆疾，群吏百神胥受职。坐令陆海俱安澜，还见蒿莱成黍稷。川输岳贡亿万年，休气荣光常四塞。

歙县许国《从驾幸浑河召问黄河水势敕河臣预修堤防爰命赋诗以纪》：

万岁新宫秋色里，郁葱佳气天颜喜。回跸遥临石景山，前驱忽阻桑乾水。桑乾之水出云中，一川碎石舞雄风。惊沙环扑乱白日，浊浪鼎沸排苍空。是时翠华发新宫，西来五骑文武从。恭承宣诏非敢后，驽马不及随飞龙。峰回岸转见黄幄，已陟崔巍旋大麓。草莱相与望清尘，驱驰无乃劳华毂。天子曰咨元辅来，君臣鱼水同徘徊。乘风蹑虹奉天语，俯睇波涛何壮哉。一衣带水有如此，何况黄河天上来。万里奔流赴沧海，三门九曲依然在。自非蚁穴慎无虞，安得平成功永赖。汉家宣房《瓠子歌》，璧马空沉奈若何。往日水衡官数易，比岁金钱费转多。嗟嗟神禹不常有，怀襄谁是济川手。临流拊髀三叹息，想见皇情只求旧。皇情一日遍九州，欢乐未极增烦忧。省方总为询民瘼，不似横汾空佚游。

太仓王锡爵《从驾幸浑河召问黄河水势敕河臣预修堤防爰命赋诗以纪》：

> 三秋碧宇澄如练，九扈功成稼初荐。玉辇时巡万寿山，还因省敛过西甸。清跸遥传羽骑驰，钩陈营卫肃威仪。葆盖龙含珠日耀，銮游凤旆彩云移。山灵先后分迎驾，万岁呼声起山下。岂是宸游玩物华，周咨总为绥函夏。既登层巘眺神皋，旋临远壑观洪涛。洪涛直接桑乾派，奔腾澎湃流滔滔。滔滔未极怀襄势，警予方忆唐尧世。况复黄河万里来，昆仑浩淼源无际。河伯年年赛邺巫，波臣岁岁骄天吴。蛟螭骋嬉鱼沸郁，璧马空沉竟何益。中土元元昏垫多，淇园竹尽烦供役。皇心翼翼念人民，思得分忧拯溺人。游豫不忘经济计，琅琅天语谕臣邻。玄圭将待禹功奏，玄夷应有禹图授。断鳌炼石补天工，仡见九河道循旧。德意飚飞遍海埏，胼胝谁不喜争先。水宪修明时蓄泄，桃花春涨成甘泉。奉诏赓歌歌帝躅，《卷阿》遗响今犹续。溯泽堪谂丰水谟，扬波无羡河汾曲。

江夏郭正域《圣驾幸浑河召辅臣问黄河水势敕河臣堤防恭纪》：

> 飘飘华盖簇鸣鸾，帝里波涛见渺漫。为忆黄河连贝阙，却乘白马向桑乾。桑乾水自晋阳来，日夜奔腾绕凤台。神潢涌花漰喷玉，天河落地响成雷。似有九龙从下起，还如八水自西回。万乘千行连绮陌，六飞尘净秋空碧。何须周帝驾鼋梁，不事秦皇鞭海石。星辰影动流波

浑,旌旗摇曳冯夷翻。欸见赤鲤骖河伯,似引阳侯朝至尊。皇心拯溺真无已,浑河何似黄河水。匆匆玉趾蹈卢沟,望望金堤塞瓠子。龙门决处又何如,凤辇行看应倍此。敕谕宣房负土臣,频将白璧礼玄津。为问绩灰能塞岸,能无沉马更劳人。万里流沙真颎洞,波臣愿效《河清颂》。蟠连鳌足永无虞,镶掣支祈常不动。喜看禹甸佐唐虞,欣诵尧言再警予。此际君臣鱼戏藻,行看河雒马呈图。

盱眙李言恭《圣驾幸浑河召问水势敕河臣修筑堤岸恭纪》:

胜地宸游御六龙,羽林千队转高峰。列峰震荡波上下,群鳌负戴云深重。居庸之南桑乾水,派发昆仑伏地底。百泉涌出浑源城,直下天津疾于矢。千山夹流折复通,疏凿惟凭造化功。飞空浊浪倾三峡,跨岸长桥亘两虹。长桥高起山之麓,谁遣六丁移地轴。轰轰白日走雷霆,一泻明珠十万斛。龙旌长傍翠云裘,处处离宫结蜃楼。何幸君臣同缓步,温然召语向中流。翠华行处天颜喜,因问黄河势若此。负薪沉马下淇园,深陋汉廷歌瓠子。支祁遁迹蛟龙伏,河伯效职阳侯逐。亲入银河蹑斗牛,君平莫作寻常卜。

辰溪米助国《渡浑河》:

浑河啮沙岸,沙助浑为虐。泥垒难前流,势极令后跃。河古曰桑乾,厥源从大漠。远矣足风尘,勇矣无盘

躔。自入中国来,则受山束缚。疾趋敢云怒,就行不得
却。夺所就者壤,归淤其缓弱。其缓日以淤,蓄威伺邻
墼。守土若画疆,上流无远凿。况乃传舍如,势极始叹
愕。无人消息之,浒河与归恶。

① 石景山:又名石径山,在北京市西、永定河东岸。山上洞皆凿
石而成。

② 董常侍:明万历中太监。

③ 金阁寺:位于石景山最高处,有塔宜远眺。

④ 保安:州名。故城在今河北涿鹿。

⑤ 沿河口:即沿河口所,在北京西山以西。明朝于此设守御千户
所。

⑥ 石港口:位于沿河口以南。

⑦ 万历戊子:万历十六年(1588)。

⑧ 寿宫:生前所营墓穴。万历十二年(1584)明神宗就已择定寿宫
地点,在大峪山。次年三月正式破土动工,亲自规划建造。历时六年,
耗银八百万两。

⑨ 功德寺:见卷七《功德寺》。

⑩ 申时行:见卷五《慈寿寺》。

⑪ 居庸:山名,又名军都山。位于今北京昌平西北。

西　　堤

　　水从高梁桥而又西，萦萦，入乎偶然之中。岸偶阔狭，而面以阔以狭。水底偶平不平，而声以鸣不鸣。偶值数行柳垂之，傍极乐、真觉诸寺临之[①]，前广源闸节之，上麦庄桥越之，而以态写，以疏密致，以明暗通。过桥，水亦已深，偶得渍衍，遂湖焉。界之长堤，湖在堤南，堤则北，稻田豆场在堤北，堤则南。曰西堤者，城西堤也。堤，官堤，人无敢亭，无敢舫，无敢渔。荷年年盛一湖，无敢采采。凡荷藕恶石及水，芊恶泥，蒂恶流水，花叶恶水而乐日，故水太深以流，泥太深浅者，不能花也。西堤望湖，不花者，数段耳。荷花时即叶时，花香其红，叶香其绿，香皆以其粉。荷，风姿而雨韵：姿在风，羽红摇摇，扇白翻翻；韵在雨，粉历历，碧琤琤，珠溅合，合而倾。荷，朵时笔植，而花好偃仰，花头每重，柄每弱，盖每傍挤之。菱砌茨铺，簪之慈菇，鹭步鹓投，浮鹥没凫，则感荷而愁鱼矣。堤行八九里，龙王庙，庙之傍黑龙潭[②]，隔湖一堤，而各为水。又行一里，堤始尾，湖始濒，荷香始回。右顾村百家，上青龙桥，即玉泉山下也[③]。万历十六年[④]，上谒陵还，幸湖，御龙舟。先期，水衡于下流闸水，水平堤。内侍潜系巨鱼水中，处处识之，则奏举网，紫鳞银刀，泼剌水面，上颜喜。

仁和王英《西湖》：

> 雨余凫雁满晴莎，风动寒香散芰荷。曾见牙樯牵锦缆，遥瞻翠葆渡银河。秋光淼淼连天似，山势层层到岸多。好是斜阳湖上景，莲花莲叶绣回波。

慈溪姚涞《初夏西湖候驾》：

> 烟开杨柳度回塘，如鹊如虹欲架梁。鹭北鸳南原一渚，芦长蒲短自为乡。龙舟彩色来西苑，宝刹钟声出上方。纪瑞词臣惭肆夏，薰风先踯涌云章。

靖江朱正初《湖上》：

> 长堤曲曲石磷磷，柳色参差接望春。烟锁禁中疑作雨，风过湖上不生尘。翠分悬瀑穿云白，绿尽平芜入涨新。随处青旗能醉客，客身十载此沉沦。

长洲文徵明《西湖》：

> 春湖落日水拖蓝，天影楼台上下涵。十里青山行画里，双飞白鸟似江南。思家忽动扁舟兴，顾影深怀短绶惭。不尽平生淹恋意，绿阴深处更停骖。

绥德马汝骥《行经西湖》：

> 西湖宣皇迹，辇道依然行。岸夹芰荷密，波摇松桧明。日朱合璇盖，云彩扬丹旌。岩壑留王气，楼台表神营。周巡车马遍，夏豫歌颂成。寂寂龙归久，鸹鸹徒

尔鸣。

《西湖曲》：

　　宣皇画舸戏湖中，鼍鼓鸾箫震碧空。何似汉家汾水上，棹歌摇落叹秋风。

　　湖上青春一鹭飞，湖中白浪几龙归。侍臣翻藻怜歌席，宫女穿荷忆舞衣。

　　珠林翠阁倚长湖，倒映西山入画图。若得轻舟泛明月，风流还似剡溪无？

　　浮沉千屿蔽千峰，回合花台树万松。落日平波悬石镜，青天谁削玉芙蓉。

　　武林湖波遥接天，鄱阳洞庭空渺然。此水原从河汉落，乘槎近上女牛边。

亳州薛蕙《自山中归经西湖遇雨》：

　　恰向山头指萦带，旋从湖畔望嵯峨。云轻不隔翠微色，雨细初增绿水波。树影离离岩际少，鸟声杂杂雾中多。未愁沾湿穿花去，更拟春晴载酒过。

应天姚汝循《西湖堤上》：

　　西湖湖上路，十里大堤平。雨后飞埃敛，风前归骑轻。青蒲翻立鹭，碧树隐流莺。今夜江天梦，应先绕帝城。

德州程琏《西湖》：

湖行爱山影,藉草静无风。城阙波澜里,天云荇藻中。
雁流声以过,龙气出其宫。闻说曾游豫,帆樯上接空。

盱眙李言恭《湖上》:

郊原水竹幽,落日竟淹留。草色围僧舍,湖光摇寺楼。
亲人惟细鸟,信客是轻鸥。且莫愁封事,相哗得酒筹。

丹阳邬佐卿《湖上》:

凫鹥亦自适,人到一惊翻。落日千山白,澄湖十里
昏。乱泉飞马足,古寺趾云根。不道身为客,还疑是故
园。

肇庆区大相《晓出玉泉山经西湖》:

玉泉去作北湖波,闻道宸游曾此过。宫殿影山成海
市,楼船泛月向天河。白麟朱雁无消息,瑶草金芝近若
何？恭纪词臣夸扈从,琳池花似汉时多。

太仓王衡《湖堤》:

脉脉春沙净,纤纤暮雨齐。吹花还擘柳,绿尽短长
堤。

湖面深浅明,照人影个个。风来动波纹,人影龙蛇
过。

雨后蝌蚪化,新蒲出鲜水。鹈鹕见谁来,飞飞不可
止。

上水人种鱼,下水人种黍。歌声亦何变,好晴或

好雨。

《夜踏青龙桥》：

步步逐流月，月流溪满门。薄晕生纤妍，中天耿孤痕。殷殷犬声里，灯火见墟村。失寐得夜气，平桥坐无言。今夕一何遽，叹息休山樊。

歙县潘之恒《湖上》：

何处延清眺，欣然郭外期。就湖搴水阔，访寺越山迟。花落朝朝露，蝉鸣树树枝。雨晴风亦细，春色信吾私。

凉州吴惟英《西湖长堤》：

斜日长堤迥，村烟接帝京。路从溪外转，人在树中行。野草石桥短，沙鸥春水轻。回看游赏地，晴爽万山明。

宛平王崇简《堤行》：

山势苍茫去，长堤整复斜。仄崖悬一寺，密树隐千家。雨际有无日，水边上下花。纭纭人影夕，高柳不能遮。

蒙阴公光国《晚归步湖上》：

回首青螺散晚霞，诸天钟动梵王家。鸦归阵阵营堤柳，鹭步矜矜守钓沙。乱水路迷新雨后，几林烟带夕阳斜。扑衣爽气清人骨，载酒重来就渚花。

《雨后游青龙桥》：

　　平堤万木荫莎洲，白社招邀喜共游。避溽暑时来郭外，听流泉响到溪头。云拖雨脚青岑出，风卷禾香碧浪浮。藉草转寻桥畔去，源穷又见径通幽。

溧阳陈名夏《西堤道中》：

　　宜暑新流濯远山，夕凉随马道途湾。溪声次第当村急，人影参差过雨闲。云雾渐生多岁树，风霜偏动少年颜。潭龙桥虎知何在，虚带青岚飞鸟还。

内江范文光《西堤道上》：

　　晴云吹晓踏春城，山影随风尽倒生。可惜游人尘土里，马蹄长带翠岚行。

① 极乐寺、真觉寺：参见卷五《极乐寺》、《真觉寺》。
② 黑龙潭：位于今北京海淀区西北。源出画眉山，水不溢不涸，相传有龙潜其中。
③ 玉泉山：位于今北京海淀区西北。玉泉源出此山下，山以泉得名。清康熙于山麓建有静明园。
④ 万历十六年：公元 1588 年。

功　德　寺①

山好下影于湖，静相好也。湖好上光于水田，旷相好也。

道西堤，行湖光中，至青龙桥，湖则穷已。行左右水田，至玉泉山，山则出已。际湖山而刹者，功德寺。寺，今一搭间地也，存者门耳。瓦垅燕麦，屋脊鹳巢，声假假，馀悲生恐，在当年昏定晓报钟时也。门外二三古木，各三四十围，根半肘土外。喝荫者[②]，坐差差，如几，如凳，如养和，滑其上肤及骨，虫鼠穴其下，亦滑，坌壤峦如，不知几十国蚁。古干支日，老叶鼓风，两侧偃柏，不成盖阴，亦助其响。傍地馀水田，僧无寺，业农事。每日西睨，山东阴，肩锸者，锸挂畚者，仰笠者，野歌而归。蛙语部传，田水浩浩。僧归破屋数楹，供一木球，施以丹垩，寺初兴时，募使者也。李西涯记云[③]：寺故金护圣寺[④]，寺七殿，殿九楹，楹以金地，彩其上。宣德中，板庵禅师重建也。师能役木球，大如斗，轮转行驰，登下委折，如目胫具，逢人跃跃，如首稽叩。师曰：入某侯门。则入，募金若干。曰：入某戚里。则入，募金若干。宣宗召入，命为木球使者，赐金钱，遂建巨刹，曰功德寺，时临幸焉。成化中，僧戒静，以南都报恩寺[⑤]，文皇曾瘗其副塔，疏请舟载置此寺，台省劾之，不果。然犹建一阁，重檐叠角，虚堂曲房，为累朝驻跸地。世宗幸景陵[⑥]，经过此，怒金刚狰狞，命撤毁。

淳安徐贯《功德寺》：

> 葱葱树色暗溪桥，满目春光士女骄。林外风暄禽语乐，湖边日暖水痕消。浓槐弱柳阴相代，选石评泉隐各招。回首凤城三十里，肩舆来往亦非遥。

华容刘大夏《寻功德寺失道》：

> 最是祇园林木深，钟来伊迩路难寻。春郊未了看花

事,清梵空闻隔叶音。酒醒微风双树远,诗成斜日半山
阴。相逢拟就湖边宿,古钵分泉浣我心。

长洲吴宽《宿功德寺航公房》:

山下禅堂向晚登,扶筇一笑有卢能。饭馀蔬笋收斋
钵,供杂香花映佛灯。汉阙乍违同野吏,吴音无改尽乡
僧。蒲团稳睡回清梦,风雨萧萧撼古藤。

吴县王鏊《游功德寺》:

河畔闲闲路改西,人家两两傍山低。云归远岫昏初
敛,春入平原绿未齐。钟动招提迎老衲,纸飞荒冢哭孤
嫠。凭谁乞与龙亭木,化作东郊雨一犁。

信阳何景明《功德寺》:

昔闻功德寺,今出帝城西。晚日丹梯近,秋天翠嶻
齐。荷衰犹映水,树古曲盘堤。十里经行地,清沙送马
蹄。

宝地烟霞上,珠林宵汉间。宣皇留殿宇,今日共追
攀。御榻临丹壑,行宫锁碧山。帝城看不远,时见五云
还。

庆阳李梦阳《功德寺》:

宣宗昔行幸,游戏玉泉旁。立宇表巇嵝,开池荷芰
香。波楼递甒咨,风松奏笙簧。百灵具来朝,落日锦帆
张。万乘雷霆动,千岩灭没光。绮绣错展转,翠旗杳低

昂。法眷撞钟鼓，宫女拭御床。笙镛拂两序，星斗宿岩廊。至尊奉太后，国事付三杨。六军各宴眠，百官守旧章。巡非瑶水远，迹岂玉台荒。呜呼百年来，回首一慨伤。凤腾赤霄暮，龙归竟茫茫。山风撼网户，紫殿生夜霜。退朝值休沐，我行暂翱翔。娟娟登岸林，惨惨度石梁。废道哀湍泻，松柏间成行。启吁肃览历，过位增悲凉。积久洒扫缺，乳鸽鸣膳堂。旧时琉璃井，倒树如人长。神已佐上帝，教犹托空王。铃磬飒鸣戛，晨昏礼相将。盘游非圣理，操纵在先皇。至今朝廷上，不改旧纪纲。

余姚王守仁《夜宿功德寺次宗贤韵》：

　　山行初试夹衣轻，脚软黄尘石路生。一夜洞云眠未足，湖风吹月渡溪清。

　　水边杨柳覆茅楹，饮马春流上一亭。坐久遂忘归路夕，溪云正堕暮山青。

歙县程敏政《自玉泉至功德寺》：

　　东风几日到郊垌，岸草汀蒲已自青。羁客乍来无暇目，野人相见亦忘形。湖当鹫岭烟光重，路入龙潭水气腥。闻说先皇曾香跸，红云犹绕玉泉亭。

华州王维桢《功德寺游眺》：

　　敕寺百年湖水渍，渚花汀柳尚秋芬。草迎凤辇传前事，柳引龙舟说异闻。驰道逶迤还鹫岭，行宫寂寞下鸥群。太平游幸仍今主,波上重看五色氛。

长洲文徵明《功德寺》:

西来禅观两牛鸣,曾是宣皇玉辇行。宝地到今遗路寝,山僧犹及见鸾旌。琅函万品黄金字,飞阁千层丹漆楹。头白中官无复事,夕阳相对说承平。

闽县许天锡《大功德寺》:

泉以玉名山以金,山泉相际古禅林。月明高下楼台影,风静东西钟梵音。苔上穿碑春肃肃,草荒行殿午沉沉。劫灰易见如弹指,独倚高槐感慨深。

永嘉洪孝先《游功德寺》:

长松落落寄蒿莱,净境空遗演法台。辇道不闻通紫气,斜阳犹自照苍苔。行看幡影宫中尽,偶发钟声像外来。为问从前功德水,湖田苗秀野荷开。

太仓王世贞《经功德废寺》:

古寺逢人语,宣皇御辇过。散香群帝下,迎跸万灵呵。水束蟠丹砌,虹垂饮碧萝。雕梁扶日月,绣障拥山河。果失阿罗汉,缘空堵窣波。嘶鸣来白马,剥凿怅青螺。赐额苔全卧,残碑雨自磨。枨龙阴吐甲,壁刹暮扬戈。佛坐狐禅踞,僧房鸟迹多。化城归一劫,净土让诸魔。函舌惊珠梵,泉音想玉珂。低昂人代有,生灭竟如何。

亳州薛蕙《功德寺》：

忆昨宣皇帝，端居大有年。庄严修佛土，功德施人天。龙象山开辟，金银地接连。伤心万岁后，陵谷尚依然。

吴县蒋山卿《游功德寺》：

佛宇金银界，虹霓落石桥。苑墙旋薜古，塔影出林高。丹仗留今日，銮舆想昨朝。老僧谙旧事，拱手说先朝。

延平田一俊《扈从幸功德寺》：

帝省名山及此方，曾闻驻跸自宣皇。只缘求瘼劳明主，非为斋心礼法王。灵鹫争扶双凤下，群黎快睹六龙翔。宸游见说询耕稼，喜起还歌庶事康。

临武曾朝节《功德寺》：

功德湖堤寺，荒台马上看。金绳月荡荡，石础露汻汻。钟动他出报，僧耕侵晓寒。行宫曾气象，珠藏想鸣銮。

富平孙丕扬《功德废寺》：

禅房余废壁，客屐损莓苔。破灶饥乌集，荒阶怖鸽来。芊芊留竹径，隐隐见花台。功德今何在，像残僧可哀。

应天姚汝循《功德废寺》：

系马枯杨下，逢僧断堑边。龙宫何处是，蜗壁漫相
连。禅舍迷荒草，斋厨冷暮烟。惟余群鸟聚，似说讲经
年。

东阿于慎行《九月十三夜扈从功德寺，因陪李渐庵司寇、
王忠铭学士登金山寺对月》：

玉泉山际石桥头，扈跸登临宿雾收。正惜岩花过九
日，却怜湖月似中秋。楼台近影沧波出，灯火深回翠辇
游。连夕尚方传赐酒，飞觞何幸藉林丘。

属车飒遝倚湖滨，湖畔青山气色新。为侍宸游分象
纬，因随仙履上星辰。勾陈影静千峰月，法界烟销万骑
尘。莫道秋光寒不禁，温泉云树总如春。

南海欧大任《功德寺》：

宣皇游豫日，此地六龙回。忍草生驰道，慈云护讲
台。芦汀仙鹭浴，黍雪御桃开。寂寂还春卉，僧犹望幸
来。

亳州朱宗吉《功德寺》：

宣帝曾游此，诸天下叆云。昙花鸾辇拂，贝叶翠华
分。碑趺俱苔藓，槐根埋蚁群。独余岚气在，向夕结龙
纹。

宣城吴伯与《经功德废寺》：

路旁人指旧藤萝,曾护烟霄御辇过。败壁卧云丹欲断,残碑分雨翠全磨。六时几作随堂课,四野惟传虫语多。门外寺田僧尚种,无灵圃木可如何?

江夏释如愚《功德废寺》:

入寺不闻钟,番番三两松。荒阶驯鸟雀,废井诎蛟龙。遗迹传前代,残僧学老农。概头无诳事,蚕谷隔林春。

凉州吴惟英《阻雨功德寺》:

青郊莽无际,山远为轻烟。云气如奔马,雨脚低垂天。初来漠林樾,众峰一以妍。沙清石色色,滑滑驴莫前。南阡有荒刹,沙路入山肩。云薄日欲开,径此听新泉。

商城顾中行《功德寺》:

篱豆花犹着,穷荒僧已尝。老今闲步懒,病悔客途长。古寺悲衰盛,春云怪显藏。同游车马急,独坐树阴凉。

① 功德寺:位于青龙桥西。元天历二年(1329)创建,取名大承天护圣寺。至正初毁而重修。明宣德中修建,易名功德寺,嘉靖间又废。清乾隆三十五年(1770)敕修。寺前有古台三,相传为元代帝王游乐更衣处。

② 喝荫:往树荫处避暑。

③ 李西涯:指李东阳。

④ 金护圣寺：此引李东阳记，误。当为元护圣寺，参见元虞集《大承天护圣寺碑》。

⑤ 报恩寺：位于今江苏南京。三国吴赤乌年间有康居国僧人率其徒至金陵长干里，孙权为建塔、寺，寺取名建初，实为江南塔寺之始。梁更名长干寺，宋改名天禧。明永乐初更新扩建，名为大报恩寺。

⑥ 世宗：嘉靖皇帝。　景陵：明宣宗陵墓。

玉　泉　山①

山，块然石也，鳞起为苍龙皮。山根碎石卓卓，泉亦碎而涌流，声短短不属，杂然难静听，絮如语。去山不数武，遂湖，裂帛湖也。泉进湖底，伏如练帛，裂而珠之，直弹湖面，涣然合于湖。盖伏趋方怒，虽得湖以散，而怒未有泄，阳动而上，泡若沫若。阴阳不相受，故油中水珠，水中亦珠，动静相摩，有光轮之。故空轮流火，水亦轮水，及乎面水则泄，是固然矣。湖方数丈，水澄以鲜，深而浮色，定而荡光，数石朱碧，屑屑历历，漾沙金色，波波萦萦，一客一影，一荇一影，客无匿发，荇无匿丝矣。水拂荇也，如风拂柳，条条皆东。湖水冷，于冰齐分，夏无敢涉，春秋无敢盟，无敢啜者。去湖遂溪，缘山修修，岸柳低回而不得留。石梁过溪，亭其湖左，曰望湖亭，宣庙驻跸者②，今圮焉。存者，南史氏庄。又南，上下华严寺③，嘉靖庚戌虏阑入④，寺毁焉。寺存者二洞：华严、七真⑤。洞壁刻元耶律氏词也⑥，人曰楚材者⑦，讹。又南，周皇亲别墅⑧，今方盛。迤而西，观音庵。庵洞曰吕公⑨，今存。昔吕仙憩此，去而洞名也。

又北,金山寺⑩,寺今荒破,未废尔。寺亦洞,曰七宝。是诸洞者,惟一华严,洞中度以丈,丈三之,其六曰洞,可狸鼠相蔽窥也。径寺登乎山,望西湖,月半规,西堤柳,虹青一道,溪壑间,民方田作时,大河悠悠,小河箭流,高田满岘,低田满嵝。今湖日以亭圃,堤柳日以浓,田日以开。山旧有芙蓉殿,金章宗行宫也。昭化寺,元世祖建也。志存焉,今不可复迹其址。

吉水胡广《玉泉山》:

    玉泉之山下出泉,泉流萦折如虹悬。却带西湖连内苑,直下通津先百川。微风时动碧波麝,明月夜映清光圆。此中会见古人影,故碣记得金元年。

安福邹缉《玉泉山》:

    嶂雾岩云涌玉泉,长流未似瀑流悬。声惊素练鸣秋壑,光讶晴虹饮碧川。飞沫拂林空翠湿,跳波溅石碎珠圆。传闻绝顶芙蓉殿,犹记明昌避暑年。

新淦金幼孜《玉泉山》:

    宛若垂虹引玉泉,萦萦出涧净涓涓。细通树底明初日,遥入湖阴动远天。鱼乱翠纹生雨后,鸥分白浪起风前。流从太液归沧海,高建恩波下九埏。

永丰曾棨《玉泉山》:

    跳珠溅玉出岩多,尽日寒声洒薜萝。秋影涵空翻雪练,晓光横野落银河。潺潺旧绕芙蓉殿,漾漾今生太液波。更待西湖春浪阔,尊罍再听濯缨歌。

莆田林环《玉泉山》：

浮花溅玉落崔嵬，径出千岩去不回。白日半空疑雨至，青林一道指烟开。月分秋影云边见，风送寒声树杪来。流入宫墙天汉静，何如瀛海绕蓬莱。

建安杨荣《望湖亭》：

路傍孤亭颜望湖，湖光非仿临安图。众山岑崿立槛外，苍苍极浦横葭蒲。玉泉神潢涌不息，环亭飞瀑流明珠。大石磷磷小齿齿，下马洗耳尘无污。山高水流望无际，此亭凭眺如乘桴。划然徙倚发长啸，水融山结钟皇都。

盐山王翱《蹂望湖亭至华严寺》：

虚亭开窈窈，湖望亦微茫。马择垂杨系，尊移近水张。月光恢岸阔，钟韵引秋长。酒醒寒仍旧，何应典客裳。

华容刘大夏《玉泉道中》：

晚来联骑踏晴沙，风景苍苍一望遐。几处白云前代寺，数村流水野人家。莺啼别墅春犹在，马到西山日未斜。回首不知归路远，九重宫殿隔烟霞。

上元倪岳《游玉泉华严寺》：

门外寒流浸碧虚，玉泉山上老僧居。芙蓉云锁前朝

殿，耶律诗存古洞书。曲洞正当虹饮处，好山相对雨晴
初。笑攀石磴临高顶，浩荡天风袭客裾。

长洲吴宽《饮玉泉》：

龙唇喷薄净无腥，纯浸西南万叠青。地底洞名疑小
有，江南泉品类中泠。御厨络绎驰银瓮，僧寺分明枕玉
屏。曾是宣皇临幸处，游人谁复上高亭。

垂虹名在壮神都，玄酒为池不用沽。终日无云成雾
雨，下流随地作江湖。坐临且脱登山屐，汲饮重修调水
符。尘渴正须清冷好，寺僧犹自置茶垆。

吴县王鏊《玉泉亭》：

燕山自西来，连峰划中绝。有泉出其间，终古流不
歇。石缝漱潺湲，螭头泻幽咽。飞注粲成帘，激射喷为
雪。怒声亦硡锽，静性终昭晰。心情藉浣湔，毛发归莹
彻。珠体碎复圆，玉流方以折。缅怀六龙来，凛若万象
别。天光借澄明，日影增荡漾。幡幢乱山椒，貔貅遍林
樾。谁知百年后，尚睹孤亭𣿊。悠悠彼渔竿，盈盈者仙
袜。不忍向唾洟，胡能斯厉揭。虎跑慎浪传，𤟥突差可
啜。醉破伯伦醒，病失相如渴。卫公递莫通，陆子评久
缺。何当携一罂，归洗人间热。

《游华严寺》：

扪萝陟巘路嶒嶒，熟径苔荒久不登。犬吠林间知有
客，鸟啼洞口若无僧。危栏一览总堪了，绝顶重来殊未

曾。古洞深温谁氏子,俨然趺坐对南能。

庆阳李梦阳《望湖亭》:

来登望湖亭,始尽览历妙。布席倚岩嵌,波望领佳要。岩潭递隐见,圆浪浴奔峭。屼崔百万阁,日落展光耀。羁缚阻延放,临渊羡孤钓。霜寒葭菼白,沙晚鸱鸧叫。吾非阮生伦,于此亦长啸。

《吕公祠》:

厓涯豁一门,怪石相撑拄。谺谽自吞呷,白昼亦风雨。阴处泛清泉,积苔荫钟乳。往闻茅山胜,夙慕华阳主。路邈难孤往,一历十寒暑。轻车骋心目,小憩偕道侣。兹洞虽人境,固足托茅宇。惕然我内咎,何为尚簪组。

茶陵李东阳《玉泉道中》:

日照山山紫翠生,雨余秋色更分明。蜃楼出雾东浮海,雉堞连云北绕城。旧识邮亭犹问路,渐多僧寺不知名。十年几度登临约,未尽平生吏隐情。

《望湖亭》:

水光山色初经雨,迢递春风在一亭。一自六龙飞辔后,飞凫不复到前汀。

宜兴杭淮《玉泉吕公祠》:

惊见吕公洞,水边解鞯鞍。侧身入地底,逼侧颇碍冠。导炬如星明,坠石如剑攒。鱼贯缘曲折,忽俯千丈湍。却步不敢前,下有龙蛇蟠。腥风起昏黑,飒爽肌骨寒。翻思张公胜,焉得生羽翰。五年客京华,今兹一奇观。

慈溪姚涞《游华严寺》:

都下多名刹,岩栖此更奇。华严狐鼠洞,耶律鹧鸪词。山远云如阜,沙明日满池。老僧未厌客,借榻且无归。

华严分上下,相对构云庵。僧定钟同候,客来磬互参。山无殊翠色,地但有泉甘。晴雨时时异,他峰隔暮岚。

信阳何景明《玉泉》:

行游金山寺,坐爱玉泉名。云去随龙女,风来动石鲸。入宫朝太液,穿苑象昆明。去望天河水,迢迢万古情。

《望湖亭》:

独上湖亭望,霜空万里明。槛疑天上立,槎是斗边行。云雾迷山殿,芙蓉暗水城。先朝四百寺,秋日遍题名。

长洲文徵明《望湖亭》:

寺前杨柳绿阴浓，槛外晴明白映空。客子长堤嘶倦
马，夕阳高阁送飞鸿。天浮野色行踪外，人在扁舟落照
中。三月燕城花满地，春光都向碧云东。

《吕公祠》：

何时雷雨破幽崖，吐纳春云古洞开。翠壁欲磨耶律
字，石床会卧吕公来。苦寒四月留苍雪，未蚀千年老紫
苔。我骨非仙留不得，罡风吹下夕阳台。

华州张潜《玉泉山》：

山椒台殿与山齐，萝径逶迤独杖藜。自捣松花供浊
酒，共分柿叶写新题。虹收急雨方回涧，风逐痴云半度
溪。闲步空阶春事晚，飞飞双燕已衔泥。

德州程珪《望湖亭》：

天畔孤亭敞，凭栏落照穿。湖光檐漾动，山色镜平
悬。人影随行处，鱼游近藻边。何时重此地，结构称名
泉。

亳州薛蕙《望湖亭》：

阴磴穿云下，云犹领袖中。苍茫玉泉水，望湖亭其
东。蹇蔓窥我影，荇藻何丛丛。影动声在树，飒然山秋
风。

临清谢榛《游翠岩七真洞》：

一拳奇秀处,松映石青青。肃抱冰霜气,幽含神鬼情。碧天孤鸟下,苍壁细云生。龙去仙何远,空山凤吹鸣。

吴县蒋山卿《小憩玉泉亭》:

山下孤亭好,窗窗当玉泉。湖光开镜远,石溜溅珠圆。水落鱼龙见,风回藻荇牵。尘心俱此豁,静日欲如年。

金坛王樵《望湖亭》:

平畴门外春雨,远寺山边夕阳。柳护溪桥辇路,水肥穜稑江乡。

一半湖光影树,一半湖光影山。四月林中未有,林端黄鸟关关。

祥符高叔嗣《华严洞夜坐》:

宴坐树高头,凭岩散客愁。俯听玉泉响,不上金山流。伐鼓僧堂夕,焚香石殿幽。与君约栖遁,何日更相求。

宁波陈束《望湖亭迟唐子》:

策策下危磴,风前立小亭。独游坐超越,属思临深冥。野色向人尽,一湖含晖明。云开知日处,其上峰遥轻。目送鸟渐远,嘹然遗我声。相感适无谓,于焉观物情。坐念所期子,影影尘中行。

临武曾朝节《望湖亭》：

山前湖水阔，山下即其源。城阙云霞映，鱼龙窟宅尊。蒨风遥雁骛，树霭带林园。万乘曾游此，亭犹御道存。

《华严洞》：

陇北金山口，华严望里分。凉阴石洞榻，清响玉泉云。胜迹惟幽事，闲僧述昔闻。高杨长藻影，送客入尘氛。

余姚沈应文《华严寺》：

御道平沙直，祇园曲径斜。荷风翻白叶，藤雨落红花。洞古日光澹，山荒年事差。宸游曾胜迹，长自护云霞。

新淦王孟震《繇望湖亭至华严寺》：

不尽观澜意，登登达上方。台悬云外磴，洞偃雾中床。水色涵飞动，春容入渺茫。回望双阙蔼，钟动佩锵锵。

《金山寺》：

地入金山胜，联镳快此登。亭荒翠辇道，院静白头僧。法苑开皇甸，神霄揭慧灯。平生无住意，何处问南能。

盱眙李言恭《华严寺》：

郭外见沧州，溪头屡钓钩。空山盘细路，破壁绕寒流。洞古僧贫卧，花深客倦留。殿惊巢鸟突，久不惯人游。

《过金山寺》：

不必论羁旅，春游共远偏。落花中宿鸟，乱石里鸣泉。顷顷浮鸥狎，村村绿树连。不禁江国思，对酒独醒然。

南海欧大任《经玉泉山亭望西湖》：

驱马长堤路，川原左右经。山泉浮钵绿，湖草映衣青。积玉生春涧，飞花过暮亭。十年江上客，烟雨意扬舲。

《金山寺》：

泠泠钟磬音，金口惬幽寻。溪绕芙蓉殿，山开薝卜林。绳床听鸟乐，竹杖破苔深。南客言归久，郊游坚此心。

兰溪胡应麟《游玉泉山》：

湖亭望不极，渺渺入长川。仙洞古云驻，御沟春色连。芙蓉名殿阁，金玉有山泉。更上遗宫顶，千林起夕烟。

应天姚汝循《望湖亭》：

湖平开一鉴，亭迥复临湖。山色遥分蓟，风光绝似吴。暮云将雨至，水鸟去人呼。怅怅此归路，重游君莫孤。

安陆何宇度《望湖亭》：

孤亭春一望，湖日两氤氲。远岫浮螺影，澄泉涌縠文。青沾鸥岸柳，红闪凤楼云。安得凌波棹，飘摇泛夕曛。

□□胡岳松《望湖亭》：

空山秋气肃，湖色更凄清。日幻雾腥散，风高云物横。渚蒲长短映，汀树正敧平。不寐林中鸟，饥来踏水明。

《晚寻华严寺宿普光上人洞中》：

山色郁苍然，寺门春草芊。乳垂花满洞，珠上玉名泉。渔浦流双月，帝城家万烟。篝灯游倦客，慵听老僧禅。

《饮吕公洞》：

酒热片时仙，频倾竟酪然。熟眠岩下叶，渴走洞中泉。丹灶冷无火，青山高在天。西堤秋自傲，不记客身边。

豫章胡汝焕《华严寺》：

绕绕苍崖磴，追随此上方。千峰凌日起，一水入湖长。遥望诸陵紫，时驱我马黄。帝城车骑盛，不更设舟航。

顺天刘效祖《登望湖亭》：

为览西湖胜，来登最上亭。云生拖练白，日出拥螺青。葭菼高低岸，鸥凫远近汀。泉源何所藉，佛土与山灵。

蒲田黄克晦《望湖亭至华严寺》：

亭下临清浅，岩端望杳茫。渚蒲穿尚短，堤柳意偏长。白水摇人影，青山蕴佛光。饮余还散步，鸿影去何方。

《金山寺》：

久客从多病，金山始再登。过桥波弥弥，拂坐石棱棱。独树巢双鹳，千峰老一僧。重来还几日，为尔问传灯。

从化黎民表《金山寺》：

一径入烟岚，僧堂钟放参。冥心同塞北，招隐在南山。水碓喧莲座，萝衣挂石龛。相逢亦游者，喋喋宰官谈。

驻锡此峰深，幽期不易寻。石泉尊梵行，山水旷禅心。日送溪边影，风回岭上音。浮尘缘未息，飘泊忝华簪。

内乡李荫《金山寺》：

石趾金山寺，山平水怒生。觅榆随涧绕，过岸有僧迎。柳覆荇苔影，池涵澄月明。逢幽不便住，深处入峥嵘。

东阿于慎行《望湖亭》：

孤亭斜倚玉泉隈，槛外明湖对举杯。一顷玻璃山下出，半岩紫翠镜中开。云连阁道笼春树，雨过行宫绣碧苔。尽说昆明雄汉苑，无如此地接蓬莱。

《上华严寺》：

峰盘一径入珠林，绝顶凭轩气郁森。磴道松杉晴作雨，洞门萝薜昼成阴。秋横城阙青山迥，地绕园陵白露深。回首千门车马路，翠华前日此登临。

太仓王衡《玉泉山》：

山气饮湖青，日夜水泉长。微风生浪纹，光影石花上。

《再游望湖亭》：

古刹绚殊采，半存多已亡。独坐湖上亭，欲去神彷徨。以彼一掬水,而具虚空量。埃风暗如雾,受之甘且凉。山氛鼓泽腹,旆旆风旗扬。去此一春秋,照我须发黄。影影不可停,喟然歌浪浪。

丹阳贺世寿《华严洞》:

古洞何年辟,寥寥象广除。每烦游者问,旧是化人居。鸟突烟中叶,云迷石上书。荧然依佛火,僧静月华初。

新野马之骏《望湖亭》:

到此峰冈竟,钟为水一屯。矶平苔借面,溪窄柳通根。山月投光影,洞云照吐吞。菰蒲覆深曲,路尽不知源。

孝感傅淑训《玉泉山》:

湖上归鸦去雁,湖中暮雨朝霞。全画潇湘一幅,楚人错认还家。

怀宁刘若宰《玉泉》:

高深历尽见清灵,渴眼尘胸梦一醒。翠藻能霜俱石绿,白杨非雨亦烟青。瓢相掬冷如多味,荷且分香欲半停。细作画家闲指点,远宜秋舫浅宜亭。

景陵谭元春《观裂帛湖》:

苻藻蕴水天,湖以潭为质。龙雨眠一湫,畏人多自匿。百怪靡不为,喁喁如鱼湿。波眼各自吹,肯同众流急。注目不暂舍,神肤凝为一。森哉发元化,吾见真宰滴。

嘉兴谭贞默《裂帛湖》:

樾阴众泉区,非泉泆流也。谡谡树杪声,乃在重潭下。星沤上水天,日夜谁泛洒。凡鱼不敢游,知有神龙舍。坐久增幽森,昏鸦睨枯瓦。

公安袁祈年《裂帛湖》:

蠕蠕泉脉动,太古无停时。虫鱼莫能托,非但寒不宜。听如骤雨急,观如沸鼎吹。水性怒自得,物性扰已亏。去此渠暇裕,鱼游虫亦孳。

宛平于奕正《观裂帛湖》:

天与水潏潏,水受天之碧。上上自有根,来岂傍山隙。荇藻蕴沉深,衍作数千尺。波眼十百聚,腾起如下掷。龙此性严寒,鱼虾不敢宅。坐泉步其流,有候为阖辟。

漳州张燮《华严寺》:

长日山门不欲关,玉泉山下听泉湲。数行游骑平沙外,一片明湖潏霭间。亭榭旧林非旧主,钟铙时盛亦时删。话余少睡伊蒲熟,去贳前村酒未还。

江夏释如愚《金山寺》:

数步门临水，凭空阁倚山。佛龛无火照，僧室有藤关。鸟下乘牛背，花开落石间。寂寥来作礼，坐立洞边还。

宣城吴伯与《望湖亭》：

扶杖寻微泉，脉兹山径里。几株无名树，孤亭静相倚。泠泠旧草肥，莐莐覆石髓。涓滴几以竭，居然畛沟尔。何为名望湖，望不见湖水。桃花岂有源，迷其津遂止。空令游者心，去叹失来喜。

武林湖心亭，画船当酒市。红旗射鱼眼，云纹荡歌妓。半醒半醉人，各息苏堤里。乃兹破橼亭，断沟残石耳。移作龙潭边，豁眼待新水。水山称奇敌，武林或在此。一自言之狂，一自思且拟。吾足自可移，何必移亭子。

沛县阎尔梅《玉泉山》：

山桥两岸尽垂杨，直上峰巅视下方。雨涸郊原春草白，风多车马昼沙黄。宗门有棒分曹洞，贵戚韬弓杂羽郎。入寺无僧尘满壁，独留残碣自初唐。

广昌何三省《玉泉山》：

薄言寻水次，山下出蒙泉。径冷光俱碧，沙明物尽妍。平溪开草木，静履入风烟。载酒深深去，峰望湖在前。

遂宁吕大器《玉泉山寺》：

游集境难僻,融融泉自清。危岩牢置屋,仙洞俗呼名。既雨平芜草,无风落叶声。西山佳一望,烟树暮云迎。

《玉泉溪上》:

秋落与春生,兹泉渊自洁。碧荇入空明,行行皆可摘。

揭阳郭之奇《玉泉山》:

重阳不似昔年闲,北地西来数往还。万物经秋凄作气,一尊壮我醉翁颜。月观松舞钟声和,霜叩泉根石路艰。为帛为珠随地出,入经太液复人间。

蒙阴公光国《再历金山诸寺》:

葛巾藜杖历空门,每到招提自载樽。过岭云藏千万壑,隔林烟没两三村。泉奔古洞冰长结,路折层岩昼亦昏。日日登临搜往迹,时时迷入杏花源。

麻城周之茂《玉泉山》:

莫过麦庄桥,堤行源不遥。新春青未入,余雪白难消。枝脆饥乌怯,冰坚骀马骄。寒犹看七洞,生色在藤条。

商城周之纲《金山寺》:

轻阴难定已深春,剩酒余闲过水滨。野柳动摇初着绿,林花含吐不辞尘。鱼生石影苔文古,马语堤阴草色新。日尚高春容藉坐,醉中喧止醉归人。

无锡华廷琳《吕公洞》:

> 泉周山趾岭围岗,左右钟声争夕阳。仙自洞居僧自寺,云栖林嶂月栖廊。白头守火生丹灶,黄面随钟散讲堂。不道宦游茫似海,归玄归释也茫茫。

华亭汪历贤《将至玉泉》:

> 新绿涨天犹咨夏,晚花贪水未归春。路中山气纷来往,乳燕游丝拂着人。

《泉上》:

> 晨光初发后,默亦识泉生。偶见鱼行处,真知花影轻。清温资水脉,深浅泳山情。若助幽人听,能为寒磬声。

《夜经玉泉看月》:

> 回看云忽去,吾与汝俱留。水夕能形雪,林空每喻秋。鸟迎清吹发,灯向翠微收。渐小寺门月,坐知天宇周。

① 玉泉山:"在京西二十余里,山顶悬崖旧刻'玉泉'二字。水自石罅中出,鸣如杂佩,金章宗行宫芙蓉殿之旧址也。半岭有吕公岩,广盈丈许,深倍之,相传吕仙宴坐处。"(《天府广纪·岩麓》)

② 宣庙:指明宣宗。

③ 上下华严寺:位于望湖亭之东。俱明正统中建,寺名为英宗所题。

④ 嘉靖庚戌：嘉靖二十九年(1550)。

⑤ 华严：洞名，在山腰。　　七真：洞名，在殿后，或曰即翠华洞。洞中石壁镌刻耶律氏词及明大学士夏言追和之词。

⑥ 耶律氏：生平不详。

⑦ 楚材：指耶律楚材(1190—1244)，字晋卿，号湛然居士，契丹族人，辽皇族后裔。金宣宗时曾任左右司员外郎。入元以精通卜算被成吉思汗召用，官至中书令。卒谥文正。博学，工诗文。有《湛然居士集》。

⑧ 周皇亲：指崇祯皇后周氏之父周奎。周氏，先世江南苏州(今属江苏)人，徙居大兴(今属北京)。天启中选为信王妃，崇祯即位，立为皇后。明亡，被迫自尽。其父周奎，崇祯三年(1630)封嘉定伯。

⑨ 吕公：又称吕祖，相传为唐京兆(今陕西长安)人，名岩，唐懿宗咸通年间及第，两任县令。后至终南山修道，不知所终。元、明以来称为八仙之一，道家正阳派号为纯阳祖师。

⑩ 金山寺：位于华严寺西半里。清乾隆时已荡然无存。

瓮　　山

瓮山①，去阜成门二十余里，土赤渍，童童无草木。山南若洞而圮者，小凫台也。山初未名瓮也，居此一老父语人曰：山麓魁大而凹秀，瓮之属也。凿之得石瓮一，华虫雕龙，不可细识，中物数十，老父则携去，留瓮置山阳。又留谶曰：石瓮徙，贫帝里。嘉靖初，瓮忽失，嗣是物力渐耗。传者谓弘治时世臣富，正德时内臣富，嘉靖时商贾富，隆、万时游侠富②，然流寓盛，土著贫矣。度山前小桥而南，人家傍山，临西湖，水田棋布，人人农，家家具农器，年年农务，一如东南，而衣食朴丰，因利湖也。使畿辅他水次，可田也，皆田之，其他陆壤，可陂塘也，田而水之，其他洼下，可堤苑也，水而田之，一一如东南，本富则尊，土著其重。山后一亩泉，今失去。山上一老寺，破瓦垝垣，尘像几，无烟火，有额曰圆静。弘治七年③，助圣夫人罗氏建也④。山下数十武，元耶律楚材墓。墓前祠，祠废像存，像以石存也。石表碣、石马虎等，已零落，一翁仲，立未去。天启七年夏夜⑤，有萤十百集翁仲首，土人望见，夜哗曰：石人眼光也。质明，共踣而争碎之。后夜萤来，无所集，集他树。人复望见，夜复哗，锄耰夜往，树上乃萤也，而墓前无余器矣，突然一丘。

莆田吴希贤《上巳倪舜咨会瓮山得木字韵》：

城中衢苦埃，有怀在山谷。晓出西郭门，车马尚相逐。细草迷旧津，屡问烦僮仆。小径入湖阴，穿云过林麓。此寺尘尽清，石磴莓苔绿。主人携酒至，盘餐杂淆蔌。杯行既已频，赋诗相互续。逸思转昏倦，藤床借少宿。归骖不可留，夕阳在林木。

太仓王衡《瓮山》：

平楚随山去，河丘界远皋。春冰浮草色，日暮起松涛。碧瓦分烟落，朱霞簇野高。一泓资短策，枯荻尚萧萧。

顺天王嘉谟《瓮山》：

弥弥湖水外，叠岭削青冥。十丈涵霜境，三春洗翠屏。山寒果自落,石古草留青。日夕迷归路,樵声亦可听。

《山下破寺》:

山岩互结构,古寺对空津。新树连村发,流渐哀壑春。泥香绝野烧,松雪净飞尘。本欲摩崖记,寻幽未易频。

《自破寺至鸬鹚谷》:

跻险穿蒙密,樵风去路长。杏花茅店冷,柳絮野村香。秧浅岁高下,湖增春渺茫。迷途问何处,转过有桥梁。

《耶律丞相墓》:

丞相遗丘湖水云,荒榛野草自森森。亭前春水平禾亩,阶下迷云聚古林。杳霭重思戎马日,艰难幸有哲人心。云龙鹅鹳真馀事,独吊空山泪满襟。

吴县王鏊《元耶律丞相墓》:

西山几度只空还,好事怀贤动我颜。蒙古有公方用夏,居庸从此不为关。犹闻宰地三髯委,自笑登高独影闲。今日幽燕归圣代,可怜埋骨尚荒山。

慈溪姚涞《吊瓮山耶律楚材墓》:

斡难河水正滔天,成吉思军已入燕。破国年年兵作戏,屠城处处血成川。公于夷狄称君子,兽出流沙动上天。莫说金元如晋楚,追思宗国想凄然。

顺天刘效祖《瓮山耶律祠》:

迢递荒山下,披榛拜古祠。衣冠犹左衽,岁月已明时。溪远泉声细,林深日影迟。黄沙空朔漠,谁与问荒碑。

吴县王稚登《圆静寺》:

香阁林端出,登临夕霭间。霜寒半陂水,木落一禅关。食施湖中鸟,窗窥塞上山。能容下尘榻,信宿竟忘还。

武进管绍宁《饭圆静寺》:

舁到烟萝梦已移,偶分僧钵小参时。林荒九月新编屋,鹊迓三年旧歇枝。未取菱丝留白咽,肯容花酿入清规。江南只信春能此,秋况于今柳不知。

江都梁于涘《瓮山圆静寺》:

山光湖影半参差,蒲苇沿溪故故斜。石瓮讵能贫帝里,金绳多半敕官家。农依一水江南亩,客倦经年蓟北沙。景物亦清僧亦静,无心更过隔林花。

① 瓮山:在海淀西五里、玉泉山之旁。土色纯黑。西湖当其前,金山拱其后。山上圆静寺,据岩而构。

② 隆、万：指隆庆、万历年间。

③ 弘治七年：公元 1494 年。

④ 助圣夫人罗氏：不详。

⑤ 天启七年：公元 1627 年。

戒　　坛①

都城中西望，一山高秀如驼脊上峰、如侧方山冠子者，戒坛后五里极乐峰也②。游者至戒坛止，无问向峰者，则于望未至时，习指曰：戒坛山。凡望山，正犹积翠，一片一垛尔。又远之，而黛浅，又近之，翠则微矣。极乐峰远黛有增焉，近翠独不减。出阜成门四十里，渡浑河，山肋叠，径尾岐，辨已。又西三十里，过永庆庵③，盘盘一里而寺，唐武德中之慧聚寺也④。正统中⑤，易万寿名，敕如幻律师说戒⑥，坛于此。殿墀二松，数百年矣。坊西向，曰选佛场，殿中坛焉，白石台三级也。周列戒神数百，神高三尺者二十四，胄弁戎服，或器械具；高以尺者甚众，妖鬼男女遝焉，其部也。异灯异香，颁自内府。设香木座十。上三座：中，衣钵传灯本坛和尚坐；左，羯磨阿阇黎坐⑦；右，教授阿阇黎坐。旁左三右四座，尊证阿阇黎坐也。坛而南，优波离殿，供优波离尊者⑧，佛十大弟子，持戒第一也。殿外，金、辽碑各一。上千佛阁，俯浑河，正曲，句其三面，如玦然。阁之下，幻师安禅处，其遗衣钵藏焉。西上，石径植悬，可以任杖，云段复段，而径截截见其际，上极乐峰道也。道，岩壁不可计，而洞者八。初观音洞，大于室半间，居者僧，无鸟雀粮,磬钵亦设。至化阳洞⑨,洞口垂紫绿幕之,花藤也,百年矣。褰藤,炬而右入,始也石,渐而土,幸燥不苔,行行如智井。半里,有龙跃,有鱼游,有狮坐,石所凝也。龙之爪则深,目则出,鳞则张,髯鬣则作。鱼洋洋,腮颊所唅喁,尾所摇,鬐所鼓,石则为之波皱。狮首昂鼻张,虽无声焉,知是吼也。再入,广可旋绕,有石佛危坐,拜而谛观,曾受凿矣。西罅一穴,冥冥然,下与浑河通者。洞一,名庞涓洞⑩。又有洞名孙膑者⑪,在此洞西,其广也二十笏,一石龟伏焉。洞传是同学各所居也。考二子师鬼谷⑫,在扶风⑬。然膑故燕人,房山上乐村⑭,有孙膑墓,碑志存焉。以二洞故,指山下枯涧为马陵川⑮,是山适名马鞍⑯,相互谬也。西又五里,始极乐峰。峰下又洞,石乳痕滴,如蛟斯缠,轩然可列坐,坐而远峰、近峰竞供之,顾终岁无至坐者,维岁岁盛于戒坛。故事,戒师登坛,必奉敕命,天下缁俗集听戒。坛今久不开。每四月八日,芦棚满山,集僧无赖者,妓无赖者,给钱拥醉入,士庶群姗之。陈司成仁锡曰⑰:多乎哉! 骪法谤佛,于法为邦诬,用大戮,于佛法亦沦堕。

临朐冯惟讷《登万寿戒坛》:

> 千盘回合郁苍苍,山是中朝选佛场。岂为仲春媒判合,遂凭野水幻行藏。林光半借悬灯嶂,花气时参礼佛香。尘海十年成梦隔,将因白法问迷方。

蒙阴公鼐《游戒坛山》:

> 洞云深隐法王坛,灵境真同鹫岭看。丹碧刺空开世界,金轮侧景避峰峦。山当宸极毫光动,地近清凉夕照

寒。弱冠爱闲今皓首,缁尘依旧冗长安。

临川汤显祖《闻戒坛许僧尼同受戒者解嘲二首》:

　　师子国中开铁索,蔡州崖畔转金轮。但是天花无住著,何须更问女儿身。

　　翻经学士费沉吟,老寿将军出妙音。只看雒阳东寺里,儿馨通得法华心。

亳州朱宗吉《戒坛寺看松》:

　　古树倚晴峰,犹沾云一重。针多藏鹯鹤,鳞老作虬龙。拂殿青阴合,高秋霜气浓。僧云光屡见,知受佛天封。

固陵余廷吉《游戒坛》:

　　森芒峰壁切天开,折径回泉最上崖。楼阁幻同云物见,星辰近逼讲堂来。一钟声动传千壑,半夜光遥合五台。说戒老僧向何处,巍巍高座集尘埃。

　　落照山山光在西,平平下界暮云低。泉飞绝壁龙曾去,花发高崖蝶不迷。人境胜游诸佛地,自家常事老僧栖。未知留壁客何语,清切能如猿鸟啼。

武进金印荣《从戒坛至极乐峰下》:

　　十里山雍雍,一峰秀出天。峰黛上下彻,髻螺趺青莲。今古黄金轮,日月飞平川。高磴何年道,石齿森森然。数转窈以深,流泉为之湔。元化久煅炼,拔地根孤坚。慧聚乐亦极,斯戒斯坛焉。托身苍霭中,如梦如初禅。

宛平王崇简《从戒坛至极乐峰下》:

　　路峻无闲步,极峰休众想。逼崖下上穷,目与心恍恍。树老风吹新,云合瀑闻响。欹木连壁苔,疏花缀径莽。我友多远思,踆踆欣所往。坐对各一石,心怀共超朗。

宛平于奕正《渡浑河望戒坛诸峰》:

　　凌晨去渡桑乾水,浪涌涛惊土亦流。谁信他年换清浊,遥遥映出数峰秋。

《从戒坛至极乐峰下》:

　　一峰耸奇秀,数里诱人行。石碎不受履,步下音铿铿。幽境数换易,苍翠难定情。照洞非日光,化阳斯以名。此间寂众响,万壑自成声。岩下之老衲,古澹髭真诚。谓余决去住,指指暮云生。

《化阳洞》:

　　古洞传神秘,而有级可拾。我欲穷其中,列炬导我入。蝙蝠触烟醒,坠已飞上集。下下若眢井,虽寒能不湿。石乳挂四垂,仿像百怪立。迷迷步近远,视但光所及。左有潭炬之,摇手龙在蛰。静听恍形声,色然慑嘘吸。心动辄欲还,炬短步逾涩。触滑凭扶将,导者力尚给。一线见天青,黄叶飞正急。

江宁艾容《戒坛诸山》:

不尽千峰秀,皇皇趋百灵。严霜通塞气,孤月带寒星。壁俯河声怒,坛期僧梦醒。秋岩多好树,独领众林青。

凉州吴惟英《戒坛》:

游踪循仄径,登览兴悠然。碧汉擎杯外,黄河倚杖前。花光迷野涧,鸟语破村烟。最是僧寮静,连宵足稳眠。

黄安秦如容《戒坛山》:

烟开弥望界,切切畏登跻。危磴风来远,浮图影向低。缅怀窥洞穴,牵合笑川溪。自觉尘俱尽,真堪傍鷲西。

顺天米寿都《戒坛》:

高路通幽界,烟归见石郛。法轮悬日月,山鬼肃师徒。佶伉龙蛇窟,威仪帝梵都。不知千嶂里,老此古椎无。

仁和陈绍英《戒坛》:

古砌云长护,松杉气自鲜。钵幽花雨散,谷静鼓钟传。龙亦驯能听,鹤非化始还。我来探象教,谁与谢尘缘。

沛县阎尔梅《登万寿戒坛有感》：

> 桃花相接逐墙湾，三月春寒未秉简。太祖铙吹牛首
> 渚，群宗柴望马鞍山。无人说法惟松响，有阁储经自御
> 颁。夷虏岂知观盛事，羼提旧迹遂阑删。崇祯己巳，奴阑入
> 寺。

① 戒坛：寺名。在北京西山最深处、马鞍山中。因寺中有传戒坛构造宏丽，故以名寺。

② 极乐峰：位于马鞍山之西。

③ 永庆庵：清乾隆时已荡然无存。

④ 武德：唐高祖年号，公元 618—626 年。

⑤ 正统：明英宗年号，公元 1436—1449 年。

⑥ 如幻律师(1402—1456)：即释道孚，字信庵，别号如幻。俗姓刘，世为江浦(今属江苏)望族。七岁于南京灵谷寺出家，宣德元年(1426)召至北京，先后在庆寿、戒坛等寺说法，人称鹅头法师。朝廷授予僧录司左讲经之职。

⑦ 羯磨阿阇黎：主持和尚、尼姑受戒、忏悔等仪式的僧人。阿阇黎，意为导师。

⑧ 优波离尊者：即优婆离，释迦十大弟子之一。古印度迦毗罗卫国人，属首陀罗种姓。出家后奉持戒律，称"持律第一"。相传佛教首次结集时，由他负责阐述戒律。

⑨ 化阳洞：又名庞涓洞、太古洞。洞门刻"太古化阳洞"五字，洞东有十一层石塔。

⑩ 庞涓：战国魏人。与孙膑同学兵法。为魏国将军，妒忌孙膑才能，遂召膑，断其双足，孙膑遂入齐。后与孙膑战于马陵道，孙膑于大树

上书曰:庞涓死此树下。庞涓夜至,伏兵起,战败自刭。

⑪ 孙膑:战国齐人。在魏国被断双足后归齐,齐威王以为师,坐辎车中指挥作战。大败庞涓于马陵道后,名扬天下。

⑫ 鬼谷:战国时人,籍贯姓名皆不知,因其所居鬼谷,人称鬼谷子。为纵横家之祖,精通兵法,相传张仪、苏秦、庞涓、孙膑皆师从之。据《史记》索隐,扶风池阳(今陕西泾阳西北)、颍川阳城(今河南登封东南)均有鬼谷墟,或为其生前所居地。

⑬ 扶风:古郡名。治所在今陕西咸阳东。

⑭ 房山:又名大房山。位于今北京西南房山区境内。

⑮ 马陵川:即马陵道,孙膑与庞涓决战之地。位于今河南范县北。一说在今河北大名县南。

⑯ 马鞍:山名。位于北京西山,与罗睺岭相近。

⑰ 陈仁锡(1579—1634):字明卿,号芝台,长洲(今江苏苏州)人。天启二年(1622)进士,授编修,官至南京国子祭酒。谥文庄。有《无梦园集》、《文品苇函》等。

潭　柘　寺①

谚曰:先有潭柘,后有幽州②。夫潭先柘,柘先寺,寺奚遽幽州论先,潭柘则先焉矣。潭柘而寺之,寺莫先焉矣。寺去都雉西北九十里,从罗睺岭而险径③,登下不可数。过定国公兆④,十余里,一道丛棘中,仰天如线,可五六里,赪山四合,东西顾,树古树,壁绝壁,赪山青矣,不见寺也。里许,一山开,九峰列,寺丹丹碧碧,云日为其色。望寺,即已见双鸱吻,五色备,鳞而作,匠或梯之。云五色者:鱼、龙、虾、蟹、荇藻,各现其形其色,非匠可手。鸥若置地,过人髻五尺许。山故海眼,今佛殿基,故潭也。华严师时⑤,潭龙日听法,苦不得师貌,山神教龙,师嗔则着相,则天龙鬼神得见之。乃伪泼饭藉践,师乃怒,龙乃见师,作礼具言,许施其宅。一夕,大风雨,潭则平地,两鸥吻涌出,今殿角鸥也,寺自是不潭矣。柘,则今瓦亭覆者一枯,长不能丈。志所称虬龙形,僧所说林林千万章者,乌有。此枯其犹最晚发,特后凋者也。柘枯,然不朽,鸥高危,然不摇,潭徙,然涓涓者不辍。龙舍宅去,然龙子日依僧众。龙子者,青蛇服,大如碗,长五尺,僧抚其脊,回首舐僧臂,人龙驯扰,去来可呼,曰龙子、龙子云。佛殿左壁之画祖,三圣殿左侧之石佛,大士殿中之拜砖,旁之立像。画祖者,水墨画华严祖也,坐蕉竹下,骑老龙,画蕉若雨,竹若烟,龙若雾,出其甲,祖若定未出。石佛者,白石唐佛也,有黄连树生石座,横过两座,根菌纷纠,使像愈苦辛然者。拜砖,元妙严公主持观音文⑥,礼大士,拜痕入砖欲穿也。额、手、足五体皆印,岁久砖坏,两足痕存。万历壬辰⑦,孝定太后匣取入览⑧,后遂匣藏之。紫柏系以赞像四⑨,林立大士前,辫发胡笠。左前:元世祖。右前:其后⑩。左次:其子⑪。右次:妙严也。妙严祝发是,老于是,塔是山之下。寺碑七。金碑二:明昌五年⑫,僧重玉诗⑬;大定十三年⑭,杨节度记⑮。元碑二:至正八年⑯,葛天麟记⑰;至正某年,危素记⑱。明碑三:正统某年,胡濙记⑲;弘治十年⑳,谢迁记㉑;万历中,紫柏送龙子归潭文也。寺,晋、梁、唐、宋,代有尊宿,而唐华严为著。元至正间,顺帝赐雪涧酒㉒,皇姊致膳。我明永乐间,则姚少师道衍㉓;万历间,则达观大师真可㉔。少师逃墨为元勋,潭柘是终。大师瘐死,预为诗辞潭柘,一往坐化,于法,俱曰息机善逝者。寺先名嘉福,后名龙泉,独潭柘名,传久不衰。

长洲释道衍《秋日游潭柘山礼祖塔》:

> 早悟人生如寄尔,不计流行与坎止。只缘山水窟中人,此心未肯负山水。策蹇看山朝出城,葛衣已怯秋风清。白云横谷微有影,黄叶堕涧寒无声。乍登峻岭宁知倦,古寺重经心恋恋。潭龙蛰水逾千丈,空鸟去天才一线。老禅寂灭何处寻,孤塔如鹤栖乔林。岩峦惝开豁耳目,岚雾翠滴濡衣襟。燕山如此越物表,下视群峰一拳小。何时乞地息余年,不学鸟窠居木杪。

吴江释真可《题别潭柘》:

> 梦里青山梦里身,孑然去住别疏亲。何须醒后观憎爱,始信牛毛第七尘。

《妙严公主拜砖赞》:

> 顶礼道人双足迹,身毛不觉忽俱竖。无始懈怠习顿除,觉天云迸精进日。我想斯人初未逝,朝暮殷勤礼大士。心注圣容口称名,形骸屈伸安可计。积日成月月成时,积时成岁岁成劫。如是积渐难尽言,水滴石穿心力至。譬如千里始初步,又如合抱生毫末。以踵磨砖砖渐易,砖易精进犹未止。砖穿大地承足底,地穿有时人不见。我独了了无所疑,因之耿耿生悲泣。愿我从今顶礼后,精进为足践觉地。境缘顺逆汤泼雪,又如利刀破新竹。迎刃而解触热消,在在处处常自在。又愿见闻此迹者,刹那懈怠皆冰释。

泗州郭武《潭柘山》：

　　潭柘山高处，金银佛寺遥。断崖吹石雨，虚阁贮松涛。结社还携酒，临溪欲弃瓢。白头僧自老，相对说前朝。

　　来寻古寺宿，骑马白云层。犬吠到门客，香薰入定僧。半龛崖际磬，孤塔夜深灯。有暇频过此，闲随僧诵经。

　　青山亦无尽，细路转来通。霜草萦残碧，霜梨落半红。炉存前劫火，树老两朝松。无柘无潭寺，年年现雨工。

《登罗睺岭》：

　　朝游潭柘寺，远上罗睺岭。驾空虹作梁，倚柱天接境。雄关抱奇险，西北当藩屏。自矜孤嶂立，未许他山并。深埋烟雾窟，近拂星河影。我行入秋色，驻马当绝顶。樵林者谁子，悲歌入云磴。三步两回坐，谁能健驰骋。辛苦输官薪，动即加挞打。何繇诉真宰，铲削开路梗。永通车骑力，此理亦倖幸。

《潭柘寺道中》：

　　秋林身独往，风细动人襟。密树日光薄，低云雨气深。山溪闲鸟迹，径折野童寻。落日邀归骑，荒村处处砧。

蒙阴公鼐《潭柘南村》：

　　芙蓉村下绿溪环，刳木通流乱石间。十里浓烟非柘影,钟声冉冉过前山。

武进金印荣《潭柘寺》:

蟠屈竞深寻,崇岩据幽窄。清水穿树根,树光泽以碧。攒峦碍奔云,少人而多石。视天不越亩,视地不逾隙。巍巍古寺存,云是龙之宅。法能除龙嗔,龙亦舍其国。或时龙归来,雷雨火青赤。灵怪伏潭底,神圣居潭脊。谁知世代湮,犹存灵异迹。

《妙严公主拜砖》:

貙虎匪夔视,鸷鸟罕怒形。震雷无烟气,利锷含迅霆。精极动四体,四体惊神灵。足刺大地穿,心坎光荧荧。屈伸臂者谁,呼吸通玄冥。投佛五体皈,顶踵俱螟蛉。刹那周沙界,毋使三昧停。

宛平于奕正《雨宿潭柘》:

山空安困眠,忽至千峰雨。汹涌屡欲崩,与山相吞吐。所虑阻游履,起坐听雷宇。凌晨启扉出,雨细不湿土。乃省夜来声,风叶相乱舞。

宛平王崇简《雨宿潭柘》:

山空夜半雨,触处欲惊龙。钟破凉烟入,寒依荒籁通。沟花何树瓣,动鸟几林风。此际生新思,峰峦集梦中。

凉州吴惟英《潭柘寺》:

兰若藏山腹,门中当远峰。人闲堪僻径,僧老浑高踪。古柏栖驯鸽,寒潭隐蛰龙。更从何处去,前路野云封。

江宁艾容《宿潭柘寺瞻姚少师像》:

万叠芙蓉赘岭西,青鞋已破系还跻。壁藏溪涧峰峰错,路过泉声步步携。僧记寒山黄叶早,人临秋月夜云低。独庵老去知何往,彻骨风流自品题。

① 潭柘寺:在西山之支山潭柘山中,今属北京门头沟区。山有二潭,潭上有古柏,因以潭柘名山,又以名寺。相传潭中本有青龙,开山时青龙避去,潭遂变为平地。寺为西山罕见古刹,于晋时名嘉福,唐名龙泉,后改为潭柘。清康熙皇帝更名岫云禅寺。

② 幽州:古十二州之一,大致包括今河北与辽宁。

③ 罗睺岭:一作罗河岭,参见本篇所附郭武诗。

④ 定国公兆:指定国公徐达之墓。徐达生平见卷一《定国公园》。

⑤ 华严师:唐代高僧法顺,又称杜顺和尚、华严法师,为佛教华严宗之始祖。

⑥ 妙严公主:相传为元世祖忽必烈之女,削发居此,日日礼拜观音不辍,遂于地砖留下跪拜痕迹。(参见《紫柏禅师语录》)

⑦ 万历壬辰:万历二十年(1592)。

⑧ 孝定太后:见卷一《千佛寺》。

⑨ 紫柏:见卷三《明因寺》。

⑩ 其后:元世祖皇后。元世祖忽必烈共有皇后八人、妃子两人,其中察必皇后与南必皇后参与政事较多。

⑪ 其子:元世祖之子。忽必烈有子十人,第二子为皇太子真金,余皆封王。

⑫ 明昌五年：公元 1194 年。

⑬ 僧重玉诗：金释重玉诗碑后遭毁弃，清人将其《从显宗幸潭柘》诗重新刻石，立于舍利塔旁（诗载清人神穆德、义庵撰《潭柘山岫云寺志》）。

⑭ 大定十三年：公元 1173 年。

⑮ 杨节度：生平不详。

⑯ 至正八年：公元 1348 年。

⑰ 葛天麟：生平不详。

⑱ 危素：见卷一《崇国寺》。

⑲ 胡滢：见卷三《法藏寺》。按：金、元碑及胡滢碑，清乾隆时皆已无存。

⑳ 弘治十年：公元 1497 年。

㉑ 谢迁：见卷四《李文正公祠》。

㉒ 顺帝(1320—1370)：元朝末代皇帝。明宗长子，名妥欢帖睦尔。在位三十六年。元亡后卒，明赐号顺帝。 雪涧：释法桢，号雪涧，元至正年间大竹林寺僧人。

㉓ 姚少师道衍：指姚广孝，见卷一《文丞相祠》。

㉔ 达观大师真可：见卷一《龙华寺》。

雀 儿 庵

雀儿庵，在潭柘后山五里。在千峰万峰中，在四时树色、四时虫鸟声中。庵，方丈耳。一灯满光，一香满烟。然佛容龛、容供几，僧容席、容榻、容厨，客来容坐，庵矣。山田给粥饭，叶给汤饮，蔬果给糗饵，庵矣。庵名雀儿者：金章宗幸此①,弹雀,弹往雀下,发百不虚。盖山无人,雀无机,树有响,弦无声也。章宗喜,即行幄庵之,曰雀儿。后方僧来住,未悉本所名义,以臆造佛母孔雀明王佛像②。又后僧曰:明王佛修行处。或又曰:显化处也。今者,僧确然对客曰:孔雀庵也。雀儿名为当更,而人呼雀儿庵如初。

慈溪冯有经《雀儿庵》:

> 杳嶂回峦里,披襟入菁林。略无人履迹,不动鸟机心。古石云高卧,惊泉树杂音。坐看白日去,岚谷众山阴。

仁和陈绍英《雀儿庵即事》:

> 静胜宜深息,殷雷没晚曛。树稠长听雨,苔湿屡沾云。乱壑周遭涌,新晴半壁分。眼看风物异,僧笠出耕耘。

> 拾枯炊便足,巢密莫樵青。熟鸟阶窥饭,闲风檐动铃。片香分佛火,一枕藉山灵。清掬前溪水,听泉树当亭。

① 金章宗:见卷二《三忠祠》。
② 孔雀明王:佛教菩萨名。其形象多为四臂分执莲花、孔雀尾等,乘金色孔雀,结跏趺坐白色或青色莲花之上。

仰　　山

仰山去京八十里①,从磨石口②,西过隆恩寺。寺,金大定四年秦越公主建③,名昊天寺。正统四年④,太监王振修⑤,改隆恩名。寺一松一桧奇,二三百年,雪霜所螫结故。一大士古,唐像也。一亭竹间幽朗,竹修林矣。数里至三家村,村数百家。村尽,出浑河崖,河水赤浊如血,沸涌声力,动摇两岸,岸草木错愕立。八里,过军庄,道如栈,内倚绝壁,外临绝壁。下窥,水作仄浪,不得流。其声战战,逢潭鼓钟,过石擂炮。凡行者,正面目前,履逐目处,壁左右容肘,乃行也。步步余地,踽约趾开,踝左右交过,容两足并,乃行也。崖道窄,又窄处,不成行已。拊壁移踵以过,既过,相顾胁息,目乃瞬睫,色青黄乃定。上一峡,截然流中,波弱者回,怒者啸,盛者飞崖上作雨。二里,望一林,棘棘翳翳,枣园也。渐河声小,入山深矣。崖壁无有断处,是名仰山岭。绕岭数十,入桃源村⑥,山多岩洞,昔人避兵岩洞中。又入峭壁,又见涧流。壁上秋开花五色,菊也,紫铎也,金铃。石色忽紫忽碧,涧石中边泉,空空,见水中石,不见水也。涧左右度,泉石亦左右变。有村焉,是名仰山村。曲折上而北,一峰东南,有瀑练下,涧水源也。又上又折,是名仰山。山上栖隐寺⑦,金大定寺也⑧。峰五,亭八,章宗数游,有诗刻石,亡数十年矣。断石三,其一山场榜,上刻大兴府西连山等字。相传药王、药上二童子炼药此⑨,今药碾药池存苑草中。宣德间重修之⑩,而学士刘定之记⑪。又莲花峰下⑫,有小释迦塔。岁梨花时,山则银色,实时,所苦险僻,市不得致,僧熟梨餐之,干梨糗之。不胜食,以供雀鼠,雀鼠亦不胜也。落而为泥,以粪树,树益勤花实。

宛平于奕正《观浑河一带奇壁歌》:

水势荡山山忽裂,卷土成涛飞赤雪。夹岸高峰意未

降,突生怪石磨奔泷。噌吰殷殷震山起,山头草木思他
徙。水难舟楫山难梁,斫山成路路生铓。趾行相错无坚
步,跳波拂面惊则顾。水打沙摩石面顽,废堞山湾址亦
湾。苍黄老碧天地色,岂有风雨敢剥蚀。壁中侧入天光
小,石气不平山不了。

《桃源村》:

　　端正一峰对,荒村气象尊。树根穿后屋,水迹荡衡
门。坐犬久无吠,闲翁方负暄。移家便此住,不足外人
论。

《宿仰山栖隐寺》:

　　千峰历尽一峰尊,乱踏秋光到寺门。僧摘霜红供客
饷,鸟收残粒怪人喧。断碑半逐荒苔剥,缺碾曾无古药
存。欲觅灵苗何处是,依依松火送馀温。

《出仰山路》:

　　过眼好峰看不定,半似入时眼未经。胸中欲揽全丘
壑,手策霜蹄意复停。

长洲杨补《仰山石涧》:

　　秋气满山山未冷,老屋依崖叶覆井。一溪石面荡红
鲜,残秋尚带桃花影。空凉欲堕水光中,渡光循溪西复
东。瘦蹇惊蹄寒不下,湿花碎溅雪从风。寻声幽窈穿林
去,欲问秋源杳何处。

《栖隐寺药碾歌》：

夕阳未下峰头黄，山寺偃仰寒秋房。风吹石碾来药香，我今见闻古药王。摩挲老铁寻幽光，草间药具诚荒唐。众生何病施何方，僧无所言叶下霜。

嘉鱼尹民兴《秋入仰山》：

行行易路难，高石穿屴崱。满怀在山谷，触面俨山色。逢逢鼓松楸，虫鸟为之默。周爱东岭异，折旋西涧逼。昼月澹空潭，静束水痕泚。是时落叶声，片片愁霜力。叶渴履瘳然，杖杖老苔音。再入地且穷，钟磬生我侧。

大兴韩弘达《暮登仰山》：

步尽艰难岭外村，又盘又折始山根。风飞柏雨归悬瀑，月拥梨云照石门。场榜古苔亭迹隐，碾池细草药香存。五峰登罢不能去，向路回望客意频。

会稽张学曾《隆恩寺》：

寂寂春过夏，僧闲乐我同。静依诸佛日，歌采野樵风。户牖千峰里，龛灯万卷中。花时曾薄醉，分得一泉红。

① 仰山："仰山在京西七十里，峰峦拱秀，中有平顶如莲花心。旁有五峰，曰独秀、翠微、紫盖、妙高、紫微。金章宗有诗刻石。"（《天府广纪》卷三十五）

② 磨石口：位于仰山之东，当年为通往昌平县之要道。

③ 金大定四年：公元1164年。按：据《日下旧闻考》，昊天寺实建于辽道宗时。　秦越公主：辽秦越大长公主。曾出资三百万，舍宅为寺，即大昊天寺，辽道宗耶律洪基为题写寺名并书碑文（参见元末陶宗仪《书史会要》）。

④ 正统四年：公元1439年。

⑤ 王振（？—1449）：明正统中太监。蔚州（今河北蔚县）人。自幼入内书堂，侍英宗于东宫，得其欢心。英宗立，令掌司礼监，尊称先生。也先入寇，随英宗亲征，于土木为乱兵所杀。英宗复辟后，招魂祀之，祠曰旌忠。

⑥ 桃源村：临于谷口，村前孤峰矗立，山中多岩洞。

⑦ 栖隐寺：金大定初年建，明宣德间修，天顺中又修。寺中翰林学士刘定之碑，为天顺三年（1459）立。

⑧ 大定：金世宗年号，公元1161—1189年。

⑨ 药王、药上：中国古代传说中的名医，演化为道教神灵。

⑩ 宣德：明宣宗年号，公元1426—1435年。

⑪ 刘定之（1409—1469）：字主静，永新（今属江西）人。正统元年（1436）会试第一，授编修，官至礼部左侍郎。谥文安。擅文学，有《呆斋集》等。

⑫ 莲花峰：即仰山中峰，形如莲花心，故称。

滴　水　岩①

过仰山村，舍涧，行碎石中。石没故道，履剥其面，芒鞋割其耳。蹄翻石，溅如雪，火星星，春碾声应四谷。叉腰望嵯岈天一行，壁高气阴，登虽惫，不汗而栗。上黄牛冈口，壁益崇不度，两柱，白白及天，路益峻又滑也。周望无路，折而忽通者，十八叠，移步亦折，或数里折，叠叠之石，体色竞异，亦十八法②。望烟一缭，有朱垣如，绀屋如，上上益力，路折不通矣。墼其前，直下视，漆漆无所见。度人以栈，人无敢栈度者。能度此，步颐，有洞而僧，有殿而佛，休休止止。又栈度只，则岩也。岩额覆，争上让下，日月不流。天光侧入者，岩中空也，其深广三丈，如斧之而成。石更无隙，水渗渗生石面，既乳乃垂，既珠乃移，既就乃滴。上百千点，下百千声，乱不成听。剽剽密于棋方酣，局欲阑。删删疏于秋雨去，檐疑住。身岩滴中，视滴透莹，如失串珠，如侧下冰帘，散未编也。岩而冬也，冰则凝，肥纤柱之，柱垂未竟之，岩中边满之。岩旁石洞，深三十余丈，燃炬入，北一石壁，如覆半敦，喤喤亦滴声。西一石坳，水清且甘。石床中央，龙年年见床上。西北一垂石，下有窦，人蜿蜒入，级级下行，石巧出于泉，泉巧贯于石，人跻跻躐石，阔狭其步，时见有光如星。再入，石隙一潭，幽不可以测，龙所蛰也。僧云：山中二白猿，高俱五尺，有时来坐岩下听泉。

南充黄辉《自军庄寻滴水岩下作》：

老龙攫天来，神工郁随从。振鬣生群峦，触颔尽虚空。有地皆天行，是石作水用。小龙引双须，顾盼左右纵。裾裔互蔽亏，局锁绝耘种。飞锡从何来，浩劫开濛溁。何意摩尼珠，流光及微瓥。相传金碧峰始居此。愧非娑竭居，邂逅备禅诵。添香无所有，滴泉或堪供。山王诸眷属，大小悉相奉。藕孔不厌藏，密脾附滋众。横叠拓胸蟠，旁凿祛脾痛。刹竿昨初建，有客远来共。容足行汗漫，置身等飞动。玉乳试仙芽，珠果分山俸。千峰在按

膝,直若堂视衔。两庑夹帝青,河光冷相送。灏气吐阳
厂,冷风扇阴洞。绝壁度微柯,鸠栖谢危栋。自云冬腊
和,差苦结夏冻。同心笑相语,兹游适秋仲。二仪正平
叶,万象足抟控。羲辔投西腋,蟾宫隐东弄。宿鸟乱林
影,星辰忽奔迸。呗声俄阒寂,秋虫绝喧哄。空响何处
来,使我不成梦。披图昔神摇,俗氛苦醴瓮。今来将早
鸿,幸尔辞凯鞍。振衣恺风随,始觉微尘重。乐矣莲花
国,兹游更无缝。

《滴水岩》:

　　晨雨洗秋碧,千峰寒古苔。云盘小马入,河折大龙
回。源水不知处,洞花相唤开。茫茫尘劫事,问取石林
灰。

　　细雨不妨游,轻云散若流。马蹄时带水,虫语似争
秋。续骑方萦树,前尊已入丘。虚疑山路远,半为古碑
留。

《朝阳洞下二泉》:

　　洞天人不识,龙亦自为名。石室金壶发,丹床玉厂
横。曾经幽客住,不遣宿猿争。坐觉羲和近,真骑紫柏
行。

《酌岩泉》:

　　石髓从君剖,何如玉乳香。额珠光直射,胆镜影横
张。甘露霏龙沫,寒星散鹄浆。一杯和笑酌,分得道

人粮。

《自朝阳洞登岩顶》：

雪窦虚无启，云幢指顾生。花唯谙石竹，草乍认山
精。鹿角峰岐过，鸬头世外行。孤鸿知我意，从此共南
征。

夷陵雷思霈《滴水岩》：

水滴危岩客到稀，狐踪虎迹万山围。阴风吹壑云朝
度，白月横溪僧夜归。癖性自来轻绝险，懒心端合返初
衣。家园远在荆门里，石洞玄宫瀑布飞。

断崖悬栈度僧居，宦冢疑藏太古书。龙卧碧潭归海
后，鹿鸣深涧献花初。虚无岚霭山腰尽，真气淋漓石牖
疏。扰扰红尘欣暂息，明朝车马政愁予。

群峰杳合半斜阳，醉卧僧寮枕石梁。折去杨枝当麈
尾，到来萝径几羊肠。暝钟应谷溪云湿，削壁悬流夜月
凉。北望居庸关塞险，桑乾一线海天长。

半遮萝茑半云烟，除却西方鹫岭巅。一壁满身皆是
洞，有岩无窍不飞泉。乘槎欲贯琉璃月，说法如登兜率
天。坐久老僧谈异事，夜深风雨九龙还。

宛平于奕正《游滴水岩》：

老龙破山出，山石半已泐。俯垂数千尺，欲坠坠不
得。嵌空成阳厂，远控诸芳峃。泉脉自何来，不飆石罅
落。大珠小珠倾，疏密声顿错。溅上鬣草木，积下漱岩

墼。我来饮啄斯,住纂龙之国。朝暝观听娴,点滴归冥默。

宛平王崇简《游滴水岩》:

云归风住闻山响,石矗路穷折仍往。夹壁阴木无冬春,日月不照声粼粼。洞风土气抱岩栗,僧言此是龙之室。龙能示我非龙形,呼啸上古神物灵,风起云作泉冥冥。

昆明唐泰《滴水岩》:

古龙不下居山顶,一蛰千年春未醒。冻云瘦削半边峰,峰断空分朝亦冥。一夜驱风到坠渊,大山小山吹将穿。入岩腹中出便去,岩成窟宅老无椽。开不复合年年碧,岩腹石伤石髓滴。为珠为雾不可探,探之真冷尝之甘。风中残雹击未了,雹丸历乱冰光蓝。晶晶侧挂空潭影,扫尽青山得此境。道人耳无世间声,听雨听风耳棱冷。高辟茅庵欲近天,与龙对穴树头悬。春采药苗秋采果,为求山雨撼龙眠。秃鬓深眉点如絮,与余语笑中无虑。指道岩头如此青,君今更往何方去?

顺天崔子忠《滴水岩》:

入不知高下,山春水似秋。星河平地看,鸡犬半天游。数顷耕无异,千泉滴未休。白云朝出宿,知是绕神州。

峭石当石口,扶摇上不情。雨花山庙湿,雷树羽宫晴。野巤无朝牧,阴畴难蚤耕。游心真自壮,奇绝处深行。

凿开山之鼻,飞阁粘虚空。峭聚东西石,飞来上下风。岗峦天路迫,云水野龙通。草昧窥荒劫,珠泉万点中。

桐城光时亨《游滴水岩》:

水立石沉,中迫我想。中迫我想,吁嗟乎大块之广!

长洲杨补《滴水岩》:

穷岩泉失道,龙雨怒难移。一点下百尺,千声无了时。

大兴韩弘达《滴水岩》:

洞道连山眼便空,不知岩滴到心胸。百千点作百千意,是生泉处非泉出。入岩皇皇但一惊,徐以疏密求其声。石泉母乳理难晓,耳目易置身卑小。岁岁听泉两白猿,殆能晓欤不能言。

① 滴水岩:在丛山之中。悬崖耸立,岩洞石面无缝,泉水布于石面。岩旁石洞深数十丈,洞中石乳千状万化。

② 十八法:本指山水画中山石皴法,借指园林假山叠造的技法。

百　花　陀①

家园名种,其初野花草也,瞥见移植而命名之,乃传耳。然不至百花陀,则不知从经物色者,犹未能十一矣。府西一百

二十里，由王平口②，过汉匈奴分界处，曰大汉岭③。抵沿河
口、玄女庙④，是百花山足也。山翠跃来引人，渡石涧，上马栏
山⑤，折旋其径，左右周转百步，当直上十步以登。所苦石磊
磊，承趾不以土柔，素车马人，趾茧生之。所喜树阴云影，荫盖
密稠，不至曝酷。径此至法幢庵⑥，五里，径折旋如前，幸容
骑，而马奔奔喘喘，汗淫淫，多不忍骑者。上下诸嶂，纵横一
翠，迎送目步，不觉五里，篱径坦然矣，妙庵也⑦。岭而西行数
里，千佛山⑧。又数里，观音山⑨。径折旋如前。山旧有菩提
树、仙人桥、望海石。盗伐树矣，桥石则存。过此，山石尽于空
际态变矣。下上岭者七，迎前壁立者，鹤子山也⑩。此去千佛
岩⑪，山石态变者，尽作人形。度阎王嶂，是百花山腰也。百
花者，红紫翠黄，不可凡数，不可状喻，不可名品，即一色中，瓣
萼跗异，不可概之。土人指一种，尊之曰天花。艳光而幻质，
佛诸经每所称：天雨曼陀罗花，天雨曼殊沙花也。行百花中一
里，进篱门石洞，礼佛殿上，礼文殊阁上⑫，礼文殊法身塔下，
登菩萨顶累石，凡三峰，登者必以小石累而尖之，种佛因故。
石小风大，不能吹去，以示旷劫无动转故。坐立顶上，俯诸山，
揗如圭，东西二灵山也。乃旁四望：东，京师也。南，冉冉者，
浑河也。西，郁乎荼露顶，居庸诸山。北，荡荡乎边城外，沙漠
际无穷也。是百花山顶也。下顶未半，又入百花中，不可名状
数者，多于前。游此者，或曾见文殊光，风云作，雷一声，山灏
灏如海，忽左涧一圆光，轮右壑遍，初白，次红，次五色，具木石
人鸟塔宇，摄入光中，如镜受像。我闻文殊表智，故放光莫勤
五台⑬，智光也。东之龙王颓庙，列五龙王，中位龙母。北之
大士殿，发髯须鬖然。下千佛岩，南之，东之，又入百花中。花
被径八里，多于前。过白水庵⑭，行泉声二里，一松标瑞云寺。

寺即五代时李克用建亭故处⑮,俗今曰百家寺也。寺有摩诃
祖师法身⑯,用像法装之若新。有摩诃煮石铛,非石非铁,莹
如漆光,宣宗曾取视,赐以龙袱归寺也。有摩诃捽龙石,龙逸,
祖追捽之,今龙迹宛于石也。志称山暖肥,产杉漆药草,春夏
烂红紫,香袭人。则百花者,药草花耶?然《本草图经》中,亦
无从物色之。

华亭释法止《游百花山》:

盘盘疲不觉,独取最高幽。转得林光润,时因花气
留。石桥无故树,山径入新秋。但踏岚光去,千峰涌未
休。

济胜具慵甚,真烦童杖扶。野香纷树出,林气乱花
铺。突石将云秒,岑峰且日晡。正看疑路尽,径仄有樵
呼。

① 百花陀:又名百花山,位于今北京市门头沟区西。"王平口在
(顺天)府西百二十里,中有百花陀,四围皆山,中为平川,约数十亩,地
暖而肥,杉漆药草多生焉。"(《读史方舆纪要》卷十一)

② 王平口:在北京市西一百余里。当年为金章宗游乐处。又为
军事要冲,明弘治年间曾在此筑城。

③ 大汉岭:俗称大寒岭。

④ 沿河口:当年于此设守御城。　玄女庙:当年为百花山妙庵之
下院。

⑤ 马栏山:位于沿河口以西。"出沿河守御城西门,渡石涧,进马
栏山。"(《日下旧闻考》引《长安可游记》)

⑥ 法幢庵:在马栏山北坡上。

⑦ 妙庵:在马栏山上,距法幢庵十里。

⑧ 千佛山：又名黑风山，在妙庵以西数里。

⑨ 观音山：距千佛山数里。

⑩ 鹤子山：自观音山翻越七座山岭，即为鹤子山。石壁峭立。

⑪ 千佛岩：怪石攒簇，多似人形，故名。

⑫ 文殊：菩萨名。意为妙德、妙吉祥。常与普贤侍于佛之左右。其塑像常为持剑驾狮，头顶五髻，象征大日五智。

⑬ 五台：山名，在山西。百花山往西，有小五台山，今属河北省。

⑭ 白水庵：在观音山菩萨岩。

⑮ 李克用：本西域突厥族人，其父归唐，以军功受赐唐之国姓。克用以破黄巢功封晋王，后起兵反唐。其子存勖建立后唐，追谥武，庙号太祖。

⑯ 摩诃祖师：即摩诃迦叶，又称大迦叶，摩揭陀国人，属婆罗门种姓。释迦十大弟子之一，禅宗奉为西土二十八祖之始祖。

卷八　畿辅名迹

狄　梁　公　祠①

过沙河二十里②,至新井庵。松有林,声能鼓、能涛,影能阴亩。西数里,有台曰景梁台③,土人立以思狄梁公也④。柳林如新井庵松,照行人衣,白者皆碧。柳株株皆蝉,噪声争夕,无复断续,行其下,语不得闻。又五里,始梁公祠。祠自唐,草间不全碑碣,犹唐也。元大德间⑤,重建之。我正统间⑥,重修之。其碑云,梁公为昌平县令⑦,有媪,子死于虎。媪诉,公为文檄神,翌日虎伏阶下,公肆告于众,杀之。土人思公德,立祠也。祠前一古木,仆地,如伏者虎,相传木亦唐时也。木傍数株,柏也,盘结,不可以绪。南数武,道上立二石幢,镌梵语,字法类李北海⑧,唐贞观中幢也⑨。过西废寺,石数段,亦幢。其二幢,唐玄奘手书⑩。

上元倪岳《谒狄公祠》:

城西亲拜狄公祠,袍笏森然仰令仪。此地孤云心尚在,中天落日手曾支。平生事业存唐史,一代文章托范碑。闻道邑民能报德,春风香火重追思。

茶陵李东阳《昌平道中望狄公祠》:

碧山西望溯流飔，欲吊唐魂诵楚辞。寄远束刍谁与致，冲寒瘦马不胜骑。心悬晋岭瞻云地，功在虞渊取日时。预拟明年寒食候，莓苔壁上为留诗。

吴县王鏊《狄梁公祠》：

孤鸿海上直嗷嗷，双翠谁褫殿上袍。炼石有方天可补，斥弧无验鬼空号。参苓入笼还为用，稂莠当阶不受薅。南望河阳如在眼，青山内外白云高。

休宁程敏政《谒狄梁公祠》：

香火煌煌照翠微，古祠犹在旧城非。残碑蚀土高三尺，老树凌霜大数围。只手臣扶红日上，寸心子望白云飞。偶来未及椒浆奠，回首青山带落晖。

《再过狄梁公祠》：

崇祠香火傍高林，想象生容一正衿。猛虎尚驯良吏手，牝鸡能拂老臣心。孤云渺渺回天末，短日悠悠及岁阴。古道荒榛知不远，瓣香他日再来寻。

青鹅无计牝辰危，月望云深日向垂。元嗣未应堪再辱，孤臣宁复避多嗤。台衡得相方能国，神器非公定付谁。欧史范碑明皦日，居人徒识令君祠。

襄垣刘龙《谒狄梁公祠》：

梁公祠宇旧城西，禾黍秋原信马蹄。雨剥断碑苔半合，云埋老树鸟空啼。天倾杞国心如噎，日坠虞渊手自携。二十年来一登眺,感时怀古此留题。

　　遗容俨雅庙深幽,血食桥山路畔州。墙外野云依树度,门西溪水抱村流。前朝事业无抔土,异代衣冠有胜游。欲下石栏还徙倚,青山斜日共悠悠。

长洲陈仁锡《狄梁公祠》:

　　伏锧回唐祚,牝鸡不敢鸣。推心随国史,清涕定台衡。藓碣霜还栗,虞渊日自明。千秋馀正气,岂独祀幽并。

　　① 狄梁公祠:初创于唐,元大德中重建,明正统中重修。"狄梁公祠在昌平旧治北,元成宗大德二年(1298)因旧基重建,学士宋渤为记。明正统十三年(1448)更新之,命顺天府岁时致祭"。(《天府广纪·庙祠》)

　　② 沙河:位于今北京昌平县境内。

　　③ 景梁台:明正德年间户部主事莆田林应聪创建,取名慕狄。隆庆中改此名。

　　④ 狄梁公(607—700):即狄仁杰,字怀英,太原(今属山西)人。武则天执政时任宰相。武则天曾欲立武三思为太子,仁杰极力劝阻,终迎庐陵王于房州,李氏政权得以延续。卒赠文昌右相,谥文惠。唐睿宗时追封梁国公。

　　⑤ 大德:元成宗年号,公元 1297—1307 年。

　　⑥ 正统:明英宗年号,公元 1436—1449 年。

　　⑦ 昌平县:今属北京市。

　　⑧ 李北海:唐代书法家李邕。

　　⑨ 贞观:唐太宗年号,公元 627—649 年。

　　⑩ 玄奘(602—664):即三藏法师,俗称唐僧。唐太宗贞观年间赴天

竺取经,翻译佛经一千三百余卷。为唯识宗创始人之一。按:此处有误。据《日下旧闻》朱彝尊按语,此碑为唐开元年间国师三藏沙门不空奉诏书,并非唐贞元中三藏法师玄奘。

刘 司 户 祠

昌平刘蕡①,唐文宗时,愤宦官恃功专权,应制对策,极言祸福。第策官左散骑长侍冯宿等②,读蕡对嗟服,而畏忌不敢取。时参军李郃登第,乃上书自劾,乞回所授,以旌蕡直。后七年,甘露难作③,令狐楚、牛僧孺皆表蕡幕府④,师礼礼之。而宦官深嫉蕡,诬以罪,贬柳州司户参军⑤,卒。后昭宗感罗衮言⑥,赠谏议大夫,谥文节,封昌平侯。元泰定间⑦,建祠州西南五里,曰谏议书院。至正间⑧,又建祠旧州东,参政许有壬撰碑⑨。我明弘治间⑩,谈本彝移建学宫内⑪,今圮焉。世多谓蕡策不利于时哉。身前为宰相师,以有畏不取者,身后感动人主,以有嫉之、诬之、贬之者。矢激则远,水洄则深也。一下第举子,赠谥侯封,祠祀百世,令当年收策登上第,亦复一李郃耳。且郃故因蕡,传久远至今,为自劾一书,不为一第矣。即冯宿、令狐楚、牛僧孺,当年祸福升沉,亦何至响景,盖茌直殊意,而蕡名以彰。志称蕡宅、蕡墓,在昌平,今其址俱不可寻。崇祯五年⑫,刘京兆荣嗣⑬,谋于董宗伯其昌,为撰碑,手书之,以风策士。宗伯曰:"蕡已追赠谏议矣,犹司户称,存愤也。"

茶陵李东阳《谒刘谏议祠》:

布衣人拂逆鳞龙，一代危言此地钟。香火制存身后庙，策时书在阁尘封。旛旛戴发馀民改，折折穿山旧路重。欲向五陵还吊古，永安城外落霜钟。

太平谢铎《宿刘谏议祠》：

漏转山城嘿坐迟，一灯明灭几停吹。忧心俨觉神如对，衰梦空怜夜作期。五度客来应见我，百年人在定应谁。壁间敢恨题名晚，浅薄终惭谏议祠。

歙县程敏政《刘谏议祠》：

三年重拜谏臣祠，手掬寒泉酹一卮。气节可兴天下士，蒸尝无愧社中师。对廷舍子嗟唐策，忧国凭谁续楚辞。今日万几归圣断，有臣应恨不同时。

慈溪姚涞《谒刘蕡祠》：

古树扶疏芳草繁，独遗忠额表幽轩。春秋正始丹心壮，城社兴妖白日昏。四壁诗篇空往事，百年俎豆尚英魂。悠悠此恨无今古，山月凄凉照北村。

吴县王鏊《刘谏议祠》：

荒湾野木古城隅，何处昌平是旧庐。气带幽并多感慨，策如晁董亦迂疏。同时下第谁云屈，此外求言总是虚。不尽怀贤行古意，执鞭无路欲何如。

吴江周用《刘谏议祠》：

此日何人问浊流，大廷方属草茅忧。衣冠落落人心死，河雒行行王气收。千古直臣唐谏议，一篇正学鲁春秋。馀生今日颜犹汗，香火荒祠起暮愁。

襄垣刘龙《刘谏议祠》：

从游不愧逢干后，伯仲何惭贾董间。一介布衣天下计，满梁华月古人颜。临轩犹策言谁尽，想象寻思骨自屏。寂寞学宫西畔路，停停今是几追攀。

武进唐顺之《题刘蕡祠》：

岁莫山城摇落时，客来下马拜荒祠。独伤往事生流涕，欲问遗墟不可知。璞玉无因轻易弃，龙鳞有逆信难披。登科今日还吾辈，颜厚于君何所辞。

内江赵贞吉《刘蕡祠》：

一策乾坤正气收，当时朋辈至今羞。沙连塞草寒三亩，叶和村烟覆一丘。浊水无情流白马，荒山何处望青牛。罢归远窜非公恨，所恨身前鼠未投。

香山黄佐《刘谏议祠》：

谏议祠堂在，栖栖托泮林。雨垣春藓合，风柳暮蝉吟。溢浦天何远，沙河水自深。投荒终弃置，入幕始浮沉。官府分南北，兴亡共古今。吐辞扶白日，回首破层阴。牢落千年梦，凄清此夜心。停镳休远躅，鸿影在高岑。

莆田郑善夫《刘谏议祠》：

> 今古悲歌地，刘生有墓祠。只馀经世志，况值讳言时。去国英雄尽，还山事业迟。黄金旧台北，搔首动退思。

长洲陈仁锡《刘谏议祠》：

> 布衣修谏草，愧已在三公。何直登科日，能生策士风。鳞婴刘向逆，疏抗比干忠。今我瞻山斗，昌平一故宫。

孝感胡江《谒刘谏议祠》：

> 等闲一策失雄雌，谏议名高身后祠。士贱岂经时宰虑，主忧惟望侍臣知。北曹往事如公说，西角边愁独我思。洒泪桥山明日路，无言愧听水流澌。

① 刘蕡：字去华，昌平人。唐文宗大和二年(828)举贤良方正，对策指斥宦官，遂不第。后授秘书郎，为宦官所诬，贬柳州司户参军，卒。昭宗时，赠右谏议大夫。元泰定初年，以昌平驿官宫祺奏请，始为立祠（参见清顾炎武《昌平山水记》）。

② 冯宿：字珙之，唐贞元年间与弟定并登进士第，官至东川节度使，封长乐县公。卒谥懿。

③ 甘露难：即甘露之变。唐文宗大和九年(835)，宰相李训、节度使郑注等预设伏兵，诈称左金吾大厅后院石榴树上有甘露，诱使宦官仇士良等前来。后被发现，李、郑等皆遭杀害，族诛十余家，死千余人。

④ 令狐楚(766—837)：字彀士，唐贞元年间进士，历任中书舍人、尚书仆射、诸镇节度，官至山南西道节度使。以文学享誉当时。卒谥

文。　牛僧孺(779—847)：字思黯,唐宪宗时进士,历仕六朝,官至太子少师。卒谥文简。有《幽怪录》。

⑤　柳州：治所在今广西柳江。

⑥　昭宗(867—904)：即李晔,唐懿宗第七子,原名敏,封寿王。继其兄即位,在位十六年,数度被迫逃亡。后迁都洛阳,为朱全忠所杀。庙号昭宗。　罗衮：字子制。唐昭宗大顺年间进士,为左拾遗,五代后梁时官至礼部员外郎。曾向唐昭宗上《请褒赠刘蒉疏》。

⑦　泰定：元泰定帝年号,公元1324—1328年。

⑧　至正：元顺帝年号,公元1341—1368年。

⑨　许有壬(1287—1364)：元延祐二年(1315)进士,官至集贤大学士。致仕后卒,谥文忠。有《圭塘小稿》、《至正集》等。

⑩　弘治：公元1488—1505年。

⑪　谈本彝(1430—1504)：即谈伦,字本彝,上海人。天顺元年(1457)进士,官至工部右侍郎。罢归。

⑫　崇祯五年：公元1632年。

⑬　刘荣嗣(? —1638)：字敬仲,曲周(今属河北)人。万历四十四年(1616)进士,官至工部尚书。以治河不见功效下狱论死。有《半舫集》。

九　龙　池①

泉得山英,石得山雄。不知其地中土也,视其石,濡而密致,泐之而柔,五土四备已。不知其气行地中也,酌其泉而甘,权他泉而重焉,熟之速,凉之迟焉,四气春夏备已。九龙水,出翠屏山之阳②。泉出为池,池方十丈。池出为溪,溪五里。谒

泉者,沿溪入,石濑左右,溪以浅深,蒲苇以浅深。溪行者,以
盘折藏露,望前菁林中,晃晃黄罴,山缭纮上,九龙池也。望林
端百尺,云头层层,瞰池危立,大声出其间者,池上壁,壁间泉
也。泉脉乎石者怒,而其脉九,凿九龙吐之,非龙,其势亦吐,
不缭缭而帛,则珠珠而帘耳。吐泉破池,池面创,水骕散,雾沫
所及,桧竹桃李,夹池丛丛。水之定处,见峰影苍黑,当池之
南。稍东而池影又动,水趋关逐渠,绕绕西入山田,去作农务
矣。世宗谒陵过池③,命构一亭、一台,于池之北。亭曰粹泽
也。今陵卒夥颐,道列圣驻跸事。

绩溪胡松《从观九龙池水殿》:

　　水殿新营御幄西,上皇曾此数登跻。千秋古树凌云
上,九道甘泉瀑布齐。柳带年光含白雾,花将春色上黄
鹂。从游拟献《长杨赋》,臣朔无能愧不稽。

　　当年此日饶风雨,此日清明又不晴。花发灵岩含御
霭,莺啼绣树啭春情。无边朔气通玄徼,万里云山拥汉
京。传语同游莫虚负,共将歌颂答升平。

上元许谷《九龙池》:

　　九位时乘石作龙,穿池引水水含空。风前活活鹏珠
吐,地底原原碧汉通。缇幕尽悬金榜外,翠华齐降碧岩
中。即看在藻思鱼跃,还与微臣望幸同。

泾县王廷幹《观九龙池》:

　　龙门开碧苑,池色映丹丘。芳树缘阶转,清泉入户
流。名丘花气霭,虚谷鸟声幽。草阁曾清跸,云峰忆彩

旒。水怜空鉴照，山望断烟浮。即此消千虑，何须览十
洲。

内江赵贞吉《九龙池》：

九龙池旁帝陵隈，群壑泉澄宝镜开。疑隐神驹精爽
动，似流乌鹊羽毛来。山藏万姓攀留鼎，烛照千年秘护
台。为有香蘩绕松柏，故令蟠屈长鳞苔。

歙县汪道昆《九龙池》：

水殿三秋爽，山泉九派清。寻源迷径入，倚槛忽云
生。星沫悬河鼓，风波动石鲸。敢论监太液，或恐象昆
明。

江宁顾起元《九龙池》：

碧檐红树上扶疏，溁沆灵池混碧虚。天镜月流千嶂
后，神珠日抱九陵初。青云似覆临河马，绿藻疑潜在镐
鱼。共道此中涵圣泽，年年玄祉荐龟书。

南昌樊良枢《九龙池》：

白日银河动地来，石栏红砌水潆洄。春生灵沼层冰
泮，雷奋天门九钥开。鲂尾故应涵睿泽，鳌冠只许戴蓬
莱。群公在藻承恩宠，鱼丽欣陪数举杯。

新野马之骏《九龙池》：

曲沼堪流照，层轩亦驾虚。叶声雨溅后，潭影月亏

初。藤度新巢鹊,萍开不射鱼。白头怜卫士,指点说銮
舆。

孟津王铎《九龙池》:

山寂饶灵气,襘成问水塘。荒原流荇藻,禁水荫虹
梁。客泪园林堕,龙涎雷雨藏。我朝应过历,宗海见沧
桑。

兴国曹景参《游九龙池》:

小涧琮琮活水侵,问源不远可幽寻。潜龙默漱诸陵
液,结驷平披一镜心。老树栖凤鸣谡谡,稚鱼分藻立森
森。短垣曾是经行幸,几段飞光破昼阴。

① 九龙池:"在昭陵西南,于山崖下凿石为龙头,泉出其吻,潴而
为池。上有翠泽亭,中一间,旁各三间,门三道东向,缭以周垣,为车驾
谒陵事毕临幸之所。嘉靖十五年(1536),世宗所敕建也。"(清顾炎武
《昌平山水记》)
② 翠屏山:位于北京昌平区西北。
③ 世宗:明嘉靖皇帝。

屾　屾　崖

昭陵之北①,曰屾屾崖②。旋旋蟠蟠,望若梯磴,石丑怪若
鬼面。泉为绕陵而幽幽,树为禁陵而郁郁。下崖之庵,曰瑞

峰③,一曰麻尼。崖高危立,庵逼其踵。南山前逼庵,而又高危,冬前后两月,蔽不见日,惟短至日,景一线透之。崖三峰而三庵,两峰翼,中峰首。自盘道庵以之东峰庵④,壁与石与树也,西若有奇焉。自渡津桥以之西峰庵⑤,壁与石与树也,东若有僻焉。自东西峰以之中峰庵⑥,壁与石与树也,东西若有高焉。天启中⑦,陵监饰五庵,新矣,一峰失其朴。

金坛王樵《听游岣岣崖歌戏呈近溪罗子》:

> 康陵斋坐客,罗子独来晚。为言岣岣崖,池西一峰远。初寻樵径密,仰不见白日。五月阴风寒,背岩雪犹冽。看看路欲穷,忽与前山通。世外得人境,古寺苍崖中。舍杖独息石凭坐,老僧提茶过青松。举头见塞外,夏草如秋空。客啸震崖崖亦答,日夜不断高天风。抗手别僧一客还,上崖不艰下维艰。琮琮鸣者九龙湾,马头明月松陵关。

歙县汪道昆《山陵事毕登岣岣崖》:

> 望望岩栖胜,行行洞道回。攀跻从地险,豁达忽天开。朔气卢龙近,秋阴渤海来。号弓无处所,倚杖有馀哀。
>
> 鸟道逶迤尽,云林高下居。有溪皆绝壁,无地不精庐。偶欲留僧榻,眠因枕佛书。明朝车马客,归路夜何如。
>
> 伊谁开浩劫,未敢问山灵。法眼空三界,神功自五丁。径行林竹紫,高坐岳莲青。一片头陀石,重来好勒铭。

顺天王嘉谟《屺屺崖》：

> 莫谓灵丘远，近于陵寝旁。嵯峨时可度，窈窕势翻长。苔滑和风满，花明永日凉。丛篁涵地脉，积雪涌山光。蒲有仙人采，盆疑玉女浆。琳琅耀灵府，璀璨照疆场。习坎宁求止，探奇兴不忘。登登峰绝顶，仰仰意苍茫。

蒙阴公鼐《屺屺崖》：

> 桥山西北寺，一谷隐千峰。曲折崖屏掩，高低阁栈重。传觞狷饮涧，倚盖鹤巢松。小憩听泉久，东岩已暮钟。

长洲杨补《屺屺崖》：

> 渐欲入深阴，屺屺崖势侵。线通人一径，鬼作面千岑。白日传山柝，青天早杏林。游心正森肃，自未此幽寻。

仁和阮泰元《登屺屺崖》：

> 一径沿山曲，凭高俯大荒。上方瞻王气，北极壮金汤。出岫云低度，惊人鸟下翔。凌虚天外去，身世与相忘。

> 水涸溪为径，崖危石作梁。云消岚树出，风过客衣凉。松磴行踪少，草庵度岁长。瞻天在咫尺，万载帝陵乡。

《秋莫登屺屺崖》：

诸陵佳气郁苍苍,上接诸天互渺茫。洞道高盘华夏垒,霜林群簇帝王乡。尊峰鼎出浮云立,至日丝垂古壑光。共说壮游今独胜,不知人世已斜阳。

① 昭陵:明穆宗陵墓,位于北京昌平县大峪山。在其祖母蒋氏玄宫(当年建成未用)基础上改建而成。

② 岣岣崖:又作沟沟岩。有东、中、西三峰,俗称石梯。深山叠嶂,秀石悬空,纵深三十余里。山颠清流缭绕,奇树扬芬。

③ 瑞峰:庵名,又称麻尼庵。位于岣岣崖旁,庵中有大学士赵志皋碑记。

④ 盘道庵:又名岫峰庵,庵中清泉,可供路人修憩。有右通政李琦所立碑。

⑤ 西峰庵:庵西有泉,泉西有方亭。庵中有大学士王锡爵、吏部左侍郎翁正春所立石碑各一。

⑥ 中峰庵:有礼部郎中冯元飏所立碑。

⑦ 天启:明熹宗年号,公元1621—1627年。

银　山

天寿山东北六十里①,曰银山②。或曰望也非金方熔于冶,非月下之潮方至,非镔甲练刃,西来万骑而日方东,山之光也,曰银山矣,或曰矿焉。银山近皇陵,故禁樵采。松不胜其柯而偃,柏拂地而已枝,橡子落而无人收,榆柳条繁而禁老秋,壁生树顶,泉流叶间。山最高曰中峰,悬索升之,三四里,上石栏,供石佛。唐邓隐峰禅师③,修于此山,道成此山,故多隐峰迹。峰下石岩,隐峰晏坐处。岩上石如台也,隐峰说法台。岭边一松,曲如楖栎也,隐峰挂衣树。峰有妹,与俱出家。夕定岩下,冥府摄峰,鬼诣峰前,觅不得见而去。末山尼开堂说法,峰挟刃夜试所守。尼惮失志,取其衵服,集众晓之,其徒立散。峰参马祖得悟④,因游五台。路出淮西⑤,属官军讨吴元济⑥,锋方交,峰掷锡空中,飞身而过,两军齐见而哗。后入金刚窟⑦,将示寂,问众曰:"诸方迁化,坐去,卧去,还有立化也无?"曰:"有。""还有倒化也无?"曰:"无。"师乃倒立而化,亭亭然,衣亦顺体,斩斩然。舁就荼毗,不可动,屹屹然。其妹咄曰:"兄生不循法律,死更惑人。"推之而仆。中峰下有寺,金天会三年建⑧,曰大延圣寺⑨。殿三重,墀皆僧瘗骨塔,自佛觉禅师下,凡七。正统十二年⑩,太监吴亮重修⑪,请赐名曰法华。二碑,皆吴亮自撰并书⑫。其一碑曰感恩,感英宗丁卯⑬三月三日,谒陵毕,幸寺降香,赐僧白金彩币碑也。按亮逮事建文,比建文自滇入京,无识者,英宗遣亮往,建文遥见⑭,即曰:"吴亮也。"亮漫曰:"非。"建文曰:"亮,尔昔进食,掷鹅赐尔,尔两手各有执,乃就地舐以食,尔忘之矣!"亮泣,伏地不能起。复命,退而缢焉。又金大定六年碑⑮,刻隐峰银山十咏。又弘治十年碑⑯,翰林学士汪谐净业堂记⑰,今断。寺西上半里,松棚庵。门内外各一松,松正似,俱轮盖,内阴满院,外阴满崖。北上一里,铁壁寺。塔曰延圣塔,弘治四年建。塔前弘治八年释行伦诗碑,记称法华寺,领七十二庵。今庵自松棚下,二十五尔。出山北四十里,井儿峪。庵峪中,一山蘙其额,终岁不承日光。又一里,玉峰山。山尽石,石尽白,树尽频婆果。果林中,大万圣寺,土人呼张开寺。寺久颓落,像设皆石,今露而坐立也。殿前一大松,僧云,备五种叶,二种耳,侧掌柏也,针松也。入山者取道二：从白泛岭入者，壁奇，松柏奇，而路险难。从三思岭、牛蹄岭入者⑱，路则平，木石亦平矣。

庆阳李梦阳《银山寺》：

> 银山汤岭北，天外削三峰。下见林中寺，来闻午后钟。僧徒住石屋，雷雨拔门松。西望冈陵接，云成五色龙。

武昌吴国伦《银山寺》：

> 黄姑山头白雾升，铁壁古寺罗荒藤。居人已测金银气，法界犹悬日月灯。聊寄孤松仍结社，未须三竺更逢僧。西风七十二钟磬，立马归途思不胜。

武进唐顺之《银山说法台》：

> 秋山面面翠屏回，孤石支撑说法台。想见高僧开口处，峰峰曾与点头来。

《游铁壁》：

> 中峰特竦如削铁，古松根透石纹裂。扶我中峰顶上看，指尔八荒第九节。

歙县汪道昆《银山法华寺》：

> 五陵东望白云端，冰壑松门历化坛。别有人天经浩劫，高悬佛日照长安。林中双树龙宫隐，天外三峰鸟道盘。开士倘分香积饭，宰官拟挂惠文冠。

昌平崔学履《银山》:

绝巘层岩相斗奇,古藤宿树转逶迤。遥空共指银为
障,向上齐看铁作帷。吟望今多游客句,藏修昔止隐峰
居。从来胜迹缘人事,况近皇陵紫气垂。

延安杨兆《银山寺》:

翠柏丹枫望不通,不知七十二庵丛。山陵木石神人
护,畿甸耕耘民俗同。水净月盂眠桂影,夜凉云衲助秋
风。悬知舍利藏幽谷,早晚飞光上切空。

黄蝶西风白雁回,遥天秋色入崔嵬。年深俯仰悬衣
树,事杳传闻说法台。寺有山灵司薮牧,林无日影射氛
埃。夕阳欲下招提暝,凉月纷纷照酒杯。

潍州刘应节《登银山铁壁寺》:

石磴藤萝漫不穷,但随钟磬得禅宫。芙蓉乍削三峰
出,鸑鹭高盘一径通。立影孤峦低落日,看云万里御秋
风。苍苍郁郁无萧瑟,塞上今兹草木空。

白马金牛去不回,银山铁壁自崔嵬。昙云历历中峰
顶,香雨祁祁说法台。身半百年成梦界,虚无尽处见如
来。关河日幕闻清籁,独坐松根意转哀。

太仓王衡《走银山道》:

寥寂荒山径,人随黄叶踪。林虚峰影乱,谷老雪痕
封。落日闲归牧,投烟及暮钟。到来频立马,鸟道几重
重。

《宿银山寺》：

野宿俄逢酒，匡床影对吾。僧寮与谭虎，佛供闻啼鼯。月窦悬相照，风铃莽自呼。夜清钟磬发，惊我尚征途。

《银山归道》：

澹日荒平野，差池我马黄。暮山看便好，空翠远相将。寒入鸟栖乱，烟含猎火凉。心悲松柏地，镇夜月苍苍。

蒙阴公光国《游银山登中峰顶》：

中峰直下视苍苍，高建芙蓉日月傍。松作虬形旋佛国，岩如虎踞拥陵冈。千林不杂频婆果，七塔谁含舍利光。晏坐解衣随便好，名成木石已荒唐。

灵宝许侗《游银山》：

叠嶂回流转不前，翠林深处梵宫悬。雨过黛色生浓澹，风急松声无断连。法石坐来思半偈，中峰上到接诸天。山僧未惯钦官长，歌负壶浆饷野田。

济南于廷真《银山》：

皇家封树郁苍苍，东北相传古道场。青草深迷陵下路，天花散落佛前香。闲泉绕涧东西听，熟马穿林蹊径详。但见如熔银色聚，不知山霭塔毫光。

顺天毛锐《说法台》：

> 锡自几年挂，石台选最深。众山同树色，乱涧若泉音。日月光无远，人天护到今。道成名胜迹，峰隐昔何心。

宛平于奕正《银山说法台》：

> 隐峰晏坐处，草长石台平。涧响水争鍪，林花雨正晴。佛看僧入塔，客问鸟无名。归去远将夕，四闻钟磬声。

《张开寺》：

> 古刹老僧荒僻地，自无外客此深穷。壁尘题字四朝上，檐曝宜人三伏中。搭屋不除丫角石，缚门正借斜腰松。飞丹蠹碧西山寺，琐琐何为凿化工。

① 天寿山：位于今北京昌平县境内。原名东榨子山，又名黄土山，明永乐七年（1409）卜建皇陵，始改今名。实即军都诸山之冈阜，群峰连绵，流泉萦绕。明帝陵寝皆在此山。

② 银山："在昌平东北六十里，峰峦高峻，冰雪层积，色白如银，故名。麓有石崖，皆成黑色，又名铁壁。顶为中峰，迥出云霄，缘石梯上五里许，下视梵刹如弹丸。刹乃唐时建，领七十二庵，沙门邓隐峰藏修之所。有浸月泉、天清桥、巨虎石、诵经台诸胜。"（《天府广纪》卷三十五）。

③ 邓隐峰：唐代高僧。邵武（今属福建）人。初师池阳南泉禅师，后为马祖弟子。相传于唐宪宗元和年间游五台山，见吴元济与官军交战，遂掷杖空中，飘然飞临战场，于不知不觉之中将双方兵器尽数收去。后于五台金刚窟前倒立而死（参见宋赞宁等《高僧传》）。

④ 马祖(709—788)：即释道一,唐代高僧。俗姓马。曾在福建、江西等地传法,有弟子一百三十九人。宪宗赐谥大寂禅师,世人称为马祖。

⑤ 淮西：淮河以西地区。又称淮右。

⑥ 吴元济：唐宪宗时节度使吴少阳之子。少阳死,匿不发丧,以少阳名义上表称病,请以元济主兵。遂起兵大肆焚掠。后被讨平,斩于长安。

⑦ 金刚窟：位于山西五台山东台楼观谷之左崖,幽深莫测。

⑧ 天会三年：公元 1125 年。

⑨ 大延圣寺：位于银山东峰之下。初建于金天会年间。明正统中太监吴亮重修,改名法华寺。

⑩ 正统十二年：公元 1447 年。

⑪ 吴亮：宦官,曾侍建文帝左右。相传正统年间建文帝因题壁诗暴露行踪,被迫入京,吴亮前往辨认。建文帝与叙往事,吴亮伏地痛哭,自缢而死(参见《逊国正气纪》卷八、《逊国神会录》卷下)。

⑫ 自撰并书：原本"自"字空阙,据他本补。

⑬ 丁卯：即正统十二年。

⑭ 建文：明建文帝,见卷五《黑龙潭》。

⑮ 大定六年：公元 1166 年。

⑯ 弘治十年：公元 1497 年。

⑰ 汪谐(1432—1499)：字伯谐,仁和(今浙江杭州)人。天顺四年(1460)进士,选庶吉士,官至礼部右侍郎。有《寅轩稿》。

⑱ 三思岭：又名神岭山,山高百余丈,在昌平州南。下有龙潭,流入白浮堰,人称神仙泉。

驻　跸　山

山在昌平州西南二十五里①,高十余丈。石嶙沓危立,相与趋走,状不可驻,西北衺二十里。自金章宗游此,镌"驻跸"字,人呼驻跸山,遂逸其初名。上有台,章宗自题"栖云啸台"四字。下观野燎而猎,召其酋长大人击球。俄而自击,自赏叹曰:"美乎哉!无人见之。"须臾,石群起若观。章宗益自喜,灌以酪,故石顶至今白存。山下有洞,名寒崖,奥邃中乃多异草奇木。草木资风日雨露也,今洞生,外霜时,亦自落洞中也。西曰虎峪②,幢幢水出焉。瀑飞下三四里,至鹁鸽岩下,伏矣。人或谓昌平旧县虎眼泉,是幢幢水复出处,其有据欤?其无据欤?凡从啸台过虎峪者③,盖惆怅不决而返。

① 昌平州:今北京昌平县。
② 虎峪:又名虎谷。位于驻跸山之西。
③ 啸台:即栖云啸台,位于驻跸山南,高二丈许。

上　方　山

地生初,岩壑具已。其为怀襄,荡荡汤汤,其为天龙神物,倾塌排触,孰测所然欤?人游游处处,言言语语,山受名伊始焉。有初古名者,有傍幽人炼士名以名者,有都邑郊焉、近晚名者,有人古莫至、山今未名者。名不厌熟,山不厌生,至不若所不至者深矣。大房诸山①,宿名也,而上方山②,晚得名,一二百年,续续有过从者。循孤山口而西③,峰横涧束,涧上侧径,如古墙边趾,人如行衎中。村落林烟,水田麦畦,时时有,大略似外人,闲叟妪、壮农馌妇、樵牧竖子,见人无不喜畏远窥之。十二三里，至下接待庵④。两壁巉截，中隐一罅，可狄蛇径耳，不自意容步过身也。穿不断罅光，前前萬萬，不成准绳，三步则旋，四五步则折，仰天青苍，日一丸白。跳而东西。至此，坐愁叹，或悔焉，望一平可息歇处，喜矣。曰欢喜台也⑤。奇峰环台，台环视之。有敌楼似者，睥睨栏楯具。有莲华似者，青莲而黄其跌，竟似矣，非依约拟似也。欢然行二里，过兜率门一里⑥，得石级以升。级三百，升九累，毗卢顶也⑦，别一国土矣。旸然犹故天日，远风平畴，泉流维缓。计里方五十，庵寺一百二十。入岩嵌石，出壑斗空者，最药师殿、华严龛、珠子桥⑧，行行半里，则上方寺矣⑨。寺不知当山外何方，记入时上又上，是上方也。寺左，起一峰，百数十丈，石质润滑，黄间五采色，上有冠若、柱若，久当堕矣，未堕也。峰下泉，曰一斗泉⑩。泉于峰为下，于上方寺，高踞百尺也。清则流水，渟则止水，澹焉，凝焉，则雪雨露水。相传注泉熟腥，便伏，忏谢，复蠕蠕矣。峰有名者，大摘星峰，小摘星峰⑪、望海峰⑫。寺数碑皆明，无隋唐，亦无辽金。夫幽僻，故碑应无毁者。其山自古，其寺自今兹哉。

侯官曹学佺《上方山路》：

　　路访居人遍，惊言未到时。老翁为向导，瘦马任驱驰。野树悬水溜，茅茨压石皮。几村虆姓著，讹语至今垂。

　　瓦井寻何处，沙沟苦欲崩。断碑犹有寺，乞食即无僧。山势开仍阖，天光降递升。平生蹂绝险，今此鸟俱腾。

　　客到孤山口，山家劝客休。果筐年事设，茶碗冷烟

浮。稚子远来看,此翁如有求。所悲城市者,相识也悠
悠。

磊磊踏危石,泠泠见碧潭。不知身蓟北,宛已路江
南。净色沾眉喜,清泉戒齿贪。穷源逢侧壁,智者结为
龛。

《上方寺》:

悬崖车马绝,杖步仅能跻。寺向云中起,僧从天上
栖。草庵寻径远,冰窟听泉迷。为拟前峰是,前峰到又
低。

《斗泉寺》:

冬岭未萧萧,青依桧柏条。斗区泉不涸,阴壁雪难
销。坛角当山瀑,洞门闻海潮。熟腥维有戒,自牖托僧
寮。

晋州黄榜《上方绝顶》:

峰峦天外境,入处陇畴低。隐约千庵磬,闻传四境
鸡。上方僧俗朴,下望远空迷。特地徘徊久,流泉过别
溪。

长洲孙嗣烈《上方山》:

上方人径绝,绝壁罅中跻。大小星能摘,东西日欲
迷。潨泉曾受戒,危石只空栖。百二庵疏阔,知他世界
低。

慈溪冯有经《上方寺》：

层峦杳嶂拥林丘，老桧长楸夹道稠。苔护断文留古勒，云移叠石架危楼。连峰恒碣天之外，极路幽并海到头。无限碧山迷夕望，分身安得尽情游。

嘉兴朱茂时《登上方绝顶》：

绝顶今观迥不齐，直疑云与较高低。已非人境犹千寺，还上星辰更几梯。自始樵苏时近代，虚疑仙奥古初迷。洞中孔水桃花片，异种知生何处溪。

① 大房：上方山之别名。

② 上方山：位于今北京市房山区。山势极陡，昂首登山，如入上天，故曰上方。

③ 孤山口：在今北京房山区，为登上方山入口处。

④ 接待庵：明万历初太监冯保修建。

⑤ 欢喜台：万历初太监冯保修筑。在筏汉岭上，巨石数丈，平坦可坐。

⑥ 兜率门："兜率"为佛教用语，指欲界六天中的第四天，意为妙足、知足。

⑦ 毗卢顶：意为光明顶。

⑧ 药师殿：位于上方寺东南。　华严龛：又称华严洞，在上方寺南三里，相传为华严开凿。洞中有石乳下垂，涓涓不竭。

⑨ 上方寺：又名兜率寺，俗称常住寺，位于上方山锦绣峰下。当年上方山众庵寺，均隶属于此寺。按，孤山普济寺、欢喜台、接待庵、上方山兜率寺，皆明万历初太监冯保修筑，各有碑(参见《日下旧闻考》卷一百三十引《国门近游录》)。

⑩ 一斗泉：位于毗卢顶之西。泉状如斗，汩汩不穷，故名。

⑪ 大摘星峰、小摘星峰：又名大、小摘星陀，位于毗卢顶之东，极高。

⑫ 望海峰：在毗卢顶之西。

云　水　洞

　　登大小摘星岭①，西望胡良、拒马大小河，如练，如带，如游丝，在拄杖下，颠则落河中耳，而隔山不知其几十里。望且行，缘岭四五降升，达云水洞口②。买炬，种火，脱帽襫，结履袜，薄饮，且饭，倩土人导，秉炬帚杖，队而进洞。洞门高丈，入数十丈，乃暗，乃炬，乃卑，乃伛行。又数十丈，鹿豕行，手足掌地，肩背摩石。又鳖行，肘膝着地，背腹着石。又蜥蜴行，背膺着石，鼻颔着泥，以爪勾而趾蹲之。乃卑渐高矣，则苦煤，从前入者炬灰也。触焰，飞而眯，触手，黟不脱，导者帚除之，后者袖左右麾以入。渐见垂钟乳，入渐高。虽高，然曲盘，且仄罅也。则前炬张如鳌，后屈曲，又蟹行蜻行焉。入又渐张，垂乳甚众，冰质雪肤，目不接土石色，心怔怔痒痒，谓过一天地，入一天地矣。左壁闻响，如人间水声，炬之，水也。声落潭底，不知其归。又入，有黄龙白龙盘水畔，爪怒张。导者曰：乳石也。焠炬其上，杖之而石声。乃前，扬炬，望钟楼、鼓楼，栏栋檐脊然，各取石左右击，各得钟声、鼓声、磬声、木鱼声，声审已。导者曰：塔。共掷石而指塔，塔层层，大三围，其半折。导者曰：雪山也。果一山纷如，光霏霏者芒如，磴益侧不属，石益滑。

乃又臂引猿行,又入而左,有天光透入,定想之,洞口外昼光
也。光所及,壁上有字,可行可数,若梯可致也,尚其可辨识。
左侧高广,有光乱乱,乃众泉潴,分受炬光。泉深莫测,而穴复
洼小,从前入者,亦无更进此,凛然议且出。凡洞行,得一爽,
丛而息;得一遗炬,履而壮;得一形似外人造者物,而嘉欢;得
一光,知犹天也,而心安然。凡入洞,三易炬,出,杀炬三一。
凡入洞,伏仆仄援,七易其行,出,杀行十一。出洞矣,趋接待
庵。中道一石,小儿足迹,僧曰:善财也③。按志:大房山下孔
水洞,时见白龙出,辄化为鱼,尝又闻乐作。唐胡詹记:有人构
火浮舟,行五六日莫究,但仙鼠旋飞,赪鱼来近火光也。开元
间旱,每遣使投玉璧。金泰和中④,忽桃花流出,瓣如当五
钱⑤。今山下别无孔水洞,其即云水洞欤? 而入不可以舟,而
洞中潭,亦不得所从出也。

　　侯官曹学佺《云水洞》:

　　　　幽探来此日,开凿识何年。秘象殊方世,层局别一
天。庄严成古佛,缥缈俨飞仙。潭畔双龙状,为珠亦自
圆。

　　　　容身无剩处,空阔亦难穷。楼入穿花丽,台临说法
崇。千重云气绕,几道水声通。岂有符能禁,潜行地肺
中。

　　　　山灵烦构思,若或运风斤。布置林花胜,生成鸟兽
群。幡垂无影见,钟叩有声闻。触目皆奇石,玲珑玉不
分。

　　　　燎尽促归频,风光出洞新。此身今属我,罕事更邀
人。乍觉日初落,翻疑夜向晨。游兹如梦里,记忆未

全真。

① 摘星岭：即摘星峰，见本卷《上方山》。

② 云水洞：俗称孔水洞，位于上方山摘星岭之西。《日下旧闻考》卷一百三十引《图书编》："孔水洞在大房山东北，上有悬崖千尺余，下有石窟阔二丈许，泉水从中涌出，深不可测。"

③ 善财：释迦牟凡弟子。据《华严经·入法界品》二，善财童子受胎时，"于其宅内有七大宝藏"，故以"善财"为名。

④ 泰和：金章宗年号，公元1201—1208年。

⑤ 当五钱：金属钱币的一种。以一当五，故名。

石 经 山①

房山县西南四十里，有山好着白云，腰其半簏，曰白带山。所生芯题草，他山实无，曰芯题山。藏石经者，千年矣，始曰石经山，至今也，亦曰小西天云。北齐南岳慧思大师②，虑东土藏教有毁灭时，发愿刻石藏，闷封岩壑中，以度人劫。岳坐下静琬法师③，承师付嘱，自隋大业，迄唐贞观，④《大涅槃经》成⑤。其夜，山为三吼，为生香树三十余。六月水涨，为浮大木千统，至山下，构云居寺焉⑥。唐玄宗第八妹金仙公主修之⑦，我洪武二十六年又修之⑧，正统九年又修之⑨。山上雷音洞⑩，高丈有余，纵横于高有倍，上幔覆。壁四刻经，柱四刻像。前石有扉，维以开闭。几案瓶罏皆石。石台有栏，横与堂亘。堂左洞二，右洞三，堂下洞二，皆经。唐迄元，代有续刻，经目列石幢。人传洞之初穿，火龙也。今石壁凹凸处，犹烧痕矣。洞中燥而北潴，池之，井之。洞北有泉瀜瀜。窦石径石，下山始润于土。木根石而资泉，藤腹乎木，亦资泉，自古幕泉上。径泉之南，旋旋登登。山五顶，号之曰五台。金仙公主各白石小塔以峰之。东台壁上，掌印四，号之曰文殊印也。别峰冠石，后广前锐，出于空虚，号之曰曝经台。山下左右，东峪寺、西峪寺[11]。西峪寺后，香树林[12]，香树生处也。梦堂庵，唐梦堂师居处也。林后，琬公塔也。万历壬辰[13]，达观和尚睹像设衰颓[14]，石版残蚀，拊幢号痛，率僧芟除。是夜，为来风雷，光照岩壑。翌日启洞，拜经石，石下有穴，藏石函一尺，上刻“大隋大业十二年[15]，岁次丙子，四月丁卯朔，八日甲子，于此函内，安置佛舍利三粒，愿住持永劫”三十六字。发视际，异香发于函，盖石、银、金函三发，而得小金瓶，舍利现矣。状黍米，色紫红。师悲恋礼赞，闻于慈圣太后[16]，迎入供养。函瓶以玉，外函覆之，安置故处。僧愚庵[17]，撰《雷音窟舍利记》，刻之石。按《法苑珠林》[18]：“白色，骨舍利。黑色，发舍利。赤色，肉舍利。”兹三粒者，其肉色也。山古碑多于林木，著者二隋碑：一仁寿元年王臣睐碑[19]，一仁寿元年王邵碑。五唐碑：一开元十年梁高望碑[20]，一开元十五年王大说碑[21]，一元和四年刘济碑[22]，一景云二年宁思道碑[23]，一太极元年王利贞碑[24]。二辽碑：一清宁四年赵遵仁碑[25]，一天庆八年沙门志才碑[26]。二元碑：一至正元年贾志道碑[27]，一至元二年释法积碑[28]。山半有庵，曰半山庵。庵上半里，蹄迹宛于石，号之曰果老驴迹[29]，或碑实之。

华亭袁廷玉《石经山》：

　　匹马西风古树边，那知此地有西天。山藏石刻五千卷,寺号云居八百年。舍利含光缘未至,芯题无种世难传。客来龙去凭谁问,野烧余灰火洞前。

长洲姚广孝《观石经洞》:

峨峨石经山,莲峰吐金碧。秀气钟芯题,花雨分西域。竺坟五千卷,华言百师译。琬公惧变灭,铁笔写苍石。片片青瑶光,字字太古色。功成一代就,用藉万人力。流传鄙简篇,坚固陋板刻。深田地穴藏,高耸岩洞积。初疑鬼神工,乃著造化迹。延洪胜汲冢,防虞犹孔壁。不畏野火燎,讵愁苔藓蚀。此山既无尽,是法宁有极。如何大业间,而此至人出。幽明尔之功,乾坤配其德。大哉弘法心,吾徒永为则。

余姚赵锦《石经山》:

畿辅之名山,芯题山奇峭。洞水下逶迤,峰石上辽绕。过巇百层楼,殊未臻堂奥。前望若阻严,折旋有窈窕。疏凿自何人,高朗协神教。遗经寄灵石,书楷亦臻妙。白云长自封,清风为除扫。我行祗皇役,朋从恣退讨。是日烟云开,俎列山俱好。林鸟无数鸣,岭猿一再啸。缅惟藏经人,光争日月曜。

亳州薛蕙《石经山》:

翠巇双林合,丹梯一径悬。洞门窥地底,石室与天连。文字开龙藏,金银布梵筵。兹山实灵异,吾欲托栖禅。

吴县蒋山卿《石经山》：

> 金筵初布地，玉字旧藏经。石室青霞护，松门白日扃。洞冲多宿雾，岩俯四垂星。未厌探奇意，虚疑入杳冥。

会稽王思任《石经山遇南公时将重兴寺事》：

> 空山寺悄深，万木俱不语。痛马穷斜阳，石齿何龃龉。老松窥巅壑，流根坐苍鼠。磴转径忽开，蜃宫结岛屿。中有白云封，隋僧函教处。七穴几千年，名书瘗虞楮。一洞响雷音，莲华满两序。展玩不忍别，既去复延伫。远公偶相招，泉与石同煮。静夜来天香，梵音如律吕。言念寺圮崩，栋逸遗残础。春草换春风，碑土荡何所。废兴各以时，七尺犹堪许。

侯官曹学佺《石经山》：

> 嵬峨千地刹，迢递几林亭。是界应居佛，空山信有灵。火龙潭内赤，慈鹫岭头青。不构岩为室，遥临石作扃。钟声虚度汉，幡影湿飘星。贝叶翻三藏，刀锥付五丁。参差封列洞，隐见眮疏槅。善护中官敕，无摩历代铭。指心因见法，触景但闻馨。即此皈依切，奚须物役停。还持舍利子，普照世途冥。

慈溪冯有经《云居寺》：

> 青青岑嶂切天开，洞石萦回半隐苔。松下覆茅精舍出，花间纤径远泉来。经思劫后存无恙，塔想生前愿可

哀。洞去火龙香去树,云居日夕隐风雷。

《石经洞》:

小西方境隔层台,半岭何年一藏开。舍利涌光文字
住,香林施净帝天来。山名白带知幽爽,洞作烧痕试劫
灰。更上高峰最高处,风雷竟日为鸣哀。

嘉兴谭贞默《石经山诗呈王墨池先生》:

范阳雄郡竺山岑,幻出云居香树林。南岳勇传隋季
法,石镫痴续劫灰心。时石镫庵南公续刻石经。螺书龙画经风
雨,孔壁周藏并古今。自是有缘依帝寝,阴浓泉永足幽
寻。

浮山释佛光《石经山》:

绕绕寻思老宿心,古云今护石函经。分泉直下东西
峪,续刻详开夷夏名。草长芯题承佛记,洞弥香雾走山
灵。琬公寂寂余孤塔,洞水潺惟松月听。

上海潘焕明《石经洞》:

掷杖拜山经,凄凉古佛心。老苔封旧篆,棱石别新
铭。法自参三界,神应守六丁。一函先示寂,愿切后人
成。

长洲汪邦柱《石经山》:

山湾迁杖藜,山岭各招提。穿穴龙腥在,旋林鸟语

齐。洞云经水火，贞珉勒唐隋。别有幽深径，跚蹒日又西。

莆田释真静《石经山》：

胜迹传来古，碑藏冀北天。雷音名法窟，龙气护香烟。遍礼五峰塔，经过七洞泉。日斜云路复，坐树听鸣蝉。

盱眙李言恭《小西天》：

鸟道千盘去，深深庵梦堂。可怜虚妄界，与作久长方。赭洞龙辛苦，香林云宿藏。经残僧入塔，令我思苍茫。

亳州朱宗吉《小西天登雷音寺阁》：

阁眺层岚大漠开，四垂青霭胜游哉。卷帘五凤云中出，倚槛诸陵树杪来。下界烟钟曛洞壑，高天霜笛晓楼台。故园南望三千里，秋满关河首重回。

《西峪寺》：

群山西北走幽燕，客与岩阿住宿缘。石室有经来白马，恒河何日长青莲。龙随法雨潭中出，尘引天花座上悬。一自南能留偈后，千年空指佛灯传。

洪州李迁《小西天》：

秋至水泉清，幽寻在北垌。林多云隐寺，岩古石藏

经。幢柱思年代,龙痕见影形。客来旋塔去,斜日洞门
扃。

孟津王铎《小西天》:

　　曲路云相间,阳坡先认春。面犹盘古日,诗是大明
人。石髓丹山复,碑跌绿藓屯。重来头恐白,阅世此嶙
峋。

嘉兴释行忞《香树庵》:

　　无寻香树处,故碣语蹉跎。言念石函寿,能如尘劫
多。饭香时鸟下,钟晓宿云过。行脚何期日,三年再此
阿。

仪真释福阔《游东西二峪》:

　　一泉生二峪,钟磬落云窝。掌印佛曾现,蹄痕仙偶
过。堂中梦可断,岳到劫如何。感慨无边意,荒碑带藓
摩。

徽州吴惟明《雷音洞》:

　　迂回转山麓,得境曰西天。礼佛云开洞,藏经石纪
年。峰飞秋壑雨,月带暮钟烟。扪读荒碑竟,怀瞻意黯
然。

嘉兴骆骎曾《小西天》:

　　峪口旋旋路欲迷,登峰才见此峰低。香林芯草西来

意,不道西天更向西。

凿石空山自六朝,留将双塔插烟霄。幽燕十二州中土,残碣惊看纪大辽。

独怜宋碣此间无,献纳谁争督亢图。今日去天才尺五,金元遗石委平芜。

破壁曾传上古书,经成瘗石计非疏。祇缘地下无秦火,不向人间较鲁鱼。

长洲孙嗣烈《石经山》:

洞开龙去已千年,树老无香生野烟。南岳只云尘劫永,百忙不了石头禅。

吴江释真可《题琬公塔院》:

原上纵横古石僵,年年蚀雪与饕霜。后人莫问高僧处,心在经函身塔藏。

云居深处长春薇,翠壁腰云四望迷。拂拭石幢松树下,慈悲山鸟向人啼。

万里峨眉去复来,古碑无字尽苍苔。琬公遗愿身先去,泪在青山到劫灰。

嘉兴释道耕《礼琬公塔院志感》:

七洞琅函今未成,一区荒土墓门平。年年异草延春色,处处残碑阅涧声。风散晓钟村落静,山亲高汉斗星明。住持永劫无穷愿,心逐寒云绕帝京。

徽州吴惟明《礼三藏塔》:

山溪新雨涨,寒渡湿粮粮。处处寻香树,荒荒多稻场。塔森苔藓白,峰散菊花黄。金石延尘劫,瞻依思杳茫。

顺天王嘉谟《石经山别墅》:

叠嶂相将至,一尊皈白灵。荒碑无俗字,古洞有遗经。涧过石生白,藤盘叶驻青。天风吹太急,倚杖立高冥。

茅屋半幽村,因松结小园。云根引恒岱,水脉别清浑。速荫多栽柳,荒凉晏启门。孤怀秋汗漫,日与野人言。

① 石经山:位于今北京房山西南。山有石经洞,故以名山。时有云雾绕山半腰,故又名云居山、白带山。又因峰峦秀拔,俨若天竺,遂称小西天。

② 慧思大师(514—577):俗姓李,武津(今河南上蔡县东)人。师从慧文,南朝陈光大年间避难居南岳,从之者不计其数。陈宣帝迎住栖玄寺,不久还山。相传有遇雨不湿、踩泥不污之能,人以为神。

③ 静琬法师(?—639):隋唐之际高僧。曾遵照南岳慧思大师嘱托,访求名胜,造石字一切经。至涿州白带山,见峰峦秀异,遂于隋文帝开皇中凿山岩为石室,刻壁凿石以写经,并得隋炀帝萧皇后及其弟涿郡内史侍郎萧瑀赞助。然仅成《大涅槃经》而卒。唐、宋、元皆有续刻,既摩四壁以写经,又另取方石摩刻,藏于石室。每一室满,即以石塞门,铁固之,共有七室(参见《日下旧闻考》卷一百三十一引《天下金石志》、《光绪顺天府志·释道》)。

④ 大业:隋炀帝年号,公元 605—618 年。　贞观:唐太宗年号,公元 627—649 年。

⑤《大涅槃经》：相对于小乘《涅槃经》而言，即大乘《涅槃经》。内容以阐明教义为主。

⑥ 云居寺：唐初释知苑（即静琬）所建。"寺在云表，仅通鸟道"（参见《日下旧闻考》卷一百三十一引《长安客话》）。

⑦ 唐玄宗（685—762）：即李隆基，睿宗子。

⑧ 洪武二十六年：公元 1393 年。

⑨ 正统九年：公元 1444 年。

⑩ 雷音洞：位于石经山顶。洞壁刻《法华经》及杂编，故又名石经堂。

⑪ 东峪寺、西峪寺：位于石经山口。后东峪寺夷为平地，西峪寺于清初更名西域寺。

⑫ 香树林：相传释静琬刻《涅槃经》成，山为三吼，遂于此生香树成林。

⑬ 万历壬辰：万历二十年（1592）。

⑭ 达观：见卷一《龙华寺》。

⑮ 大业十二年：公元 616 年。

⑯ 慈圣太后：见卷四《鹫峰寺》。

⑰ 僧憨山：见卷一《龙华寺》。

⑱《法苑珠林》：初唐释道世撰，将佛家故事分类编排，共六百四十余目。

⑲ 仁寿元年：公元 601 年。

⑳ 开元十年：公元 722 年。　梁高望：唐易州府遂城县书助教。开元十年四月八日书《易州新安府折冲李公石浮屠之铭》。

㉑ 王大说：唐开元十五年撰《云居寺石浮图铭序略》。按，《天下金石志》作"王大悦"。

㉒ 元和四年：公元 809 年。　刘济：唐代节度刘怦之子。怦卒，嗣节度。官至检校尚书右仆射、同中书门下平章事。被部下毒死。谥庄武。刘济于元和四年四月八日撰《涿鹿山石经堂记》。

㉓ 景云二年：公元711年。　宁思道：景云二年四月书《幽州石浮图铭》。

㉔ 太极元年：公元712年。　王利贞：隆和州历阳县丞。太极元年四月撰《易州石亭府左果毅都尉蓟县田义起石浮图颂》。

㉕ 清宁四年：公元1058年。　赵遵仁碑：碑名为《辽云居寺续镌石经记》。

㉖ 天庆八年：公元1118年。　沙门志才碑：碑名为《涿鹿山云居寺续秘藏石经塔记》。按，据《日下旧闻考》卷一百三十一引《天下金石志》和《金石文字记》，赵遵仁碑作于天庆八年，沙门志才清宁四年三月一日撰记。

㉗ 至正元年：公元1341年。　贾志道碑：碑名为《重修华严经本纪》，元至正元年五月八日撰。

㉘ 至元二年：公元1265年。　释法积碑：碑名为《石经山云居寺藏经记》。按，释法积，《金石文字记》作"释法真"。

㉙ 果老：即张果老，俗传"八仙"之一。唐玄宗朝在世，不知其岁数。乘一白驴，日行数万里。休则叠之如纸，乘则以水喷之复活（参见清翟灏《通俗编》卷二）。

红　螺　岖①

山头苦乱，目不给瞬也，正复爱其历乱。山涧苦喧，耳不给聒也，正复爱其怒喧。山路苦陡，趾不给错也，正复爱其陡绝尔。乃樵夫牧儿，释厥苦辛，来助游人，矻矻惘惘，盖险思僻情，夫人而有之已。上方山之险僻，未险僻也。东去三十里，有红螺岖焉。山通体一峦锷，而峦诸相具。循九龙峪，度八达岭②，犯云雾而上上，牛羊径，非人径也，曰桃叶口③。入五里，数十人家，苑随崖起，户随洞开，远望云会门，两峰立矣。到门，而坠石开裂，真若门然。荒荒落落，亦有僧烟，如是者下岭。下岭而上里余，凑凑出石隘中者，龙潭水也。过此径穷而梯，垂铁绠挽而下上。久之，梯穷，又径。洞曰红螺，当年有红螺放光也。洞石作古色，下土穹然，当年有人饮此，霹雳骤至也，龙窟欤？如是者中岭。中岭复上半里，岭意渐弛，僧渐拓其宇，峰巊者渐列，面面见其巧，然势仍仄逼。直上视，莫及列峰之顶。右松棚庵，一松横阴，广轮四五丈，半覆庵，半覆空。僧聚石松根，为松御风也。再右百磴，观音洞。曲而容坐，深而朗朗。如是者上岭。出岭，有宇翼翼差差，花竹簌簌者，嘉遁庵，中贵山栖焉。岭旧名幽岚山，一曰宝金山。樵径之，成化年始④。僧宇之，嘉靖年始⑤。游人传之，万历年始⑥。

公安袁宏道《初入红螺岭》：

　　凿天出古空，意匠穷刻露。赎取长吉魂，幻作鬼工赋。霜岩透斑锷，石骨竦清怒。历劫至于今，雕镂不曾住。无石不巧心，转盼殊态度。一种老健中，自发嫣媚趣。阴巚夹琉璃，飞仄窘仙步。一死直青山，梯足于悬树。

《入红螺岭道中纪事》：

　　山风吹晓作新岚，仙梦茫茫古石龛。欲识死生情切处，棺材峰上卓茆庵。山上有棺材峰。

　　田家打枣妇盈亩，高髻垂肩竿在手。此是六郎系马桩，郎君未审停鞭否。

葫芦棚下水平鞯,古戍遗屯记宛然。马市时来今几载,边烽堡里宿枯禅。

京山王应翼《红螺岓》:

久闻此幽闼,心眼相竞雄。旋螺奔鸟道,渐与危嶂通。仄路蜿以蜒,天际耸珠宫。昼行亦怵怵,登降於蒙茸。万峰面面来,奋起摩苍穹。仰首岚翠飞,吾意默与融。

深深未遑息,已饫群峰半。一门邃以宏,坚砥森几案。金绹锁石梯,叠转疑中断。忽焉踏青红,猿鸟乱惊窜。虚谷多冷风,远树迎人粲。倦倚赖石支,流泉漱且盥。

峭壁神工削,苍广开玄窍。蹞磴萝在手,中邃非可料。空响无定时,青苍自相照。石貌变瞬息,日月惊其曜。人迹所罕过,乃是猿狖道。飒焉过罡风,回度发清啸。

① 红螺岓:又称红螺山、幽岚山、宝金山,在房山县西南。山势峻嶒,诸峰罗列如剑戟。《天府广纪》卷三十五:"红螺岓在上方山东三十里,循九龙峪过八达岭,穿云会门始及下岓。再挽铁而上,至红螺洞,曰中岓。再上半里为松棚庵,再右百磴曰观音洞,是为上岓。"

② 八达岭:位于今北京市延庆县南。居庸关口。明蒋一葵《长安客话》:"出居庸关,北往延庆州,西往宣镇,路从此分,故名八达岭。是关山最高者。"

③ 桃叶口:俗称黄山店,在房山县北。

④ 成化:明宪宗年号,公元 1465—1487 年。

⑤ 嘉靖：明世宗年号，公元 1522—1566 年。

⑥ 万历：明神宗年号，公元 1573—1620 年。

贾 岛 墓

房山县南十里①，崒然而土埠，唐诗人贾岛墓也②，榛芜不可识。弘治中③，御史卢某，访得于石楼村。读仆断碑有据，乃植碑，辟地三亩，大学士西涯李公④，别树一碑，记焉。按岛，字浪仙，范阳人，僧名无本。初祝发法善寺，一曰云盖寺，在瀛州城南⑤。今芜没，无一椽，夜或闻铃铎梵呗音焉。岛之入东都时⑥，吟"落叶满长安"句，卒求一联未得。因突京尹刘栖楚⑦，被系一夕释。又一日，苦吟驴上，指画错然，遇韩京兆愈⑧，不觉冲至第三节。左右拥至尹前，具云："某方得句僧推月下门，欲易敲字，未安，引手作推敲势耳。"尹立马良久，曰："作敲字。"遂教岛为文，举进士，然举辄不第。文宗时⑨，得除长江簿，卒年五十六。岛常以岁除，取一年诗，祭以酒脯曰："劳吾精神，以是补之。"岛至老无子。李洞慕其诗⑩，范铜事之，常诵贾岛佛。今房山有石庵，曰贾岛庵。景州西南五十里⑪，有贾岛村，一曰贾岛峪。盖诗人丘里名，岛为多，身后名，岛为久。

唐杜荀鹤《经贾岛墓》：

谪宦自麻衣，衔冤至死时。山根三尺墓，人口数联诗。仙桂终无分，皇天自有私。暗松风雨夜，空使老猿悲。

唐李频《哭贾岛》：

秦楼吟昔夜，南望只悲君。一宦终遐徼，千山隔旅坟。恨声流蜀魄，清气入湘云。无限风骚句，时来日不闻。

唐李洞《过贾岛旧地》：

鹤外□来有客星，长江东注冷沧溟。境搜松雪仙人岛，吟歇林泉主簿厅。片月已能临榜黑，遥天何益抱坟青。年年谁不登高第，未胜骑驴入画屏。

《贾岛墓》：

一第人皆得，先生岂不销。位卑终蜀土，诗绝占唐朝。旅葬新坟小，魂归故国遥。我来因奠酒，立石用为标。

唐释可止《哭贾岛》：

燕生松雪地，蜀死葬山根。诗僻降今古，官卑误子孙。冢阑寒月色，人哭苦吟魂。暮雨滴碑字，年年添藓痕。

唐姚合《过贾岛故居》：

杳杳黄泉下，嗟君向此行。有名传后世，无子过今生。新墓松三尺，空阶月二更。从今旧诗卷，人觅写应争。

元孔进士失名《贾岛遗庵》：

乳峰青抱石溪寒，中有诗人独倚栏。夜月龛灯曾礼佛，秋风驴背偶惊韩。残碑剥落苔封篆，古寺荒凉草压坛。我有新诗吟未稳，推敲相忆路漫漫。

元陈章《过贾岛峪》：

故庵尚在青山里，却说长安片瓦无。蚤有诗名惊吏部，劝加巾帽变浮屠。回看姚李风斯下，上接岑王道不孤。我独爱君诗瘦健，推敲想亦费工夫。

明余姚张才《贾岛庵》：

阆仙曾向此藏修，村墓名存几百秋。瘦削客来吟几上，推敲僧自宿檐头。泉如索句艰难出，山欲成诗布置幽。叹息古贤多散逸，当年儒佛有深筹。

茶陵李东阳《贾岛墓》：

百里桑乾绕帝京，浪仙曾此寄浮生。葬来诗骨青山瘦，望尽荒原白草平。无地椒盘供庙祀，有人骢马问村名。时卢侍御修复其墓。穹碑四尺标题在，词赋风余万古情。

涿州顿锐《过贾岛墓》：

泪尽穷辕得旧京，旋披丛灌拜先生。桐乡远在今西蜀,梓里遥怜古北平。奔走髀消何事业,推敲骨瘦是勋名。太行秋色桑乾水,野老相呼后世情。

《题贾岛故宅》:

寂寞长江簿,推敲擅晚唐。故巢留梓里,瘦骨寄桐乡。墓木萝增叶,秋花草坠香。相传夜钟磬,犹断苦吟肠。

① 房山县:今为北京市房山区。

② 贾岛(779—843):字阆仙,唐著名诗人。

③ 弘治:明孝宗年号,公元1488—1505年。

④ 西涯李公:指李东阳。

⑤ 瀛州:今河北河间市。

⑥ 东都:今河南洛阳。

⑦ 刘栖楚:初为镇州小史,擢为右拾遗,唐敬宗时历任刑部侍郎、京兆尹等。不畏权豪,出为桂管观察使,卒。

⑧ 韩愈:唐朝著名文学家。

⑨ 文宗:唐文宗。

⑩ 李洞:字才江,京兆(今陕西西安)人。唐昭宗年间三举进士不第,后南游蜀,卒。诗学贾岛,风格新奇。

⑪ 景州:故治在今河北景县东北。

楼　桑　村

涿州西南十五里①,道右大桑,高十丈,层荫如楼,其荫百亩,汉昭烈故居桑也。昭烈儿时②,与宗中儿戏桑下,指谓帝王羽葆,后因名村,千五百年矣。椹大倍於恒桑,实时,土人相馈遗也。桑侧,昭烈古庙,唐乾宁五年建者③。前将军关、桓侯张④,配焉。像不君臣坐立,而兄弟列,像其侧陋时也。然昭烈王者服。桓侯,亦涿人,今州城西五里洗马潭,桓侯迹也。嘉靖中⑤,庙旁王氏,田间废石碓,一道流购以重价,王疑未售。后兄弟以失价相诟,斧破之,中空,涵水少许。婢偶窃饮,遂知未来事,远近询问,塍垅就平。事闻,中使往徵,婢忽不见。兄弟坐妖妄,论死。隆庆中⑥,巡按贺一桂以怪异恍惚⑦,奏免得释。

唐刘禹锡《楼桑先主庙》:

　　天下英雄气,千秋尚凛然。势分三足鼎,业复五铢钱。得相能开国,生儿不象贤。凄凉燕故妓,来舞魏宫前。

宋朱熹《楼桑庙》:

　　楼桑大树翠缤纷,凤鸟鸣时曾一闻。合使本支垂百世,讵知功业止三分。空村常带燕山雪,古庙犹飞蜀道云。尚赖一方传正统,离离芳草半斜曛。

　　谁怜汉室竟三分,桑柘枯条带落曛。遗老凋零披草莽,故宫惨澹会风云。龙飞旧国传今日,龟载穿碑篆古文。俯仰空成诗客恨,啼乌满树不堪闻。

元郝经《楼桑庙》:

　　兴王百折似高皇,垂老才能据一方。邺下只知移汉鼎,江东不肯帝刘郎。十年生长林犹在,三代君臣道未亡。涿水都为永安泪,子规啼血怨楼桑。

元周昂《楼桑庙》:

暗粉陈丹半在亡,短垣乔木共悲凉。不须古碣书绵竹,犹有荒村记葆桑。尘土衣冠曾系马,岁时歌舞亦称觞。不应巴蜀江山丽,能使英灵忘故乡。

元陈孚《楼桑村》:

古庙千年后,桑阴满涿州。乱山空北向,大火已西流。遗恨三分国,英雄百尺楼。里人牲醴奠,想象衮龙浮。

明泗州郭登《经涿州昭烈庙》:

汉道宽仁上合天,天心于汉亦眷眷。三分已落群雄手,两主犹传四十年。德业雄惟昭烈重,忠勤瘁尽武侯贤。君臣鱼水今何在,古庙楼桑涕泫然。

太平谢铎《谒楼桑庙》:

仓皇衣带诏,辛苦武乡侯。西蜀分王地,中山奋迹秋。蛟龙曾失势,臣主故相投。涿水楼桑隰,还同沛水流。

涿州殷谦《楼桑》:

先主龙兴此故乡,桑阿五丈叶幽光。故宫木绕燕山

近,古殿云飞蜀道长。细草笼烟含晚翠,好花映日散初
香。年年饮社乡人集,醉倚东风乐未央。

鄞县屠隆《楼桑村》:

先主龙兴地,轩辕旧帝乡。皇图收匕箸,天意失荆
襄。岁月丛祠古,山河汉寝荒。长歌怀慷慨,寒日下
枯桑。

桃源江盈科《三义祠》:

荒祠遥枕碧山岑,门掩空堂白昼深。手抉江山分鼎
足,义投金石共丹心。中原父老怀鱼水,异代蘋蘩荐古
今。河内空传疑冢在,谁操麦饭洒碑阴。

嘉兴朱茂时《楼桑村》:

炎炎支一木,古道在楼桑。梦寐锦城杳,风云翠葆凉。
不蚕村女拙,馈饁野人尝。八百成都瘁,幽兹叶有光。

① 涿州:今属河北,近北京房山区。
② 昭烈:三国蜀帝刘备,涿县(今河北涿州市)人。卒谥昭烈。
③ 乾宁五年:公元898年。按:据《日下旧闻考》卷一百二十八引
《涿州志》,昭烈帝庙建于唐乾宁四年,金章宗承安初年重修,明洪武初
更新,弘治二年(1489)涿州知州张逊重建,并建二配殿祀关、张。庙中
有郭筠撰唐乾宁四年碑。
④ 将军关:三国蜀之关羽。见卷三《关帝庙》。　桓侯张:三国
蜀之张飞,涿郡(治所在今河北涿州)人。官至车骑将军。谥桓侯。
⑤ 嘉靖:明世宗年号,公元1522—1566年。

⑥ 隆庆：明穆宗年号，公元 1567—1572 年。

⑦ 贺一桂：庐陵（今江西吉安）人。嘉靖四十四年(1565)进士。隆庆初任御史，曾上疏谏止穆宗购宝珠。

督亢陂

督亢陂在涿州东南十五里，沃美之名闻天下。燕太子丹乃遣荆轲①，进秦王图也②。地经安史乱后③，石晋割置④，四百余年。至我国初，入中国编户。然而枣栗之民，粒食东南，东南之粒，能饱九边士⑤，亦能荒三辅土⑥。今过问上谷四五百里间⑦，水流时断，林烟时见，禾黍时有，乌睹所称沃美者哉！或曰：督亢陌，幽州南界也，以要致重，不以沃美。《风俗通》曰⑧：沆，漭也。言乎淫淫漭漭，无崖际也。沆，泽之无水，斥卤之谓耳。陂有故亭址，高丈，周七十步，土人称之曰督亢亭，时掘得瓦砾金钱也。亭址南去二百里，古故安县⑨，今之易州⑩。荆轲赍督亢图⑪，为将刺秦，太子丹饯送轲易水上⑫，轲为歌易水寒之歌。后人乃迷其饯处。计所从渡，当燕中都⑬，西入函关道也⑭。今指安州城北者曰易水⑮，不知今官道为即丹祖道与否？郦道元《水经注》⑯，一曰：径孔山钟乳穴⑰，东历荆陉者是。一曰：在武阳者是也⑱。盖郦之注易水，往往凭吊太子丹。云：易水出西山宽中谷，东历燕之长城，又东径渐离城南⑲，太子丹馆渐离处。又东出范阳⑳，合濡水㉑，径樊於期馆西㉒，是其授首荆轲处。又东南流径荆轲馆北，丹纳田生言㉓，尊轲上卿，馆之于此。

华亭董其昌《督亢道中》：

谁知燕地有西湖，沃壤长堤督亢图。为问黄金台上客，得寻说剑酒人无。

公安袁中道《过督亢》：

断桥流水卧枯杨，千里飞沙草木黄。督亢如何称沃美，荆轲图去致秦王。

丹阳贺世寿《督亢道中》：

寒流淅淅野桥通，督亢山川夕望中。二句歌终双客去，千秋犹自恨图穷。

江宁艾容《督亢道上》：

为问燕舆胜，横金涂未荒。羽歌无壮发，割地愧图疆。水涸木桥瘦，日西人影长。衡秦与从楚，古月照凄凉。

清苑傅珪《访易水》：

荒村野寺古今秋，白涧西来易水流。徵羽声中悲怒士，不知别后几同仇。

《归自大宁重渡易水》：

冈峦过尽见郎山，瘠瘠沙堤易水湾。事去千年悲壮在，燕图秦籍只如闲。

信阳何景明《易水行》:

　　寒风夕吹易水波,渐离击筑荆卿歌,白衣洒泪当祖路,日落登车去不顾。秦王殿上开地图,舞阳色沮那敢呼。手持匕首摘铜柱;事已不成空骂倨。嗟嗟燕丹当灭身,光也自刎何足云,惜哉枉杀樊将军!

仪封王廷相《易水》:

　　王子逃秦质,黄金养侠士。筑歌虽云哀,一剑讵足倚。十年期生聚,勾践雪吴耻。燕社随图去,岂独误田子。

仪真王大用《易水怀古》:

　　昔闻易水歌,今见黄金台。易水送呜咽,黄金挥草莱。一士可以王,霸图安在哉!

太仓王衡《渡易水歌》:

　　易水春激激,白沙郁相潆。我马踟蹰惨不进,腰间剑叫双雌雄。忆昔荆轲从此去,送客如烟不回顾。大风立浪吹向人,人面棱棱发为怒。当时渐离击筑声正悲,燕丹诡捧金屈卮。手提将军髑髅去,血饮匕首红丝丝。可怜秦庭轻一掷,探铅更笑盲而痴。市中酒徒但醉死,枉我歌泣空相持。

会稽陶崇政《易水歌》:

　　易州新酒年年熟,不同荆卿坟上漉。恨杀秦庭破药

囊,空使渐离为击筑。武阳小子捧铜盘,岂作屠门朱亥
看。便使腰间悬匕首,不须坐绕白衣冠。祖龙久化骊山
土,壮士声名桀如虎。我之来兮水自流,我既去兮怨未
收。青山高兮白日暮,犹记燕丹送行路。

新建熊文举《过易水》:

意愤无成败,当年太子丹。雨余青督亢,风起白衣冠。
一匕龙魂夺,三歌马角寒。渐离虚击筑,酒伴不生还。

平湖陆启浤《易水有怀》:

白虹冲日发冲冠,剑术非难神勇难。不识所期何姓
子,空教色变死燕丹。

蕲水官抚极《渡易水》:

荆卿去易客来迟,知己难言死报之。水语不平流带
石。悔深当日送行时。

海盐徐颖《易水行》:

易州之水泻平地,今古不干筑中泪。黄埃一丈昏于
雾,云是谋秦从此路。无可奈何督亢图,剑术已疏筑又疏。
嗟四公子不可作,怒虎负嵎浪一搏。羽怒徵悲烈士心,何
暇计事成不成。咸阳王气今烟烬,惟有歌哭留其声。

① 燕太子丹(?—226):战国时燕王喜之太子,名丹。遣荆轲入秦
谋刺秦王,未遂。秦发兵攻燕,燕王喜斩太子丹以谢罪。　荆轲:见卷

二《黄金台》。

② 秦王：指秦始皇。

③ 安史乱：指唐玄宗时,边将安禄山、史思明起兵叛乱一事。

④ 石晋：见卷首于奕正《略例》。

⑤ 九边：指明代在北方设置的九处军事重镇,位于今辽宁、山西、甘肃、河北一带。

⑥ 三辅：本指西汉治理京畿地区的三个职官。此指三辅所辖京畿地区。

⑦ 上谷：郡名,隋、唐时曾更名易州。战国燕地,大致包括今河北中部、西北及西部。

⑧ 《风俗通》：又名《风俗通义》,东汉应劭撰。杂录史事风俗、考辨文字声韵、记述制度典故等。

⑨ 故安县：汉代设置,战国时为燕武阳邑。故城在今河北易县东南。

⑩ 易州：今河北易县。

⑪ 督亢图：督亢地图。献督亢图意味着献出督亢。

⑫ 易水：有北、中、南三易水,均源出于河北易县。

⑬ 燕中都：今北京市。

⑭ 函关：即函谷关,战国时秦之东关。位于今河南灵宝市西南。

⑮ 安州：今河北安新县。

⑯ 郦道元《水经注》：见本卷《郦亭》。

⑰ 孔山：位于今山西大宁县西北。

⑱ 武阳：位于今河北固安县西北。或谓在今河北易县东南。

⑲ 渐离城：位于今河北易县西南。渐离,高渐离,战国燕人。曾偕荆轲入秦刺秦王,轲死,隐姓埋名。双眼刺瞎,为秦王击筑。置铅筑中,欲扑杀秦王,不中,被杀。

⑳ 范阳：郡名。故城在今河北涿州市。

㉑ 濡水：又称北濡水,易水之一。即北易水。

　　㉒　樊於期：战国时秦国将领，避罪于燕，为太子丹门下客。后主动自杀，供荆轲携其首级进献秦王，伺机行刺。

　　㉓　田生：田光，战国燕人。智勇兼备，太子丹与谋刺秦王事，为荐举荆轲。荆轲临行，自刎以激励之。

郦　　亭

　　今所传郦道元故居者①，涿州楼桑村南三里，曰郦亭，而楼桑村，则涿西南十五里也。居无址，无碑诵，有好古者，将碑且亭之，而疑其处。尝考之，郦亭不因道元名。道元宅郦亭西北，非即亭焉。且涿北宅，不应涿南也。道元之注巨马河曰②："郦亭沟水，上承督亢沟③，历紫渊东④，余六世祖乐浪府君，自涿之先贤乡，爰宅其阴。西带巨川，东翼兹水，其水东南流，名之为郦亭沟。又西南，转入巨马水也。"然则道元之先六世，郦亭沟水名矣。宅涿阴，西河而东沟矣。且水承督亢沟，支注于遒县东⑤，而督亢自径遒北，又径涿县郦亭楼桑里南耳。楼桑南，即郦宅，为无征矣。夫土德久载，水行多迁，人道尚著，隐者先湮。巨马河，旧霸州北⑥，流合界河⑦，今徙州南，流合霸水矣。道元云："枝流津通，缠络墟圃，田渔之赡可怀。"今涿故多水田，土泉淡以甘，田渔孔乐，往怀不殊焉。道元袭父范永宁侯爵⑧，执法清刻，治尚威猛，历有能称。好学，博览古图书，所注水经四十卷⑨，本志十三卷，行世。祖嵩⑩，曾祖绍⑪，世以仕显。其六世祖乐浪府君，名不可考，然郦亭名，实攸肇之。

襄阳汪始亨《过郦亭》：

> 桑乾有支流，横亘紫渊东。其津乃旁逮，禾黍光熊
> 熊。郦有高士居，山水环厥宫。厥孙曰道元，高深罗幽
> 衷。列侯贞素怀，厥祖乐浪风。我过郦亭畔，郦尽亭亦
> 空。归读《水经注》，弥弥君在中。

① 郦道元(？—527)：我国古代地理学名著《水经注》作者。北魏
涿县(今河北涿州市)人。官至关右大使。

② 巨马河：即拒马河。相传晋刘琨拒石勒于此水，故称拒马。源
出今河北涞源县。

③ 督亢沟：拒马河之支流，流经北京房山、河北涿州、固安等地，
注入白沟河。

④ 紫渊：相传其水紫，其泥亦紫，故名。

⑤ 遒县：旧县名。故城在今河北涞水县北。

⑥ 霸州：今河北霸州市。

⑦ 界河：古称博水，源出河北望都，流经清苑、安新，合于方顺河。

⑧ 范：郦范，郦道元父。历任司马、青州刺史、尚书右丞等职。北
魏文成帝赐予永宁男爵。卒谥穆。

⑨ 四十卷：原本作"十四卷"，据他本改。

⑩ 祖嵩：官任天水太守。

⑪ 曾祖绍：官任濮阳太守。

张 华 宅

范阳故处①，曰张华宅者二②：其一，卢沟河北岸③，指是

焉耳,更无址迹可寻。其一,固安县东北八里④,张华村头,村人指石井栏八角焉,曰:故宅处也。村今多张姓,云是华后,亦不复有博辩强记其人者。盖华范阳故有二宅,皇初中,居隐约而赋鹪鹩⑤,及太康中⑥,又出督幽州久久也⑦。尝徙居,载书籍三十乘也。及元康中⑧,华难将作,昼梦屋坏,朝见剑穿屋飞去者,雒阳监省舍⑨,非范阳屋矣。剑当即丰城得者干将⑩。传曰:"华被害,失干将所在。"飞去不应更一剑也。华事载《晋书》及《固安旧志》⑪,其所著《博物志》,今犹有传,然其初四百卷,非今十卷也。华捃采天下遗逸,书契以来,图纬秘异,及闾里所说,成四百卷,奏于武帝⑫。帝诏诘问:"卿上综万代,博识绝伦,惊所未闻,异所未见,将恐繁芜耳目,可更芟截浮疑,分为十卷。"乃赐御前青铁砚,是于阗国所献⑬,麟角笔,是辽西国所献⑭,侧理万番⑮,是南越所献⑯,海苔为之。固安户册,有曰张华里者,万历中⑰,胡令其俊⑱,编审次,重其姓讳,更唱曰贤,今则编张贤里矣。张墓在卢沟东南六十里,回城故基。

兰溪姜应甲《过张华故宅》:

荒然一宅晋春秋,漫潓难凭指故丘。匣剑已闻穿屋去,井栏犹见傍村留。姓多孙子惟耕凿,居散图书忆较雠。四百余篇传十卷,当年《博物》未全收。

① 范阳:古郡名。治所在今河北涿州。

② 张华(232—300):字茂先,范阳方城(今河北固安县南)人。博闻强识,西晋年间官至司空,封广武县侯。后赵王伦试图废贾后,不肯依从,被杀。著有《博物志》等。

③ 卢沟河:参见卷三《卢沟桥》。

④ 固安县：今属河北，近北京大兴。

⑤ "皇初"二句：谓张华尚未出名时，曾撰《鹪鹩赋》以寄情。皇初，盖指西晋武帝"泰始"年号（265—274）。《文选·鹪鹩赋》李善注："（张华）少好文义，博览坟典。为太常博士，转兼中书郎。虽栖处云阁，慨然有感，作《鹪鹩赋》。"

⑥ 太康：西晋武帝年号，公元 280—289 年。按，太康，原本作"泰康"，据他本改。

⑦ 幽州：西晋幽州治所在今河北涿州。

⑧ 元康：西晋惠帝年号，公元 291—299 年。

⑨ 雒阳：今河南洛阳。

⑩ 丰城：县名。位于今江西丰城市西南。　干将：古宝剑名。相传为春秋时吴人干将夫妻铸造。

⑪《晋书》：唐房玄龄、褚遂良等撰。

⑫ 武帝：西晋武帝司马炎（236—290），司马昭之子。昭死，嗣为晋王。后废魏称帝，都洛阳，统一全国。在位二十六年。

⑬ 于阗国：汉西域国名。在今新疆和田一带。

⑭ 辽西国：今河北东北、辽宁北部一带。

⑮ 侧理万番：侧理纸一万张。侧理，纸名。《拾遗记》九："南人以海苔为纸，其理纵横邪侧，因以为名。"

⑯ 南越：亦作南粤，今广东广西一带。

⑰ 万历：明神宗年号，公元 1573—1620 年。

⑱ 胡其俊：字朴生，孝感（今属湖北）人。万历四十四年（1616）进士，累官潼关道副使、通政使。

彭　小　仙　墓

固安县南十八里之彭村，武庙初①，忽一童子诣村长者言,童子李,请彭姓,为长者牧。自是牧三十年,尚童,不更长也。每日中,忽驱牛归,霍霍收场曝,俄则雨。雨中,忽拔栏,放牛出,俄则晴。故村之人,渐问童子以旱溢,岁所宜畜植,已渐涉休咎征。号之曰彭小仙。有以妖闻于都,捕者至,童子谓其家,无恐。自为具,给捕者,给众观者,莫测所从致。则就系,别其村人曰:百年后兵来,白旗下者生矣。去,中道拾荸草周于项,身首异焉。捕者以状报。人乃收瘗村北头,曰彭小仙墓。岁清明,十月朔,祭扫节也。人辄闻鼓乐声,出是墓下。十年后,村有人见小仙金陵道中[2],叩所繇生,笑不言,归相与验其藏,一履耳。仍封而像祀之,雨晴祷焉。崇祯己巳岁[3],敌掠犯固安[4],忆小仙言者,望白旗下窜。旗书白旗都三周满机云。周,蓟人,叛而将敌也[5]。其所掠,偶无馘杀,比去,则纵还之。

① 武庙:指明武宗。

② 金陵:明南京,今江苏南京市。

③ 崇祯己巳:崇祯二年(1629)。

④ 敌掠犯:原本空阙三字,据他本补。

⑤ 叛而将敌也:原本空阙五字,据他本补。

燃 灯 佛 塔

古有曰佑圣教寺者,今通州学宫也[1]。宫墙外片地,故塔存焉。塔级十三,高二百八十尺,围百四尺,中空,供燃灯古佛。塔今剥尽,所存肤寸,则金碧琉璃也。今人自谓曰文巧已,然此古塔,工花纹,妍色泽,后世实莫及。佛,石佛也,石面亦剥尽,复存其坏未装时。塔有碣,楷书,续续字间存,周某号几年,矜古者相哗淆曰:成周也! 佛法入中国,先汉明帝时②,殆三四百年,不知此北朝后周宇文氏也。成周纪年无建号,亦无今楷书。塔别存石一方,唐贞观某年③,尉迟敬德修④。又一方,元大德某年⑤,笃烈图述再修。塔顶一铁箭贯之,传为金将杨彦升射者。天气清霁,塔影飞五里外,现白河水面,蠕蠕摇摇然。而旁近河乃无影。

长洲葛一龙《礼燃灯塔》:

> 荒庵留废塔,千祀表峻嶒。岁月销金碧,封疆护法乘。宗孙五六祖,天步十三登。杲杲天边日,长明劫外灯。

华亭汪历贤《燃灯佛塔》:

> 燃灯何代佛,兹塔留显迹。凋谢金碧余,寂寥丘阜积。残铎时一鸣,岁月犹历历。窈然入古初,尘劫一朝夕。

江宁倪有淳《燃灯佛塔》:

> 塔质存胎佛,霜风剥几层。周朝疑问客,黉舍老容僧。远过河飞影,传闻鬼施灯。欲寻遗字迹,荒落不堪登。

① 通州:今属北京市。

② 汉明帝(6—75)：刘庄，汉光武帝之子。相传曾遣使赴天竺求取佛经，迎佛僧来中国，立白马寺于洛阳，从此佛教传入中国。

③ 贞观：唐太宗年号，公元627—649年。

④ 尉迟敬德(585—658)：名恭，以字行。隋末归唐，从秦王为右府参军，屡立战功。封鄂国公。卒谥忠武。

⑤ 大德：元成宗年号，公元1297—1307年。按：大德，原本作"正德"，据他本改。

李 卓 吾 墓

卓吾生平求友①，晚始得通州马侍御经纶也②。其葬通州。卓吾老，马迎之，生与俱也，死于马乎殡。冢高一丈，周列白杨百余株。碑二：一曰李卓吾先生墓，秣陵焦竑题③。一卓吾老子碑，黄梅汪可受撰④，碑不志姓名乡里，但称卓吾老子也。卓吾，名贽，字宏甫，温陵人。以孝廉为姚安太守⑤，中燠外冷，强力任性。为守日，政令清简，公座或与髡俱，簿书之间，时与参论。又辄至伽蓝，判了公事，人怪之。逾年，入鸡足山⑥，阅藏不出。御史刘维奇其人，疏令致仕归。初善楚黄安耿子庸⑦，遂携妻女客黄安。曰："吾老矣，得一二友以永日，吾乐之，何必吾故乡也！"性癖洁，恶近妇人，无子，亦不置妾。后妻女欲归，趣归之，称流寓客子。自是参求乘理，剔肤见骨，少有酬其机者，人以为骂，又怪之。子庸死，遂至麻城龙潭，筑芝佛院以居。龙潭石址，潭周遭，至必以舟，而河流沙浅，外舟莫至。以是隔远缁素，日独与僧深有、周司空思敬语⑧，然对之竟日读书，已复危坐，不甚交语也。其读书也，不以目，使一人高诵，旁听之。读书外，有二嗜：扫地，湢浴也。日数人膺帚、具汤，不给焉。鼻畏客气，客至，但一交手，即令远坐。一日搔发，自嫌蒸蒸作死人气，适见侍者剃，遂去发，独存髭须，秃而方巾。先是论学不合者，愈怪之，以幻语闻，当事逐之。时刘左辖东星⑨，迎之武昌⑩，梅中丞国桢⑪，迎之云中⑫，焦翰撰竑，迎之秣陵⑬，皆暂往。无何复归麻城，著《藏书》、《焚书》，又为梅中丞著《孙子参同》，成。先是有与中丞构者，幻语又闻，当事又逐之，至火其居。于是马侍御经纶迎之通州。至，与马公读《易》，每卦千遍，一年而《九正易因》成。时欲老盘山⑭，会当道疏上，指为妖人，逮诏狱。寻得其实，议发还籍矣，曰："我年七十六，作客平生，何归为！"遂以剃发刀自刭。马公痛哭曰："天乎！先生妖人哉？有官弃官，有家弃家，有发弃发，其后一著书老学究，其前一廉二千石也。"乃收葬之。葬之通州北门外迎福寺侧⑮。

宁波周汝登《吊卓吾先生》：

半成伶俐半糊涂，惑乱乾坤胆气粗。惹得世人争欲杀，眉毛狼藉在囹圄。

天下闻名李卓吾，死余白骨暴皇都。行人莫向街头认，面目狲来此老无。

临川汤显祖《叹卓老》：

自是精灵爱出家，钵头何必向京华。知教笑舞临刀杖，烂醉诸天雨杂花。

乌程释真程《吊卓吾先生墓》：

鸦鸣犬吠荒村里，木落草枯寒月边。三拜孤坟无一语，只应拍手哭苍天。

踏破百年生死窟，倒翻千古是非窠。区区肉眼谁能识，肉眼于今世几多。

会稽陈治安《感李卓吾》：

通州郭北门，迎福寺西隅。立石表卓吾，望见为欷歔。公仕有苦操，晚岁独逃虚。极口诋世人，髡首勒《藏书》。气味非中和，难为日用糈。留诸尊俎间，宁不菖穀如。胡乃迫之死，使其愤满舒。乾坤饶怪异，公异而见袪。

平湖陆启浤《卓吾先生墓下》：

天地表空明，百家立文字。三教既以三，于中复分置。先生起千载，高言绝群智。脱略生死中，不谢死生事。蜕骨宛在兹，黄土表幽闵。古树索索鸣，拜手托无际。

孟津王铎《吊李卓吾墓》：

李子何方去，寒云葬此疆。性幽成苦节，才燥及余殃。鬼雨濛昏眼，蒿山泣夜鸰。愁看哽咽水，老泪入汤汤。

同安池显方《谒李卓吾墓》：

半生交宇内，缘乃在玄州。闽楚竟难得，佛儒俱不留。世人伺喜怒,大道任恩雠。我亦寻知己,依依今未休。

宛平于奕正《李卓吾墓》:

此翁千古在,疑佛又疑魔。未效鸿冥去,其如龙亢何!书焚焚不尽,老苦苦无多。公晚年著书名老苦。潞水年年啸,长留君浩歌。

① 卓吾(1527—1602):即李贽,字宏甫,号卓吾,晋江(今属福建)人。嘉靖三十一年(1552)举人,历任河南辉县教谕、云南姚安知府。蔑视礼法,以异端自居,上官勒令解任。后居湖北黄安、麻城等地讲学,被诬下狱,自刎于狱中。著有《焚书》、《藏书》、《大雅堂订正枕中十书》等。

② 马经纶:字主一,通州(今属北京市)人。万历十七年(1589)进士,任御史,上疏触怒神宗,斥为民。还家十余年卒。门人私谥闻道先生。

③ 焦竑(1541—1620):见卷二《黄金台》。

④ 汪可受:字以虚,号静峰,黄梅(今属湖北)人。万历八年(1580)进士,授金华知县,历任山东按察使、陕西右布政使等,官至兵部侍郎,总督蓟辽。因病乞归。有《道心亭说》、《下车草》等。

⑤ 姚安:府名。今属云南。

⑥ 鸡足山:位于今云南宾川县西北。

⑦ 耿子庸:即耿定理,字子庸,号楚倥先生,黄安(今属湖北)人。明诸生,与其兄耿定向俱以讲学闻名。

⑧ 僧深有:字无念,麻城(今属湖北)人。俗姓熊。十余岁始遍参四方高僧,云游近三十年。服膺李贽之学,执弟子礼。后卜居麻城龙潭,为芝佛院住持。久,又嫌喧杂,遂寄居商城黄柏山。　周思敬:号友山,麻城(今属湖北)人。隆庆二年(1568)进士,任户部郎,累官至户部

侍郎。赠工部尚书。

　　⑨ 刘东星：沁水(今属山西)人。隆庆二年(1568)进士,历任湖广左布政使、右金都御史、左副都御史等,官至工部尚书。卒谥庄靖。

　　⑩ 武昌：今属湖北武汉。

　　⑪ 梅国桢(1542—1605)：字克生,一作客生,号衡湘,麻城(今属湖北)人。万历十一年(1583)进士,官至兵部右侍郎,总督宣大山西事务。豪迈善骑射,军功颇著。有《西征集》、《燕台遗稿》。

　　⑫ 云中：古郡名。郡治在今山西大同。

　　⑬ 秣陵：今江苏南京市。

　　⑭ 盘山：见本卷《盘山》。

　　⑮ 迎福寺：又称迎恩寺,在通州城北三里。后其地取名迎福寺街。

盘　　山

　　山有不可登,盘而登之,曰盘山①。盘山丰石而歉于土,石也,土同泽焉。树坏石罅生者,根债棰瘫,身载斗瘿,柯轮抟而辐引,历渌如也。山固石矣,而石群起于山者,又戴石焉。层累之而逾出,上若堕不堕,下若仆未仆,古径出其下,人至今栗焉。其下又多奔泉,泉动而触乎石,溅鸣日夜,与石之锐下而广额者,势相摇倾,所为盘泉也。盘泉十里,今沙其底,石所洁也。鱼鱼影影,不可匿,亦不可捉,石为之窦塞也。峰危壁削,岚气到地,苔湿到天,千古一翠。有石欲飞欲坠,凭空而久住,所为悬空石也。两岩久立相肃,光润相及者,天门开也②。门开得径,门容臂,径容掌,岩肘其右,窒虚其左,大石阻绝,屡縋而登。僧所诩传,戚将军继光、袁吏部宏道登焉③。凡登天门开者,至上方寺④,望而止,则舍之。西上二十里,登焉,所为盘顶也。顶为笋为椎,又立塔以为之纤颖。日过之,影落塞外,风过之,铃振空半;雨过之,雷奔趾下,欲少伫不可得。故云照寺高洁而僧肃如⑤。盘有三:下盘,泉;上盘,塔;中盘,寺,少林寺也⑥。寺傍红龙池,水鲜崖老,肤寸可惜,乃凿龙于壁而朱之,因名以讹,非所繇名也。逾四岭而西者,李靖庵⑦。有峰,高二里,顶广四丈而平,李靖舞剑台。靖往伐高丽,过此台也,台石特坚,后之人不可得凿。有"唐李从简来游"数字刻焉,字各径五寸。岭上一石,如人著幞头,坐而叉腰,土人嘲之曰"石尉迟"。东过十里,双峰寺⑧。有李仙脚迹石,则又因形以讹,非所繇形也。而记盘山者,曰:李愿盘谷也⑨。蓟之山矣,豫之谷耶,益讹矣。盘谷在怀庆府之济源县⑩。

临清谢榛《登盘山绝顶谒黄龙祖师祠》:

　　蓟北来游第一山,山连七十二禅关。人行巨壑泉声里,马度层崖云气间。石径萧萧松吹冷,万折千回临绝顶。钟磬时传下界遥,鸟飞不到诸天迥。老僧笑指烟云外,此意沉冥谁与会。风生平地本无音,云点太清犹是碍。吊古踌躇空石堂,黄龙西去杳茫茫。珠林不见菩提影,宝塔长含舍利光。壁尘拂去独留赋,下岭回看迷晓雾。放浪人间那复来,月明梦绕盘山路。

公安袁宏道《盘山》:

　　分明真山子,的的有画意。风霜匀粉丹,云霞缀锦地。一皴一百仞,雕镂入空际。瘦骨间青脂,苍劲有余

媚。天绅抹项垂,仙蕊披袼被。虬松百万株,粘石无根
蒂。峰峰有活石,石石挟仙气。一石置一山,一山一点
翠。散作诸峦岩,分身可千计。

《盘山顶》:

摩天抽碧篸,俯不见鸟背。西日照塔轮,影落重边
外。峨髻瘦仙人,玉冠苍水佩。貌古骨奇清,见者肃而
拜。浮空日瞵云,足底呈光怪。或聚或披丝,或舞或澎
湃。千里听见铃,飞花落膻塞。一萍一青山,一点一
人界。

《游天门开》:

发足自髻石,湾环可四里。一步一惊魂,路荒不容
趾。粘壁行刀脊,下视深无底。其沙生以坟,其骨汗而
沘。其草油以丝,其树糟而圮。健夫引长绳,半日移一
咫。四肢互相用,臂行足以视。或如鸭折身,或如丁旋
尾。或如𪃟出壳,或如蟹引跪。须发生烟岚,肌肤碎荆
杞。百苦到天门,相对惟口哆。双壁削青铜,飞鸟不能
止。阴阳工刻铢,霜云恣摩砥。败桐蛇腹断,古钮蛟蟠
蠡。诘曲史籀画,斑驳朱砂蕊。僧言三十年,兹石未沾
履。往时戚将军,架空一游此。引指人人危,回身面面
鬼。归来髭须白,判命竞奇傀。

登州戚继光《盘山绝顶》:

霜角一声草木哀,云头对起石门开。朔风虏酒不成

醉，落叶归鸦无数来。但使玄戈销杀气，未妨白发老边才。勒名峰上吾谁与，故李将军舞剑台。

应天朱之蕃《盘山道中》：

盘泉盘石盘崖壁，百折犹难望岭头。鸟乐菁林山果熟，客停飞旆野云流。绿阴遮屋浑忘暑，白叟歌田不解愁。极目雄关环帝阙，可知奇奥在并幽。

仁和黄汝亨《自盘山到上方寺》：

堆云一簇片千重，复磴盘空鸟道通。逼仄势难游虎豹，权桠峰不似芙蓉。细披涧草迷烟屐，忽见岩花命竹筇。迂客上方钟磬下，天门开后几登封。

《登上盘塔》：

塔作峰棱崿，盘山最上盘。天开门古辟，云照寺长看。烟井渔阳晚，风沙雁塞寒。荒碑明佛火，兴废一凭栏。

太仓王衡《游盘山》：

塞北山河百二重，太行云气入提封。泉争乱礐时萦马，谷响虚岩半是松。紫逻烟花当九月，青天雷雨出双龙。朝来策杖中盘寺，指次经行第几峰。

孤筇短笠乍低昂，翠壁丹枫引望长。日似月寒思浑沌，峰如涛势想怀襄。倒悬片石流泉路，刚接危崖薜荔房。绕尽高空不知出，冥冥钟磬远相将。

本将丘壑问山僧，一望苍然壮志增。日落三河烟瑟瑟，秋高万堞气崚嶒。参差远碛遮云断，缥缈孤鸿出塞层。长老自看无战伐，渔阳枣栗廿年登。

樵径苍封不厌幽，隔溪鸣鸟若相求。盘中天地逶迤见，石上烟云惨澹留。红叶乱流如谷转，碧峰交叠与林稠。采山钓水真堪老，辛苦驱车入蓟州。

顺天王嘉谟《盘山绝顶》：

云上峰峦天上浮，盘盘未便是山头。西看落月依三辅，南望平芜入九州。绕径翠开烟鸟道，半空红现火龙湫。荒唐无限高危意，比似人间亦可愁。

《游盘山望法藏寺》：

游人盘复盘，云鸟飞相先。香草澹无烟，散雾堕横练。端峰令人尊，奇石令人眩。大小立虚空，赘若冠与弁。千年久当堕，况雨倾风卷。其巅有绀宇，左右俯将见。僧言至无人，颇回神鬼盼。日月疾两丸，仆仆寒暑禅。上古龙入池，未出当其倦。

《双峰寺》：

木石与山古，苔草新其姿。黛华浮半空，飞泉泛流澌。壁穴山之阳，蔽亏错差差。万岭怒相对，孤支郁不移。中峰一翠毳，四壁护仁祠。山僧薜萝衣，缘以松藓皮。磨坚得古字，指画相竞疑。栝柏鸣哀蝉，峰光悬人思。

蒙阴公光国《登双峰寺阁》：

　　双门开阖重神州，四塞烟沙感壮游。日色不暄花异候，云雷在下瀑无休。僧钟只报窥阶鸟，客队难惊饮涧猴。醉欲题峰依古字，苔封藓护使人愁。

公安袁中道《登盘山》：

　　遍山难稳石，数步即鸣泉。绝壁有心仄，野花无意妍。笻前时着藓，衲破不藏烟。若遂搜寻遍，僧居毕此年。

应天孙国敉《盘山水亭》：

　　泉自上盘远，下盘去作溪。岭中还住住，亭影亦折折。星照无声涧，日临来饮霓。客归僧定夜，孤负渴猿啼。

蕲水官抚极《上方寺》：

　　不是群峰列，飞来云几支。绛空龙半现，虹日水全奇。青豆悬天外，朱花志路岐。昔游先我得，芳草卧唐碑。

　　① 盘山：又名四正山、盘龙山。位于今天津蓟县西北。《天府广纪》卷三十五："盘山在蓟州城西北二十五里，一名盘龙山。高二千仞，周百余里，势磅礴而盘桓，因名。"或谓三国时魏田畴隐居于此，故称田盘山，简称盘山。

　　② 天门开：两岩相对，崖悬壑绝，故名。清蒋溥《盘山志》卷三：

"天门开在白猿洞上,摩崖三字径五尺,明北海刘应节书。两峰对立云表,若双阙,左碍巨岩,右临绝壑,径路危阻,必扪萝附葛以登,故至者恒鲜。"

③　戚继光(1528—1587):字元敬,号南塘,晚号孟诸,定远(今属安徽)人。嗣世职为登州卫指挥佥事,嘉靖中历任浙江参将、福建总督,击倭寇威振南方。后以都督同知总理蓟州、昌平、保定三镇练兵事。万历间谢病归。谥武毅。有《止止堂集》等。

④　上方寺:参见本卷《上方山》。

⑤　云照寺:一作云罩寺,位于盘山之巅。相传为宝积禅师卓锡处,故又名降龙庵。

⑥　少林寺:位于盘山紫盖峰下。原名法兴寺,创建于元至正年间。

⑦　李靖:字药师,精通兵法。唐高祖时为行军总管,太宗之初,任刑部尚书兼检校中书令,北征大漠,军功卓著,封卫国公。卒谥景武。

⑧　双峰:在李靖舞剑台北三里,两峰并峙如角。又名玉峰。寺在双峰下,旧名重峦禅院,相传唐贞观年间尉迟敬德监造。

⑨　李愿:唐朝一弃官归隐的隐士,生平不详。韩愈有《送李愿归盘谷序》,故李愿与盘谷为后人所熟知。　盘谷:位于今河南济源北。

⑩　怀庆府:故治在今河南沁阳。

千　像　寺①

山之青,积空色也。山之紫,日色,秋色,暮色也。山之绿,草树色。山时白时苍矣,云烟色也。山自无色,而有所自为色者,光五色晕焉,九华顶也②。顶于盘山之麓,一峰出云,凝然而动势,耸然而媚容。下有寺,曰千佛,唐开元寺也③,今颓矣。殿佛岁愁风雨,房僧日泣灶烟。客无所坐,坐山门,看九华顶则去。寺后半里,一石米粉色,纵二丈,广丈有五尺,曰摇动石。试一人悄然推之,贴贴动,众则不动。试作语曰:我其摇。则不动。初动,看日影移处知之。次看石,知动也。然石根山连,无纤璺焉。寺无山田,僧得目眚方,人就治,辄脱然愈,香火以之。僧所取砺若砧者,断唐人诗碑,字碌碌然,而时贵诗碑,辈立俨如,字波捺无损者。寺而北半里,感化寺④。金人碑,完好矣,番字也,如篆符,乃不可识其岁月。

公安袁宏道《宿千像寺柬钟刺史》:

> 诘曲崎岖路,皴秀透瘦石。飞岩绣铁花,螺子点云额。平生米南宫,耽幽穷鬼迹。石根搜古云,踏遍秋空碧。豁眼儿新峦,长笑落巾帻。贪看不知晚,悬石布茵席。回首神仙吏,青嶂达门阈。侍史朝焚香,秋云几回白。棱棱怪石供,聊以施行客。

仁和黄汝亨《朝发盘山饭千像寺》:

> 初日盘峰雨气侵,拨云扶策上高林。石能摇动思根性,峰戴华纹作珥簪。千佛番番风满座,数僧莽莽土为音。开元叹息残碑字,冷却探奇名隐心。

① 千像寺:"千相寺,一名祐唐寺,唐开元中建。辽统和五年(987)希悟大师重修。相传昔有尊者挈杖远至,求植足之所。僧室东北隅岩下有澄泉,忽见千僧洗钵,瞬息而泯。后于溪谷涧石之面刊千佛像。明正统中僧行明重葺。"(《盘山志》卷五)

② 九华顶：九华峰之顶。九华峰一名东台，一名削玉峰，以山色美丽著称。

③ 开元：唐玄宗年号，公元713—741年。

④ 感化寺：在盘山之麓。原名宝积寺，北魏太和年间无终县民田氏营建。明成化中改名广济寺。

汤　　泉

汤泉①，在遵化县北四十里②，泉从山坡下，沸而四出。魏氏《土地记》曰③：徐无城东④，有温汤水，出北山溪，即温源也。养疾者，不能澡其炎漂，以其过灼。万历五年⑤，戚大将军继光甃石池之。深二丈，方四寻，覆以堂，曰九新。水东出于石，为之龙吻，喷甚怒。未至泉数十步，气爝爝，声汹汹，其不可即。即之，静若鉴，投钱池中，翻翻若黄蝶，百折而下，至底，宛然钱也。以熟生物，与炊者等候。数十年前，有小卒滑而入，不一反侧，糜焉。堂壁刻武宗宫人王氏怨诗⑥。导而左，远之为小塘，塘阴有窦，以通寒水，浴者时启而剂泉之温。寒水者，亦泉也，去汤泉数武，出于泥沙。汤泉，有石根若焦釜者，出之，石不及，则寒矣。泉前唐寺，贞观二年建⑦，名福泉寺，人则呼汤泉寺。考汤泉，或曰：赤道经之。王褒《汤泉铭》曰⑧："白矾上彻，丹砂下沉。"或曰："下有硫黄，以为之根，其臭硫也，而味正淡。"西洋熊三拔《水法》曰⑨："汤泉，硫之华，疾寒服硫，不若服汤泉。"其实繇地气熇沰，温凉之征变，故壤为之硫，泉为之汤，岂根硫也。西国有山焉，七十余泉皆汤，国王试得其性味气,各所主治,各标厥泉,以教国人,不独硫焉。苏门答剌国境[⑩],布那姑儿山,产皆硫黄,不闻其泉汤也。又水火者,阴阳之袭精。阴得质而阳得气,为泉,为汤。阳得质而阴得气,为焰,为凉。然而水性非热,火性非凉,汤泉以贮器还凉,萧丘之凉焰[⑪],以燃物还热。唐刘悚曰[⑫]:"江宁县寺[⑬],有晋长明灯,岁久,火色变青而不热。"质存气易,此其征矣。汤泉,最著骊山[⑭],最洁香溪[⑮],最热遵化,他而分宁,而临川,而崇仁,而安宁,而宁州,而白崖,而德胜关,而浪穹,而宜良,而邓州,而庐陵,而京山,而新田等[⑯]。

武进唐顺之《游遵化汤泉》:

绝塞伏残秋已凉,北山溪下候非常。石如釜不因人热,硫有津堪入药香。黍赤先成场可筑,草青方嫩夜难霜。中年入浴应迟久,盘礴风前饮未妨。

新都汪道昆《汤泉》:

上都汤沐傍龙宫,内苑温泉径自通。云近楼台疑结蜃,气蒸冰雪俨如虹。灵源半落霜林外,寒谷先回六琯中。冠盖漫怜行役久,风尘又向塞门东。

《重过汤泉》:

过雨沙场亩尽耕,垂杨野寺到新莺。池头似识重游客,垓下曾看一洗兵。满瓮云蒸春酒熟,当杯月抱夜珠明。何来席畔钟声早,惆怅风尘未濯缨。

吴县周天球《秋过汤泉》:

炎漂一道傍禅宫，百沸腾波膏泽同。咒岭定持迦叶愿，浚源应藉郁攸功。暖蒸寒谷吹嘘外，垢脱泥途浣濯中。塞上洗兵休沐日，不须挟纩有春融。

通州陈万言《汤泉》：

闻说先皇到上方，汤泉从此引流长。传衣僧记春迎驾，赐沐人题夜洗妆。鲛室明珠空泣泪，华清脂粉尚留香。停车不择村沽恶，浴罢蘧蘧入梦凉。

新昌戴九玄《汤泉》：

见说金汤设有图，今看灵液涌边隅。气蒸亭口团成雾，声沸池心翻作珠。雪自胡天春自汉，浴知元爽灌知腴。燕都信是阳和地，黍谷吹嘘事有无。

为濯尘缨到上方，九新亭下石栏旁。静涵萝月光初满，暖合松云气自香。别院暗流开药圃，前池分注作莲塘。清朝久已稀巡幸，却笑华清辇路长。

《汤泉读武宗宫人王氏诗悲而次韵》：

得宠无多失宠常，空留怨句在温汤。君恩似水东流去，冷热人间总断肠。

商城顾中行《蓟州汤泉》：

兹泉温可濯，垢净理同新。地起循南极，天行正北辰。烈炎瘥自远，人物暖偏亲。谁道边河朔，风光不借春。

兰阳梁云构《汤泉》：

> 大漠风高寒不偏，长城雪畔得春天。日经赤道朝流液，地驳金轮火作泉。炎焰沸汤先沸石，氤氲生雾不生烟。病除垢净心犹热，去促西成入稻田。

① 汤泉：明蒋一葵《长安客话》："遵化县北四十里有福泉寺，即汤泉寺，唐贞观二年建。内有汤泉，宽平约半亩，泉沸如星，温可浴。汤泉自平地涌出，闻浴之可以愈疥。万历五年，戚将军继光为凿池受之，覆以巨屋。"

② 遵化县：今河北遵化市。

③ 魏氏《土地记》：原书久佚，郦道元《水经注》征引颇多。

④ 徐无：古县名。故城在今河北遵化西。

⑤ 万历五年：公元 1577 年。

⑥ 武宗：见卷三《韦公寺》。

⑦ 贞观二年：公元 628 年。

⑧ 王褒：字子渊，琅琊临沂（今属山东）人。梁散骑常侍王规之子。北周时官至太子少保、小司空，出为宜州刺史。工文。其《汤泉铭》又称《温汤碑》。

⑨ 熊三拔（1575—1620）：字有纲，意大利耶稣会士。万历三十四年（1606）来华传教，利玛窦临终曾指定为继任者，负责北京耶稣会。万历四十五年（1617）被逐，死于澳门。精通天文历算。撰有《泰西水法》。

⑩ 苏门答剌：古国名，或译作苏木都剌、须文达那等，故地在今印度尼西亚苏门答腊岛北部。

⑪ 萧丘：海岛名。相传在南海中，上有自然之寒火，春生秋灭。（参见《本草纲目·阳火阴火》）

⑫ 刘悚：字鼎卿，《史通》作者刘知几之子。唐天宝初年任集贤殿学士，兼知史官，官至右补阙。撰有《乐府古题解》等。

⑬ 江宁县：故治在今江苏南京。

⑭ 骊山：位于陕西西安市临潼东南。山麓有温泉，唐明皇常往游乐，建温泉宫，后更名华清。

⑮ 香溪：香溪、香泉、香河不胜枚举，疑此指安徽和县之香泉。其水色深碧沸白，香气袭人，浴之能治疥疮。相传梁昭明太子曾浴于此，故又名太子汤。

⑯ 分宁：今江西修水。　临川：今属江西，境内青莲山温泉，至今著名。　崇仁：位于今江西中部。　安宁：位于今云南昆明西南。其温泉如今为旅游疗养胜地。　宁州：故治在今云南华宁。　白崖：即白崖堡，位于今云南弥度以北。　德胜关：位于今江西黎川东南，古时为通闽要道。　浪穹：今云南大理之洱源。　宜良：今云南昆明以东。　邓州：今属河南。　庐陵：今江西吉安。　京山：位于今湖北中部。　新田：今属江西，在信丰以东。

延 祥 观 柏

　　平谷县城东①，延祥观柏②，古质而叶幽光，再生柏也。柏初生何代何年，其再生也，异代矣，几四百年矣。元至元中③，丘真人住燕京长春宫④，弟子遍京东西。岁丁亥⑤，迎往盘山，作醮事。过观中，见枯柏，扶而摩之，曰："怜惜！怜惜！"去，柏乃叶生，茂至今焉。观东北十五里，冈窿然，如大冢，渔子山也⑥。世传是轩辕陵⑦，或呼之轩辕台也。旧有轩辕庙焉，今圮也。夫轩辕，鼎成乘龙上升矣，其小臣扳龙髯拔，抱弓以号，今陵所寝，鼎欤？龙之髯欤？弓韣，冠剑佩舄欤？鼎湖⑧，荆山；陵，桥山也⑨，而渔阳又陵欤⑩？

南塘张天度《延祥观柏》：

城东老翁须眉白，儿时观中嬉古柏。古柏殷勤数辈人，看我手中孙又尺。岁寒我曝柏阴阴，庭雪到腰绿光适。新官大厦构良材，花押文书来选择。楚笭不许祝辞卑，柏干仗存神气厄。初年脱叶渐脱肤，更几十年更狼藉。鹳搬枝去蠹来巢，雨能销亡日能炙。长春道士此经过，左摩右指言可惜。明年岁次在玄枵，新叶一春还旧碧。异事未免人信疑，疑者一二信者百。君不信，田家荆、莱公竹，有德有道神所役。长春今去去有归，柏尔自老千年晖。

仪封王廷相《轩辕台》：

日出北平甸，隐隐川途分。南临古帝台，怅望遥天云。不见广成子，空怀赤霞文。鼎湖龙化久，千秋竟谁闻。

① 平谷县：今属北京市，位于北京东部。
② 延祥观：原名元宝观，位于平谷县东北。
③ 至元：元世祖年号，公元 1264—1294 年。
④ 丘真人：指丘处机，见卷二《春场》。 长春宫：元时名太极宫，元太祖赐予丘处机，改为此名。参见卷三《白云观》。
⑤ 丁亥：至元二十四年(1287)。
⑥ 渔子山：世传黄帝陵在渔子山，故山下建有轩辕庙。
⑦ 轩辕陵：黄帝之陵墓。
⑧ 鼎湖：相传黄帝在荆山下铸鼎，鼎成，乘龙升天。后人遂称其铸鼎处为鼎湖。位于今河南灵宝市(参见《史记·封禅书》)。

⑨ 桥山：《史记·五帝本纪》："黄帝崩，葬桥山。"然桥山非一，究属何地，众说纷纭。

⑩ 渔阳：古郡名，隋唐时包括平谷、蓟县(今属天津)等地。

沙 岩 寺 塔

塔多以光影示异，亦有塔身自异者，有其物异者。丰润县村[①]，沙岩寺[②]，有塔，故十三级，洪武中，雾弥三日，塔失所在，今其址存。南关外，玉皇阁石塔，自元时，塔六角，角一石龙，成化中，南北角龙乘雨飞去，今缺焉。涿州旧塔，立桑乾河中，名镇河塔。嘉靖中，塔崩，内古钱飞空如蝶，尔后河水时滥矣。大兴县故安村塔[③]，万历初，大雷雨过，其下段存，其上段著一里外，土人呼半截塔也。过沙岩寺北，曰浭水[④]，出崖儿口[⑤]，豀运河，入于海。凡水东流，而此水也西，人谓"还乡河"也。河在梁鱼务[⑥]，旧有桥，宋徽宗北辕[⑦]，过桥，驻马四顾，泫然曰："吾过此，向大漠，安得似此水还乡矣！"已而曰："赵氏子孙，文弱耳！"仰而曰："天，兴后圣，雪吾耻仇。"因不食而去，人乃谓桥"思乡桥"也。

① 丰润县：今属河北，位于天津以东。

② 沙岩寺：在当时丰润县治以西十五里。

③ 大兴县：今属北京市。

④ 浭水：源出河北遵化，西流入天津蓟县。即蓟运河。

⑤ 崖儿口："崖儿口山在(丰润)县东北八十里，其山绵连而中断，东为崖儿口……有水自崖而入。"(《日下旧闻考》引《方舆纪要》)

⑥ 梁鱼务：或作梁家务,在丰润县西北。

⑦ 宋徽宗(1082—1135)：即赵佶,神宗第十一子。在位二十六年,传位太子赵桓(钦宗),自称太上皇。靖康二年(1127)与钦宗一起被金兵俘获,后死于五国城(今黑龙江依兰)。　北辕：指被金兵俘虏后押往北方。

种 玉 田

种玉田,一迹也,两其方；一氏一字也,两其名；一事也,两其说。《搜神记》曰①："汉之阳雍伯,雒阳人,至性笃孝,葬父母无终山②。山高而上无水,雍伯置饮焉。有人就饮,与石一斗,令种之,玉生其田。伯求北平徐氏女,要以白璧一双。伯至玉田,求得五双,妻之。"县西北有阳公坛社,其故居也。阳氏谱叙,言翁伯,周景王之孙③,春秋之末,爱宅无终,食采阳樊而易氏焉④,爱仁博施,天祚玉田。其碑文云,居于县北六十里翁同之山,后路徙西山之下。阳公又迁,而受玉田之赐,情不好宝,玉田自去。后阳千宝,作石柱,四角各丈,中央一顷之地,名曰玉田。今相传云玉田之揭,然今无终山玉田,在县东北三十里。山下之溪,有砂焉,曰玉田砂。皙质而腻,以拭器也,有光烂然,天下冶氏资之。

① 《搜神记》：晋人干宝撰。记述鬼神显灵、人物变化等传说中的奇异故事。

② 无终山：又称翁同山,或称阴山。位于今天津蓟县北。

③ 周景王：东周灵王子,名贵,公元前544—前520年在位。

④ "食采"句：意为受赐封地阳樊，故以"阳"为氏。　阳樊，位于今河南济源。

红　螺　山

怀柔县北二十里①，有山高二百仞，石山也。众山皆青，沉沉独黑，日午丽之，不秋而紫。山有潭，当山之顶，潭有螺二，如斗，色殷红，时放焰光，照射林麓，以是故名红螺山②。有寺，土人呼红螺寺③。宇废像仆④，而尘不集，高风穿殿过，无尘也。僧则曰：辟尘珠藏焉。有泉，趵趵如颗，时一定动，曰珍珠泉。寺左二里，复寺，曰定慧⑤，亦久废。中一台，琉璃、鸱角、檐牙、窗门悉形具，而实闳，额有字曰"擦擦殿"。不知殿何藏，名何义，建何年。有石井，井植铁柱，柱绕铁索，若有锢者，时一隐见。或曰蛟焉，或曰螺焉。

武昌汪桂《游红螺山》：

　　和云和雾和村烟，迷却山腰山在天。潭水自然高用汲，谷风远过偶闻阛。螺依佛宇成光焰，蛟伏灵符老石田。古殿问僧僧不识，荒唐香火积年年。

① 怀柔县：今属北京市。

② 红螺山：又名螺山、螺盘山，位于今北京怀柔县北。"红螺山在(怀柔)县北二十里，山高二百余仞，下有潭，流为红螺出水。"(《读史方舆纪要·直隶》)

③ 红螺寺：位于红螺山麓，创建于金熙宗皇统初年，称大明寺。

后更名资福寺。俗称红螺寺。(参见《日下旧闻考》引《怀柔县志》)

④ 像仆：原本作"像朴"，据他本改。

⑤ 定慧(寺)：在怀柔县北、景山之麓。明正统中建。